U0017654

大學館

鄭貞銘◎編著

中外新聞傳播教育

遠流出版公司

Mass Communication Education in Taiwan and Abroad

by Jin-ming Cheng

Copyright (c) 1999 by Jin-ming Cheng

Published in 1999 by Yuan-Liou Publishing Co., Ltd., Taiwan

All rights reserved

7F-5, 184, Sec. 3, Ding Chou Rd., Taipei, Taiwan

Tel: (886-2) 2365-1212 Fax: (886-2) 2365-7979

YL*ib* 遠流博識館

http://www.ylib.com.tw

E-mail: ylib@yuanliou.ylib.com.tw

中外新聞傳播教育

編　　著／鄭貞銘

責任編輯／陳懿文、沈斐文

發 行 人／王榮文

出版發行／遠流出版事業股份有限公司

　　　　　臺北市汀州路3段184號7樓之5

　　　　　郵撥／0189456-1　　電話／2365-1212

　　　　　傳眞／2365-7979

香港發行／遠流(香港)出版公司

　　　　　香港北角英皇道310號雲華大廈4樓505室

　　　　　電話／2508-9048　　傳眞／2503-3258

　　　　　香港售價／港幣 185 元

法律顧問／王秀哲律師・董安丹律師

著作權顧問／蕭雄淋律師

1999年7月25日　初版一刷

行政院新聞局局版臺業字第1295號

新台幣售價550元　（缺頁或破損的書，請寄回更換）

版權所有・翻印必究 **Printed in Taiwan**

ISBN 957-32-3756-3

謹以本書

獻給

在天之靈的偉大媽媽

作者（右二）陪侍母親遊中影文化城，大
姊夫李繼成（右）、大姊鄭燕平（左二）
與外甥女刁健冉同行。

▲作者親愛媽媽與大姊。

▲作者(右)於民國八十七年在紐約獲「新聞教育終身成就金牌獎」，大會會長高資敏、秘書長(中)、柯尹文頒獎。

▲作者以《熱情老師，天才學生》與《老師的另類情書》二書獲民國八十八年五四文藝獎章。

目　錄

第一單元

新聞傳播教育的歷史回顧

第二單元
中國大陸新聞傳播教育的發展

第三單元
台灣新聞傳播教育的回顧與前瞻

第四單元
附錄

謝序

謝然之

　　新聞傳播教育的重要性，隨著傳播科技的發展，而日益增進其重要程度；因為傳播科技所帶來無所不至、無所不及的新興傳播媒體，已經直接衝擊到人類生活的每一步驟；作為主掌媒體的傳播人，如無完整而嚴格的新聞傳播教育，則其可能貽害的深遠，是令人無法想像的。

　　創辦美國密蘇里大學新聞學院的威廉博士（Dr. Walter Williams），為新聞傳播教育樹立了良好的典範，他懷抱崇高的教育理想，以新聞傳播人才的培養，來倡導世界大同，以期改善人與人之間的關係，使國際間樹立公正的輿論，破除種族的偏見，以形成文化的交流與學術的合作；而他所手著的「記者信條」（The Journalist's Creed）更為新聞傳播界人士建立了極崇高的道德理想與社會責任。

　　我國的新聞傳播教育，自民國以後，固受美、歐的影響，而我國人之堅持理想、奮鬥不懈，以先進國家為借鏡，而樹立自我的風格，根植於本土與中國文化，數十年來，也培植了許多傑出的新聞傳播人

才，對於國家與社會的貢獻，是不容抹煞的。

　　政府遷台以後，政大新聞研究所創立之初，第一位以新聞教育為研究主題並撰寫深度理論的是本書作者鄭貞銘教授；三十多年來，不論他工作如何遷易，新聞教育始終是他最堅持的崗位；他也為新聞教育耗盡無數心血，培育人才無數，收穫是豐碩的。

　　在中國文化大學兩度擔任新聞系主任十七年期間，他堅持理念，貫徹理想，無分寒暑，為建立制度，教導青年而痛下功夫，終於使文大在新聞教育園地異軍突起，廣獲各界重視；此後，他籌備成立廣告系，規畫新聞研究所與大眾傳播系成立，並將身任院長的社會科學院改制為新聞暨傳播學院，凡此均有歷史性的紀錄。

　　鄭教授對新聞教育的貢獻不限於華岡，他為加強國內外新聞學府與新聞事業間之聯繫合作，又奉我國新聞教育先進馬星野先生之命籌備成立大眾傳播教育協會並負實際推動之責，一切作為，均有開風氣之先的歷史貢獻。

　　今年七月，鄭教授專程過訪美國，並與筆者暢談新聞教育，其熱忱不僅不減當年，更增圓熟與遠見，許多校友、學生推崇其為「完全教育家」，他不僅在課程上扮演一個青年人心目中大師的權威，同時在生活上更成為學生的摯友與學習成長的導航燈。

　　文大新聞系在國際新聞教育的交流與合作方面，曾有長期的努力，最早是鄭貞銘教授與美國密蘇里新聞學院締結友好協定，每年可保送學生深造，培養了李濤、湯健明、丘岳等傑出人才。以後又展開了與日本、韓國、香港暨東南亞各國進行新聞學術的研討，參加多項國際學術會議，使自由中國新聞傳播教育的成就，播告於世界重要媒

介網路。他終年奔走，僕僕風塵，確實負有「文化大使」的重任。近年以來，鄭教授又經常奔波於海峽兩岸，爲闡揚新聞自由的眞諦，爲設立新聞獎學金，爲兩岸的新聞傳播教育交流協作而竭盡心力，他的熱忱，不僅感動了海峽此岸，也感動了海峽彼岸，許多大陸新聞教育機構邀請他演講授課，所到之處，備受熱烈歡迎，絕非是一種倖致。

「老師是永遠的學生」，「對青年永遠不失望」，這是鄭教授的一向理念，他重視人文關懷，以宏揚母愛與師生情爲終生職志，他把心血加在學生身上，寄希望於未來，他實在是一位「承先啓後，繼往開來」的學者，所貢獻的，豈僅是新聞傳播教育而已！

本書之作，是鄭教授另一新聞傳播教育力作，在國內有關新聞傳播教育著作沉寂之時，此書問世無疑會激起重大影響，這是可以預期與預祝的，筆者深具信心，特爲之序。

謝然之

民國八十六年臘月於美國

楚崧秋

　　鄭貞銘兄自大學新聞系和研究所畢業，為期學以致用，曾投身於報業，從採訪記者做起。之後雖間或應邀擔任若干性質並不盡同的新聞文化工作，然其一直所專注的還是新聞傳播教育，而他自己最感興趣，且願終生以之的也是這一方面。因此，近三十年來的國內新聞及大眾傳播學界，各方無不肯定他孜孜不倦的努力，也讚佩他默默耕耘獲得的成就。

　　早在民國五十五年他出版《新聞採訪的理論與實際》一書，曾經引起新聞業學兩界的共同注意，咸認為是一本學術與經驗兼賅、理論與實用並重的力作，因而名噪一時。爾後三十年來，他迭有專書問世，大抵與新聞及大眾傳播有關。這次遠流出版公司有鑒於國內傳播及資訊事業空前發達，而新聞傳播教育更是前所未見的大步擴展，為適應並期滿足各方需要，特專約鄭教授寫《中外新聞傳播教育》一書。

　　貞銘兄書成之日，以全書大綱所涵蓋的內容相示，並囑為弁介數言。個人既感於書中所涉及的內容固然廣泛，而所引據各方資料亦力

求客觀正確，如能及時梓行，應屬切合當前需要，更有裨於新聞業學兩界，特別是青年讀者群。

推源其故，我認為：

一、鄭著是一本實用於現代新聞傳播教育的教本和參考書。作者廣納傳統及現代新聞學人的不同價值觀，用科學方法分析各個時代及不同國家，包括中國大陸的新聞傳播教育事業發展，而歸述到吾人今日應守的原則及應走的道路。

二、是從事新聞實務者據以思考、研求乃至取法的範本。全書以新聞傳播教育為體，對各種重要大眾傳播媒介每有扼要的評述，並依據學理及多種體制下的實際得失，條分縷析，明體達用，尤其對實際經營與管理多種媒體者有極具警惕的建言與忠告。

三、在當前這個傳播革命與資訊爆發的後現代，此書更為廣大受眾提供衡鑑的準尺和取捨的標竿。今日因科技的高度成就，使傳媒加速進入每個人的生活與心靈，直令人目迷五色，無所適從。因此本書第三單元，集中論列國內新聞教育，並深入探討各項相關問題，相信本書問世，能使一般閱聽大眾盡量作傳媒的主人，就是不令媒體超越其應有的功能和必需的自約。

我與貞銘相識逾三十年，雖不曾在同一單位共事，然彼此始終是新聞戰線與傳播講壇中的一份子，因而易於同聲相應，同氣相求。對於他一貫勤學敬業、孝親重義的習性與涵養，甚為欽慕。當其又一新聞大作問世，私衷喜悅，不言而喻，更願掬至誠，祝其精益求精，進而復進，以期贏得更大更高的成就和榮譽。

楚崧秋

民國八十六年十二月

王序

王洪鈞

　　以言人類社會的形成乃至長久以來的進化發展，傳播實為最大的動力。尤以傳播科技發生三次革命之後，人類社會及文化形態已產生巨大的改變。活字印刷術之發明咸稱為第一次傳播革命，乃使民主自由思想大興，促成民主政治之日漸普及。廣播、電視及電影被稱為電化或電子傳播革命，造成了現代之大眾社會，不但打破知識菁英的格局，提升了常人的地位，且引進了世界村的觀念。及近十餘年由於傳播與電腦相結合，更見資訊社會之興起；藉網路之賜，雖天涯海角，訊息之取得，不過舉手之勞。此一發展，可稱神奇。其對人類社會及文化發展，終將產生怎樣的影響，無人可以預知。初可認知者，人類未來之福禍安危繫焉。尤其是訊息之品質以及訊息供應者心之所向，必將成為傳播影響社會，甚至改變社會的關鍵所在。因此，新聞及傳播教育之重要性實有別於其他之專業教育，必須注意其發展，使人類未來之幸福得以利賴！

　　新聞教育自本世紀之初開始建立，約五十年期間已逐漸普及於世

界各發展中國家。其始也，僅被視爲寫作方法之教育或技術教育。及工商事業發達，新聞出版業擴充神速，新聞記者之專業地位日漸提升，新聞教育除專業課程外遂更重視人文及一般社會科學之教學。及電子新聞傳播事業興起，新聞教育之範圍益廣，自然形成印刷新聞、電子新聞、廣告、公共關係及經營管理等之專業分工。傳播學理論之建立及傳播方法之研究與新聞學術相結合，兩者相得益彰，進而形成一種新興之科際學門，稱爲新聞暨傳播教育。

然而，隨著資訊傳播對社會影響日漸擴增，邇來已見識者提出新聞傳播教育之文化及政治導向與可能發生之社會性影響問題。尤其西方新聞事業在自由主義及商業主義支配下，市場導向之經營方式，使資訊漸趨商品化，甚至商業利益浸浸乎公共利益之上，更引發社會之關懷。

七〇年代，新聞自由與貿易自由相伴相從，蔚爲全球性之發展，西方文化及價值觀遂在發展中國家逐漸居優勢地位，甚至不能與本土文化相融合而發生扞格，亦造成若干國家之憂慮。因此，新聞學術教育從業者已漸發出對西方新聞哲學及制度重新估價之呼聲。其如文化傳統深厚之國家，部分新聞教育界人士甚至開始進行以本國文化理念與西方新聞理論相融合之努力。

適在此際，鄭貞銘教授編著《中外新聞傳播教育》一書，以比較研究方法，對世界各主要國家新聞教育發展情形作廣泛而有系統之解析，可稱意義重大。尤其對台灣新聞教育近五十年之擴展，以著者長期主持新聞院校之經驗，在本書中多所著墨，極有價值。因時代之進步及國家發展趨勢，鄭教授於著作中也提出有關台灣新聞教育發展之

若干問題，具有挑戰性之意義，足供業學兩界作進一步之探討。

筆者多年以來，即以大的新聞教育觀念為倡。蓋資訊社會中新聞傳播教育已不再侷限為資訊傳播者之專業教育，亦應擴大為一種全方位之社會教育。民主社會，人人固有接近媒體及接受資訊之權利，亦應養成使用媒體及選擇資訊之能力。然則，新聞教育內涵及體系之設計，固不僅為了傳者，也要著眼於眾多的受眾及廣大的社會。此外，筆者與鄭教授及多位文化、歷史、新聞學者，正從事中國文化與西方新聞理念融合之研究，固亦為當前我國新聞教育一項艱難之工程。雖然本書內容完整，但書中所鋪陳之問題，就長遠觀之，部分尚在開始階段，有待繼續觀察及探索。資訊社會中，傳播科技之不斷進步，必然導致許多社會問題之發生。除前述有關傳播取向及資訊品質等問題外，譬如資訊之分配，如何方稱公平合理，不致貧者愈貧、富者愈富，即逐漸引起世界性之注意。希望本書之出版能促使社會對於新聞暨傳播教育相關之問題，寄予更廣泛的注意。

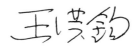

民國八十六年十二月於美國加州柏林甘市序

徐序

徐佳士

在今日台灣，提到新聞教育時，少數立即被想到的人士之一，應該是鄭貞銘教授。

有許多事實，令人無法不把鄭教授與新聞教育之間畫上一個等號。就筆者所知：

一、鄭教授是少數幾位在國內接受完整的正規新聞教育，連續獲頒兩個學位人士之一。

二、他是第一位用新聞教育爲題目撰寫學位論文的學者。

三、著名的中國文化大學新聞系，實際的創辦者是鄭教授。當時擔任系主任的是他的老師謝然之先生，但謝先生同時擔任著兩三個類似的職位，力邀鄭教授去文大協助他，並授權處理一切系務。不久後，創校人張其昀先生，就請這位實際的創系者擔任系主任。

四、鄭教授在文大又創辦了新聞碩士班。他的學生在媒體界傑出的表現，爲華岡帶來了揚名千里的令譽。華岡二字象徵了一種理論與實務並重的新聞教育。

五、鄭教授顯然不只是一位老師而已，更重要的他是學生們的好朋友。我不知道還有那一位新聞學教師（或任何哪門學科的教師），能夠那麼深刻地知道那麼多的門生，而在回憶錄中，為他們每人逐一寫一篇文章，生動地加以介紹。（請讀其近著《熱情老師，天才學生》。）

總之，鄭貞銘教授在新聞教育領域中的成就非常不凡。這種非凡表現，原因之一是他熱愛新聞教育。但他能為台灣大眾媒體培養出如此眾多的優秀工作者，可能是他對新聞教育，在長期耕耘的過程中，探究出了一套重要觀念，而且十分誠懇地去推行這些觀念。而這些觀念乃是他多年來對我國和世界重要國家新聞與傳播教育的不斷觀察和探究，再加上自己的經驗，而一點一滴地形成的。

教育界應該高興，鄭教授把他這方面的觀察與研探成果，寫在這本大作中。同時這也是一本資料相當豐富的書。好些新聞教育工作者，目前正因新媒體紛紛出現，這個行業發生鉅變，而感到迷惘無助之際，鄭教授這本著作的出現，相信會有指引作用，而受到重視和歡迎。

徐佳士
民國八十六年歲暮於新店山居

鄭貞銘

民國四十八年，當筆者在政大新聞研究所攻讀碩士學位，決定以「中國大學新聞教育之研究」爲論文題目時，就知道這輩子將與新聞傳播教育結下不解之緣。

教育是人世間最艱苦，也是最基本的工作，所謂「中興以人才爲本」、「教育爲百年大計」，有如孔子所勉勵大家的：「人一能之，己十之；人十能之，己千之。果能此道矣，雖愚必明，雖柔必強。」這也可以瞭解到教育對一個人的成長與堅強，是多麼地重要；何況新聞傳播教育一如新聞事業，是如此地迷人，是如此地讓人心甘情願地爲它奉獻。

新聞傳播教育的先進，爲它樹立了典範，讓我爲它嚮往、爲它著迷。

創辦世界第一所新聞學府的美國新聞教育家威廉博士（Dr. Walter Williams），被尊崇爲「新聞教育之父」。他在自述中說明他爲什麼要放棄從事已久的報業而改從事新聞教育。他說，正因爲報業與

民主政治前途息息相關，世界上需要更多的好報紙（一九〇八年時尚無廣播與電視事業），所以放棄辦報而改從事新聞教育。「因爲如果繼續辦報，最多祇能辦一份好報；改從事新聞教育，可以結合無數愛好報業、志同道合的青年人，將來可以辦出更多的好報。」

威廉曾任美國編輯人協會會長多年，他在創設密蘇里新聞學院後，曾周遊歐亞遠東各國，講演倡導世界性的新聞學理，並積極組織國際性的新聞團體；對於新聞教育，他懷有極高的理想。他不僅與馬丁教授合著世界第一本的《實驗新聞學》(The Practice of Journalism)，也親擬新聞記者信條八項，成爲今日美國報人的座右銘。

另一則令人景仰的典範，是紐約世界日報創辦人普立茲，於一九一二年捐資一百萬美金創辦哥倫比亞大學新聞研究院。他是美國近代報業史上的怪傑之一。從報僮做起，一直在艱苦的環境中努力奮鬥，終成世界著名的報人。他一方面深感自己自幼因貧苦的環境而無求學的機會，另一方面又感到新聞從業員都缺乏專業教育，所以決心讓有志青年有受專業教育的機會。

曾有人質疑普立茲，說他並未受專業教育，辦報還不是一樣成功？普立茲嚴正的說：「我的例子是不足爲訓的。像新聞記者這樣負有這麼重要責任的職業，應該完全交付給自學教育的人嗎？或是應該交付給批評大眾，指導大眾，而他本身卻不需要被指導的人嗎？」

一九〇四年，普立茲在《北美評論》雜誌發表〈新聞學院〉(College of Journalism)時曾說：「當今培養律師、醫生、牧師、軍官、工程師、建築師與藝術家，已有各種專門學院，唯獨欠缺一所學院是

用來訓練記者。所有其他專門職業都已從專門訓練中收到效果，而不將新聞事業包括在專門職業內，在我看來是毫無理由的。」

普立茲的襟懷與遠見，與他全時成立的普立茲獎，樹立了新聞傳播教育令人尊敬的另一典範。

我國新聞教育界先進馬星野先生，在民國二十三年從美國密蘇里新聞學院學成歸國後，先總統蔣公問他的志願，他說是辦報。蔣公說，要辦報先辦教育，訓練人才。

於是馬星野先生就開始了這一生與新聞教育的結緣。他擔任政大新聞系主任長達十三年，爲中國新聞界培養了無數人才。

從大陸到台灣，馬星野先生擔中央日報社長、中央社社長、董事長、執政黨中央第四組主任，駐巴拿馬大使等職，但他卻始終未忘懷新聞教育。他主持中華民國大眾傳播教育協會理事長期間，囑咐筆者擔任秘書長、副理事長，追隨學習，親炙教誨，實在比在校學習獲得更多的啓發與教育。

馬星野先生的故事，是新聞傳播教育的另一典範。

此外，我生也有幸，蒙恩師謝然之、曾虛白、成舍我、王洪鈞、錢震、余夢燕、徐佳士諸先生的指導教誨，獲益獨多，這是一生的榮耀，也是在一生新聞教育生涯中不能或忘的恩典。

我深信，隨著知識的成長，辦新聞傳播教育的智慧自也在不斷成長。今天，無論是以技術爲主的訓練，或是以理論見長的學院派，其實都對新聞傳播教育與學術發展著有貢獻。所謂「百花齊放，百鳥競鳴」，我們正看著新聞傳播教育園地的爭奇鬥豔。

當然，對新聞傳播教育的批評不是沒有。即使新聞傳播教育先進

的美國，近年來批評教育內容過於商業化、職業化而失去新聞事業獨立高尚的精神，忽略新聞道德與報人品格的砥礪等聲音，也不斷出現；為了保證品質，美國「新聞教育協會」(America Council on Education for Journalism)正執行著把關的責任，雖然它本身的運作也不斷被質疑。

而我個人對於近年國內新聞傳播教育因傳播科技之發展與重量的研究結果，而漸趨技術化、功利化，而使新聞與輿論最重要的中心哲學思想日趨淪喪，不免有杞人之憂心。

筆者數十年來一直希望以中外新聞傳播教育為主題執筆編一本書——特別是有關台灣當前新聞教育的問題，希望綜合多方面的看法，為新聞傳播教育指出未來的方向，使新聞傳播教育的發展更趨理想，為國家培養更多人才。

理想與實務兼顧，這是健全新聞傳播教育的不二法門。民國六十年間，筆者服務於執政黨中央青年工作會，深感新聞教育與新聞事業影響於國家前途者至深且鉅，一直提議執政黨應鋪設橋樑，使二者加強聯繫，在歷任主任連戰、施啓揚、高銘輝、張豫生等支持下，終於在溪頭召開了空前規模的會議，結合學界與業界的一百多位俊秀參加。

在這次會議中，終於達成成立「中華民國大眾傳播教育協會」的共識。從此新聞傳播學對交流日益密切，新聞傳播教育內容日趨充實，而其研究之範疇亦日漸擴大。

當然，近年來，台灣新聞傳播之成為顯學，難免又引起是否會以量害質的質疑。這也是筆者編寫本書的動機之一，我們希望透過多方

面的探討，使教育主管當局與各新聞傳播教育界人士，都有個省思的機會。

但不論如何，新聞傳播教育在過去數十年間，已爲新聞傳播界提供了無數人才，新聞傳播學者也爲新聞傳播事業的進步提供了無數建言，儼然已成爲促進新聞傳播事業向前邁進的重要動力。這種貢獻，是無庸置疑的。

但正由於新聞傳播教育的責任重大，如何常保新聞傳播教育的水準，這也是傳播教育界人士責無旁貸的使命與任務。

在本書編著的過程，參閱了許多海內外新聞傳播教育界先進的高見，我誠摯感謝恩師謝然之、楚崧秋、王洪鈞、徐佳士教授頒賜序文，也感謝文大新聞所研究生，在資料蒐集與問題分析上提供了很多寶貴的協助。

遠流出版社董事長王榮文先生願意出版這本顯非暢銷的作品，也讓我深受感動。我們期待著專家的指正。

八七・三・二十九

於正維軒

第一單元

新聞傳播教育的歷史回顧

美國新聞傳播教育的發展

　　美國是新聞傳播教育的發源地。一般來說，美國的新聞與傳播教育比歐洲國家較正式，且發展較快，其內涵也比較豐富。

　　近年來，美國的新聞傳播教育著重「教育」，而非「實際訓練」。美國新聞和大眾傳播學者認為，新聞和大眾傳播學教育系應「教育」學生，而不僅在於「訓練」學生。因此，在美國新聞和大眾傳播教育協會立案規程裡，更強調申請立案的科系，在課程設計中必須規定大學部學生的畢業學分有三分之二為人文與社會學科學分、三分之一為新聞與大眾傳播技術性學分。而且，美國的傳播科技在日新月異的發展之際，反而更重視新聞道德的教育。

　　新聞傳播教育的發展是隨著歷史的脈絡，而在大環境和人文風氣的交互影響中，逐漸有其遵循的方向。美國新聞傳播的著名學府，一直是國內學子們嚮往的求學天堂，而台灣的新聞傳播教育也大多是沿襲美國的教育方向。因此，本章首先對美國的新聞傳播教育，作一番探討。

第一節　美國新聞傳播教育的起源與發展

　　新聞學在美國大學課程中源遠流長，初期的美國新聞教育，基本是學徒制，他們學習印刷、出版技巧，而寫作技巧則源自東岸私立大學的文學院中習得，當時的報人多是從此途徑出身。

　　一八六九年美國南北戰爭時，當羅伯特·李（Robert Lee）身為華盛頓學院（Washington College，今為維吉尼亞的華盛頓李大學

Washington and Lee University）校長時，他深深感到新聞事業對於啟發民智具有極大的力量，為了發展新聞事業，他建議華盛頓大學董事會，設立五十名獎學金及印刷工廠，使學生一方面在學校接受傳統的理論教育，一方面必須到當地的印刷工廠實習，不但藉此獲得實務經驗，同時也可以協助南方重建的工作。此項計畫惜未具體實現，於一八七八年宣告放棄。

　　一八七三年，堪薩斯州立學院開始有印刷課程。一八七六年，康乃爾大學（Corneal University）以講座的方式，提供有關新聞方面的課程。初期學生們的興趣不高，僅有一位學生獲頒結業證書。及至一八七九年，老報人麥甘萊（Prof. David McCanally）在密蘇里大學（Missouri University）英文系內講授「新聞事業史」，以當時英國的《泰晤士報》及美國的《紐約時報》與《紐約前鋒報》為教材。一八九三年，賓夕法尼亞大學聘請曾任《芝哥加論壇報》的財經版編輯約翰生（Josph F. Johnson）在商學院內講解有關新聞方面的課程，當時並沒有課本及參考書，只是以約翰生個人從事新聞事業及研究所得的講稿，以及各種報紙為教材。斯為新聞學正式列入大學課程的先聲。可惜這項工作，在一九〇一年隨約翰生辭職離校後，由於後繼無人，很快便結束了。一九〇四年，伊利諾大學的商學院，則是開設四年制新聞學課程的首創者。同年，威斯康辛大學也開辦新聞教育。

　　一八九三年，密蘇里州報業協會建議密蘇里大學設置新聞學院，因限於經費及一般人士漠視新聞教育，延宕十年之久，到了一九〇八年才實現，由著名的新聞教育家威廉博士（Dr. Walter Williams）主持世界上第一所新聞學院。也是世界上第一所頒發新聞學位的大學學府。

一九〇三年，美國名報人普立茲（Joseph Pulitzer）經由哥倫比亞大學校長（Charles W. Eliot）的建議，捐贈該校二百萬美元，也在一九一二年設立新聞學院。同年，美國有三十多個學院和大學提供了新聞學的課程。一九三四年，密蘇里大學成為美國第一所頒授新聞學哲學博士學位的大學。至一九三五年，全國已有四百五十五個學院或大學開設新聞課程。

根據一九四二年對美國大學院校提供四年制新聞教育所做的一項調查，大部分學校認為，報導、閱讀、寫作、社論、文學批判、歷史、比較新聞學、新聞倫理是新聞教育必修的基礎課程，因此它們的課程設計，幾乎全面性的偏向實務的訓練。

在一九〇四年，其他大學課程計畫也在進行中；有些基本上強烈支持著重社會科學，其他則把大眾傳播當做一門行為科學，與心理學和社會學連貫起來。

一九四四年，明尼蘇達大學新聞學院院長凱塞（Ralph D. Casey）在該校成立研究所。

一九五三年，美國有六百七十二所學院或大學開設新聞學課程。

一九六〇年，全美已有九所新聞學院授與新聞或大眾傳播學博士學位，它們分別為明尼蘇達（Minnesota），伊利諾（Illinois）、史丹福（Stanford）、密西根州（Michigan State）、威斯康辛（Wisconsin）、密蘇里（Missouri）、愛荷華（Iowa）、西北（Northwesten）、塞洛克斯（Syracuse）。

一九六三年，全國之大學或獨立學院，正式設有新聞或大眾傳播科系者，計有一百零五個，其中有三十五所大學設有研究所。

在一九八○年代初期，頒授大眾傳播博士學位的大學有十八所，到了一九八八年增為三十四所。

一九九二年，全美國已經有二千五百八十六所大眾傳播相關的科系，有一百三十二所新聞相關科系的設立。可見得新聞傳播教育在當代可說是一門顯學，是許多青年學子嚮往的熱門科系。

我們從上述美國新聞傳播教育發展的歷程，大致可以分幾個階段來觀察：

第一階段，最早的課程內容是比較純職業性的。教師們致力於為學生準備從事報紙（那時是傳播事業的主要媒體）工作。在一九二○年代以前的新聞學研究，主要是由以前的報人所主持。其內容主要是印刷史、新聞人員傳記及由他們所辦之期刊記述等。本階段可以說是新聞傳播研究的草創時期，新聞傳播活動有正式的教育型態，研究成果停留在新聞史料及報業文獻階段。

第二階段，很快地從一九二○年代開始有了轉變，在教學方面，強調技術性的教學工作減少，課程內容開始反應出當時新聞事業的社會層面、倫理層面和文化層面的興趣日增。學者布萊耶（Willard G. Bleyer）便主張新聞教育要走學術路線，降低技術的份量，並讓學生接觸社會科學的教學法。歷史和新聞倫理普遍開設，並把報社當作是一種社會機構來研究，並研究對時事和輿論的解釋。

這些課程連同國際新聞通道研究，提高了新聞學的學術地位。接著教師有信心開始提供一些課程，訓練學生將來從事報業經營、廣告、攝影和其他專門領域的工作。其課程特色是：除承認人文學科和自然科學的重要性外，同時也取得與社會科學密切的工作關係。在第

二階段的發展，新聞傳播學者已經不是以自我報業為中心，旁及其他學科橫斷面，並逐漸建立新聞傳播的學術地位。

　　當新聞學在廣度與深度有所增加時，新聞教育也慢慢提昇到研究所程度，進入第三階段的里程碑。哥倫比亞大學新聞學院於一九三五年，開始提供一年的新聞課程給已獲得學士學位的人。一九三〇年代早期，布萊耶在威斯康辛大學的政治學科和社會學科的博士班裡，就已設立新聞學選修組。布萊耶把新聞學門放在社會科學中，而不是在人文學科部門，這項富爭議性的決定對新聞學研究的屬性和新聞教育的方向，有重要的影響。

　　同時間內，密蘇里大學於一九三四年第一個授與新聞哲學博士學位，美國新聞傳播的學術發展，更趨深厚。另一個有意義的改變是，香檳城伊利諾大學於一九四七年成立第一個傳播研究所，以別於傳統實用的新聞學。此後，各校也紛紛採用此名稱或與新聞學合而為一，新聞傳播的博士教育日漸普及。

　　第四階段是傳播教學研究的成熟時期。開始於一九五〇年代，晚近的傳播學者都是起於此一時期，而傳授新聞傳播博士學位的大學已有三十四所。近三十多年來，所造就的新聞傳播教學與研究人口，已超過兩千人，主要分配在近三百所美國大學的新聞傳播學科系，其中授與碩士學位者又有一百二十一所之多，形成密集良好的教學與研究環境。

　　美國新聞教育經過近一百年的試驗和探索之後，又經過許多專家的不斷嘗試、評批、反省與再造，新聞教育大體已經建立一套客觀標準的課程設計。各校再根據自我的客觀環境、教育觀念與大架構的指

導原則，設計出一套各具特色的課程。

綜合而論，美國此時已發展出多樣性的新聞傳播教育模式，約可敘述如下：

一、以**實務訓練為本位**

這是傳統性，也是最盛行的新聞教育制度，其主要目的在培養新聞媒體所需要的記者、編輯、業務等多項實務人才為主。走這種路線的學校，把新聞傳播教育比擬成法律或醫學教育一樣，它們的師資大部分是由有豐富工作經驗的人擔任。不管它們是否同意被稱呼為職業訓練所，這些學校所提供的課程，即使是一些比較理論性的課程，例如法律和新聞道德，講授的內容也是以實際發生過的實例為主。密蘇里大學、舊金山州立大學等可為代表。

二、以社會科學為依歸

這一類學者主張新聞傳播教育乃是將社會各種知識傳授給學生的橋樑，因此其教育內涵應以社會科學為基礎，與新聞工作密切結合。

新聞傳播教育與社會科學逐漸結合，是一九二○年代新聞傳播教育一個重大的轉變。在當時有許多專家學者認為傳播乃是社會心理學的一個領域。持這種觀點的學校，許多把新聞系置於社會科學院所之下，至於課程的內容，則偏重於傳播的理論與社會現象的研究。這類學校以明尼蘇達大學為代表。其餘如史丹福大學、伊利諾大學等，在稍後的課程安排上，也逐漸加重社會科學的比重。

三、以人文主義為目的

這一學派的人，認為新聞教育是一種文化的工具，不但塑造社會輿論，且應在社會上扮演道德仲裁的角色。基於這種新聞媒體的社會

影響力，他們主張新聞教育應多強調人文主義方面的思想和課程。

四、科學性的傳播研究

這一派是近年來結合統計和電腦之後的產物。以統計、電腦爲重要輔助工具，針對各種不同的傳播模式、傳播理論和傳播效果作數據方面的分析。

由於上述，我們還可以逐漸看出美國新聞傳播教育的發展，近年來還有兩個值得觀察的現象：

一、新聞與傳播逐漸分道揚鑣

最近二十年來，新聞學術界一個重要的現象就是研究傳播理論的人，不斷試圖和研究傳統新聞的人脫離關係而自成一學術領域。雖然這種想法在短期內難有實現的可能，但是也不能否定其可能性。

很多高等學府的新聞系所，一方面希望從事多一點學術的研究計畫，但是基於經費及人力資源的來源問題，又不得不擴充較低層次的大學部及實務方面的課程。其實就長遠的眼光來看，這種合而分治的現象有它積極的一面，利用擴充大學部所獲得的經費及人力，支援較高層次的學術研究；同時利用學術單位的研究成果，豐富大學部的教學內容，這是雙方皆蒙其利的作法。

二、傳播理論研究的比重日趨增加

在傳播研究方面，以史丹福大學最負盛名。早在三〇年代開始，該校的學者們即率先以統計的方法展開對傳播模式和傳播效果的研究。到了五〇年代，史丹福、明尼蘇達以及伊利諾大學即以研究傳播理論著稱。史丹福大學甚至把傳播研究置於新聞教學之前，列爲該校最優先的學習目標。

我國的學者徐佳士、鍾蔚文、莊克仁等都曾在該校研究。

從新聞到大眾傳播，美國初期新聞傳播教育的功臣無疑地以下述三人為代表：

一、威廉博士（Dr. Walter Williams）

一九○八年，著名新聞學者華特·威廉博士成立密蘇里大學新聞學院，這是美國第一所新聞學院，該院與哥倫比亞大學新聞學院宗旨相同，主旨在提高新聞道德，培養報業專業人才，同時威廉博士手訂「報人信條」（The Journalism Creed）八條，無疑是對抗黃色新聞，珍惜新聞自由與倡導新聞自律的南針。

二、普立茲（J. Pulitzer）

一八七四年普立茲出生於匈牙利，祖先雜有猶太人的血統。他主張新聞工作者應受專業訓練，並提出一筆鉅款，贈給創辦於一九一二年的哥倫比亞大學新聞學院。他表示，塑造國家前途之權，是掌握在未來記者的手中。他並於去世之前，捐贈一百萬美金設立普立茲新聞獎金，以獎勵新聞工作者提升新聞專業水準。

三、施蘭謨（W. Schramm）

一九四七年，施蘭謨博士在伊利諾大學成立了傳播研究所。施蘭謨對於傳播理論的發展成為一門科學的貢獻，是眾所公認的。他被推崇為傳播理論的推廣者、組織者，同時也是研究者。他所主持的伊大新聞學院，不久也成為全國新聞研究的中心，他個人也被譽為大眾傳播學集大成者。

一九五五年，施蘭謨離開伊利諾，在福特基金會支持下，於史丹福大學傳播學院設立了另一個傳播研究所，集合社會學家、心理學

家、統計學家，研究美國與世界傳播事業的問題。新聞學的範圍更加擴大，他並研究傳播過程與效果的相關性，以及傳播媒介與社會的關係，這是「新聞學」研究邁向行為科學的開始。

施蘭謨博士也曾經主持夏威夷大學傳播研究中心，並到香港中文大學擔任客座教授，均有卓越的貢獻。

第二節　美國著名的新聞傳播院校與教育團體

下面謹就美國當今著名的新聞傳播學府與教育團體略加介紹。

一、明尼蘇達大學（Minnesota University）

在明尼亞波利斯（Minneapolis）的明尼蘇達大學新聞與大眾傳播學院（以下簡稱「明大傳播學院」）是美國新聞學院系學會八十個會員之一。明大傳播學院的新聞編輯、廣告、廣播與電視和攝影傳播組，多是經過美國新聞教育評議會承認與推崇。明大傳播學院的院址在墨菲樓（Murphy Hall），該樓係傳播學院專用。

墨菲樓裡面是《明大日報》（Minneapolis Daily）編輯部，《明大日報》是全美大學院校最大的校報之一，由明大學生自營的新聞事業，主其事者大部分是傳播學院的學生，舉凡採訪、編輯、發行、廣告等都由明大學生自行管理，完全免費供應明大學生和社會人士閱讀。《明大日報》自由主義色彩濃厚，內容也很豐富，除報導校園和雙子城動態外，也經常大幅報導國內及國際的新聞，並採訪國際政治

社會一些敏感的問題。

明尼蘇達州是美國重要的農業州之一，因此早期新聞課程的目的在訓練郊區和農村報紙的記者和編輯。一九二二年，新聞系正式成立，但直到四年以後，第一位系主任強生（E. Marion Johnson）才走馬上任。

由於學校行政當局對於擴充新聞系的計畫有不同的意見，強生在位兩年後即辭職離去，在他短暫的任內，新聞系卻有很大的進步，首先課程由四門學科激增到三十七門，同時新聞教育的方向，也從訓練編採人員擴充到以社會科學為基礎的通才教育。

繼任的系主任凱西（Ralph D. Casey）是一位專門研究公共輿論和廣告宣傳的學者。或許由於這個因素，明尼蘇達大學到今天仍然在這兩個領域居於學術領導的地位。

凱西也特別強調社會科學的重要性，他在系上開有當代政治、社會與經濟問題的課程，鼓勵學生從應用科學的角度，去培養自己的新聞專業技能。

一九三五年，該系首開研究國際傳播以及外國報業的課程，這是全美首先提供國際傳播課程的學校。

一九四一年，新聞系成為一獨立自主的新聞學院。在介紹該學院的一份簡介裡，有這麼一段話：「明尼蘇達大學新聞學院是一個研究傳播活動的學術中心。它的師資、課程和設備主要是為了訓練傳播人才。……」

一九四四年，新聞學院另成立了一個學術研究中心，網羅了心理學、社會學以及統計學者，對傳播行為進行一系列的專題研究。他們

甚至從經濟、外交以及政治的活動中，探討傳播行為在中間所扮演的角色。這項研究計畫無論從規模或層次來看，都屬空前之壯舉。這個學院研究中心，自此也成為美國高等學府研究傳播行為的學術重鎮之一。

一九五一年，該校設立博士班，學生可由五個領域選擇他們主修課程：一、傳播理論和公共意見；二、傳播專題研究方法；三、大眾傳播發展史；四、傳播媒介的社會功能與傳播法律；五、國際傳播與外國新聞界。

一九六六年，新聞學院改為「新聞與大眾傳播學院」，提供的相關課程高達八十三門。從一九一七年首先開了一門農業新聞的寫作課程開始，經過了半個世紀的奮鬥，明尼蘇達大學在新聞與大眾傳播的學術領域裡建立了崇高的地位。

二、哥倫比亞大學（Columbia University）

對於一個希望將新聞事業當作專業生涯的學生，哥大提供了一年密集的碩士班（M. S. Program）課程計畫，此廣泛的課程計畫包括：印刷、廣播新聞媒介以及相關於政府、工業、非營利組織等資訊課程，而課程亦將人文和新聞意理研究混合，舉凡：教育、科學、都市問題、經濟、國際事務、政治學、社會等相關知識，無不涵蓋。此外，該校也對新聞從業人員提供一年有關經濟、商業的專職進修課程，每年有十個名額；課程結束後，這些從業人員都回到他們原來服務的單位，從事經濟新聞報導。

哥大不但舉辦因為最佳新聞寫作而頒授的普立茲獎（Pulitzer Prize），也對廣播電視公共事務有傑出報導者予以杜邦（Du Pont

Survey and Award）－哥大獎的榮譽，同時又有卡波特獎（Marid Mocr's Cafot Prizes）、全美雜誌獎（Magazine Awards）的設置。出版的相關期刊則有：《哥倫比亞新聞評論雙月刊》和《民意季刊》。

　　哥大於一九三四年易名爲「新聞研究院」（Graduate School of Journalism）。

三、伊利諾大學（Illinois University）

　　成立於一八六七年，伊大因校區跨兩城而名之。一般所提及的伊利諾大學通常是指香檳校區。香檳校區是以教學研究著稱。

　　伊大首度有新聞課程係在一九〇二年，而且是在英文系的名義下開辦的。一九一七年，英文系新聞組正式成立，主要課程包括鄉村報紙研究、農業新聞寫作、編輯、報業政策、新聞法律等。

　　一九二七年，新聞學院成立。新聞課程也擴大到二十四種，除了傳統的新聞採訪寫作之外，還包括報紙廣告、社論寫作、報業管理、報業會計與新聞教育等。

　　從二〇年代後期至四〇年代初期，新聞系除了在課程內容上繼續有所革新，其他地方少有更動。

　　一九四二年，施伯特（Federick S. Siebert）出任院長，開始一連串重要的改革。廣播課程大幅增加，以配合當時迅速成長的廣播媒體。研究所也正式成立，以編輯和廣告爲課程重點。

　　一九四七年，在傳播界大師施蘭謨（Wilbur Schramm）的策畫下，成立傳播研究中心（The Institute of Communications Research）。該中心主要的目標，係透過跨科系的綜合研究，探討一切有關傳播的活動。研究院內的學者，分別是來自心理系、社會系、

語言系、人類學系以及新聞系的專家學者。傳播研究中心成立之後不久，第二個學術單位「比較語言中心」也在新聞學系的策畫下成立。

一九五〇年，新聞學院改組成為「新聞與傳播學院」。在這同時，研究所的學術水準也迅速提高。從偏向實務的課程，擴大到包括傳播理論、公共意見等方面的研究。

一九五七年，新聞與傳播學院成為大學內獨立的「新聞與傳播學院」（College of Journalism & Communcations），由傳播學術界另一位大師彼德森（Theodore Peterson）出任院長。在他院長任內，總共提供了五十八種不同的課程，院內的各系組，也各自發展出具有特色的學術單位，例如新聞系和公共政策相結合；廣告系和行為科學相結合；廣播電視則和傳播理論有相得益彰之處。

伊利諾大學新聞教育的特點，在於強調傳播理論的重要。它的課程設計，甚至試圖對每一種傳播課程都提供一個理論基礎。近年來該大學也把注意力放在訓練學生的前瞻能力，希藉由新聞教育和社會科學的訓練，提高他們對周圍環境，尤其是政治、經濟以及社會現象的觀察和判斷力。

據伊大傳播研究院表示，博士班未來發展仍將秉持科際整合、彈性發展的傳統。因此，念科學、工程的人和念新聞傳播的一樣可在博士班研讀，發展個人的研究方向（Program）。伊大傳播研究院教育目標在培育傳播學術研究及教學方面的專長，利用不同科系的師資對學生施予廣泛且深入的訓練，對傳播研究較偏重文化、歷史的角度著手，亦不忽略用量化實證研究方法從傳播過程與效果的角度探討；此外，從批判與制度體系的角度研究傳播，則為傳播研究院的第三個研

究途徑。

　　在傳播學院下有新聞、廣電、廣告三系所。此三系的研究所僅設碩士班，博士班則與傳播研究院總其成，位在傳播學院之外，卻與傳播研究有深厚關係的一系是演說傳播系（Speech Communication）。伊大自創校開始，就規定大學部學生必修一門演講課。一八八五年的修辭口語系（Rhetoric & Oratory），一九四七年的演講系（Speech），在更名為演說傳播系之前，演講、戲劇、新聞和演講科學都包含其中。

四、史丹福大學（Stanford University）

　　史丹福成立於一八九一年，三十年代以前僅為一區域性大學，經四十年的努力經營，成為國際性大學。傳播研究在史丹福以傳播研究所（The Institute for Communication Research）為中心。傳播研究所於一九五五年成立，為施蘭謨（W. Schramm）創設，並為首任所長。研究所的主要任務有二：一、從事傳播學術之研究、推廣及應用。二、訓練培養傳播人才。傳播研究所授與碩士與博士學位，碩士班以實用為主，分為廣播電視、電影、印刷媒介及傳播研究應用。博士班則注重理論的建樹，研究方向由於歷史、環境的變遷，從早期的行為科學角度研究大眾傳播，逐漸走向廣義的傳播研究，包括：大眾傳播、組織傳播、人際傳播、人與電腦的傳播均在此範圍之內，而其課程的特色，基本上科際整合的氣氛極為濃厚。

　　從一九一〇年在英文系開設新聞課程，經過八十多年的奮鬥，史丹福大學的新聞系從當初作為學生課外活動的一種，變成今天全美最負盛名的新聞院校之一，中間經過很多人的辛勤耕耘才有這樣的成果。

新聞課程原屬英文系的部分。有志新聞工作的人，大部分以主修英文、歷史或經濟為主，然後再配合選修諸如新聞寫作、評論寫作、新聞分析、通訊寫作等實務課程。如一九二〇年，英文系新聞組成立。創立初期僅有教師三位，在往後的幾年當中，新聞組大致在既有的小規模上求發展。

一九二六年，新聞組變成社會科學院內的一個部門，隸屬關係雖然改變，但是課程方面還是跟創立初期一樣，沒有太大的差別。

一九三〇年，宣布成立碩士班，課程重點仍以採訪、報導、寫作與編輯為主。第二年增加兩門當時仍屬新興的學科：「當代思想」與「公共意見」。

一九三二年，布許（Chilton R. Bush）接掌新聞系，從此展開了日後成為全美最優秀新聞學府之一的奠基工作。史丹福大學給了他充分的自由，讓他依自己的理念去發展系務。同時在課程的安排也盡量配合他的要求。

他在一篇闡述對新聞教育的理想的文章中寫道：「新聞系是社會科學學院屬下的一個單位，我們頒的學位是『社會科學：新聞系』，而不是『新聞系』。這個事實很清楚地告訴學生一件事：在本系，整體的人文科學訓練才是我們教育的重點，技術性的實務訓練則是次要的目標。我們關切的，是要傳授學生一些他們可以終身受用的知識，而不是教會他們一些用來謀職的伎倆……」

布許特別推崇他的母校威斯康辛大學新聞系所採取的「總體性」的新聞教育，因此從他上任以後，在課程的安排上就以廣泛的「社會學的新聞」、「法律面的新聞」，以及一項專為探討各種不同的新聞報

導方式的講座。

在研究所的課程方面，史丹福大學也刻意強調社會科學的比重。它甚至表明研究所的學生，應該是已經在大學部完成技術性訓練的學生，他們來到研究所，主要是從社會學領域，充實他們未來在政治、財政、商業以及地方政治所作的深度報導。

簡言之，在布許領導下的史丹福大學新聞系，其教育目標依重要性排列為一、一般社會學；二、專門性社會學科，例如財政、工業、政治等；三、新聞媒介的社會功能；四、技術性的新聞工作。

五、密西根州立大學（Michigan State University）

密大是美國歷史最悠久、最著名的公立大學之一。教育學者和歷史學家，曾譽其為「州立大學的搖籃」，是排名於世界上前十二名大學之一。傳播科系的教授有來自新聞學、大眾傳播學、電傳藝術、人際、團體和組織傳播學等系。密大以專業密集的教導而聞名，使同學可以在各個媒體中工作，或者進行傳播研究，以便獲得有關語文使用的經驗；以及有關傳播過程和效果的研究。所有學生都必須參加基金研究計畫。

六、威斯康辛大學（Wisconsin University）

威斯康辛為一九一二年創立，是美國早期創辦的少數幾所大學新聞系之一，一九一六年第一位碩士畢業，博士班於一九五○年成立，以科際整合為研究目標，新聞系的全名是School of Journalism & Mass Communication，前者只是從事新聞的專業訓練，後者標示廣角的研究旨趣。根據校方統計，威大新聞系是「生產」研究生最為眾多的學校。

七、密蘇里大學（Missouri University）

密蘇里大學新聞學院創立於一九○八年，是全世界第一所新聞學院。密蘇里大學早在一八九七年即在英文系開設「新聞史」，一直到一九○八年，密蘇里州議會才同意撥款在密大設立新聞學院。此外，密蘇里新聞學院為學生設有良好的實習環境。密大新聞學院非常強調學生的實際工作經驗。密大新聞學院所擁有的《密蘇里人報》，是一份對全市及附近區域發行的日報。凡選修此一課程的學生在教授的指導之下，擔任報社的記者、編輯、攝影及廣告工作。除報社之外，密蘇里新聞學院設有對全州廣播的廣播電台（KBIA）和電視台（KOMU-TV）。

八、西北大學（Northwestern University）

西北大學新聞系創於一九二一年，由素負盛名的《芝加哥論壇報》（Chicago Tribune）捐獻巨資成立，目的在紀念該報的創辦人麥迪爾（Joseph Medill）。因此西北大學的新聞學院亦稱麥迪爾學院。

由於有堅強的財力支持，該校的新聞系一開始就有相當的規模。除了專任的教授群，《芝加哥論壇報》亦長期的調派該報的資深主管到該校開班授課。除了傳統的採訪寫作，還包括市政新聞、社論寫作、新聞改寫等實務性課程。西北大學新聞系創系伊始，就開了十三門新聞課程，第二年即成立研究所，某規模與氣勢之宏大，遠非其他學校可比擬。

由於該學院的成立是靠《芝加哥論壇報》的支持，因此課程以實務訓練為主，其中較特別的是所謂的「新聞實驗室」——選修這門實驗課程的學生，組成一個小型的編採部門。學生們輪流擔任市政版主

編。每次分配了採訪路線後，就要實地的採訪寫作，同時也要和三點半的截稿時間競賽。這項作法很像後來各校廣泛採用的學生報紙，不過西北大學可以說是開風氣之先。

一九二六年，公共關係課程正式列入新聞課程的一部分，同時規定研究所的學生，在畢業前一定得具有六個月合格的報社實習經驗。

一九三八年，新聞系提供了一個新的「五年主修」的課程計畫。根據這項計畫，學生在第四年和第五年開始接受密集式的新聞專業訓練。通常在第四年結束時，學生已獲得文科或商科學士學位，再加上第五年的實習和修課，畢業的時候可獲得頒發新聞碩士的學位。

一九四九年，該校開始提供廣播和電視的課程。一九五五年，專為博士班學生設計的高級學術研究計畫成立。值得注意的是，這項計畫的首要目的，是要「培養新聞教育的師資」。這與該校一向重視實務訓練的作法比起來，不能不說是一項重大的改變。

與其他的學校比起來，西北大學新聞系最大的特色就是它的課程以實務性為主；相對的，它們對於傳播課程的研究或是傳播方法的研究就很少，這點甚至連系主任都不否認。他說道：「我們不特別強調數據式的調查研究方法，不過我們也不排斥它。我們甚至在研究所提供了這門課……。」（Letter from Peter P. Jacobi , January 21,1969）

西北大學一直到現在還保持它注重實務的傳統。《芝加哥論壇報》已經很多年沒有派人到校講課了，但是創系初期所釐定的方向，到現在還大致完整地繼續保持。

新聞傳播教育團體

▲作者訪美國哥倫比
亞大學新聞學院留影。

◀美國密蘇里大學
前新聞學院院長費
雪夫婦應作者(左)
邀請訪文大。

　　除著名新聞學府外，美國的大眾傳播教育工作者，由於興趣的分化，透過他們在各種區域性的、全面性的、和國際性組織的會員資格，尋求新聞傳播教學和研究的靈感與協助。這些機構包括：「新聞教育協會」（The Association in Journalism），「語藝傳播協會」（Speech Communication Association）、「國際傳播協會」（International Communication Association）、「美國廣告協會」（American Academy of Advertising）、「大眾文化協會」（Popular Culture Association）等。

　　新聞教育協會（AEJ）創於一九一二年。它發行《新聞學季刊》（Journalism Quarterly）、《新聞教育工作者》（Journalism Edacator）、《新聞學專論》（Journalism Monographs）和《新聞學文摘》（Journalism Abstracts）。它擁有兩個屬於同等成員的行政人員組織，即「美國新聞學院、系協會」（The American Association of Schools and Departments of Journalism，簡稱AJJSA）。新聞教育協會的總部在哥倫比亞南卡羅萊納大學（The University of South Carolina at Columbia）。以上所述三個組織（AEJ,AASDJ,ASJSA）在「新聞與大眾傳播教育審核評議會」（The Accrediting Councilon Education in Journalism and Mass Communication，簡稱ACEJMC）都有代表。除此而外，「新聞與大眾傳播教育審核評議會」的成員還包括三位公眾代表，及十九個新聞企業和職業團體代表。這十九個團體則包括「美國新聞編輯人協會」（The American Society of Newspaper Editors）、「美國報紙發行人協會」（American Newspaper Publishers Association）、「全國報紙協會」（National Newspaper Association）、「全國廣播人員

協會」（The National Association of Broadcasters）、「美國公共關係協會」（Public Relations Society of American）等等。

「國際傳播協會」（The International Communication Association）成立於一九五○年，它將學者、其他專家及對人類傳播有興趣的研究者聯繫在一起。其刊物有：《傳播期刊》（The Journal of Communication）、《人類傳播研究》（Human Communication Research）及一份《新聞信》。下設有研究的組別為：資訊系統、人際傳播、大眾傳播、組織傳播、文化傳播、政治傳播、教學傳播及保健傳播等。

迄今為止，該會約有二千二百個經常參加活動的會員，會員中有三分之二是分散於世界各地從事大學教學或研究工作的學者、專家。其他成員則分別在政府機關、新聞界、傳播界、醫學界、法界等部門工作。該會的宗旨在商討研究有關傳播的問題，所有的活動則著重在推動對傳播理論、傳播程序與技巧的系統研究。

該會除了每年開一次年會外，尚出版有五種刊物，這些期刊的名稱分別是：《傳播研究年度文集》（Communication Yearbook），《人的傳播研究季刊》（Haman Communication Research），《組織傳播文摘》（Organizational Communication Abstracts），《傳播季刊》（Journal of Communication）與《新聞信刊》（ICA Newsletter）。

不久前組成的「傳播協會理事會」（Council Communication Societies），則將許多傳播協會組合在一起，其中包括「國際傳播協會」、「語藝傳播協會」、「美國商業傳播協會」（American Business Communication Association）、「美國辯論協會」（American Forensic Association）、「美國醫事作家協會」（American Medical Writers

Association）、「美國翻譯者協會」（American Translators Association）、「工業傳播理事會」（Industrial Communication Council）、「技術性傳播協會」（Society for Technical Communication）及「聯邦語言學家協會」（Society of Federal Linguists）等。

第三節　美國大學新聞傳播教育的課程設計

早在一九一八年的時候，全美就有八十六所學校提供與新聞有關的課程。到了一九四〇年，這個數字激增到五百四十二家。根據西北大學新聞學者瑟頓（Alber A. Sutton）的研究，他把這五百四十二家學校的課程劃分為四類：

一、為「美國新聞學院系學會」（AASDJ）所認可的，擁有完整的系所頒授新聞學位的計三十二家，佔百分之六。

二、不屬於AASDJ，但有完整學系並頒授學位者，計七十一家，佔百分之十三。

三、附屬其他學系之下（最多的為英文系），但是提供相當完整的新聞課程的，計五十五家，佔百分之十。

四、僅提供一至七門與新聞有關的課程的，計三百八十四家，佔百分之七十一。

早期的課程偏重於實務的訓練，但是在同一時期，新聞教育界也在極力摸索，想找出一條適合新聞教育該走的路。從事實務工作的人認為在職訓練是最好的教育方式，而學術界則對這種獨尊實務的想法

深表懷疑。不過到了二〇年代以後，各校都開始把社會與科學納入新聞教育的一部分，同時諸如公共意見、新聞史、新聞道德、報紙的社會責任等非實務性的課程，也差不多成爲各校新聞系的必修科目。

研究所碩士、博士班的成立起於一九三〇年代，到二次大戰結束後才有快速的成長。在這段期間，有關新聞方面的課程，也逐漸走出傳統的編採範圍，開始觸及媒體營運、媒體管理、廣告、公共關係以及新聞攝影的領域。

一九一七年，美國新聞學院系學會（AASDJ）成立之後，該會致力尋求一套標準的新聞教育課程。到了一九二〇年，首先制定一套所謂「規範」新會員入會資格審查的標準。該會並由新聞學院系學會（AASDJ）、新聞學教師協會（AATJ）以及報紙編輯人組成共同委員會，爲上述目標努力。一九三九年，該委員會主導「全國新聞教育協會」（National Council on Professional Education for Journalism）正式成立。一九四五年，該組織易名爲「美國新聞教育協會」（American Council on Education for Journalism,ACEJ），現則改稱「新聞與大眾傳播教育資格審查協會」（ACEJMC）。該組織現爲全美新聞教育界最具權威的組織，成員除了經它認可之各校新聞學院系外，還包括了各傳播媒體、公共關係、廣告、電子媒體，以及其他與新聞有關的各行業代表。特別需要強調的是，該組織係一純民間學術性機構，經它認可，認爲符合新聞教育要求標準的學校，固然可以證實擁有相當程度的水準，但是也有很多學校，由於不同意該協會的審查尺度，甚至一度放棄尋求它認可的程序，其中包括了著名的

西北大學、密西根大學及波士頓大學。

新聞教育資格審查協會的認可標準，主要依據下列的七項表現：

一、與新聞直接相關的課程，祗能佔畢業所需學分的四分之一；其餘四分之三必須從其他科系修得；

二、需修的四分之三的外系課程的內容和品質；

三、必修的四分之一的新聞本系課程的內容和品質；

四、畢業所需課程的整體本質。

五、畢業校友在本行內的工作表現。

六、本系教授的資歷與水準。

七、本系的硬體設備。

不過由於該協會多次與許多大學在審查標準與程序上屢起爭執，美國教育部在一顧問委員會的建議下，於一九八三年要求該協會暫停它的審查活動。在這同時，該協會內部亦成立一改革小組，研討改革它原先設定的標準及程序。經過深入的檢討與多方面的聽取意見之後，改以較具彈性的作法；同時在課程的選擇上，允許學校有更多的選擇自由，不過仍強調人文與社會科學的比重。

上述這項課程比重的規定，最大的困擾在於何謂「新聞系本科」的認定問題。廣告、公關算不算新聞本系的範圍？這是一個見仁見智的問題，一直到今天，正、反兩方都還沒能夠為這個問題取得一個共識。新聞教育課程的廣泛與界限的模糊，由此可以得到證明。

美國大學早期新聞課程內容較屬純職業性，一九二〇年以後，開始反映出當時對新聞事件的社會層面、倫理層面和文化層面的興趣。而後，深度廣度逐漸的增加，除了承認人文及自然科學的重要性，也

取得社會科學工作的結合，更開始有碩士學位的授與。在博士層面上，從一九三四年密蘇里大學頒授第一位新聞學哲學博士學位，迄今半世紀，頒授大眾傳播學位的大學有四十三所。大學部的新聞教育多半為前兩年教授普通課程，到第三和第四年才有一半的時間是教授專業課程。

根據統計調查，有許多新聞傳播人員出身主修的課程包括藝術、自然科學、社會科學及人文學科等。而且，美國有四百三十所的四年制學院，提供一些但不完全是新聞及傳播課程；有許多高中及專科學校提供初級的課程。其中，媒介經營和廣告多從商學院獲得背景知識。

自二次大戰後，公共關係成為新聞傳播學中熱門科系。而廣播電視領域則重視語藝和廣播電視課程；另外也結合新聞學及商學院的課程以培養經營管理人才。電影課程則有八百多個廣播電視系、語藝傳播系、新聞系、舞台藝術系和教育所系提供。目前強調電影學習的院校有南加大、柏克萊加州大學、波士頓大學、印第安那大學、哥倫比亞大學、紐約大學、西北大學……等。至於發展綜合課程、跨學系、研究所或學院的，以培養新聞傳播專家為目的，如：農業、家政、醫藥……等。

綜合上述的探討，可以發現，基於不同的原因，美國的傳播、新聞科系學生自七○年代以來有急速增加的趨勢。大學當然也樂見此風潮，一則因為新聞傳播系可以吸引新生；再則，增闢這些系所對校方預算而言是非常划算的。由百分之八十的報業工作人員為專業科系畢業生的統計來看，傳播及新聞科系的存在和增加是必然且重要的。但

在另一方面而言，在許多學校沒有計畫，一窩蜂的增闢傳播系所及課程之後，許多系所的條件和品質就引起質疑，也是可預見的令人擔心的現象。

《美國新聞評論》（American Journalism Review，前《華盛頓新聞評論》）發行人兼馬里蘭大學新聞學院院長里斯・克雷格宏恩英（Reese Cleghorn）針對此一現象，在一九九四年九月和十月份的《美國新聞評論》提出他所設計的《新聞系實用手冊》（*A Short User's Manual for Journalism Schools , Part 1 and 2*），其中對如何選擇優良的新聞系所及避開劣質課程和系所有獨到的見解，他強調新聞系所存在的最主要目的是提供好的大學教育；所有最好的新聞系的名字中一定有「新聞」兩字在其中，而大眾傳播系所代表的意涵並非不專業，而是這系所的畢業生有許多到非新聞單位的相關工作機構做事，如公關、廣告等，這些系所通常被稱爲「新聞暨大眾傳播學系、學院」。通常一個系僅稱爲「傳播」系所，那麼這系所往往也就滑入令人難以判斷的「灰色地帶」。此外，另一個很重要的觀念是，要注意到一個系所是否優良應視其是否經過評鑑及官方認可。

新聞教育工作者，往往認爲新聞寫作的體裁、新聞道德與法律，應爲大學新聞教育的重點，但是新聞編輯者卻持不同看法。

美國伊利諾州立大學傳播系副教授雪莉（Michael B. Shelly）針對美國五百三十家主要日報，以「新聞教育最急需的課程是什麼？」爲主題，廣泛的進行郵寄抽樣調查，結果有兩百六十六家的報社總編輯（主編）回覆，問卷回收率超過百分之五十，研究計畫初步令人滿意，其摘要並發表於一九八五年冬季號的《新聞教育》（*Journalism*

Educator）雜誌。

　　絕大多數的美國報社總編輯，建議大學新聞科系的學生，在校期間要加強選修課程，至於選修科目排行多達四十九科之多。其前十科的課目是：一、應用寫作與文法，二、經濟學，三、美國政府與政治，四、美國州與地方政府，五、美國司法程序，六、美國歷史，七、語言學與作文，八、思考邏輯，九、當代世界，十、企業管理。而這項榜單公布的結果，顯示出編輯群最需要高寫作水準的記者。且美國編輯的意見，應是以其服務單位的新進記者同仁爲出發點，再投射到未來「準記者」的身上。

　　據指出，目前美國大眾新聞傳播科系學生在校的寫作訓練仍然不夠，需要一段見習適應才能任用。事實上，每位大學教授有關新聞寫作的教材，並沒有把各大報社的新聞寫作手冊（Writing Style Manual）列入模擬練習。不過，部分教師認爲這個論點不盡公平，他們的實際授課時數有限，連趕正規課程都不夠，如何談實習與分組寫作訓練。

第四節　當今美國新聞傳播教育新課題

　　到一九八〇年代中期爲止，全美有三百二十五家四年制大學或學院頒予新聞學士的學位，若是把設有新聞學科，但是沒有頒發新聞學位的學校也算進去，實際的數目將要高許多。事實上，很多學校都提供了相當完整的新聞學科，祇是它們並不單獨成系，而是隸屬文理學院。在這三百多家提供新聞學位的學校中，有八十一家大學或學院爲

美國「新聞與大眾傳播教育資格審查協會」認可。

根據ACEJMC於一九九四年的《新聞教育家》（*Journalism Education*）季刊中的統計：一九九二年九月一日至一九九三年八月一日，全美四百三十所新聞傳播學院（包含研究所碩、博士及大學部）共有學生數如下：

Degree	人
（bachelor）大學部	30837人
（master）　碩士班	2606人
（doctor）　博士班	145人

美國報業基金會（The Newspaper Fund），則對新聞傳播科系畢業生的出路做全面性的調查，發現：

一、學生畢業後多半從事於（依序）公關業、廣告業、日報的編輯部和廣告部、雜誌社、電視新聞週刊的新聞部和廣告部、廣播新聞、通訊社。

二、就薪資而言，公關人員較高於一般的新聞人員。

三、就性別而言，男性畢業後投入新聞傳播業的比例高於女性，而男性較多進入報社。

從上述可見，美國當今的新聞傳播科系仍然十分熱門。事實上，美國各大學於一九八〇年代以來，新聞與大眾傳播科系入學申請人數大增，以增加率而言，僅次於電腦、工程、法律、企管等學科。主要原因除了大眾傳播媒介影響力深入社會人心，尤其是拜水門案件之

賜，以《華盛頓郵報》的兩位記者明星鮑勃・伍德沃德和卡爾・伯恩斯坦爲青年偶像所引發的動機。

　　在這些眾多的崇拜英雄入學主義者，進入各地美國大學的三百多所大眾傳播科系就讀後，他們逐漸發現一項事實，那就是原有的新聞與大眾傳播課程，也未必適合新一代年輕人的口味，促動了美國新聞與大眾傳播系課程一連串的改革，走向多元化。

　　例如，傳統的政治理論與傳播媒介的加速結合，以培養「政治傳播」的人才，冀能在美國民主選舉運作中，再能大放異彩。此外，各校也開始重視廣告、新媒體科技與傳播政策的開課方向，其中尤以開設傳播事業管理（Media Management）課程最爲普遍，備受矚目。

　　「傳播事業管理」課程，事實上並非新科目，它主要是脫胎於早期新聞系的「報業經營管理」，只是現代電子媒介大行其道後，再賦與這個課程新生命。

　　美國大學紛紛開設「傳播事業管理」系列課程的趨向，是傳播界近年來值得大書特書的盛事。目前這股風潮，不但從美國高等教育的大學部，吹進了大眾傳播研究所領域，而若干新聞報業，廣播電視媒體的在職訓練或新進員工講習，也都開設「傳播事業經營管理」專題，使未來的傳播事業主人翁，及早認識傳播事業的特質，不但是一個迷人的行業，它更是一個企業。

　　比較有代表性的大學，計有麻省理工學院的傳播政策研究所，於一九八三年起開列了兩門有關傳播事業管理的課，分別是「企業與傳播」（Business and the Media），規定研究所高年級生才能選修，以及「行銷傳播學」（Marketing Communication），其名稱略異，但實質精

神則相同。

　　哈佛大學則自一九八五年暑期班起，在其企業與公共研究所，首度開設了一門「傳播事業管理」（Media Management），授課內容並將組織溝通與管理列入。在美國學界，哈佛大學是屬於排斥傳統的新聞學，但此次獨垂青「傳播事業管理」，列入企業專業課程，頗發人深省。

　　史丹福大學的傳播學系及研究所，對「傳播事業管理」也表現的相當重視。在其暑期密集班課程中，有一科為「廣播事業管理」（Broadcast Management），事實上廣義的廣播事業已包含電視聯播網在內。另在春秋兩季經常於大學部及研究所開設有「報業及報團」（News and News Organizations），其課程內容強調「從媒介組織及媒介經濟學觀點，來研究報業經營管理的表現」。

　　更有作風開明的若干美國名校，如南加州大學（Univ. of Southen Calif.）及賓州大學（Univ. of Penn.）則聯合於其安那堡傳播學院中，於一九八二年開設「傳播管理」碩士學位，必選修課程達十二科。在整個傳播學術領域中，首次肯定傳播事業管理的地位，從此傳播學與企業管理學科的「整合」更加快速度以互補不足。該兩校目前的畢業生約有近百位，均分別任職於美國各相關媒體的管理部門，擔任經理級職位，扭轉多年來舉世新聞傳播教育，只重編採，輕視行銷、廣告等實務人才的偏差。

　　也有許多學校對「傳播事業管理」的專業教育，採取較彈性的制度。例如，頗負盛名的佛羅里達州立大學（Florida State Univ.）則在其傳播研究所的碩士、博士班，加以分組教學，特設有「傳播事業管

理組」，而與「傳播理論組」、「政治傳播組」、「傳播科技與政策組」並列，足見傳播事業管理的發展一日千里。

據非正式的統計，美國的大學部兩百餘所新聞大眾傳播科系中，開設有關一科以上的「傳播事業管理」課程或獨立分組者，已超過三分之二；新聞與大眾傳播研究所碩士班一百一十二所中，也已過半；博士班三十四所中則約佔三分之一。上述的開課情形，絕大多數是自一九八○年代才開始轉變的。

造成美國新聞與傳播教育的這股新趨勢，其主要原因有二：

一、新聞與傳播的就業率有限。美國於一九八○年掀起的「學傳播熱潮」方興未艾，這批打先鋒的畢業生，開始覺悟明星記者畢竟是極少數。於是他們的出路轉進入學以致用的民意測驗、選舉事務、市場調查規畫、廣告與公共關係，同時開啓傳播事業管理部門的就業大門。

二、美國新聞與傳播事業正面臨轉型期，經營權與所有權制度推行貫徹，許多新聞與傳播媒體走向聯合企業，多角化經營更需專業的傳播事業管理人才能勝任。例如一九六○年代，報系和聯合企業控制美國報紙家數百分之三十，佔讀者總發行量百分之四十六；但到一九八○年代，兼併收購時有所聞，目前已佔有百分之六十的家數，而佔讀者發行量更高達百分之七十一。許多歷史悠久的報紙或雜誌，在不堪累賠虧損下易主經營，一時傳播事業的管理專家、顧問，身價暴漲、待價而沽，而編採部門若不是一再的裁員縮併編制，只有轉業他就。

在新聞傳播的學術發展上，除上述著重傳播企業管理的新趨勢

外，另有幾項值得重視的發展，將構成新聞傳播教育的新課題：

一、廣告結合公關的整合傳播

廣告和公共關係是大眾傳播學異軍突起的兩個附屬學門，美國新聞及大眾傳播學會出版之《新聞教育》季刊（*Journalism Educators*）在其年度調查報告中即指出：「自七〇年代中期即呈現的主修廣告及公關學生人數持續成長之勢，未來仍將看好。」根據該組織多年之統計，廣告是目前美國大學生人數最心儀的主修科目，而公關受青睞之勢稍弱，但逐年遞增之態則甚明。目前商業發展蓬勃，需要用廣告和公關等整合傳播來達到有效、重複的宣傳效果，進而建立企業的形象，和提高產品的銷售量。

二、婦女在新聞媒介中扮演的角色

大專院校教育、藝術、人文、經社及心理學、商業及企管學、觀光服務、大眾傳播等系中，女生人數超過男生，而這些學科的大專畢業生應是新聞工作人員的主要來源。教育水準的提高使許多女性得以加入勞動市場，同時教育程度的提高，也使婦女逐漸進入專業工作行列。女性新聞從業人員的漸增，顯示她們在新聞傳播事業上的貢獻。她們的工作範圍擴及發行人到採訪記者，並不是只屬於室內的工作者，她們甚至也出現在危險的場合中。在某些方面她們有男性記者沒有的特質，她們必須和男性工作者一起競爭，甚至要比他們加倍努力，目前美國出色的女性記者也不多，例如：黛安・塞伊（美國廣播公司主播）、芭芭拉・華特斯（美國廣播公司新聞節目主持人）……。除了在生理上女性較無法扛重的機器設備外，在新聞工作上與男性並沒有大的差異性。但是她們仍舊無法避免天職上賦與她們照顧家庭的

責任，因此在她們婚後必須選擇安定性較高的任務或行政、企畫上的工作，才能兼顧她們的責任。

三、影像傳播讀寫能力結合聲音傳播

進入新的科技時代，影視錄媒介與電子科技結合，配合電腦系統、電話、電纜以及衛星等，給傳統的傳播生態帶來無比的衝擊。電影電視已不再具有以往政治經濟的主導性。未來影像文化必將是由螢幕所建構的娛樂與資訊工業中的一部分。我們接收到的視聽畫面與訊息，將多經由戲院、無線播送、有線播送、碟片或是磁帶等媒介形式，加上未來電腦科技日新月異，很多聲音可以電腦模擬，增加內容的活潑性和豐富性，滿足大眾的視聽享受。在這個趨勢下，許多學院的影像教育便開始與新發展的電訊科技做整合，而展延出以新傳播系統為主的教學方針。這新方針，除了秉持原有美學創意表現的精神，同時將重點擴展到整體傳播媒介的政策與公眾利益，訊息與閱聽受眾的社會互動、媒介工業建構的社會文化現象的批判，還有經營管理與相關法規等層面。

四、新聞報導寫作模式在印刷及電子媒體上之應用

新聞寫作利用在印刷媒體上，以報紙、雜誌最為普遍，大前提之下的原則並不會有太大的改變，隨著時代的改變會作為小幅的修正，不過近年來報紙因為資訊流通快速，所以愈來愈強調新聞的簡潔，而雜誌有走向專業化和個性化的趨勢。

電子媒體受到嚴格的時間限制，就像報紙的新聞受到版面限制一樣。以廣播而言，印刷媒體新聞改成廣播新聞，除了口語化，以及略為刪節之外，新聞事實的主題、重要內容，均無不同，但並不是所有

的廣播新聞一定都比印刷媒體新聞短，要點在於如何「說」清楚。「說新聞」是廣播電視新聞播報努力的方向，同時要兼顧在有限的時間內，播報多則新聞故事，所以精簡是必須的，除此之外也強調其他完整性。電視寫作者共守的原則：「能用鏡頭表現的，不用語言和文字表現；多用鏡頭、圖像，少用文字。」撰寫電視節目新聞最難掌握的是視覺與聽覺的配合，須注意哪些圖像可以用在節目中的視覺部分？有哪些音和聲效足以表達內容？以及文字與視覺部分如何結合？

　　不管印刷或電子媒體，在寫作方面都強調名詞的解釋和背景的介紹，因為在現在資訊快速且大量流通的同時，會出現專有名詞和新聞事件，讓受眾有不明白的地方，媒體有必要加強這一部分的寫作內容。

五、媒介生態的整合

　　當前的各種媒介透過電腦網路的管道連繫愈來愈多，使得媒體營運的方式與以往大為不同，帶給媒體新的契機，例如：

　　（一）廣播媒體與網路的結合，可以提供電台節目訊息、音樂資訊服務、資料庫的建立，甚至為行銷的新通路與其他廣告、唱片公司或相關產業結合，走向商業化。

　　（二）報紙與網路的結合，出現了電子報，不僅在傳輸上更快速，也同樣提供了不同的廣告消費管道。

　　（三）雜誌媒體與網路結合，使得電子書出現。而類似《生活雜誌》（ *Life* ）的大眾化雜誌已逐漸消失，取而代之的是專業化的雜誌。

　　（四）電視媒體與報紙的整合，電視以快速的方式向觀眾傳達訊

息，而報紙以深入吸引民眾的興趣，兩者結合，可以電視上重要的電視傳播活動內容在隔日報紙中刊出，提醒民眾的注意。繼有線電視出現後，頻道的發展愈來愈多，廣告的影響將無可估計。因為每家客廳的電視機不但可以收看節目，且對採購、查目錄等事都可按鈕在電視上得到解決。

　　未來媒體的趨勢是整合的形態出現，以加強其傳播的功能，而不是如早期報紙、廣播、電視的競爭。

　　基於上述，顯示美國大學的新聞傳播教育面臨幾項新的挑戰：

一、就業導向取代了教學導向

　　因為傳播業的就業市場需要，正全面帶動新聞傳播教育的發展。傳統的新聞傳播教育，固然培養了不少印刷媒體人才，而電子視聽媒體新產品開發成功，使得後續的軟體傳播製作者備感缺乏，美國的傳播教育單位順應時代發展，改變以往的觀念，不僅純為教學滿足，各校師生因前景看好，都盡量走實務路線，大學部的學生更是蓄勢待發，希望畢業後即能投入就業的行列。但如此重視實務，是否又走入「庸俗化」、「技術化」的舊有規格，令人疑慮。

二、研究所教育品質引發爭議

　　美國若干名校向不重視傳播教育，但近來原本沒有新聞科系的院校已一一新設碩士班、博士班，分頭進行傳播學高層次的研究。

　　美國於一九八一年授予傳播學碩士已經有三千零八十二人，博士學位也有一九三人。一九八五年時，有四千餘人獲頒碩士學位，而獲傳播博士者也有三百人之多。一般相信，這是繼美國傳播科系大學部擴充後的另一波震撼。

此種趨勢是否將影響美國新聞教育研究所教育的品質，令人疑慮。

三、大眾傳播界走到十字路口

大眾傳播這門年輕的學問，在六〇年代經過所謂「行為科學」的洗禮下，揉合科際整合精華，一時社會學、心理學的名詞在傳播學的理論中，令人目不暇給，成為當代的主流。

傳播學受到科技、經濟、外交多元複雜環境衝擊，傳播教育的內容，不但跨出古老的新聞編採教材的門檻，也突破社會科學的十字路口，目前正放開腳步，走向寬廣的自然科學的超視網路空間。尤其電腦出現，對大眾傳播整個大環境產生極大的衝擊，例如整個編採制度的改變。

在傳播的學術基礎日漸深厚之時，大眾傳播已接受不少融合之學，許多新興的學科正陸續推出問世。例如：「組織傳播學」、「行銷傳播學」、「傳播管理學」。這將使大眾傳播的領域更加寬廣，進而提高學術的價值，但在這十字路口當兒，卻也更令人憂心，是否會走火入魔，失去其原來本質？

四、系際整合研究問題

目前美國提供新聞學四年教育的學院和大學約三百個，基本上，學生依各大學在各種學習領域中，各種研究寬度和深度的不同要求，只選百分之二十五至三十的新聞及傳播課程，其他則分別選修社會科學、人文科學和自然科學等課程。換言之，學生在本身的專業研究中，也選讀一個主要專門課程。大學除提供他們基本傳播技能以外，也提供社會科學課程，而使得新聞和傳播工作與社會連繫起來。新聞

學的學生正如其他學科的學生那樣，集中選修地理學、物理學、政治學，或語文課程等。這當然是由於新聞從業人員除應熟悉本行工作外，尚須具備某些專精的學識之故，這樣才能培養科學記者、醫藥記者、商業記者與法律記者等。

　　但此種發展，理想固佳，卻是否為學生能力所能負荷？否則，「樣樣通，樣樣鬆」的結果，此種理想也不過是一場鏡花水月而已。

　　美國前任新聞與大眾傳播教育協會會長柯理查（Richard R. Cole）曾調查，在大學接受新聞教育的學生只有百分之十五願意畢業後從事新聞（報業）工作，他認為「這是對神聖的新聞教育指標畫上一個問號」。

　　從另一個角度觀察，柯理查教授推測許多修習新聞與傳播課程的大學生，何以多想當公關或廣告業者的主因是：

　　一、藉學新聞傳播得到廣泛的博雅教育（to obtain a board liberal arts education）。

　　二、鍛練寫作技術（sharpen their writing skills）。

　　三、接受資訊製造感應產生的過程，亦即學習資料的檢索、排列、整合的邏輯技術。

　　易言之，柯理查教授說，許多大學生是藉學「新聞學」當敲門磚，甚有更進一步想進法學研究院。（註：美國學制多是學士後法律系，得到的學位為LLM。法官或律師的社會地位不在新聞業之下。）

　　柯理查教授在《新聞教育人》季刊中又指出另一個美國新聞教育的新理想，那就是「傳播教育的高中化」。他指出，美國新聞傳播教育於本世紀一九○八年搬上大學講堂後，由於客觀事實需要，近幾年

正快速走進各高級中學校園，許多州並已發展成立「高中新聞協會」（High School Press Association）的跨校組織，成長的速度簡直可以用雨後春筍來形容。

具體而言，有關美國新聞傳播教育的「高中化」風潮，柯理查教授強調了幾項要點：

一、各普通高中（職校）紛紛開設一門以上的「新聞學」課程，學生並參與高中校刊新聞學習。

二、中大型的高中則加開編輯與採訪，甚至廣播電視的課程，並利用各校的視聽教育中心製作節目，已接近專業水準。

三、全美有三十個州政府已正式規定，在各高中任教新聞傳播課程的師資，必須通過「審定」（Certified）資格，亦即至少需在大學修習過幾門特定的相關學分課，而尚未實施該規定的各州，正預備採取同一模式跟進。

美國新聞教育「高中化」的成因與演進過程經研究，初步的假設可歸納為：

一、美國大眾傳播媒介固然無遠弗屆，但其小眾媒介也相當興盛，自成體系，深入家庭、學校、社會體團，美國各高中學校為社會雛型、縮影。因此，媒介的「易得性」相當普遍。

二、美國高中生傳統上是美國送報生（Carrier boy）最大的人力資源，送報與陪看孩童多半是半工兼職的第一份工作，這種從「觸媒」的誘因轉換成學習興趣，未始不是重要的動機。

三、美國高中生的身心發展日漸早熟，他們長期受教於豐富的社區報紙、社區電視廣播網洗禮，在如此環境下成長，逐漸躍躍欲試，

學習當傳播媒介的「小主人」。一方面他們的體能足夠肩負ENG電子攝影機，許多州允許十六歲青年取得駕照，增強其新聞採訪活動能力，配合各校電腦文字處理資訊作業，都構成有利的條件。

　　柯理查教授的分析對於我國新聞教育的方向亦具參考價值。筆者多年前就已經指出傳播教育的社會化，是未來不可避免的趨勢，而「中學」即係社會化的重點之一。

第五節　西方傳播學術研究與美國新聞傳播教育

　　由於新聞傳播之科技發展，促成西方新聞事業之影響日益擴大，亦間接形成其變革之動力；兼以西方通訊事業之蓬勃發展，改變了報導寫作與編排手法，新聞事業逐漸從個人報業時代趨向現代報業。

　　個人報業時代，新聞事業常因個人特殊的表現而形成特色，所謂「文人辦報」、「書生論政」，報紙常是文人與關心國事之知識份子的產品。其報紙之興亡成敗，常繫於一個負盛名的報人或活躍的社會運動家，他們有較高的文化素養和敏銳的政治眼光、深刻獨特的思想見解。如美國著名的政治家、科學家本傑明・富蘭克林（Benjamin Franklin）創辦過《賓夕法尼亞公報》（*Bulletin Pennsylvania*）；著名英國作家、《魯賓遜漂流記》的作者狄福（Defoe）創辦過《英國每週評論》（*British Weekly Review*）；普利茲（Joseph Pulitzer）則主編和經營了代表美國「新式新聞事業」的《世界報》（*The World*）。

　　隨後，美國的新聞教育者們又相繼創辦了《新聞教育工作者》、《新聞學專刊》、《新聞文摘》和《新聞史》等學術刊物。

　　在這些新聞教育者的努力下，一批以教科書為形式的探索新聞寫作、新聞編輯、新聞史、出版經營、新聞道德、新聞法等理論著述問世了。這時期，美國威斯康辛大學的威拉德·瓦·布萊耶·錫拉丘茲大學的Ｍ·萊爾·斯潘塞等在新聞史方面的研究成就較為突出。

　　在新聞院校教師開展新聞學教學與研究的同時，一些多年從事新聞實務工作或有傑出才能的記者、編輯、出版者也依據自己的經驗，進行新聞理論的研究、探索。他們的研究成果，也堪稱現代西方新聞學理論的首創。如一九二四年，曾任美國報紙編輯人協會會長，具有三十餘年報刊工作經驗的著名報人卡斯柏·約斯特（Karspa Johnst）出版了《新聞學原理》（*The Principles of Journalism*）一書。全書比較系統地論述了新聞的起源和性質、新聞選擇和取捨、新聞的真實性、社論的責任和方針以及新聞倫理等問題。作者因此書獲得了美國三所大學授與的博士學位和兩個新聞單位頒發的榮譽獎章，美國的新聞院校也將此書視為美國新聞學的正統理論並用作教材。在這些美國最早的新聞學專著中，休曼（Hilman）所著《實用新聞學》（*Practical Journalism*）最為著名。該書包含了「美國報社演進史」、「美國版權法」以及新聞採訪、編輯方法等內容。著名報人李普曼（Walter Lippmann）也出版了《輿論學》（*Public Opinion*），較完整地揭示了作為社會意識的一種存在的形成——輿論的形成與傳播的規律，成為世界第一部自成體系的輿論學專著。

　　在西方新聞學理論的產生過程中，對於新聞思想的研究則以下列

四種理論為其代表思想。

一、權力主義新聞理論

權力主義新聞理論在後人的研究中也概括稱之「集權主義理論」，它是在現代印刷術發明不久的西歐文藝復興後期集權主義氣候下的產物。

當時，西方社會中佔統治地位的是封建君主，封建權力擁有者控制著報刊、出版業和輿論。權力主義新聞理論代表著君主、教會等封建統治者的利益，認為個體是無能的，甚至是邪惡的，只有作為社會一員並絕對歸屬整體時，才能發揮他真正的能力。個人的活動範圍極有限，必須成為社會嚴密組織的成員，才是實現個人目標的唯一條件。因此，個人思想和意見一定要服從組織意志。同時，權力主義理論還認為，真理不是人民大眾創造的，而是處在領導地位上領導別人的「聰明人」的思想，真理是聚集在權力中心周圍的東西，報刊的作用是從上而下的。

當時，封建統治者在利用報刊的時候，只把他們認為人民應當知道的事情和他們認為人民應當支持的政策報導給人民。英國國都鋒王室（House of Tudor）和斯圖業特王室（House of Stuart）認為報刊是屬於王室的，因此必須支持王室的政策。私人只有經過特許才能取得報刊的所有權，而這一特許狀在任何時期，一旦發現報刊沒有履行支持王室政策的義務，就可以隨時被撤銷。因此，出版是權力機關與出版人中間的一種協定，在這個協定中，前者頒給後者以獨佔權，而後者必須給予前者支持和奉承。

權力主義的新聞理論在二十世紀三〇至四〇年代的德國法西斯時

期發展到登峰造極的程度，納粹黨頭目認為，所有報刊、廣播、電影、藝術、文學都必須無條件地為法西斯政權的宣傳目的和法西斯主義服務，每本書、每張報紙都必須送宣傳部審查，經其認可，方可問世。隨著自由主義思想發展和法西斯政權的滅亡，二次大戰結束以後，權力主義理論的影響已大大衰弱。

二、共產主義新聞理論

共產報業是極權報業的一種新型式，它是一九一七年蘇俄大革命後的副產品。

共產報業的理論，建立在人的本質、人與社會的關係以及真理的特質上。馬克斯認為，人為「社會」的主要份子，但它僅是社會的成分而已，個人的最終目標僅在完成社會的永恆發展。共產主義相信真理祇有一個，真理亦祇有一個發言人，即黨或黨的領袖。

所以在共產社會中，報業是國家的工具之一，與其他工具如軍事教育、經濟等密切結合在一起。馬克斯與列寧均曾指出，布爾希維克必須應用兩項武器：一暴力革命和高壓的無產階級專政；二解釋共產的政策，藉說服爭取群眾的支持。這種所謂說服，即宣傳與煽動（pro paganda and agitation）。所以在共黨廣大的宣傳媒介中，報業居於最重要的地位。由於共黨重視報業，因此認為報業必須予以嚴格管理，並且要絕對為黨和人民服務。

列寧為蘇俄報業的創始者；一九○○年十二月十二日，他於來比錫（Leipzig）創刊第一張革命報紙火星報（Is-Kra）。他於一九○二年曾說：「報紙不僅是集體的宣傳者、煽動者，亦是集體的組織者。」

三、自由主義新聞理論

自由主義新聞理論是西方傳統的、影響廣泛而遠久的一種新聞思想，它的奠基人是十七世紀英國反封建的政論家約翰・彌爾頓（John Milton）。

約翰・彌爾頓一六○八年生於倫敦，一六二五年入劍橋大學，一六四一年起獻身於反君主政體和天主教會的鬥爭。他於一六四四年發表的《論出版自由》是世界上第一本提倡出版自由、反對封建書刊檢查制度的著作。他在議會進行答覆。他的答辯詞強烈要求根據個人良知，有自由獲知、陳述和辯論的權利，其主要論點是：一、人是有理性的動物，應當相信讀者有判斷是非的能力；二、檢查官的水平往往低於作者的水準，因此，對出版物的事先檢查制度有害無益；三、任何一種思想即使禁止出版，也無法禁止其流傳，因此禁止某些出版物的企圖最終都是徒勞的。彌爾頓慷慨陳詞道：「殺人只是殺死了一個理性的動物，破壞了上帝的形象，禁止好書則是扼殺了理性本身。」彌爾頓的答辯詞為新聞自由奠定理論性基礎，並印成了小冊子廣為流傳，被西方新聞學者引為自由主義新聞理論的思想來源之一。

四、社會責任理論

這種被稱為「社會責任論」的新聞理論，是二次大戰後在西方極為流行、影響廣泛的一種傳統的典型的新聞理論。

第二次大戰後，美國有關機構開始研究新聞事業職責和特點的嘗試。一九四七年，美國新聞自由委員會進行一項關於美國新聞自由的調查，並得到《時代》雜誌發行人亨利・魯斯（Henry Luce）的資助。這個以芝加哥大學校長羅伯特・郝金斯（Robert Hutchins）為首

的、由新聞學範疇外的社會科學教授組成的委員會作出的調查研究報告，最先提出了社會責任論思想。一九五六年，美國著名新聞學、傳播學者施蘭謨（Wilbur Schramm）等人在他們《報刊的四種理論》（*Four Theories of the Press*）一書中詳盡闡述了這種理論。

五、其他

二次大戰後，在這幾種新聞思想的主流之外，還產生、發展了其他一些新聞學學派或思潮，並提出一些新的主張和觀點。不過，這些觀點主要是關於新聞寫作實踐的。由於這些觀點在今天的西方新聞學領域仍有一定的影響和地位，下面略爲介紹幾種較有代表性、影響較大的思想：

（一）新新聞主義（New Journalism）

又稱爲「新新聞文體觀」等，是美國新聞界二十世紀六〇年代中期出現的一種新聞思潮。創始人爲湯姆斯·沃爾弗（Thomas Wolfe），主要觀點是主張用寫小說的方法寫新聞報導，不限制虛構和小說化。他們否定「傳統的新聞寫作」，稱之爲「嚴守成規的新聞邏輯」，「新聞記者的原始主義」，「是客觀性的愚蠢作品」。他們認爲記者與作家的混合是新聞學的新哲學，主觀性的東西才是眞實的。只有進行眞正的藝術概括，用藝術方法寫新聞才能高於事實。沃爾弗把這一思潮的擁護者稱之爲「新新聞記者」，是「記者與藝術家的混合體」。新新聞主義的觀點受到美國新聞界和文學界的懷疑，被認爲對新聞和文學都有失尊嚴。

（二）調查新聞學（Investigative Journalism）

出現於二十世紀七〇年代的美國新聞學的一個流派，因提倡調查

性報導而聞名。這個學派認為，新聞記者應主動捕捉重大社會黑幕醜聞作深入、系統的調查報導，力求揭示其深層背景，並從社會體制上尋找產生社會痼疾和缺陷的原因，以促使對社會作一些改革。

一九七〇年代，因《華盛頓郵報》兩名年輕記者伯恩斯坦和伍德沃德調查揭露「水門事件」的報導大獲成功，調查新聞學風行美國。一九七四年普立茲獎的六項新聞報導中，調查性報導佔了四項。美國因此還設有「調查記者與編輯組織」和「調查性報導基金會」，專門為調查記者提供幫助。

由於一些調查性報導往往會觸及一些壟斷財團及其政黨的利益，調查記者常常要承擔很大風險，故而進入八〇年代後，這種調查性報導已開始轉向風險較小的領域。

（三）精確新聞學（Precision Journalism）

這一學派最早是由美國新聞者菲利浦‧梅耶（Philip Meyer）在他一九七一年出版的《精確新聞學》（*Preciston Journalism*）一書中提出來的，該學派因主張運用現代社會科學的方法和新手段採寫新聞，以保證新聞報導的準確和客觀而得名。

精確新聞學的創始人梅耶認為，傳統的新聞採訪和加工新聞訊息的做法，只注意報導聳人聽聞的情節，只停留在對新聞事件做一般性描述和似是而非的評價上，致使新聞報導難以做到準確和客觀。因此，他提出：新聞記者要廣泛運用社會學和其他人文科學的方法和手段來採集和加工新聞訊息，並從社會、歷史、政治和經濟的角度去分析新聞事實材料，揭示社會事件真相，以提高新聞報導的準確性和客觀性。具體方法可以運用計算機進行選擇性調查、數量分析、內容分

析、中間測量等等。整個七〇年代，精確新聞學的研究在美國流行一時，出現了大批教科書和參考書。

（四）發展新聞學

這一學派是發展中國家的新聞學者提出的一種要求從正面報導他們國家發展狀況的新聞學理論，也形成於二十世紀七〇年代。

發展新聞學理論認為，西方新聞界從其政治偏見和傳統新聞價值觀出發，於發展中國家的報導中，一味追求怪異的突發事件，極力渲染戰爭、內亂、災禍、犯罪及各種落後現象，而對這些國家在政治、經濟、文化和社會生活各方面的進展和成就欲不屑一顧。為此，他們要求打破國際新聞傳播中這種不平衡和不平等的狀況，建立起世界新聞傳播的新秩序。他們提出，西方新聞界應當改變傳統的新聞價值觀念，注意從事件發展過程，完整地報導事件；注意既報導發展事件，也報導非事件性新聞；盡力擴大報導面，全面反映發展中國家在各個領域的進展和成就。

在發展新聞學理論的呼籲下，一些發展中國家建立起區域性的跨國聯合通訊社，進行這種國際新聞報導的內容與方式改革的嘗試。為了對付發展中國家的這種做法，西方新聞界在八〇年代後也研究和探討了「發展新聞學」理論，以試圖尋找一種既能填補西方新聞報導的漏洞，又能使西方讀者感興趣的報導方法。

（五）倡導新聞學（亦可譯為「鼓吹新聞學」Advocacy Journalism）

這是興起於二十世紀六〇年代末、七〇年代初的一種關於新聞報導樣式的理論。

倡導新聞學提倡記者在新聞報導中表現出明確的黨派立場。倡導

新聞報導不同於一般的新聞報導，它是通過新聞報導的形式來評述社會事實，在它的內容中既有強烈的價值判斷，又有實際的事實材料，它是新聞報導和評論的混合物。倡導新聞學的觀點在西方並不爲多數人認同，而且倡導性新聞報導也極少被新聞媒介採用。

（六）多透視新聞學（亦可譯爲多視角新聞學，Multi-Perspective Journalism）這個學派的觀點認爲，新聞報導不應只圖獵奇而支離破碎地描述社會，而應該用透視的方法，形象、立體並完整地反映現實。這個觀點旨在更新新聞觀念、改革報導手段，以吸引更多受眾、產生較大社會效應，滿足受眾多方面的需要。爲此，多透視新聞學更重視新聞事件與民眾的關係，而不把眼光僅僅盯住政府官員，並注意新聞報導的涵蓋面。同時，報導內容也逐步走向與民眾生活相關的公益事業和經濟活動領域。

由於新聞事業無遠弗屆的影響，於是關心與探索大眾傳播對受眾影響的研究日趨廣泛，普及到許多人文學專家與社會科學專家，他們分別用哲學、語言學、社會學、心理學、文化學、新聞學、政治學、系統理論等方法，對人類的傳播活動及其規律進行不分層面、不分深度的探討，乃興起所謂的大眾傳播學。

但儘管自五〇年代以後，傳播學的研究與發展在西方國家，似乎愈來愈超越傳統的新聞學領域，並大有「吞併」和凌駕新聞學之勢。然而，在傳播學盛行中被擠到邊緣的新聞學，依然堅守著它獨有的地位，並不斷開闢出新的研究領域，出現不少與新聞學銜接的邊緣學科，即新聞學與社會學、心理學、政治學、哲學等學科交叉產生的新聞心理學、新聞哲學、新聞社會學、新聞文化學、新聞法學、新聞倫

理學、新聞管理學等。

因此，從傳統研究新聞業務的新聞編輯學、新聞採訪學、新聞寫作學、新聞評論學，發展到廣泛運用社會科學研究方法，與各社會科學研究交叉的新聞學邊緣理論。隨著人類社會不斷走向訊息化，新聞學將向綜合化、多學科化的趨勢發展。

第六節　美國傳播研究的先驅者

大眾社會的形成，亦即工業化、都市化、現代化等逐漸改變社會秩序而使社會體制變遷的過程，其中的特色之一即是一個依賴媒介的社會。

一方面，大眾媒介的成長與社會發展息息相關，因爲都市化聚集了大量受眾，使得大眾媒介得以生存。而現代化又增加了人們使用傳媒的機會；另一方面，大眾傳媒提供的有關政治、經濟、宗教、文化、教育等訊息，不僅改變了人們的生活方式，也改變了人們對人生、家庭、人與人之間的關係等價值觀。

幾乎從無線電報的誕生開始，每一種新傳播媒介的應用，都對美國人的社會生活產生了很大影響。於是，美國的一些思想家們便率先開始研究作爲社會進步一種力量的現代傳播在社會變遷中的影響力。這就說明對現代傳播現象的系統理論研究，其焦點是從傳播產生的社會效果開始的。

美國學者丹尼爾·杰·切特羅姆（Daniel J. Czitrom）以爲，一

些學者在十九世紀晚期便開始關注傳播現象，並著手進行相關的研究，他們是當時美國社會科學界的幾位大名鼎鼎的學者查爾斯‧霍頓‧庫利（Charles Horton Cooley），約翰‧杜威（John Dewey）和羅伯特‧E‧帕克（Robert E. Park）。在十九世紀九〇年代，美國正值「新新聞事業」發展的高潮，科技發展帶給新聞業的巨大變革，以及新聞出版業對美國人社會生活的影響，使這幾位在大學埋頭做學問的思想家十分震動。於是他們敏感地意識到媒體技術對社會的總體進步具有巨大意義，而且「每人都將他所發現的這種含義置於他的更博大的社會學說的中心。」

杜威在他的名著《民主與教育》一書中寫道：「社會不僅是由於傳遞、傳播而得以持續存在，而且還應說是在傳遞、傳播之中存在著。在公共（Common）、社會（Community）、傳播（Communication）這幾個詞之間不僅僅有字面上的聯繫。人們因共有的事物而生活於一個社會中，傳播就是人們達到共同佔有事物的手段。」

被稱為美國社會學「芝加哥學派」最具影響力的成員之一的羅伯特‧帕克，也是杜威在教學時的「年輕信徒」。美國學者丹尼爾‧杰‧切特羅姆認為，他「為城市社會學、種族關係和傳播學提供了新的研究方法」，「在認識現代傳播在創造和保持社會輿論的重要性方面衍生出一種獨特的美國人的觀點。」

帕克曾在攻讀博士學位時專門研究「集體心理學」，所以他特別關注反映集體心理外在表現的集體行為和公眾輿論的形成。在研究過程中，帕克發現，與其說新聞事業能指示和引導輿論，不如說它許多時候只能證明自己是一種「控制集體注意力」的機制，以這種方式形

成的意見類似以不加考慮便接受的觀念爲依據而形成的判斷。帕克的這種理論可說爲後來傳播研究中的魔彈理論提供了某種依據。

在二十一世紀二〇至四〇年代，另一批美國社會學家、政治學家、社會心理學家也開始關注社會中無所不在的傳播現象。這時期，他們對輿論、競選、社會群體的宣傳等傳播活動的研究，逐漸發展。他們的研究所依據的也是西方社會學家孔德（Auguste Comte）、斯賓塞（Herbert Spencer）、韋伯（Max Weber）等人的社會學理論。這些社會學家、政治學家、心理學家介入傳播研究，不僅爲傳播學的形成提供了理論基礎，而且他們的研究成果也豐富了傳播學理論。他們中有四位對早期的傳播研究貢獻突出，被後來的傳播學研究者們稱之爲創立傳播學的「四大先驅」——拉斯威爾（Lasswell）、賴查斯斐（Lazarsfeld）、黎文（Lewin）、霍夫蘭（Hovland）。

拉斯威爾是國際聞名的政治學家，歷任美國政治學會主席，他畢業於芝加哥大學，曾任教芝大與耶魯。

拉斯威爾以研究大眾傳播內容聞名，是以科學的內容分析首創傳播公式。他在宣傳傳播、在國家與社會中的功能研究及政治傳播諸方面均可謂先驅者。

社會學家賴查斯斐原籍奧國，早年就讀於維也納大學，主修數學，後來受弗洛伊德等人的影響對心理學產生興趣，一九九三年前往美國進修心理學。在無線電廣播視聽與效果上的研究，發生濃厚興趣，成了社會學家。一九四〇年他到紐約哥倫比亞大學社會學系任教，創辦了「應用社會學研究所」。在這一年，他用社會學方法對一九四〇年的總統選舉進行了詳細調查。八年後，他在這項大規模研究

▲政治學家拉斯威爾。

▲社會學家賴查斯斐（左）。

基礎上，和助手一起發表了研究報告〈人民的選擇〉。在這個報告中，提出了著名的兩級傳播理論：即訊息先由大眾媒介傳播到意見領袖，然後再由意見領袖向社會大眾擴散。同時，研究結果還摧毀了以往認為媒介萬能的假設，而支持一個新假說，即媒介效果甚微，它只是許多影響中的一種，這個給人印象深刻的發現，成為了媒介研究中的一個重要里程碑。

心理學家黎文（又譯李溫）畢業於德國柏林大學，一九三二年移居美國後，創立了著名的「團體動力學」，並於一九四四年在麻省理工學院建立了團體動力研究室，直到他去世都致力於心理學和社會心理學的應用研究。

在早期的傳播研究中，把受眾視為射擊場上的靶子，只要槍彈（即傳播內容）擊中靶子，靶子（即受眾）就應聲倒下，也就是說大眾傳播就輕而易舉地使受眾接受傳播內容，從而控制受眾的觀念和行動。這種傳播理論也被稱為「魔彈論」。

但黎文應用他的團體動力學指導傳播研究，其研究結果使人們發現，傳播對象並不是一個孤立的靶子，他受到自身所屬社會團體的規範影響。要改變一個人的態度或觀念，不僅要考慮他的個人因素，還要考慮團體與個人的關係。由此，黎文的團體動力說，對傳播學研究產生了重要影響。所以，第二次大戰期間，美國政府也邀請他參與了研究傳播對軍隊士氣的影響問題。

黎文也曾在愛渥華大學任教，他的研究方法主要採取實驗法。

霍夫蘭也是一位心理學家，獲耶魯大學哲學博士，並留校任教。第二次世界大戰期間，霍夫蘭應美國陸軍部的聘請，率耶魯大學心理

▲心理學家黎文。

▲心理學家霍夫蘭。

學家小組，進行多項試驗，研究影響美國士兵思想的各種因素和宣傳效果等問題，以幫助美軍制定思想訓練計畫。

霍夫蘭及其助手的這項研究被認為現代態度改變研究的開端，是對大眾傳播理論作出若干重大貢獻的淵源。這次研究結果表明，在宣傳過程中，採用把兩種意見都講出來的方法對受教育程度較高的人比較有效。同時，他們也得出了被後人否定的「靶子理論」。

二次世界大戰以後，霍夫蘭重返耶魯大學，任心理學系主任，並在洛克菲勒基金會支持下設立了形成傳播研究的耶魯學派的傳播研究項目。從這些研究中產生了一批有關態度改變問題的論著，其中包括霍夫蘭的代表作「傳播與勸服」。由於霍夫蘭及其耶魯學派的研究方法基本屬於實驗法，而大眾傳播過程錯綜複雜，所以他們也有閉門造車、一味探索態度改變與心理結構關係的局限。但他們有關勸服藝術和傳播技巧的研究成果，對傳播學的形成和發展有很大的貢獻。

一九四〇年代，傳播學在這些學者的努力下，已初具規模，各種研究傳播的論文與著作也大量出版，傳播學逐漸走出過去新聞學較偏重於報紙編寫採技術與經營問題的狹窄範圍。

基本上，政治學家拉斯威爾確定了傳播學的研究範圍，建立起傳播理論研究的架構，賴查斯斐建立了它的方法論，使傳播研究逐步邁向行為科學的方向；但使傳播學成為新興熱門的顯學，並使它集大成的，則是被推稱為傳播學的組織者、推廣者與研究者的施蘭謨教授。

施蘭謨（W. Schramm）是第一個把傳播學作為獨立學科進行研究，並為傳播系統化作出傑出貢獻的「傳播學之父」。施蘭謨一九二八年畢業於美國馬里蘭學院，後在哈佛大學獲碩士學位。在愛渥華

（Iowa）大學獲哲學博士學位。早期做過記者、編輯，後又以從事新聞教育，歷任愛渥華大學新聞學院主任、伊利諾大學傳播研究所主任、史丹福大學新聞傳播系教授、傳播研究所主任、夏威夷大學東西文化中心傳播研究所主任等職。從一九三四年起，他創建了愛渥華民意調查中心等四個研究機構。施蘭謨最先綜合借用新聞學、政治學、社會心理學、社會學、語言學等學科的研究方法認識和解釋傳播活動，並明確地提出傳播學是一門獨立學科。他不僅在美國為確立傳播學的學術地位做出了不懈努力，而且不遺餘力地向全世界推廣傳播學理論和美國的研究成果。他為後人留下了近三十部著作和萬篇論文，其中代表作有《大眾傳播學》（*Mass Communication, 1949*）、《大眾傳播的過程與效果》（*Process and Effect of Mass Communication, 1954*）、《人、信息、媒介——人類傳播概論》（*Men Media and Social Development*）。

　　一九五七年，施蘭謨根據他所分類整理的一九三七年到一九五六年美國《新聞學》季刊的內容，提出了從新聞學到大眾傳播學的四個學科發展趨勢：

　　一、從定性分析到定量分析。

　　二、從人文學方法到行為科學方法。傳統的新聞學是以哲學、文學為基礎，而大眾傳播學是屬行為科學的一支，它是以社會學、心理學、統計學為基礎的。

　　三、從報人研究到過程與結構的研究。傳統新聞學只以文學方法對報業經營者作傳記性描述，而大眾傳播受牽制的因素變化多端，有著交錯複雜的因果關係。

　　四、從區域性角度到國際性角度。由於國際傳播的發展，新聞學的研究範圍已不能局限於一國或一個區域，它須延伸至國際範圍。

　　施蘭謨被推崇為傳播理論的推廣者、組織者和研究者。可謂是集大成的「大師」，其來有自。

　　在二十世紀的早期傳播研究中，學者們最初提出被稱為子彈理論的媒介效果說，亦即靶子理論、注射理論。

　　子彈理論既受社會學中有關大眾社會概念的影響，也與另一些社會因素有關。因為在第一次世界大戰時，德國的戰爭宣傳機器及後來二次大戰納粹上台又極大強化了這個宣傳機器，在當時留給人們的印象極為深刻。此外二〇年代無線電廣播出現，使傳播地域和距離的限制大為減少。但是二次世界大戰後，西方傳播學的先驅黎文和拉斯威爾對戰爭中宣傳效果的研究，和賴查斯斐等在總統選舉中的民意調查研究以及受眾領域中的大量研究，都發現人們對訊息的不同反應，來源於個人性格的千差萬別和個人所屬的社會團體，並不是「魔彈論」所假設的無差別的個人。

　　五、六〇年代以後，各種取代「子彈論」的傳播學理論層出不窮，如「有限效果論」、「使用滿足論」、「社會分類論」、「社會關係論」、「固執的受眾論」、「新的強效力論」、「文化模式論」、「認知不和諧論」、「選擇性因素論」等等，都修正了最早的傳播學受眾分析理論。

　　傳播研究發軔於人們對教育、宣傳、廣告和人際關係等傳播效率的檢驗，心理學和社會學等學科的發展以及實驗法、社會調查、統計等方法，以及訊息論、控制論、系統論的運用，又大大促進著傳播研

究活動的發展。四○年代末和五○年代，西方傳播學研究又是一個建立模式的鼎盛時期，它也是「理論的一種簡化形式，具有構造、解釋、啓發、預測等多種功能，可以向人們提供某一事件的整體形象和明確訊息」。

　　首先促使傳播研究者們以模式來闡述傳播過程思想的是一九四九年數學家香農（Shannon）和偉弗（Weaver）所提出「傳播數學理論」。這個理論在後來傳播模式理論研究中一直是最重要且最有影響力。這個模式還導致了許多傳播過程模式的產生。一九五四年，著名學者施蘭謨又提出了奧斯古德──施蘭謨循環模式，揚棄了香農──偉弗的傳播模式，認爲參與者同時充當訊息發送者和接收者雙重角色，而且否定了傳統的直線性模式，指出傳播過程是永無止境的雙向互動過程，並且傳受雙方在傳播過程中行使著相同的功能。

　　四○年代末、五○年代初美國出現了商業電視。這一新科技媒介以跨越時空、迅速、及時、形象、視聽合一的傳播形式，成爲人類前所未有的強有力的傳播媒介。但同時，五○年代末期，美國的傳播研究者們的研究又未能發現媒介產生重大社會效果，他們不得不努力尋找一些理論加以解釋。這樣，有的學者認爲，以往的傳播研究對「效果」的定義太狹窄，只限於態度改變和行爲變化，難免有失偏頗，況且實證量化法也有局限，並不能測出較不明顯和長期的效果。

　　由此，六○年代和七○年代，傳播研究的重心便逐漸認爲了發現媒介效果而著重於媒介宣傳的控制和傳播內容的分析，以及尋求對整個傳播過程的理解，轉向對傳播過程各個相關方面的研究。對媒介效果的研究，研究者們一方面注意媒介的認知效果，另一方面特別重視

▲「傳播學之父」施蘭謨教授。

▲作者（左）在美國史丹福大學初訪施蘭謨博士。

受眾的社會關係，運用現代社會學的「社會關係理論」，建立了傳播研究中的「網路分析」方法（或稱「社會網路分析」）。傳播學者們也漸漸認識到：傳播研究不應只是心理的，更應以社會的、政治的、經濟的、文化的，或語言、語義的綜合角度來研究，才能真正探尋到傳播過程的規律。所以，七○年代以來，傳播研究中的歷史主義和人文科學又重新得到重視。社會科學與人文科學的結合，使研究者們又在傳播領域中開拓出新的天地，得到更大的拓展。這些研究課題包括對人類一般傳播行為的深入探討；對跨文化傳播與第三世界國家的發展的研究；以及對大眾媒介與人的現代化、傳播與科技發展、傳播權與訊息資源的分享；國際傳播新秩序與傳播帝國主義的爭鳴；對傳播哲學的思考等等。尤其是歐洲批判學派崛起後，他們富有創意的認識突破了以往研究者的窠臼，在傳播研究的歷史上樹起了新的里程碑。

美國和歐洲的傳播研究者們從第二次世界大戰起就開始了學術爭議，至今仍在繼續。美國的傳播學研究是從社會學、心理學、政治學等學科分化出來的，受美國的社會體制和實用主義哲學思想的深刻影響，形成了自己的學術傳統，被稱為「經驗學派」或「傳統學派」。而歐洲主要工業國家的傳播學又受到歐洲傳統的思辨哲學，尤其是馬克思主義哲學方法論的深刻影響，在六○年代迅速形成自己的學術體系，被稱為「批判學派」或「歐洲學派」。

一九八二年，施蘭謨教授在訪問中國大陸時曾作預測說，在未來一百年中，分門別類的社會科學——心理學、政治學、人類學等等，都會成為綜合之後的一門科學。在這門科學裡，傳播的研究會成為所有這些科學的基礎，它將成為綜合之後的新的科學的一個基本學科。

傳播學「所顯示的綜合性（作為多學科交叉的產物）、具體性（與媒介的具體實踐密切相關）、系統性（構成大眾傳播活動各個環節相交關聯、相互影響）和模糊性（如語言的模糊性、訊息與效果的不確定性）等等，都是未來值得研究的」。而對這些研究的展開，也就是傳播學科的進步發展，基本上我們對它的前途是審慎樂觀的。

第七節　美國新聞傳播研究特點

美國的新聞傳播研究，是奠基於新聞學的理論基礎。從一九六○年代以後，無論是新新聞學、調查性新聞學、精確新聞學，乃至倡導新聞學，其實都還是圍繞在新聞媒體作研究。但自從開始發展對大眾傳播的批評與辯護研究，新聞傳播的研究開始走向新的領域，也反映了美國大眾傳播研究的主要新特點。傳播理論主要是建構在對事實、經驗分析與判斷的基礎上，而其研究焦點則放在大眾傳播的過程、角色、功能、控制、效果等問題上。

實用主義的背景

二十世紀初，美國實用主義創辦人威廉·詹姆士（William James）出版了《實用主義》（*Pragmatism: A New Name for Some Old Ways of Thinkiing*）這本著作。他認為，實用主義的思想以及這一字眼，在他之前已經存在了。實用主義只不過是「一些舊思想方法的新名稱而已」。對於實用主義這個名詞，他是勉強接受的。儘管如此，美國富

蘭克林‧馬歇爾學院（Franklin Marshall College）哲學教授路德‧賓克萊（Luther J.Binkley）仍然代表美國思想界，稱他為實用主義的代表人物。詹姆士說，他的實用主義以追求真理為目標。他認為，實用主義只不過是一種方法，「是一個解決形而上學爭論的方法」，即實用主義可用來調和形而上學無休止爭吵的方法，也是「試圖通過概念探索其實際效果來解釋一種概念的方法」。詹姆士還進一步強調，實用主義的方法就是追求真理的實際效果。

　　另一位實用主義代表人物是約翰‧杜威。他與詹姆士相比，更加務實，更加注重運用科學解決社會問題，瞭解人和社會的性質，通過科學控制不利於人類發展和幸福的問題。杜威的實用主義關心手段和工具的價值。他稱他的哲學為「工具主義」。他用哲學為社會問題找出藥方。總之，要集中精力提出一種思想和理想，作為認識和糾正具體社會弊端的方法，而不是提出什麼天國或遙遙無期而無法實現的目標。

　　十九世紀末，美國大眾化報紙蓬勃發展。杜威試圖借助報紙倡導教育，以幫助實現他改造社會的廣大理想。杜威曾幻想創辦一份新興報紙，名叫《思想新聞》，向社會傳播科學與哲學的研究成果。杜威與他的學生們，對媒介可以影響社會持樂觀態度。他們把大眾媒介視為美國政治與道德的代言人。

　　美國的大眾傳播研究一開始就籠罩著實用主義的思想背景。

　　杜威對大眾傳播研究的影響，是與大眾社會分不開的。在梅爾文‧L‧德弗勒（M.L. DeFleur）的思想中，大眾（mass）這個名詞並非「大量」的意思，而是指一種特定的社會體制。早在十九世紀，

大眾社會便出現在西方。二十世紀以來，美國大眾化報紙普及，雜誌成為社會成員的重要傳播媒介，電影進入黃金時代，廣播走向全盛時期，電視進入嶄新歲月。新的傳播科技加速著大眾社會新的變遷，大眾媒介對個人、社會及文化的影響日益增大，同時也帶來引人注目的諸多問題。大眾媒介給社會帶來道德問題，對政治的影響，對經濟的刺激等等，直接導致了大眾媒介效果的研究。

實用主義方法和它對真理有效性的看法，滲透了傳播效果研究，效果研究的目的及範疇的確立，不僅與實用主義有著密切的聯繫，而且還高度地體現了實用主義的價值。

效果研究一直是美國大眾傳播研究的主流，美國衛思州立大學（Wayne State University）的弗萊德·費杰斯（Fred Fe-jes）認為，效果幾乎成了大眾傳播研究的同義詞。事實的確如此，幾十年來，美國大眾傳播媒介效果研究一直佔主導地位。效果研究的概念是多元的和變化的。不同效果研究都沒有跳出大眾媒介對人與社會具有「怎樣影響」與「多大影響」這兩個模式。

八○年代中期以來，以社會理論為主流的效果模式，更加關注在廣泛社會背影下的媒介對社會價值觀念、生活方式、思維方式影響的問題。弗萊德·費杰斯提出，在各種求解式研究中，有四個分析媒介影響的效果模式令人注目。它們是：議題設定（agenda setting），沉默螺旋（spiral of silence），知識差距（knowlege gap）和依賴模式（dependency model）。丹尼斯·麥奎爾（Dennis McQuail）認為，這些都屬於長期而間接的效果研究。

美國大眾傳播的效果研究，最初從關注社會道德倫理開始而產生

了研究的實際價值。這也符合杜威「依賴道德改造社會」的思想。大眾媒介對於社會倫理道德具有怎樣的影響，這在媒介快速發展的時代，成爲越來越重要的問題。在美國，遭致社會批評最多的是報紙和電視業。人們指責報紙爲追求商業利益，不負責任地刊登黃色新聞，敗壞社會道德；指責電視充滿暴力色情，對兒童身心造成直接影響。有些媒介機構的傳播內容，被當作「潛在的社會公害」。人們對道德遭到破壞，感到恐懼。二〇年代末，第一個大型的傳播效果研究，就是針對大眾傳播影響社會倫理問題而展開的。由於該研究受到佩恩慈善機構的資助，所以這項研究被稱爲「佩恩基金研究」（Penn Fund Research）。

　　二十世紀的美國政治家聲稱，美國不僅需要統治階層，更希望能運用統治權以使聯邦繁榮昌盛，於是羅斯福推行的「新政」乃成爲各方矚目的焦點。而共和黨更躍躍欲試，期與羅斯福總統爭奪寶座。於是，研究者對媒介在大選中的作用極感興趣。在洛克菲勒基金會、哥倫比亞大學廣播研究中心等機構的支持下，大選研究在俄亥俄北部的一個湖畔小鎮展開。主要目的是瞭解大眾媒介對選民行爲及態度的影響，瞭解媒介宣傳如何能改變選民在投票的最後時刻決定選誰的問題。研究結束後，賴查斯菲等人依照研究結果，建立了兩級傳播的理論，並撰寫了回答現實問題的「人民的選擇」（People's Choice）這項研究的結果，充分地反映了實用主義者所追求的實際效果和眞理的有效性等觀念。

　　繼大選研究之後，較大的研究是美國作戰部與新聞、社會及行爲學者聯手進行的媒介與戰爭宣傳以及後來霍夫蘭的「耶魯研究」，這

些研究不僅滿足了戰時的需要，而且使學者們得以建立了大眾傳播的勸服理論，還提出了短期與長期效果、可行度、恐懼訴求對宣傳的免疫力等新的傳播概念。

　　三○至四○年代，廣播的發展大大加速了市場研究的步伐。那時，已有相當數量的出版商開始調查消費者、分析購買行爲和廣告的效果。哥倫比亞大學應用社會研究所進行了大眾媒介間接效果的研究，提出了意見領袖的假設，並有效地得到了證明。該研究目標指向意見領袖對社會生活不同方面的影響，如意見領袖對市場消費購買的影響；對流行趨勢的影響；對公共事務的影響等。這一研究爲試圖控制商業活動的人，指點了迷津。

　　六○到七○年代傳播學研究出現了兩大學術派別，經驗學派與批判學派的主要分歧，也表現在效果研究上。經驗學派的主要理論觀點是建立在效果研究的基礎上的，它所關心的是媒介對社會與人的影響。批判學派則要扭轉這個方向，考察媒介、傳播和社會權利之間的關係。有人說，批判學派的最大特點是拋棄了效果研究。然而，事實是，批判學派的研究有一個重要假設，那就是媒介的影響是巨大的。在這個假設的前題下，批判學者如果要提出自己的理論觀點，就無法繞開效果研究的難題。羅杰斯曾很客觀地指出，批判學者也在使用經驗學派的研究成果。這說明了兩大學派的交融點。因此，也可以這樣說，批判學派也關注效果研究，只不過是與經驗學派的實用主義特徵有所不同。

　　美國是經驗學派的創生地，且與芝加哥社會學派的羅伯特・E・帕克（Robert E. Parker）有關。帕克是二十世紀初芝加哥學派最有影

響的學者之一。他被譽爲美國大眾傳播的社會學研究的創始人和第一個理論家。他相信，報紙具有影響輿論的重要力量，並對報紙的積極影響抱樂觀態度。帕克在大學時，學習過新聞學，當過記者。後來，他在哈佛攻讀哲學，而後又去德國柏林大學深造，獲博士學位，成爲社會學家。四〇年代，以社會學家賴查斯斐爲代表的「選舉中的傳播媒介」的調查研究，深深地影響了美國傳播研究的理論方向。它們強調，要尋找傳播的有效規律，強調媒介如何改變人的態度、價值及行爲的效果研究，同時也開創了大眾傳播實證研究的歷史。

實證研究的哲學思想，主要來源於法國社會學家孔德（Comte）。在孔德看來，「實證」是運用科學方法，將經驗上升爲知識，通過觀察、分析事實而發現問題，找到某些具有支配性的規律和原則。實證研究反對超驗的幻想，無建樹的懷疑態度，它強調科學應服從於事實和經驗的研究。以歷史與學科的聯繫上看，美國大眾傳播的經驗學派，是在實證研究的方法論中誕生的。它代表了一種研究方向和方法。

經驗學派的實證研究主要依賴量化分析、調查、測量及實驗等科學手段驗證假說。賴查斯斐的研究方法、概念及結果就爲經驗學派學者進行特定的、可測量的、短期的、個人的態度及行爲的效果研究打下基礎。賴查斯斐的努力成爲後來傳播學者的研究典範。半個多世紀以來，經驗學派吸引了美國大眾傳播研究的主要力量。

隨著歐洲批判學派的興趣，經驗學派實證研究的根本缺陷，更加明顯地暴露在批判理論之下。六〇年代，當法蘭克福學派的代表人物霍克海默（Max Horkheimer）、阿多諾（Theoder Wiesengrund

Adorno）、波洛克（Friedrich Pollock）、馬爾庫塞（Herbert Marcuse）、弗洛姆（Erich Fromm）等人站在西方馬克思主義立場上，以意識形態、政治、經濟和大眾文化領域向資本主義社會發起全面攻擊時，傳播學批判學派的學者開始運用哲學思辨和批判的方法，審視與意識形態等領域息息相關的大眾傳播及其研究的現狀。批判學派首先把箭頭指向以實證研究爲取向的美國大眾傳播研究。他們指出，實證研究囿於經驗事實的範疇，零散片面，缺乏總體性，並排斥主體的參與，標榜客觀性原則。實證研究的量化分析、控制實驗、假設設計僅滿足於對現象的微觀描述，流於操作，缺少對事物宏觀的總體的把握。他們主張將傳播現象置於廣闊的社會總體結構和歷史文化背景中。

　　經驗學派在運用實證方法時，通常以排斥主體的參與和堅持客觀性、價值中立爲準則、實證論者的理想，只是得出事實的判斷，以反映客觀世界的本質及其規律性，而非得出價值的判斷。他們認爲，價值判斷是不具備科學性的。然而，批判理論者認爲，實證研究「把具體的客觀事實，對事實概念的運用，都看成外在與理論思維的、純客觀的，而理論只是儘可能接近事實，有效地描述事實，並對之進行安排和整理。這種離開理論與人來思考客體的研究方法，使理論與實際、價值與研究、認識與行動，顯現出二級分離，人也陷入消極無爲的境地」。戰爭期間，霍夫蘭在美國軍隊中進行的控制實驗，被認爲是科學研究的典型。霍夫蘭在調查影片能否有效地指導新兵參加戰爭的情況時，運用了實驗方法。這一成果被認爲是實證研究的新方向。實證研究者在抽樣、測量、設計等方面費去許多功夫，擇定了實驗組

和控制組，以保證研究的客觀性。但是，研究並未帶來令人十分滿意的效果。研究結果沒有提示影片何以未能對士兵們的態度、動機產生預定影響的原因。除了控制實驗之外，實證研究的調查表、訪問、座談等手段，也只具有方法的客觀性，而研究對象是無法客觀的。

　　西方馬克思主義的代表人物們曾指出，實證方法的實質，是同現存社會秩序相調和，是對社會現狀的肯定和順從。實證主義缺少理性的批判精神。馬爾庫塞是對實證主義最嚴厲的抨擊者。他的一個重要觀點是，實證從根本上放棄了哲學批判和否定的傾向。他認為，實證哲學的目的是要反對批判過程。他說：「孔德的實證哲學，奠定了反對理性主義否定傾向的社會理論的基本結構」。美國大眾傳播模式主要用於「描述和解釋傳播過程」，也用於闡述一些關於大眾傳播過程的學說，是傳播研究者表達思想的輔助工具。

　　按照實證的觀點，模式具有四大功能：一是構造功能——模式可揭示各系統之間的次序和相互關係，使人們對研究對象獲得整體形象的認識；二是解釋功能——模式可用簡潔方式，提供相當複雜和含糊的訊息；三是啟發功能——模式可引導和啟發人們關注某事物的過程或一個系統的中心環節；四是預測功能——模式可預測事件的過程與結果。美國大眾傳播模式在這幾方面都有充分的體現。這是因為，模式的意義同理論一樣，在於追求表現真理的目標。如果科學的概念缺少批判和否定的精神，那麼，真理也是無法真實顯現的。丹尼斯·麥奎爾（Dennis McQuail）認為，二十世紀五〇年代是大眾傳播模式建立的鼎盛時期，六〇年代達到高潮。在眾多的模式中，有關傳播過程的模式占主要部分，而過程的研究又集中在效果方面。這些模式的建

構者在實證的範圍內，對既定的事實常常持肯定態度，對一些有利於鞏固現狀的假設證實的多，證偽的少。肯定的而非否定的、正面的而非批判的討論傳播問題，缺少對大眾傳播發生於其中的社會歷史結構持批判的態度。事實也表明，根據科學的原則，大眾傳播模式不僅是理論的簡化形態，不僅是對事實的客觀而簡約的描述或再現，模式也可建構價值判斷。像社會科學的其他學科一樣，研究者也可通過模式，進行不同觀點的爭論，對研究對象進行否定的批判的思考。在模式的建構中，堅持批判的態度也有利於研究的發展。

六〇年代以來，實證研究所表現出來的弊端，已經引起經驗學派學者們的注意。在與批判學者進行過「兩軍對壘」式的諸多論戰之後，他們已不再回避批評與挑戰。以美國爲代表的經驗學派學者，已開始重視實證研究的理論缺失，逐步拓展了自己的研究範圍和視野。

第 2 章

歐洲新聞傳播教育的發展

第一節　歐洲新聞傳播學術發展的歷程

公元一〇四一至一〇四八（北宋仁宗慶曆）年間，中國畢昇在雕版印刷的基礎上發明了活字印刷術。但是，近代活字印刷術的眞正普及與推廣卻起源於德國。一四五〇年，德國人谷登堡（Johannes Gutenbeng）發明鑄造活字印刷術，一百多年後，活字印刷術普及到整個歐洲。活字印刷術的發明和普及，促進了新聞事業的誕生和發展。

早在十五年世紀末和十六世紀初，德國就出現了不定期的新聞印刷品，十六世紀後期出現了單張發行的新聞紙。十七世紀後半葉，德國郵政體系日益發達，郵件每日遞送，爲日報的誕生創造先決的條件。一六〇九年，第一批定期出版的報紙出現在德國。一六五〇年，德國誕生了世界上第一份日報，即萊比錫《收入新聞》（*Einkomlmende Zeitung*）。可以說，德國是世界近代新聞事業特別是報業的先驅。

然而，十七世紀上半葉，德國境內連綿三十年的戰爭（一六一八至一六四八）極不利於報業的發展。一六四八年和平得以恢復以後，在帝國範圍內的眾多大小不等的公國裡，定期刊物紛紛誕生。但是，由於封建勢力復起，對刊物的登記審查制度十分嚴格，報業處境十分艱難。於是，英、法、義等國的報業捷足先登，後來居上。

新聞事業的發展帶動了新聞研究的先行，這方面表現最傑出的也

是德國。早在一六七六年，德國學者克里斯岑·威斯（Christian Weise）就提出在選擇新聞中要區別眞僞。一六八八年，另一位學者丹尼爾·哈特奈克（Daniel Hartnack）認爲，新聞選擇中應強調事件的重要性，決定一個事件是否值得報導的關鍵是事件的後果。一六九〇年，托比業斯·扑琴（Tobias Peucer）撰寫了德國也是世界上第一份關於報紙的論文，首次提出了新聞價值的觀念。一八四五年，德國學者普爾玆寫出了世界上第一部新聞學專著《德國新聞事業史》。一八八四年，卡爾·布克爾（Karl Bucher）在巴斯爾（Basle）大學講授「報學」課程。一八九二年，萊比錫大學開設了同樣的課程。一八九五年，德國教授科赫在海德堡建立了世界上最早的新聞研究所。一九一六年，萊比錫大學正式創立第一所新聞學院。儘管德國報業協會一直反對在大學中舉辦新聞教育，但是到了一九二六年，德國二十三所大學中，計有十二所大學設有新聞學院或講授新聞學課程。德國也可以說是世界新聞教育與新聞研究的先驅。

　　但是，新聞教育與新聞的先行並不等於新聞體系的完備和新聞理念的發達。在德國新聞教育中，至今仍存在著重業務培訓輕理論教育的突出傾向。在德國的傳統觀念中，新聞事業是一種「開放性的憑天份的職業」。德國新聞工作者長期以來反對新聞教育的正規化，新聞事業知識並不受到重視，三年普通大學教育和在職訓練被看作是從事新聞工作的最佳條件，唯一要求的必備條件是：新聞工作的天份。正如德國學者沃爾特·馮·魯奇（Walther Von La Roche）在其一九七六年出版的《實用新聞學入門》（*Einfuhrung in den Praktischen Journalismus*）一書中所描述的：「任何人只要願意就可以自稱爲新

聞記者，甚至還可以把它寫進護照裡。這一門職業的界定不受保護，
沒有任何有效的行業界定，也沒有最低限度的資格要求，什麼都沒
有。」隨著德國社會對合格新聞記者的需求不斷增長，六○年代末
期，德國開展了一次關於新聞教育的大討論。德國學者洞斯巴赫
（Donsbach）在一九七九年概括這次大討論時指出：「關於新聞的從
業資格和教育結構一直是討論的主題，還沒有哪一個行業像新聞業這
樣如此激烈、公開地證明自己的不夠資格。對學術研究和職業培訓的
呼喚清楚地表明，現行的補充新鮮血液的做法是遠遠不夠的。」

　　新聞教育上的重在職培訓輕理論教育的傾向，帶來了西歐新聞傳
播研究中的一個重要特點：傳播研究與新聞實踐相分離。在新聞教育
中，一批批在職新聞工作者暫時離開崗位，接受資深新聞工作者關於
報紙、廣播、電視方面的採、寫、編等訓練，基本不涉及新聞自由、
媒介功能、社會責任等新聞理論問題。在傳播研究中，一批批從未涉
足或很少接觸新聞工作的社會學者、政治學者等，在專門的傳播研究
機構從事深入的傳播研究，他們研究的題目可能廣泛涉及新聞傳播媒
介，但他們研究的成果卻很少直接轉化為新聞教育的內容或指導新聞
工作的實際。

　　直至十八世紀中葉，德國的新聞自由一直處於黑暗年代。一七四
○年，剛繼位的弗里德利希二世因受法國啟蒙思想影響，曾頒布命令
規定「報紙有無限制的自由」，但不久即恢復對報業的嚴格管制。一
七四三年正式頒布新聞檢查令，以後又三令五申予以加強。一九一九
年，德國頒布威瑪憲法，其中規定「人民在法律範圍內，有以語言、
文字印刷、圖畫自由發表意見之權利」、「人民施行此項權利，任何

人不得妨害，並不得實行檢查」。威瑪憲法奠定了德國新聞自由的法律基礎。希特勒法西斯曾殘酷中斷德國新聞自由的進程，他先後以「保障國家與人民的安全」爲名，中止憲法規定的新聞自由權利，封閉報刊，迫害新聞記者，壟斷新聞工具。僅在兩年內就使德國日報總數銳減至原有的四分之一。戰後，德意志聯邦共和國議會於一九四九年五月二十三日頒布了憲法，重新確立人民的新聞自由權利。

傳播研究首先起源於本世紀二、三〇年代的美國，形成了以美國爲代表的重微觀研究、實證研究和美國研究的傳統學派（Traditional School），也稱經驗學派（Empirical School）。五、六〇年代，美國傳播研究介紹到歐洲。歐洲主要國家在引進、吸收美國傳播研究成果、方法的同時，根據歐洲國家在政治、經濟、文化、歷史乃至思維上同美國的巨大差異，逐漸形成了同美國傳統學派在研究的重點、對象、方法上風格迥異的各種流派，其中最有影響的是對美國傳統學派持批判態度的批判學派（Critical School）。歐洲特別是西歐主要國家在七十年代以後逐漸成爲世界傳播學批判學派的大本營。

同美國的傳統學派相比，歐洲學者傳播研究的主要特點是：

一、**重宏觀研究**。以美國爲代表的傳統學派在傳播研究上，從一開始就把重點放在對傳播效果的孤立研究和對傳播對象的個體研究上。這種研究弊病是脫離了傳播的社會環境，割斷了傳播諸要素之間的相互聯繫和影響。因而其研究結果往往在微觀上來看是正確的，但是放到眞實宏觀環境中去驗證就不完全正確，甚至是完全錯誤的。歐洲學者認識到這種研究視角的缺陷，因此，極力主張從宏觀上、從社會整體上把握傳播研究。歐洲批判學派認爲大眾傳播是一個與社會環

境不斷進行交換的動態平衡的社會大系統。脫離了社會環境，對這個大系統中的媒介個體和傳播對象個體是無法進行科學的分析和研究的。傳播研究的問題不僅像拉斯威爾的：「誰說的，說些什麼，通過什麼管道，對誰傳播，產生什麼效果」，更重要的問題是「在什麼環境下說的，爲什麼這樣說」。由於歐洲批判學派注重從傳播環境的諸因素中宏觀地研究傳播行爲和傳播現象，因而產生了政治經濟學派、社會文化學派、結構功能學派等諸多學派，使歐洲傳播研究展現出流派紛呈的局面。

　　二、重思辨研究。以美國爲代表的傳統學派的傳播研究上，從一開始就是爲了滿足美國政界、軍界和商界的現實需要而服務，因而具有明顯的實用性、功利性和商業性，同時缺乏足夠的理論性、系統性和概括性。德、英、法等歐洲國家的傳播學者，則繼承了歐洲學者精於理論思維、長於邏輯分析以及抽象概括的傳播，使傳播學的研究成果增加了濃重的思辨色彩，例如批判學派學者關於傳播媒介的政治經濟學思考、社會文化學思考等，都使人類對傳播行爲、傳播現象的認識大爲深化，大爲豐富。

　　歐洲的傳播研究學派繁多，其中最主要的有以下幾種：

　　一、法蘭克福學派。創始於威瑪時期的德國法蘭克福大學，主要代表人物爲阿多諾（Adorno）、霍克海默（Horkheimer）和馬爾庫塞（Marcuse）等。法蘭克福學派是歐洲批判學派的創始，也是文化學派的鼻祖，該學派對於傳播研究作出了歷史性的貢獻。法蘭克福學派最初主要關注於馬克斯曾預言的革命性的社會革命在德國遇到的明顯失敗，他們試圖從上層建築，特別是以大眾傳播媒介形式出現的上層建

築扭轉經濟變革的歷史進程的角度，來解釋上述失敗。他們認為，普遍的、商業化的大眾文化是壟斷資本取得這一成功的主要手段。法蘭克福學派把傳播媒介視為阻礙社會變革的強大機制的觀點，至今在西方傳播學界仍然很有影響。

二、社會文化學派，又稱文化學派或伯明翰學派。該學派淵源於法蘭克福學派和西歐的人文、文學研究傳統，其主要根據地為英國伯明翰大學的現代文化研究中心，主要代表人物為斯圖你特·霍爾（Stuart Hall）。社會文化學派研究的重點是大眾文化。社會文化學派同法蘭克福學派的區別在於，它對大眾文化的產品持某種更加肯定的態度。該學派試圖理解大眾文化在特定社會群體中所賦與的意義和位置，這些群體包括青年、工人階級、少數民族等。文化學派還試圖闡釋大眾文化在使潛在社會異化份子和反對份子被同化和被屈從的過程中所扮演的角色。「它反對將意識與物質力量之間的關係公式化為基礎與上層建築的關係，尤其是簡單地將基礎界定為『經濟』的決定作用。」

三、政治經濟學派。政治經濟學派是從馬克思主義的傳統政治經濟學觀點，特別是經濟基礎與上層建築相互關係的觀點出發來研究傳播媒介的。這一學派的主要代表人物是在英國萊斯特大學大眾傳播研究中心的格蘭姆·默多克（Granham Murdock）和彼得·戈爾丁（Peter Golding）。這一學派強調意識型態對於經濟基礎的依賴作用，因而把研究的重點放在對所有制結構的定量分析和對媒介市場力量的運作方式上。這一學派認為，儘管媒介機構與政治體制有密切的聯繫，但是仍然必須看作是經濟體制的一部分。至於媒介為社會提供知

識這一特性，基本上可以解釋爲媒介在擴大市場的壓力下，用不同的內容來體現交換價值，也可以解釋爲媒介所有者和決策者的潛在經濟利益。正是因爲媒介機構已經成爲經濟結構的一部分，因此人們看到的後果是：「獨立的媒介愈來愈少，集中的市場愈來愈大，媒介愈來愈害怕承擔風險，愈來愈忽視數量少、比較貧窮的潛在受眾。那些很可能對現存秩序提出挑戰的人卻不能宣傳他們不同的意見或反對意見，因爲他們不能掌握向廣大受眾進行有效傳播所需的資源。」持這一派觀點的學者還有加拿大的斯邁蒂（Smythe）。

四、**霸權理論學派**。這一學派同政治經濟學派強調的重點不同，它承認在傳播領域中意識型態對於政治基礎有更大程度的獨立性。這一學派的主要奠基人爲阿你撒津（L.Althusser）和普蘭札斯（N.Poulantzas）等。這一學派不太注重經濟和結構對於意識型態的決定作用，而更注重意識型態本身，注重其表現形式、表意方式和運行機制。「霸權」理論的名稱是從「佔統治地位的意識型態」這一概念演化而來的。霸派理論學派的主要研究方法，是運用符號學和結構學的分析手段來揭示媒介的隱蔽含義和潛在的含義結構。

五、**結構和功能學派**。這一學派認爲社會是一個「有機」結構，它是由各個部分或子系統構成，每一部分或每一子系統都是社會這個整體做出各自至關重要的貢獻。大眾傳播即是現代社會的一個必要組成部分。現代社會已經變得十分複雜，一些基本的社會活動，如社會化大生產等已經不能僅僅依靠人際傳播來組織，而必須借助於大眾傳播。有組織的社會生活需要對社會的各部分和社會環境不斷獲得比較準確、連貫、全面的瞭解。因此，社會對大眾傳播媒介的要求，就是

在全社會對客觀環境獲得比較準確、比較共同的認識的基礎上，保證
社會具有實現內部統一和秩序並對意外事故做出反應的能力。結構功
能理論的主要特點是強調大眾傳播在社會整體的訊息功能，而弱化其
政治和意識型態功能，儘管這一理論也承認有政治導向和意識型態同
化作用。結構功能理論認為，大眾傳播媒介在既定的政治規則內，具
有自我導向和自我矯正的功能。

　　至於在英國方面，一六六五年英國牛津出現了第一張報紙《牛津
公報》（*Oxford Gazette*）。該報自第二十四期起遷至倫敦，改名為
《倫敦公報》（*London Gazette*），每週出版兩次，為英國政府的正式公
報，這是世界上迄今仍在出版的最古老的報紙。但是，英國的第一張
日報《每日新聞》（*The Daily Courant*）卻在一七○二年三月創刊於倫
敦。

　　義大利早在舊羅馬帝國時代就產生了歐洲第一份官報《每日紀聞》
（*Acta Diuvna*），當時手抄的「新聞信」，抄送發行，收取酬金，在歐
洲盛行逾一七○○餘年，成為十分重要的新聞媒介。一七七○年，義
大利公報模仿法國報紙樣式在威尼斯創刊，一般認為從這時起，義大
利進入近代報紙時期。一七七七年元旦，法國第一張日報《巴黎新聞》
（*Journal de Paris*）創刊，其創刊時間雖較德國第一張日報晚一二七
年，較英國晚七十五年，卻比美國第一張月報《賓夕亞法尼亞晚郵及
每日廣告報》（*Pennsylvania Evening Post and baily Advertiser*）早六
年，比中國人辦的第一份中文日報《昭文新報》（一八七三）早近百
年。

　　在英、法等其他主要西歐國家也存在著類似的在職訓練轉系統教

育的情況。英國的新聞不可謂不發達，英國的新聞工作者陣容不可謂不龐大，但是，英國至今還沒有一所大學設有招收本科生的新聞系，只有倫敦市立大學和卡迪夫的威爾士大學設有新聞研究中心，其主要任務是對新聞工作者進行在職訓練，並提供碩士學位，課程的主要內容基本上是業務訓練，系統的新聞理論教育至今未提上議事日程。著名的萊斯特大學大眾傳播研究中心，則只專門開設大眾傳播研究方面的碩士、博士課程。法國的新聞教育，更是一向注重在職訓練，正規的大學新聞教育發展很晚，而且不受重視。

在這方面比較典型的是英國。英國的新聞歷史悠久、傳播事業發達，但是，同美國等西方國家相比，英國在新聞基礎理論方面長期落後。二十世紀六〇年代以前，英國出版的新聞著作大部分是歷史性的，或純業務性的，多為論述英國報刊史或回憶記者生涯的著作。六〇年代以後，隨著大眾傳播媒介的蓬勃發展和大眾傳播社會作用的日益增強，英國開始注重系統的新聞教育和深入的傳播研究，形成新聞傳播教育與研究的兩大領域。

一九七〇年代在卡迪夫的威爾士大學成立的新聞研究中心，開設了英國第一批大學新聞課程，該中心的課程十分強調滿足新聞的職業需要。該中心的教師都是富有經驗的新聞工作者，並同媒介保持著密切的聯繫。該中心配備現代化的報紙、廣播、電視設備，「確保學生能面對新技術時代的挑戰」。

與此形成鮮明對照的，是以對大眾傳播的宏觀研究、思辨研究和理論研究為主的一類傳播機構。這方面的典型代表是英國萊斯特大學的大眾傳播研究中心（Centre for Mass Communication Research,

University of Leicester）。該中心係根據英國政府電視研究委員會的建議成立於一九六六年，主要開設大眾傳播方面的碩士、博士教學課程和發展相應的研究項目。在該中心成立之初，英國電視委員會既考慮到傳播研究機構同新聞媒介合作的重要性，更注意到傳播研究機構獨立於新聞媒介以免受其控制和影響的必要性。

機構，比起建立一個急於解決現實問題的機構要更重要、更有益。傳播研究同傳播媒介保持一定的距離，正是英國傳播的研究的一大特點。這樣的傳播研究機構，有魯斯特大學大眾傳播研究中心、利茲大學和南安普敦大學大眾傳播研究中心。

西歐國家對於新聞傳播的理論研究和事業發展的最大貢獻，在於最早提出了新聞自由的理論與觀點，並爲之長期奮鬥。

以英國爲代表的新聞自由的發展歷史大約可以分爲三個階段。

第一階段是爭取出版自由（Freedom of the press）階段。英王亨利八世（一五〇九至一五四七年）是最早明令管制出版物的第一位統治者。他從一九二八年起陸續頒布命令，限制外國出版商在英國開業，建立皇家特許制度，未經特許，不准出版任何刊物，任命皇家出版官員，負責監督出版等。此後，瑪麗女王（一五五三至一五五八）和伊麗莎白一世女王（一五五八至一六〇三）等統治者相繼重申上述還進一步勒緊了限制出版自由的韁繩，先後成立皇家特許出版公司，壟斷出版特權；設立出版法庭，授於該法庭以壟斷出版登記、事先審查和對秘密出版物的搜索、扣押、沒收及逮捕嫌疑犯等大權。該命令維持達五十四年之久，是英國新聞出版自由的巨大威脅。

早在伊麗莎白一世女王末期，英國社會開始出現出版自由的呼

聲。一六四四年，英國政治評論家威廉‧沃爾溫（William Walwyn）在國會演說中主張出版自由，抨擊特許制度。同年，著名政論家和詩人約翰‧彌爾頓（John Milton）在向國會提出的演說詞「論出版自由」中第一次明確提出「出版自由」的口號。他強烈反對書報檢查制度，對那些「能夠決定書籍不應當進入這個世界」的審判者、操書籍的生殺大權的人「極力不滿和蔑視」。

出版的真正鬥士是小資產階級民主主義約翰‧利爾伯恩（John Lilburne），他主張出版自由是人民的「天賦權利」。他曾向教會挑戰，要求公開辯論出版自由的問題。一六四九年五月，以利爾伯恩爲首的平民黨，發表了新人民公約，明確主張在法律面前人人平等，宗教信仰和出版自由應有保障。一六六二年六月，英國國會反其道而行之，制定了出版法案，該法案幾乎是一五八六年出版法庭命令的翻版。從此，英國的出版自由陷入歷史的黑暗時期。十七世紀末，隨著英國資產階級兩黨政治的形成和獨立出版商的發展，要求廢止出版法案的呼聲才愈來愈強烈。一六九四年，出版法案正式廢止。

第二階段是爭取意見自由（Freedom of Expression）階段。這一階段的鬥爭主要表現爲人民要求討論及批評政治自由權利，同統治階級反對、壓制意見自由的鬥爭。在特許出版制度廢除後，十八世紀英國統治者壓制意見自由的主要手段，是設立煽動誹謗罪名和禁止報導國會消息。

十八世紀初，英國國會享有許多特權，其中涉及出版自由的特權主要是煽動誹謗罪。國會認爲，凡屬誹謗議員、指責國會、批評政府（包括國王大臣）、猥褻不敬國會的言論報導，均可按煽動誹謗罪論

處。對可疑出版物實行搜查、扣押、沒收和焚毀，對一切可疑人物亦可直接逮捕、搜查、扣押、審訊。煽動誹謗罪可以說是扼殺出版自由、意見自由的黑手。

禁止採訪報導國會活動一事，始於十七世紀中葉。一六六○年，英國國會正式禁止報導國會；一六九七年再次明令禁止。

為了爭取言論自由，英國無數報人針對煽動誹謗罪和禁止報導國會等法令，開展了前仆後繼、艱苦卓絕的鬥爭，其中比較著名的有約翰‧曾格（John Zenger）、朱尼厄斯（Junius）某人的筆名和約翰‧威爾克斯（John Wilkes）等。威爾克斯曾屢遭逮捕和監禁，仍與國會展開堅決鬥爭，從而得到倫敦市民的遊行示威支持。迫於輿論壓力，英國國會不久即解除了禁止報導國會的禁令。英國報人爭取意見自由、言論自由的鬥爭，經歷一個半世紀的努力至此獲得了法律的確認。

第三階段為爭取新聞自由（Freedom of Information）**階段**。兩次世界大戰間，西方各國政府以國家安全為由，任意擴大保密範圍，消極對待政務訊息公開化，壓制了新聞自由。為此西歐各國報業繼美國之後，在四○年代正式提出了人民「知的權利」問題，主張公民有知悉、蒐取訊息包括官方訊息的自由與權利。此後，關於這方面的研究和鬥爭，又知的權利發展到傳播權。

關於新聞自由的研究和鬥爭，在法、德、義等國也存著類似的情況。

早在一四七四年，法國統治者就開始了對出版事業的管制。十六世紀宗教革命發生後，法國正式建立出版特許制。一七二三年及一七六三年，法國政府兩次頒布命令，嚴格限制書報出版。大革命後，從

第一至第三共和時期陸續實行印花稅制、保證金制、新聞檢查制等，對新聞出版實行嚴格管制。一七八九年八月二十六日，法國制憲議會通過《人權宣言》，該宣言第十一條規定：「自由傳達思想和意見乃是人類最寶貴的權利之一，因此，每個公民都有言論、著述和出版的自由。但是，在法律限定的情況下，應當對濫用此項自由承擔責任。」這是對新聞自由原則最簡明、最完整、最權威的認定。後歷經曲折與反覆，法國國會於一八八一年七月二十九日正式領布了《新聞自由出版法》，規定印刷、出版享有自由權，任何報紙、期刊之發行，僅需向政府聲明由誰負責即可。既無需事前申請許可，也不需繳納任何財務保證」。至此，法國新聞自由開始了有法律的保障；一七八九年的《人權宣言》也開始由口號變爲事實。

義大利在薩丁尼亞王國時代即於一八四八年三月二十六日頒布了憲法，該法規定：「新聞事業應予自由，但法律應限制自由之濫用。」在此後的一百多年中，除法西斯統治的二十多年外，義大利的新聞媒介一直享有較多的新聞自由。一九四八年元旦，義大利正式制定憲法，其中規定：「所有公民，有權以口頭、文字或通過任何大眾傳播媒介自由表示意見。新聞出版物，無需事前認可，也不得事前檢查。沒收出版物，必須依出版法認定爲觸犯誹謗罪或違反法律制度後，方可由合作機關依法律程序進行處理。」

綜上所述可見，西歐主要國家確實在於新聞自由的理論探討和實踐方面爲人類作出了重大的貢獻。西歐國家同美國相比似乎在新聞自由的理論上更完整、更全面一些；而美國則在實踐上更徹底一些。

茲就歐洲各主要國家新聞傳播教育的發展略述如下。

第二節　英國新聞傳播教育的發展

英國新聞事業起源甚早。

三百多年前，英國即有人從事新聞事業的試探工作。四十年後，從新聞書演變成單張的新聞紙。從簡陋的原始刊物，在嚴格的檢查限制之下，演變成為今天龐大的報業組織，是一段遙遠而艱辛的歷程。

英國是現代報業的鼻祖，迄今仍是現代報業最發達的國家。而新聞事業又以新聞傳播教育為基礎，故新聞傳播教育的意義和重要不言而喻。

英國新聞傳播教育的演變

英國的新聞傳播教育制度一向偏重在職訓練，在英國人的觀念中，學習事物的最好方法就是實際去操作，從實際接觸中學習其中的技巧，新聞傳播教育也不例外。因此，「學徒式」（appreiceship）的報館新聞訓練，早已成為英國新聞傳播教育的一大特色。對於大學或學院中新聞人才的養成，英國也有極豐富的經驗。

但因為英國報業作風較為保守，對於新聞學研究較不重視，因此，英國的正規學校新聞傳播教育與其他新聞事業發達國家相較之下，在數量及規模上皆顯得遜色。但是英國的在職訓練方面，無論是教育目的或組織功能，卻不輸其他國家的學校新聞傳播教育單位。我們可以說，英國新聞事業著重教育工作的傳統，反而彌補了學校新聞

傳播教育的不足；在職訓練的發達，減輕了對學校教育的需求。

英國的學校新聞傳播教育

從歷史發展上看，英國的學校新聞傳播教育，較爲重要的約如下述：

一、倫敦專門函授學校

英國最早設立的新聞學校機構，爲一八九六年倫敦專門函授學校。但英國新聞界本身向來只重視師徒相授的新聞教育傳授方式，所以，此函授學校並未引起重視。

二、倫敦市學校

倫敦市學校於一九一五年試圖設立新聞學課程，提供英國青年未進入新聞機構工作前，有學習新聞工作技術的機會，結果獲得相當程度的成功。

三、新聞教育工作的推廣

第一次世界大戰後的一九二○年代，英國出現了兩項推展正規新聞傳播教育的努力，在短短的五年中，使籌設正規新聞傳播教育的努立及構想成爲事實。

（一）一九一九年，倫敦大學（University of London）正式將新聞教育的課程引入英國大學的課堂中。

（二）一九二四年，英國全國新聞記者公會（National Union of Journalists，簡稱NUJ）成立了一個新聞教育委員會（Education Committee），負責推動英國新聞傳播教育和訓練的工作。

四、倫敦大學新聞系的成立

倫敦大學是英國學府中最早設立新聞系的學校。

第一次世界大戰後，倫敦大學應英國新聞學會之請，開設了兩年制新聞課程，並頒給新聞學學位，主要目的是給因第一次世界大戰失學的青年有再受教育的機會。倫敦大學新聞系的課程是為年齡十八至二十一歲之青年所設立之二年制課程，主要吸收對象為高中畢業生。課程內容：（一）融合新聞學理論與新聞技術於一體。（二）主要科目有英文寫作、評論原則（Prinicples of Critics）、報業史、英國文學、社會經濟架構，政治思想和新聞實務訓練等。（三）學生自行採訪編印實習刊物《學生公報》（*Students Gazette*）。此外暑期須至地方報社實習以加強實務經驗。（四）至英國下議院和法院參觀。

由於第二次世界大戰爆發，導致經費不足而告停辦。後曾試圖恢復，但戰後大學學生膨漲快速，師資設備頓時感到不足，使得倫敦大學新聞系成為歷史名詞。

五、卡地夫技術學院（Technical College Cararn）

一九四〇年代後期，卡地夫技術學院與一家地方報業公司及卡地夫地方教育當局，共同合作設立新聞課程，以訓練新聞人員。課程採夜間部方式，以利在職人員進修，每年冬季開課，為期十二週。

另外，並設立三年制新聞文憑課程，招收一般中學畢業生。課程內容以邀請各方面資深新聞從業人員做專題演講為主，主題包括「新聞初步」、「市聞編輯」、「廣播稿寫作」、「犯罪新聞報導」、「運動新聞報導」及法律等。除了理論知識吸收外，尚須至所屬報社接受實務訓練。此為日後國家新聞人員訓練協會（National Council for the Training of Journalists，簡稱NCTJ）設計課程的重要依據。

這項課程僅持續了六年，因人數不足及NCTJ的成立而停止，但卻是英國學校新聞傳播教育萌芽期中一項重要嘗試。

六、杜魯漢大學（Durhan University）

在卡地夫技術學院設立新聞系的同時，杜魯漢大學也為新聞人員的在職進修提供了暑期進行的新聞課程。主要招收對象為資深新聞從業人員。課程內容以提升新聞從業人員寫作技巧和特殊新聞寫作的訓練為主。包含英國歷史、音樂、文學等。以充實特殊專門報導的背景知識。

杜魯漢大學的新聞課程，具有提升新聞理論及技術層次的優點，故頗受英國各新聞單位之重視。

七、倫敦瑞正斯卻工藝學院（the Regent Street Polyechnic London）

一九四九年，倫敦瑞正斯卻工藝學院接受英國殖民地當局和該校英文系學生的建議，設置了全日制（full time）的新聞課程，修業期限為一年。除了日間部外，尚設有夜間部，以利在職進修，學生來源除英國國民外，還招收英國海外殖民地的學生，使其能有受新聞傳播教育的機會。

一九五二年以後，瑞正斯卻工藝學院繼續為國家新聞人員訓練協會的新聞教育單位之一，並新增廣播新聞課程，該校目前已改名為倫敦中央工藝學院（Polytechnic of Central London）。

八、倫敦新聞函授學校

一九二〇年，英國報業鉅子北岩勛爵（Lord Northcliff）創辦新聞函授學校，且受到許多英國新聞界知名之士支持，其目的在於協助有志於

新聞工作或從事寫作的人士，提供適切指導。授課方式爲函授，內容包括投稿寫作、廣播、電視以及其他相關之課程，完成課程並通過測驗者，可獲得文憑。這項文憑已被世界報業承認其所代表之訓練成果。

英國大學新聞暨傳播教育

　　英國各大學受歐陸學風的影響，一直不願意將被視爲過分偏向技術性的新聞學列入校園；因此，英國正規的學校新聞教育與其他國家比較，無論以其規模或數量而言，均見遜色。

　　一九六〇年以前，英國的學術界和新聞界並不重視大學新聞教育，大多數新聞界和學術界人士認爲，並不需要太高的學術基礎，即可成爲一名成功的新聞記者。造成這種想法的原因主要有三點：一、以往新聞界視「記者爲天生而並非可習得而致」。二、報業權集中的影響：使得所需人員減少，而報社中又有傳統學徒制之訓練人才的管道，所以依賴學校新聞傳播教育的程度就較不迫切。三、後續教育的影響：在英國教育制度中，設有完備的後續教育機關，提供受完義務教育之後，在社會中工作的青年能繼續接受教育；而這些教育機構，部分設有新聞及傳播方面的課程，使許多大學畢業者或中學畢業者得以透過此種管道獲得新聞教育及訓練。這個情形，當然使一般大學不願再成立新聞科系，以避免新聞教學之重疊。

　　這個現象，一直延續至第二次世界大戰結束後，才逐漸有所改善。首先是國家新聞從業人員訓練協會於一九五二年將新聞訓練課程，安置在技術學院和工藝學院中，使新聞傳播教育正式進入學院級的課程中，接著於一九七〇年在卡地夫大學正式成立新聞系，一九七

五年倫敦的西帝大學也成立了新聞系，一九八五年成立了國際新聞學碩士課程，使得英國的大學新聞教育，正式進入研究所的層次。

一、卡地夫大學新聞系

一九七〇年一月，霍普金森接受卡地夫大學的邀請，研究在該校設立新聞課程的可能，並於同年宣布在該校成立為期三年的一年制學士後職前實驗課程，在該系成立一年八個月後，正式宣布成為卡地夫大學的常設科系，由霍普金森擔任主任。

卡地夫大學新聞系成立之初，受美國哥倫比亞大學新聞系影響很大。在學制上是以提供一年制學士後新聞課程為主，需大學畢業後始得申請，結業後授與學士後學位文憑，其地位介於美國學士學位及碩士學位之間。此外，也為資深的新聞從業人員設計了新聞學研究的教育碩士文憑，申請者需具三年以上之新聞工作經驗。課程分為全日制、部分時間和先全日後部分三種，主要目的在於強化資深記者傳播訊息於公眾之能力，及各種相關知識吸收。

一年制學士後課程共分為三個學期，每期八週，課程內容分為新聞實務、媒體研究和相關知識三部分，課程大體上與訓練協會所規定者相同，以配合該學會之專長測驗。

新聞實務的訓練內容包括一般之探訪寫作、特寫寫作、編輯及廣播之介紹、速記等。媒體研究的課程包括現代報業史及廣播史、報紙內容之探討。相關知識以新聞法規和公共行政二科為主，公共行政包括地方和中央政府制度組織之研究。

二、西帝大學新聞系

一九七五年，位於倫敦的西帝大學新聞系宣告成立，其性質亦以

學士後一年制新聞教育爲主，共分四個組：報刊組、廣播組、國際組
和期刊組，申請進入者必須大學畢業且備相當之經驗。

　　報刊組爲西帝大學新聞系主要的組別，國際組是爲英國以外之學
生，和有意在英國以外地區從事新聞工作的英國學生而設，一九八五
年以後更開設新聞碩士的課程，成爲英國第一所頒授新聞碩士學位的
大學。廣電組的名額僅有六名，以爲地方廣播公司和地方獨立電台培
養人才爲主要目的，除了一般課程外，尙需至英國國家廣播公司和獨
立電台實習。

三、李斯特大學大衆傳播研究所

　　一九六〇年代後期成立，爲英國大學中最大和最主要之大傳研究
機構，其研究的對象，由早期的電視媒體逐漸演變至涵蓋所有主要大
傳媒體之研究，其課程內容也由早期以研究爲主之取向，漸漸而至部
分教學的取向，不但爲英國各大學大衆傳播課程之師法對象，亦爲歐
洲大傳研究的重要中心。

　　研究的範圍，由以往著重英國國內之傳播研究，擴及至國際性、
比較性和發展性的層面。一九七七年以前，該研究所以大衆傳播的研
究工作爲主要目的。近年來，在海外學生的要求和許多機構如聯合國
國際教科文組織、英國社會科學研究協會等的支持下，於一九七八年
開設從事大傳教學的碩士班，其中百分之九十的學生來自英國以外地
區。目前設有以研究工作爲主之博士、碩士班，以及以教育方式進行
之碩士班。博士、碩士研究班爲全日制，該所最近正在進行和已完成
的研究主題有：廣播對社會技術性及學術性轉變的影響；電視對學前
兒童、媒體和人種之關係；媒體和政治；媒體和暴力行爲；媒體和工

業；電纜電視的發展；電視語言；第三世界媒體的發展以及媒體和社會教化等。碩士教學班的課程以一年為期，共分三個學期，授課方式以講演和座談討論方式進行。課程內容大致有：大眾媒體概論、閱聽人研究、大眾傳播的課程及架構、研究方法和管理、大眾傳播的國際觀、文化理論專題、大眾傳播的製作、政治和電影媒體等。

由課程的內容來看，李斯特大學大眾傳播研究所研究政策，是以基本的傳播理論為起點，進而以比較、分析及調查等方式，探討各項大眾傳播媒體的運作過程、效果測量及與社會文化之關係，其範圍更擴及至全球性的研究取向及傳播媒體多元化發展的研究。其中對於新聞學的研究亦多所涉獵，許多新聞從業人員亦加入該所之研究行列。

英國新聞人員的在職訓練

英國的新聞教育最早為傳統的報館學徒訓練方式，即使在學校教育盛行的今天，在職訓練在英國的新聞傳播教育制度中，仍佔有不可忽視的地位。這種以新聞事業單位為主要施教場所的制度，在以往的新聞傳播教育中扮演了極重要的角色。新聞史中許多著名的報人和記者，也都是經由「學徒式」的在職訓練方式所產生，成為日後推動新聞事業進步的重要力量。

一、**國家新聞人員訓練協會**（National Council for the Training of Journalists，NCTJ）

該委員會成立於一九五二年，由各種新聞團體代表二十二人與教育部代表一人組成。訓練內容分兩部分：一為基本的初級訓練，限報館的新進人員參加；一為合格新聞從業人員的進修訓練，除報社舊有

的工作人員外，投稿人、期刊編輯和新聞技術人員有時也可以參加。

訓練計有三項基本原則：第一，本著學徒制精神，在報館所有人、編輯與新進人員之間建立私人間密切的關係，這樣在訓練期內可避免常常換人。受到兵役問題的困擾，使雇主與受僱人之間受法律之約束，即使遇到人才缺乏，競相招聘熟練的新聞工作人員時，新進人員也不能背約離去，一定要做到某一限期。第二，承認學理知識之重要性，這些知識必須在報館以外去學習，不過進修的地點應和報社同在一地，而且須接受雇主的監督。第三，基本訓練完成後，對於合格的新聞工作人員，仍應給予機會發展他的特殊才能。

訓練協會最大的特色之一，就是以全國性的考試來評定訓練協會各項新聞訓練的成果。專長測驗並不是一項職業合格考試，而是測定受試者在完成訓練協會所排之各新聞訓練課程後，其專業知識的能力和基本職業技術的一項證明。

訓練計畫分為許多類型，其目的則在使不同學歷、年齡及工作背景的新聞從業人員，或者欲進入新聞單位工作的人，能夠有一學得基本新聞技術和其他相關知識的機會，而以在職和非在職的方式，提供學員有系統的教育訓練。其訓練以年齡大小來分，有年輕新進者的訓練計畫和年長新進者訓練計畫兩種；就進入以前的學歷來分，有高中畢業者和大學畢業及研究所等之分。另外，訓練協會也有針對投稿人及攝影記者設計的特別訓練計畫。

二、倫敦印刷學院（London College of Printing）

倫敦印刷學院的雜誌新聞訓練，其所安排的雜誌人員訓練課程共分四種，課程安排以消費性雜誌的要求而設。

1	定時制年輕新進者之訓練課程（day-release junior entry）	招收十八至二十二歲之間的雜誌新人，課程以一年爲期，每週上課一天，共三十六週。
2	整體制年輕新進者訓練過程（block-release junior entry）	年齡限制爲十八至二十二歲之間，課程分別於二年中進行，每年四週的整體課程。
3	整體制年長新進者訓練課程（block-release senior entry）	爲年齡二十二歲以上或大學畢業者而設，分別爲一年四週，第二年二週的課程。
4	夜間年長新進者訓練課程（evening senior entry）	提供二十二歲以上雜誌新進人員之課程，爲期半學年的十八個星期。

三、廣播電視的新聞訓練

　　英國廣播與電視界的新聞人員，大多是由報社記者所轉任，但近年來由學校廣電院系所培植出的廣電新聞人才，逐漸成爲廣播電視機構徵募新人的來源。

　　以學院爲主的廣播電視新聞課程分爲兩類：一爲學士後課程（postgraduate courses），供大學畢業者進入；一爲學院課程，供中學畢業者進入。目前英國提供學士後廣電新聞課程的學校有五所，分別爲康瓦爾學院（Cornwall College of Further Education）、普列斯敦工藝學院（Prestono Polytechnic）、倫敦印刷學院（London College of Printing）、卡地夫大學（University College，Cardiff）和西帝大學（City University）。一般技術學院設有廣播新聞課程者有達林頓技術學院（Darlington College of Technology）。

　　除此之外，傳統的在職訓練作爲廣播電視新聞人員訓練的主要途

徑，英國國家廣播公司（British Broadcasting Corporation）每年提供的訓練名額非常有限，卻吸引了許多的申請者。

四、湯姆森基金會

為英國報業大王湯姆森勛爵於一九六二年捐款五百萬英鎊而成立，其目的在以超然於政治和經濟之上的立場，對第三世界國家的報紙、廣播和電視提供實際的支持。

湯姆森基金會下設有兩個重要部門，分別為湯姆森電視訓練學院（The Thomson TV Training College）和編輯研究中心（The Editorial Study Centre）。湯姆森電視訓練學院為一所擁有充足設備的訓練機構，其電視訓練設備號稱全歐洲第一。事實上，訓練學院即一完整之電視台，其招訓的對象以開發中國家之電視製作人、導播和工程人員為主，電視製播課程中包括新聞時事教育。訓練課程為期十六週，每年有兩次，此外尚有許多短期課程。另外，學院每年根據開發中國家之邀請，派遣講師至該國實地指導，其主要任務為：廣電技術指導、檢視電視台之功能並給予改進建議、協助建立新電台、設定電台人員訓練之標準，並代為籌設訓練計畫、訓練師資等。

湯姆森編輯訓練中心的重要目的，在提供開發中國家之新聞人員接受報業新知識和專門性知識。其課程範圍包括新聞編輯、特寫編輯、婦女新聞編輯、財經寫作、新聞攝影等，視需要而變動。

五、英國國家廣播公司的海外訓練

除了湯姆森基金會的第三世界新聞人員訓練工作外，英國國家廣播公司亦有這方面的訓練，為第三世界及其在職人員在工程、節目、廣電、管理人員方面進行訓練工作。

BBC在倫敦所實施之海外人員訓練課程有充實的內容，旨在訓練師資。目前的課程有：廣播製作技術、電視製作、新聞寫作、廣播工程和廣播經營。

第三節　德國新聞傳播教育的發展

德國新聞傳播教育的起源與發展

一八八四年，卡爾於巴斯爾大學講授「報學」課程，這是德國新聞教育的開始。一八九二年，布克爾於萊比大學開設同樣課程。一九一六年，於該大學正式創立第一所「新聞學院」。布克爾於一八七八至一八八〇年，曾於《法蘭克福新聞》擔任主筆，他認為將評論意見與新聞混合，是最嚴重的犯罪行為。在第一次世界大戰期間，對於通訊社的獨佔，表示強烈反對。一九二六年，發表著名的《新聞學論文集》。

一九二六年，德國報業協會反對在大學中興辦新聞傳播教育。但繼萊比錫大學新聞學院後，一九一九年艾特於蒙斯大學，一九二〇年於科隆大學，一九二三年本納利於紐倫堡大學，一九二四年艾斯特又於慕尼黑大學設立新聞學院，一九一九年摩爾於柏林大學舉行新聞學研討會。至一九二六年，在德國二十三所大學中，計有十二所大學設有新聞學院或講授新聞學課程。同年，艾斯特與赫德聯合發行《新聞學評論》雜誌。該雜誌除一九三三年短期停刊外，一直發行至一九四

四年。這是德國最重要的一份新聞學術性刊物。

　　一九三三年，希特勒上台後，德國十二所設有新聞傳播教育的大學，全部爲國社黨服務。一九四五年，由於德國的失敗，這些新聞學院全部停辦。

　　德國新聞傳播教育，一向注重新聞學的理論研究。但二次大戰後，由於美國及英國的影響，對於新聞實務專業訓練亦很重視。

德國新聞專業訓練

　　一九四五年，在美軍佔領當局的同意下，德國於亞森設立第一所新聞學院。該院設立目的，在以科學方法培養富有民主及獨立精神的現代記者。課程內容包括報紙、電影、廣播、電視等，訓練方法與美國新聞教育大致相同，新聞技術與理論並重。修業期間一年，計分三個學期，經費來源係由國家撥款及新聞界捐助。

　　戰後特別注重新聞實務專業訓練，一九四九年於慕尼黑成立費德曼學院。該院由一非營利公司應《南德日報》主筆費德曼之建議而捐資興辦，每年招收學生十二人，修業期間一年，由報社及其他新聞事業編輯人員擔任指導。在修業期間，不僅免收一切費用，而且生活費用亦由該院負擔。

　　該院課程計分兩階段。前六個月共有八百小時的新聞專業工作練習。上午爲寫作，包括新聞寫作、改寫、改正錯誤及撰通訊稿等。下午爲課堂講授，包括國內外政治、經濟學、專欄寫作、新聞法及體育等，均由專家負責講授，另外尚有英文、速記及打字課程。實習部分，包括以錄音機製作新聞節目，由巴伐利亞廣播公司的專家指導，

這個節目每天下午一點播出，頗受當地人士歡迎。

為了加強新聞專業訓練及避免空談理論，費德曼學院全力注意實務工作，學生常到劇院採訪，參加各種記者會，旁聽普通的會議及國會開會。回去後須提出詳細報告，並且加以討論。該學院有三位教師，均係某方面的專家及著名學者。

第二學期的六個月中，學生依志願派往報社、德國新聞通訊社、廣播電台及電視台等實習六星期，將過去所學到的知識應用到實際新聞工作上，並且可從各機構的指導人員和負責人的觀察中，獲得一個客觀的批評。

因為每年名額只限十二人，在眾多報名記者之間，如何正確選出十二個才能出眾的人，是一件困難的事。

考試極為慎重，經過一連串的筆試之後，挑選四十個成績最好的人，送往慕尼黑再參加一次嚴格的考試。內容有改寫、縮寫、標題製作（時間二十分鐘）；回答有四張紙的一般常識問題（三十五分鐘）；做十分鐘的訪問，並在二十分鐘內，完成應作之報告，寫一篇指定範圍的新聞（三十分鐘），每項考試成績由五位評審委員評定，然後提交考試委員會，十二名入選的學生至此才能完全決定。

訓練結束後，學生均可安置就業，有的做報紙雜誌的記者，有的在廣播或電視服務。

大學的新聞教育

設有新聞系或研究所的大學，其功能與上述學校不同。在德國技術性的訓練很少，而主要的目的在從事學術性研究及講授更多的理論

課程，以求對現代新聞事業提出建設性的批評。所以不僅使學生明瞭新聞學之原理與實務，其他教育、法律、醫學、經濟等學科的一般常識，也盡量幫助學生去吸收。在大學研究新聞學的學生所受的實務訓練遠不如學理的探討為多，但是這些並非輕視新聞事業技術性的重要。

德國原有十二所大學設新聞學院或講授新聞學及大眾傳播課程，戰後西德恢復五所，另增兩所，合計七所，茲分別介紹如下：

一、柏林自由大學大眾傳播研究所

該所於一九四八年柏林自由大學創辦時設立，繼承一九二四年柏林大學創設新聞研究所的傳統。研究課程有新聞學、報紙、廣播、電影之特性與實際，以及新聞學對於心理學與社會學之影響。僅招收柏林大學的在學生，修業七學期，授博士學位，招收約一百五十名的學生。

二、明斯達大學大眾傳播研究所

一九一九年創立，一九四六年改稱今名。研究內容除報業外，尚有廣播、電影及修辭學等，修業八學期，授與博士學位，招收名額約八十名。柏林自由大學及該大學新聞研究所畢業生，大部分均服務於新聞界，該所並發行《雙日刊新聞報》。

三、海德堡大學大眾傳播研究所

一九二七年，由德國新聞發行人協會及新聞記者協會聯合舉辦，作為記者教育機關，此種新聞學校因不能列入大學之內，故一九四六年改隸大學，從事輿論、大眾傳播以及其他有關社會科學之研究。

四、慕尼黑大學新聞研究所

一九二四年由文斯特博士創辦，以研究報學為重點，兼及輿論、廣播以及報業實務之研究。招收名額約一二○人，修業八個學期，授與博士學位。

五、紐倫堡經濟社會科學大學大眾傳播研究所

注重報業經營與經濟學之觀點研究報學，授與經濟學博士學位。

六、漢堡大學廣播電視研究所

該所由德國廣播電視協會創立。以研究廣播、電視為主，另有新聞學課程。該所並發行《廣播與電視雜誌》，作為實習刊物。

七、社會科學學院

設置大眾傳播學講座。

記者的教育及在職訓練

在過去的幾年裡，西德有愈來愈多的學界和實務界人士不相信歐陸傳統的想法──「記者是天生的」；因此，也有愈來愈多的人認為記者應由大學來養成訓練。

為解決專業訓練上的不足及缺陷，在七○年代時，西德許多有傳播和新聞科系的大學，在正式新聞科系外，均附設以實務為主的新聞記者專業訓練班。就「曼茵茲得」大學的「新聞記者討論班」而言，申請人必須大學畢業，課程以兩年為限。內容完全偏重實務，任課教授則為西德各大媒體之主筆、編輯、製作人等有實務經驗者。兩年訓練結業後，發給證書。

以下列舉目前存在於西德的新聞從業人員養成訓練機構：

● 慕尼黑的「德國新聞記者學校」。

- 漢堡的「古魯納和雅爾新聞記者學校」。
- 慕尼黑的「電視和電影大學」。
- 柏林的「德國電影與電視學院」。
- 科隆的「大眾傳播學系」。

另有提供新聞記者深造的機構：

- 漢堡的大眾傳播學院。
- 哈根的德國大眾傳播學院。
- 法蘭克福的基督教新聞學院。
- 曼茵茲得的新聞記者討論班。
- 慕尼黑的傳播後進培育學院。
- 奧古斯堡的巴伐利亞新聞學校。
- 柏林自由大學曾於一九七九至一九八四年間嘗試透過空中大學播出新聞教育課程。

西德新聞傳播教育發展的趨勢

西德的國家基本法第五條明白規定：報紙、廣播、電視等等不受事先檢查，但對於青少年身心有不良影響得以法律限制之。因此他們制定了許多新聞法規，有全國性的，也有各邦的單行法，用來管理新聞。但這些法規不是用來箝制言論自由，而是用來樹立新聞道德，因為他們認為報紙深入家庭，具有教育的作用。

不管新聞系所設於什麼學院，他們的課程教學，都盡量在謀求新聞與教育的結合，其新聞傳播教育發展趨勢有：

一、新聞報導注重教育的功能

新聞報導在於發揮教育的功能，因此最近幾年，西德出版了很多「傳播教育學」的書籍，這些書籍都在探討新聞理論與教育理論結合所能發生的作用。

二、建立溝通科學的理論

西德的新聞教育極重視溝通理論，他們使用「傳播」這個名詞，也使用「溝通」這個名詞。他們的課程包括：溝通理論研究、溝通理論結構分析、溝通政策、群眾溝通、意見溝通等等。這些溝通科學理論的建立，係受了法蘭克福學派思想的影響。

三、重視新聞法規的研究

德國是大陸法系的國家，法令規定嚴密而詳細，人民以守法著稱，因此各校都將新聞法規列為新聞教育必修課程，他們認為一個新聞記者應有法律的素養，了解新聞法令，這樣在報導時才不致抵觸法令。

第四節　義大利新聞傳播教育的發展

義大利戰前的新聞傳播教育

本世紀初，義大利那不勒斯大學和杜林大學就有新聞學課程的開設，不過有系統的新聞傳播教育，開始於一九二八年。

同年，全國報業聯合會設立羅馬新聞學院（School of Journalism In Rome）訓練報業實務人才；帕魯札大學政治學院亦於同年設立新

聞學課程，教授新聞事業史及比較新聞法。以後幾年，特利斯特經濟
與商業大學在當地記者公會贊助下，也開設了新聞學及新聞史課程。
一九三二年，羅馬大學政治學院設立新聞學講座。從此以後，大學之
新聞教育及新聞學研究，以羅馬大學及帕魯札大學為主。羅馬大學是
由法特羅教授負責，帕魯札大學則由奧蘭諾教授主持。兩位教授並先
後完成《義大利現代報業的起源》、《十八世紀的威尼斯報業》、《義
大利報業》等專書。

　　同時，米蘭天主教大學與法拉自由大學都開設新聞課程，並請著
名學者及報人主講；一九三九年，帕爾尼教授到羅馬大學政治學院主
講新聞。帕爾尼曾是奧蘭諾教授的助教，他並於一九四三年在羅馬成
立義大利新聞研究中心，從事國際輿論及宣傳的研究。

義大利戰後的新聞傳播教育發展

　　羅馬輿論中心（Public Opinion Centre Rome）成立於一九三九
年，二次大戰後重新改組。該中心之教育宗旨，在於研究輿論之實際
與理論和改進當前報業之技術。羅馬輿論中心區分為初級、中級、大
學及研究所四組。初級畢業半年至一年，給以初步報業技術訓練；其
他三組各為二年，第一年之課程有輿論學、國際現勢分析、新聞學與
社會、宣傳與廣告、藝術及輿論調查等；第二年僅有上述前三項繼續
研讀，並接受心理學的測驗。

　　一九四七年，法特羅教授於羅馬大學創立輿論研究所，修業兩
年，開設課程以輿論學、社會學及統計學為主，另外包含商業廣告、
宣傳理論、宣傳技術、新聞技術等。是年，並成立新聞學院，辦理新

聞記者在職訓練。

一九四八年，比利時莫林神父在羅馬成立輿論科學高級學院（Higher Institute for the Science of Public Opinion）。此院之教育宗旨，在加強天主教報人之社會責任感，以啓發社會公正；修業兩年，課程多與輿論學有關，如報業、電影、廣播、電視、宣傳與廣告等。

一九四九年，愛米利亞報業公會在阿爾賓諾獨立大學開設新聞學課程，期間三年。此種課程共十九種，除兩種新聞學課程外，其餘都是人文及社會科學。此種訓練，目的在於加強記者所必須之新聞背景知識，而非講授新聞技術。

一九五〇年羅馬國際大學設立輿論科學技術學院。該院修業兩年，目的在闡揚基督教文明與加強報人之道德責任。課程包含電影、廣播、電視、宣傳及廣告之廣泛研究。

一九五一年，杜林創辦社會心理學高級研究所，研究大眾傳播心理學及廣告學；一九五二年，帕爾姆大學成立新聞研究所，以研究新聞史與輿論學爲主。

在二次大戰後最初十年中，由上述新聞教育機構畢業學生約有五百人，其中三分之一畢業於羅馬莫林神父之「輿論科學高級學院」，三分之一畢業於羅馬「輿論研究中心」，其餘三分之一畢業於其他教育機構。一九五七年後，研究新聞學之人數增加，羅馬「輿論研究中心」註冊學生超出八百人，其中半數爲初級班。由於就業困難，該中心於一九五四年規定，中級、大學及研究所入學須通過鑑定考試。

後來，柏蓋莫成立新聞高級研究院，與米蘭天主教大學有密切關係。該院修業期間兩年，第一年爲基本課程，計有宗教發展史、天主

教義與社會學原理；第二年為新聞學專門科目，包括對新聞學、廣告學、電影、廣播、電視與戲劇之研究。

由於義大利於一九四八年一月八日公布新聞法（共二十五條條文），主要規定媒體發行人資格與責任，以及設立新報紙（含雜誌、通訊社）均應向各地方法院登記，否則應沒收，該法又規定記者洩漏國家機密、影響國家安全，得判刑三至十年。

一九六三年二月義大利文制定記者法，該法規定擔任專業記者資格、兼職記者及實習記者等三類記者之條件，如考試、實習年資內容，以及國家記者協會組織行政功能，如國家各省之記者協會理事產生，該法由法務部監督，該法亦規定外籍記者由外交部管理登記。

義國羅馬省於一九九五年六月舉行八項民生問題公民投票，其中乙項提及是否應廢除記者法，結果有百分之六十贊成，惟因公投人數（僅佔百分之四十）未達百分之五十之法定標準，故無法建議中央予以取消。

一九七五年，義大利又制定編輯人法，主要規定編輯人責任及享有郵遞與紙張進口優惠措施。

由於上述原因，義大利的大學新聞傳播教育雖不發達，但各地設有私人新聞人員補習班，以方便通過考試取得專業記者執照。

義國人士認為，新聞自由係指記者寫稿時要客觀、事實，不受人影響，然因其為社會第四權力，故應對其資格加以限制，否則對社會倫理、一般法令、國家與社會安全毫無所知，如何擔任記者職務。記者法規定考試科目包括宗教、社會史、法律概要、新聞倫理及語文等。

各協會經認定為專業記者時，核發一張記者證，報社始能聘為長期記者，憑該證才准許赴各單位採訪，每年申報一次（即繳印花稅）。據北間新聞從業人士表示，因時代進步，現今未領記者證而進行新聞採訪者大有人在，但大型報社之規定仍嚴，如採訪官式活動，非有證照不可。

第五節　蘇聯新聞傳播教育的發展

一九九一年蘇聯解體後，政治、經濟、社會都有急遽變化，教育自也不再允許「一言堂」繼續出現。

俄羅斯最早成立的學校和大學位於現今的愛沙尼亞和烏克蘭境內。那是在約三百年前，由於要負起對學生人格的訓練責任，所以教育內容都受到嚴密控制，這種精神一直持續到蘇聯時期。

蘇聯解體後，俄羅斯邦聯的教育因應新時代所需，也發展出不同於以往的教育方向，而下面幾點是其主要的趨勢。

一、因應政治、社會的急遽變化，課程改革是必然的。學校現已取消馬列主義的課程。

二、由於經濟發展困難，教育——特別是高等教育機構由於經費短絀，所以如何在財政自主的潮流中經營學校如成為新的課題。

三、學校的角色重新定位：由於民主化後，共黨的控制不復存在，是故學校如何在改革中扮演新的角色，成為新議題。

四、年輕一代在急遽的社會變化中，對傳統文化的觀點漸趨扭

曲，蘇聯教育界亟思如何在教育中維護俄羅斯文化傳統應有的地位，成爲新挑戰。

當前蘇聯的高等學校校程有兩種情況：第一種是舊制，年限爲五年；另一種是新制，年限爲四年。大體而言，朝向美國制度發展，但空有外形，卻無美國制度的自由精神。

一九九八年，作者前往莫斯科出席國際新聞學會（IPI）年，在淡江大學前蘇聯研究所所長戴萬清教授陪同下，前往莫斯科大學參觀，並了解其新聞傳播教育發展情形。

在沙皇時期，俄國是沒有新聞教育的，直到一九一九年才由塔斯社前身羅斯塔斯社（Rosta）創辦了第一所新聞學校。這所學校只是針對報社記者及共產黨宣傳人員，提供新聞基本訓練，和一般認知的新聞教育還有相當大的差距。

一九二一年當時蘇維埃政府在莫斯科設立國家新聞學院（Institute of Journalism），專門練勞工及農民通訊記者，這個學校的水準及模式，有點類似新聞專科學校，修業期間則爲三年。後來這樣的學校也在全國各地普遍設立。

一九二四年，共產黨東方勞工大學（Communist University for Workers Form the East）和共產黨西方人民大學（Communist University for Peoples of the West）爲訓練外國新聞宣傳人員，也開始設立新聞系，只是這些學校現在都已不存在。

到了一九三○年，俄國的新聞教育開始產生轉變。全國主要的新聞教育機構都由共產黨中央委員會接管，莫斯科國家新聞學院也改組爲共產黨新聞學院，並在全國其他城市普設分院，新聞傳播教育也等

於是一種訓練共產黨宣傳的教育。

不過此時開始，除了以往的技術教學外，莫斯科大學與聖彼得堡大學也開始設立新聞學系，並在莫斯科的共產黨研究院中設立研究課程，探討新聞學理論，以培養大學教授。俄國新聞傳播教育始從訓練人才漸漸加入學術研究層次。

到了二次世界大戰，由於環境的改變，新聞教育制度也漸漸產生變化。由於戰時對記者及宣傳人員的需求大增，因此新聞科系的修業年限大多縮短，教育內容也多含政治教育、新聞專業及軍事訓練；同時，由於男性大多入伍，女性新聞人員也大幅增加。

大戰過後，共產黨的研究院為報社的社長、總編輯、主筆等設立了高級研究班，許多報社的高級領導都必須先參加這個班的訓練。

在戰後的新聞正規教育方面，一九四六年，聖彼得堡大學在哲學院中設立新聞系；其後，一九四八年，莫斯科大學也在哲學院設立新聞系，並在一九五六年起改制為新聞學院，到現在莫斯科大學的新聞學院有六個系，分別為大眾傳播媒體理論、俄國新聞事業和文學的歷史、文學和藝術評論、外國大眾媒體的歷史、文體論、國際新聞事業等，招收碩士班學生，修業期為五年（十學期），學生求學期間並有機會到報紙、電視與廣播電台等單位實習。

一般來說，俄國的新聞教育一直都以馬克思主義、俄國史、社會科學和新聞專業為主。在社會科學方面，包括政治學、經濟學、哲學、俄國歷史、世界史、外國文學、工業農經學、俄文等，而新聞專業則指俄國新聞史、世界新聞史，蘇維埃報業史、新聞攝影、速記、打字、編輯、採訪等。

　　目前俄國較著名的新聞學府除了莫斯科大學外，包括Bashkir State University, Voronezh State University, Far Eastern State University, Kazan State University, Kemerovo State University, Saint-Peterburg State University, Ural State University也都設有新聞學院，培育新聞人才。

　　另外，在Natalya Nesterova's Moscow Centre of Education, Moscow External-Studies Humanitatian University, New Humanitarian University, Stavropol Extra-Mural Humanities University也都設有新聞系或研究中心。其中Samara Institute of Journalism特別是專攻新聞。

　　蘇俄雖地跨歐亞二洲，但在歷史形構及文化內容上較接近歐洲；而蘇俄的新聞傳播教育和歐洲其他等國，亦有相似的階段性發展。歐洲有豐富的歷史及文化內容，而這也正反映在歐洲的傳播研究中。最早在大學課程中設有新聞史的課程是德國（一六七二年）。報業，是一次大戰後（World War Ⅰ,1914—1918）在英國發起；而在二次大戰後（World War Ⅱ,1938—1945），實務性及專業媒體研究，則在東歐（Eastern Europe）及蘇維埃（the Soviet Union）迅速發展。

　　在一九二○年代，許多大學對新聞報業做了相當多的研究，但後來由於戰爭，使得民意（public opinion）和宣傳（propaganda）等研究，所受到重視更甚於新聞史及新聞法規；所以逐漸地公共傳播開始替代了新聞技術面，成為學院中的主流研究。到了一九七○年代，各種的媒介研究包括實務或理論面，在歐洲都已非常知名。

　　由於政體的差異，使得蘇聯共和政體（Union of Soviet Socialist Republics, USSR）雖然如其他歐洲國家的新聞傳播研究相似，先從報業及其他媒介技術面訓練開始，但在作法上蘇聯則較趨保守。而且受

到列寧（V.I.Lenin）強烈的干預及統治，新聞媒體有如是替列寧傳達政令的「共同組織體」，無法有異言，所以實際上，早期蘇俄傳播教育存在的目的，除了為學術，也是為了政治。十月革命後，新聞報業及影片製作的訓練在莫斯科建立，一九二一年官方的報業機構在莫斯科成立，一九二三年歷經改組；而在第二次世界大戰後，許多大學紛紛成立。

一九四六年，第一個專為研究新聞原理而設立新聞系的聖彼得堡大學（The University of Leningrad）。在一九四七年，The Lomonosov State University of Moscow大學中，有許多新聞組織成立，經過五年後，在一九五二年，這些組織轉變成為國家中最具學術研究權威的單位，在五〇年代初期展現出驚人的成長，並領導著俄國的新聞傳播學教育。

蘇聯對於新聞教育有三種學制：一、五年制，全天上課（full-time）。二、六年制，夜間部（evening classes），一週上三至四次課。三、條件式，須通過檢定考試，這是針對非在本國學習新聞實務，及非在本國大學習得新聞學者而設。這三種學制皆授與學位證明。

在大學教育裡，將新聞分成不同部分，如：報紙、雜誌、通訊社、無線電通訊、電視新聞、書籍出版等，因此學生可在其中挑選出自己最有興趣和研究的專業領域，課程內容包含有理論及實務並重學習。課程主修項目有：國外新聞及文學、蘇俄歷史和新聞、大眾媒體社會、文學批評、蘇俄語文等。而一般性課程則有：文學、蘇俄經濟社會學、新聞實務技巧等。在夏季有大約十週的實習，秋季當地報社、廣播或電視台需要大量人手（特別是廣播及電視台，在一九六〇年

▲作者（左）與淡大前蘇聯研究所所長戴萬欽教授於一九九八年訪莫斯科大學。

代中期，便已在蘇俄的新聞業扮演了重要的角色及地位），學生此時便可藉此機會結合理論與實務，其他大學大致都是跟隨著此模式。現今，在俄國已有超過二十個設立新聞傳播研究的學校，而這些學校幾乎都是在首都，和一些其他的大都市中，如列寧格勒（又名聖彼德堡，Leningrad）、海參崴（Vladivostok）、Sverdlovsk、Voronezh等。

　　莫斯科大學新聞學院約有二千五百位學生，而每年則約有五百位學生畢業。在蘇俄每年所有的畢業生都不超過六千人，但這數量遠不及於國家所需要的，正因為如此，許多新聞業者便從其他領域或不同背景管道來招攬人力，像是教職員、經濟學家、工程師、作家等，這些人帶著其各有的專業知識投入新聞界，而這是蘇俄新聞生態現存的普遍現象。

　　至於蘇俄的電影教育，可追溯到早在一九一九年，在莫斯科就已有建立電影製片技術的組織，成立的主要目的在訓練戲劇、電影製片、編劇、製作、執行、財務管理等技能。在明斯克（Minsk）、基輔（Kiev）、列寧格勒（Leningrad）、Tbilisi、Tashkent等地，也有相類似的機構，而且這些機構所授與的學位證明，地位等同於大學所授與的學位證書。大部分學院單位所提供的五年制教育，也都能培育出將來成為獨當一面的製片人、電影經營者、編劇、演員、影評以及行政單位主管等人才。

第 3 章

亞洲新聞傳播教育的發展

第一節　日本新聞傳播教育的發展

　　日本近代報紙開始於十九世紀末葉，早期的民主鬥士之一福澤治智，於一八八二年發行第一家日報，並在其首創的慶應大學內創辦新聞傳播教育。直到第一次世界大戰之後，日本才實施正式的新聞傳播教育。一九二五年，美國新聞教育家威廉博士訪問日本後，日本就積極努力推行新聞教育。是年秋天，東京帝國大學（現改為東京大學）開始講授「新聞事業史」。一九二九年十月，日本「新聞教育之父」小野秀雄在帝國大學創辦新聞研究室，是為日本新聞傳播教育的開始。

學校的設立

　　帝大新聞研究室係由大實業家澀澤榮捐助經費創立。小野秀雄於帝大文學部德文科畢業後，曾任《萬朝報》記者三年、《東京日日新聞》記者七年，以後再返東京帝大研究。一九二三年至一九二八年，又赴德國與美國考察新聞教育，返國後於帝大成立新聞研究室。一方面反應著歐洲學者如德國「新聞科學」之先驅戴斯特等的影響，同時也反映著密蘇里新聞學院故院長、被譽為「遠東新聞教育之父」的威廉博士的思想。二次世界大戰以後，密蘇里新聞學院的另一位院長莫特博士（Frank.L.Moot）於一九四六年四月，應盟軍總部邀請，前往日本主持新聞傳播教育人員的教育，以及指導民主方式的新聞措施和新聞傳播教育。所以，日本的新聞教育與德國及美國的新聞傳播教

育，在歷史淵源上都具有非常密切的關係。

　　當時在小野秀雄主持下的新聞研究室，是以柏林大學新聞研究所為藍本，其宗旨及研究計畫著重於報紙的分析與研究，而非訓練新聞人才。在這段時間內，日本大學的新聞傳播教育受德國的影響甚大，所以造成大學新聞傳播教育與實際從事新聞事業者分歧的觀念，而當時的新聞傳播教育只從事批判，並分析報紙，缺乏實際訓練。由於新聞學校缺乏實際訓練，各報社為了適應本身的需要，便採用學徒制自行訓練記者。東京及大阪的《每日新聞》以及東京的《獨賣新聞》，都曾實行這種制度而成效顯著。

　　一九三四年，上智大學設立新聞系，亦由小野秀雄主持，注重報業理論研究。一九四二年，明治大學創設新聞高等研究科，與東京大學號稱為兩大新聞學府。而莫特博士擔任美軍佔領當局的顧問時，在他的指導扶植下，各大學於是廣設新聞系。一九四五年五月，東京帝國大學新聞研究室正式改為新聞研究院；一九四六年十月，早稻田大學政治經濟學門中開設新聞學科；同年十一月，慶應大學設立新聞研究室；一九四七年四月，日本大學於法學部內創辦新聞學科。同時期，愛知大學與京都大學，亦相繼開設新聞學講座。一九四九年東北大學於經濟學部內成立新聞學科。一九五〇年，明治大學又創辦新聞系，其課程大致與美國相同。一時日本各大學研究新聞學術的風氣，形成一股蓬勃興起的熱潮。漸漸地，日本新聞界人士都樂意將新聞傳播教育的責任託付予各大學承擔。他們認為只有大學才有健全完善的技術訓練環境，也只有大學才能施以實際適當訓練，並且對於歷史、倫理學以及其他與新聞有關的學科，都必須有權威的教授指導。

二次世界大戰前後，最初有五所大學，先後成立新聞研究所或新聞學系；至一九四九年增至七所，即東京大學、慶應大學、明治大學、日本大學、早稻田大學、立教大學及關西大學。一九五○年後，增設新聞系者，又有明治大學等。其他增開新聞學課程者，尚有中央大學、京都大學、神戶經濟大學及東北大學。至一九六一年，日本各大學設新聞系者計十一所，學生共一千餘人，每年的畢業生人數約為二百五十人，而就業率約為百分之七十。而今僅一所日本大學在一九九四年招收的新聞學科（隸屬法學部）學生，第一學部（日間部）和第二學部（夜間部）加起來就有二百八十九人之多。倘若再加上藝術學部的放送學科，則日本大學一年招收與新聞相關科系的學生高達四百六十四人。

各校新聞學系創設期課程設計

一、東京大學新聞研究所

東京大學創立於一八七七年四月十二日，一八九七年易名為東京帝國大學，一九四七年再改稱為東京大學。

一九二九年十月，該大學由小野秀雄創立新聞研究室，最初規定報考資格為文、法、經三學部修滿大學兩年之肄業學生。後至一九四九年（昭和二十四年）五月三十一日改為新聞研究所。當時創辦此機構的任務有二：一是培養一般新聞人才，二是從事新聞學理論研究。其入學章程規定具有下列三項情形之一者，可以提出入學自願書，請求准予參加入學試驗：（一）大學畢業者；（二）修滿大學前二年課程，現仍在學者；（三）舊制高等專門學校畢業和新制短期大學畢

業，從事報紙、出版及廣播等有關事業，經該事業機構所推薦者。

因上述第二、第三項資格之限制，該所畢業生不授與碩士學位。我國已故考試委員陳固亭先生即在該新聞研究室研究三年，並曾創刊《留東學報》。

在組織及研究範圍方面，東京大學新聞研究所戰後由千葉雄次郎負責。在組織方面，分爲研究部、教育部及事務部，分別主持研究教學及事務工作。研究部主管新聞學之理論研究，計分五個部門：第一部門，大眾傳播的理論基礎；第二部門，大眾傳播的歷史；第三部門，大眾傳播的過程；第四部門，大眾傳播的媒介；第五部門，輿論與傳播。

由上述研究範圍，可以看出「大眾傳播」爲該所研究的中心課題。自一九五二年，每年由文部省（相當於我國教育部）的發展科學研究費中，按該所研究計畫撥付經費。一九六二年，該所僅此種研究經費及經常費用已各增至一千萬日元。因此，在圖書設備及人員方面都很充足，不論個人或集體研究，都很有貢獻。

東京大學新聞研究所，規定修業期間兩年（必要時可以延長），修滿新聞學三十八個學分，並提出論文審查及格，即可畢業。惟以前述第二項資格（修滿大學兩年課程者）入學者，尚須修完大學部之課程。早期所開設之課程如下：

必修科目：大眾傳播理論四學分，大眾傳播史四學分，新聞倫理與法則四學分，比較新聞學四學分，輿論與宣傳四學分，研究方法四學分。

選修科目：（限選七科十四學分以上）報導二學分，編輯二學

分，外國語二學分，新聞一般業務二學分，報業行政二學分，雜誌期刊二學分，廣播事業二學分，電視節目二學分，電影論二學分，時事解說二學分，通訊社組織二學分，雜誌編輯二學分，文章構成法二學分，新聞攝影二學分，廣告學二學分，印刷學二學分，調查技術二學分，公共關係二學分。

該所自一九五〇年以來，每年和新聞協會合辦中等學校、高等學校講習會，由所中教授輪流主講，此外還舉辦公開演講，或將該所對大眾傳播研究調查所得的資料，作公開的報告。

二、早稻田大學新聞科

早稻田大學的前身，是一八八二年大隈重新所創立之東京專門學校，一九〇二年始改大學名稱，以迄現在。一九四九年改制，設六個部門、十一學部及大學院六研究科。新聞學科隸屬於第一學部之第一政治經濟學部。其地位相當於我國大學部法學院之新聞學系。該科系所開課程分類列舉如下：

新聞學，共九科：新聞學原理、新聞雜誌發達史、新聞文章論、英語報紙講讀、編輯學、報學研究、報紙經營論、廣播學、實習。（共三十六學分）。

政治學，共六科：政治學原理、現代日本政治史、政治學史、西洋政治史、現代政治研究、國際政治論。

經濟學，共十科：經濟學原理、現代日本經濟史、西洋經濟史、現代西洋經濟史、經濟學史、現代經濟研究、財政學、國際經濟論、金融經濟論、租稅論。

社會學，共五科：社會學原理、現代社會思想、社會心理學、社

會政策、勞動問題。

　　其他，共六科目：世界史、英語會話及英語練習、現代文藝思潮、統計學運用、憲法、論文。

　　以上係新聞學科專門科目，新聞學系學生應修畢九十二學分（約二十五科）外，還需修政治經濟學（即法學院）共同必須科目分：人文科學包括哲學、倫理學、心理學、歷史學、人文地理學、日本文學、東洋文學、文學論；社會科學包括法學、政治學、經濟學、教育學、社會學、統計學；自然科學包括數學原理與應用、物理學、化學、地質學、生物學、自然科學論、人類學；外國語文分第一外國語及第二外國語兩部，第一外國語包括英語、德語、法語；第二外國語除英、德、法語外，加華語與俄語兩種。合計一百四十八學分，始得畢業。以上共同科目，每人應選四十八學分（約十二科），分配情形為：人文、自然科學、社會三部門，每部門選三科十二學分，第一外國語八學分，第二外國語四學分，另有體育四學分，講義學二學分，實習二學分。

　　但是就上述各科略加分析，發現新聞專業科目僅三十六個學分，似乎太少。自一九五三年秋天，日本新聞協會曾經根據各方面的意見，擬定「新聞教育基本科目」，將新聞直接有關科目增多，使新聞課程內容更加豐富完備。早稻田大學新聞科注重社會及人文科學基本教育，新聞學課程共計三十六學分，約佔總學分的四分之一。此與美國大學同期新聞教育之標準相同。早稻田新聞科系在早期的學生人數最多，畢業生參加新聞事業者，高達百分之九十五，為當時各大學新聞科畢業生就業率最高者。由此證明，加強社會及人文科學基本教

育，實爲發展新聞教育之正確途徑。

三、上智大學新聞科系

上智大學於一九三四年，也就是東京帝大新聞研究室成立後五年，仍由小野秀雄教授主持，成立新聞系。因此該校在日本新聞教育中，也是爲時較早而有長久歷史的學校。對於新聞學之研究，在理論方面最爲著名。此外，該校亦是少數研究部與大學院都設有新聞科系的學校之一。

四、慶應大學新聞科系

慶應大學設有函授部，在應用科學中設有新聞科。其基礎課程爲：（一）基礎部門學科，（二）實務部門學科，（三）特殊研究部門三大部分。日本函授教育，文部省規定可以授與學位，因此新聞科如修滿所定學分時，自然可獲得學位。在日本新聞傳播教育中，是一大特色。

這一階段日本新聞傳播教育雖蓬勃興起，但因日本新聞事業過於發達，各大學新聞學科畢業人數，遠不敷實際之需要，故各新聞事業單位通常均需自行招收一般大學畢業生，加以學徒式之訓練，方可成爲新聞從業人員。

日本新聞協會與新聞傳播教育

日本新聞協會（Japan Newspaper Publishers and Editors Association）相當於我國的報業公會。它的組織與規範，對日本報業的言論、發行與廣告等各方面，都發生極大的影響，同時在新聞教育及新聞從業人員的在職訓練方面，也有很大的貢獻。該協會設有綜合

調查室，每年春秋兩季舉辦各種調查，報導一年來舉辦新聞講座、研究與調查、指導學生從事新聞研究情形等議題，常刊載在該會主編的《日本新聞年鑑》現況篇中的新聞教育專欄。另外在《專業報告書》並說明舉辦新聞人員在職訓練之經過。其講座內容包括：

　　一、憲法與新聞自由研討會；

　　二、經濟報導研討會；

　　三、記者教育研討會；

　　四、新聞工務研討會；

　　五、新聞勞務研討會；

　　六、學校新聞指導研討會；

　　七、新聞經理研討會；

　　八、負責新聞訓練人員研討會；

　　九、改善科學報導研討會；

　　十、新聞廣告研究研討會；

　　十一、犯罪報導研究研討會；

　　十二、新聞法制研討會；

　　十三、新聞編整研討會；

　　十四、新聞製作技術現代化研討會等。

　　該會在調查與研究方面，曾作記者的態度調查、讀者的接近調查、理解調查、動機調查、效果調查以及設有新聞用語研究會。

　　一九五三年秋，日本新聞協會與新聞傳播教育單位共同擬定新聞傳播教育課程標準，以為各大學新聞科系施教之依據，內容如下：

　　一、專門科目：（一）新聞學基本科目，新聞學原理、新聞事業

史、新聞倫理與新聞法（必修，須在十二學分以上）；（二）新聞學特殊學科，廣播學、編輯學、表現學、論說及宣傳、調查分析法、取材論、通訊論、經營論、廣告與公共關係、工務論、出版論、電影戲劇論、時事解說、外國語及實習等（必修五科，與選修課程至少須修習十八個學分以上）。二、共通科目：法律學（六科）、政治學（七科）、經濟學（六科）、商學（一科）、文學（七科）等（需選修六科二十四學分以上）。

日本新聞學會與新聞傳播教育

日本新聞學會（Journalism of Japan）創立於一九五一年六月十六日，當時總會設於東京文京區東大新聞研究所內，現已改名為日本大眾傳播學會。該會主要由日本全國大學學術相關人員所組成，也是一個以新聞學為研究目的的團體，類似臺灣的大眾傳播教育協會，該會每年編印的《新聞學評論》（*Japanese Journalism Review*）內分論文、書評、資料，都是研究各國新聞學的重要文獻。

日本新聞傳播教育現況

現今日本各大學新聞課程約如下述：

一、東京大學的社會信息研究所

前身為日本東京帝國大學新聞研究室，平成四年四月（一九九二年）改為社會信息研究所。所長為田崎篤郎，事務長為渡邊玉夫。其開設課程有：社會情報相關綜合研究、情報行動、情報與社會等。其課程特色著重於資訊與社會的應用研究。

二、東北大學

與東京大學、京都大學同爲日本以前三大帝國大學的東北大學，現在文學部五學科中的社會學科開設的五個講座，其中與新聞傳播教育直接相關的是：社會學（屬於大講座）、行動科學基礎論、行動科學應用論、心理學（屬於大講座）。而在商經學部的商學科中開設廣告學。

三、京都大學

京都大學的綜合人間學部的人間學科，設有人間基礎學、社會論等講座。而文學部中的文化行動科，開設有社會人間學等有關社會與人際關係互動的課程。

四、早稻田大學

在三大私立名校中的早稻田大學，是一所歷史悠久的大學，目前任職於政治經濟學部的藤井章雄教授，專攻報道英語學（即新聞英語），而在一般教育科目中的人文科學系，設有放送新聞英語研究。課程開設強調新聞與外語的綜合與應用。

五、慶應義塾大學

即慶應大學，目前在文學部的人際關係學科設有社會學、教育學、心理學、人間科學。

六、上智大學

早在昭和二十三年(一九四八年)，文學部中就有新聞學科的上智大學，目前文學部長爲高祖敏明，新聞學系中石川旺教授教授傳播理論。另外尚有新聞史、時事問題研究、國際傳播論、報道英語、傳播倫理法治論等必修課程。

而可選擇的必修課程有新聞論、放送論、雜誌論、出版論、映畫論、外國特殊傳播調查、論文作法、大文化論及大眾傳播的技術。

七、日本大學

日本大學法學部設有新聞學科。且有第一學部和第二學部（日夜間部），開設大眾傳播理論與實務、出版、廣告、印刷以及有關基礎法學知識等等。另外，藝術學部設有寫眞（攝影）學科、映畫（電影）學科以及放送（廣播）學科。

而在新聞學科的專門科目，分為四類：

（一）第一類：新聞學原理、日本新聞史、外國新聞史、國際傳播論、大眾傳播倫理‧法制、大眾傳播論、情報社會論等。

（二）第二類：報道‧編集論、世論‧社會調查、放送論、映像論、廣告論、廣報論、出版論。

（三）第三類：時事問題研究、新聞文章論、新聞英語Ⅰ‧Ⅱ、情報處理概論、大眾文化論、新聞特殊講義Ⅰ～Ⅳ等。

（四）第四類：憲法、民法總則‧物權法、國際政治學、債權法、行政法Ⅰ、政治學原理、經濟學原理、日本政治史、西洋政治史、日本經濟史、國際政治學、國際經濟論。

八、明治大學

明治大學政治經濟研究科，博士前、後期課程政治學專科中池田一之教授開設有關新聞學特殊研究共八學分課程。

九、愛知大學

愛知大學的生活科專門教育中有開設人間發達論、人間關係Ⅰ、Ⅱ、人間生活論等課程。

　　由上述顯示，日本各大學定位新聞傳播教育的方向不同。除了少數像上智、日本大學等有專門設置新聞學科外，其他多在法學部、政治經濟學部、商學科開設新聞相關課程。但多以隸屬之學部的師資、需要爲開設條件。另外，如筑波、愛知大學在生活應用科下設置一些有關人際關係的課程，多以與生活能夠結合、應用爲其開課的目的。

▲日本上智大學。

東京大學社會信息研究所的意義

　　日本的新聞教育雖不若美國發達，日本的新聞研究亦不免常囿於傳統，但是，聞名的日本東京大學新聞研究所，卻於一九九二年四月一日更名爲東京大學社會信息研究所。

　　換個招牌，看來是簡單的事，實際卻意味著劃時代的創舉。它意味著日本新聞學界最具權威的機構與領導人士，經過嚴謹的科學分析與判斷，相信人類新聞傳播的發展已經邁入了新階段。它不再是傳統的新聞概念，而是跨進了社會信息學的嶄新領域。這種結果是深思熟慮的結晶品。

　　東京大學新聞研究所雖然規模不算很大，卻在日本的新聞學界佔有執牛耳的地位。它的創辦人小野秀雄亦是日本新聞界的泰斗，曾應我國邀請在政大新聞研究所客座任教過一段時間。

　　東京大學新聞研究所創立於一九四九年，它的前身——東大新聞研究室則早於一九二九年誕生，是日本最早的新聞學術研究機構。日本研究新聞學最早是受德國的影響，在理論上，它是對德國新聞學進行系統的研究與介紹，與我國深受美國影響迥然相異。我們可以從小野秀雄所著的《新聞原理》一書，感受到日本新聞學的初始階段，其新聞二字實即是報紙的同義詞。

　　就實際而論，日本之新聞學研究並不發達，但在第二次世界大戰之後，日本各界人士深深省思戰爭之不幸，逐步感受到增強對人類相互了解的重要性，以及在促進人類了解的進程中國際傳播與文化交流的重要性，而新聞傳播界在其中更扮演了舉足輕重的角色。因此戰後

日本各大學不僅相繼開設新聞傳播學的課程，而且其「新聞」內涵更擴大到廣播、電視、電影之研究。其重要例證，如著名的小山榮三教授在一九六九年所著《新聞學原理》一書中，就有不少章節把新聞學擴大到「傳播學」的內容。

　　一九四九年，東京大學創立新聞研究所時，率先引進了美國「大眾傳播」的概念，並把研究領域擴大，增設了大眾傳播理論研究的部門。

　　時序進入七〇年代，以東京大學新聞研究所所長稻協三千男為首的一批教授，完成了《大眾傳播學》五卷集的翻譯工程，從此之後，有關大眾傳播的新著紛紛問世，其中包括繼任東大新研所所長的竹內郁郎教授及兒島和人教授、岡田直之教授等。

　　這四十多年的發展，顯示日本的新聞研究除傳統的報學以外，其他有關廣播、電視、有線電視、衛星傳播等亦紛紛登場，迅速地拓展了新聞學研究的新領域。除此之外，其他如錄影機、攝影機、個人電腦、電話、傳真機等的普及，更與傳統的傳播媒介聯繫成一系列新的傳播關係，又迅速啓發了新的研究理念與思維。

　　日本傳播學界的研究方向與美國的若干研究漸趨接近。譬如對於選民的投票行為、選舉預測、有關地域傳播變動的實證研究，以及居民對有關災害訊息的反應及效果等實證研究，都成為新聞傳播學者思維的新課題。

　　一九九一年東京大學新聞研究所的共同研究問題是：「關於伴隨高度信息化的社會體制和人們行動變化的研究」。研究員各自選擇其相關的子題，如「電視對幼童影響的多方位研究」、「信息化的進展

與大眾傳播理論的變化」等等主題。

　　所謂社會信息研究，據曾任東大新聞研究所所長高木教典教授說：「乃是以廣泛的社會信息現象爲研究對象。」亦即從傳統的新聞學課題，逐漸轉移到以社會信息爲焦點，以交叉學科理論爲依據的社會信息學領域。

　　人類的傳播研究，從新聞學邁進到社會信息學，其理論思路大體受了傳播科技發展的影響，大眾傳播媒體迅速更新，蓬勃發展，新媒體爭奇鬥豔，爲社會進入高度信息化奠定根基。

　　在新聞傳播時代，人類社會的主要媒體是報刊（印刷媒體），進入大眾傳播時代，新的電子媒體如廣播、電視、電影加入；在今天高度信息化時代，則除上述媒體外，其他如錄影、高清晰度電視、衛星廣播與電視、有線電視、電腦通信、傳眞機、電視電話、電子音像出版等都一一參與。

　　這些新科技的傳播媒體，使信息的社會化傳播不僅大量、迅速，利用也更加便捷。它所影響於人類的不僅是資訊的傳遞，更直接影響著人民的生活、工作、學習、娛樂與休閒，無論生活方式與思維都發生前所未有的深刻變化。

　　隨著有線電視、圖文電視、高度信息通信系統或電腦通訊等具有雙向交流的媒介問世，人類只需坐在家中或辦公室，通過電話或其他任何一種媒介，均可迅速獲知上述種種信息。不僅如此，這些媒介還可以幫助人們實現家庭購物、家庭轉帳、家庭保安、家庭買賣股票以及家庭看病等等活動。

　　有學者把人類社會的歷史分爲農業時代、工業時代、精神產業時

代，而信息產業則為精神產業時代的先驅，也有學者把人類歷史劃分為狩獵社會、農業社會、工業社會、信息社會。而所謂信息社會以電腦、電氣通信、新媒介等信息技術為核心，從而實現信息傳播無所不在、無所不能、無所不達的境界。

但是，這樣的發展並不意味著高度信息化時代的新媒介與信息現象，就與傳統新聞學內涵失去了聯繫。相反地，我們可以從各種的發展趨勢看，社會信息學實乃新聞學的自然延伸與擴大。

從新聞學到社會信息學，實際上應分新聞學—大眾傳播學—社會信息學三個階段。

在新聞學階段，研究的對象主要是圍繞著報紙的新聞現象。日本的小野秀雄在《新聞原理》中固可讓我們一窺奧妙，我國的早期新聞學者徐寶璜在一九三〇年所著的《新聞學綱要》，主要亦是討論有關新聞的基礎理論，以及報紙實際業務的研究。以後陸續問世的新聞採訪、新聞寫作、新聞編輯、新聞評論、新聞攝影、新聞廣告與報業史研究，只不過是以報學為出發的原點，來認識、思考與研究，可謂是新聞學的骨幹分支領域。

一九二〇年代開始萌芽的大眾傳播學，則是多學科交叉融合的產物，其中社會學、社會心理學、文化學、輿論學、宣傳學等，尤與大眾傳播學有密切聯繫，這也是大眾傳播學理論基礎的重要篇章。

著名的政治學家拉斯威爾，在一九四二年與其他學者所共編的《宣傳·傳播與輿論》一書，首次明確使用「大眾傳播」的科學這一概念。該書指出，大眾傳播的研究課題不僅是廣播、電視、報刊、電影、書籍、告示，甚至包括歌曲、戲劇、慶典等等。但無論如何擴

大，傳統新聞學的研究內容，仍然是大眾傳播理論體系中一個有機的重要部分。

　　一九四八年，拉斯威爾又在〈社會傳播的結構與功能〉一文中，清晰地闡述傳播過程五因素的公式，並提出控制、內容、通道、受播者與效果五類分析。他並提出人類社會中信息傳播的三個主要功能：

　　一、監視外在環境的變化；

　　二、維持社會內部各階層的聯繫接觸；

　　三、傳衍社會的傳統和文化。

　　另一位傳播學者賴查斯斐在一九四四年發表一篇〈人民的選擇〉調查報告。他運用社會學方法對一九四○年的總統選舉進行調查研究，發現傳播媒體在現實社會中的影響並不是直接的，更不是無所不能、威力無限的。人們對訊息的接受往往是透過他們所熟悉的、所信賴的消息靈通的權威人士，此即所謂的「意見領袖」，以後並由此發展出兩級傳播理論。

　　著名的心理學家霍夫蘭在二次世界大戰期間，受聘擔任美國陸軍新聞與教育界心理實驗室主任，他並主持一系列以鼓舞士氣為宗旨的有關宣傳效果的心理實驗，而於一九四九年出版《大眾傳播的實驗》一書，這是以實驗方法進行大眾傳播研究的最早範例，本書也是這些實驗結果的總報告。

　　黎文則是四○年代極活躍並富有成就的社會心理學家。奠定他在大眾傳播學鼻祖地位之一的，是他與他的學生對軍隊士氣問題所做的研究中，出色地運用了他所建立的整體動力理論。他對美國傳播學所做的最大貢獻，是他關於整體影響個人的觀念、動機、願望、行為和

傾向的理論。

從上述數位大眾傳播學開山大師的研究活動和著述中，我們不難發現其與新聞學研究與著述的差異之處，也不難發現大眾傳播學研究的對象不僅更廣泛，且研究的思維更遼闊，研究的視野更宏觀，研究的方法更多樣化，研究所依託的理論體系則更為廣博札實。

曾有人認為，「傳播學重視理論研究，而新聞學重視業務研究；傳播學以學理為重點，新聞學以術為重點」，此種說法是可以作為參考的。至於今日所謂的社會信息學，則可謂是在大眾傳播的基礎上更上一層的研究。無論在研究方法、研究思維方式、研究所托依的學科理論體系諸多方面，社會信息學都與大眾傳播學顯示出更相近的一脈相承關係。

從研究對象、研究的視野方面來看，社會信息學則更為廣泛，宏觀開闊。嚴格說來，大眾傳播學雖是對人類傳播現象的研究，但還是局限在「大眾傳播」的範圍，主要還是以大眾媒體為研究對象。

但在人類社會傳播中，實際上尚存在有個人自身的信息傳播，以及個人與個人之間的人際直接傳播。這些過去都未被列入大眾傳播學的範疇。但是，隨著人類信息活動的高度發展，尤其一系列新媒體的湧現，使原來只帶有人際傳播性質的傳播行為，也可能會附帶有大眾傳播的性質，使原來只有人際直接傳播媒介性質的傳播媒體，也可能會與大眾傳播媒體發生某種關係，甚至可能使原本只帶有大眾傳播媒體性質的傳播媒介，在某種場合扮演起人際直接傳播媒介的角色。

換言之，社會信息學是以整個人類社會浩瀚複雜的信息現象為研究對象，以期建立學科體系，並實現理論對實踐的指導。包括人類的

信息行為、信息法、社會信息、信息媒介、國際信息等諸多方面。如與新聞學、大眾傳播學相比，都是在更新意義上的延伸、擴大與發展，它所承擔的社會發展指導作用也將更為廣泛與重要。

隨著政治的民主、經濟的發展、社會的開放，現代人對信息重要性的認識日益深刻，對信息的需求也日益強烈。這一社會使命自然而然、責無旁貸地與現代傳播科技密切結合，亦為能迅速傳播信息的各大傳統新聞傳播媒介的承擔。

換言之，目前整個社會的傳播架構、傳播秩序、傳播形式、傳播行為、傳播效應等都在發生新的變化，這種變化不是枝節的，甚至是結構性的。我們今天正摸索著實踐，亦在實踐中摸索。這對有志傳播研究的人來說，固是開闢了一片至嶄新的研究天地，亦是面對著一種嚴酷的挑戰。

早期日本各主要大學的教授多數留學英、德，所以較注重學術倫理，而隨著功利、商業主意抬頭，年輕一輩多留學美、加等地，接受實證研究的影響。在日本的學制中，因對博士有相當的評定標準，故博士學位並不容易取得。在新聞學科系中擔任講學的教師，有許多是報社出身的新聞從業人員。但是他們在報社有一定的資歷，受過完整的訓練課程。在基層時受過嚴格的在職訓練，每升一級職位就得通過幹部訓練課程，這也就是為什麼這些業界人士仍可轉換身分成為大學教職員的原因。雖然說，日本媒體本身都有能力提供一套完整且有效率的訓練課程，但是各大媒體仍相當程度地重用科班出身的新聞相關科系學生，因為他們有正統教育、易適應新聞環境、對新聞觀念正確、對新聞理念執著，以及注重新聞倫理等特色。而這些特色皆有賴

於學校健全的新聞傳播教育課程來培養。這點可提供國內目前紛紛新設的新聞傳播系所作爲一個參考。在注重新傳播科技統計研究方法的同時，也應加強學生人文素養，尤其是對新聞倫理觀念的建立。

第二節　日本新聞傳播學術研究的歷程

就某個觀點看，日本也是很「崇洋」的，但日本卻也知道在吸收外來成果與經驗外，加以揉合、創新，而形成爲日本的特色。就傳播學術發展言，日本人亦復如是。他們在戰前是以德國新聞學派爲主流的報業及新聞原理研究，戰後受美國學派傳播研究的影響，以新聞應用之研究爲主流，再加以結合日本的實況而開展其研究活動。所以日本的新聞傳播學術研究，既有類似歐美各國的共同特性，也有日本自身的文化特徵。

以十九世紀到二十世紀二〇年代，一些報人、記者和非本專業的學者，已就報業的歷史、經營管理、報紙製作、新聞採訪報導基本要素等發表了一些零散著述（含譯著），如曾經考察、訪問過歐洲各國、後又到美國留學的松本君平，在美取得文學博士學位後回國，並在東京創立政治學校，親自向學生講授歐美事業概況，可謂日本新聞教育的創始人之一。一八九九年，松本君平根據他的講稿出版了日本第一本比較完整的新聞學專著《新聞學》（副題：歐美新聞事業）。松本在書中最先提出了新聞記者應學習新聞學的主張，認爲新聞學應作爲一門獨立的學科加以專門研究，並扼要述及新聞事業的定義和新聞

學的定義、新聞的性質、新聞記者的使命及力量所在等等。

一九二〇年代後期，日本開始以新聞學作爲專門的學術研究，但主要係受德國新聞學理論體系爲主。並延續到一九六〇年代二次世界大戰結束以後。

日本受德國學派影響的主要原因，其一是因爲二次大戰前日本知識界崇尚西歐國家特別是德國的哲學社會科學體系，認爲德國的學院式哲理學問具有高深的理論水準，而對美國的新聞學不感興趣，認爲美國式新聞學研究只重視新聞實踐，是爲培養新聞記者服務的，算不上眞正的學問。當時的東京帝國大學（現東京大學前身）在日本高等教育及學術研究領域所佔地位舉足輕重，並且，該校歷來重視德語教育，精通德語人才濟濟，從事早期新聞學研究的學者，都是該校德語科系畢業的人。

一九九二年，日本新聞學研究的開拓者小野秀雄出版了他的第一本成名專著《日本新聞發達史》。該書以實證方法和社會文化史的觀點系統研究日本新聞史，在日本學術界產生了較大影響。在小野秀雄努力籌畫下，一九二九年十月一日正式成立了日本最早的新聞學研究與教育機構——東京帝國大學文學部新聞研究室，小野秀雄親任室主任直到戰後。自此，日本新聞學研究開始走上有組織、有計畫的正規學術之路。

在小野秀雄的主持下，本世紀二〇年代至五〇年代，以德國新聞學理念體系佔主導地位的日本學院派研究集團，一直是日本新聞學研究的主要力量。在此期間出版的新聞學著述，在學術性上都比較強。

二〇年代後期到三〇年代，日本的新聞學研究已開始逐漸擺脫單

純研究報紙的局面，許多學者已使用ジェーナリズム（即Journalism的譯音）這一概念，把報紙、雜誌、廣播、出版等都納入「新聞業」研究範疇。

　　換言之，戰前和戰後一段時期裡，日本的新聞學研究實爲報學研究。儘管學者們的政治立場與觀點存在很大差異，但都是偏於新聞本質論的分析。所以，在這個時期裡，新聞理論研究一方面側重於研究報紙的經營與運作（新聞業務論）、報紙的基本功能；另一方面則著重研究新聞報導活動的特性和新聞報導的規律性。

　　二次世界大戰後，日本的新聞學研究邁進新的階段，不僅研究範圍、研究對象、研究內容與研究方法都起了較大變化，且顯示出幾種重大的特徵。

　　首先，戰後日本的新聞研究機構更加健全，研究力量有了增強，有組織、有計畫的研究活動全面展開。

　　在小野秀雄的倡導和主持下，一九四九年五月三十一日在東京大學新聞研究室基礎上正式成立了日本第一個新聞研究所；一九五一年六月十六日，在小野秀雄等人的籌組下，以東大新聞研究所爲基地，又正式成立了日本新聞學會這一個全國性的學術團體，定期舉辦各種形式的學術研究會，並創辦了學術刊物。從五○年代開始，許多大學也相繼設立了新聞學專業課程，陸續培養出一批新聞學研究人員，不少報社的資深記者，也投入各大學新聞專業任教。

　　第二，在此階段，日本的新聞學研究特別強調言論、出版自由的重要性，呈現出重新認識新聞自由理念的濃厚理論色彩。

　　這一時間，有關新聞自由的論著和介紹美國新聞傳播事業的論文

特別多。

　　第三、傳統以德國為主流的傳播理論研究逐漸退出主流地位，完成了階段性的歷史任務。

　　從新聞學的基礎理論研究水準來看，小野秀雄所著的《新聞原論》（一九四七年，東京堂出版），可謂戰後日本應用德國新聞學理論體系的最終集大成代表作。戰後，日本的新聞學研究在小野秀雄等權威學者的影響下，仍有一部分學者繼續沿用德國抽象思辨的定性分析方法進行理論研究。但是，隨著新聞學者一代代新人的出現，尤其是有新聞活動實踐經驗的報人、記者不斷參加新聞學研究的隊伍，戰前的學院派研究集團不復存在，德國新聞理論體系的學術研究逐漸受到冷遇。

　　第四，戰後不久，美國的大眾傳播學被引進日本，並逐漸代替了傳統新聞學地位，最終發展為戰後學術研究活動的主流。

　　在戰後受美國文化影響的社會背景下，去美國留學或訪問的學者明顯增多，美國學術著作被大量介紹進來。

　　一九五〇年代，日本開始大量引進美國的大眾傳播理論觀點和研究方法。但嚴格地說，日本開展自身的大眾傳播研究的鼎盛時期，是六〇至八〇年代。這一時期的研究活動主要有以下幾個特徵：

一、系統的理論介紹和深入開展的研究

　　戰後，一批學者分別於五〇年代、六〇年代、七〇年代先後編寫出幾套系統介紹與研究大眾傳播學的著作，如《傳播學科學》（井口一郎著，一九四九年，大洋圖書社），《現代大眾傳播》（南博著，一九五四年，要書房）和其他一系列講座及譯著。

這些著述爲其後日本的大眾傳播學研究奠定了理論基礎。八〇年代出版了《現代大眾傳播論》(竹內郁郎、儿島和人合編，一九八二年，有斐閣)和《日本社會學叢書二十·大眾傳播學》(竹內郁郎、岡田直之、幾島和人合編，一九八五年，東京大學出版社)等理論色彩更強的學術專著，標誌著日本純理論大眾傳播學研究達到了一個新的里程。

二、具有批判色彩的綜合結構興起

七〇年代開始，以城戶又一主編的六卷本專著《講座·現代新聞出版事業》(一九七三至一九七四，時事通訊社出版)爲日本的大眾傳播學研究開始轉向對日本自身的新聞出版事業進行綜合結構性的宏觀理論研究，並帶有明顯的批判性色彩。

三、受衆、受播過程和傳播效果研究盛行一時

從重視傳播過程研究轉向重視受播過程研究，使日本的大眾傳播學研究全面開花，也使其他學科紛紛涉足於這一學術領域中來。

在此期間，各種民意測驗、受眾調查頻頻舉行，而且手段與方法日趨先進；研究大眾傳播方式與傳播內容所產生的實際社會效果，一時成爲最熱門的課題，與此相關的受眾權益問題如知的權利、媒介接近權、資訊公開、維護人權等問題，成爲全社會普遍關注的話題。

一九九〇年代，日本的新聞學和大眾傳播學研究，進入了全新的發展階段。總的發展趨勢是，愈來愈多的學者開始以一種綜合立體的社會學觀念，關注新聞傳播事業和各種訊息傳播媒體與社會發展的關係，逐步側重研究訊息社會的整體發展問題。開始關心訊息化社會的到來與國家發展及人類社會進步的關係。研究視野更爲擴展，研究方

法更爲多樣。

一九八三年，日本郵政省提出〈電信系統未來藍圖研究報告〉。「報告」中把訊息化社會歸納爲「訊息產業化」、「產業訊息化」、「家庭訊息化」和「社會訊息化」四個層次，並表示政府將全力推進訊息化社會的現實。

這一變化的明顯標誌是，歷時四十年的新聞學會，於一九九一年六月正式更名爲「日本大眾傳播學會」；歷時四十三年的東京大學新聞研究所，也於一九九二年四月正式更名爲「社會情報研究所」原有的學術刊物也紛紛變換刊名。

一九九一年，日本郵政省綜合調查室曾發布一份「日本訊息傳播量化圖表」。該圖表以一九七九年的訊息傳播量指數爲一百，至一九八九年時，電子傳媒（廣播、電視、有線電視、衛星傳輸、電腦傳輸網路等）的訊息量指數達到三千二百三十三，十年間增長三十倍多；而印刷媒介（報刊、圖書等）訊息量指數爲二百三十一，只增長一倍多。這說明，電子傳媒特別是新興電子媒介爲社會傳播的訊息量大爲擴充。面對這種態勢，研究如何傳播已不是主要的問題，而研究社會如何利用訊息則顯得更爲重要。

八○年代末至九○年代初，在東京大學新聞研究所領銜組織下，以日本新聞學會爲依托，曾專門圍繞高度情報化社會的綜合研究課題，先後舉行過數十次規模不等的專題研討會和多次國際學術討論會。參與這些課題的研究人員，不僅有十多所大學的教授、學者，還有若干產業部門的研究負責人以及有關政府部門的研究人員，並進行過多次大規模的聯合社會調查。這階段性的研究成果，已於一九九一

年出版了《高度情報化社會的傳播──結構與行爲》一書（論文集）。

　　由上述可以了解，日本的新聞學研究大體經歷了近代新聞學（即報學）、現代新聞學、大眾傳播學與社會訊息學四個發展階段。當然，這四個階段並非斷然分割、涇渭分明，而是相互交叉、互爲融匯。

　　這種研究的範圍、對象和內容是逐步發展和擴大的，從研究報紙一種媒介到研究報刊、廣播電視、電影、圖書等所有的媒介形式；從著重研究新聞報導到研究各種訊息的傳播；從側重研究傳播者到研究受眾乃至全體社會成員；從重視研究傳播過程到重視研究受傳過程及其產生的社會效果等，都說明了這個趨勢。

　　研究學科領域和參與人員的構成從只有少數報人、記者和新聞學者從事研究的單一學科發展成包括政治學、法學、經濟學、社會學、心理學、文化學、人類學、哲學、語言學、民俗學等多種學科相互交叉的學科，這種發展態勢是令人欣慰的。

第三節　新加坡新聞傳播教育的發展

　　新加坡往昔沒有在大學正式成立新聞教育體系，但近年來，由於新加坡社會的快速變遷，尤其意識到作爲一個區域性媒體及電訊中心的急迫性與可能性，社會更需要一個世界級的大學新聞傳播教育，將來才可能滿足人才的需求和訓練，於是於一九九二年在南洋理工大學

成立傳播研究學院，院長由郭振羽博士擔任。（Nangang Technology Univ Singapore, NTU）郭振羽教授畢業於政大新聞系，赴美攻社會學，畢業後即以新聞傳播教育作爲他的努力目標。在他主持下，新加坡南洋理工大學正朝著「優異的教學」、「優異的研究」與「優異的服務」三個信念，設計課程與活動；現已逐步顯現其成效：

一、優異的教學

傳播研究學院提供學生理論與實務結合的課程。大學的前兩年，學生除了核心的傳播理論外，尚有一些多樣寬廣的選擇：社會學、心理學、經濟學和政治學等；第三、四年，學生則進入由新聞研究學院的四個領域所提供的專業傳播課程。

此外，最後一年，學生必須到新加坡或區域性的傳播媒體或組織，進行爲期二十週的專業實習；同時學生尚需完成一份畢業企畫，以證明他們對理論的瞭解和學術的熟悉度。

對於有心從事傳播研究的學生，院方則鼓勵他們繼續完成碩士，甚至於博士的學歷。

該學院百分之八十的專任教授具有世界級教育機構的博士學歷。教授們常透過參與區域性或國際性的會議、研討會、講習會等，來幫助維持教學水準的優良。

以新加坡第四任總理（president）Dr.Wee Kim Wee爲名所成立的講座（Dr. Wee Kim Wee Professorship），延攬不少世界知名的教育家、研究者或專家到該學院；例如：以《創新傳布》（*Diffusion of Innovation*）一書聞名的學者Everett M. Rogers，便是其中之一。

該學院並與康乃爾大學、密西根州立大學、聖地牙哥州立大學、

南加州大學等傳播相關學系，進行交換學生計畫。

傳播研究學院本身有四個主要的研究部門：

（一）傳播研究

分析研究媒介對閱聽人的影響、跨文化傳播、國際傳播、組織傳播與閱聽人研究等。

（二）電子及廣播媒介

包括廣播、電視和多媒體等方面產製的課程。

（三）新聞與出版

焦點在印刷及廣播新聞以及媒介系統的管理。

（四）公共關係與行銷傳播

議題設定、廣告、媒體計畫、市場，以及競選的公關與行銷等方面。

在學生實習方面，於一九九四年成立了《南洋記事報》（*Nanyang Chronicle*）的校園報，供學生實際接觸報紙的採訪、編輯等實務。該報紙主要以英文出版，報導內容從校園活動逐漸擴及附近社區的居民、商家等。其《數位記事報》（*Digital Chronicle*）也於一九九六年正式上網。

另外，該學院的學生也在一些電視頻道（例如Eureka學習頻道），製作節目。

在學習硬體上，該學院提供三間電腦室，擺設IBM個人電腦、麥金塔電腦等設備；另外視聽室、影像實驗室，供學生接觸新科技之用。

二、優異的研究

傳播研究學院成員經常參加國際性的學術研討會，和來自各國的專家學者分享、討論傳播的議題或發現。其著作經常刊登在知名的學術期刊成展示在其他論壇。研究方法不論質化、量化，都經常使用。

該學院自成立後，常舉辦區域性和國際性的會議，例如一九九四年與康乃爾大學共同主持的《傳播計畫與策略》研討會，有來自新加坡、印度、泰國等九國的傳播學者與專家。

因爲《亞洲媒體資訊傳播中心》（Asian Media, Information and Communication Centre, AMIC）將總部搬到該學院的新大樓，所以新聞研究學院經常與AMIC合作舉辦研討會或研究計畫。AMIC本身的目標是提升亞太地區大眾傳播教育、訓練、研究及實務的標準與品質，因此也常與聯合國教科文組織（UNESCC）合作，以提升大眾傳播關聯的資訊散布。該組織也出版書籍、期刊與論文集，例如：*Asian Journal of Communication*、*Asian communication Handbook*等。

目前，新聞研究學院與AMIC正合作研究「資訊高速公路：政策與法規在東南亞國協的全球基礎建設」（Information Highway:Policy and Regulation in the Construction of Global Infrastructure in ASEAN），以及共同參與「兩千年後之傳播：在全球化時代的科技、產業與人民」（Communication Beyond 2000: Technology, Industry and Citizens in the Age of Globalisation）會議。

傳播研究學院並與美國康乃爾大學結合，建立學術研究，並共同舉行研討會等。

三、優異的服務

一個由傳播專家及學者組成的顧問委員會，幫助傳播研究學院服

務業界。同時這個委員會使傳播研究學院保持與媒體及資訊服務產業的密切聯繫；委員會成員提供學院回饋，以訓練及教育傳播研究之學生；最後它更建議、介紹新傳播課給傳播研究學院。

傳播研究學院與許多產業進行合作，並簽訂備忘錄：

● 與新加坡有線電視（SCV）合作教育頻道的計畫，供學生參與節目的企畫與製作。

● 與新加坡資訊與藝術部（Singapore's Ministry of Information and Arts）合作，提供原則、觀念、技術和專業知識的課程給參加者，使其提昇在媒體或傳播方面的經歷與能力。

● 和新加坡公共廣播電台（Singapore Broadcasting Authority）合作，進行研究、實習、產業配件（Industrial attachment）、課程及講習會等。

該學院並經常舉辦講習會，提供學者、專家和媒體從業者互動的場域。

第四節　港澳新聞傳播教育的發展

香港的新聞傳播教育

香港的第一家新聞教育機構，是於一九二七年由著名小說家黃天石創辦的「香港新聞學社」，但只辦兩屆，於一七三一年結束。

一九三六年，原新聞學社副社長、工商日報副社長關楚璞等又創

辦「生活新聞學院」，其型態與新聞學社甚為類似，但學生都在夜間上課。

由於初期之新聞教育未受重視，學生人數日減。生活新聞學院也從初期三十餘人，銳減為七人，但關楚璞等熱忱未變，仍然改進教學方法，重視理論與實際結合，並在院內成立「陽秋通訊社」；幾位負責人純係義務性之貢獻，但不久生活新聞學院仍被迫停辦。

一、中國新聞學院

二次大戰前後，余仲華於一九三九年四月創辦「中國新聞學院」，迄四一年四月日軍入侵而停辦，一九四六年五月恢復，至一九四八年再告結束，前後五期共有畢業生三百餘人。

中國新聞學院甚重視學生之實習，曾創辦「中國新聞通訊社」，由於共產黨人參與校務，也隨時進行「愛國教育」，戰後該院一度增設「函授班」、「函授學校」。

一九五〇年代起，香港陸續出現幾所公私立新聞學科，由大陸遷港之教授與報人講授，及至六〇年代後，逐步演變為幾所著名的書院和大學新聞傳播學系。

二、高級漢文夜學院

五〇年代後，香港第一個設立新聞教育的是「高級漢文夜學院」，（後改官立文商專科學校）內設文科、商科與新聞科，其中新聞科雖設備簡陋，但師資卻十分堅強，班主任袁昶超曾著中國報業史名著。一七五六年，官辦的文商專校雖停辦，但幾所民辦學校卻甚為蓬勃。

一所由著名史學家錢穆於一七四九年創辦的新亞書院。該院宗旨

在培養「維續中華文化、發揚歐亞學術」的知識份子。後來成爲香港中文大學的成員書院之一。該院設有四年制的新聞學系。

另一所由報人黎嘉潮創辦於一九五三年的「遠東文商專科學院」，也設有新聞速成班及新聞系。後來改爲遠東書院，仍由黎嘉潮任院長。新聞速成班雖不久後停辦，但新聞系卻維持一段相當時間。

此時，大陸的文化大學在港復辦，原有之新聞系亦在港繼續辦理，一七五六年文化大學與華僑、江廈、新僑、平正共四家院校，組成聯合書院，成立新聞學系，由李伯鳴、陳錫餘相繼擔任系主任。李伯鳴在抗戰時曾任職中山日報社，陳錫餘任「大光報」社長，都是資深報人。

三、中文大學新聞傳播系

一九六三年中文大學成立時，由於未辦新聞系，原系學生轉到社會學系，陳錫餘後來亦創辦珠海書院新聞系，甚著勞績。

目前香港新聞教育學府中，中文大學新聞傳播學系自是一所重鎮。一九六五年，中文大學正式成立新聞系，七四年改名爲新聞與傳播學系，提供四年一貫制課程；七六年再創兩年制研究生課程，余也魯、朱立、陳韜文等相繼擔任該系主任。

中大新聞與傳播系招收學生不多，但由於素質高、教學嚴謹認眞，畢業生多被政府網羅，從事政府公關等工作。

該校多爲資深新聞傳播界人士與傳播理論家任教，水準甚高；爲加強學術交流，國際知名學者與台灣傳播學術界人士多人也前往講學，其中美國傳播界泰斗施蘭謨博士、美國哥大前院長喻德基、台灣政大汪琪、陳世敏等都曾前往講學。

　　中文新聞與傳播系開課，強調學與術並重，以提供專業知識教育，培養宏觀通識以及陶冶新聞與傳播人員之道德與操守爲目標；無論新聞、傳播理論、政治、經濟、心理、社會、歷史、地理、語文等，均爲重要內容；而研究生更以新聞傳播理論之探討爲主，以期培養具分析、研究及批判能力之高級新聞傳播人才。

　　爲實現理論與實際並重之原則，中大新聞與傳播系極重視實習設備，無論報刊、廣播電視、攝暗房、個人電腦室、資料等無不具備齊全，使學生之學習更爲周延。

　　目前中大主要提供廣播（電視）新聞、報刊新聞、廣告公關和傳播研究四個主要領域之學習與研究。課程中如傳播媒介、社會與人、中國傳播、中文採訪寫作、傳播理論、新聞道德與媒介評述、廣播及電視概論、廣告學導論、傳播研究統計學、中文新聞編輯、傳播法規、傳播研究方法、傳播研究導讀、國際傳播、民意調查、廣告製作等，都是重要的必修科。

　　中大新聞與傳播系畢業生，除繼續深造者外，多在傳播相關領域擔任重要工作，如政府新聞處、香港電台等，待遇優厚；而一般私人機構與商行，也多爭相招攬，迄一九八九年止，畢業生有四一六人。

　　中大教師除教學外，也在「文化中國」之傳播研究與國際傳播學界享有盛譽。不久前，該系教師除個人研究外，也從事有關香港傳媒與政治過渡的研究計畫，該計畫並獲得大學撥款委員會八十二萬港幣的資助。

　　中大新聞與傳播學系現任主任陳韜文，是一位年輕優秀的傳播學者，近年來，他也忙於國際與兩岸新聞傳播學界的聯繫與交流，著力

不少，貢獻也多。

四、浸會大學新聞傳播學院

另一所香港重要的新聞傳播學府，是一九六八年九月成立的浸會大學傳播系，該校之創辦係得力於教會支持。初辦六年，由余也魯擔任系主任，以後相繼由黃應士、張國興、林年同等擔任系主任，目前該院已擴充爲新聞傳播學院，由朱立擔任院長。

浸會大學傳理學院的前身爲傳理學院，於一九六八年創立，提供全面的傳播學理論及專業訓練課程，一九九二年九月一日升格爲學院，由朱立任院長，現轄有電影電視學系、傳播學系、新聞學系。分別由Ms Wanda Lazar、馬安力、陳玉璽博士任系主任。

爲配合社會發展，並進一步提升學術水準，該學院於一九九二年九月起招收碩士研究生，一九九六年開始招生博士生。

該院除一名講座教授兼院長外，並有三十餘名正副教授及助理教授，多位兼職教師及教學助理等。

大學部學士課程，目前包括五個專業：

傳理學學士涵蓋五個專業，皆爲配合社會發展而精心策畫的。

（一）電影電視專業（Cinema & Television Option）

本專業以培訓有志於投身電影、電視及傳媒工作的同學爲目的，課程由淺入深，期使同學能充分掌握電影、電視、廣播、聲響及動畫的概念及製作。課程內容包括導演、製片、編劇、剪接、配音等訓練。

（二）新聞專業（Journalism Option）

本專業主要學習文字新聞及廣播新聞的專業知識和技能，以及新

聞從業員的責任，共分中文和英文兩組，兩組學生都需具備良好的中英文能力，各組別集中訓練有關語文在新聞應用上的技巧。此外，本專業學生必須於二年級暑期參加實習。

（三）公關及廣告專業（Public Relations & Advertising Option）

本專業爲有志於投身公關及廣告行業的同學提供全面性的訓練。課程的特色是理論與實踐並重，中英文雙語並重，研習範圍以中國，特別是香港和亞洲區爲重點。課程教授如何分析傳媒與社會各個領域，如文化結構、經濟環境之間的關係，結合公關廣告學的概念、管理、策畫及工作技巧，務求同學能掌握理論研究和實際工作。

（四）傳播專業（Applied Communication Studies Option）

本專業側重於培訓媒介的管理人才，學生必須熟悉各種媒體的運作，並掌握在不同場合（如人際、小組、公衆等場合）的傳播技能。

（五）數碼圖像傳播專業（Digital Graphic Communication Option）

本專業旨在培訓電腦輔助圖像設計，以及多媒體包括桌面印刷、電腦動畫的創作和製作人才。課程利用最先進的電腦設計科技，教授同學圖像傳播創作、實務及技術各層面的知識。

浸會傳播系成立以來，以「唯眞唯善」爲教學宗旨，期在培養傳媒專業人才中，更重視道德與操守。該系除一年級爲共同基礎課程外，二、三年開設新聞編採、公關廣告、廣電與電影製作等不同領域之課供學生學習，而有關傳播理論課程，在香港更屬首屈一指。

爲使學生獲取實際工作經驗，浸會並有新報人、新廣告公關社、新廣播人、新電影人等實習工作室。一九八二年該校新建四層樓高之星島傳理中心，並於一九八七年獲英國國家學歷頒授局通過開設社會

科學（榮譽）傳播學位；一九八九年九月，更開辦傳理系榮譽學士學位轉換課程，期使原獲得榮譽文憑課程的畢業生，有機會獲得提高學歷水準及專業資格。

　　浸會傳理系由於學生程度好，也普受香港社會歡迎，已建立起良好聲譽；目前香港傳媒界以及廣告界中中級以上人才，許多都是浸會傳理系的畢業生。院長朱立，畢業於國立政治大學新聞研究所，除任教中文大學、浸會大學外，也曾赴澳洲客座，年來對新聞傳播教育與傳播理論，也著力甚多，貢獻卓著。

五、樹仁學院新聞系

　　一九七一年，香港創辦另一所私立捐資興辦的學院，稱為樹人學院，創辦人胡鴻烈、鍾期榮是一對夫婦。一任校監，一任校長。

　　該校初在跑馬地，一九七七年遷入灣仔萬茂里現址；一九八六年，又在北角上自建十二層高、面積六萬平方公尺之新校舍，可容納學生五千人，現已獲政府承認。

　　樹仁新聞系培養之學生，以提供香港與東南亞傳播事業之人才為宗旨，學制四年，該系課程為新聞學課程與輔助課程兩類群為主，亦相當重視語文與社會科學之基礎訓練，現有學生三、四百人。

　　樹仁新聞系之首任系主任為胡仙，實際系務則由當時星島日報之採訪主任張祺新主持，張祺新為政大在台復校後首屆新聞系畢業生。

　　樹仁新聞系以後又由李勇、鄭惠和等相繼擔任系主任，鍾期榮校長也一度兼任系主任，該系教師多聘自媒體實務界，學生也多在媒體界工作。近年來，該系與大陸接觸頻繁，學生也多派往大陸媒體實習。

六、珠海大學新聞系

另一家與台灣關係密切的香港重要的新聞教育學府珠海大學新聞系，創辦於一九六八年，由老報人陳錫餘主持，本年六月二十六日曾盛大慶祝創系三十週年。

珠海新聞系畢業生近一千五百餘名，大多服務於各印刷與電子媒體，為香港傳媒人才的主要來源之一，對社會貢獻至多。陳錫餘教授過世後，該系曾由校友黃毓民主持過一段時間，現由俞淵若教授擔任系主任。

珠海新聞系提供美國密蘇里式之新聞教育，規畫四年課程，也重視社會科學、人文學院基礎與學生實習。該系過去每年暑假都派畢業生數十名到台灣台視、華視與中視實習，對學生水準之提升助益甚多。

珠海大學已故校長梁永燊、新聞系主任陳錫餘對珠海新聞教育貢獻甚大。一度在鄭貞銘教授協助下成立新聞研究所，程之行、鄭惠和等先後擔任所長，後以師資難聘，難以為繼，一度停辦，最近即將恢復。

珠海新聞系對學術發展亦頗注意，多次研討有關「新聞自由與民主政治」等有關議題，並廣邀港台兩地與國外學者參與，甚受注目。而珠海之學生甚為團結，校友常出錢出力，協助母校發展。

新聞教育之改革

近年來香港之新聞教育有招生不理想之現象，特別是部分私立學校，由於媒體競爭激烈，經濟不景氣，出路亦較往昔困難，而香港

「回歸」之後，新聞媒體之發展與新聞自由之問題，常予人以不明確、不穩定之現象，也使青年學生裹足不前。

　　一般說來，香港新聞傳播教育界朋友多主張新聞傳播教育之改革，應以下列之方向最爲重要：

　　一、課程設計要多元化，以滿足學生各種不同的興趣，更培養學生跨媒體的適應能力；

　　二、培養專業化水準，奠定社會科學基礎與研究方法素養，以加強學生的分析能力與表達能力；

　　三、加強專業倫理道德的修養與法律的知識，以提升專業人員水準，建立公信力；

　　四、訓練學生更廣闊的視野，以成爲港、台中的資訊中心人才，其中尤以亞洲觀與世界觀最爲重要。

加強學術交流

　　一九九七後，香港從過去與台灣新聞學府間的交流逐漸轉變爲加強與大陸交流，其中包括增設有關大陸新聞發展之理論與法律等有關課程，以及師生之間的互訪講學、交流教材與刊物、合作專題研究、派學生去大陸媒體畢業實習等。

　　有關香港傳播研究方面，據中文大學新聞與傳播學系主任陳韜文認爲，由於傳播研究受社會背景的約制，也受傳媒結構及其他因素的影響，而香港過去一直是英國管制下的殖民城邦，雖對文字傳媒限制較少，但政府對電子傳媒限制仍大，再加以香港傳媒受市場運作影響很大，故各項媒介內部和跨媒介競爭十分劇烈。

　　在此背景下，再加上香港傳播研究的誘因制度，如金錢、榮譽與職位上等都不算強，加以財政支持有限，研究者的人數與素質訓練不夠，且傳播研究更是一種高科際的（Interdis Ciplmary），也必須其他學科參與，且要兼容並施，故傳播研究不算太蓬勃。

　　大體來說，香港的傳播研究可分三大類：

　　一、商業研究：如廣告公司、市場研究和大眾傳媒；

　　二、政府的政策研究：如網路問題、電子傳媒的管理問題、電影的審查尺度等；

　　三、學術研究：以大學的新聞與傳播科系爲主要根據地。

　　目前香港各大學的傳播理論學術研究，以中文大學較具成就。該校研究部課程以研究及理論學習爲主，注意培養對傳媒運作與傳播行爲具分析及批判能力的專才。該課程有傳播理論、國際傳播研究、中國文化中的傳播等。

　　中大大學部與研究所均需要論文。從一九六九至九四年間，大學本科已有論文二五〇篇；一九七五至一九九五年間，碩士論文已有五十五篇。大多是以社會學角度研究當前新聞或傳播議題，而新聞史的研究較爲欠缺。

　　浸會大學於一九九二年開設傳播學哲學碩士學位，一九九六年更開設傳播學博士學位，同時探研各種傳播理論與研究方法，中國大陸與香港的傳媒發展，以及傳播科技對傳播與社會發展的影響等。

　　兩校近年來與國際新聞學府也有廣泛而頻繁的學術交流活動，如夏威夷大學、華盛頓大學、南伊大、明尼蘇達，以及台灣、中國大陸、澳洲、加拿大、泰國等著名大學。

　　根據陳韜文教授的研究，近年香港各大學的傳播研究主要在四個主題上：

一、傳媒的使用與評價

　　主要在探究市民使用特定傳媒的狀況，對各類內容的評價喜惡以及對管理尺度（如電子傳媒和電影的管制政策和尺度）的反應。這些研究的優點是樣本大，代表性強，對港人的電子傳媒消費行為及評價提供了寶貴的資料。

二、政治傳播

　　隨著香港「九七」回歸前後，政治傳播研究者提出許多與新聞自由、政治意識型態、權力重組、建構現實等概念及其互動關係的研究，同時也催生了一連串民意調查，顯示香港的政治變動激化人們的政治資訊需求。

三、傳播與社會變遷關係

　　在變遷快速的香港社會，傳播研究者發現傳媒對國家可以起著統合和合法化的作用；政府對傳媒的控制愈間接，傳媒公信力愈強、作用也就愈大。

　　此外，先進國家的傳播對第三世界的影響等，也是重要的研究課題。

四、資訊科技、政策及其他

　　主要探討資訊科技的發展，如何建立通盤的傳訊政策。

　　陳韜文教授並指出，香港傳播研究今後應朝向下列五個方向努力：

一、追求理想性和原創性

▲作者（左）應香港珠海大學新聞系之邀前往演講，右為前珠海新聞系主任陳錫餘。

▲作者（前排左二）出席香港新聞教育學者會議。

他認為歐美傳播研究的結果不應被視為放諸四海而皆準，其實用性有待實驗的證明。

二、多做縱向及比較研究

透過比較，可以把事物的特殊性與普遍性依層次及條件區分。這也就是社會科學研究者的根本責任。

三、填補理論及方法上的空白

研究者大體上受美國傳播研究的傳統影響較深，但也不應排斥其他方法；在傳播理論的研究上，有若干的空白，如人際傳播、組織傳播、傳播哲學與廣告研究等，皆應加強。

四、深化現有研究

各種現有的研究成果，如依賴性傳播發展，傳播、意識型態和權力轉換的互動，中、港、台互動與中國研究、資訊科技等，皆應作進一步的深化研究。

五、擴大研究者發展和國際化

應積極培養更多傳播研究人才，並考慮採取「國際化」應變措施，招攬更多外籍學者（包括大陸及台灣的留學生），以促進國際學術交流與傳播研究。

澳門的新聞傳播教育

澳門的新聞傳播人員，至少包括下列幾個領域：

一、新聞工作從業員；

二、書籍、報刊和各類印刷品的編輯工作者；

三、電子傳播工作者；

四、廣告宣傳從業員；

五、公共關係工作從業員；

六、翻譯工作從業員；

七、其他相關人員。

上述各個領域，都是高度的專業。但根據最近的一項數據公布，直到一九九四年為止，澳門的大學畢業或以上學歷的人佔總人口的比率不過是○·四％，中學畢業或以上學歷的人佔總人口的比率是七％；與鄰近地區相比較，可以反映澳門在各方面的人才欠缺，特別在專業人才方面更加落後於時代的發展速度。

目前在澳門的傳播機構裡，大部分的從業人員最使人滿意和有信心的條件，是對工作的熱忱和極為豐富的工作經驗，但在愈來愈追求高專業水準和專業效率的時代裡，對傳播工作者來說，熱忱和經驗只不過是其中兩個必須的條件，但絕不是條件的全部，因此專業的學術訓練更顯重要。

在以往澳門的傳播工作者只有少數是曾經受過專業的學術性訓練，大多數是中國大陸、台灣和香港和各大學或專上院校新聞系、傳播學系的畢業生。而到一九九一年，澳門大學的中文系和英語專業課程才開始為澳門未來的傳播事業培養人才，其中如畢業於政大新聞系的莫麗明教授，也正在作這方面的努力。澳大中文系開辦了一個名為應用中文與中文傳播學士學位課程，而澳大的英語專業課程亦在同一時間開辦了一個名為英語傳播學士學位課程，在一九九五年的秋季，開始有第一批的畢業生進入澳門傳播事業的各個機構服務。

不過，就今後澳門傳播人才的需要而論，這種規模是不夠的。澳

門人士認為，今後對澳門傳播人才的培養規畫，極需重視下列幾個方向。

一、傳播學在學術上的基礎奠基於語文應用能力的訓練。語文能力愈高的從業員，其工作的表現必然會較佳。目前在年青的一代，語文能力普遍的下降，特別在寫的方面，因此澳大中文系在培訓傳播人才時，首先就強調中文的應用能力，課程的其中一個重點就在於使學員能掌握各類型中文寫作技巧，從而提高他們應用中文的能力；除此之外，中文口語傳播能力的訓練，亦要獲得合理的重視。

二、要立足澳門。目前許多傳播工作者和正在受訓的未來從業員，對澳門各個方面的認識並不足夠，傳播事業是要立足現實的，一位優秀的傳播工作者必須對他所處的社會有深度的認識。

三、一九九九年澳門回歸中共，下個世紀澳門的傳播實務自然地會以中國為最重要的主題，因此認識中國和中國文化是十分有必要的。

過去在澳門傳播工作者所訓練的多側重在技術上的訓練，在語文能力、認識澳門和認識中國文化三方面的基礎都比較弱；讀新聞系或傳播學畢業生，未必個個在上述三個方面都具水準。因此在培訓未來傳播工作人員，不能亦不應盲從地假設他們的語文表達能力、文化和社會的認知程度都已經合格，並且在訓練新一代的傳播工作者時，對傳播學的各種理論，特別是有關傳播道德和價值取向方面的理論，應該加以合理的重視，此外涉及到傳播事業的法律問題，也應強調重視。

澳門新聞傳播教育的發展空間，仍待大力推展。

第二單元

中國大陸新聞傳播教育的發展

第4章

國民政府時期
大陸新聞傳播教育的發展

第一節　中國大學新聞傳播教育之創辦

民國七年至十二年

中國的新聞教育是以北大創設新聞學課程為先聲，由當時校長蔡元培先生成立新聞研究會，由從美國密蘇里新聞學院學成回國的北平《成報》主筆徐寶璜先生主講新聞學，所以蔡元培先生可說是中國新聞教育的創始人。

民國九年，聖約翰大學創立新聞系，由上海英文《密勒氏（Milers'）評論報》主筆柏德生（D.D Pattersoan）擔任系主任，當時的課程和當時的美國大學新聞系一樣，尤其注重英文的訓練。民國十三年又聘請武道（M.E Voto）先生講學，他對中國新聞教育亦有很大的貢獻。

自從北平及上海開新聞學教育之風以後，其他學校也相繼開設。民國十年，廈門大學成立報學科，但兩年後就停辦了。民國十一年杭州之江大學也在文科開英文新聞學的課。民國十二年，北平的平民大學成立新聞系。

北伐前

民國十三年北平的民國大學成立報學系。民國十三年燕京大學成立新聞系，由美國籍教授主持。但到了民國十六年由於經費問題停

辦。直到民國十八年才恢復，並邀請密蘇里大學加入。最早來燕京大學教書的是馬序（Mash）先生。

民國二十四年，燕京大學成立燕京大學新聞系的指導委員會，聘請若干社會人士來幫助燕大新聞學系，聘請的委員有張季鸞、葉楚傖、成舍我、蕭同茲、王伯奇、張祖萍、潘公展及胡政之。燕大的作法就是希望新聞教育與新聞事業能互相配合，它開啓了新聞學理、新聞實務相結合之風，很值得重視，對中國新聞教育的貢獻很大。

民國十四年，上海南方大學設立新聞專修科，上海光華大學設立新聞學及廣告學兩科，謝然之、許聞淵及沈昌煥先生都是光華大學的學生。民國十五年，上海國民大學、滬江大學及大夏大學也相繼成立新聞系。這是北伐前的情況，這一時期新聞教育可謂到達高峰。

北伐後至大陸淪共

北伐後，有兩校新聞系比較重要。民國十五年，復旦大學成立新聞學講座，後來擴大爲新聞學組，主持人爲陳望道先生。到了民國十八年成立新聞系，由謝六逸先生擔任系主任。它的課程和密蘇里大學相若，非常注重實際技藝的訓練，培養的人才也非常多。

之後，中央政治學校則於民國二十四年成立新聞系，也就是馬星野先生到該校講學的第二年，由程天放先生擔任系主任，後由馬星野先生接任。民國二十六年，由於對日抗戰開始，所以新聞系一度停辦，而改辦新聞專修科及新聞專修班，到了民國三十二年恢復。

民國三十年，中央政治學校又創立新聞學院，由董顯光先生擔任院長，曾虛白先生擔任副院長。該學院是和美國哥倫比亞大學合辦

的，只辦了兩期就停辦。王洪鈞、余夢燕等都是這個時候的學生。

　　此外，廣州也辦了很多新聞教育。總之，在大陸失守前，主要是以北平、上海、重慶爲三個重要據點，走的路線主要也是以美國路線爲主。

　　以當時中國大陸的國情來說，要辦新聞教育可謂艱辛重重，所幸還有多位有志於新聞教育的人士，爲國家培訓了眾多人才，也爲當時的社會需要貢獻良多。

　　據統計，一九二〇年從上海聖約翰大學設立報學系至一九四五年國民政府遷台，整個中國共有近六十個新聞教育機構，其中並不包括幾所開設新聞學課程的學校。

第二節　國民政府時期的重要新聞學府

　　民國九年至民國三十八年之中，中國大陸設立了六十多所新聞學校。我們分別從三個階段來探討重點新聞學校的發展過程。

　　此外，還有北京大學、光華大學、大廈大學、中央大學、中山大學、延安大學等幾所高等學校先後開設新聞學課程。

　　就以當時的社會狀況而言，在一九四九年前即有近六十多所學校設立新聞科系與課程，可看出新聞科在當時可謂一門「顯學」，吸引眾多學子選讀之外，同時也提供新聞工作者有再進修的機會。因此，在眾多的新聞學校與報社經營下，整體的新聞教育與新聞實務可說是蓬勃發展。

萌芽時期

　　從一九二〇年到北伐戰爭的六、七年間，是中國新聞傳播教育誕生和萌芽的階段，先是一九二〇年五月五日，全國報界聯會（一九一九年十月十五日成立於上海）在廣州召開第二次會議，會上提出了籌設「新聞大學」的議案，並通過了《新聞大學組織大綱》，擬擇定一所大學合辦，定爲該校之「新聞大學科」，由「新聞大學科」獨立招生，並且準備兼辦新聞函授專科，以求推廣新聞學教育。可惜「全國報界聯合會」不久即瓦解，以上決議也未能付諸實施。

一、上海聖約翰大學報學系

　　我國第一個新聞教育是由上海聖約翰大學所創，於一九二〇年九月由美國聖公會教會所設立。它附於普通文科內，最早提議成立該系的是美籍教授卜惠(W.A.Spott)，該系創辦時，聘《密勒氏評論報》主筆柏德生(D.D Patterson)擔任系主任。

　　該校原爲美國教會所創，故對英文科目極爲重視，其與當時美國新聞學系之課程大致相同。此外，授課時間都於晚上，當時選修這個專業的學生有四十餘人，校長看到學生對新聞學頗有興趣，便函告美國董事會，從美國添聘了一名新聞學教授前來任課。

　　一九二四年，武道教授(M.E Votaw)由美來華任報學系主任。這時的課程漸次充實，每學期選讀者五、六十人，課程包括新聞、編校、社論、廣告、新聞學歷史與原理等，以英文講授，畢業後授與文科學士學位。除課程安排以外，還辦有實習報紙英文的《約大周刊》。一九四二年，太平洋戰爭爆發，日軍佔領上海，該系被迫停刊

至一九四七年才又恢復，武道再度擔任系主任。中共建立政權後，該系由黃嘉德任系主任，汪英賓任教授，助教有伍必熙等人。此時的課程則改由國語講授。原英文版停刊後，改出中文週刊。該系一直辦到一九五二年，中共在調整高等學校院系時，准它併入復旦大學新聞系。因此，聖約翰大學報學系是我國開辦時間最早的新聞傳播教育單位。

二、廈門大學報學科

廈門大學是民國十年由愛國華僑陳嘉庚所創，辦設八科，報學科即為八科之一。報學科剛開始創辦時，教授極為缺乏，學生只有一人，課程與文科相同，可說是徒具虛名，民國十一年學校聘孫定貴為系主任，孫氏於報學頗有研究，經營得有聲有色，於是學生增加至六人。

然而一九二三年廈門大學發生學潮，教授九人與學生離校，集中赴上海創設廈門大學，報學科也因此停辦，因此廈門大學報學科可說是曇花一現。如果說聖約翰報學系是外國人創辦的話，那麼廈門大學報學科則是中國人自己開辦的第一個高等新聞傳播教育單位。

此外，一九二二年杭州之江大學仿聖約翰大學之先例，在文科開設「英文報學」科目，專門講授英文報刊的寫作。一九二五年初，上海南方大學設立報學系和報學專修科，請當時的《申報》協理汪英賓擔任主任、《時報》總編輯戈公振擔任教授。學生中專修者八十餘人，選修者八十餘人。暑假中，學校發生風潮，「報學系」不久即渙散，為時短暫。同年夏天，上海國民大學成立（由上海南方大學反對校長之師生所組織），也設「新聞學系」，延《時報》總編輯戈公振講

中國報學史；《時事新報》總編輯潘公弼講報館管理；《商報》編輯潘公展講編輯法；《商報》總編輯陳布雷講社論之撰寫。戈公振的著名新聞史學專著《中國報學史》，起初就是爲該校講課而寫的。一九二六年，上海光華大學（由上海聖約翰大學反對校長之師生所組織）也開設「新聞學」和「廣告學」兩科，適值南方大學新聞系停辦，便將汪英賓聘請來當教授。選讀「新聞學」科者六十餘人，其中大半係該校文科學生；選讀「廣告學」科者二十餘人，其中商科學生居多。差不多在同一時期，上海滬江大學和大夏大學也曾開設報學課。

三、北京平民大學新聞系

中國新聞教育發展在北方，其中具代表性的是北京平民大學新聞系。此系招收高中畢業生，共有三班，計男生一百零五人，女生八人，入學後先上兩年預科，再上四年本科，前後在校學習六年。系主任亦是徐寶璜教授，任課教授有北京國聞通訊社社長吳天生、京報社長邵飄萍以及顧君義、徐彬彬、周作人、郁達夫、徐志摩等，都是一時之選。

北京平民大學新聞系四年制的課程大致安排如下：

（一）第一學年：（共十二門課，有二十三學分）

新聞概論、速記術、經濟學、政治學、文學概論、哲學概論、民法概要、中國文學研究、英文、日文、憲法、文字學。

（二）第二學年：（共十二門課，有二十三學分）

新聞採集法、新聞編述法、廣告學、社會學、照相製版術、財政學、中國近代政治外交史、平時國際公法、統計學、中國文學研究、英文、日文、文字學。

（三）第三學年：(共十二門課，有二十學分)

新聞經營法、新聞評論法、採編實習、評論實習、時事研究、現行法令綱要、戰時國際公法、中國近代財政史、現代金融論、近代小說、英文。

（四）第四學年：(共十二門課，有二十學分)

新聞事業發達史、特別評論法、出版法、編採實習、群眾心理、時事研究、現代各國政治外交史、現代社會問題、近代戲劇、英文新聞學名著選讀。

該系大體上包括外語、文化基礎、專業和選修等四個方面的課程。該系也招收女生，現住北京的徐芳女士就是其中之一。

學生課外組織有「新聞學研究會」，有時亦至報館實習，於一九二四年所發行《北京平民大學新聞系級刊》，每半月出版一次，由王豫洲主編；在我國初期新聞傳播教育中，可說是最具規模的新聞系。

徐寶璜還曾將在平民大學的講稿輯為《新聞事件》一書，交商務印書館出版。邵飄萍在一次講課時曾說：「外國地方的官吏，有時被報紙攻擊，因之腦羞成怒，拿槍把新聞記者打死。」誰料這句話，後來竟成了邵氏的讖言。該系每屆招收學生三十多人，僅以一九二六年前入學的三個年級統計，計達一一三人（其中女生八人）。教學活動也比較活躍，學生在課外組織了新聞學研究會，還發行了《新聞學系級刊》，每半月出版一次，被報學史專家戈公振稱許為「報學界罕有之出版物」。

發展時期

從北伐勝利到抗戰前夕的十年，是中國新聞傳播教育開始發展的階段。這一階段，國內一共創辦多所大學新聞系和新聞專科學校。其中，具有代表性的是燕京大學新聞系、復旦大學新聞系兩個大學新聞系，和北平世界新聞專科學校、上海民治新聞專科兩個新聞專科。

一、燕京大學新聞系

燕京大學新聞系始創於一九二四年，但不久就因經費困難一度停辦。一九二九年恢復招生以後，在聶士芬、黃憲昭、梁士純等幾位系主任的努力下，系務有了較大的發展。除了以上幾位教授外，應邀前往該系講課的還有胡政之、張季鸞、成舍我、戈公振等人。該系的施教方針是：「本學系之目的在培養報界人才，授與廣博之專門技能，其他與報業有切進關係之學識，亦莫不因材施教，俾學生得分途發展，各盡所長。」所設課程，分為主修(新聞學方面課程與畢業論文)、必修(中文、英文等課程)、副修(社會科學方面的課程)、選修(其他科學方面的課程)等四大類。其中主修的課程有報學概論、比較報學、報學史、現代中國刊物，報章文字、新聞採訪與編輯、社論、特載文字、通信、新聞寫作與編輯、報業經營、廣告原理、營業與印刷、照片、實用宣傳學、報紙翻譯、新聞評論等十餘門、約三十六至四十四學分，佔總學分一百五十學分的三分之一弱。除課程之外，燕大新聞系是講學與實習並重，由學系當局撥出一筆經費，創辦一張小型報紙，所有經理與編輯工作，均由學生主持，教授僅從旁輔導。

由於燕大新聞系得到美國密蘇里大學新聞學院充分協助，因此密大威廉斯博士手訂的「報人信條」，自然成為燕大新聞系的「系訓」。

　　與其他學校相比，燕大新聞系教學內容的安排、課程設置，以及教學方法都有自己的特色，該系的教學原則是「理論與實際並重」，而尤注重完整報人的培養。教學內容則著重三個方面：（一）新聞學本身的研究；（二）基礎知識的灌輸；（三）從事報業應有技能的培養。當時實行學分制，在該系四年一四二個總學分中，以上第一項學分約佔二五％，第二項約佔五五％，第三項約佔二〇％。此外，對於學生職業道德的陶冶也極注重。在教學方法上，採取「集體學習」（課堂講授）和「個別指導」（個別輔導）兩種方式。在課程的設置上，分主修、副修、選修三類。都很有創意。

二、復旦大學新聞系

　　民國十五年，上海復旦大學在中國文學系中，將原設之「新聞學」講座擴大，設立「新聞學社」，聘陳望道為該科系主任，又於民國十八年再改為新聞系，由謝六逸連續辦理十年之久，為中國報界造就許多人才。其後一度由程滄波繼任，陳布雷、戈公振、黃天鵬等均先後在該系任教。

　　復旦大學新聞系設立的目的：「養成我國報館編輯與經營人才」；其施教方針為：「灌輸新聞學知識，使學生有正確之文藝觀念及充分之文學技能，更使具備有歷史、政治、經濟、社會等各科知識，並有指導社會的能力。」

　　復旦新聞系必修課程有六十八學分，較其他學校比重大得多。所開專業科目有：報學概論、新聞採訪、評論寫作、通訊練習、中國報學史、美洲報學史、歐洲新聞史、日本新聞史、比較報導、特別講座、新聞販賣學、速記術、社會新聞研究、新聞儲藏法、新聞廣告研

究、新聞編輯、報業組織與管理，時事問題研究、新聞法、新聞照片製版研究等二十餘門，共六十八學分。

這些課程總計分五大類：（一）基礎知識；（二）專門知識；（三）輔助知識；（四）寫作技能；（五）實習與考查。另外，爲了深入開展新聞學的研究，以促進教學，設立了「新聞研究室」，由黃天鵬主持，可惜初具規模時，一二八戰事便發生了，研究工作遂因此而中斷。

復旦大學並另創「新聞學研究室」，在我國新聞教育史中開了一個良好的先例，由黃天鵬主持。研究室爲該系師生立下一個完備的計畫。內部設備大致如下：

（一）陳列部：陳列部就實物的標本，可分作新聞的起源——古代傳播消息的方法，即口抄新聞到手抄新聞的時代。報紙的起源——三代的告示、漢唐的邸報以及最初的民報等等。原稿的樣子——如新聞訪稿、編輯原稿、校稿等逐漸順序陳列。圖解與統計像通信網、讀者比較表、發行的統計，均以圖表說明。

（二）圖書部：圖書可分爲兩種，一是普通的藏書，二是專門的書籍，即圖書部的主要部分，可分爲五類，新聞書籍——改藏各國的新聞書籍，包括中文和英日文等。新聞學刊物——這類是有關新聞學的定期刊物，如：《新聞學刊》、《報學月刊》、《記者週刊》、《新聞研究所報》，以及有關新聞記者出版物等。此外，外國的新聞專門刊物，亦有收藏部分。報紙彙存——提供師生研究報紙的演進，並與各地報紙比較，圖書部收藏世界各國的報紙，並以科學的方法保存，以備考察和研究。剪報分類——圖書部以科學的分類方法來做剪報的

工作。雜部──關於新聞學直接和間接的科學書報，如文字學、印刷術、廣告法、名人傳等等都歸入此類。

（三）學術部：乃指課外的研究，分成三方面，行政方面──報館的組織、經營等。新聞方面──新聞的編輯採訪、評論的撰述等問題。營業方面──如營業方針、發行等。

（四）實習部：新聞學研究室包括實習部門的設立，如報館、印刷室、編輯部、新聞室等，使學生在新聞理論和實務能相印證。

（五）調查部：新聞學術的研究，必須對新聞事業的現狀，做精準的調查。此部門便是以當時的新聞事業做實地的考察，並製成調查表以從事統計研究。

復旦大學成立的「新聞學研究室」，對學生的研究課程貢獻頗大，而此研究機構設立，並得到各報社的熱烈支持，捐助了許多的實際資料，只可惜後因戰亂而損失慘重。

三、北平新聞專科學校

一九三三年二月，《世界日報》社長成舍我在北平創辦北平新聞專科學校，先辦的只是初期職業班。一九三五年九月才辦高級班，一九三七年在國民政府的批准下，更名為「北平新聞專科學校」，開辦本科，但最後因蘆溝橋事變而沒有開辦。北平新專是一所科班式的新聞學校，是成舍我為適應事業的需要而開辦的。

其辦學的目的為「改進中國新聞事業，並訓練手腦並用之新聞人才」，是一所以培養初中級新聞人才為主的中等業學校，任教的有張有漁、左笑鴻等。先後辦有兩屆的初級職業班、高級職業班，和短期培訓的報業管理班與無線電班。其中，初級班旨在造就印刷工人，高

級班旨在養成發行廣告及報業管理方面的人員。

北平新聞專科學校所培養出來的學生，多半都為《世界日報》所用。

對日抗戰時期

中央政治學校乃是國立政治大學的前身，在抗戰之前，由於三民主義教育體系的發展，自然而然的注意到新聞教育方面。而政校新聞系在國民政府悉力培育下，迅速成長，與燕京大學、復旦大學同為我國新聞教育的三大著名學府。

民國二十三年，中央政治學校在外交系開設「新聞學概論」一課，列為選修，由新自美國密蘇里新聞學院歸國的馬星野主講。次年正式成立新聞系，系主任一職，初由教育長程天放擔任，後由劉振東繼任，而實則為馬星野負責主持。

中央政校開辦新聞系的目的，在於培植現代的新聞記者，其中心目標在信仰三民主義，服膺職業道德，以提高我國新聞事業的水準。民國三十一年，該系主任馬星野擬定「中國報人信條」十二條，足以說明政大新聞教育的理想及其對報人的期望。

政校新聞系開辦之初，注重國文、英文與一般社會新聞的訓練。第一學年為普通課程：國文、中國近代史、民法、比較政治、財政學、經濟學、政治學、西洋史、法學概論等。第二學年開始則注重專門科目：新聞學概論、新聞事業史、採訪學、報業管理及社論寫作等。

在實習方面可分為兩種：一為校內實習，以編印《中外月刊》為

主。該刊形式與美國的《時代雜誌》大致類似，主要內容有人物評述、社論、新聞學論著等，由馬星野主編，新聞系學生助編。

第三節　新聞傳播教育與新聞事業之互動

　　民國二十二年，報社舉辦新聞學研究機構之風興起，使教育界與報社的互動更形密切，首先是上海滬江大學與《時事新報》於二十年秋合辦的「新聞學訓練班」。翌年秋，滬江將班擴充，正式成立新聞學系，隸屬於商學院。民國二十二年一月，上海《申報》創辦新聞函授學校。此外，北平《世界日報》與南京《民生報》合辦的北平新聞專科學校，亦於民國二十二年四月成立。

滬江大學與《時事新報》的合作──新聞訓練班成立

　　《時事新報》在國民革命軍到達上海後，轉入企業公司手中，才脫離政治關係。負責人張竹平先生想訓練一些人才，以建立企業化的基礎。同時滬江大學校長流湛恩正想開辦新聞科，於是展開大學與報館的合作。而訓練班的學員除知識的學習，亦有多位參與《時事新報》、《英文大陸報》、《大晚報》、《申時電訊》的實習工作。主事者在課程方面更進一步主張，除基本知識和輔導知識外，還將專門知識分為編輯和經營兩大部門，以造就更專門的人才。而課程的類別，大致如次：

　　一、一般必修課程：新聞學概論──講授新聞學的成立、性質、

內容、新聞社的管理組織、新聞記者的培養等。中國新聞史——講授中國新聞的起源、沿革、近代新聞紙與政治社會的關係，並列舉重要報紙的史略與特色。世界報業概況——講授世界報紙的歷史與現狀，其言論傾向對國際的影響以及各國通訊社的概況。比較報學——研究國內著名大報的組織、言論、特色，同時將國內報紙與國外做相對的研究，以促進國內報紙的進步。新聞法令——講授報紙和出版品相關的法令規章：出版法、新聞記者法及新聞檢查各種法令，其他如民刑法有關新聞記載部門、新聞道德、倫理，也均涉及。

二、編輯體系課程：新聞本質課程——講授新聞的意義、構成新聞的條件，與各國學者對新聞的見解。新聞採訪——講授新聞的採訪、訪員的職責、採訪新聞的標準，並指導採訪實習。新聞編輯——講授編輯方針、新聞取捨、新聞標題、排版藝術等。評論寫作——講授新聞與新聞評論的關係、評論的重要任務及寫作的技巧等。新聞圖片——研究報紙的插圖與漫畫，並解說照相製版的原理及應用。新聞校對——講授校對與組版的藝術。

三、經營體系課程：報館組織與管理——講授報館組織的體系，一般行政、人事與會計的制度，以及同業競爭的技術。新聞廣告——講授廣告學的原理及效用、廣告的繪圖，以及歐美廣告業的概況。新聞發行講授新聞發行的各種方法，並與國外比較。印刷知識講授印刷的技術與機器的性能，以及紙張、油墨、套色的種種知識。

四、一般補充課程：時事講話——研究時事的方法，解說其起源背景和結果，使學生能了解時事的全部過程。實習報告——講授採訪、廣告、發行各部門的實習要點，並製作報告方法，做為學期作業

的一部分。研究資料——講授新聞資料的組織和任務、工作項目,並進而設立資料社,以應社會需要。特別講座——特請中外學者對某一問題或某一報業做短期的系統演講,並指定參考書或資料,使學生在課外研究,以相印證。

以上是上海滬江大學與《時事新報》所共同開辦的「新聞訓練班」主要課程,不論在專業知識或實務訓練上,都可使學員學習充分的新聞倫理與技術,以因應當時新聞界所需的人才。

國民黨與中央政校合作——開辦專修教育

民國二十八年九月,中央政治學校與國民黨宣傳部合作「新聞事業專修班」。新聞事業專修班甲組之學員,是由全國各省市報紙所保送之優秀而年輕的新聞人才,以及各省黨部科長以上,或各縣市黨部主任以上人員組成。甲組第一期經半年教育於翌年畢業,第二期於民國二十九年三月開辦,同年九月畢業。

新聞專修教育的課程大都偏重編採與社論撰述的實務,尤重新聞與國策的配合。而新聞系所注重的社會科學和人文科學均未列,避免學員與過去所學重複;但在專業科目方面較為完備,目的是使學術理論與經驗相印證。此類科目包括「通訊社組織與經營」、「廣告與發行」、「副刊編輯」、「新聞法令」等。此外,還有「本黨宣傳政策」一課由潘公展先生講授,「敵情研究」由陳博生先生和王芸生先生講授。畢業學生中有不少由這種訓練而參加國民黨宣傳部的工作,所以新聞事業專修班的教育是偏重實務的。

新聞專業專修班甲組只辦了兩期,便停止舉辦。與甲組同時舉辦

的，尚有新聞專修班乙組，學生是經招考而來，其資格規定必須是大學畢業、肄業，或有兩年以上新聞專業經驗，當時正逢民國二十八年日機狂濫轟炸重慶之後，但自四川、雲南、陝西、廣西各地應考者踴躍。新聞專修乙組，教育時間一年，課程情形與甲組相若，但部分課程則較前者延長一倍時間。乙組學生畢業後，多赴重慶在各大報及中央通訊社實習兩個月後留用。

　　從民國三十二年開始，也就是新聞事業專修班結束，又開始新聞專修教育的第二階段，即新聞專修科。新聞專修科之學生，為高中畢業經嚴格考試入學者。鑒於此等學生在實務經驗不如新聞專修班之學生，故在校時期必須延長，以接受完備的新聞教育。畢業後，除在當時中國文化建設印刷公司實習排版一週外，更分發重慶各大新聞機構實習。所不同的是新聞專修班甲乙兩組者，他們的實習純是基於課程的需要，必須成績優異才有被實習機關留用的機會。新聞專修科辦了兩期，畢業學生一百餘人。

　　無論新聞專修班或新聞專修科，主要目的是在吸收已有新聞作業經驗的人才，或有志獻身新聞事業而有相當社會科學基礎的青年，施以「濃縮」的新聞專業訓練，以備國家在對日抗戰期間急切的需要。而畢業同學在全國各地，從前線到後方，從沿海到新疆，都曾擔負了新聞傳播的重大使命。新聞專修教育使得新聞傳播教育與新聞事業之互動在國家戰時急需的情況之下，關係更形密切，並培養了諸多新聞人才以供國家所用。

燕大通訊社與各報館合作──互通新聞稿

　　除了上海滬江大學與《時事新報》開辦新聞訓練班、中央政治學校與國民黨中央宣傳部合作的新聞專修教育之外，尚有學院派的學生採集新聞以供新聞機構使用。例如：北平燕京大學於民國十三年成立報學系，聘任布立登(Roswells. Brittan)爲主任，以及藍序(Vennon Nash)爲教授等。燕京通訊社(Yen-ching News Service)乃該系師生所合組，隨時採集新聞以供北京、天津、上海、漢口、香港、東京、紐約報紙十餘家所用。剛開始僅提供英文稿，後又提供中文稿。此外，上海南方大學於民國十四年，聘《申報》協理江英賓爲主任，設立報學系，課外組織南大通訊社，學生分日對外採集新聞，供本埠各報社免費使用。而上海國民大學亦聯合光華大學學生合組「上海報學社」，內則提倡讀書，外則參觀報館。學生之課程作業並提供各報社登載，亦有兼任報社電訪員。

　　歸結而言，從民國初各大學報學系設立後，到抗戰時期，政黨、新聞機構和新聞傳播教育界之互動關係，可謂綿密不絕。而新聞事業原本是新聞理論與實務相輔相成，因此，新聞傳播教育與新聞事業之良性互動，培育了社會更多的優異青年，是爲國家新聞輿論界不可忽視的力量。

第四節　對新聞傳播教育貢獻卓著的人物

　　在此階段，對新聞教育有貢獻的人士很多，茲列舉七人爲代表：

一、馬星野

　　馬星野生先單名偉，名星野，生於清宣統元年（一九○九），浙江省平陽縣人，馬先生的爺爺取名「偉」，以示前程遠大富有「望孫成龍」之意。而「星野」則是後來馬先生在報上投稿，自己取的筆名。因爲他從小就與祖父讀書、讀詩，對杜詩很感興趣，所以就從「星垂平野闊」的詩句中，取星野二字爲筆名，藉以鼓勵自己多念詩文。

　　深受家庭學風影響的他，從小就喜歡唸書，小學畢業後，馬星野先生考取浙江第十中學，簡稱「十中」，這是浙江省立中學中數一數二的學校。而他的大學時代則是過得多采多姿，共念了四所學校，分別是廈門大學、中央黨務學校、在清華選課，最後則是到美國密蘇里大學留學。

　　民國十五年，他從十中畢業後就考取廈門大學，可惜的是因廈大學生鬧學潮集體離開學校，因此馬先生也無法再就讀下去。民國十五年，國民政府定都南京，當時的國民革命軍總司令蔣中正體認革命形勢之需要，以及清黨之後急需吸收優秀青年爲黨的幹部，故決定辦一所黨務學校，並決定校名爲「中央黨務學校」。在此一號召下，馬先生也加入此一革命的行列，因爲他此時正爲共產份子鼓動廈大鬧學潮而忿忿不平，所以決定投考黨務學校以報效國家。

　　馬先生在學校修課時，因品學兼優，頗得羅家倫先生賞識，而且鼓勵他到美國深造留學。民國十八年春，羅先生到清華大學作校長，約他去清華工作。他到清華以後，主編《清華校刊》，並且在短短的半年之內，學到許多研究方法。然馬先生的興趣在新聞，但他所進的學校都沒有新聞系。就在此時，羅校長奉命南下接中央大學校長，而馬星野先生也接獲蔣中正電召回政校服務的命令。不久以後，蔣校長

▲馬星野教授（右二）、中國時報余紀忠董事長（右一）與學生親切交談。

決定派六名學生至外國留學，馬星野先生考取後，將原先要唸的「教育」改爲「新聞」，這時對他來說，眞是一償夙願。

　　馬星野先生的成就，絕非偶然，完全是他學問淵博加上永恆的毅力。當時政校是以專科學校的資格去留學，他可以申請入研究所讀碩士學位，也可以唸插班入大學三年級，但馬先生寧願從大學三年級唸起，因爲大學部三、四年級就在報館上課，上課講理論，下課就實習，理論與實務配合，必能訓練出眞正的「角色」。最後爲新聞界的後輩所欽仰，是他學成歸國後，確實做到學以致用的結果。

　　馬先生在民國二十二年密大快畢業時，本想再唸一個研究所，也申請到哥倫比亞大學新聞研究所，但政校當局催他盡快回國服務，於是在民國二十三年返回國。

　　民國二十三年九月，應聘在政校教「新聞學」，也開始了馬先生的教學生涯。民國二十三年九月，新聞系成立了，並聘馬先生爲系主

任，策畫開課及聘請老師。而馬先生自己在密大時，就接受該校理論與實務並重的教學方式。因此，在他主持政校新聞系時，以自己學習的經驗與心得，策畫學生多做實習，而《中外月刊》就在此時誕生了。此外，他也手擬「中國記者信條」，作為新聞系師生共勉的系訓。

馬先生在政校教書時，也擔任新聞行政的工作，他被任命為「國內新聞事業處」處長。民國四十四年，再度從事新聞工作，受命為中國國民黨中央第四組主任。在抗戰勝利後，又接到蔣中正校長的召見，奉命任《中央日報》的社長。

馬先生在《中央日報》社長任內，聘王新命為總編輯，陶希聖為總主筆，盧冀野先生、方豪神父、錢納水先生為主筆，這五支筆，在南京可說筆筆犀利，無人可比。此外，在馬先生主持《中央日報》時，以他在美國所學得的新觀念、新方法，促成《中央日報》「報紙雜誌化」，並注重副刊，最重要的是極力爭取新聞自由。在馬星野主持《中央日報》七年中，不論管理或採編都給人耳目一新的感覺，經營得有聲有色。

除此之外，馬先生曾任駐巴拿馬大使，也曾接掌中央通訊社社長，他傑出的表現，獲得「傑出校友」的榮譽，密蘇里大學頒給他榮譽獎章，於是在民國七十三年，他遠渡重洋，親自接受這項殊榮。

馬星野先生一生幾乎都報效給國家，貢獻給新聞事業與新聞教育。從他身上，我們看到了知識份子應有的典範，以及報人一生任勞任怨的精神。有人說，他是我們國家幾近完美的報人與知識份子。

二、曾虛白

曾虛白先生名壽，字煦伯，筆名虛白，以筆名行。曾先生於上海聖約翰大學畢業後，先後受聘於滬江、金陵女子大學，講授新聞學與中國文學，深受學生讚佩。不久，董顯光先生從美國回來，決定在天津辦一份報紙，定名為《庸報》。因與曾先生為故交，又知他深具國學基礎，堅持邀約參與工作。從此打定了曾虛白從事新聞事業的心理基礎，這是曾先生踏入新聞界的第一步，時在民國十六年。

此時，民國二十年九月，上海《時事新報》董事長張竹平，想再辦一份晚報，而且是一份嶄新的晚報。透過董顯光先生的介紹，堅持邀曾虛白先生創辦，當時曾先生以自己外行為理由，婉言相拒。但張先生表示：「辦報並沒有什麼精深奧妙的理論或訣竅，完全靠常識和智慧的運作。只要智慧高，常識豐富，想像力強，就可以鍛鍊成一個全能的報人」。曾先生在這樣的力邀之下，承受了這個新使命，開始籌備，並策畫如何辦好一份晚報。終於在民國二十一年一月發行了《大晚報》的「創刊號」。

曾先生與工作人員，採「異軍突起」的方式，使報紙的採編、經營、聲名等都在短時間內異軍突起。《大晚報》的成功我們可以從：時間性、空間性、服務性、智慧性看出來，以及最重要的是，曾虛白先生知人善任的本領，其運籌帷幄所找的青年工作者，都是一時之選。

民國二十六年八月十三日，淞滬戰爭第二次爆發，曾先生毅然決然地辭去《大晚報》的工作，決定投身軍旅。

曾先生之所以肯放棄已成功的新聞事業，投筆從戎，並非偶然。第一，早在三年前，與黃郛(膺白)先生談話之際對黃承諾：「現在我

▲作者恩師曾虛白教授。

願意和膺白先生保證，眞有一天政府發動抗日戰爭，我決心放棄首創的新聞事業，學著你跳火坑的榜樣，參加政府的抗日工作。」因爲當時青年對於抗日報國爭莫不爭先恐後，何況曾先生一向主張與日軍死拚到底；既然抗日戰爆發，曾先生當然要實現他的諾言。

　　而另一個原因是，董顯光先生當時任國際宣傳處處長，及保舉曾先生任國際宣傳處副處長。他所負責的宣傳事物有：鼓吹抗日精神、爭取友邦同情、爭取友邦公開援助以及說服英美參加抗日。

　　民國三十八年政府遷台後，蔣總統宣布政治革新，決定成立國民黨的中央改造委員會。當時曾虛白先生擔任中國廣播公司副總經理職位，不僅是資深的黨員，也是少數精通三民主義的專家，因此對政治革新亦費盡心思。於是他在《中央日報》上發表「革新芻議」，提出

他對黨改造的具體意見。

曾先生一向從事新聞事業，尤其在抗戰期間任國際宣傳處處長，成績卓著，頗受蔣委員長的賞識，所以任命曾先生為改造委員兼第四組主任。曾先生在國民黨改造期間，身兼數職。後又兼任中央通訊社社長，可說是真正的「能者多勞」。

曾虛白先生亦曾擔任政大新聞研究所的第一任所長，從此才開始他真正的新聞教育生涯。他參考美國新聞研究所之前例，訂定課程表，其內容是以理論、實務並重為原則。同時向美國亞洲協會(Asian Foundation)申請援助，聘請外籍教授，教學的問題得以迎刃而解。當時經曾先生所選中的外籍教授包括：猶他大學孔慕斯(University of Utah profcaltion Culmsity)、哥倫比亞新聞學院院長見克(Prof Richard T.Baker University of Columbia)等人。

曾先生從民國四十三年出任政大新聞研究所首任所長起，至民國五十六年止，前後共任職十三年；退休後，又應邀在中國文化大學擔任三民主義研究所所長。曾氏對於兩校的教育、教學之策畫、教授之聘請、教學之研究、行政之管理等等，無不策畫、創新，令人欽佩而折服。

三、成舍我

成舍我先生原名希質，筆名舍我，以筆名行。民國十三年生於南京，國立北京大學畢業。

成先生於北京大學畢業後，投入《益世報》即作總編輯，然而當時時局動盪，社會不安，多家的報館多由政府或軍閥的津貼維生，所以也成為軍閥的工具。然在五四運動後，北京所有的知識份子乃至於

老百姓，對北洋政府的所作所爲莫不咬牙切齒。但因多數的報館都接
受軍閥的津貼，社會正義相對減低，成先生有鑑於此，乃痛下決心，
辭去《益世報》的工作，用他僅存的積蓄，兩百塊大洋，創辦了《世
界晚報》。其最大的目的，第一是說自己想說的話；第二是說社會大
眾想說的話。

　　帶著兩百塊大洋辦《世界晚報》的成舍我先生，可說是創業艱
辛。因此《世界晚報》在創辦初期，可以說既沒有設備，更談不上組
織。直到第二年，報紙發行量大增，才正式建立制度，分編輯、經理
兩部，各部門因工作需要，隨時增加人手，而成先生個人則無所不
做，無所不管。因爲他已從歷練中，體驗出「創業艱辛，守成不易」
的道理。

　　成先生從經驗及觀察中所得的心得，認爲當時的報紙最大的缺點
就是沒有原則，缺乏正確宗旨。特別是在五四以後，軍閥割據，只要
拿政府或軍閥的津貼，多半是金錢當家，言論公正早已蕩然無存。因
此，成先生辦報的宗旨有四：（一）立場堅定，言論公正；（二）不
畏強暴；（三）不受津貼；（四）消息靈通。其特色就是：（一）不
炒冷飯；（二）比日報消息先登；（三）節日不放假。正因爲該報有
以上的特色，而且是北京其他的日報、晚報所沒有，所以它的發行量
迅速增加，是可以預期的。

　　民國十六年，國民政府定都南京，成舍我先生遂即在南京創辦
《民生報》，最可貴的是，國府定都之日就是《民生報》創刊之日。
《民生報》是一份小型報，也是國府定都之後，唯一一份民營的「小
型報」，開南京報業風氣之先。同《世界晚報》一樣，民生報在創辦

▲成舍我（左）蒞文大頒獎學金，作者（中）時任系主任，獲獎者為現任民生報總編輯宋晶宜（右）。

之時也沒有設備，在人事方面也沒有組織，因爲在創刊前後，除成先生自任社長之外，尙有周邦式擔任經理。無論編輯、採訪、發行，各項業務，都由成周兩人辦理。每天把稿子寫好，委託印刷廠印刷。

創刊不久，南京局勢逐漸穩定，報紙銷路大增，報社各部門都需要人才，於是把北平《世界日報》的總經理張有鸞，調任南京《民生報》的總編輯。這時才正式成立編輯部、經理部等。各部門再根據需要添加人才，其方式當然仿照北平《世界日報》辦理。

最後，因舍我先生得罪行政院長汪精衛，被汪下令抓人、封報，《民生報》自此被封，永遠不准復刊。於是成先生又於民國二十四年，在上海成上《立報》。成舍我先生辦報一向都有宗旨，而且有幾項宗旨都是不變的，但有的條文則有時間性、空間性，隨社會狀況加以調整。而《立報》的宗旨則加上一條：對內督促民主政治，嚴懲貪

汗：對外爭取國主權獨立，驅除敵寇。

　　他所辦理的報館，無論擔任編輯、經理，任何部門的主管都是「極有能力、極合理想的人」，因此他成功的最大原因即是知人善任。此外，在北伐以前，軍閥割據，那時成先生辦報一向標榜「不畏強暴」。據張有鸞先生的自述中提到，成先生對社會的惡勢力曾說：「在上海灘上辦報，要站住腳，必須戰勝這幫流氓，絕不能讓步。」

　　成舍我先生的事業極多，他辦報的精神秉持言論公正，維護社會正義，投身於新聞教育後，無論是北京的「世界新聞專科學校」、台北的「世界新聞職業學校」、「世界新聞專科學校」，乃至「世界新聞學院」，「世新大學」均為國家培養諸多新聞實務與新聞學術的研究人才，為我國新聞傳播事業培養許多良好的人才，貢獻不可抹煞。

　　近些年，成嘉玲女士秉承乃父遺風，大力提升世新大學師資，充實後備圖書，倡導學術研究，使世新形象大大改變，此種成就，乃成舍我先生為世新所奠定的基礎與遺留的風範所致。

四、邵飄萍

　　邵飄萍是民初及五四時代的名記者，他於一九一八年十月五日獨家創辦《京報》，日出對開四版。該報注重對時局、戰局的報導和評述，講求新聞的時效性；反帝反軍閥，旗幟鮮明。在「五四」運動中，積極支持學生運動。同年八月二十二日因載文反對曹汝霖親日賣國行為而遭段祺瑞政府查封。邵飄萍當時也遭通緝，只得化裝成工人，潛至豐台站，搭火車轉津赴滬。旋應日本大阪《朝日新聞》社之聘，再度赴日（第一次是一九一四年為避袁世凱政府的緝捕而赴日）。半年後，於一九二〇年秋皖系倒台後回國。

　　一九二六年四月十五日，馮玉祥的國民軍退出北京，駐南口。
直、魯聯軍張宗昌進駐北京。四月二十四日，邵飄萍被誘捕；二十六
日凌晨四點多鐘，被奉系軍閥以「勾結赤俄，宣傳赤化」的罪名槍殺
於北京天橋。年僅四十二歲。

　　作為民初及二○年代的一代名記者，邵飄萍具有高超的採訪技
巧。邵氏自詡其採訪活動「守如處女，動如脫兔，有鬼神莫測之
機」。時人讚許他說：「其手段敏捷，其觀察精深；權輕重而定取
捨；聚孤立事實，作系統的報告；明言暗示，富於興味。」（蔣夢麟
語）

　　邵飄萍不僅是一個著名的新聞記者和報人，而且是我國早期著名
的新聞學者之一。他撰著的《實際應用新聞學》（一名《新聞材料採集
法》，北京《京報》館發行，一九二三年九月出版）和《新聞學總論》
（北京《京報》館發行，一九二四年六月出版），是我國最早出現的一批
新聞學專著之一。特別是《實際應用新聞學》，為我國早期探討新聞
採訪學的第一部專著。

　　邵飄萍先生生前立志於改革新聞事業，但著眼於新聞人才的培
養，他首創新聞學研究和新聞教育的開發。一九一八年十月十四日成
立「北京大學新聞學研究會」，並於同月三十日被聘為該會導師，同
時也是《京報》的社長，一九二三年，邵飄萍聘為北京平民大學新聞
系首任主任，一九二四年，國立法政大學邀請，講授法政科所開的新
聞學，著作除《新聞學》、《實際應用新聞學》（又名《新聞材料採集
法》）、《新聞學總論》外，又有《綜合研究各國社會思潮》、《新俄
國之研究》等書。

五、徐寶璜

徐寶璜（公元一八九四至一九三○年），字伯軒，他是我國早期著名新聞教育家、新聞學者。江西九江人。生於一八九四年，「七歲失怙。年十二，依伯父子鴻公於京師」，先後肄業於北京匯文中學及北京大學。北大畢業後，於一九一二年考取留美官費生。入美國密西根大學攻讀經濟學及新聞學科目。一九一六年歸國，旋受北大校長蔡元培之聘，爲北大文科教授、經濟系主任兼校長室秘書，並「兼主《晨報》筆政」。一九一八年與蔡元培、邵飄萍等發起成立北大「新聞學研究會」，被推爲主任、新聞學導師和會刊《新聞周刊》編輯主任，主持研究會的日常工作。同時，在北大課程上增設「報學」課，爲政治系四年級選修課之一，由徐親任教授，講授新聞學基礎知識，選修者達七十人。一九二○年起，徐先後在北京民國大學、朝陽大學、中國大學、平民大學等校教授新聞、經濟等方面的課程。一九二三年，邵飄萍正式創辦「報學系」於北京平民大學，徐寶璜也積極參與其事；舉凡延聘教師、制定課程、審定講義等，多由徐氏擘畫。繼爲該系主任凡兩年。以後，北京民國大學、燕京大學等校相繼設立新聞學系，皆受徐氏倡導的影響。

一九一九年十月十六日，「新聞學研究會」舉行首期結業典禮，北大校長蔡元培親臨主持，並強調「本校之有新聞學研究、於中國實爲第一次」。

一九三○年五月二十九日，徐寶璜因勞累過度，在北大上課時，突然暈倒在講台上。六月一日病逝於北平。年僅三十七歲。生平著述主要有《貨幣論》、《新聞學》等。特別是《新聞學》一書，是中國

最早的新聞學專著，對當時的新聞學研究的極大。

《新聞學》一書四易其稿，全書分十四章，約六萬字，對初期我國新聞學的研究影響很大，蔡元培、戈公振、黃天鵬等皆認為「蓋棺定論，徐寶璜先生是新聞教育第一位的大師、新聞學界最初的開山祖」；《新聞學》是中國人寫的「新聞學的第一本書」（黃天鵬語），「在我國新聞界實為破天荒之作」（蔡元培語）。對其評價極高。

徐寶璜的《新聞學》認為報紙是社會的產物，所以受社會的支配。報紙的性質是「社會之公共機關」，應當讓各方面的人都能以平等的地位在報上發表意見。他認為報紙有移風易俗、懲惡勵善的作用，報紙的職能是代表輿論、製造輿論、灌輸知識、提倡道德和振興商業。

上述種種觀念，都奠定新聞學與報業的許多基本觀念，對我國新聞界與新聞學界的貢獻是不可磨滅的。

六、戈公振

戈公振（公元一八九〇至一九三五年），是我國現代著名的報刊主編和著名的報刊史學家，也是我國新聞事業史學研究的開拓者。原名紹發，字春霆，號公振。一八九〇年十一月二十七日生於江蘇東台縣一個書香人家。早年畢業於東台高等學堂。一九一二年（二十二歲）參加家鄉《東台日報》的編輯工作。一九一三年冬，由人薦引進上海狄楚青創辦的《時報》館工作，歷十五年。

一九二七年以後，戈公振曾兩次出國考察。第二次是一九二七年一月，他靠自己多年的積蓄自費出國，曾到過英、法、德、義、瑞士

及美、日等國。是年八月受國際聯盟邀請，出席了在日內瓦舉行的國際新聞專家會議，並在大會上發表「新聞電費率與新聞檢查法」的看法。一九二八年冬返國，旋即進《申報》館，任該報總管理處設計部副主任兼《申報星期畫刊》主編。並先後在上海的國民、南方、大夏與復旦大學講授新聞學。

戈氏在從事新聞工作的同時，曾潛心於新聞學及中國報刊史的研究，著有《新聞學撮要》、《新聞學》及《中國報學史》等專著，特別是對中國新聞史學研究，貢獻最大。所寫《中國報學史》一書以資料豐富、考證精詳而著稱於世，是我國新聞史學研究的奠基之作。爲了寫作《中國報學史》，他曾蒐集了大量報刊方面的資料，並對這些資料嚴密考證。爲蒐集史料，他曾從私家藏書和圖書館借了不少書閱讀，也曾向馬相伯、丁福保、鄭振鐸、蔣光赤、顧頡剛等友人及專家學者請教。

有人稱他爲「報迷」，也有人說戈公振爲研究中國報業史，已到如癡如迷的忘我境界。

一七三五年十月十五日他從海參威乘輪回上海，二十二日患急性盲腸炎轉腹膜炎，不幸逝世，時年四十五歲。

七、黃天鵬

黃天鵬（公元一九○八至一九八二年），是我國現代著名的新聞學者。名鵬，字天鵬，以字行。別署天廬，又號逍遙居士，齋室名「天廬逍遙閣」。廣東普寧人，生於一九○八年三月十九日（光緒三十四年二月十七日）。一九二三年，北京平民大學正式設立報立報學系，黃天鵬即於此時就讀於該系。一九二七年一月，由黃天鵬主編的《新

聞學刊》在北京創刊，這是我國最早的新聞學刊物，「為我國有新聞學專門雜誌之始」（黃天鵬語）。該刊為季刊，由北京新聞學會出版。

在《新聞學刊》出版後不久，北京新聞學會又於一九二八年八月出版了《新聞周刊》，仍由黃天鵬主編，附北平《全民日報》發行，每週一次。黃天鵬主編三期後，由於他南下謀職，改由張一葦主編。

一九三〇年黃天鵬從新聞界轉入新聞教育界，執教於復旦大學新聞系，擔任編輯與評論的教學工作。在此期間，因教學需要編成《編輯與評論》一書，作為講義的一部分。該書出版的時候，原《申報》總編輯張蘊和、當時復旦大學新聞系主任謝六逸、《新聞報》主編李浩然都曾為其作〈序〉，推崇備至。

一九二八年底，黃天鵬離京南下到上海，由《申報》協理汪英賓之介紹而認識《申報》總主筆陳景韓。不久，被聘主編要聞。與此同時，黃天鵬又將原北京《新聞學刊》改編擴大為《報學雜誌》（月刊）在上海出版。該刊於一九二九年三月創刊。

一九二九年夏，黃天鵬辭去《申報》職務，適逢「太平洋學會」在日本東京開會，黃到日本參加會議。會後留日本東京讀書，研究新聞學。一九三〇年回國後，時汪英賓接辦《時事新報》，邀黃氏擔任報館通信部主任，以函授方式訓練該報通訊記者。同時，黃氏又應復旦大學新聞系系主任之聘，擔任該系教員，開設有關新聞學的必修課、選修課多種，並將自己多年蒐集的新聞學研究資料，包括新聞學書籍、新聞學刊物及舊報刊雜誌等捐獻出來，在該系成立「新聞學研究室」，黃氏任室主任。黃天鵬對復旦大學新聞系初期的建設貢獻很大。

　　從一九二九年至一九三一年間，黃天鵬曾將二、三〇年代散見於報紙、雜誌及新聞學刊物上的有關新聞學重要論文，蒐集編成好幾部新聞學論文集出版，其中包括《新聞學名論集》、《新聞學刊全集》、《報學叢刊》、《新聞學論文集》、《新聞學演講集》等等。另外，他還撰寫了十幾種新聞學書出版，如《中國新聞事業》、《新聞文學概論》、《怎樣做一個新聞記者》等等。

　　抗戰期間，黃天鵬曾任重慶《時事新報》經理。一九三九年五月四日，日機狂轟濫炸重慶市區，重慶各報損失慘重，當時十家報紙如《中央日報》、《時事新報》等從五月六日起，刊行聯合版，黃天鵬被推為聯合版經理。一九四一年，奉命籌辦「中央出版事業管理處」。

　　抗戰勝利後，定居南京，擔任「中央印務局總管理處」處長。

　　一九四七年被選為「國大」代表。一九四九年來台先後兼任政治大學、中國文化學院、政工幹校、世界新聞專科學校等大專院校新聞學教授。於一九八二年三月二十四日，因心肌梗塞逝於台北三軍總醫院，享年七十五歲。

第五節　綜論：美國對我國新聞傳播教育的影響

　　我國的新聞傳播教育，無論是理論與實務，都受美國極大的影響，這是無庸否認的事實。

　　以我國第一部自著的新聞學論著──徐寶璜的《新聞學》而論，

徐氏自承：「取材於西籍者不少」。首言報紙的性質和職能，徐氏主張「編輯應默察國民多數對於各重要事之輿論」，其與美國新聞學理論中強調報紙是「社會公器」，是「第四階級」，可說一脈相承。

邵飄萍所著《實際應用新聞學》也承認「參考歐美日本學者之專門著作」。他認為「獨立」為記者之第一條件。而在討論新聞價值時，也強調了四個標準：受讀者之喜好、時機之適當與否、距離遠近之關係、趣味之集中與變化。凡此種種，皆與今日新聞價值之觀念相距接近。

而戈公指的《中國報學史》則確定了報業史之學術價值。他的論點，也隨時可見美國新聞學觀點的影子。他在另一本著作《新聞學》中更認為中國近代報紙的產生「純受歐美的影響」。

其後我們閱讀儲玉坤、黃天鵬、謝然之、馬星野、錢震、王洪鈞等之有關新聞學著作，可謂都借鑒了美國的新聞觀點。

由於美國新聞學思想的傳入，因此備受重視的新聞教育也開始在我國社會萌芽、成長乃至茁壯。無論當年的燕京大學、聖約翰大學，其新聞教育更多美國的影子。而美籍教授之來華教學，更把這種子擴散，影響深遠。

從新聞思想進一步促進新聞實務，許多從美國學成返國的青年學人，紛紛投入新聞教育，從徐寶璜開始，到馬星野、謝然之乃至王洪鈞，都對我國的新聞教育貢獻心力，培養人才不少。

美國模式的中國新聞教育，大體上有三方面可加論述。

一、在培養目標上

基本上，我國新聞教育的初期目標，皆以培養新聞實務工作人才

爲主。因爲十分著重新聞實踐，除在校辦報刊實習外，更紛紛辦理建教合作，讓學生有在媒體實際實習的機會。這對於新聞學而言，是一種受歡迎的制度。

　　例如按照密蘇里大學模式而創建的燕京大學新聞系，其辦學目的是：「借著鼓勵許多受過良好教育、有理想的人從事新聞工作，以協助中國發展出高尚、富有服務精神及負責任的新聞事業。」

　　一九四五年設立的中國新聞專科學校，也仿傚哥大新聞學院特設研究科，專門授以新聞學理論與實踐，以適應新聞界需求新聞人才。

　　即使到了台灣，台灣大學的新聞研究所，草創初期也聘請哥大新聞學院院長喻德基負責籌辦，其精神一如哥倫比亞新聞學院。

二、在課程設置上

　　美國新聞教育除著重實踐活動外，也著重人文基礎的課程設置。

　　如初期之燕大新聞系學生，主修新聞的時間僅佔全部大學課程的四分之一，其他時間則以選讀與新聞事業相關之學科爲主，如文學、人類學、哲學、歷史。故新聞系一度屬於文學院，畢業生授與文學士。

　　以後由於新聞事業接觸領域愈益擴大，因此社會科學之基礎愈形重要。於是法學、政治學、社會學、心理學、經濟學等，均列爲新聞系學生之重要基礎，而新聞系改隸法學院畢業生授與法學士。

　　我國大學新聞傳播科系之課程設置，固有我國新聞傳播教育界人士之卓見，但大多也都執基於美國新聞教育學府的作法。

三、在實踐活動上

　　我國的新聞傳播教育初期即重視新聞實踐，以理論與實際並重，

作為辦新聞教育的最佳模式。

燕京初創時，曾自創小型報《平西報》，刊登燕大、清華等校新聞。密蘇里新聞學院院長馬丁到燕大擔任客座教授時，更建議《平西報》改為與一般報紙大小相同，內容更擴及國際新聞。新聞來源更由五家外國通訊社和幾家中國通訊社供應。

此種作法與密蘇里大學之《密蘇人報》如出一轍。

政大新聞系曾在大陸時期辦《中外月刊》，到台北後辦《學生新聞》、《大學報》；文化大學有《文化一周》，世新大學有《小世界》、《立報》，銘傳大學有《銘報》，其理念皆同一淵源。

此外，密蘇里大學每年有一次全球性新聞研討會，燕京大學仿傚，最初五年也辦了兩次「新聞評論週」，廣泛邀請國內外新聞學人與業者參加。目前台灣許多大學之「新聞週」、「傳播週」，亦莫不受此影響，蔚為風氣，對新聞傳播科系學生之擴大視野，甚有助益。

四、在師資構成上

在我國新聞傳播教育形成初期，由於重實務輕理論，且新聞學初步萌芽，因此師資來源也多由有經驗的報人兼任。如潘公展、汪英賓、潘公弼、陳布雷、趙君豪、詹文滸、趙敏恆等，當時都是報界聞人，但也都在各大學兼課。

台灣初期，亦復如是。熱心新聞教育的曾虛白、成舍我、謝然之、馬星野、王洪鈞、沈宗琳、錢震、徐佳士、余夢燕、歐陽醇、馬克任、劉昌平、于衡等，都是在報界有豐富經驗的報人。

以後，新聞教育領域更擴大為傳播，其研究走向傳播理論，年輕學者也大多自美國習得新知返國，故受美國之影響。近年有部分學者

自歐洲學成歸來，始漸脫離一元化的現象。

　　當然，美國影響於中國新聞教育與新聞事業者，還不僅在於這些看得見的形式，更重要的還是對於看不見的精神。密大創辦人威廉博士曾手擬報人守則，馬星野先生深受此一精神影響，乃採酌其精神，配合中國社會實際情況，手擬「中國報人信條」，於民國四十六年經中華民國報紙事業協會成立大會通過，並於同年九月一日經台北市新聞記者公會逐條通過，並改名稱為「中國記者信條」。

　　信條中強調民族獨立、民權政治與民生促進，並強調新聞記述，正確第一；評論時事，公正第一；而副刊文藝之教育作用與廣告真偽良莠之是否使讀者受欺受害應負全責；這些觀念，都逐漸形成中國記者自愛自重之道德標竿。

　　綜合上述，可見我國的新聞傳播教育受美國的影響至為深遠。尤其在初期，無論是理念、建制、教材、教學方法均有著密大或哥大的影子，今日之模式雖更擴大，但依然是濃濃的美國模式。

中共新聞傳播教育的發展

中共之新聞傳播事業承襲於前蘇聯，二者均爲馬列共產主義之下的產物，其目的在於建設社會主義國家。前中共領導人鄧小平曾說：「我們的學校是爲社會主義建設培養人才的地方。」也就是說，其新聞教育所欲培養者，爲適合社會主義新聞事業需要的人才，故有一定的標準和模式。

第一節　中共新聞傳播教育發展三個階段

從一九四九年至一九九四年，大陸的新聞教育機構共有九十五個。此一時期的新聞教育，大體上歷經了三個階段：

整頓時期：一九四九至一九六六年文革前夕

中共建國後，不少前一時期的新聞院校外遷或停辦，留下來的只有燕京大學新聞系、暨南大學新聞系、聖約翰大學新聞系、復旦大學新聞系、民治新聞專科學校及蘇州的教育學院新聞系共六所。

一九五八年開始，大陸的新聞教育事業得到了較大的發展，杭州大學、江西大學、南京大學、西安政法學院先後創辦了新聞系或新聞專業。暨南大學復校後，也建立了新聞專業，再加上海復旦大學新聞系、人民大學新聞系、北京大學新聞專業，大陸共有八所大學設有新聞專業。一九五八年底，北京大學新聞專業合併到人民大學新聞系，故全系師生有八百多人，成爲中國人民大學最大的一個系。

一九五九年，中央廣播事業管理局創辦了北京廣播學院，當時各

地的機構創辦了一些新聞紅專學校。一九六一年調整後，杭州大學、江西大學、南京大學、西安政法學院的新聞系和專業均停辦。

此一時期中共的新聞教育，由於接受「教育為無產階級政治服務，教育與生產勞動相結合」之口號影響，形成下列諸特色：

一、政治課程增加

政治課的門數及課時有所增加，比重由一八％提高到二九％，參加政治運動也成為一項教學內容，納入教學計畫。例如：復旦大學新聞系曾規定，各年級學生每學期至少應有三週時間，參加政治運動。

二、重視實習

實習工作受到更多的重視，例如：人民大學曾規定學生應有三次實習，並在地方基層單位先後辦過二十八家報紙，作為學生實習的基地。

三、勞動增加

勞動次數和時間均有增加，如人民大學新聞系規定學生在校期間，應有四次集中勞動，從事印刷、麥收、礦山、農村等勞動；其他院校大體與此規定相同。

文革時期：一九六六至一九七六年

大陸自文化大革命爆發到結束的十年間，在極左思潮指導下進行的這場新聞傳播教育革命，顯然是失敗的。

一、新聞傳播教育停辦

「文化大革命」其實是革文化的命，而新聞傳播教育是文化的一部分，自然也在被革之列。一九六六年，「文化大革命」爆發，全體

新聞院校師生都響應號召，實行「停課鬧革命」；不久後，在校學生陸續結業離校，大部分的老師也被下放勞動，教學活動完全停止。

二、招收工農兵大學生

一九七二年，為了向被造反派奪了權的各級黨委機關報和各級「大批判寫作組」輸送幹部，北京大學中文系重新設置了新聞專業，將已停辦的人民大學中文系之師資和圖書資料設備併入該專業，並招收工農兵學員進行培養。

成長時期：一九七六年文革後至今

在此時期的初階，大陸全國的新聞系只有北大、復旦、暨南大學和北京廣播學院等四家。到了恢復時期，各地又陸續增辦了許多設有新聞專業的學校，總共計達十二個。

這是大陸新聞教育發展幅度最大、速度最快的一個階段。其主要特色約如下述：

一、重建新聞教育制度

一九七六年到一九七八年是準備的階段，其主要任務是撥亂反正和重整教學秩序；一九七八年到一九八三年是恢復階段。

二、召開全國新聞教育會議

一九八三年五月，中共中央宣傳部和國家教委會，在北京召開了第一次全國新聞教育工作座談會，著重討論中國新聞傳播教育的發展與規畫。會中所作的決定，對後來新聞傳播教育的發展，起了很大的影響。

三、增設新聞專業

　　一九八三年以前，除北京廣播學院外，一般的大學新聞系，都只設有新聞學一個專業。一九八三年以後，才根據需要陸續增設了一些專業：如人大增設新聞攝影、廣播電視、新聞事業管理；復旦增設國際新聞、廣播電視；廈大增設國際新聞、廣告、廣播電視等專業；至一九八五年爲止，新聞院系的各類專業，已增加到了十一個。

四、增設博士與碩士班

　　一九七八年以前，高等院校的新聞系科，一般只分大專和本科兩個層次，後來才普設研究生和雙修生。到了一九九三年底，社科院、人大、武大、復旦等十所學校，均獲准設立新聞系碩士班，而人大、復旦兩校新聞系還設有博士班。（一九九八年增設北廣與社科院之博士班）

五、新課程的調整

　　爲了適應市場經濟和新聞事業發展的需要，各院校新聞系均作了新課程的調整：如復旦新聞系的新聞分析原理與運用、人大的大眾傳播心理學、廈大的中外廣告史、華中理工大學的軍事採訪學等，都有明顯的專業特點。總括而言，政治課程的實務削減，新聞事業的課程增加，文化基礎課和業務實習仍受到重視。

六、多類型的新聞教育

　　除了大學新聞傳播教育外，大陸各地還推行了多種類型的新聞傳播教育，如新聞函授大學、電視新聞教育、自學考試新聞教育，以及新聞單位與新聞院校合作的專修班、短訓班等。

第二節　中共新聞傳播教育現況

教育制度與系統

中共的新聞傳播教育與西方國家的制度有重大不同，其重要差別約如下述：

一、黨、政雙重領導的教育系統

由於中共一向重視新聞工作的黨性原則，要求新聞工作者的黨性自覺，表現在教育制度方面，就是接受黨的領導，中共高校新聞教育是同時接受中共「中央」委員會宣傳部和「國務院」國家教育委員會的領導。即是黨、政的雙重領導。

二、教育系統的多樣化

(一)一般高校系統：分為直屬「國家教育委員會」的重點高校，如：人民大學、復旦大學等；以及省市（市、地區）屬高校，如：杭州大學（今合併為浙江大學）等。

(二)新聞事業單位系統：如「中國新聞學院」是由新華社開辦的學校。

(三)科技機構系統：如中國社會科學院新聞研究所，與《人民日報》合辦的「中國社會科學院研究生院新聞系」。

(四)中央業務部門系統：如中共廣播電視電影部，為培養廣播電視專業人才而設置的「北京廣播學院」、「北京電影學院」以及「浙

江廣播電視專科學校」。

　　(五)其他：如函授大學、廣播電視大學、夜大及自學考試等多種形式。

重點學校介紹

　　目前中共的新聞教育甚為普遍，其重點學校約略介紹如下：

一、中國社會科學院新聞研究所

　　中國社會科學院新聞研究所成立於一九七八年，由新華社及《人民日報》社共同支持，是中共第一所全國的新聞研究機構，並協助中國社會科學院研究生院新聞系，培養新聞學碩士研究生（現已增設博士班）。

二、中國社會科學院研究生院新聞系

　　中國社會科學院研究生院新聞系成立於一九七八年，由前中央新聞總署署長胡喬木倡導，並由中國社會科學院新聞研究所、《人民日報》、新華社共同主持開辦。此校非一般的重點高等學校，而是屬科學研究機構的教育系統，採行定向培養及定向分配；因此，辦學方針是配合社科院新聞所、《人民日報》和新華社的實際需要，培養新聞研究生，畢業後統一分配到上述單位。

三、中國人民大學新聞學院

　　人民大學早在一九五五年成立新聞系，到了一九五八年，又有北大中文系新聞專業併入；迨至一九八八年才成立新聞學院。身為大陸新聞教育龍頭的人大，被國家教委會確定為全國唯一的新聞學重點學科點，並設有四個專業、兩個研究所（新聞、輿論）、一個現代廣告

中心，以及博士班及第二學士學位班。人大的新聞教育目標是：「培養德智體全面發展又紅又專的從事新聞工作的記者、編輯等專門人才。」故培養出的人才，遍布大陸全國各省市的新聞機構，有相當高的地位。一九九九年，由郭慶光接替何梓華擔任院長。

四、上海復旦大學新聞學院

復旦大學的新聞教育始於一九二四年的國文系「新聞學講座」，直到一九二九年才正式成立新聞系。中共建立政權後，復旦新聞系先後併入了上海暨南新聞系、明治新聞專校等。於一九八八年成立的復旦大學新聞學院，目前設有一所及四個專業，並開辦博士班，與人大同為新聞教育的領導學校。而其新聞教育的目標是：「培養德智體全面發展能勝任新聞與宣傳工作的專門人才」，現任院長為陳桂蘭。

五、中國新聞學院

一九八六年，新華社以其幹部進修學院為基礎，開辦中國新聞學院，這是中共第一所專門培養高級新聞人才的高等學院；該校受新華社及北京市人民政府領導。中國新聞學院十分重視學生編採能力的訓練，故其大部分的師資，是由新華社及各新聞機構中具實務經驗者擔任；該校還設有第二學士學位班。

六、暨南大學新聞系

一九四六年上海暨南大學即成立新聞系，後因國民政府遷台而停辦，學生乃併入復旦大學新聞系就讀。一九五八年曾於廣州復校，後又因文革而停辦。一九七八年又於廣州復校，此時才正式成立新聞系。其新聞教育的目標是：「為海外港澳台和內地培養新聞傳播人才」，故該校的辦學方針是採華僑政策，兼收部分華僑子弟及港澳學

生，並採來去自由的原則，使學生學成後可返回僑居地就業。

七、廈門大學新聞學系

　　一九二一年（民國十年）即創辦報學科的廈門大學，應是中國人自己開辦的第一個大學新聞教育單位，曾於一九二三年因學潮而停辦，後在一九八三年香港《大公報》老報人劉季伯的倡議下，創立新聞傳播系。新聞學者余也魯、徐佳士，也曾支持該校發展，大力爭取經費。

　　該系率先設置國際傳播和廣告專業。一九八三年招收第一批研究生，次年招收第一批本科系，目前分國際新聞、廣電新聞、廣告學三個專業。

▲作者（左二）應邀參加杭州大學建校一百週年紀念，與汪道涵（右二）等合影。

八、浙江大學新聞暨傳播學院

於一九九八年合併自杭州大學。該校新聞系於一九五八年成立；一九六二年七月專業調整時撤銷。一九八二年在中文系建立新聞專業。

一九八八年五月在新聞專業基礎上，重建新聞系，現已招收本科生與碩士研究生。初期由張大芝負責，後改由李壽福教授主持，銳意革新，充實設備與師資，獲得很大進步。現新聞系升格為新聞暨傳播學院，設新聞、廣告、廣播電視等系，由張夢新教授負責。張氏認真負責，獲學生愛戴。

新聞機構與新聞傳播教育之互動

除了興辦多所高等新聞院校，中國大陸新聞機構還推廣成人的新聞傳播教育，如《人民日報》社辦理的「新聞智力開發中心函授部」、《經濟日報》辦理的「北京經濟函授大學」、《工人日報》社與人民大學新聞系合辦「中華新聞函授學院」、暨南大學與《南方日報》社聯合主辦「新聞學函授中心」等；提供人民更多接受新聞傳播教育的管道。新聞傳播教育單位與新聞事業單位包括了多方面的合作關係：

一、委託代培：新聞事業單位因本身能力及時間方面因素的考量，採用委託代培方式，請高校為其培訓在職人員的進修。單位出錢、學校出力，二者合作互蒙其利。

二、學生實習：一般高校並無自己的實習園地和場所，校方在第六學期時，安排學生至校外新聞單位從事實際工作一學期，彌補這項

缺失。

　　三、三結合：如中國社會科學院新聞研究所與《工人日報》、新華社合辦的中國社會科學院研究生院新聞系，由於三方面都有需要，都有條件，因此教學、科研、新聞單位三結合，解決了新聞人才缺乏，師資、經費、校舍各方面的問題。

第三節　中共廣播電視教育的發展

　　廣播電視事業是二十世紀建立，並迅速發展起來的新興新聞傳播事業。中共的廣播事業開始於二十世紀二〇年代初期；五〇年代末期，中共的電視事業興起，為適應廣播電視事業發展的需要，中共的廣播電視教育事業也逐步建立起來。一九五九年北京廣播學院的成立，標誌著中共廣播電視教育事業的正式創建。

大陸廣播電視教育的回顧

　　中共的廣電人才培養萌芽於二〇年代末，迄今已有七十多年的歷史。以下就其發展史分作萌芽、創建、受挫、發展四階段加以敘述。

　　一、萌芽階段(一九二九至一九五九年)

　　一九二三年一月起，外商陸續在上海辦起中國的第一批廣播電台。一九二六年十月，國人自辦的第一家電台在哈爾濱開始播音。隨後，平津二地亦相繼有電台問世。當時，廣播事業僅略具雛型，只有少數無線電技術人員從事此工作。

　　一九二八年八月一日，國民黨設的中央廣播電台於南京開始播音，爲便於各地收聽，中央廣播電台於一九二九年三月開辦收音員訓練班。首批學員十三名，三個月後結業，除少數留下工作外，其餘派赴各地電台擔任播音及收音工作，此可視爲中國廣播教育之濫觴。此後一九三三至一九四一年間，中央廣播電台及中央廣播事業管理處曾多次舉辦無線電收音員訓練班，共培訓人員三百多名。四〇年代初，少數大學新聞系開設廣播業務課程，一些工科大學培養的無線電技術人員也投身廣播事業。

　　中共領導的廣播事業於一九四〇年十二月三十日創辦於延安。廣播專業人員的培訓始於一九四七年三月，當時設在齊齊哈爾的西滿新華廣播電台開辦了編播和技術兩個訓練班，也培訓了一批廣播人員。

　　中共建國以後，廣播有了較大的發展。一九五八年又開辦了電視事業。隨著事業的發展，對人才的需求日益迫切。五〇年代初，復旦大學、北京大學、中國人民大學都曾開設廣播業務課程，聘請廣播的負責人、編輯、記者授課。一些地方電台爲了提高幹部水平，經常舉辦各類短期訓練班，開始培訓中級技術人員。

　　一九五八年，中共中央廣播事業局決定在原本訓練班的基礎上開辦北京廣播專科學校，培養具大專水準的專業人才，學制爲兩年，共收了學員三百人。同年十一月，該校更開辦波斯語和西班牙語本科班，培養對外廣播專才，共收有學生十一人，大部分爲北京外語學院俄語專科學生。同年九月，第一所中專廣播學校在湖南成立。

　　一九五九年九月七日，中共國務院批准，北京廣播學院在原北京廣播專科的基礎上成立。中央廣播事業局副局長周新武兼任首任院

長。該校的成立，標誌著中國廣播教育在三〇年中經歷了各個階段後，步入高等教育的階段。

二、創辦階段（一九五九至一九六六年）

此一階段，大陸的廣電教育有了初步發展。除北京廣播學院外，還在太原、瀋陽、長春、濟南、貴陽、南寧、呼和浩特等地興建了一批中專廣播學校，爲所在地區培養廣播人員，但其中大多於一九六一年前後停辦。

初建時期的北京廣播學院，根據當時廣電部門對編採、播音、技術、外語人才的需求，設有新聞、無線電、外語三系，先後開辦了編採、播音、文藝編輯、電視攝影等文科專業和無線電廣播與電視工科專業。六〇年代初，外語專業設置以非通用語爲主；除英語外，最多時設有二十二個非通用語專業。

按中共中央廣播事業局的規定，北京廣播學院在辦學中貫徹中共的教育方針，培養具有一定理論水準和業務水準的編輯、記者、播音員、翻譯、高級技術幹部。爲使學生走上工作崗位後能適應廣電工作的需要，廣播學院在課程設計和教學安排上都注意到：把理論基礎的學習和廣電工作實踐緊密結合；使學生瞭解社會、熟悉社會，增強對所學專業的認識和實際動手能力；邀請社會人士、學者專家及有關部門的負責人到學校講課，開拓學生視野和知識領域，瞭解最新科技成果和未來發展的趨勢。

三、受挫階段（一九六六至一九七六年）

一九六六年，文化大革命開始，高等教育受嚴重衝擊，廣電教育事業也不例外，北京廣播學院停止招生，教學工作癱瘓，一九六九年

學校被迫停辦。大陸廣電專業教育陷於停頓狀態。

一九七三年，由於周恩來的關切，北京廣播學院得以重建。一九七四年，新聞系恢復招生。一九七五年增設藝術專業，定向爲中央廣播文工團培養藝術表演之人才。這期間，貴州和湖北兩省廣播中專學校分別於一九七三、一九七四年恢復招生。

四、發展階段(一九七七年至今)

一九七七年起，大陸的高等學校取消了文革期間實行的從農工兵中選拔學員保送入學之做法，恢復了統一招生。一九七八年中共第十一屆三中全會後，高等教育逐漸走上正常發展的道路。十多年來，隨著大陸廣電事業的發展，廣電教育也呈現發達的景象，並表現出下列諸特點：

（一）北京廣播學院規模逐步擴大，辦學層次增多，師資陣容堅強，學生人數增加。一九七九年起，並開始招收碩士研究生；一九八四年起，承擔廣電高等函授教育的任務。一九九八年又奉准成立博士班，院長劉繼南女士用力甚勤。

（二）爲適應市場對專業人才的需求，教育走向多層次的正規培訓。一九九〇年廣播電影電視部幹部司教育處升格爲教育司，下設綜合、院校、培訓三處，職責爲管理部屬大中專院校。

（三）綜合大學的新聞系陸續開設專業課程，廣電人才的培養已不再限於廣播電視自身系統內。一些工科院校也都因應市場需要，培養相關人才。

中國大陸的新聞傳播學府，除上海復旦大學、北京中國人民大學設博士班外，又於一九九八年，在北京中國社科院與北京廣播學院設

置博士班、北廣院長劉繼南特邀鄭貞銘教授於該年七月前往舉辦講座，就大學新聞傳播博士教育問題對該校教師舉行講演並座談。

北廣對於有關港台過去傳播研究的經驗，特別積極從事下列的瞭解：

一、港台傳播學研究的歷史

（一）產生的歷史背（社會背景、學術背景）

（二）傳播學與其他學科的關係。

（三）傳播學歷史上各學派觀點、代表人物、代表作品、代表學術機構等。

（四）傳播學研究的地位及作用

二、港台傳播學研究的現狀

（一）概況：目前有影響的研究機構、學者、作品、主要流派等

（二）研究的主要領域（方面）、代表人物及成果，如：

　　1.傳播學基礎理論。

　　2.人類傳播史。

　　3.傳播學研究方法。

　　4.傳播與社會、文化。

　　　（1）傳播與社會變遷。

　　　（2）發展傳播學。

　　　（3）傳播與政治現代化。

　　　（4）文化批判與傳播研究。

　　5.傳播與經濟

　　　（1）媒介產生，媒介經濟。

（2）媒介經營與管理。

6.媒介研究

（1）媒介文化。

（2）媒介批判。

（3）現代信息技術與媒介。

（4）媒介發展。

（5）媒介法律與道德。

（6）電視與兒童、婦女研究。

7.國家或地區傳播與文化傳播

（1）傳播與全球化。

（2）說服學。

8.傳播生態研究

9.受眾研究

10.其他領域

（三）港台當前研究的主要焦點。

（四）港台傳播學研究中存在的問題。

三、港台傳播學研究的未來

（一）對傳播學研究未來的預測。

（二）哪些領域可能會形成焦點並有突破。

（三）傳播學研究應該如何導向。

（四）傳播學在科學（社會科學、人文科學體系）中的位置。

顯然地，北廣已逐漸走向新聞傳播綜合大學之路。

綜上所述，在中國大陸一個多學科、多層次、多規格的廣電教育

體系已基本形成。它對廣電事業的發展所起的積極促進作用，必將日益顯著。

北京廣播學院概貌和辦學特色

北京廣播學院建校至今，經過多年建設，已成為中國大陸廣電系統規模最大的學校。近年來陸續興建了圖書館、視聽中心、電路實驗中心、節目製作、電視播控、廣播發射、微波中繼、衛星接收、計算機房等教學設備。

該校並先後籌組了北京廣播學院廣播電視協會、思想政治教育研究會，以及中國加拿大信息傳播研究中心等學術團體。辦有《北京廣播學院學報》，且受中共廣播電影電視部委託，承擔《中國廣播電視年鑑》的編纂工作。

目前，學院已和美、日、德、前蘇聯、加拿大、澳洲等國的一些高等學校和廣電機構建立了合作或業務聯繫。而廣播學院辦學呈現出三大特色：

一、作為廣播電視系統培養專業人才的高等學校，廣播學院具有新聞、外語、藝術、技術和管理等多學科兼容的特色。在辦好一般學科的同時，加強對重點學科的建設，同時實行滾動式管理，根據需要和可能適時作出調整，以期辦出新水準，增強競爭力。

二、實行以本科教育為主，兼及研究生教育及其他形式教育的多層次、多規格、多種形式的辦學體制。如此以發揮全院教職員工辦學的積極性，也為廣電系統培養更多的專才。

三、強調理論與實務結合，以培養應用型人才為主，同時也注意

▲作者（前排左七）訪北京廣播學院，前排其右為劉繼南院長。

拓寬學生的知識領域和業務本領，力求增強適應性，適當滿足相關行業對人才的需求。在教學計畫和課程上，注意加強基礎，拓展專業面，強調外語的學習和計算機應用的訓練，多方面加強學生既能適應廣電事業需要，又能積極主動地適應社會上其他行業需要的業務素質和工作能力。

　　當前，隨著廣播電視本身的迅速發展及其社會化的趨向，使廣電事業和相關行業的人才市場日益擴大，並呈現多方面、多樣化、多層次的要求。這為廣播學院的發展提供了良好的機遇，但同時也由於八○年代中以來，一批著名的綜合大學和工科院校已突破原有的局限，力圖朝廣電專業方面發展，並已打入廣電事業的人才市場，這使廣播學院的發展面臨了嚴峻的考驗。

第四節　中國大陸的新聞傳播學術研究

　　中國大陸的新聞傳播教育，除爲新聞傳播事業培養實務人才外，近年來在有關理論研究方面也開展一些新的發展與突破。根據中國人民大學輿論研究所所長喻國民的看法，大陸在九○年代後的新聞研究發展，約有四個重點可資觀察：

　　一、新聞傳播學的學科「盲點」已愈來愈少。無論是新聞傳播學的傳統「領地」，還是新聞傳播的新興學科、邊緣學科（包括新媒體技術及其社會效應），在中國大陸進入九○年代以來的新聞學研究選題中都占有相當的地位。相比較而言，「八五」規畫課題更多地帶有啓蒙、引介、概論的性質，而「九五」社科規畫課題指南則顯然具有深究、細化、操作的性質。

　　二、重視和強調「學以致用」的理論之於實踐的操作性，是進入九○年代以來的新聞學研究的一大特色。這一特色一方面緣於市場化的實踐，是一種講求理論操作化的實踐，另一方面也是對與新聞實踐嚴重脫節的傳統新聞理論及其與學術架構的歷史性反彈。如果說，理論「務虛」上了九○年代，它已事實上變得無聲無嗅，缺少關注了。新聞實踐的飛速發展，新問題的大量湧現不但十分「搶眼」地吸引著人們的注意，而且尤其要求人們在做出理論上的釋疑解惑的同時，提出相應的具有可操作性的社會對策。

　　三、研究方法的多樣化、綜合化。實證化是進入九○年代以來大陸新聞學研究在研究方法上的基本特色，與八○年代中期以前新聞研

究所採用的較爲單一的（以階級分析方法爲代表）、講求理論收斂性
（以理論演繹爲代表）的研究方法不同；進入九〇年代以來，大陸新聞
學研究在研究方法和手段已趨於多樣化和綜合化，並以實證化的研究
方法爲特色。這不僅緣於與世界學術主潮接軌的需要，更是理論應用
於實踐的操作化的必然之舉。採取「遇到問題從領導人講話和經典作
家著作中尋找答案」的演繹式研究模式的人不能說沒有，但其數量和
質量已在總體上顯得無足輕重。相反，那些注重實證，講求從實際生
活中探尋答案的研究者，受到了愈來愈多的關注和好評。

　　四、研究重點已從傳媒的政治屬性轉向其文化屬性和經濟屬性。
儘管關於新聞事業政治屬性的研究，仍在大陸現階段的學術研究中占
有相當的位置，但它已遠不是人們關注的中心了。進入九〇年代以
來，大陸新聞學者更關心的是新聞文化的社會效應，以及新聞事業作
爲一個訊息產業部門（有學者稱其爲「第四產業」），其運作的特點和
規律是什麼等等較爲「前衛」的課題。另一方面，由於市場化操作和
競爭的需要，更多的研究者投入到版面創新、經營管理、廣告研究等
具體的、操作性的課題中，它使現階段中國大陸的新聞傳播學研究，
具有很強的非政治色彩。

第五節　對中共新聞傳播教育貢獻卓著的人物

　　中共地區對新聞傳播教育獻身者安不乏其人，茲列舉三人作表。

一、陳望道

一八九一年一月廿八日，陳望道誕生在浙江省義烏縣。是日本留學生。逝於一九七七年十月二十九日。

一九二四年，陳望道在復旦中文系任教時就開設「新聞學講座」這門課程。到了一九六二年，他又將「新聞學講座」擴大爲新聞學組，並由他和邵力子共同擔任新聞學的教授。一九二九年的秋天，在他擔任中文系主任時，新聞專業便開始從中文系獨立出去，復旦大學正式成立了新聞系，成爲全國首創的一個新聞教育機構，由謝六逸任新聞系主任。

復旦課程的性質約可分爲四類：首先是基本工具的訓練，本國文學、英文、第二外國語、心理學、統計學及其他自然科學與社會科學均在必選之列。其次是專業知識的灌輸，包括理論與實驗兩方面，舉凡報學概念、編輯、採訪、報館組織、管理、廣告發行、照相繪畫、印刷等。再其次爲輔導知識之旁助，此項包括新聞記者應有的政治、社會、法律、經濟、歷史、地理、外交等知識。還有寫作技術之訓練，如評論練習、通訊寫作、速記術、校對術等。

一九四三年在陳望道主持復旦新聞系工作的第二年，他提出了「好行力學」四個字勉勵學生，並把他訂爲系訓。這是把理論學習與工作實踐打成一片的規條。在這樣地訓勉之下，新聞系的系風有了不斷的改變。例如：在一九三一年成立的復新通訊社，又如，每週舉行一次的分析時事、討論問題、研究學術的「新聞晚會」，更是盛極一時之事。而課外活動之壁報一項，除由該系全體同學所主辦的「復旦新聞」外，更有同學參與工作的壁報團體計達三十餘種。這就是「學」

與「行」並重的大概情形。後來，他為了進一步「充實新聞教學的設備與內容，使有志於新聞事業的青年更能學以致用」，親自在重慶募捐籌建一座「新聞館」。「新聞館」落成於一九四四年，四月五日正式開幕。館內設有編輯室、印刷室、圖書資料室、會議室以及收音廣播室十餘間。「新聞館」的建立是復旦新聞系歷史上的一個創舉。它為新聞教育事業的發展起了很大的作用。陳望道出任系主任後，不僅親自為同學開設了修辭學、邏輯學與新聞寫作等課程，還在系裡開設了錄音實習課。在新聞教學的努力中，他還特別強調要有科學與民主的精神。

陳望道後來升任校長。在他主持復旦大學校政工作期間，特別著重適合發展學校的科學研究工作和加強學校科學研究工作的領導。他在一次校務委員會上，號召教師要積極從事科學研究，要做文化的光榮創造者。要對文化有所創造，不能把別人的東西翻來覆去地講，教師一定要從事科學研究，要進行創造性勞動，否則文化事業就不能發展，教育事業也不能發展。他還說，一個學校如果不發展科學研究，就必然會滾到教條主義和學究主義的泥坑裡去。他又說，高等學校的發展一般分為三個階段：（一）辦校務的階段；（二）教務的階段；（三）科學研究的階段。

一九五九年，陳望道發表了〈上海復旦大學的今昔〉一文。在文中，他正式提出了「綜合性大學應負的兩個重要任務：一是教學任務，要為國家大量的培養從事基礎科學的研究工作和教學工作的專門人才；二是科學研究任務，對國家負有發展基礎科學、提高文化科學水平的責任」。

　　陳望道曾出版《修辭學發凡》一書，也曾對文藝理論、美學及因
旺邏輯等作過深入研究。他對新聞教育的創舉，在復旦任新聞系主任
八年，有不可否認的貢獻。

　　二、甘惜分

　　一九一六年生，四川令水人，中國新聞教育家、新聞學者。一九
三八年至延安，入抗日軍政大學和馬列學院學習。抗日時期在八路軍
一二〇師政治部，任政治教員和政策研究員。一九四六任新華通訊社
綏蒙分社記者，參加《綏蒙日報》創辦工作。一九四七年任新華社晉
綏分社編輯部主任。一九五四年調北京大學中文系新聞專業併入中國
人民大學新聞系，任職教授、新聞學博士研究生導師、輿論研究所所
長、校學位評定委員會委員、吳玉章獎金委員會委員、中國新聞教育
學會副會長。主要著作有：《新聞理論基礎》、《新聞論爭三十年》
等。甘惜分作為一個長期新聞教育者，重學理，有見識，有擔當，他
目前雖已退休，但仍在人民大學兼職。

　　三、方漢奇

　　一九二六年生，廣東普寧人，中國新聞史學家。一九五〇年畢業
於蘇州社會教育學院新聞系後，便到上海新聞圖書館從事《申報》史
料的整理和研究工作。一九五三年起在北京大學中文系新聞專業任
教，一九五八年起，歷任中國人民大學新聞系講師、副教授、教授、
新聞事業史教研室主任、新聞博士研究生導師、人民大學和中國社會
科學院新聞研究所學術委員會委員、首都新聞會副會長、中國新聞學
會聯合會常務理事。一九八四年被中華全國新聞工作者協會，評為全
國一級優秀新聞工作者。著作有：《中國古代的報紙》、《中國近代

報刊史》等。而《中國近代報刊史》一書，一九八七年獲得吳玉章獎
金新聞學一等獎。

方漢奇可說是中國一位新聞教育界的大老，甚受推崇，尤以畢身
從事新聞史的研究，貢獻良多。

第六節　中共新聞傳播教育未來展望

歷數中國大陸近年新聞傳播教育的發展，「雖不滿意，但可以令
人接受」。何梓華教授認爲下述三點特性，仍使大陸傳播學者對新聞
教育的前景有所期待。

一、開放政策好

七○年代末期，中國共產黨正視並糾正了文化大革命中所犯的錯
誤，制定了改革開放政策，注意吸收西方及整個人類先進的科學及科
研成果，形成了中西文化交流的良好氣氛與政治環境。同時，「實踐
是檢驗眞理的唯一標準」。問題的大討論，使中國人民的思想大解
放，深感往日閉關自守所造成的落後狀態再也不能維繫下去，因此迸
發出勇於探索和研究西方文化成果的熱情。敞開了中國大門，遞來了
西方的新思想、新思潮、新觀念，同樣也就遞來了伴隨著這股潮流湧
入的傳播學。使傳播學的教學與科研注入了新的活力。在一九九二年
十一月二十四日湖北宜昌舉行的中國新聞教育學會的七次年會上，與
會專家學者一致認爲：「要吸收人類文明發展的優秀成果，要吸收西
方傳播學中那些對我們有用的東西，包括新聞寫作和節目製作與編排

的技巧等。」

二、市場需求大

改革開放後的這十多年來，可謂是中國大陸傳播事業光輝燦爛的大發展時期，報業蓬勃發展。據一九九二年最新統計，大陸經正式批准發行的報紙達一七九一種，尚未正式登記註冊的達五百餘種，從根本改變了文化大革命期間「全國報紙一大抄，十億人民一張報」的局面。廣播電視業的發展更是突飛猛進。目前，中國廣大農村廣播電視再不是以前那種單一的有線廣播，而是以有線廣播為主體，調頻廣播、電視廣播、微波站和衛星地面接收站共同組成的多層傳播、多管道、多功能的農村廣播電視網，廣播、電視的人口覆蓋率，已經分別由原先的五三％、四七％均提高到八五％，城鎮的廣播、電視人口覆蓋率達一○○％，約有四分之一的城鎮居家中擁有兩台電視。

大眾傳播事業的如此迅速發展，必然產生一系列需要研究和解決的課題，因此，借助傳播學的有關理論和方法來解決這些問題便屬十分自然，而發展與加強傳播學的教育和研究，也就理所必然，事所必至。

三、學科共性多

無論是資本主義國家還是社會主義國家，無論是東方還是西方，傳播事業及大眾傳播媒介，雖然從本質上有不同之處，但是，兩種社會制度下的新聞傳播事業都承擔著社會訊息流通的任務，有著許多共同的課題需要研究，特別是從傳播學研究的對象、理論、方法上看，西方傳播學開闊了傳統新聞學的研究領域，包括它的社會調查、實驗法、內容分析法，以及定量與定性相結合的分析方法，都具有科學

性，有相當的參考價值與借鏡意義。

綜合上述，可以說：中國大陸的傳播教學、科研及應用，都將會有可以期待的發展。由於國情和傳統的原因，以及傳播學研究的現況，中國大陸可能會更注重較為實際的行為科學方法去研究傳播學；在傳播理論的研究上，可能更突出評價、消化和修正西方傳播學理論，對歐美傳播學進行綜合分析，吸取其精華，尤其注重研究、借鏡日本等國和香港、臺灣地區研究方向與重點，通過持之不懈的實踐與探索，最終建立自己的傳播學教學、研究模式與理論。

不過，目前中國大陸的新聞教育，仍存在有許多問題亟待解決。據何梓華教授指出，其主要者如：

一、教育機會均等的問題

大陸高等教育長期以來，一直存在著「紅」與「專」思想的衝突，「紅」路線的抬頭，代表著政治因素強力介入高等教育，透過政治因素來決定誰有資格讀大學；「專」路線則是以專業為取向，較少意識形態的束縛。這兩者之爭，便影響了入學機會的均衡性。

二、教育市場化的隱憂

從課程的安排上發現：大陸的高等教育是因應市場的供需，並受經濟的限制很大，因此教育所扮演的角色，大多是被動消極，在市場經濟改革中，很難擺脫扮演配合經濟建設的次等角色；這種價值觀若深入校園，會物化了學生的心態。

因此，高等教育的定位，應該是積極主動，如課程的設計具有彈性和深度，教育方針有宏觀的遠見，不一定要跟著市場需求走。這樣自主的高等教育，才能栽培獨立思考的高級知識份子。

三、獨立思考的不足

由課程安排來看：發現大陸的新聞課程，並無研究方法及文化批判的課程設計；且無論大學或研究所，都有共產主義的課程教育。這種新聞教育方式存在著很大的隱憂：因為新聞人才是需要獨立思考，報導的內容才能客觀有深度，若思想已受箝制，又無研究、批判的訓練，那麼，新聞事業仍有發展上的瓶頸。

四、教育水準問題

從總體上看，目前中國大陸的傳播學教育仍處在介紹、評價西方傳播學和探討中國傳播學體系的初級階段，且介紹評價的大部分是「通論」、「概論」類，尚缺乏對大眾傳播學的各個主要學派，主要實用領域以及主要研究方法的專門性介紹，尤其對國際傳播學界的最新研究成果注意不夠。總之，既未建立完整的傳播學教育體系，也尚未形成有自己特色的教學研究方法，更難擁有代表人物和學派。

五、師資不足

原先的人力不足，又加上人才的大量走失，構成了對大陸傳播教學的最大威脅，目前在中國大陸，專門從事大眾傳播教學與研究的人員不過百餘，這與擁有幾十萬大眾傳播媒介從業人員及十二億受眾的現況，是極不相稱的，倘若建立並穩定相應的師資，那麼，大陸傳播學教學可望獲得更大發展。

六、招生制度：僅筆試不夠客觀

大陸高等院校的學生，主要來源是應屆高中畢業生，新聞系的學生亦不例外，大陸的招生辦法是實行全國高等院校統一考試，也就是統一命題、統一評分，按照各地區學校規定的不同分數段和考生志願

擇優錄取。此一制度有其優點，能夠對考生的成績做較全面的衡量，使考生有一較公平的競爭機會；然亦有其缺失，一試定終生，只能根據一次考試分數的高低進行取捨，無法對其他方面衡量與評估。

由於新聞事業從業人員工作性質較特殊，對儀表談吐以及修養方面有一定的需求，而此種招生制度下所招收的學生，雖然年輕，學習力亦強，但涉世不深，又無工作經驗，畢業後顯得稚嫩，須經一段時間的訓練才能進入狀況。

針對以上所指的問題，何梓華（一九九三年）指出，希望新聞系能夠單獨招生，新聞系的學生不能光憑考試就予以錄取，最好能有面試，因為新聞是反應的東西，面試能夠看出反應和口才。亦希望多招一些年紀大，比較成熟且理解力強的學生。

七、就業分配：分配與擇優的兩難

中國大陸高等院校的學生，均由國家按各部門對人才的需求，統一招生、統一分配。這種方式在計畫經濟底下實行，本來是沒有問題的，但轉入市場經濟的體制後，舊的分配辦法已不可行，用人單位要擇優錄取，不再照單全收，畢業生也待價而沽，不願被支配；這就是所謂的雙向選擇。

新的分配制度，形成了良性的競爭，但也給分配和就業工作製造了許多的困難。如何使供需之間平衡，這是新的課題。

八、經費短絀：教材、設備、實習都成問題

教育經費嚴重不足，這是中國大陸教育工作上一直存在的問題。因為經費不足，教學器材和設備的更新亦成為問題。多數新聞院系受限於經費，還沒有自辦的報紙、廣播電台，學生的實習也因此成為問

題。

九、成人教育：資源有限，品質不夠

由於大學成人教育的教師薪資相當低，造成教師的工作意願低落，且兼職教師佔了三分之二強，所以教師的素質參差不齊；加上所開課程的必修比例高達七五％到八○％，又未能設計適應成人需要的課程教材；因此，成人教育的品質，還有待提升。

以上各點，皆有待於中共當局與大陸新聞傳播教育界的朋友做更多努力，以臻新聞教育於完善之境。

何梓華教授在討論到中國大陸新聞教育在近些年的發展時，除歷數進步與發展之事實外，亦不諱言發展過程中的「困難」與「失誤」。他認為，這些問題主要是表現在三方面：

第一，若干年來，新聞教育事業一直受到「左傾」錯誤思潮的干擾，和接連不斷的政治運動影響。特別是在席捲全國的所謂「文化大革命」期間，新聞教育事業和文學、藝術一樣，都受到了嚴重的摧殘和破壞。以中國人民大學新聞系為例，它曾被迫停止招生達十年之久，直到一九七八年，才開始恢復招生。

另一個影響新聞教育事業發展的原因是，教育部門的一些負責人指導思想上存在著重理輕文，特別是輕視應用文科的傾向。這樣一種錯誤想法必然要影響新聞教育事業的發展。

第三個原因是，有些人──其中有一些還是新聞工作者，他們懷疑新聞學是否是一門科學。他們說新聞工作者不需要進行什麼專業訓練或接受什麼新聞教育，他們認為培養新聞工作者最好的途徑就是把人送到報社、通訊社或者廣播電台和電視台，經過一個時期的實踐鍛

鍊，他們就能掌握從事新聞工作所需要的各種本領。

　　這位人大前新聞院院長從過去曲折的歷史中，總結一些經驗和教訓，提出幾點中國大陸今後從事新聞教育工作者的共勉方向：

　　第一、關於學習外國先進傳播問題。他認為，新聞教育的根本目的是為了培養新聞工作者，因此難免要學習他人經驗，問題是：在學習時該採什麼態度。他指出，學習外國的經驗，不論是學習美國還是蘇聯的新聞教育經驗，都存在著兩種不同的態度。第一種態度是只學習外國那些適合國情和需要，對我們有用的經驗。換句話說，這是一種有分析、有批判的學習，這種學習態度是正確的。另一種態度是教條式的學習，即對某種國家的經驗囫圇吞棗，全盤照搬，完全無視中國的國情和需要。如果我們這樣做了，到頭來吃苦頭的還是自己。遺憾的是，過去大陸曾一度採取這種教條式的錯誤學習態度。

　　第二、關於新聞人才培養的數量問題。新聞人才的需求量取決於新聞傳播事業發展的狀況。新聞傳播事業發展得快，要求培養新聞人才的數量就多，從而也就推動新聞教育事業的發展。

　　據一九九六年的統計，目前，大陸公開出版的報紙總數是二二四○家，內部出版的報紙六四○○家；期刊公開出版的有八一三五種，內部出版的有一○九一五種；廣播電台一二一○座；無線電視台九八二座；有線電視台一二○二座。新聞學專業已發展到七十七個，在校教師人數有一○一一人，學生總數九五九○人，而且發展的勢頭還很足。新聞傳播事業和新聞教育事業經過一個時期數量的迅速增長後，確實存在一個提高質量的問題。今後應該控制數量，提高質量，調整結構。何教授認為，從當前的實際情況看，在短時期內不謀求數量的

增加，把主要精力集中在解決質量問題上是完全正確的。

第三，關於新聞人才培養的質量構成因素。何梓華教授認為，具備豐富和完善的知識結構極為重要。未來的新聞工作者要面向整個社會，探寫、攝錄和編輯各種信息，除了要具備較高的理論修養、較深厚的文化基礎知識和新聞學專業知識外，他們還應當懂得一點有關自然科學、經濟學和法學的基本知識。因此，在教學安排上，在可能的條件下，應壓縮必修課，擴大選修課的比重，讓學生能根據需要，主動地自由選修自己渴望學習的課程。實行雙學位制和主副修制，可以在一定程度上幫助未來的新聞工作者，彌補知識結構不完整的缺陷。

第四、關於新聞學的學科發展問題。新聞學同文學、哲學、經濟學相比較，還只能說是一門年輕的學科。所謂年輕，一是指他的歷史比較短；二是指它自身固有的規律還沒有被人們所充分認識。

新聞學的學科建設和發展，直接關係著新聞傳播教育質量的提高，值得重視。

一九七八年以後，大陸逐步開放，隨著對外學術交流活動的開展以及視野的開闊，新聞學的研究範圍也在不斷地拓展變化。今天，對廣播電視新聞學的研究，隨著廣播電視的普及，已愈來愈受到人們的重視；以研究信息傳播規律為對象的傳播學，在大陸已逐漸生根發芽開花結果；在學術研究領域，長期被另眼相看，貶斥在研究領域之外的新聞事業經營管理學和廣告學，重新獲得了它們應有的學術位置；對交叉學科和邊緣學科的研究，如新聞倫理學、傳播心理學、新聞法制學、輿論學……也開始活躍起來。但，所有這一切都僅僅是開始。何教授強調，今後，學科建設和發展的路程還很長，任務還很繁重，

前途也許還不會十分平坦。但只要認準了方向，就應堅定不疑地走下去。

第七節　蘇聯對中國大陸新聞傳播教育的影響

二十世紀二〇年代，除西方（美國）新聞思想與教育模式傳入中國後，事實上，列寧的辦報思想與黨報經驗，也在另一角度傳入中國。

在當時，中國共產黨的黨報工作領導者中，也有不少人具有蘇俄的學習與工作經驗，如瞿秋白、蔡和森、博古等，他們接受列寧「報紙不僅是集體的宣傳者和鼓動者，也是集體的組織者」的觀念，成為蘇俄新聞思想傳入中國的直接媒體。

一九四九年，中國共產黨佔據大陸，自然放棄以美國為代表的西方新聞模式，而全面借鑒蘇聯這位「老大哥」的新聞業務經驗，並以莫斯科大學新聞系作為新聞教育模式的指向，從課程目標、結構到科目編排、研究取向，無不改變。

中國大陸向蘇聯全面學習的高潮在五〇年代。無論政治結構、經濟體制、教育模式一致向蘇聯看齊，新聞傳播教育自然不會例外。一九五四年七月，中共中央印發了《蘇聯共產黨中央直屬高級黨校的新聞學教學大綱》，作為各大學新聞系的參考，同時各系嚴格按照莫斯科大學新聞系（以下簡稱莫大）的教綱制訂本系的教學計畫。隨著新

計畫的推行，課程原有的結構、重心、科目比例等起了根本的變化。這期間，還翻譯了大量蘇聯新聞學書刊。據中國新聞年鑑統計，從一九五○至一九六○年十年間，大陸共出版了一一九本新聞書刊，其中蘇譯本就有四十三本，佔到三六％強，而美國方面僅在一九五七年譯介了一本阿貝·察佩克的《美國新聞界》。同樣在這一時期，中國派出新聞代表團和新聞系教師赴蘇考察、學習，帶回了原味的蘇聯新聞學和新聞傳播教育模式。

　　蘇聯教育模式的傳入對中國新聞傳播教育的學制、課程設置、教材建設起著直接的指標作用，更重要的是，蘇聯模式的傳入，對中國新聞理論的建構以及由此發生對中國新聞業務實踐產生著深遠的影響，其巨大性延續至今。

　　一九五二年，中國高校進行院系調整，新聞傳播教育自難例外，上海暨南大學新聞系、中國新聞專科學校、華東新聞學院、聖約翰大學新聞系先後併入復旦新聞系，這些新聞院系被認為傳授的是資產階級新聞傳播教育，「培養目標是為剝削階級服務的編輯記者」，因此對它們的改造，主要是運用無產階級新聞觀點清除資產階級新聞觀點，治理教師要積極學習馬列新聞思想，並派黨的新聞幹部去做報告，組織師生參加各項政治運動。除此之外，還新建了一些新聞院系，在中國人民大學成立了新聞系，江西、杭州等大學也建立了新聞系或專業，中央黨校建立了新聞班。很多院系請了蘇聯新聞傳播教育有著深刻的意義，基本形成了目前新聞教育的主流結構。

　　這期間，中共中央宣傳部召開了新聞教育課程改革會議，根據蘇聯模式，把新聞的課程分為三部分：政治思想教育、文化知識和專業

知識，各佔百分之二十六、四十與三十四。到一九五九年，受反右運動影響，復旦新聞系甚至重新制定教案，規定政治理論課是新聞的主課，佔總學時的七○％，專業課僅佔一○％，文化基礎課佔二○％，並讓學生加強勞動鍛鍊，要有一年時間在農村，半年在工廠，每學期三週參加校外政治運動，企圖以勞動和政治教育取代新聞專業知識的傳授和訓練，把重政治培養的蘇聯模式推向扭曲的極端。

六○年代早期，中蘇之間公開衝突，但因為兩國有同樣的意識型態和政治體系，對新聞傳播教育還是有著一致的考慮和要求。結果是，中國新聞傳播教育仍採納蘇聯模式，雖然此時中國大學校園裡的蘇聯專家已人去樓空。

「文化大革命」的十年，是中國新聞傳播教育的「黑暗斷檔期」，一九六六年六月起，各新聞系停止招生。七○年代中期，幾所大學重新招生，但更強調學生的政治背景作為錄取標準，蘇聯模式按其歷史的傳統慣性開始了它的第二次復活。

人大新聞所研究生張咏女士稱，這一階段中國新聞傳播教育中的理論觀點和教學實踐的多種因素被蘇聯模式完全同化，已形成「蘇聯模式的新聞傳播教育傳統」，並以一潛在的方式和慣性支配著人們的思維和新聞實踐。而所謂蘇俄的新聞教育模式，大致有幾點特徵：

一、強化政治因素

莫斯科大新聞系的課程基本分三大類：政治理論課、語言文學課和新聞專業課。政治理論課所佔比重很大，當時大約佔四○％強，強調政治學習目的是「培養具有黨的政治戰士品質的大學生」，使未來新聞工作者為「意識型態鬥爭的積極戰士，黨的忠實助手」，因此，

要求新聞系學生掌握科學共產主義基礎和黨的政策，瞭解共產主義報
刊的基本原則。

二、獨特的招生制度

五〇年代後半期，蘇俄各大學新聞系規定只招收有兩年以上工作
經驗的人，「且要讓那些在政治上比較成熟可靠、忠於黨的事業的人
到新聞系學習」。除了政治因素的考慮，還有寫作基礎的考核。經過
多年實踐，在蘇聯逐步形成招收具有實踐工作經驗、富有創作才能的
青年的招生制度。報考新聞系的考生首先要通過文科入學考試，包括
時政評論作文、蘇俄文學、外語、蘇聯歷史，之後要參加創作評選，
提交自己發表的作品，最後還是要口試、個別談話。

三、重視系外實習

莫大新聞系、列寧格勒大學新聞系除有自己的教學報紙與電視、
廣播、攝影設備外，也重視學生的校外實習，同時更要參加勞動與社
會活動。

四、新聞專才需要

爲適應計畫經濟發展，蘇聯也採用專才教育模式以滿足各行各業
對專門人才的需要。蘇聯新聞傳播教育的課程設計都以新聞專業爲軸
心，目的是培養新聞專門人才，以適應蘇聯計畫經濟模式對新聞人才
的需要。這與美國一、二年級不分專業先進行通識教育的模式是完全
不同的。

蘇聯模式對中國大陸新聞傳播教育與新聞事業的影響是深遠的，
也深深地阻礙了中國新聞傳播的正常功能。張咏在檢討此一發展方
向時說：「不衝破這種傳統的蘇聯模式的禁錮，中國就難以有適合自

己新聞教育生存和發展的土壤，也不可能有眞正獨立的、同中國政治
體制改革和經濟同步飛躍的中國社會主義新聞事業。突破蘇聯模式，
是歷史的必然，也是對中國新聞教育歷史考察反思的結論之一。」

　　由於上述省悟，因此中國大陸新聞傳播教育今後何去何從，乃成
了一個重大的議題，而「模式的重新選擇」乃成爲關切的焦點。

　　中國大陸的新聞傳播教育單位已由一九七七年四個系擴大到一九
九六年底的五十五個教委批准的院系和三十個未經教委認可的新聞系
科。據一九九七年十一月二十五日《人民日報》報導，全國各大專院
校已設有新聞專業一○八個，在校學生達到六一八六名。

　　除了數字上的增長，新聞傳播教育在教學性質和教學運行機制及
環節上也經歷了一些變化。從新聞傳播教育指導思想這一層面看，媒
介在市場經濟條件下逐漸商業化運作，對於把報紙僅僅看作是黨和國
家輿論工具這一傳統觀念提出了挑戰。隨著整個國家由蘇聯計畫經濟
模式轉向市場模式，媒介應爲公眾服務的功能重被提出並加以強調。

　　目前中國大陸的新聞傳播教育正面臨的困惑是：既不能完全照搬
適應媒介商業化發展的美國模式，也不能繼續採納傳統的過多強調政
治因素的蘇聯模式，那它究竟何去何從？

　　張咏女士認爲，目前中國大陸新聞院系課程設置，約有下列傾
向：

　　一、職業性技能，這些由美國新聞教育傳統所強調並植根於中國
早期新聞教育的方面，在目前課程設置中佔主要地位，同時加入了新
的技能以適應新的專業方向，如廣告學、公關學等。

　　二、愈來愈重視人文學科與職業培訓的綜合培養，培養目標絕非

是工多藝熟的新聞工匠，而是通過經濟、政治、社會等知識的學習提高他們的綜合素質，使之獨立思考，充滿創造性。

三、通過介紹國外特別是美國媒介體制和實踐狀況的課程，給學生更寬廣的視野，同時強調比較中西新聞思想和新聞體制的不同。

四、政治思想教育仍是必不可少的部分，反映了中共黨中央關注未來的中國記者的政治傾向問題。所有新聞系的學生必須學習馬克思主義原理等四門政治理論課，並且必須學習馬列主義新聞經典著作。

五、關於大眾傳播理論這一來自美國的研究成果，也被很多新聞院系納入課程設置，而傳統的新聞理論僅僅是基於馬克思意識型態指導下的新聞思想的闡述，當然大為不足。

第三單元

台灣新聞傳播教育的回顧與前瞻

台灣新聞傳播教育的發展

　　民國三十八年政府遷台，由於時間的倉促，大陸上許多著名的新聞科系皆未能隨政府遷台，但自民國三十八年迄今，台灣的新聞教育由於許多大專院校新聞傳播科系的設立，以及許多新聞界前輩倡導奉獻，而充滿蓬勃的氣象。新聞教育之所以會如此興盛，據徐佳士教授的看法，其主要原因是：

　　一、政府遷台後，台灣的整個教育環境有驚人的發展，新聞教育即為其中的一支，隨著大環境而大幅成長。

　　二、經濟的快速成長，促成了大眾傳播事業的發展，大眾傳播媒介增加後，需要錄用大批受過專業訓練的青年工作人員。

　　三、中國大眾傳播事業傳統上對新聞教育抱持有利態度，已接受新聞從業人員應在高等學府培植的看法。大眾媒介，尤其是報紙類，都優先錄用受過正式新聞教育的青年。

　　四、一些新聞界的前輩提攜後進，熱心參與新聞教育工作。

　　例如五○年代成舍我、曾虛白、謝然之、錢震、沈宗琳、歐陽醇等都熱心倡導新聞教育，對新聞教育貢獻頗多。

　　基於以上四點理由，台灣的新聞教育在民國三十八年起有了一個良好的開端；而後，在王洪鈞教授、徐佳士教授、歐陽醇教授、鄭貞銘教授、李瞻教授、于衡教授等人的承接下，台灣的新聞教育繼而蓬勃發展起來。

　　茲就目前台灣各大專院校新聞傳播系所成立的先後順序列述如下。

第一節　台灣新聞傳播教育的奠基時期

（民國三十八年至五十九年）

此一時期，台灣的新聞傳播教育初奠基礎，其重要發展分別敘述如下：

一、政治作戰學校新聞系：政工幹部學校於民國四十年七月成立，至民國五十九年十月三十一日，奉令改名為政治作戰學校；

二、政治大學新聞研究所：自民國四十三年十月招收第一屆研究生；

三、政治大學新聞系：民國四十四年在台恢復大學部；

四、國立台灣師範大學社會教育系新聞組：民國四十四年六月成立；

五、世界新聞專科學校：民國四十五年十月成立，分三年制與五年制，日夜間部。

六、國立台灣藝術專科學校廣播電視科：夜間部於民國五十二年春季成立，日間部於民國五十七年秋季成立，為三年制。

七、私立中國文化學院新聞系：於民國五十二年八月成立，夜間部新聞系於民國五十四年成立；

八、私立中國文化學院大眾傳播系夜間部：於民國五十二年成立。

茲分別敘述如下：

政治作戰學校新聞系

政治作戰學校原名政工幹部學校，民國四十年七月成立後，隨即於八月招生，十一月一日開學，第一期招收正科班（政治組）四百人及業科班（包括新聞、音樂、美術、戲劇與體育五組），而新聞組獨佔一百人之多，此為在台灣最早接受新聞教育的青年學生，情況最為艱苦。

此時的新聞組主任為謝然之先生，他奠定了幹校新聞教育基礎，在師資上，他延攬徐詠平、黃天鵬、曾虛白等擔任教授，邀請陶希聖、馬星野等專題演講；編輯人協會，國民黨中央黨部，台灣省新聞處對該系贈書甚多。

民國四十一年九月一日創刊油印的《海獅報》，每週出刊一次。

民國四十七年九月二十六日採訪金門砲戰新聞，徐搏九在料羅灣海面失蹤，成為政戰學校新聞組學生為新聞犧牲的第一人。

政戰學校新聞系是台灣第一個成立的新聞教育單位，其發展計分三個階段：

一、新聞組時期：自民國四十四年至四十六年，共辦了五期，修業一年半。

二、新聞科時期：自民國四十六年至四十八年，共辦了兩期，修業二年，計一百二十學分，具一般專科學校資格。

三、新聞系時期：自民國四十八年（第八期）至今，修業四年，計修一百六十一學分，與大學大致相同。

政戰學校與一大學新聞教育之最大不同點在於新聞專業課程外，

尚有入伍訓練與兵科教育兩個階段。此一時期的新聞教育因兩岸的戰事不斷，如一江山戰役、八二三炮戰、古寧頭大戰等。如何成為一個優秀的戰地新聞工作人員是在新聞組時期的新聞教育精神與重點；相對的，因軍事任務需要而時有時無，斷斷續續的新聞教育是當時的實際情形；「新聞訓練」的意涵大於「新聞教育」，當然「新聞精神及倫理」觀念的培訓也是一流的，造就了日後不少的傑出人才；首屆系主任是謝然之教授（民國四十至四十八年），然後由胡一貫教授接手（民國四十八至五十年）。繼之為林大椿、戴華山、祝振華、蔣金龍、劉建鷗等。

政治作戰學校原為兩年專科學校性質，自第八期改四年制，一切課程都以教育部課程標準為準則，畢業生由教育部授以文學士學位，同時國防部以中尉軍階派至軍中服務。

政治作戰學校因為是軍校，該校新聞系與其他學校的新聞系在成立宗旨上及課程設計上，有相當大的差異，課程重點主要是軍中新聞的專業部分。該系新聞專業課程可分三部分：

一、教育部規定的文學院必修課程；

二、教育部規定的新聞課程標準學分；

三、軍中新聞的專業部分，包括戰地新聞設計、大陸新聞及其對策、新聞攝影、速記、資料管理、演講技術、政治作戰概論及技能等。

政治作戰學校自民國五十二年起設立電台一座，即復興崗廣播電台，有固定編制及合法執照，是當時合法的電台之一，該電台可供學生實習。此外，政戰學校的《復興崗三日刊》增設英文週刊，提供學

生英文編採的能力。

該系也出版新聞學書刊，如：《報業管理》徐詠平著（民國四十四年一月）；《軍中新聞》漆高儒等著（民國四十四年十月）；《新聞寫作》林大椿著（民國四十五年四月）；《新聞文學》黃天鵬著（民國四十五年九月）；《新聞政策》徐詠平著（民國四十五年九月）；《新聞事業》唐際清著（民國四十五年十月）；《新聞評論》林大椿著（民國四十六年四月）；《比較新聞學》謝然之著（民國四十七年四月）；《公共關係》朱鶴賓著（民國四十八年十二月）；《分類編輯》彭思衍著（民國五十年五月）；《新聞概論》劉光炎著（民國五十年九月）；《大陸新聞及其對策》劉光炎著（民國五十年十一月）；《新聞編輯》洪士範著（民國五十一年五月）；《演講技術》蔣金龍等著（民國五十二年一月）；《民意測驗》黃宣威著（民國五十二年三月）；《新聞攝影》祁和熙著（民國五十二年五月）；《通訊事業概論》劉光炎著（民國五十二年五月）；《世界新聞史》吳驥著（民國五十二年六月）；《資料管理》戴華山著（民國五十二年六月）；《中國新聞史》馮愛群著（民國五十五年十月）；《新聞法規》陳皋著（民國五十七年一月）等。

此外，該系也翻譯國外新聞傳播學名著多種。

政治大學新聞研究所

民國四十三年政大復校，恢復研究部（教育、政治、外交、新聞）。新研所由政大前新聞學院副院長曾虛白主持；民國四十三年十月招考第一屆研究生。政大新聞研究所是自由中國設立新聞教育的第

一所大學，新研所則是國內研究新聞學的最高學府。

政大新聞所的教育宗旨在培養理論與實際並重的高級新聞人才：一、培養新聞理論人才及新聞教育師資。二、培養國際特派員。三、培養新聞事業高級領導幹部。該所的教育課程為修業二年，可延長一年，修畢須達三十學分，通過碩士論文，授與文學碩士。其課程分共同科目、專業科目及選修科目。

該所成立初期課程以研究為主，分為三類：理論部門，將傳播事業與政治、社會、經濟等各方面的關係及影響作分別或綜合性的研究；史法部門，探討本國與國際新聞史以及本國與國際新聞法；專題研究，深入探討傳播事業面臨的問題。自五十九學年度起採行新課程，於傳統課程外，增加如廣告、公共關係、太空傳播、國際傳播等新學科。

而在師資方面，除延聘國內碩彥及該所出國進修學成歸國的同學，講授專門學科外，並經常聘請外籍教授介紹新聞學的新知識，主要邀請美、日兩國學者，因為美國是新聞學的發源地，日本是新聞教育、新聞事業發達之鄰邦。當時延聘的美國教授有四十四年度的猶他大學(Utiversity of Utah)教授孔慕思(Calton Culmsee)，四十六年度的南伊利諾大學(Southern Illinoiis University)新聞學院院長郎豪華(Howard Long)，五十年度的南伊利諾州立大學教授葛迺敦(Charkc C. Clayton)，五十二年度的奧克拉荷馬州大學(University of Oklahoma)教授克賽(John Casey)，五十七年度的哥倫比亞大學(University of Columbia)新聞學院教授貝克(Richard T. Backer)及福斯德(John Foster)，五十八年度的哥倫比亞大學新聞學院教授喻德基，五十九年

▲作者訪紐約哥大新聞學院前院長貝克教授（曾在政大客座一年）。

▲作者（右）訪紐約哥大新聞學院，與喻德基教授晤談。

度的密蘇里大學教授繆里爾(John C. Merrill)和十年前曾執教該所的葛酒敦教授。應聘至該所的日本教授有四十八年度的日本東京大學新聞研究所首任所長小野秀雄，五十七年度的日本世論協會會長小山榮三。

　　當時到國外研讀新聞的學生不多，尤其攻讀博士者更少。延聘外國學者授課，帶來一些新視野，例如哥倫比亞大學教授貝克的「採訪寫作」，打破傳統方向，不強調技術層面，而是要學求注重社會問題，廣泛蒐集資料，增加報導的深度。

　　在此之前研究生的論文多為歷史性敘述，而當時為配合新的研究趨勢，改以問題探討為中心，並以研究方法為之，希望協助建立傳播理論，探求解決實際問題的途徑，或重新評價歐美大眾傳播學者所建立的新理論。

　　政大新聞研究所除了聘專任師資，邀請美日新聞學者及新聞事業家至該所授課外，自民國五十六年起，並出版新聞學研究及新聞學叢書。其重要者大約如下：在新聞學叢書方面，有《中國新聞史》，曾虛白等著（民國五十五年四月出版）；《世界新聞史》，李瞻著（民國五十五年五月出版）；《新聞原論》，程之行著（民國五十七年四月出版）；《美國報業面臨的社會問題》，貝克博士演講，朱立、潘健行等譯（民國五十八年五月出版）；《報業自律比較研究》，李瞻著（民國五十八年五月出版）；刊物方面，有《新聞學研究(一)》，（民國五十六年五月出版，年刊）；《新聞學研究(二)》，（民國五十七年五月出版，年刊）；《新聞學研究(三)》，（民國五十八年五月出版，年刊）；《新聞學研究(四)》，（民國五十八年十二月出版，半年刊）；

《新聞學研究(五)》，（民國五十九年五月出版，半年刊）；《新聞學研究(六)》，（民國五十九年十二月出版，半年刊）。

民國四十五年七月，該所第一屆畢業生曾至日本參觀，次年並出版《近代日本新聞事業》一書。歷年畢業生有姚朋、李瞻、荊溪人、張宗棟、祝基瀅、石永貴、鄭貞銘、張作錦等。

政治大學新聞系

政大於民國四十四年恢復大學部，設有教育、外交、政治、新聞、邊政五系。

新聞系恢復時，由新聞研究所主任曾虛白兼任系主任，次年由謝然之擔任，民國四十九年由王洪鈞接任，五十六年底由徐佳士繼任。復校之後的政大新聞系，初隸法學院，學生於四年內修畢一百四十二學分，授與法學士學位。民國五十八年八月改隸爲文學院，畢業授與文學士學位。民國五十七學年度改行新課程，畢業學分提高爲一百五十七學分。

政大復校初期，可說是篳路藍縷。民國五十一年新聞館落成，並因校方的支持及業界的贊助，設備逐漸充實，新聞館除系所辦公室外，其設施均爲研究教學之用，主要有禮堂、新聞歷史博物館、中外報刊陳列室、民意測驗部、攝影部、圖書室、縮影照像室等及實習報紙、實習廣播電台、實習閉路電視台等。

該系爲提高學生語文能力、擴大知識基礎、培養專門記者，從五十九學年度，自一、二年級實行新課程計畫，畢業學分由原來的一百四十二學分增爲一百五十七學分。

該計畫突破傳統新聞課程的巢窠，具有特別的意義，其特點約如下述：

一、新課程加強語文教育

在二年級增設八學分的「現代文選」，分兩組教學，由授課教師帶領學生閱讀當代名著書籍，讀寫並重。三年級的「新聞英文」由選修改為必修，以增加學生的英語能力。「採訪寫作」由兩組改三組，採小班教學以增加效率。而在社會科學方面，將政治學、經濟學、社會學、心理學、社會心理學、民法、刑法、地學通論改為必修。

二、增設副科（也稱「集中選修科」）

共設政治學類、法律學類、經濟學類、國際關係學類、企業管理學類，學生必須依其興趣集中選修一類，從事較專精的研習，至少須滿二十學分。當時新課程計畫視政大科系的發展，再增加「自然科學類」，以培養科學記者。

三、減少新聞專業必修科目

該課程計畫增加了副科，卻減少了新聞專門必修科目，主要是因過去新聞專門必修科目過分繁雜且互相重複，故以精簡原則處理。新聞專門科目雖然減少，但畢業學分由原來的一百四十二學分增為一百五十七學分，其中基本文史及社會學科共八十二學分，在一、二年級修完；新聞學科共五十五至五十九學分，於一至四年級修畢；新聞學科以外的集中選修學科二十學分，於三、四年級修畢。

四、實習制度：一般實習、畢業實習

政大新聞系注重學生的實習課程，欲將理論與實務結合，並培養學生「從做中學」。

一般實習包括：

（一）《學生新聞》週刊，由該系三年級學生輪流負責編輯、採訪、校對、廣告、發行等工作，每人實習兩個月，每週出版一期。

（二）《政治前鋒報》(Chengchi Vanguard)，這是與中央社英文快報形式相仿的英文月刊。由新聞系習四年級英文組學生擔任編輯、採訪、校對、發行等工作，配合新聞英文課程的教學。

（三）中央日報木景區採訪小組，由四年級學生負責木柵與景美地區的新聞採訪，再送中央日報採訪組使用，每人實習兩個月。

（四）廣播電台及閉路電視台，由四年廣電組學生擔任節目製作，並在每日中午二至四時向外播出，閉路電視則僅在攝影棚操作，不對外播放。

（五）新聞攝影，讓選修「新聞攝影」的學生可使用攝影部的設備。

校外實習則是從五十九學年度起，應屆畢業生的校外實習就改在寒假期間舉行，學生依其興趣選擇可供實習的二十五所大眾傳播事業機構之一，實習一個月。當時提供實習的單位有中央通訊社、中央日報、聯合報、經濟日報、中國時報、中華日報、新生報、大華晚報、英文中國郵報、國華廣告公司、臺灣廣告公司、中華傳播事業公司、國際工商傳播公司、泛亞廣告公司、現代關係社、華商廣告公司、達達電視電影公司、教育電視台、光啓社、中國廣播公司、中央廣播電台、中國電視公司、正聲廣播電台、國際關係研究所、東方廣告公司等。

政大新聞系獲新聞事業機構及私人的資助，當時有十三種獎學

金，包括新聞事業獎學金、徐摶九獎學金、于右任獎學金、趙君豪獎學金、錢震新聞獎學金、卜少夫獎學金及包喬齡獎學金、張獻勵獎學金等。

　　有關政大新聞系的教育理念，曾任系主任的謝然之教授曾在該校新聞館落成紀念刊中有這麼一篇激勵學生的話：「政大新聞系在中國新聞教育史上曾經有著優良的傳統，我們教育目標是培養眞誠純潔的青年，成爲大公無私，盡忠職守的新聞記者，我們以追求眞理與事實來建立公正的輿論，爲服務社會而不斷努力。」

▲政大復校第一、二屆新聞學系學生（中爲謝然之、錢震、王洪鈞，後排左六爲作者）。

　　政大新聞系在台復校後的歷屆畢業生有林秋山、鄭貞銘、石永貴、潘家慶、陳啓家、張作錦、鍾榮吉、汪萬里、石敏、黃肇松、林

懷民、曠湘霞、王力行、汪琪、林懷民、黃年、鄭瑞城、陳國祥、李四瑞、陳世敏、郭岱君等，遍布國內外新聞傳播界與教育界，貢獻良多。

國立台灣師範大學社會教育系新聞組

國立台灣師範大學社會教育系設立於民國四十四年，創辦之初，系主任由教育學院院長田培林兼任，次年八月改由教授孫邦正接任，五十八年孫邦正升任教育學院院長，仍兼任該系系主任職務。

師大社教系設立的目標，在以嚴格的教育訓練，培養社教人才。為配合社會教育的實際需要，該系特別注重社會教育理論與實務的研討，同時在第二學年起實行分組，新聞組注重新聞事業的經營與改進，旨在培養「具有教育觀點的新聞記者」，而以大眾傳播為社會教育媒介，教育社會大眾。

該系為發揮新聞事業的教育力量，該組的課程除注重新聞編輯、採訪寫作、報學經營與發行為新聞學專業課程外，還特別注重教育學科與社會教育的專業訓練，例如「比較社會教育」、「社會教育行政」及「普通教學法」等，又如「學校新聞」是講授學校內的溝通、師生及同學關係溝通及校刊編輯等內容。

師大學生修業年限為五年（包括實習一年），而師大社教系學生於第四年下學期須在各新聞機構實習，每週十二小時，共六學分。至於校內實習，有實習報紙《社會教育》，由學生負責編輯採訪、校對、發行等工作。

該系獎學金，自五十七學年度起由中央通訊社、中央日報、中國

時報、中華日報、聯合報、臺灣新生報、臺灣新聞報、大華晚報及民族晚報等九個新聞機構捐贈獎學金。五十九學年度起，增包喬齡獎學金。

該系新聞組在民國五十年一月十日發行《社會教育》月刊。

師大社教系共分三個組：圖書館組，強調科學管理、推廣服務；社教組，強調特殊教育與社會服務；新聞組，強調新聞專業經營與改進。由於三組間部分課程可互選，並增多學生聽講之機會，以擴大知識與視野。

新聞組學生並成立「師大新聞學會」，是學生聯誼組織，也是研究新聞學術中心。四十八年六月五日創刊新聞學報，此學報是學生研究新聞學術及發表著作的園地。民國四十九年十二月由孫邦正、趙元培、歐陽醇等三十多人舉辦「社會新聞專題研究座談會」，討論社會新聞對社會之影響等，頗有正面功能。

該系歷年之畢業生有黃肇珩、施克敏、楊月蓀、葉耿漢、陳德仁、林章松、楊士仁、李清田、吳顯申、顏文閂、黃寬、蔡文怡、林東泰、陳婉貞、沈靜、李蜚鴻等，在新聞界與教育界頗稱活躍。

師大之三研所亦有有關傳播之研究。民國八十八年呂傑華於師大三研所以「孫中山與傑弗遜之傳播思想」，在鄭貞銘教授指導下獲博士學位即其一例。

世界新聞專科學校

世界新聞專科學校初期學制分三年制及五年制，三年制招收高中畢業生，修業年限三年；五年制招收初中畢業生，修業年限五年，通

稱新聞科。至民國五十一年，爲適應新聞事業及學生個別需要，分設報業行政、採訪編輯、廣播電視三科。五十二年增設公共關係科，五十三年增設圖書資料科，五十五年增設電影製作科，五十八年增設印刷攝影科，共七科。五十三年時，該校爲實施大學擴充教育，增設夜間部，比照三年制專科辦理。

五十二年時，該校呈請教育部改制爲世界新聞學院，但並未核准，直到民國八十年才完成改制。五十七年，該校創辦人成舍我經董事會同意，將該校資產全數捐組財團法人，登記爲「財團法人私立世界新聞專科學校」。

該校創校目的在培養「德智兼修，手腦並用」的健全新聞人才，其教育方針爲理論實際兼顧，學術與技術並重，因此課程內容除講授理論外，特別注意實習，其實習制度包括校內實習及校外實習。

校內實習，各科學生逐年有實習課程，三年制從二年起實習，五年制從四年級起，學生須分別在該校所設置的實習場所實地實習。如報業行政、編輯採訪、印刷攝影三科，在印刷實習工廠編印《小世界》週報；廣播電視、電影製作兩科，則在世新電台、閉路電視台電影電視攝影棚及小劇場；圖書資料科利用該校圖書館實習。而公共關係科，則是經常舉辦民意測驗及市場調查，將課堂所學實際運用。校外實習，在畢業最後一學期，依各科性質至各新聞傳播機構實習，如報社、電台、電影製片廠等。

該校爲配合教學需要，出版相關課程書刊，統稱「世新叢書」，如《新聞採訪學》朱虛白著，《電台工程》張樹暢著，《公共關係與企業管理》梁在平著，《生物學概要》曾省齋著，《政治學新解》蔣

勻田著，《會計學》韓鏡良著，《法學通論》孫致中著，《世界近代史》許孝炎著，《中國近代史大綱》沈雲龍著。

世新創辦人成舍我，是我國名報人，主持校務以實幹、苦幹著稱，為世新開創了新的校風。

綜合上述，可知此一時期正是大陸失守，政府遷台之初。當初的時空背景可以說是居處於混亂與動盪之局。民國三十八年到四十年這兩年的時間，新聞傳播教育呈現真實狀態。民國四十年七月政治作戰學校（原政工幹校）成立了新聞學系，雖其培養的新聞人才有其特殊目的——成為軍中文宣人才及負責軍中新聞傳播機構的記者（例如當時的《青年戰士報》、軍中廣播電台……等等），但卻是開始國內新聞傳播教育的發跡點，進入了萌芽階段。

民國四十三年及四十四年，政大恢復了研究所及新聞系的招生，以及師大社教系的新聞組成立，加上後來世界新聞專科學校於民國四十五年十月成立後，才見到國內的新聞傳播教育漸漸活絡起來。

我們可以說，此階段是處初肇創立的耕耘時期，新聞實務界的先進人士如曾虛白、謝然之、成舍我等，自然成為新聞傳播教育的學校所網羅的對象，而這些先進在新聞傳播實務界及教育界正是扮演重要角色的雙重領導者。初期各所學校有關新聞科系的設立開辦，無不是由這幾位前輩們一手設計或協助規畫完成的，並維持了很好的優良傳統。

國立台灣藝術專科學校廣播電視科

民國五十二年，國立藝術專科學校因應政府及社會大眾傳播事業

的需要，發展廣播電視教育，培植廣播節目製作與工程技術的專門人才，設立廣播電視科夜間部，聘請教育電視台台長劉家駿爲科主任。

廣電科初分節目及工程兩組，但當時經費不足，因此實習課程多借用教育電視台的設備。五十七年，廣電科日間部成立，依據歐美有關廣電科系課程，修訂課程標準。

該科於五十八年停收夜間部工程組學生，此時該科獲建電視攝影場及廣播電台，教學窘況得以改善。

該校於民國五十九年成立國藝之聲廣播電台、國藝電視台、《國藝新聞月刊》，供學生實習。廣電科學生在畢業前，也被派至各傳播機構實習一個月。

中國文化學院新聞系

中國文化學院新聞系於民國五十二年八月成立，創辦人兼首任系主任謝然之任職教授三年，民國五十五年，由原執行秘書鄭貞銘教授繼任。

該系課程採中外著名新聞學府之所長，課程以理論與實際配合，而略偏重實際運用。在師資方面，邀請國內知名學者與新聞事業家任課。

爲改革教學內容，學生依志願分爲編採組、廣電組、報業行政組、新聞英語組與公共關係組。該系在民國五十四年九月一日發行《文化一週》，是該系學生的實習報紙，由三年級學生負責編採；此外，二年級學生負責校刊《華岡通訊》(民國五十七年十月十日改名為《華夏日報》；五十八年三月二十六日改為《華夏導報》)。此外，學生在

第四學年下學期，依其志願，至各單位實習一個月。當時優秀的學生經師長推薦可至美國密蘇里新聞學校攻讀碩士學位，如李濤、湯健明等，為當時新聞教育的一大創舉。

該系經常邀請國內新聞教育家、學者及新聞事業家，以餐會方式解答學生問題。同時，每年並舉行一次懇親會，且由師長做不定期的家庭訪問，以增進家長與學系間的瞭解。

該系設有多種獎學金，如新聞事業獎學金、陳布雷獎學金、錢震獎學金、趙君豪獎學金、校友獎學金、文化學院獎學金、范鶴言太夫人獎學金、謝然之教授創系獎學金等。

該系先後發行的書刊有《新聞學叢論》謝然之著（民國五十二年十月出版），《報學論集》謝然之編纂（民國五十四年十一月出版），《報壇、報人、報事》閻沁恆等著（民國五十七年九月出版），《新聞學雜誌》發行人鄭貞銘（民國五十九年九月一日創刊，每年四期）。

此外尚有《文化一周》、《攝影報導》、《英文文化一周》等實習刊物。該系歷屆畢業傑出校友有潘健行、高信疆、簡武雄、李廣淮、賴金波、李濤、周荃、張逸東、方蘭生、莊松旺、宋晶宜、歐陽聖恩、鐘國慶、沈智慧、趙良燕、翁重鈞、陳剛信、羅文坤、陳長華、歐陽之美、湯健明、黃葳威、錢士中、蔣安國、鄭植榮、郭勝煌、洪玉鳳、嚴伯和等。

中國文化學院夜間部大眾傳播系

中國文化學院大眾傳播系成立於民國五十二年，是國內首創，課程標準參考美國西拉卡斯大學及波士頓大學大眾傳播系，並就我國目

前廣播、電視、電影界的實際需要加以增減，畢業生授以文學士學位。當時該系學生並與中影及聯邦影業公司合作，拍攝紀錄片電影；該系且發行大眾傳播雜誌，刊載各地學人在該系的演講記錄及學生研究心得。該系首任系主任為龔弘，後由毛樹清、楚崧秋、方蘭生等繼任。

社會新聞教育

除了正規的新聞教育學府之外，坊間的社會新聞教育也很發達，其中成績較顯著者如下：

一、中國新聞函授學校

民國四十二年成立，該校以通訊方式授課，遴選教授、專家、作家、記者編授課本，由學校按各班實際情形寄發，更有課外寫作，學生需自行撰寫短評、特寫、專訪寄校評改。除了台灣地區之外，也有華僑青年參加。

二、新聞講習班

台北市新聞記者公會主辦，於民國四十六年成立，由當時新聞記者公會理事長曾虛白兼任班主任，並邀請新聞界名流做專題演講，先後受邀的演講者有陶希聖「新聞感與新聞眼」、馬星野「新聞與宣傳」、沈錡「新聞記者對五二四事件的認知」、曾虛白「何謂民意」、陶百川「專欄寫作經驗談」、謝然之「近十年來新聞學研究的發展」、錢震「了解讀者」、王洪鈞「大眾傳播學」、冷楓「新聞記者的基本條件」、周培敬「通訊社新聞的編輯」等。

三、英文新聞研習班

美國南伊利諾大學新聞系主任朗豪華博士於授課之餘舉辦英文新聞講習會，邀請台北外事記者參加，修課程給予學分，視同南伊大夜間部在海外之機構，參與講習之學員數人曾獲南伊大獎學金，入新聞研究院繼續深造。

郎教授所主講之課程分為兩學期：第一學期為「英文新聞報導與特寫之研究」，第二學期為「美國報刊社評寫作之研究」。當第二學期結束時，講習會曾假教育部禮堂舉行結業禮，授與畢業證書。

第二次英文新聞講習班為英文中國郵報所主辦，該報社長余夢燕女士為訓練英文新聞寫作人才，以加強國際間的新聞報導，並增進國際間對我國的認識，特於五十年春成立「英文新聞研習班」，英文中國郵報於民國五十年成立，旨在訓練英文新聞寫作人才，成績優異者中國郵報酌予錄用。

研習班平日上課以英文為主，訓練的目的在求理論與實際的密切配合。因此，在教室中固然著重於編輯、採訪和寫作的理論探討，同時更著重於實際的訓練，包括實際採訪及寫作。

縱觀從民國三十八年至五十九年，台灣新聞教育雖屬奠基階段，但卻表現出頗多革新的方向，茲敘述如下：

一、增設新課程

在此一階段，各校新聞傳播科系幾乎都增加新課程，例如政大新聞研究所及新聞系，分別採行新課程標準，舉例而言，如政大新聞系增設「現代文選」，以加強學生語文能力、文史哲素養；此外，新聞專業科目不增反減，增設「集中選修科目」使學生鑽研自己有興趣的領域，更對日後投身新聞業奠立基礎及深度，具有特別意義。

　　另一個趨勢是，當時許多學校在傳統新聞專業課程外，增設如廣告、廣播電視、公共關係等新興課程，政大新聞研究所、新聞系、世新、文化新聞系等校都開設了相關課程。

二、分組教學

　　政大新聞系分編輯與採訪、廣告公關、廣播電視、英文新聞四組；文化新聞系則除上述四組外，另增報業行政組；世新則是一年級即分報業行政、編採、廣電、公共關係、電影及印刷、圖書資料等組，以因應日後新聞傳播業多元化的發展，培養各領域人才。

三、注重實習

　　各校皆重實習制度，學生除了在校有實習報紙、實習廣播電台及電視台、攝影廠、印刷廠等設備外，還利用寒暑假至各新聞傳播機構實習，期能將理論與實務結合。

四、與國外的交流

　　政大新研所邀請美、日兩國學者來台授課；文化新聞系則與美國密蘇里新聞學院交流，該系優秀學生可至密蘇里新聞學院攻讀碩士學位；因此擴大台灣學生的視野，豐富本地教育的內容。

五、擴充設備

　　各校盡量擴充設備，如攝影部、實習電台、實習電視台、圖書館等，以供教學之用。

六、出版書刊

　　政大新聞系、政治作戰學校、世新、文化新聞系等校，皆出版新聞傳播書籍，這些書籍是作者智慧的結晶，同時更能配合教學之用。

　　綜合上述，可見其民國四十三至六十年間，在復國建國的信念之

下，對於新聞事業的貢獻及研究，由新聞教育的根本開始，對我國傳播研究提供寶貴的新血輪，且能在當時擔當起「為民前鋒」、「喚起民眾」的神聖使命，以訓練實幹苦幹之新聞基幹人才，培養學術基礎，尤其重視修養與德行之陶冶。

這段期間的新聞教育理念，有許多是值得現今傳播學業界重視的，譬如：

一、注重學生文、史、哲的修養

過去，學校都重視學生的文學修養以及寫作能力，而現在的傳播教育，比較不重視這方面的培育，反而比較注重新科技的發展，這也許和整個時代背景有著密切的關係，不過，從現在的印刷出版品可得知，現在的新聞從業人員大體來說，文字功力都沒有過去來得洗鍊，這也許就是現今忽視文、史、哲修養的結果吧。

二、重視新聞道德及倫理

在當時的新聞教育除了多注意學生寫作的能力之外，對於新聞道德及倫理也相當的重視，因此，當時的新聞內容多是中規中矩，鮮少出現所謂的反常新聞。反觀現在的傳播界，煽色新聞當道，各家為爭取獨家及收視率（或閱報率），毫不注重新聞道德及倫理，這種亂象，實為因現在的新聞育沒有過去那樣注重新聞道德與倫理之故。

此外，過去的新聞從業人員多以國家或社稷利益為出發點，在報導或文章寫作上，多以導正世俗歪風為職志，但現今的傳播業者卻反其道而行，尊崇個人表現且以收視率為第一標竿。

三、強調學界與業界合作交流

過去新聞學界及業界有一致的目標，希望培育出適才適用的新聞

傳播人才，且制訂有一系列校內、校外的實習課程，不僅在新聞專業科目上多所要求，透過業界的學長姐指引帶領，讓在笑聲能充分領略新聞工作的甘苦，並且不定時舉辦講座，溝通意見和經驗交流，對於畢業生進入實務界有相當助益。

第二節　新聞教育座談建立共識

此一時期另一樁可述的新聞教育大事，則為中國史上第一次大規模召開的新聞教育座談會，在民國五十二年五月十二日舉行，地點在國立政治大學圖書館，由政治大學新聞系所主辦，性質屬於全國性的新聞教育座談會。

當天與會的人士包括新聞界與新聞教育界人士如董顯光、蕭同茲、程天放、成舍我、王惕吾、余紀忠、謝然之、曹聖芬、蕭自誠、魏景蒙、黃天鵬、陳固亭、李漢儀、葉明勳、夏曉華、洪炎秋、蕭濤英、王家棫、黃遹霈、余夢燕、趙君豪、沈宗琳、侯斌彥、胡傳厚、陸以正、丘正歐、徐佳士、朱謙、李瞻、鄭貞銘等數十人。

當天的座談會在政治大學劉季洪校長致開會詞後，即由政大新聞研究所所長曾虛白主持會議，新聞系主任王洪鈞作簡單報告。

劉季洪校長在會議開始，就以謙虛而又真誠的態度表示了他的看法。他說：「新聞教育在大學教育中佔有很大的地位。我是學教育的，過去我認為師範教育很重要，但是現在我的觀念已經有了改變，我覺得新聞教育異常重要。新聞教育走上大眾傳播階段以後，傳播效

力日廣，而大眾對傳播事業的依賴及信託亦日甚一日。因此，如何使
新聞所系的學生能接受如師範學院一樣嚴格的訓練，以造就國家社會
最需要和最理想的新聞記者，最為重要。」

時任考試院副院長的程天放，以政大第一任新聞系主任的身分致
詞。他表示，新聞學之觀念已與二十年前迥異，新聞學系的課程應以
語文訓練、社會科學知識與新聞道德之陶冶為重點。他主張應隨時檢
討新聞教育內容，以適應時代需求。

曾任駐美大使的董顯光則建議新聞教育應為學生出路著想。他建
議政府各機構應設立公關聯絡員，以擴大政府公共關係的功能。他同
時建議編訂新聞系的課本。

時任教育部高教司長的姚淇清曾在會中表示，新聞學如無其他學

▲政大慶祝第三十四屆校慶舉辦新聞教育座談會。第一排右起王洪鈞、羅孟浩、丘正
歐、蕭自誠、程天放、劉季洪、董顯光、蕭同茲、姚淇清、謝然之、黃天鵬等。

科作基礎則空洞無物，他對新聞教育持懷疑的態度。中央社時任管理委員會主任委員的蕭同茲則反駁這種看法。他認爲這是二十年前的舊觀念，而現代的新聞記者必需接受現代嚴格的新聞教育。

中國國民黨中央四組主任曹聖芬在會中特別主張加強新聞道德教育，以過去報人的奮鬥成功史實，來啓發學生的奮鬥決心。曹聖芬並建議精縮新聞專業課程，以免浪費學生時間，例如有新聞編輯，又有分類編輯，難免有架床疊屋之嫌。

時任新生報社長的謝然之則認爲，報人與報業奮鬥史的內涵已包含在新聞學與新聞史的課程之中，這是教學內容與方法的問題，不是課程設計的問題。他主張，新聞系的訓練與其求量的發展不如求質的改進，他同時建議新聞所系的分工。新聞系是一般編採人員的養成，而新聞所應是將帥之才的培養。

時任徵信新聞報發行人的余紀忠，則建議新聞教育應考慮學生的出路，他並建議政大辦新聞訓練，以現行新聞界從業員爲對象，以提高新聞界的素質，並擴大政大對新聞界的貢獻。

余紀忠特別主張培育新聞系學生有揭發社會黑暗面的勇氣，並有反抗傳統性的精神。

魏景蒙先生則在會中呼籲政大要重視新聞改寫人(Rewriterman)的訓練。

黃天鵬先生則主張新聞教育應有中心體系，其中應該包括三方面：一、中國語文的訓練，二、歷史的知識，三、新聞倫理觀念。

陸以正先生則建議新聞學系生來源，除了考試之外，也應該有甄選的制度。

　　綜合此次新聞教育座談會所得的結論，大致可歸納爲六大部分，計爲：

　　一、一般部分：

　　(一)新聞教育應配合新聞事業的需要；

　　(二)新聞教育應配合國家的需要；

　　(三)新聞教育應注重質不重量；

　　(四)新聞教育內容應不斷檢討改進，因應傳播之發展。

　　二、課程部分：

　　(一)新聞專業科目及學分不宜超過全部必修學分的三分之二；

　　(二)重視人文及社會科學之基本科目，尤以本國及外國語言最爲重要，歷史亦然，不應低於百分之四十；

　　(三)專業科目應重視採訪、寫作及編輯，新聞史。

　　(四)專業科目應在四年級分組實施，配合各類新聞傳播事業之需要，尤以廣播電視爲然。

　　三、道德部分：

　　(一)新聞教育必須重視學生高尙品格之培養；

　　(二)新聞教育應引導學生重視國家利益；

　　(三)新聞教育應重視法律知識，特別是誹謗法，以維護個人權益；

　　(四)新聞教育應重視學生社會責任心之培養，尤其是揭發社會黑暗、促進社會改革。

　　四、語文部分：

　　(一)中文寫說能力必須通達流暢；

(二)外國語文應修兩種或兩種以上。

五、新聞研究所部分：

(一)新聞研究所課程與新聞系應各有宗旨，不宜重複；

(二)新聞研究所應重視理論人才與言論人才之培養。

六、其他部分：

(一)應編著出版一整套教科書，供新聞系學生使用；

(二)應與新聞業界合作，提供在職教育；

(三)應鼓勵新聞系學生閱讀大量之課外書籍，拓展知識基礎。

　　上述新聞學界與新聞事業界人士的綜合高論，實已為台灣初期的新聞傳播教育指引出正確的方向。這次研討會的影響是深遠的。

　　此外，從本階段研究生論文的取向，亦可看出當時台灣新聞傳播學術研究的特色。

　　一、歷史與演繹式的研究方法漸由量化的方法所取代，內容分析與調查式的研究日受重視。

　　二、專業技術的研究逐漸為企圖建立理論的研究所取代。

　　三、在台灣環境中重複美國的研究，以圖重估美國學者的發現。此外，值得一提的是，此一時期的政府與執政的中國國民黨也已體會到傳播研究的重要性，便與其他機構委託政治大學新聞所系做專題研究，研究的範圍相當廣泛，包括閱聽人研究、控制研究、效果研究、傳播內容分析、大眾傳播與投票行為及說服技術研究等。

第三節　台灣新聞傳播教育的發展時期

（民國六十年至七十九年）

蓬勃發展的新聞學府

台灣新聞傳播教育，在民國三十八年後，經有關人士的努力耕耘，雖奠定良好的基礎，但也面臨諸多困難。譬如：

一、專任教師的不足，在大部分新聞教育機構中，兼任教師永遠多於專任老師。

二、經費的缺乏使設備的擴充無法與學生的增加相配合，廣播與電視實習設備的欠缺尤為嚴重。

三、集中權力式的國家教育制度，使各校課程不能作機動靈活的發展與改進。

四、合格研究人員與經費都短缺，研究的品質難以提高，過渡期的社會環境也不利傳播研究的進行。

五、新聞教育數量擴充太大，畢業學生出路問題有日趨嚴重的跡象。

新設院校雨後春筍

台灣新聞傳播教育之發展之雖有上述困難，但新院校的創設仍持續不斷，其中重要者如：

一、輔大日間部大眾傳播學系（民國六十年）。

二、輔大夜間部大眾傳播學系（民國六十一年）。

三、世界新聞專科學校觀光宣導科（民國六十五年）。

四、文化大學新聞研究所新聞組由哲研所改為政研所（民國六十九年）。

五、私立淡江大學大眾傳播系（民國七十二年）。

六、輔仁大學大眾傳播研究所碩士班（民國七十二年）。

七、政治大學新聞研究所博士班（民國七十二年）。

八、中國文化大學造紙刷研究所（民國八十四年改名為印刷研究所）。

九、政治作戰學校新聞研究所（民國七十三年）。

十、中國文化大學新聞研究所（民國七十三年）。

十一、輔仁大學大傳系實施分組教學（民國七十三年）。

十二、中國文化大學廣告系（民國七十五年）。

十三、政治大學廣告系（民國七十六年）。

十四、政治大學廣播電視系（民國七十七年）。

十五、文化大學成立新聞暨傳播學院，由原社會科學院改制（分設新聞研究所、印刷研究所及新聞、廣告、大眾傳播、印刷傳播四系，民國七十八年）。

十六、政治大學成立傳播學院（分設新聞研究所及新聞、廣告、廣播電視三系，民國七十八年）。

十七、銘傳商專改制為銘傳管理學院，設立大眾傳播系（民國七十八年）。

　　上述新院校傳播科系的發展，使台灣的新聞傳播教育達到空前逢勃的階段。在此期間，我國的新聞傳播教育無論在硬體設備、課程內容、教材更新與師資陣容上，都獲得大幅度提升；而新聞教育與新聞媒體間的合作，也獲得空前進展。

　　就此一階段成立的學校傳播科系而言，重要者約如下述：

一、中國文化大學印刷研究所

　　（一）成立時間：民國七十二年成立的造紙印刷研究所，原隸屬該校工學院，八十四年更改名稱爲印刷研究所，並改隸屬新聞暨傳播學院。首任所長爲李興才教授，目前所長爲魏裕昌教授。

　　（二）教學目標：培養印刷理論與實務人才。

　　（三）課程：本課程規畫，爲印刷傳播業培養中、高級生產、經營管理及研究發展人才而設計。

　　（四）未來發展計畫：培養生產、管理、研究之高級人才。

二、中國文化大學新聞研究所

　　（一）成立時間：由於文大新聞系辦理的成績卓著，乃於七十三年創立新聞研究所，首任所長爲鄭貞銘教授，目前所長爲沈慧聲。

　　（二）教學目標：創立符合中國文化傳統之新聞暨傳播理論體系，以養成專業與高深學術並重之新聞暨傳播人員，培養政治溝通、國際傳播及新聞事業人才。

　　（三）課程：教學方針以傳播理論及新聞實務並重，期以作育學術研究及實務工作的人才。

　　（四）在職招生：由八十年度開始，每年以五個研究名額供在職新聞人員攻讀學位。

（五）實習環境：實習活動分爲三大項——刊物指導、媒介實習、擔任新聞暨傳播學院之各系助理。

（六）建教合作：不定期舉行座談會，邀請專家、學者演講，並自七十八年起，承接委託的研究計畫，曾召開全國性「建立中國化新聞暨傳播理念體系與教育制度學術研討會」。

（七）今後發展計畫：1.分組2.成立博士班3.設立研究中心。

三、中國文化大學廣告系

（一）成立時間：本系成立於民國七十五年八月，爲國內大學第一個廣告系，推動成立者，爲鄭貞銘教授，出任系主任者包括潘健行先生、簡武雄先生、羅文坤先生，現任系主任爲劉建順副教授。

（二）教學目標：重視廣告專業技術與人文精神之培育，擴大並加強行銷學與傳播學之交集，擴展廣告新領域。

（三）課程：本系課程採不同年級的分級計畫，以培訓學生生涯發展所需知識與能力。一、二年級課程奠定學生廣博的社會科學知識，三年級加強廣告專業教育，四年級則綜合三年所學，開設廣告個案研究及畢業實習，使學生具備深造的基礎。

（四）未來發展計畫：1.未來五年之發展計畫，2.未來五年研究之主要課題，3.成立廣告學研究所。

四、中國文化大學新聞暨傳播學院

成立時間：民國七十八年八月由原社會科學院改制成立新聞暨傳播學院，爲國內各大專院校中第一個成立的新聞暨傳播學院。該院前身爲社會科學院，院長爲鄭貞銘教授，改制新聞暨傳播學院後院長由王洪均、馬驥伸先後出任。鄭貞銘教授於八十八年舉行的世界中文傳

媒學術會議頒領「新聞教育終身成就全碑獎」榮譽。

五、輔仁大學大眾傳播研究所

（一）成立時間：輔大大傳所於民國七十二年八月成立，首任所長為趙振靖神父，以後由皇甫河旺、李天鐸、林靜伶、關紹箕等相繼出任。

（二）教育目標：首重培養學生對媒介創製系統與訊息傳播模式的理解，進而期使學生能就媒介與社會大眾互動所成的文化現象，作批判省思與深度研究。

（三）課程：大傳所之課程計分兩類：1.必修科目；2.選修科目。

（四）學術研究：1.專題研究；2.學術研討會。

1.民國七十七年十月，「電影電視錄影學術研討會」，主題為「邁向影視錄統合的時代」。

2.民國七十九年四月，「電影電視錄影學術研討會」，主題為「銀幕與螢幕：東西影像文化的探索」。

（五）傑出校友：有尹文博、許順成、游其昌、董素蘭、辛悅台、張源齊、黃志全、吳淑俊、黃芊民、陳夢梅、謝錦芳。

六、輔仁大學大眾傳播系

（一）成立時間：民國六十年八月成立，自民國七十年起，招收雙班。七十三年開始實施分組教學，七十五年八月，調整分組教學名稱為新聞、廣播電視、廣告三組。今後將分別設系並成立學院。

（二）教學目標：學生分組教學的重點如下：1.新聞組：為傳統傳播教育之基礎。2.廣播電視組：以電影、電視、錄影為教學重點。3.廣告組：因應社會日益迫切需要，培養廣告、公共關係、行銷企畫

人才。

（三）課程：各組依其需要，除必修規定外，學生必須選修各組所規定的課程。

（四）實習報刊：實習報刊有社區雜誌《新莊報導》雙週刊，四開一大張。

（五）發展計畫：將現行分組教學申請改為新聞學系、電影電視錄影學系及廣告學系，並成立大眾傳播學院。

七、銘傳大學傳播管理研究所與大眾傳播學系

（一）成立時間：自民國六十九年成立，至民國七十九年八月，銘傳商專升格為銘傳管理學院，原大眾傳播科也升格為大眾傳播系。該校並首創傳播管理研究所，由楊志弘出任所長。

（二）教學目標：在於培養理論實務兼具的大眾傳播工作者，因此在教學上的主要特色是理論和實務並重及專業化的教學環境。

（三）課程安排：大學前二年的課程以大眾傳播基礎專業課程為主，後二年則以「專業課程」與「專業選修」為主。

（四）實習環境：1.銘報新聞；2.傳莘；3.大專人；4.銘傳一週；5.銘傳電視台；6.銘傳廣播電台。

（五）建教合作：目前進行中的建教合作對象有《卓越雜誌》、《廣播月刊》、《商業周刊》、精英、楷模、汎宇公關公司、中視、正聲、幼獅、復興廣播電台、林納里奇廣告公司、騰躍科技公司、迪茂直效直銷公司等。

（六）銘傳大學於八十八年度正式成立新聞傳播學院，轄傳播管理研究所碩士班、新聞系、廣播電視系、廣告系及大眾傳播系，並增

設傳播管理研究所碩士班學程在職進修專班。院長由楊志弘擔任。蔣安國、鄭植榮、呂郁女、陳耀竹分任廣電、新聞、大傳、廣告系主任。

八、政治大學傳播學院

（一）成立時間：於民國七十八年成立，聘閻沁恆教授爲院長。繼任院長者爲潘家慶教授、鄭瑞城教授教授、王石番教授等。下設新聞研究所碩士班與博士班，以及大學部之新聞、廣告與廣播電視三個學系。計畫將來增設傳播文化研究所、電影系與語藝系。

（二）設備：傳播學院圖書館、政大實習電台、廣播電視企畫中心、廣告商業攝影棚、多媒體製作中心、中英報紙雜誌編輯室、電腦室與暗房等。

（三）課程：分爲五項：1.高級傳播理論：如傳播心理、組織傳播、文化傳播、傳播與變遷、民意原理等；2.傳播研究方法：如研究發展、高等傳播統計、電腦與傳播研究等；3.傳播政策問題：如國家傳播政策、傳播法律、資訊科學、第三世界傳播制度等；4.國際傳播問題：如太空傳播、國際宣傳、國際政治等；5.外語與外文寫作訓練。

九、政治大學廣告學系

（一）成立時間：於民國七十六年八月成立，是我國在國立大學設立的第一個廣告學系。首屆系主任爲賴光臨教授擔任，以後由王石番教授、郭貞教授等繼任。以後並設廣告學研究所，由鄭自隆任所長，今暑任滿。

（二）教學目標：重視廣告倫理，提高廣告品質，培養廣告人

才，與推動廣告理論與實務的研究工作。

（三）課程：廣告系在教學方面，自三年級開始，區分為廣告創意、廣告企畫、公共關係三組，以培養廣告與公關人才。課程依需要分五個範圍：人文、社會科學、新聞傳播、商業與專業課程。

（四）設備：除有傳播學院之設備可使用外，另有廣告企畫製作室、廣告商業攝影棚與暗房等設備。

（五）實習環境：有實習刊物《巨擘》年刊，菊八開。並舉行廣告作品畢業展。

十、政治大學廣播電視學系

（一）成立時間：原為新聞系之廣播電視組，民國七十七年八月，奉准設立新系。首任系主任為潘家慶教授，七十九年學年度休假，休假期間由關尚仁副教授代理。繼任者為劉幼琍、吳翠珍、黃葳威教授。

（二）教學目標：以培養廣播電視實務與學術理論專業人才為目標。

（三）課程：廣電系課程之規畫，基於下列原則：

1.以通才教育為主，重視社會科學課程，設集中選修或輔系制度。

2.專業課程理論與實務並重。

3.除廣播電視課程外，開設電影及其他視聽媒體課程以供選修。

4.在一般戲劇及綜藝科目外，加開新聞節目製作課程。

（四）設備：除傳播學院之設備外，並有多媒體視聽中心、劇場

與廣播電視製作中心，並且配合教育研究所資源，從事教育文化節目及公共電視之相關研究。

十一、淡江大學大眾傳播學系

（一）成立時間：於民國七十二年八月成立，借聘政大研究所陳世敏教授為主任，民國七十四年聘林東泰副教授為主任，民國七十九年八月林主任至師大社教系任教，相繼改聘趙雅麗、張煦華等繼任。民國七十七年八月，大傳系新生改招雙班，並分廣播電視組、印刷媒體組與公共廣告組三組教學。

（二）課程：包括有基礎新聞課程、通識課程及專業課程。

（三）實習環境：1.實習報刊有《北海岸》，以社區報紙形態在淡水和北海案發行。2.實習的電視新聞節目：「淡江新聞」，於民國七十五年開播。3.暑假校外實習。4.「獨立研究」。

（四）建教合作：節目包括1.教育電台「快餐車」；2.幼獅電台的「校園風情畫」。

十二、政治作戰學校新聞研究所

（一）成立時間：於民國七十二年十一月成立，歷屆所長分別為林大椿教授、黃新生副教授、吳奇為副教授、劉濟民副教授，現任劉建鷗副教授。

（二）教學目標：為培養軍中高級文宣人才，並積極加強國軍政治作戰功能而成立。

（三）課程：除配合政治作戰的使命外，特重傳播理論、傳播研究方法及我國傳播問題之探討，尤其對於口頭傳播之研究，更是該所特色。

　　這段時期，由於生活水準的改善，使得中產階級有能力負擔子女高等教育的學費和生活費，也有意願讓子女接受更高的教育。而一些學校相繼成立新聞傳播的博碩士班、傳播學院、傳播科系，也讓更多的人有機會接觸新聞傳播的教育；新聞傳播的專業研究人員不須出國，就有機會在國內接受博士班的高等教育。

　　新傳播科技的進入，使得傳播生態丕變，過時的法令已無法約束管理。這些學校所培育出來的人才和學者，則對此提供了不少的心力與貢獻，例如公共電視的推動、有線電視法的制定等；同時也負起對媒體進行監督、建言的角色，這段時期極為重要的關鍵。

　　就台灣新聞傳播教育的發展階段層面而言，本時期無疑是非常重要的。由於各校新聞傳播科系的積極努力以及教育主管當局、社會力量的支持，各新聞傳播科系都已具有相當規模的硬體設施，課程的調整與師資的充實都有大幅的進展。

　　例如，在硬體設施方面，廣播電視實務設備、電腦排版系統都已陸續購備使用。就師資充實部分，在前一部分、在前一階段及本階段前期由各新聞系培養出來的優秀學生繼續在外深造或加入媒體實務界工作後，累積更多經驗，且已反哺新聞傳播教育，無論為專任或兼任，都提升了教學品質與效果。

　　另一方面，新聞及傳播科系的錄取人數也持續增加，錄取標準也高於同類組的許多系組。以民國七十九年學年度為例，就讀新聞研究博士班的學生共有十六人、新研所碩士班學生有八十一人、大傳所碩士班有三十一人、新聞系組有一二五八人、大眾傳播系有一八四二人、廣電系有一五四人、廣告系有四七〇人、印刷系有五八八人、廣

電系有二三六人。這還不含剛改制的銘傳、世新的三專和五專部學生人數。

大眾傳播教育協會成立

此一階段的新聞傳播教育發展，另一樁有意義的事，厥為中華民國大眾傳播教育協會之成立。

「大眾傳播教育協會」成立於民國六十九年三月二十七日，主要是以促進大眾傳播事業之聯繫合作，加強各院校間教學及研究交流，培植有專業道德及知能的大眾傳播人才為宗旨。協會的主要任務如下：

一、推行大眾傳播教育與實務相配合的有關事項。

二、加強大眾傳播教育與三民主義相結合的有關事項。

▲溪頭集會促成中華民國大眾傳播教育協會的成立，作者（右四）與馬星野、林徵祁、梅長齡等被推為籌備委員。

三、促進大眾傳播工作人員的專業知識與專業道德的有關事項。

四、促使大眾傳播事業配合國家及大眾利益的有關事項。

五、大眾傳播學術與大眾傳播事業的有關獎勵事項。

六、大眾傳播學知識的普及與推廣的有關事項。

七、與國際大眾傳播教育組織加強聯繫事項。

八、其他有關大眾傳播教育及大眾傳播理論的研究出版事項。

民國六十八年，大眾傳播學者與業者集會於台中溪頭，研討如何提升新聞傳播教育的水準、改善傳播教育與新聞專業間的聯繫，與會人士咸認有必要於會後成立永久性組織，以從事長期的努力。

大會推選馬星野先生為籌委會主任委員，鄭貞銘先生為秘書長。經過半年多籌備，於成立大會中選出二十位理監事，名單是：

理事：馬星野、徐佳士、梅長齡、黎世芳、李瞻、鄭貞銘、林徵祁、明驥、石永貴、歐陽醇、劉昌平、鄧綏寧、吳東權、顏海秋、馬驥伸。

監事：王洪鈞、潘煥昆、吳寶華、余夢燕、漆敬堯。

在四月十日的第一屆理監事會中並推選馬星野為首任理事長，徐佳士、李瞻、梅長齡、黎世芬為常務理事，王洪鈞為常務監事，鄭貞銘為秘書長。（以後增設兩名副理事長，由徐佳士、鄭貞銘出任，鄭貞銘仍兼任秘書長）。

大眾傳播教育協會成立以來，推動工作甚多，舉凡學術研究、會員聯繫、各新聞傳播院校聯繫、學術講座、叢書出版、表揚資深專業師資、海外僑報人才培養等，均有積極作為，曾獲內政部表揚為最佳社團之一，亦獲教育部表揚為對社會教育最有貢獻的民間社團之一。

此一時期中華民國大眾傳播教育協會的主要貢獻如下：

一、促成理論與實務的結合。

二、經常舉辦學術座談。

三、定期舉辦傳播教育學術演講。

四、出版傳播教育書籍。

五、積極推展傳播科技。

六、舉辦專題研究。

七、提升傳播事業水準。

近年來，該會分別由王洪鈞、馬驥伸、皇甫河旺相繼出任理事長，其主要作爲包括：

一、教育發展：(一)舉行「全國新聞傳播研究生論文發表會」，提升校際學術研究風氣。(二)「大眾傳播學術講座」。(三)民國七十七年，組成「世新升格學院評估小組」。

二、學術研究：(一)中央日報協辦「文化建設與大眾傳播媒介」系列研討活動。(二)進行「中國新聞教育七十週年」座談會，並出版《新聞記者的權利與責任》文集。

民國七十八年九月二十五日到二十八日，與世界中文報業協會合辦「大陸新聞報導研討會」，同年九月一日，應中國北京人民大學之邀，組成「中華民國新聞及大眾傳播教授訪問團」。民國七十九年接受行政院研究發展考核委員會委託進行「開放大陸記者來台採訪之可行性及其影響研究」。

綜觀上述，此一階段的新聞傳播教育發展，約可歸納出下述諸項特點：

一、政大成立博士班，完成我國新聞傳播教育完整體系；

二、各校增設研究所，提高我國新聞研究水準；

三、延聘留外學人返國講學，強化新聞教育師資陣容；

四、編纂新聞傳播叢書，充實新聞教育內容；

五、修訂課程，增購設備，促進我國新聞教育之現代化；

六、注重研究方法，提升新聞與傳播品質；

七、應用電腦科技與新興傳播科技，從事傳播系統與媒體藝術的整合研究；

八、推廣國際研究計畫，促進學術交流。

在這個階段，新聞傳播教育的課程設計上，出現了兩極化的爭端。一派的學者認為，新聞傳播教育應該採取「綜合取向」，但另一派學者則認為應該以「特色取色」為主。

事實上，民國五〇年代以前，台灣新聞傳播教育除了新聞理論及實務的課程為基礎外，廣告、廣播、電視、公共關係等均涵括在內。但在六〇年代以後，大眾傳播、廣播電視、廣告公關等都已逐漸設系，不過，在各新聞系組中，上述範域的課程比然頗大，而由於新聞理論與實務所涉廣多，各新聞系組的課程設計，仍然採取綜合取向。

到了這一階段後期，由於大眾傳播、廣播電視、廣告、公關等系組的課程益趨專精，新聞系逐漸擺脫過去廣泛涵括的概念，為新聞系組尋求更明確的定位。在民國七十九學年起實施的大學新聞系必修課程科目表中，原本被列為必修科目的廣告學與廣播電視，均已刪去或改列為選修。學者認為，新聞系學生應集中於新聞範域之內，加強充實，並在新聞專業教育中建立較他校相同系組更突出的特色。

　　在這樣的論戰下，學者潘家慶、羅文輝、臧國仁提出了「傳播教育核心課程規畫」的研究報告。他們針對傳播學院及新聞、廣告、廣播電視學系是否需要設立核心課程？應設立哪些心課程？作出專案研究。

　　潘家慶等三位學者之所以會想對「傳播教育核心課程規畫」這項議題作研究，主因也是發現在這個階段的新聞傳播教育，已經呈現專精和分裂的兩大趨勢。他們擔心，專精與分裂使得傳播教育背離博雅教育的精神，學生無法分享共同的知識，也更擔心這樣的趨勢會使得傳播教育會淪為為傳播事業短期、狹隘的利益服務，不符合學生及社會長期的利益。因此，他們提出「核心課程」的概念，鼓念吹聞傳播學系應設計規畫出相當的核心課程，以充實學生的通識教育。

　　潘家慶等的研究發現，就傳播學院而言，有接近九成五的受訪者（新聞傳播學者、教師、實務界人士）認為，傳播學院需要制訂核心課程。其中，「人文核心課程」方面，依序為社會學、心理學、資訊概論、經濟學、統計學、社會科學概論、理則學、政治學、英文、國文。至於在「專業核心課程」部分，則依序是傳播理論、傳播研究方法、傳播法規與倫理、大眾媒介寫作、傳播英文等五科。

　　而受訪者也認為，最應該成為新聞系專業核心課程的十門課依序是：採訪寫作、新聞學、中外新聞史、新聞編輯、新聞法規、傳播統計、新聞倫理、新聞攝影、新聞英文和媒介經營管理。

　　在廣播電視系中，受訪認為應設為專業核心課程的十門課依序：電視節目製作、傳播法規、採訪寫作、廣播節目製作、大眾媒介與社會、視覺傳播、攝影實務、電視媒介概論、大眾傳播概論、傳播科

技。

對廣告系而言，受訪者認為應成為專業核心課程的十門課則是：廣告學概論、行銷原理、消費行為與廣告心理、廣告媒介策略、廣告專題製作與實習、廣告創意與企畫、廣告法規與倫理、廣告管理、廣告活動設計、公共關係原則。

但潘家慶等也發現，受訪的學者、教師和實務界人士所認為傳播學院需設立的人文核心課程，明顯偏重在於社會科學類，忽視自然科學、藝術、美學方面的課程。潘家慶等也建議應把這些課程予以列入。

第四節　台灣新聞傳播教育的蓬勃時期

（民國八十年起迄今）

台灣的新聞傳播教育，自民國八十年以後，發展更為蓬勃。其主觀因素與社會客觀需求，對新聞傳播教育期望更為殷切。

大致說來，這段時期新聞傳播教育約表現了下列的特色與現象：

一、由於傳播環境隨著報禁開放而更形蓬勃發展，再加上廣播電視頻道開放、有線電視合法、衛星電視增多，新聞界對人才的需求更為殷切，而學生畢業後的就業市場熱絡，也較過去更為寬廣。

二、由於社會逐漸走向高學歷，且傳播學術研究也較過去更為重視，因此各大學紛紛設立研究所。

三、隨著傳播科技的發展，特別是電腦與資訊網路的普及，新聞

傳播科系的課程與研究取向與以往有所不同，逐漸重視傳播科技。

四、分科愈細，如傳播管理、口語傳播、視聽傳播、平面傳播科技等走入傳播教育領域。

五、研究取向多元，如質化研究、批判研究、傳播與兩性、多媒體等。

六、年輕學人返國任教，爲新聞教育注入新氣象，從七十年延續至八十年。

七、海峽兩岸新聞傳播教育交流日益增加。

八、出版社出版新聞傳播叢書，由新聞傳播專業人士策畫，邀請各領域專家執筆或翻譯。

九、媒介公平使用與持平報導問題，在政黨競爭之下成爲社會議題。一些教師走出校園，以文章、研討會等方式檢視當前傳播政策，並參與改革行動。

十、舉辦學術研討會的風氣日漸昌盛。

十一、自民國八十年起，各校研究所開始開放名額給在職生，增加新聞傳播界在職進修機會。

新院校與新所系的成立

一、世新大學成立

在此時期，台灣新聞傳播教育的發展，以民國八十年之世界新聞專校學校改制爲世界新聞傳播學院，繼又於八十四年改制爲世新大學最爲重要。成舍我先生之女公子成嘉玲女士出任首任院長，葉明勳爲董事長，銳意革新，迄今有傳播研究所（設博士班）、新聞系、資訊

管理系、公共傳播系、視聽傳播系、印刷攝影系、口語傳播系等；此外，世新又陸續設立法律學系、經濟學系、社會心理學系、平面傳播科技系、觀光系、中文系、英語系、圖書資訊系、傳播管理學系、財務金融系、行政管理系等；設立立報、世新電台、小世界週報、出版中心、傳播製作中心、民意調查中心、學術交流中心、電算中心、觀光實習大樓等，終於達成世新大學的理想。

二、台灣大學新聞研究所

台灣大學新聞研究所於民國八十年成立，隸屬於法學院，喻德基為創所代所長，後由張錦華、谷玲玲相繼擔任所長。

該所著重實務，培育新聞從業人員與記者；強調新聞專業與各學術領域的結合，學生除了修習新聞記者所需的相關學科外，也必須修法律、政治、經濟、科技等課程。

師資方面，除了新聞專任老師，也延聘新聞實務專家教授實務課程，如黃肇松、張照堂等。

必須修達二十四個學分才能畢業，其中必修課程包括實務課程、理論課程、研討課程等。另外，為充實學生專業知識，必須修輔系以及第二外國語。

該所創辦有台大新聞論壇，探討評論新聞報導的相關議題，並舉辦學術研討會。

三、交通大學傳播研究所

民國八十年為因應新媒體的發展以及配合我國邁向資訊社會需要傳播科技的人才而設立，當時稱為傳播科技研究所，民國八十三年更名為傳播研究所，隸屬於人文社會學院。出任所長者有陳君鍵博士、

崔家蓉博士等，現任所長為李秀珠教授。

該所著重傳播生態、新媒介的社會使用以及訊息的評估，偏重結合電腦與多媒體在軟體方面的應用，特別朝向多媒體研究，該所訊息評估實驗室是國內首創，有助於訊息的內容、表達形式、閱聽人反應等研究。

該所課程方面，偏重於結合電腦新媒體在訊息方面的應用，規畫為多媒體組與傳播管理組。包括傳播科技概論、電腦多媒體系統、多媒體訊息設計、電腦圖像與視覺傳播、電子媒體播音與配音。

四、中正大學電訊傳播研究所

民國八十年成立，由鍾蔚文博士擔任所長，現由汪琪博士擔任。

課程著重探討傳播生態對閱聽人及訊息策略的影響，以及閱聽人和訊息策略在傳播生態中所扮演的告知能力，如傳播生態、訊息設計的基本理念、訊息設計的美學等。主要研究方向為：（一）傳播系統的生態環境，包括電視、電傳視訊在政治、經濟、文化等次系統的發展。（二）閱聽人與訊息的互動。

五、世新大學大眾傳播研究所

民國八十三年成立，由熊杰擔任所長至今。

該所以培養傳播理論與研究方法為主，以奠立研究傳播學術的基礎。有碩士班與博士班。

六、元智大學電機與資訊工程研究所傳播科技組

民國八十三年成立資訊傳播科技學系如研究所碩士班，隸屬工學院。

強調多媒體應用，提供電腦多媒體專業教育訓練。培育整合資訊

科技與傳播技能的人才、多媒體系統開發人才，以及資訊服務的規畫人才。

七、淡江大學傳播研究所

民國八十四年成立，隸屬於文學院。該所著重於培育具宏觀的新傳播科技的「國際傳播人」，開拓具有科技整合學術特色的研究領域。

課程重國際觀，包括國際關係與傳播講座、國際公關、國際新聞與資訊網路交流、跨文化傳播、國際新聞採訪專題等。

八、銘傳大學傳播管理研究所與新聞傳播學院

民國八十四年成立，楊志弘博士為傳管所長，八十八年成立新聞傳播學院。院長亦為楊志弘。

該所走整合傳播方向，課程廣泛，涵括理論、政策、市場、行銷、公關、媒介管理、閱聽人研究等；採歐洲學制，選課空間大（可修他系所學分）。學院則依原有基礎後新聞、廣電、大傳、廣告四系。

九、大葉大學視覺傳達設計系

該系於八十三年八月成立，該系特色在傳統平面媒體之外，加入空間媒體與時間媒體設計的領域。

十、世新大學口語傳播系

民國八十一年成立，是全球華人地區首創，首任系主任為戴晨志。

該系著重語言傳播與教育、人際溝通與團體溝通、政治工商溝通與談判，課程有演講學、辯論學、語意學、修辭學、說服理論與策略

等。

十一、輔仁大學影視傳播學系

民國八十四年成立，是由大傳系下三個組之一獨立出來，由李天鐸擔任系主任。該校計畫於近年將大傳系之各組獨立爲系，準備升格爲傳播學院。

十二、中山大學傳播管理研究所

該所成立於民國八十六年，以培養具備人文精神與創意頭腦並能善用傳播科技與管理才能的傳播管理人才，爲國立大學首創的傳播管理研究所，亦爲南台灣大學學府中首有的傳播所系。該所課程主要包括傳播、管理與科技三個領域。現任所長爲梁定澎。

十三、南華管理學院出版學研究所

該校於八十五年八月成立傳播管理與資訊管理兩系，民國八十六年又以「跨科系」、「整合性」的學門探討爲號召，以期打破國內出版業「師徒相授」、結構不健全的現況。

該所約招十五名新生，施以二到四年專業訓練，畢業後頒予出版碩士學位(Master of Science in Publishing)。

十四、玄奘人文學院大眾傳播系

該系成立於民國八十六年，由中國佛教會所創辦。是國內第一所以人文社會學科爲主的大學，也是繼華梵人文科技學院、慈濟醫學院、南華管理學院之後，第四所由佛教團體興辦的大學。該系特別著重學生的人文社會素養，培育人才將以廣播、電視與報業人才爲主，先後擔任系主任者爲趙怡與李天鐸。

十五、朝陽科技大學人文社會學院

該院由林念生擔任院長，近年成立傳播藝術系。民國八十七年邀請兩岸學者舉行傳播學術會議，國內學者徐佳士、鄭貞銘等應邀參加。該會於八八年十月於上海交大舉行第二屆會議。

十六、長榮管理學院大眾傳播系

該系於八十五年八月成立，原申請環球資訊傳播學系，經教育部要求改名爲大眾傳播系。

相關發展日益蓬勃

從民國八十年之後，國內與新聞傳播教育相關的發展，除新系所的成立外，另有可資敘述者，約如下述：

一、新師資與新研究取向

在此一時期，從國內外畢業的青年學者甚多，他們各有不同專長的領域，促使國內傳播研究之方向有新的軌跡。其中如：

（一）口語傳播：戴晨志、趙雅麗、張秀蓉等。

（二）質化研究：林芳玫等。

（三）批判研究：張錦華等。

（四）民意調查：蘇蘅、林東泰、沈慧聲、湯允一、胡幼偉等。

（五）廣告研究：孫秀蕙、黃葳威、郭貞、蕭湘文等。

（六）多媒體傳播：周倩、馬惠寧等。

（七）媒介與兩性：李秀珠、施群芳等。

（八）傳播科技：谷玲玲、崔家蓉、劉幼琍、饒培倫等。

二、新聞傳播學者出版蓬勃

包括遠流、正中、三民、黎明、五南、國立編譯館等出版社均出

版一系列有關新聞傳播的專業書籍，也有一些出版社如廣電基金、時報、幼獅等零星出版有關媒體批評的書籍，適合一般社會大眾閱讀，使新聞教育漸走出校園，走向社會教育。

李瞻、鄭貞銘、陳世敏、鄭瑞城、黃肇珩、彭懷恩、林東泰等都對有關新聞傳播叢書之出版付出不少心力，貢獻卓著。

三、海峽兩岸新聞學術交流漸趨頻繁

（一）政大傳播學院於民國八十二年六月舉辦「一九九三年中文傳播研究與傳播教學研討會」，有美國、東南亞、大陸、台灣等地傳播學者參加，研討會的目的在於建立中文傳播研究社區，從中文社區的觀點探討傳播行為與制度。

（二）世新成嘉玲校長率團於民國八十二年赴大陸考察，參觀北京廣播學院、中國社會科學院新聞研究所、人民日報、新華社等。

（三）王洪鈞、鄭貞銘、趙怡、楊志弘、劉幼琍、劉新白等應邀於八十二、八十三兩年赴廣東參加華語電視發展研討會，並擔任評審。

（四）以國內傳播學者為主要成員組成的「中國海峽兩岸廣播電影電視文化交流協會」，於民國八十三年赴大陸訪問，實際瞭解大陸影視現況，成員有鄭貞銘、劉幼琍、彭懷恩、林念生等。

（五）民國八十三年一月，政大傳播學院舉辦「大陸新聞媒體負責人座談會」，主題為「兩岸資訊交流的現況」，有大陸新聞媒體負責人、海協會、海基會、傳播學者參加。

（六）武漢大學新聞研究所長吳高福等一行人於民國八十四年五月來台進行學術文化交流。

▲新聞界難得的照片（右起）曾虛白、張其昀、王惕吾、鄭貞銘；（左起）余夢燕、馬星野、陳裕清。

（七）民國八十四年十月台灣新聞傳播學者與學生前往大陸參加中文報業研討會。

（八）另有「九三年海峽兩岸廣告媒體研討會」、「海峽兩岸及香港新聞研討會」、「海峽兩岸暨香港女性文化傳播研討會」等。

（九）民國八十四年北京廣播學院四十週年校慶邀請成嘉玲、鄭貞銘等前往參加發表學術論文。

（十）民國八十四年中國華中理工大學舉行「中華文化與傳播」研討會於長江三峽，李瞻、鄭貞銘、潘家慶、馬驥伸、沈慧聲等前往參加。

（十一）民國八十五年六月，傳播發展協會與台大新聞研究所主辦「兩岸暨香港新聞實務教育研討會」，邀請大陸新聞學者鄭超然、鄭保衛、劉樹田、張昆、裴顯生、孟建、陳桂蘭、李壽福、張大芝、

黃匡宇等來台參加。

（十二）民國八十六年五月，大陸第五屆傳播學術會議於杭州大學舉行，國內學者李瞻、鄭貞銘、潘家慶、張錦華等均獲邀請。鄭貞銘並以貴賓身分參加杭大百週年校慶活動。發表「二十一世紀高等教育發展」之演講。

（十三）民國八十七年五月「兩岸暨港澳文化交流會，於澳門舉行，國內學者鄭貞銘、李瞻、趙玲玲、李鍾祥等應邀參與「媒介與青少年」研討會。

（十四）民國八十八年五月，新生代基金會邀請大陸研究生十五位訪台，由馮俊率團，國內阮大年、鄭貞銘、楊志弘、李濤、黃國彥、李艷秋等大力促成。

四、學術研討會多采多姿

年來國內有關傳播學術研討日益頻繁，其主要者如：

（一）新聞教育與倫理方面：「中華民國第一次新聞暨大眾傳播教育檢討會議」（八十年）、「建立中國化新聞暨傳播理念體系暨教育制度」（八十年）、「大眾傳播教育及實務專業研討會」等。

（二）新聞實務與新聞倫理方面：「新聞報導誹謗座談會」、「新聞攝影與圖片編輯研討」、「地政新聞報導研習會」、「家庭暴力防治與新聞報導」、「多元社會、公民意識與新聞報導倫理研討會」、「閱聽人與訊息策略學術研討會」等。

（三）廣播電視方面：「國內廣電媒體的現在與未來研討會」、「廣播電視學術與實務研討會」等。

（四）廣告與公關方面：「廣告與公共關係學術研討會」、「廣告

提案策略研討會」等。

（五）新傳播科技方面：「台北國際有線電視研討會」、「高清晰度電視媒體科技應用學術研討會」、「衛星電視法座談會」等。

（六）傳播生態方面：「傳播生態研討會」等。

（七）兩性與傳播方面：「女性與新聞傳播研討會」等。

（八）兩岸新聞傳播方面：「大陸傳播媒體學術研討」、「大陸事務與大陸新聞報導研討會」、「兩岸情勢與新聞傳播研討會」等。

（九）電影視訊方面：「電視、電影、錄影國際學術研討會」、「電影學術交流研討會」等。

（十）民意與選舉方面：「選舉新聞之處理及功能發揮座談會」、「競選廣告之策略與分際座談會」、「兩黨選舉演說策略」、「政黨政治與民國八十二年縣市長選舉新聞報導：黨派、省籍與民意」等。

（十一）其他：「南向政策的前景──政策選擇與新聞報導」、「新聞媒體與口語傳播研討會」、「新聞報導與國際傳播研討會」、「國軍莒光園地電視教學節目製播二十週年學術研討會」等。

台灣傳播研究組織概況

民國八十年以來，台灣的社會和傳播媒介發展有了明顯的變革，使得傳播生態及傳播學者們的研究取向，受到激盪及刺激。台灣的傳播學門或傳播教育，也日漸跳脫傳統新聞學及量化傳播研究的窠臼，展現出更廣泛的研究空間。

另一方面，由政府或民間組織所成立的新聞傳播相關機構，亦朝向全面且多元化的發展，在此列述幾個較為重要的傳播研究組織及政

府單位，其成立宗旨、研究現況及研究主題。

一、行政院新聞局

負責我國的大眾傳播事業之輔導與管理業務，掌理國、內外新聞工作及出版、電影、電視、廣播等傳播媒體。當前新聞局正爲因應實際現況及需要，特別在兩岸大眾媒體的交流上做了相當的研究與努力，因此新聞局除了派員往訪外，雙方亦在新聞學術採訪實務等方面進行交流，如舉辦新聞研討會、互換新聞稿件、互相提供在對方採訪新聞後之傳送服務、簽定協議從事其他技術性之新聞交流等。另外，新聞局也配合「港澳關係條例」，訂定「港澳地區出版品、電影片、錄影節目、廣播電視節目，進入台灣地區，在台灣地區發行、製作、播映許可辦法」，發布施行；並透過學術機構及民間團體，在國內或在香港舉辦兩岸新聞文化交流研討會，藉以促進兩岸三地傳播交流活動，以增進彼此瞭解。

爲發展台灣成爲亞太媒體中心，行政院新聞局實質輔導媒體事業，提升營運競爭力，已協調財政部等相關部會將媒體事業納入「促進產業升級條例」的輔導獎勵範圍，提供租稅減免。

二、國家科學發展委員會

國科會的任務，除了推動全國整體科技發展、科學工業園區外，還有一項重要任務，便是支援學術研究，補助專題研究計畫。而其中所補助的傳播相關研究計畫，從民國八十年到九十年（預定完成），共計有三一四個，經整理後，歸納有三特點：

(一)主要研究領域：主要研究領域爲大眾傳播、閱聽人分析、新傳播科技、媒介實務、政治傳播、媒介內容分析等；較傳統的新聞史

或新聞學研究，已逐漸式微；批判性的傳播研究則是有顯著的增加，至於傳播研究方法及教育傳播，則一直受忽略。

(二)傳播科技與傳播生態急遽變動所造成的影響：現有三項技術正在重整媒體：1.數位壓縮，2.技術整合，3.媒體相關產業的全球化與統合。近十年來，台灣的新潮流、新環境以及新傳播科技的發展，衍生了許多新的問題、網際網路等，不論是實務界、學術界、傳播領域以及傳播政策制定者，都已無法忽視這些變動和影響。

(三)兩岸新聞的互動交流與亞太地區傳播的現象分析探討：當前台灣傳播學門及傳播教育的發展，其實無法再局限於台灣，而是必須要放眼於亞太地區及兩岸。近十年來兩岸三地新聞傳播界的交流日益頻繁，而且目前政府仍未放棄臺灣成為亞太媒體中心；再者隨著有線電視合法化，普及率提升，閱聽眾不難從媒體上接受到亞太地區，甚至是全球其他國家的節目，其節目內容可能對閱聽眾，甚至包括本土的文化，都會產生影響。

三、中央研究院

中研院社會科研究所下設法制、民族、經濟和社會四組，而在組織法明文設置二十三個研究所，其中列有「社會研究所」，其研究的重點與方向包括社會變遷與發展、社會階層與組織、人口、家庭與社區、文化、知識與宗教、理論社會學、社會心理、社會政策與社會問題等，而傳播研究亦在範疇之中。

民國八十四年，社會所籌備處成立，也正適逢台灣的電腦網路傳播研究正在熱切關注之際。民國八十五年舉辦「第一屆資訊社會研討會」，包括社會資訊及傳播各界的稿件相當踴躍，於是八十六年又延

續此主題續辦一屆，延續至今。於是從八十六年九月到八十七年六月之間，研究小組陸續主辦的主題活動，包括有：資訊網路的台灣社會——網路使用的社會意義、網路世界中的虛與實、組織網路化中權力結構的改變、台灣BBS網站的發展、資訊社會轉型中的台灣社會運動經驗、虛擬社區生活經驗對眞實生活感受的影響等，而這些研究主題都觸及傳播媒介與資訊社會的問題，因此也是當今許多傳播研究學者所關心的。

四、中華民國新聞評議委員會

　　該會的成立宗旨，乃是爲「維護新聞自由，推行新聞自律工作，提高新聞道德標準，促進新聞事業之健全發展」。其主要的任務，在受理新聞評論節目及廣告，所涉及之當事人之陳述或社會各方人士之檢舉，對違反新聞道德者，提送委員會議討論，並經必要之調查、聽證程序；此外，就有關提高新聞道德標準之問題，做專題研究或舉行座談研討。

　　在「新聞評議，大家參與」的理念下，該會的會務劃分爲以下四類：

　　（一）新聞學術專題研究：民國八十五年之研究主題爲「大陸媒體如何報導我國的新聞——以報紙爲例」、「媒體資深記者制度現況調查」、「社會新聞記者與警方之互動關係。」（二）中華民國傑出新聞人員研究獎：鼓勵在職新聞人員再進修研究。（三）推廣活動：爲扮演新聞與大眾之間的橋樑，並將新聞與生活結合，因此特舉辦多項活動。（四）出版相關書籍、錄影帶等，讓大家能從多管道認識及了解新聞。

五、廣播電視發展基金會

民國七十四年九月，依據廣播電視事業發展基金條例正式成立，並開始運作，其宗旨為提高廣播電視事業水準及發展公共電視。基金會在廣電人才及獎助方面提供：（一）人才培訓中心，依廣播、電視分門別類，培植軟硬體相關人才，並受託代辦國內外在職訓練業務。（二）贊助廣播電視相關活動、研討會等。（三）提供現有場地予業界或學界租用，而在資訊提供及研究發展上，則設有全國唯一廣播電視圖書專業資料館，並且辦理廣播電視各項專案調查研究。

八十七年度廣電基金會議中，所研討的議題有：廣電政策之檢討與前瞻、廣播電視經營策略之探討、數位廣播之運用與前景、電視新聞報導及社會責任、電視節目分級制度之探析、如何加速我國推動電視數位化、改善電視收視不良議題、廣播電視節目製作發展前景、建立有線電視產業秩序、有線電視與通訊業兩業互跨利基、廣告與廣電媒體之互動、廣電媒體消費者權益維護之探討、多媒體時代之問題與對策、衛星廣播科技對廣播電視之影響等議題，從多方的角度及面向來探討與廣電相關之問題，現任執行長為盛建南。

六、聯合報系文化基金會

聯合報系創辦人王惕吾先生，於聯合報成立三十週年之際，有感於社會各界對聯合報的愛護與支持，本著回饋與反哺的心情，成立「聯合報文化基金會」，促進文化發展及體育人才之培養，加強推動各類文化活動與文化發展，現任執行長為張逸東。

其成立的宗旨為：（一）培植新聞事業人才，促進新聞事業之發展。（二）發揚精緻文化，提升國內文化水準。（三）推動海峽兩岸

文化交流。（四）舉辦有關文化事宜之國內及國際會議，促進文化發展。（五）邀請國際知名士訪華，以促進了解及雙方關係。（六）舉辦贊助重要中外文化活動。（七）其他相關之獎助事項。

　　基金會為鼓勵新聞傳播等相關科系，專任教師及各媒體專業人員進行專業研究，設立「新聞研究贊助項目」，迄今已有十餘個研究計畫獲得贊助，申請的研究主題不限，唯每年年會可指定主題，徵求研究計畫。

　　以下將民國八十三至八十五年的研究主題，做一列述。民國八十三年新聞研究，獲得贊助的研究主題有：媒體轉播對國會議事運作的影響、法國國家圖書館攝影典藏部門中有關早期中國之作品研究、媒體民粹主義在美國的發展、傳統報紙VS.電子報——報紙上得了資訊高速公路嗎。民國八十四年有：我國推廣電子報紙可行性之研究、美容院讀物及其閱讀文化之研究、總統大選電視辯論之影像公平性之探討、電子媒體多元化政策研究——澳洲廣播電視多元化政策之規範與實踐、研究如何提升新聞的正確性——兩種正確性查證制度的比較。民國八十五年的研究主題則有：一九九七回歸大陸過渡期間港澳地區主要中文報刊對台灣新聞之處理、政黨形象與新聞媒體報導之研究、台灣地區醫療保健新聞報導之研究、從論述觀點檢視新聞在民主社會中的對話角色、幻燈與電腦多媒組體組織經營之比較、研究日本報業集團異業經營的研究。

七、電視文化研究委員會

　　成立於民國八十一年八月，由於近年來電視已成為家庭中最重要的休閒活動，並成為兒童社會化的重要管道，然而面對節目中許多負

面的潛在訊息，卻令人十分憂心。因此爲提升電視文化品質，保障觀眾權益，在社會各界人士的盼望下，電視文化研究委員會正式成立（簡稱電研會）。

電研會提供的服務活動有：（一）延聘學有專精的社會人士擔任委員，針對閱聽眾反應的意見，進行評估。（二）將明確具體、有參考價值的意見，轉函電視台節目製作單位、新聞局等相關單位參考。（三）彙整相關之閱聽眾反應意見，擬定研究主題，由該會進行案例分析，或委託專家學者進行深入的探討。

另外該會亦積極推動媒體教育，自成立以來即分別針對成人及兒童，陸續舉辦兒童電視夏令營、媒體教育講座及座談會等，目標就是希望能教導人們如何看電視，成爲耳聰目明的觀眾。

八、中華民國發行公信會

於民國八十一年開始籌設，八十二年推舉第一年的董監事，於八十三年正式設立登記，致力於結合廣告主、廣告代理商、媒體三方力量，建立公正、公平、公開的發行量稽核制度。公信會自成立以來，不斷致力於公開發行量觀念的推廣工作，並在八十六年七月正式宣布展開核，目前已接受十二本雜誌的發行量申請，此外亦發行《發行公信ABC季刊》，透過季刊對稽核概念的介紹，讓各界了解其組織動態，目前已出刊到八十八年三月。

爲推廣公開平面媒體發行量觀念，特別在八十六年八月舉辦「發行量數據與媒體策略應用」座談會，會中邀集廣告主及廣告代理商、媒體部門負責人共同參與，討論如何將發行量數據實際運用在廣告媒體購買決策上，以提供廣告主及代理商擬定媒體策略時的參考依據。

發行量稽核可以導正目前廣告媒體購買環境，並維護讀者、廣告主及代理商三方面的消費權益。

九、中華傳播學會

創立於一九九六年，其成立宗旨為促進傳播學術交流，以提升傳播學術研究水準。中華傳播學會由陳世敏擔任首任理事長，現已任滿。目前的主要活動，是每年舉辦一次大型論文研討會和數次的小型論文研討會，除此之外每年出版《中華傳播學會論文選集》。

學會在八十六年的年會暨論文研討會中，所研究的議題包括有：論述與再現、閱聽人群像、媒體生態、理論與方法、訊息設計、新科技的尖端地代、大眾文化、組織傳播、記者研究、政策法規、媒介經營、消費文化、公共領域、性・性別・媒體等，範圍相當廣泛且多元。

綜觀民國八十年以後至今的傳播研究發展，在社會高度開放、國家傳播政策與社會風氣的影響下，呈現極為活躍的表現。就量的方面，無論傳播媒體本身、學術教育單位、政府民間研究機構，其數量均有明顯成長；另一方面，投入的人力、金錢也較以往大幅增加；種種利多也促使傳播研究成果直線成長。就質的方面而言，社會多元化的發展，加上新科技的日新月異，更促使傳播研究呈現百家爭鳴的蓬勃生態，除了以往的新聞研究之外，更加入許多新研究領域，如歐陸的批判學派、性別、新科技等，此外，傳播研究也開始朝跨科際發展，不但擴大研究視野，更為傳播研究找到一條又新廣的路。

根據近幾年的大學生畢業就業意願調查資料，無論任何科系，「大傳業」一直都名列前茅，姑且不論大傳行業予外界的光環印象，

可以看得出來，在媒體大量發展之下，傳播工作、傳播研究與問題受
人重視的程度。在可預見的未來，相信傳播領域依然會是熱門的就業
與研究討論對象；而傳播研究如何把握此一大好時機，發展更穩固的
研究基礎，跳出以往「技術」面的批評，則是所有從事此業者所應繼
續努力的方向。

　　但在大量發展的現象背後，除了欣喜之外，我們仍然提出了一些
檢討和期許。

　　台灣傳播教育目前的發展正處於蓬勃發展的時期，其主要原因除
了社會變動外，還是由於傳播科技的日新月異；但近年教育部大量核
准公私立學校的設立與增設系所，不免有浮濫之慮，其中下列數點，
尤值得特別關切：

一、公私立大學資源分配差距仍大

　　國立大學在台灣地區享有的領先優勢，有部分原因可用大學聯考
制度的排名慣性加以解釋，但私立學校是否一定屈居國立大學之下，
則大有辨析之必要。舉例而言，民國八十一年至八十五年傳播系所畢
業生總數為六千八百二十人，國立大學僅有兩千零六人，佔總數二
九‧四一％，私立學校培育的新聞傳播人才，是國立院校的二點四
倍，但卻未能用有合理分配得資源。新聞傳播系所與一般科系的差
異，在於大多數畢業生有機會加入傳播界，成為國家形象塑造者與代
言者，如果多數的私校學生的教育品質是次等的，甚至是三流的，而
投入傳播界的人力若也是私校居多的話，無形中和事實上受害的是廣
大的閱聽大眾。

二、傳播學問理論未能本土化

　　政大新聞學系教授羅文輝於民國八十四年六月完成的〈台灣傳播研究的回顧（一九五一至一九九五）〉一文，針對《報學》與《新聞學研究》兩份刊物所做的量化統計，客觀的指陳我國新聞傳播學界年來，在理論研究成效上成效不足的問題。台灣的傳播研究在民國三十八年政府遷台後才開始萌芽，發展至民國七十五年到八十五年間，由於各大學新聞傳播科系快速增加，傳播研究領域漸有百家爭鳴之勢，更呈現研究專精與多元化的風貌，批判理論、視覺傳播、文化間及國際傳播等主題開始流行，但實用性研究論文較多，具有理論價值的原創性研究數量則少。由於留美的傳播學者一直是我國傳播研究領域中的主力，致使不少研究與教學習於依賴美方，使台灣的傳播研究領域一直停留在翻譯、介紹、比較、移植的階段，使得本土的傳播理論難以萌芽，傳播研究的水準也無法大幅提升。台灣不應落居西方學術的殖民地，新聞傳播事業也理當有自主意識，不該依附於美式文化的世界體系。留美學者過多應非問題之本，其問題在於今天的學者和業者少了中國窮究執著的精神。

三、實務與理論無法緊密結合

　　新聞教育究竟應該走「學」還是「術」，一直是新聞教育界爭論不休的議題。新聞教育單位應該走向市場導向，甚至成為職業代訓所，還是教導理想，培養具有高尚情操的學子？

　　當然，「學」「術」之間並非沒有平衡點，其存在的鴻溝也沒有這麼大，但近年所呈現的一些怪狀，實在令人不得不憂心，新聞科系科班出身的優勢究竟何在？也引發新聞教育價值何在的批評。

　　舉例來說，凡新聞相關科系畢業的學生，一定上過「採訪寫作」

課程，但就各校的實行經驗來看，均無法確保學生在出校門後就能提筆上陣，導致實務界常輕視各校專任師資的現象出現；而學界基於某些基本原則必須信守學術理念，屢對業界私而忘公的風格不假辭色。爲借重業界師徒制的精神，各校或多或少都會延聘若干實務界人士蒞校指導，且多數都會請實務界知名的人士來兼課，但這些人分身乏術時，正常課表即被打亂；且這些實務界的人士未必有教學熱誠與教學技巧，願至學校兼課者，又常因專職繁重而無法像專任教師一樣認真負責，而造成學生極大的損失。

新聞與傳播教育的使命是爲新聞實務界培育充分的人力資源預作準備，如何兼顧理論與實務，成爲各校設立相關系所必須隨時檢討改進的目標；但無論國立、私立大學，經聯考制度錄取的學生，只是形式上具備入學的條件，卻無法保證多數人對新聞傳播事業抱有高度的熱誠，此種學習動機嚴重缺乏的現象，與只知道爭取編採方面新科技的虛浮心理，共同成爲各校教學的阻力，甚至由各系推薦至各媒體服務的建教合作人選，亦常有不知惜福、不知常保謙遜的通病，而類似的問題在短時間內仍找不出解決之道。

簡單描繪民國八十年至今的傳播發展，以「全面發展時期」爲其名之，實在並不過分。媒體的開放、新學校在全省各地大量成立，各領域學人的踴躍投入、多元豐富的研究主題……都創造了傳播研究新的春天。展望未來，傳播研究除了應繼續發揮社會守望功能外，這一門新的學問，仍有許多待發掘的土地，值得大家繼續種作、耕耘。

但雖說這段時間台灣的新聞傳播教育已趨全盛時代，但若深入檢討仍有值得虛心檢討之處。其要者如：

　　一、近年來台灣成立了許多新聞及大眾傳播相關的學校、科系或是研究所，但是「量」的增加並不代表「質」也隨之提升。換言之，一窩蜂趕熱門的現象難免，值得省思。

　　二、民國五〇年代以後，新聞媒體較願意啓用新聞教育培育出的應屆畢業生，但現今傳播界卻希望錄用能馬上上戰場打仗的兵，較不願花時間訓練無工作經驗的人。易言之，學術界與傳播界之合作，有待加強。

　　三、新聞傳播學術研究方面，現今的研究取向兼採「量化」與「質化」的研究方法，研究的內容也更加多元化，例如有關傳播法規的研究、有線電視或衛星電視或電子報等媒體的觀察、媒體與行銷方面的研究、傳播媒體在選舉活動中扮演的角色及地位、媒介內容中對角色的塑造、以女性主義的觀點來看媒介內容的呈現等，有待重視，進一步落實於政策。

　　四、現今台灣社會繁榮，經濟情況較民國五〇年代爲佳，再加上傳播科技發展日新月異，政治環境也有重大改變，使得台灣的傳播生態急速變遷，各類傳播媒體蓬勃發展，但新聞傳播調整內容的步伐仍待加強。

　　五、新聞傳播學術界師資已逐漸提升，但是兼任教師仍多，研究出版專業書刊的整合尚需加強。

　　六、新聞傳播科系老師普遍認爲現今學生較缺乏人文素養，學生們的社會科學基礎也不夠穩固。此外，師生之間的交流、互動的溝通方式，都較過去的情形爲差。

　　七、台灣新聞傳播教育界門戶觀念仍然難免，校際交流有待加

強。

八、現今各新聞傳播科系出版的實習刊物或製作各類型的實習作品，在內容取材上比以往呈現多元、更具創意的新風貌，但深度不一定夠，應在品質方面多再加強。

九、雖然現在各新聞傳播科系的硬體設備較以往更新許多，但仍無法跟得上實務界的腳步，各校的課程及師資方面也未能馬上反應實際上的需要，此一現象值得改進。

十、台灣的傳播環境仍待改善，傳播學者宜多走出學術的象牙塔，參與傳播環境的改造與政策的推動，使新聞學術研究更能反映台灣的傳播問題，並試圖提出解決之道。

第 7 章

台灣新聞傳播教育的前景

第一節　台灣新聞傳播教育的問題

就數量而論，台灣的新聞傳播教育可以說已經達到空前蓬勃地步，各大學紛以設立有關新聞傳播所系為「己任」，新聞教育似乎已成為顯學，年輕人也對新聞教育傳播系所趨之若鶩。

但若就新聞教育傳播所系之質而言，顯然仍多有檢討改進之處。各校之課程規畫、師資、設備圖書、學生前途等是否均有充分考慮，實屬一大疑問。否則，專以趕熱門、趨時髦，恐對新聞傳播教育前景未必有利。

就目前台灣新聞傳播教育而論，任何院校有此構想，作好前瞻性規畫工作乃是最重要的一環，但要兼顧理想與現實，乃是一件不容易的事情，這也是傳播教育的最大難題所在。尤其近些年的全球資訊科技快速的發展與演進，影響所及的也是全球性的震盪，不僅對西方先進國家造成不算小的變遷，也對傳播教育產生巨大的衝擊。

好比新聞系的併入傳播系，以及「電訊傳播」(Telcommunication)領域的蓬勃發展，相對的也影響著已開發、或開發中國家的傳播發展教育層面，國內的傳播教育自然也被包含在這大環境裡面，所引發的後續結果是一面接受先進的傳播科技、設備及觀念，一面也在主動的尋求調適之道，使得本土的新聞傳播教育處在一個有待整合與重新定位的角色中，這實在是當今傳播學門較迫切的要務。茲就傳播與新聞教育發展的重要問題，分述如下。

公私立大學教學研究環境仍有很大的差距

　　國立大學在台灣地區享有的領先趨勢，有部分因素可用大學聯考的排名方式加以解釋，但私立大學是否一定屈居在國立大學之下，則大有探討的必要。私校培育的新聞傳播人力是國立院校的二·四倍，但卻未能擁有更合理的教育資源，實因國立院校擁有充裕的國家預算支持，且享有各種結構上的優勢，私校那怕想與國立大學較勁，也將事倍而功半。

　　此外，新聞傳播系所與一般科系的差異在於大多數畢業生有機會加入傳播界，成為國家形象的塑造者與輿論代言人，如果多數私校生在求學階段教育品質不佳，將影響其畢業後投入新聞傳播界的工作品質。教育當局應協助有心辦好傳播科系的私立院校，提升教學研究環境，使所有傳播相關系所都能培育優良的傳播人才。

傳播學門師資仍以留美畢業者為主幹

　　根據初步統計所得，目前我國傳播正規教育的師資仍以留美畢業生為多，以民國八十五年三月的資料為準，相關系所專任教師總數是三百零一人，其中獲有博士學位者一百三十人、碩士一百六十人、學士十一人。在一百三十位博士中，美國頒授者佔一百零四位，國內頒授者有二十二位；碩士學歷亦以美國碩士佔八十五位居首，國內碩士六十位居次。在專任教職中，留美博碩士總數佔全部博碩士總數六五·一七％，此一比例意義頗值得注意。

　　美國自一九四三年開設傳播學士班，而在一九六〇年代，全美大

約有兩千所院校設立傳播有關系所，加上我國留美風氣一直高居不下，台灣各傳播系所留美博士多達一百零三人，留歐取得博士任教者僅有英國二人，法德各一人，毋寧是極爲自然的現象；但我國傳播教育因而長期受制於「只知有美，不知有歐」的視野，終非學界之福；如何適度調整傳播學門此種偏差，在其位者尤應省思。

傳播學門理論性研究未能落實創新

台灣地區的傳播研究在民國三十八年政府遷台後才開始萌芽，但民國五十五年以後，實證性研究始在朱謙、徐佳士、楊孝華等教授引進鼓吹下盛行，在其後廿年間的研究特色爲：在驗證美國的傳播理論和新聞學理在台灣的適應性，並發展適合台灣使用的原則；此一時期理論性論文比例高達二五·九％，民國七十五年到八十五年國內各大學新聞傳播系所快速增加，傳播研究領域漸有百家爭鳴的趨勢，更呈現研究專精與多元化的風貌。實用性論文比例仍然較高，具有理論價值的原創性。

近年來部分留美返國者在台灣的研究傳播領域一直停留在翻譯、介紹、接枝、借種、移植的階段。再加上「同校同領域」近親交流合作的積習不負存在，推動國際交流的意願也不高，使傳播學者的眼界不易擴展，傳播研究的水準也無法大幅提升。

實務界未能主動有效的支援教學

以最基礎採訪寫作課程而言，在校教學的各種模式均無法確保在校生出校門就能提筆上陣，導致實務界常看輕各校專任師資；而學界

基於某些基本原則，必須信守某些學術信念，因而對業界也頗有微詞。目前各校促進與業界合作的管道仍然倚重校友人脈，對提升整體新聞傳播教育素質助益有限。

　　為借重業界師徒制的精神，各校或多或少都延聘若干實務界人士蒞校指導，且多數系所均聘請較具知名度的實務界主管兼課，但這些主管分身乏術時，使正常課表被打亂，到校次數過少，或請其他非專才之教師代課，影響教育品質。實務界有聲望者未必有教學熱忱與教學技巧，且常因工作繁重而無法認真教學，類似問題短期內尚難有效的解決之道。

　　以實習報刊為例，指導老師的責任與所應具備的專業能力，幾乎就是社長兼總編輯、總經理和校對主任，各校不易聘請全才型，又必須忍受多方壓力和剝削的教師；是故各校刊物一直難以突破學生報的生澀格局，加上學生相互領導常見摩擦，易折損較熱忱者的向心力，此種現象實有待實務界的伸出慷慨援手。

調整就業市場制約教學的取向

　　新聞傳播教育的使命在相當比例上，是為了新聞傳播實務界培育充分的人力資源預做準備，如何兼顧理論與實務，已成為各校設立相關系所必須隨時檢討改進的目標；但無論國立大學或私立大學，經聯考制度錄取的學生，只是形式上具備入學條件，卻無法保證多數人對新聞傳播事業抱有高度熱忱，徒知爭取編採方面新科技的虛浮心理，共同構成各校教學上的重大阻力，甚至由系所所推薦至各媒體服務的建教合作人選，亦常有不知惜福、不知常保謙遜的通病。台灣新聞傳

播事業是否能跨越新世紀的挑戰，這項老毛病，之能否根除實為關鍵。

　　對有志新聞傳播工作者而言，新科技及資訊網路的流行風潮確為佳音，習得傳播科技絕對有助於從業人員在新世紀存活；但是必須面對的問題是：當前這股蓬勃的風潮，似乎太偏重科技技術的掌握，而較少著墨於新科技對於社會既有結構的衝擊，間接使得許多學生喪失對新聞傳播基本使命的認同和熱忱，更使新聞傳播教育日趨世俗化和庸俗化。如何在新聞傳播教育重建以人為主體的教育取向，是新聞傳播教育能否自就業至上的迷思解脫之關鍵。

官方行政限制等問題

　　教育部大學院校的評鑑，多年來只重視各系所發展方向之有無、專門教師人數、教師學歷（特別是有無博士學位）、論文發表數、學生人數及師生比例、教室空間及設備等指標，但對更重要的大學辦學成效和發展方向，私立大學受制於教育部及其他官僚體系等問題，從未見有認真的檢討改進。教育部對新設系所設限，固然有整體資源分配和品質管制等通盤考量，但各校應有的自主空間和尊嚴，若學校當局不勇於爭取，卻可能被刻意打壓。

　　教育部審查各校報請有關升系、升院或設研究所等個案，各校主事者能否掌握重要人脈，成為左右成敗的主要因素。目前新成立的新聞傳播系所，如雨後春筍般的出現，但師資設備或有不足之處，教育部審查的標準何在，對於整個傳播教育生態的影響，確是值得深思的問題。

新聞傳播科系欠缺通盤的整合規畫

當今國內新聞傳播科系的發展態勢偏向獨自領域的研究教育，然而隨著傳播科技的快速演進，已打破了舊有的傳播生態。觀之現今的傳播生態趨勢，已偏向跨媒體的整合傳播，而國內的傳播新聞教育卻還是停留在以單科的技職教育為主，例如分系的方式，仍是以單一的媒體報紙、電視、電影、廣播為主，對於快速變遷的傳播環境，似仍是抱持以不變應萬變的處理方式，令人深感隱憂。

大眾傳播教育的分界模糊，無一確切的範圍

目前的傳播生態涵括了太多的範疇，從傳統的電視、電影、傳播到最風行的網際網路，似乎任何新科技的發明，都可納入傳播的領域，而新聞傳播教育的發展，也深受新傳播科技的左右。

例如元智大學設置的電機與資訊工程研究所，即下設傳播科技組。針對這種的現象，我們很難了解，較偏科技層面的電腦中介傳播究竟是該納入傳播領域旗下，抑或是另闢一新戰場。再者，近來大眾傳播與新聞及廣告等，幾乎是被畫上等號，而大眾傳播研究的範疇何在，至今仍無一明確的定義，也少有傳播界人士關心此一問題。然而可預見的將來是，傳播學者必先將此一問題釐清，否則在從事傳播研究時，必將出現更多無法解決的問題。

第二節　台灣新聞傳播教育問題的解決之道

　　基於上述認知，台灣新聞傳播教育的今後發展，仍多可以改善之處。下面試舉若干重點以供有關當局與新聞傳播教育界人士共同努力，謀求解決之道。

平衡公私立大學的教育資源

　　針對公私立大學教學研究環境差距的問題應朝下列兩個方向來改善新聞傳播教育的弱勢：第一，公私立學校受到的經費補助應適度的合理分配，可以各校的辦學績效、學生人數比例等合理的評量方式來決定；第二，開放私立學校及公立學校新聞傳播學系學生交流，甚至開放相關的課程相互選修，朝結合教育資源共享的方向著眼，以縮小外在環境所造成的差距。

傳播研究應朝多元化發展

　　就傳播學門的研究領域來看，美國的實證取向，偏向量化的傳播研究也深深影響著國內教授傳播學門的教師們，但一味偏向純美國為主的量化研究趨勢並無法完全解決國內許多的問題。我們認為有兩個方向可以努力，以求對現狀有所改善：

　　第一，國內的新聞傳播教育宜嘗試吸收歐陸學派的質化詮釋教學，這有助於彌補美式的量化研究之缺失與不足；

　　第二，應朝本土化的傳播學術與師資發展，所謂的本土化是指要發展屬於我們自己文化背景的思想理論及藉此培養出自己的傳播人才與師資，這也是現在傳播界所面臨的難題與必須走的道路，更是大環境變遷所導引的取向，不可不予重視。

傳播研究應朝國際化發展

　　要如何提升國內新聞傳播教育及學術研究的水準與創新性，較可行的思考方向要把握幾個原則：

　　第一，宜多舉辦國際性有關新聞傳播學術交流研討會，以增進教學相長及良好的互動模式；另外，交換學生及跨國際性的院校合作、師資交流等也應加強。

　　第二，國內的新聞傳播教育環境應朝跨校的聯繫與學術交流著眼，並應多舉辦學術研討，以力求不斷成長與進步；

　　第三，爭取政府、企業團體及民間社團的支持，營造出有利於新聞傳播教育與學術發展的環境。

實務界應主動支援教學

　　台灣部分經營有成的大媒體，一直擁有較為閒置的資深好手，各校應設法突破名分與待遇上的隔閡，多方優遇引用，並給合理的學術引導；而媒體亦應主動整合所有能指導學生的資源，而非徒具形式的一紙建教合作約定，坐享其成。

　　若以各校歷年來的畢業展而言，新聞傳播教育成果的展現雖有進步，但卻難以突破傳統的窠臼，業界若能挹注大量的金錢及人力，實

可為新聞傳播教育開展一條更寬廣的路。

擺脫市場導向的教學取向

在以往的新聞傳播教育中，往往是偏向於技術教育；部分學生及教師在評定學生成就時，常以是否能在大的公司任職，或是以其職位的高低為他們評判標準，因而使得傳播教育逐漸走向一種「崇尚」名氣之風。

故現今的新聞傳播教育應擺脫市場導向的教育方式，多著墨於傳播的倫理道德的教育，希望透過此一的教育方式，使得學生耳濡目染，由校內逐漸推廣到校外，藉以導正整體的傳播生態。

提倡校園自主，促進校際合作

目前台灣各大學系所成立，完全由教育部審核，各校間參與決策的機會可謂少之又少，而教育部決策過程從未公開，不免有黑箱作業之嫌，系所設立的標準為何，無人得知，似乎違反由大學自治的精神。

在此我們希望政府相關單位能夠成立一個跨學校超然獨立的單位，對系所成立、課程安排等事宜做一審核，並對院校間的合作與聯繫做出一定的貢獻。

目前國內傳播院校間要如何加強的合作與聯繫，除了成立傳播相關協會外，學界菁英應力圖改革，不要閉門造車，以期傳播研究及教育發展更趨健全。

新聞傳播教育朝整合性發展

　　過去國內傳播學門所教授的方式不外乎是以媒體的性質來區分教學與研究領域的作法，已難以適應當今向多媒體的整合之資訊時代的特性。

　　例如，網際網路的出現已打破了傳統的媒介分水嶺，整個的傳播以朝向全方位的資訊化社會前進，以「廣播電視系」及「新聞系」為名的傳播系所，與一大眾傳播科系內部分組（廣電或報刊組）的作法，不僅侷限了傳播教育學習範疇與內容，也無法反應資訊時代整體傳播生態環境的變遷，與專業傳播教育的需要。

　　因此，面對現今資訊化的趨勢，傳播業者及新聞傳播學人應致力於傳播教育的新定位，著重目前多媒體整合傳播的趨勢，對於傳播相關學系的分類方式做一省思及修正，以前瞻性的觀點來規畫台灣傳播教育的未來藍圖。

　　專業化和分工化是學術發展的趨勢，在發展資訊傳播教育的同時，如何確立傳播的專業，並清楚地自我定位，是一個重要的課題。在電腦化與媒體整合的趨勢中，如何與其他相關領域劃分出傳播研究的明確輪廓，確實是值得思考的課題。

　　台灣新聞傳播教育一向偏重「大眾傳播」的學習領域，對人類在其他各種不同情境之溝通行為，如文化間、人際間團體、組織、公眾傳播等的研究與教學，皆明顯地有所不足。

　　大眾傳播教育在未來，應朝「語藝傳播」（Speech Communication)的領域繼續發展，或者將相關主題囊括於院、系共同核

心課程中；從這個角度來看，大眾傳播系若更名爲傳播系，或許更切合實際的發展與需要。

　　取消大眾傳播系內部分組，如廣電或報刊的限制、重視共同核心課程的規畫，推動全系的整合型學習，使不同興趣的學生得以擁有共同與相關聯的知識，以作爲進入專精領域基礎。人文與社會、資訊理論及傳播科技的系列課程應屬共同性的基礎知識。

　　綜而言之，資訊化、國際化、未來化固然是未來大學教育發展的重點方向，然而傳播學門的「本土化」或許也是目前不可忽略的課題。

第 8 章

台灣新聞傳播教育往何處去

第一節　傳播研究與國家發展

　　新聞及大眾傳播學術在我國教育發展上時間很短，但是新聞與傳播的事業活動、新聞與傳播的教學研究、新聞與傳播的行政管理，在國內的發展卻是十分快速。這種快速的發展引起許多社會人士興趣，紛紛在新聞傳播學門的門裡門外駐足，而新聞傳播學者也適時的開拓研究的領域和視野，走向「社會科學的十字路口」。

　　一門學科的學術研究與教育發展的興衰，往往與各國的政治、經濟、社會制度產生相當的關聯，國內新聞大眾傳播的研究與教育發展現況，經過四十多年的發展，已經逐漸受到重視。不過大眾傳播教育與學術研究發展尚未成熟，有待不斷的開拓。

　　杜威在《經驗與自然》一書中指出，人類社會因傳播而組成，因傳播而存在，也因傳播而延續。事實上，新聞與大眾傳播活動，就是寄託在以人為本位，進行各種文化知識的傳承。

　　自從第二次世界大戰結束以來，新聞傳播與國家發展的關係，逐漸受到重視。梅里甘曾說：「戰後低度發展的傳統社會，在政治、經濟和社會結構的改變乃源自現代傳統科技。」

　　傳播學者施蘭謨說：「只要使用得宜，新聞傳播媒介可以促進國家的現代化發展，可以帶動傳統社會新觀念和新技術，使之成為現代社會。」施蘭謨和另一政治傳播權威學者白魯恂並認為，新聞傳播在國家發展中，應作為一個「促進者」，它應該用來：

一、加強國家意識。

二、作爲國家發展計畫的聲音。

三、傳授國家發展所必需的知識和技能。

四、協助擴展國內外市場。

五、教育人民在國家發展中扮演新的角色。

六、教育人民在國際社會扮演適當角色。

聯合國教育科學文化組織在戰後，呼籲各新興國家重視傳播媒介，做爲振興國家社會的張本。而聯合國於一九六〇年代全盛時期，曾全力支持傳播學者，在亞、非、拉丁美洲成立傳播訓練中心。今日世界新興的小康國家，可謂拜當年推動傳播研究之賜。

傳播研究與國家發展甚至與整個世界的進步，都息息相關。作者希望在此世界性的思潮前導下，檢討目前國內的新聞學與大眾傳播學研究，以期我國新聞及大眾傳播學之發展以及大眾傳播媒介之發達，使能在國家發展中，發揮「促進者」之功能。

國內傳播學者陳世敏觀察到，最近幾年對美國大學校園的傳播教育而言，可能是令人沮喪的時期。由於經濟不景氣導致美國大學預算削減的殘酷事實，而美國許多傳播相關學系首當其衝地受到預算削減及被裁撤的命運。奧立岡州立大學新聞系裁撤了。俄亥俄州立大學新聞系與傳播系合併了。亞利桑那大學新聞系、華盛頓大學傳播學系，校方有意裁撤。雖然華盛頓大學傳播系最後留住了新聞課程，但失去了廣告、廣電和公關等課程。另外，有二十一個校園的加州州立大學，也因爲預算減少，正考慮裁撤其中若干新聞課程。

類似的情形也發生在美國其他大學的傳播系，其中明尼蘇達大學

新聞暨傳播系前年未曾通過「新聞暨傳播教育評鑑委員會」的評估，被要求需在一年內改善，理由也是跟錢有關：「貴校資源有限，正在做的事情卻太多。」明大新聞暨傳播系於是精簡了博士班、碩士班、大學部課程，取消若干分組課程。

雖然美國校園的這一波預算減肥活動，對象廣及所有單位，但是首當其衝的，是少數民族語系、語藝系、傳播系。在校園資源日漸縮減聲中，一般學校的立場總是「先裁撤最不像學術的系」。傳播相關學系一時風聲鶴唳，其來有自。

陳世敏教授說，正當美國大學為傳播學的正當性奮鬥之際，歐洲大學卻悄悄擁抱了傳播學，使之成為大學通識教育的一部分，與文學、歷史學、經濟學、政治學、藝術學並駕齊驅，沒有前述的美國大學校園學術正當性的問題。歐洲大學的傳播系不多，但傳播科目廣泛被納入其他學科之中，甚至深入工技學院和中學，已有很長的歷史，並且被視為文學、文化研究、電影電視藝術學科的重要部分內容。歐洲大學重視學術傳統，或者說是重視大學的理念，在美國大約只見於長春藤聯盟的學校。

我國的新聞傳播教育，近年來有快速、蓬勃的發展，此種聲勢，自有其時空因素。惟為使傳播教育之發展更趨健全，對我國社會與傳播事業作更多貢獻，若干有關傳播教育的問題，值得作進一步思考。傳播學者的研究工作，更應該多針對國家發展之有關問題，有所盡力，以避免二者之嚴重脫節，則傳播研究與傳播教育可以對國家作更多貢獻。

第二節　廣播電視教育的考驗

在十九世紀時，摩斯（Morse）發明了無線電報，其後貝爾（Bell）的電話出現。不久之後，馬可尼（Morconi）完成的無線電話獲得了專利。直至二十世紀之後，佛萊斯（Forest）發明了三極真空管（Triade），廣播電視的新時代於焉來臨。

雖然台灣廣播電視事業的發展較歐美各國為慢，但自從解嚴之後，電波頻率大幅釋出，新的電子媒介先後設立，數位化與網路科技發展更延伸電子媒介內容與內涵，傳統的廣播、電視教育意理與課程架構面臨的衝擊與挑戰已不容忽視。我們必須對現行的傳播與電視教育與課程架構，再做思考與再造。

台灣最早成立廣播電視課程的學校是世界新聞專科學校（現今的世新大學），於民國五十一年成立。次年，國立藝專成立「廣播電視科」，兩者均以培育電視製作及工程技術人員為目標。其後文化大學、輔仁大學、政治大學及政戰學校，為了配合廣電及電影事業的發展，也陸續開設相關課程或設立「廣播電視組」。

然而在早期傳播電視教育的發展，乃是偏於「技職教育」的領域，其後又因廣電課程歸屬於傳統的新聞及傳播教育之下，能運用資源及發展的空間比較有限，本節擬從兩所培養廣電人才的重要學府現狀，對於傳播電視教育作一省思。

政治大學及世新大學之廣電教育

一、政治大學

（一）成立宗旨

1.通才教育為主，重視社會科學課程，設集中選修或輔系制度，以奠立學生基礎知識。

2.專業課程理論與實務並用。

3.除廣播電視課程外，開設電影及其他視聽媒介課程以供選修，充實學生的視聽知識。

4.在一般戲劇及綜藝科目外，加開新聞節目製作課程，培養製作理念技術及新聞素養的新聞節目幕後專業人才。

（二）課程

廣電系之課程，計分五類：

1.教育部規定共同必修科目。計有七科三十學分。

2.教育部規定大眾傳播系必修科目。計有：

媒介與社會、電子媒介、基礎攝影、傳播史、採訪寫作、視覺傳播、廣播節目製作、電視節目製作、新聞編輯、傳播理論、研究方法、媒介管理、傳播法規等十三科四十六學分。

3.校定必修科目。計有英語聽講實習與哲學概論兩科四學分。

4.廣電系必修科目。有社會學、心理學、資訊科學、現代文選、電影理論、音樂概論、戲劇概論、美學、電視節目製作、新聞英文、廣播電視實務、畢業製作等十二科四十三學分。

5.選修科目。廣電系定自二年級開始，同學必須配合個人志趣，

選修輔系至少集中選修二十學分。

　　以上五類課程，前四類必修課程一百二十三學分，廣電系學生至少選修二十五學分，才能畢業。除了在大學部有廣播電視系外，政治大學並於民國八十六年，成立國內第一個廣播電視研究所，並開始招收研究生，以期培育我國高級廣播電視人才。

　　二、世新大學

　　（一）成立宗旨

　　以理論教學結合實務經驗，並配合建教合作的實施，藉以培養視聽傳播事業的廣播、電視人才，以提供有志進修者更深入的研究環境，使學生在廣播、電視領域中兼具理論、實務以及批判與研究之全方位人才。

　　（二）課程

● 廣播組（專業必修課程）

● 電視組（專業必修課程）

第一學年	大眾傳播與社會、電腦概論與傳播
第二學年	傳播科技、大眾傳播理論、廣播寫作、播音理論與實務、初級廣播製作、傳播史、初級電視製作
第三學年	大眾傳播法、傳播研究方法、校內實習、高級廣播製作、廣播新聞編採
第四學年	媒體欣賞與批評、畢業製作或廣播獨立研究、廣播經營管理學

從民國三十八年至今，廣播電視教育已有將近五十年的歷史，但在這時間內，我國的廣播電視教育，卻僅偏重於技術層面的教育，而忽略了理論層次研究與傳播道德教育。使得目前我國之廣電傳播內容競相低俗；日後如何整合科技面與道德面，並使其落實，必須發揮教育對媒體的影響力量，這也是廣播電視教育要面對的考驗。

第一學年	大眾傳播與社會、電腦概論與傳播
第二學年	初級電視製作、電視寫作、大眾傳播理論、傳播科技、傳播史
第三學年	大眾傳播法規、傳播研究方法、電視美學、高級電視製作、電視新聞編採
第四學年	媒體欣賞批評、電視獨立研究或畢業製作、電視經營管理學

第三節　電影教育體質薄弱

電影，對於現代人的生活而言，是項愈來愈不可或缺的娛樂。然而，在十九世紀以前，人類溝通與文化傳承主要卻是靠語言文字的傳播。工業革命的產生與攝影術的發明，開啟了人類傳播史上極具震撼的「機械複製時代」的來臨。隨著膠片、放映機、攝影機陸續問世，影像傳遞訊息與詮釋意義的功能也逐漸改變人類溝通的型態。

電影發展從研究草創至今，已接近一個世紀的歷史，在每一個國家、每一個年代的人們不斷努力下，它已經發展成為一種具有多樣特

質及強烈傳播功能的媒體，成為人類生活中不可或缺的一部分。電影的存在，確實有其不可抹滅的功能，它帶給了許多人娛樂，許多的故事也因它而產生。

在電影教育體系上，前蘇聯在一九一九年就已設立了莫斯科國立電影藝術學院，並於一九三〇年改制成蘇聯國立電影大學，推行專業理論、專業知識的系統教學及專業技能訓練，著重理論與實務的務實人才培育教育。目前在國際上，設有電影及相關系所較著名的國家，如英國最著名的國家電影學院，另有十餘所相關院校，日本除了享有盛名的日本大學藝術學院電影系外，也有十來所相關大學院校。其他如法國國立電影學院、丹麥電影學院、埃及高等電影學院、印度影視學院等，不勝枚舉。

當今執電影市場牛耳的美國亦早於一九二九年美國的南加州大學，開始電影教育，這時期的教學重點多著重在硬體原理的理解與使用以及比較傾向文學性的劇本編寫訓練。隨後的三十年，電影教育急速的在美國高等學府擴散，教學內容也演進到如何把電影當做一種美學的表現形式，以傳達創作的理念，進而與社會產生互動，同時也由哲學思考的觀點去對這創作成品歸納出有系統的理論。到了大戰後期，美國已有上百所高等學府設有專門的電影系所，而許多社會學系、語文學系、藝術學系等，均開設相關的電影課程。

六〇年代末，電視繼電影之後也走進高等教育學府，而出現許多以Broadcasting Television或是Radio-Television為名的系所。原先的許多電影系所也紛紛調整教學方向，以納入電視課程，而出現目前常見的Radio-TV-Film或是Communition Art等系所。這些系所在八〇年代

再將極具自主性的錄影課程納入，完成基本影像教育的架構。在這個架構之下，教學的重點以銀幕寫作、導演、技術等人才的訓練爲主，同時一方面強調影視錄三者硬體不同構成原理的理解，另一方面，則針對三者不同的閱聽大眾所產生的影像文化內涵，做系統的研究。在此時，也出現一般以批判媒介工業所建構的大眾通俗文化爲主的潮流。進入八〇年代，影視錄影媒介與電子科技結合，配合電腦系統、電話、電纜以及衛星等，給傳統的傳播生態帶來無比的衝擊。

我國的電影教育，推溯起來，應是從南京金陵大學在一九二二年開始運用電化教育起始，並於一九三七年，正式設立電影播音專修科算起。一九五〇年中共創立北京電影學院，目前已有文學系（電影理論專業、劇本專業）、導演系（影視導演專業）、表演系（影視表演專業）、攝影系（電影攝影專業、圖片攝影專業）、美術系（影視美術設計專業、動畫專業）、錄音系（錄音藝術專業）、管理系（影視製片管理專業、電影發行專業）等共七個學系及十一個專業。

民國三十四年以前在日本統治台灣時期，電影事業可以說只有映演業。因而，電影人才方面就缺少製片等其他方面的人才。

民國三十八年，政府匆匆撤退來台，電影方面，只有公營的「中國電影製片廠」、「農業教育製片廠」和「中華教育電影製片廠」部分設備及人員能夠及時撤離來台。據前新聞局電影事業處楊仲範處長在「全國電影會議實錄」上說：「能隨政府來到台灣的大致不及百分之五」。

「中國電影製片廠」於年前正式解體，不復存在。「農業教育製片廠」經合併改組成今日的「中央電影公司」。「中華教育電影製片

廠」撥歸台灣藝術學院，現名爲「台灣藝術學院實習製片廠」。

　　台灣的電影教育從四十四年政府在台北板橋設立國立台灣藝術學校影劇科開始，歷經民國四十九年該校改制成「台灣藝術專科學校」影劇科，五年制改制成三年制；民國七十年影劇科停止招生。民國八十三年，該校改制成「台灣藝術學院」，電影科改制成「電影學系」。大學教育體系中才出現了獨立的電影教育體系。

　　台灣藝術學院電影學系從二年級開始概分成「理論編劇組」、「導演製作組」、及「技術組」。專任教師有副教授三人、講師二人、助教二人。兼任教師有副教授一人，講師五人。

　　台灣藝術學院電影系爲國內唯一純電影學府。其他開設電影課程較多的院校，則有中國文化大學戲劇系影劇組兼修電影與戲劇課程、世新大學視聽傳播學系組兼修電影與傳播課程、輔仁大學影像傳播學系亦兼修電影傳播課程，國立藝術學院戲劇系在專業課程上，在畢業製作部分，分成了導演、表演、設計、編劇、理論等組。年前於台南成立的國立台南藝術學院音影研究所，則偏重於紀錄片的製作，其他的相關院校則只有開設零星少數幾門電影課程，不夠周全。

　　民國七十三年，由於台灣藝術學院影劇科分科成立的三年制「電影科」實施的是以製作爲主、理論爲輔的電影製作通才教育，開設的課程重心是以「理論」、「編劇」、「導演」及「技術」等四大重點課程，環繞在製作實務爲主體的教育設計上。在三年中，共有五次以上的十六釐米後製配音及同步錄音的短片習作。其優點是學生皆需通習所有的課程，在就業市場上大部分的工作皆能很快的適應。其缺點是絕大部分的課程皆未能深入研習。想再深造攝影者都需要耗很多精力

於性質大不相同而且不符性向的眾多理論與編劇課程上，造成「教」與「學」雙方的困擾與浪費，不易提高學生的專業水準。

為了導正上述的缺失，改制後的「電影學系」教育目標訂為：培養國家電影編劇、導演、技術之專業創作人才，兼顧理論與實務的研究與探討，使學生具備電影創作及學術研究的能力。課程編排則修正為以理論與製作並重的專長導向課程設計。在一年級時，施予全般性的基礎專業教育，二年級起概分「理論、編劇」、「導演、製作」以及攝影與錄音為主的「技術」等三組導向課程，輔導學分依興趣與性向選組研習。到三年級時再給個別差異性大的學生一次改組的機會，但須補修二年級該組的課程。四年級時，除畢業製作外，只在上學期開設少許選修科目，留給學生充分的時間做為補修、重修、選修及校外研習或建教合作之用。

電影系這種初步課程設計，其成效有待觀察。由於國內過往所開設的電影專業科目有限，而且缺少中文教材及實用的中文參考書籍，學生的外文閱讀能力有限。因此這些科目的教材皆需由教師自編，相當費力，適任教師不易尋覓。

電影教育是所有藝術傳播教育中最為複雜、最沒有明確界定範圍的一種。在電影製作教育的內容上，係以文學為基礎，涵蓋有理論、歷史、評論、製片行政、行銷、管理、編劇、導演、攝影、燈光、美術、特殊效果、音樂、音效、音響、錄音、錄影、涵蓋電子映像處理的多媒體動畫……，牽涉到多種學問、多種藝術、多種科技、多種媒體。這些部門性質差異極大，每一部門皆需系統的深入研習探討，然後才融合成一門綜合藝術之電影。在映像與音像的蒙太奇表現形象及

內容上卻又是五花八門，因此，電影教育格外的紛歧與困難。國內的大學電影教育體系剛剛開始，體質嫌弱，很多科目尚在嘗試開設及尚待開設，各科目的種籽教師極需網羅及培養。

第四節　傳播管理教育方興未艾

隨著解嚴、報禁的開放、有線電視法的通過、地下媒體的轉暗為明、雜誌專業化市場的迅速成長等，使得台灣的傳播生態蓬勃發展，現代的傳播媒體，已不僅止於提供娛樂休閒，更成為大眾獲得新聞、資訊與新知的主要來源之一，傳播市場競爭激烈，業者不得不從過去「壟斷」、「擺地攤」式的經營，轉化為企業管理的經營方式，以求取更廣大的受眾及獲取更多的利潤。

一般企業需要企業管理人才，傳播媒體亦同，而且其文化特質又不同於一般企業，如此傳播管理教育便應運而生。

傳播管理著重於傳播企業人力資源、資訊、編採、行銷、廣告及組織的合理化規畫與管理。而值得注意的是，晉身於傳播管理階層扮演一個適任的管理者，目的在於激發一個團隊精神，激起員工潛在能力，追求個人與傳播企業組織的共同成長，提升傳播文化的品質，發揮社會公器的功能。

基於以上的觀點，傳播管理教育應重於管理知識與專業技能的訓練，再以各類媒體知識為輔，以求傳播管理獨出的特色。

目前臺灣成立傳播管理系所之大專院校計有：

一、私立世新大學——傳播管理系。

二、私立銘傳大學——傳播管理研究所。

三、國立中山大學傳播管理研究所（八十六年開始招生）。

傳播管理應以管理爲主，傳播爲輔。所以基礎的管理課程亦即所謂「六管」，即一般管理、行銷管理、人力資源管理、財務管理、生產與作業管理及資訊管理，而將傳播相關課程定爲「輔助」課程。茲將中山大學、世新、銘傳傳播管理系所課程安排簡介如下：

一、世新與銘傳大學傳播管理系所課程

工具課程（大一）：管理學、經濟學、會計學、傳播理論、電子計算機概論、電腦應用入門、日文、英文、傳播管理概論。

工具課程與管理核心課程（大二）：行銷學、管理會計、統計學、管理心理學、資訊管理導論、生涯規畫管理、傳播科技概論、大眾傳播法規、傳播媒體發展史、傳播哲學、傳播社會學、電腦套裝軟體應用、傳播科技概論。

應用輔助課程與管理核心課程（大三）：研究方法、財務管理、生產與作業管理、人力資源管理、組織行爲學、人力資源管理、競爭策略分析、廣告學、傳播科技與現代社會、服務業行銷、視聽媒體經營管理、視聽媒體個案分析、廣告業經營管理。

整合課程（大四）：傳播管理專題、媒體規畫、報業經營管理、出版經營管理、大眾與公共行政學、電腦決策系統、報業廣告實務企業電腦化專題、大傳與公共行政學系統、報業廣告實務。

二、研究所課程

（一）基礎課程：管理學、大眾傳播理論。

（二）專業核心課程：傳播理論、管理理論、傳播研究方式、傳播事業專題研究、傳播管理專題研究、閱聽人研究、印刷及電子媒體管理、公共關係活動企畫。

（三）傳播經營管理課程：人力資源管理、財務管理、經營管理、媒體組織管理、媒體財務管理、媒體經營管理、媒體經理人研究。

（四）傳播市場管理：市場分析、廣告管理、市場策略研究、收視率與發行量研究、媒體行銷與促銷。

（五）傳播環境管理：傳播社會學、媒介經濟學、媒體生態研究、政策與法規等、有線電視與衛星管理、網路媒體研究。

三、中山大學傳播管理研究所的課程

國立中山大學傳播管理所系於八十六學年成立，可謂最新出爐。該所課程規畫與銘傳管所各有不同。其主要課程包括傳播、管理、科技三個領域：

（一）傳播方面

大眾傳播理論、傳播發展史、傳播社會學、傳播心理、傳播法規與政策、媒體編採管理、媒介批判、媒體效果與研究、廣播節目企畫與管理，電視節目企畫與管理、平面媒體企畫與製作。

（二）管理方面

傳播管理研究方法、傳播管理專題研究、媒體經營學、媒體策略管理、媒體經濟學、傳播行銷學、傳播事業管理、媒體與公共關係、廣告學、創意管理、媒體組織管理、媒體財務管理。

（三）科技方面

傳播科技理論與應用、媒體互動技術、多媒體電腦網路技術。

中山傳管所強調，該所除結合傳播、管理與科技，適應時代需要外，並加強國外合作，注重國際化趨勢，同時兼顧理論與實際，要求學生實習。

傳播管理表面上似乎是對企業管理這門科學做更專業化的分工，但卻必須在傳播與企業管理兩門科學基礎上發展，使得課程安排複雜化，造成在四年的課程中無法一一修習完畢，而造成二方面技能都可能顯得不足的情形。所以，未來傳播管理必須在傳播與企業管理兩項專業中擇一強化。而強化管理學科的課程應是當務之急，即以健全管理的基礎知識與技能爲主，並充實傳播相關知識，以凸顯傳播管理與一般企業管理科系之不同。

現代媒體市場的競爭日趨白熱化，市場上對傳播管理專業人才需求大增，對學習企業管理的學生可以說是一大福音，但一味朝向企業管理的發展，可能會產生對傳播認知上本末倒置，而出現企業體成爲商業導向的機制，使得傳播專業的功能無法發揮。此時，一個能兼顧傳播和管理二個領域學科的人才，便成爲未來傳播管理系學生發展的最大利基。

第五節　廣告教育如日中天

台灣的廣告教育開設廣告課程很早，但設立廣告組系卻很晚，可分爲廣告學講授、設立廣告組和成立廣告系所等三種階段。

　　廣告學的講授從政大新聞學系在台復校第一屆即已開始，先由宋漱石先生擔任，後來由余圓燕女士講授。

　　民國四十七年，省立法商學院開設廣告課程。

　　民國四十八年，政大新聞系開設廣告學課程，由徐佳士先生任教。

　　民國五十年，法商學院改爲中興大學，其企管系再加入廣告學課程。

　　民國五十七年，我國開始實施九年義務教育，廣告教育已逐漸受到重視，醒吾商專首先成立二年制商專廣告科，由劉會梁先生擔任科主任，並創刊《廣告人》。

　　民國五十八年，政大新聞系實施專長分組，共有編採組、採訪組、廣播電視組、公共關係暨廣告等四組，並嚴格規定學生到其他系選修課程，以充實相關學識專長。這一段時期，不設新聞科系，其他大專院校商學相關學系如企管、國貿等，都列有廣告學概論性質課程，由學生選修，由於師資、教材、觀念的限制，課程進展不夠順暢，效果也不盡理想，況且只是一門課，缺乏系列課程互補作用，成就不大。

　　民國六十一年起，政大鑑於台灣工商業發達，充實廣告學術內容實有必要，屢次爭取廣告學系的設立，但都未獲准。

　　民國七十二年，淡江大學成立大眾傳播學系，下設廣播電視組、印刷媒體組與廣告組，由系內學生按興趣選組。

　　民國七十三年，輔仁大學大眾傳播系開始招收雙班，分成新聞組和廣告組，大學聯考時即分組，迥異於政大的入學二年後才實施專長

分組，各招六十名學生，已有系的型態。後來為加強課程的系統性，以培養更具專業知識和技能的人才，分成新聞、廣播電視和廣告等三組，照樣在大學聯考時就已分組。

民國七十五年，在文大董事長張鏡湖支持與新聞系鄭貞銘、羅文坤等教授大力推動下，促使教育部通過中國文化大學成立廣告系的申請案。台灣第一個廣告系終於在民國七十五年成立並招生。

民國七十六年，政大廣告系也奉准創系招生。政大廣告系在課程設計與其他學術活動方面，著重開拓學生視野，培養專業理念，落實社會人文素養，尤其著重品德的陶冶，並出刊《廣告學研究》。

此時私立銘傳商專升格為銘傳管理學院傳播大學，原大眾傳播科也升格為大眾傳播學系。同時，銘傳大學也籌設傳播學院，分為新聞系、廣電系、廣告系及公關系。

民國八十年，私立世界新聞專科學校也相繼升格為世界新聞傳播學院，公共傳播學系下已分成公共關係系（原公共關係科）、觀光系（原觀光宣導科）及廣告組（新設）。廣告組在培育具現代廣告理念與實務操作能力之專業人才。

民國八十六年，政大成立廣告研究所並招收新生，交大也有此計畫。

以下將針對文大和政大兩校的廣告學系之課程作一概括性的分析。

一、廣告專業課程

（一）一般課程：廣告學概論、廣告史、廣告公司經營與管理、廣告與社會、國際廣告和廣告倫理與法規等。

（二）策略與創意：創意原理、廣告文案、廣告活動個案、廣告策略、廣告創意策略、文案技巧等。

（三）廣告媒體：廣告媒體、廣告媒體企畫等。

（四）設計與製作：素描、廣告設計、基礎攝影、廣告攝影、印刷媒介廣告設計、電子媒介廣告設計、多媒體與電腦動畫電腦繪圖等。

（五）廣告實務：專業實習、畢業專題製作等。

二、人文素養課程：憲法與立國精神、社會學、心理學、中國通史、政治學、理則學等。

三、藝術課程：美學概論、色彩學、藝術史等。

四、傳播課程：傳播理論、說服理論、人際傳播、媒介與社會等。

五、行銷管理課程：行銷原理、消費行為、促銷策略、企業管理、有效行銷等。

六、研究方法課程：統計學、社會科學研究方法、廣告研究方法、廣告效果評估等。

七、公共關係課程：公共關係概論、政府公共關係、企業公共關係、公關策略與企畫、公關寫作等。

此外，目前台灣的廣告教育尚有下列諸重要特色：

一、專業實習制度：各廣告學系組規定凡學生在學三年，修完廣告相關必修學分，要在假期到廣告公司實習一個月，體驗廣告實務運作，使理論與實務結合，並拓展人際關係，作為就業的準備。

二、貫徹專業課程實務小班制：廣告學系組有基礎攝影、文案寫

作等專業實務課程，爲提升教學效果，使教學設備與教學過程契合，便於師生互動，分成小班上課。

　　三、廣告作品畢業展：廣告學系組四年級同學，必須依照興趣找尋適當廣告主題，由兩人以上合作製作專題，經老師指導、評估，於第二學期適當時間在校外展覽作品。

　　台灣的廣告教育，現正如日中天，廣受青年歡迎，惟未來廣告教育仍有許多有待努力之處。其重要者如：

　　一、鼓勵廣告學術研究暨論文發表，以提升學術品質，並與國內廣告實務界加強互動關係。

　　二、成立廣告研究所（目前祇有政大）及在職訓練課程，讓在職的廣告人有更多進修機會。

　　三、積極加入國際廣告學術組織，進行與國外知名廣告學術教育單位交流，提升國際聲望，並拓展國內廣告圈的國際視野。

第六節　公關教育仍待衝刺

　　台灣的公關教育開設課程很晚，可分爲公關學講授、設立公關組和成立學系等三個階段。

　　民國五十年，法商學院改爲中興大學，其企管系再加入公關學課程。

　　民國七十九年起，私立銘傳商專升格爲銘傳管理學院、銘傳大學，原大眾傳播科也升格爲大眾傳播學系。同時，銘傳大學於八十八

年成立新聞暨大眾傳播學院，分為新聞系、廣電系、廣告系、大傳系及公關系（該系尚未成立）。

　　民國八十年，私立世界新聞專科學校相繼升格為世界新聞傳播學院、世新大學，公共傳播學系下設公共關係組（原公共關係科）、觀光組（原觀光宣導科）及廣告組（新設）。公共關係組在培育具現代公共關係理念與實務操作能力之專業公關人才。

　　公關學教育在台灣發展至今，只有世新大學成立公關學系，其他各大專院校都只在傳播相關學系下設公關課程，以下將針對世新大學公關系之課程作一概括性的分析。

　　一、公關專業課程

　　（一）公共關係概論、公關編採等。

　　（二）意見調查的訓練課程。

　　二、人文素養課程：憲法與立國精神、社會學、心理學、中國通史、政治學、理則學等。

　　三、藝術課程：美學概論、色彩學、藝術史等。

　　四、傳播課程：傳播理論、說服理論、人際傳播、媒介與社會等。

　　五、行銷管理課程：行銷原理、消費行為、促銷策略、企業管理、有效行銷等。

　　六、研究方法課程：統計學、社會科學研究方法、廣告研究方法、廣告效果評估等。

　　七、公共關係課程：公共關係概論、政府公共關係、企業公共關係、公關策略與企畫、公關寫作等。

　　台灣公關教育在過去十數年間，均與廣告教育結合得十分密切。其優點是資源可互通有無，但缺點則是可能妨礙彼此的專業性與獨立性。

　　同時，公關課程多由公關實務界人士擔任，學術與理論稍嫌欠缺。因此，台灣今後的公關教育，仍有待熱心人士朝下列方向努力：

　　一、鼓勵公關學術研究暨論文發表，以提升學術品質，並與國內公關、廣告實務界加強互動關係。

　　二、應多成立公關獨立的學系及在職訓練課程，讓在職的公關人員有更多進修機會，進而設立公關研究所。

　　三、積極加入國際公關學術組織，進行與國外知名公關學術教育單位交流，提升國際聲望，並拓展國內公關圈的國際視野。

　　四、加強公關教育的專業性，不要附屬於廣告教育之中。

第七節　農業推廣教育應配合時代脈動

　　我國自古以來以農立國，但由於傳統我國的民俗風情趨於保守，農民不敢嘗試新的生活方式，只願維持單存的耕作及經營理念，而其中的傳遞與學習則是靠最簡單口語相傳方式，故成效並不顯著。而隨著現今台灣教育普及，農民的知識及現代化程度日漸提高，農民對於大眾傳播媒體的依賴日深，故除了真正有效的農業推廣內容外，更需要大眾傳播媒體的輔助，藉以傳播新知，使得農業推廣更加有效、便利。

台灣大學農業推廣系，於民國四十九年成立，對於農業推廣有卓越的貢獻，更是現今台灣農業推廣教育的重鎮，茲就該系對於傳播教育實施情形略作介紹如下：

一、宗旨及特色

（一）教學目標：培養高級農業專業人才、鄉村建設人才。

（二）特色：培養農業傳播、農業教育、農業行政、鄉村發展及規劃的專業領域，強調理論與實務並重。

（三）發展：提高教師員額編制，增加學生研究能力，舉辦學術研討會，參與國際學術會議。

（四）可學習之專業能力：農業推廣、農業企業機構管理、大眾傳播。

二、課程

第一學年	作物學、園藝學、農業推廣學、教育學原理、微積分、社會學
第二學年	畜牧學、農業經濟學、農村社會學、統計學、多變項分析
第三學年	行為與社會科學研究方法、團體動態學、農場運銷學、農會與合作社組織、農場管理學
第四學年	農業政策、農業推廣實習、社會變遷、農業行政學

人與人間必須透過不斷溝通，才能形成共識並達到預期的目的。

我國長期以來「人治」的色彩濃厚，且講究人情，故在早期的農業推廣教育便是建立在此一基礎上，並有著不錯的績效。但隨著時代進步，傳統社會的結構漸漸鬆動，簡單的人際傳播模式受到挑戰，造成農推教育有滯礙難行之處；故日後農業推廣傳播教育應配合時代的脈動，結合各種傳播方式，才能有所突破，並作更大貢獻。農推系之必須在傳播尚再作努力，殆無疑義。

第八節　口語傳播教育迎合潮流

在這競爭激烈的社會，良好的溝通與表達能力已成一個人立足社會不可或缺的條件，再加上地球村的形成，國際交流的日益密切，文化、財經、政治、科技等多方面刺激的衝擊，使得傳播溝通專才的需求，成為時代的主流。口語傳播教育也因應這個時代的潮流，而在台灣成立。

說話絕不是一種單純的技術，而是包含了學術的、科學的、哲學的、藝術的內涵。古今中外，歷史上最傑出的演說家，大多是精通口語傳播的大思想家，唯有淵博的學識、宏闊的思維、有條理組織的邏輯架構，加上充分的準備和出眾的表達，才能完成動人的口語傳播。口語傳播學首重表達、溝通並用心去聽人家說，應對進退、談判溝通、解決衝突，這些訓練是培養民主社會的重要條件。在未來的社會裡，從政府機關到民間團體，對於上司與員工之間的互動溝通日形重要。因此，口語傳播學將被廣泛的研究探討。語言是人類最直接溝通

的方式，如何使用最簡便的語言，來達到最好的溝通效果，將是未來社會非常重視的一環。

一七七六年，蘇格蘭傳教士喬治康貝爾(George Cambell)利用新興的心理學原理，寫成《口語傳播原理》(Philosophy of Rhetoric)一書，可謂近代口語傳播理論的肇始者。他將聽眾列為說服藝術的基本因素，換言之，只要對聽眾研究瞭解，針對聽眾的情況進行說服，不必著重於說話內容與方法上研究，即可收效。一七七七年，普瑞斯特利所著的《口語傳播演說》(Lectures on Oratory) 一書中，作者根據哈特利 (David Hartley)的聯想心理學，推出關於口語傳播中主題資料研究、講稿中的組織，與結構等各方面的專門理論以及其原則。一七八三年時，布萊爾教授綜合當時文藝批評與美學原理和分類心理學的理論，寫成《口語傳播與文學對話》(Lecture on Rhetoric and Belles Letters)一書。一八二八年，華特利集結前人著作，撰寫《口語傳播學的要素》(The Elements of Rhetoric)一書。

一九三六年，芮查茲 (I. A. Richards)著的《口語傳播學研究》(Philosophy of Rhetoric)一書中曾主張，口語傳播者應當把注意力集中到誤解原因的產生與解決誤解的方法研究上，而非只著重在如何說服聽眾上。一九五〇年，巴克(Kenneth Burke)的《口語傳播要素》(Rhetoric of Motives)一書認為，口語傳播學是一種文學分析與社會批評的工具。

由上而知，口語傳播理論的根基是來自於心理學、美學、理則學等學科，但無論口語傳播理論如何發展，口語傳播都將是人類生活中最基本、最有效，也是最不容易精通的傳播行為。

從上述觀點看，口語傳播學應當是獨立的學問，必須具有廣博且深厚的相關學術基礎，才能作進一步的研究。

與口語傳播學相關密切的學術中，包括：理則學、修辭學、心理學、倫理學、語言學、文學、認識學、美學、科學、語意學等。美國口語傳播學權威教授白爾認為，必須再加入政治學、思辨哲學及相關學術。

口語傳播的行為是從說話人的目的開始，其次把意念組織起來，利用語言和演述的方法把傳播的技術系統化。這即發展成為口語傳播藝術的理論基礎。

成功的口語傳播必須應用理則學上的方法與原理，因為口語傳播主要是傳達意念，以影響觀眾，所以學識當列入第一考量。心理學有助於口語傳播進行時，掌握聽眾心理與動機和態度。倫理學和道德學，可使傳播者能講出對社會有益之言語。情理並茂的口語傳播，賴具備文學的素養。語言學與口語傳播更密不可分，因為「語言」負起整個傳達意念的責任。說話人的用字遣詞，足以形成其「風格」或「話格」，此種風格是否為聽眾所接受，足以決定說話的成敗。

一般的傳播學者將大眾傳播稱為「傳播藝術」，而美國有若干大學的大眾傳播學系，稱為「傳播藝術學系」。

由於我國傳統文化及家庭、學校教育方式與西方不同，較不重視也沒有一套完整的計畫，用以培養說話的能力與技巧，加上受到了「剛毅木訥」、振振有辭、滔滔不絕、侃侃而談的人被嘲諷為油嘴滑舌，或批為好出鋒頭。在此環境下成長，不容易培養表達清晰、以談判方式謀求解決之道。

　　現今許多社會問題，都需要以溝通、談判的方式來謀求解決之道。所以，巧言並非濫言，沉默並非是金，不但要「敢說」，更要「會說」。

　　淡江大學大傳系趙雅麗教授認為，國內如果在寬廣的傳播教育領域中，發展出一門口語傳播的科系時，可試著朝：一、跨文化傳播，二、組織傳播，三、文學作品詮釋，四、修辭研究……等方向邁進。

　　一、在跨文化傳播的無限領域中，受過口語傳播的專業人才，可縮短不同人文背景下的認知差距，更進而達成諒解、互信與共識。這類專才，可適任國際交流、談判與企業溝通，以及國際溝通場合中的即席傳譯。最近十年來，由於傳播科技的日新月異，整個地球已成為息息相關、休戚與共的「世界村」，因此對這類專才的需求，更是迫在眉睫，刻不容緩。

　　二、應用傳播概念來增進組織中的人際溝通、團體溝通與組織效率，可使組織管理成為一門高度藝術。受過這類訓練的人才，在未來分工更趨細密的組織企業中，可勝任其內部發展中人才的培訓工作、人力資源的分配管理或機關團體的人事管理。

　　三、文學作品詮釋的訓練，幫助詮釋者透過對作者的思維、感情和創作歷程的了解，掌握住原作的神髓；然後利用口語溝通，使「受眾」產生共鳴。這種訓練，不僅可提升主修者的寫作能力，可更幫助其朝著文學或藝術演出及劇場指導等方向發展；此外，也可從事與文字相關的工作，如文學批評、演講評論等。

　　四、修辭研究在近代已被視為一種方法論。人類利用象徵符號所從事的任何一種語言溝通行為，皆被視為一整體的「語境」，來加以

分析、解釋；即利用這種分法，從說話者和聽者兩方面來研究語言的修飾作用。此種訓練的目的，不在創作，而在評論和解析。這類的專才，尤適合社會文化批判、影評、劇評工作。此外，有些美國大學的口語傳播科系中，仍強調傳統修辭學及公眾演說的訓練(Rhetonic and Public address)；由於擁有語言文字的修辭及說服技巧，這些人學成之後，可從事更專業的工作，如政府機關及大企業集團的發言人，或政治人物演說的撰稿者。

趙雅麗授的眞知灼見爲國內口語教育指出正確的方向。

美國口語傳播學的發展歷史已有四、五十年，頗具規模，在部分的美國大學裡，口語傳播和大眾傳播學系的課程，已逐漸結合在一起，稱爲傳播系。但大部分學校將口傳和大傳分爲兩個獨立的科系。在課程設計方面，有些大學以修辭學、語意學爲主，辯論學、演說學、演講稿的撰寫等爲輔，著重於表達技巧方面。有些大學則以溝通爲主，分爲人際溝通、團體溝通、組織溝通及跨文化溝通等。目前在台灣及亞洲地區，只有世新大學成立了口語傳播學系，爲國內口語傳播界人才的培訓工作開啓了一扇門。

在多元化的社會中，由於價值觀和理念的分歧，造成社會上人與人之間的冷漠和隔閡，需要一種情境的溝通，經由溝通促成共識、互信，進而達到和諧，乃爲傳播的使命。

口語傳播可說是新近興起的一個科系，未來口語傳播學系的發展將是大有可爲。它能與科技結合，而不再只有單純的研究人與人之間的談話。同時，口語傳播也因爲電腦的發達，開始研究電腦語言在現有的媒體之下，利用溝通技巧、目的、內容做研究。

畢竟，科技無法完全滿足人類的需求，人文素養是機器無法替代的，也不是因為科技日新月異，口語傳播這門學科就會被淘汰，因為人和人溝通、互相了解、歸屬感等，都是人類最基本的需求。

第九節　傳播科技教育是新生領域

在台灣，新科技對於傳播與文化的影響之研究，最近幾年來才有學者相繼投入。而有關於新科技課程的開設，對於整個新聞傳播教育而言，更是一個新生的領域。在我國有開設傳播科技課程的學校為數不少，但以傳播科技教育為主軸的學校卻是微乎其微，僅有交通大學傳播科技研究所與元智大學的有關所系，茲分別介紹如下：

一、交通大學

（一）成立宗旨

交通大學傳播研究所成立的宗旨乃鑑於科技在傳播領域的應用日新又新，個人與社會對傳播科技的依賴日重，新媒體在傳播學研究與教學方面深具潛力，為了因應我國邁向資訊社會的要求，並與交大具有深厚基礎的管理學和應用科技進行學域整合，而於民國八十年九月成立傳播科技研究所。

交大的傳播科技研究所隸屬於人文社會學院，基本理念是以人文社會取向，從事傳播科技的學科研究和術業演練，注重新媒體在資訊傳播方面的應用，並探討新傳播科技對社會的影響；期望培育新媒體訊息企畫、製作、評估及傳播管理人才。其主要方向有二：

1.多媒體傳播：以傳播學旳角度，探討多媒體此一新興科技及傳播方式所帶來新的傳播模式、效果及影響。

2.傳播管理：探討新興電子媒體及電訊傳播的政策、法規及管理，並研究傳播科技在組織傳播情境中的創新、應用及影響。

（二）課程介紹

	基礎課程	多媒體傳播	媒介管理	組織傳播	其他
一上	傳播理論資訊科學概論、傳播科技概論	多媒體系統多媒體視訊	媒介管理	組織傳播導論、企業智慧財產權管理	專題研討
一下	傳播研究方法、社會科學統計學	多媒體訊息設計、多媒體訊息評估、多媒體網路	傳播政策與法規、媒介經濟、行銷管理資訊科技理論與研究	組織傳播管理、中介傳播、人際傳播	專題研討
二上	閱聽人分析	多媒體使用者界面、多媒體視像傳播	有線電視專題、電訊傳播事業	組織診斷與設計、管理心理與企業談判、傳播科技創新	個別研討
二下		視覺經驗、教育工學、認知心理學	管理組織、市場、消費行爲	科技傳播	

二、元智大學

元智大學於民國八十三年八月增設「資訊傳播學系」及「資訊傳播學研究所」碩士班，由梁朝雲教授擔任所系主任。另外在資訊研究所碩士班設有「傳播科技組」，招收五名選考傳播理論或視覺設計的

研究生。元智近年內以成立「資訊學院」為首要目標，對於傳播新科技的應用發展，可望發揮重要功能。

傳播科技教育在台灣也是新領域，有其樂觀的一面，但也存在了一些新問題，亟待我們解決。其重要者如：

（一）傳播科技教材需求

因為傳播科技都是新興媒體，除了發展趨勢外，名詞的統一、歷史的陳述、觀念正確的說明都是必備的。因而有關中文的傳播科技教科書需趕緊誕生。

（二）跨領域的研究

新傳播科技原本就屬於文獻蒐集和專著書籍較少的領域，在研究上亦復如是。同時因新科技涉及的領域範圍較廣，必須由不同領域學者在研究主題上相互配合，不然有疏漏及與現實脫節之感，因此跨領域研究合作的計畫必須做整合性安排，真正將新媒體科技在各方面的發展、影響、效果呈現出來。

（三）充實完整的資料庫

因為新科技的領域較新，各種文獻、專刊、書籍收集不易，每次研究皆需前往美國或其他國家蒐集。廣電基金圖書館和政大傳播館固有不錯的典藏，但僅限於廣播電視的資訊。因此在資金本就不足的圖書上，如何充實完整新科技圖書資訊是必要的，同時如何利用電腦網路的連線，獲取資訊將是未來必要的趨勢，因而傳播科技學者如何將現有資料作整合性組合，是值得努力的。

（四）新傳播科技的相關課程不足

在國內，除了交通大學有針對新傳播科技開設較完整的課程，其

他各校僅僅開設幾門有關新傳播科技的課程,而沒有一個完整性的全盤規畫。須知在傳播科技不斷日新月異的今日,新科技不僅改變人們部分的生活習慣,並且使得現有的傳播生態更動,異於從前,使得一些傳播現象更加難以預測,所以如何能從了解新傳播科技的特性,進而去預測人類的傳播行為,是現今傳播學者及從業人員所應重視的。各校今後應當多開設有關新傳播科技之課程,並且能結合各校的資源,使得新傳播科技之教育得以健全發展。

第十節　傳播理論中國化是艱鉅工程

傳播理論是一門新興的學科,在以歐美為主流的學術領導潮流與權力及經濟的主控情況下,世界上政經實力稍弱的各個國家自難逃傳播帝國主義的侵襲,媒介依賴理論、科技決定論……等等的傳播理論幾乎喧騰一時,為世界上各邊陲國家所全盤接收並運用,然而被預期將造福的美麗前景卻被一一打破,甚至產生了不少的後遺症。

在亞洲兩岸四地(台灣、大陸、港澳)的中國自然也逃不出在這樣的洪流中。就國內的幾十年來現代化發展而言,幾乎是一味地接受西方強勢媒體及傳播學術界所強力推銷的菁華與觀點,這樣的衝擊與影響是深遠且廣泛的。經過幾十年的變化,雖然我們在政、經上享有豐碩的成果,但是當現今的社會亂象層出不窮,以及許多的價值混淆成型,倒過來反蝕多年辛勤建設的成果後,不得不讓人重新思考這一味的接受西方傳播思想的必要性與影響性。

　　愈是民主自由的地區，如香港，台灣，受西方傳播理論的影響就愈深，大陸則稍微少一些，但也並非全然沒有影響。當西方這種傳播理論與思想無法解決我們中國自己的問題後，就是重新自找出路的時機。

　　國內以王洪鈞教授為首的一群傳播學者們則力倡「傳播理論中國化」的實踐，這是遠見，也是一項艱鉅的工程。

　　中國自古以來，已積累了五千多年的經驗與思想體系，以這樣歷史悠久的脈流，倡導傳播理論中國化的學者認為應該將我們自己的東西歸納，並全力發展，以開拓新局，如是才有能力擺脫西方傳播理論思想的框架及趨利避害，尋出屬於中國人自己的傳播理論，當然這其中也許也融合了西方的菁華；這是一條不容易走的路，然而，現在已有了起點。

　　就歷史的觀察，中國近百年來的西化趨向的確是有助於現代化的躍進，就中國華人的社會而言，除中共以外，凡全盤運行西方那一套的地區，如台灣、香港、新加坡等皆獲得在政治上孕育了豐富的民主果實，在經濟上也獲得前所未有的繁榮與富足，但是當政治與經濟發展到一定水準之後，相對的，各種後遺症也接踵而來，原因何在，實乃是適應上出現了不協調的緣故。

　　當超出政治及經濟領域之外的問題，如文化問題，如社會心理、環境變遷上等等的問題，不是純以西方那一套就能解決的，因為東、西文化種族差異很大；此外，東西方的意識型態及政治經濟發展程度也有極大的距離。

　　而傳播的活動正扮演著關鍵的要角，過去是如此，現在甚至將來

依然不變；尤其當今傳播科技威力的領軍並與電腦結合，像現今的網際網路，打破了傳統傳播習慣，傳播活動勢必會跟著改變，同時也牽引著政治、經濟活動，相對的，社會及人文環境、人們生活習慣、教育方式等等終將隨之改變。

以台灣為例，許多亂象是因接受西化所帶來的，固有的文化傳統遺產卻漸漸消逝，然而採用西方的那套方式並不能完全解決現存遭遇的各項難題，因此回過頭還是得從中國固有的東西重新探尋才能適切自如。

傳播活動是很複雜的過程，回顧過往，無論是報業或新聞傳播教育，皆是抄襲歐美日本之新聞理論，始終沒有屬於我們自己的東西，新聞界先進張季鸞於民國三十年撰寫之〈中國新聞學會宣言〉中即強調建立中國新聞學理之重要性，有謂：「同人以為中國報人，必須完成中國特有之新聞學，以應需要，西洋方法，參考而已。」此番見解正是具有先見之明，已道出了為何要發展我們自己旳傳播理論之意義了。再深入地思量，以新聞傳播來說，其攸關國家發展最為密切，必須符合於本國之「水土與體質」，才能相得益彰，如是之故，新聞理論中國化研究之重要性也不言可喻了。

在國內針對傳播理論中國化之研究的有：以王洪鈞教授為首的一批新聞學教授，計有杜維運、閻沁恒、馬驥伸、賴光臨、皇甫河旺、張玉法、鄭貞銘及陳國祥等九位，這些教授合力推動傳播理論中國化之工作，並合作出版一本傳播理論的書，名為《新聞理論的中國歷史觀》，由遠流出版社出版；每位教授各負責一個分論，分別是：

一、〈史官制度及歷史記載精神〉／杜維運

二、〈御史制度及諫諍精神〉／閻沁恒

三、〈清議與議論精神〉／馬驥伸

四、〈士人報刊之新聞及立論精神〉／賴光臨

五、〈革命報刊之新聞及立論精神〉／皇甫河旺

六、〈新文化運動時期的新聞及立論〉／張玉法

七、〈抗戰前後時期報業之言論精神〉／王洪鈞

八、〈黨公營報業之過去、現在與未來〉／鄭貞銘

九、〈台灣民營報的辦報與立論精神〉／陳國祥

另值一提的是輔大關紹箕教授的《中國傳播理論》，該書主要研究在經、史、子、集四庫的範圍，劃分成五大範疇，對中國固有的傳播思想作釋義與統計。

台灣之外，香港浸會大學傳理學院院長朱立教授亦針對傳播研究「中國化」有所鑽研。他指出，傳播研究中國化的基本方針應是開放與多元的，而不是故步自封的盲求。

朱教授認為，傳播研究中國化有四個努力的方向：

一、將西方現有的傳播概念或理論做跨文化、跨地區的再測試。

二、將西方對華人傳播現象的理解加以整理、批判。

三、鑽研中國文化中獨特的傳播現象，如面子與傳播、方塊漢字的傳播功能等。

四、探索華人社區當前切身而重要的傳播問題。

就國內各大學的新聞傳播所、系而言，「傳播理論」是一門必修的課程，所用的教材亦大多是取自西方學者研究，即使國內有學者自己寫傳播理論的書，但也都是翻譯的素材或者是以歐美學者的研究為

依歸，甚少能找到有屬於由中國人自創的理論。

因此，我們的思考自然會因循西方的邏輯，推諸行為上亦然；有意思的是，當我們在一味推崇、引進西方那些先進傳播理論思想時，西學方者卻對中國深厚的文化多所景仰。

例如：施蘭謨(Wilbur Schramm)即在一九七七年指出：我們在西方的文化背景中學習科學研究與理論的人，看見中國長春的文化，和她悠久的藝術傳統，總免不了會肅然起敬。我們常想，中國人那種深邃的智慧與洞達，要是有一天能用來幫助西方人多瞭解自己的工藝智識，加深我們在實驗方面的體會，該是多美好的事。許多人已注意到現代中國人在傳播學問上認識的深刻與精到，不但反映了悠久的歷史傳統，且常能推陳出新。

美國哈佛大學著名學者杭廷頓(Ssmue Huntington)亦提出一篇「西方文明獨特，但非四海皆準」的演說，在針對「西方文化會成為世界文化」提出批評時指出，現代文明並非就是全盤的西化，其中特別說到東亞社會重新發現他們本土的價值，在找出西方成功的祕訣後，會導向本土化發展。

傳播的活動正是現代化的導引先鋒，由上述杭廷頓的推測，正是發展傳播理論中國化的最佳時機與勢在必行的工作。同時，藉由西學方者推崇的觀點，也為推動此一工作的價值做了最佳註腳。

關紹箕教授認為，發展「中國傳播理論」具有兩點研究價值：

一、純學術價值

（一）可以為「比較傳播理論」(Comparative Communication Theory)奠定研究基礎。

（二）擴大漢學研究的領域，使漢學家或中國思想研究者得以一窺中國思想的另一風貌。

（三）開展傳播系所學生的知識視野，讓他們從另一扇窗瞻眺壯麗的中國傳播天地。

二、實用價值

「中國傳播理論」絕大部分奠基在先哲的「生活經驗」上，對傳播問題的洞見，有時歷久彌新，或可帶給現代中國人一些生活上的啓示，並有助於我們解決自身所面臨的一些傳播問題。

綜合上述，可以說明建立「傳播理論中國化」的價值性，是一項有意義的學術工程。

我們相信：中國有五千年的文化道統，豐富的文化典藏容許從各角度切入研究，要讓此一研究有所成就，則必須運用方法；光是明瞭傳播理論要走中國化方向是不夠的，欠缺具體方法將會徒勞無功，我們必須努力的方向是：

一、要結合志同道合的研究夥伴：目前投入此研究的人太少，要加強。

二、必須發展組織，成立類似研究協會的學術性社團推動工作。

三、聯合兩岸三地甚至整個華人社會來共同合作，促進交流活動。

四、成立研究傳播理論中國化的學術性刊物，供研究者有機會發表。

五、將發表的學術成就譯成外文，推向國際社會。

六、建立公平公正的評審與獎勵制度，以提升研究水準。

七、做好教育接棒工作，不使此項工程有所斷層。

近三十年來，歐美大眾傳播學術發達，於傳播權利之提倡，尤其傳播效果之研究，已著有成就，大陸及台灣兩地除在傳播學術方面，介紹不遺餘力，著作極為豐富之外，也開始研究中國固有文化有關傳播之知識。「中國化」之方向已顯示為時代趨勢及中國文化發展所必需。惟在新聞理論中國化研究方面，似仍在起步階段。

若就攸關國家發展最有密切關係之新聞傳播而言，如前所述，其理念自須建基於本國之「地氣」及「水土」，方能適合本國社會之體質。惟是之故，新聞理論中國化研究之史的基礎，殆為首要工作。在此基礎上，發展新聞的理念，包括新聞涵義、新聞價值、新聞事業所有權制度、經營原則、新聞記者之職責、道德以及新聞自由等，當更有實用之意義。

第十一節　中外新聞院校的聯繫與合作

目前國內各大學院校的新聞傳播教育，目標雖然相同，但是教育方法卻因各校的特質及發展的理念而有所不同。以目前台灣地區所設立的新聞傳播院校而言，由於設立時間的早晚不同，經費來源的問題，使得教學資源、學校設備、師資陣容都有明顯的差距。再加上學生素質高低的差距，因此每所新聞傳播院校的發展趨勢與辦學成績都不相同。

目前台灣各新聞傳播院校雖各有特長，但卻面臨著相同或不同的

困難，亦存在著或多或少的缺點，惟有相互觀摩，以彼之長，補己之短，加強合作，各院校間取得密切的聯繫，方能使得新聞傳播教育的發展達到更完善的地步。至於各校間加強聯繫與合作的方式，主要有下列幾種：

一、國外部分

與國外大學的合作與聯繫，回顧一九四九年以前大陸時期中國新聞教育，直接或間接都受到國際新聞教育的影響，尤以美國密蘇里大學對我國早期的新聞教育，更有重大的貢獻。當時北平的燕京大學與上海聖約翰大學，都是典型的代表。

北平燕京大學初於民國十三年成立新聞系，由密大畢業的白瑞登主持，一切設計皆採美國方式，但因限於經費，於民國十六年暫停。而當時擔任講師的聶士芬自密大新聞學院完成碩士學位，學成歸國，於一九二九年重返燕京，並由威廉博士協助募款五萬元，使兩校建立合作關係，為期五年，密大、燕京兩校同意交換學生與研究生。密大第一位交換教授是馬丁教授，他是繼威廉博士之後擔任密大新聞學院院長。葛羅夫為第一位交換研究生。此外，密大新聞學院畢業生特森後來在我國上海《中國評論報》擔任廣告主任，並在聖約翰大學講授新聞學。

民國四十三年政大在台北木柵復校，設立新聞研究所，四十四年恢復大學部新聞系。政治大學新聞教育的發展，國際交流部分建樹甚多。政大之重視國際學術交流，首應歸功於先總統　蔣公。早在民國五〇年代，台灣剛剛出現經濟起飛，　蔣公鑒於企業管理與公共行政人才之需求殷切，因此便指示由政大與密西根大學長期合作，改進公

共行政及企業管理教育，政大設在金華街的公企中心便是這樣產生的。

在台灣新聞教育創始之初，日本的小野秀雄先生對我國新聞教育的貢獻亦很大。小野秀雄先生爲日本新聞學權威，原任教東京帝大，退休後受聘上智大學。民國四十八年，經已故考試委員陳固亭先生推薦來政大新研所任客座教授，引進了不同於美國的新聞理念。

目前政大與國外的交流計畫，大致上分爲五個方向進行：

（一）訂定交流計畫：與美國俄亥俄大學(Ohio University)新聞學院訂有交流計畫，該所及對方的教師得交換教學，每年以一名爲限；亦可申請到對方系所就讀，修習學分可計入畢業學分，並享受學雜費優待，期間以一年爲限。目前正在協議定類似交流計畫者，尚有美國波士頓大學及紐約州立大學相關系所。

（二）傅爾布萊德(Fulbright Foundation)基金會訪問教授：傅爾布萊德基金會爲一國際知名機構，專門推動跨國學術人才交流，自民國七十七年起，該機構已將新聞及傳播學列爲其工作重點之一，每年得視該所需要，在國際間招聘短期講學教授，由該機構及政大共同負擔費用。

（三）研究計畫：台灣地區傳播研究已日漸受到他國重視，近年來多項跨國研究計畫均有政大新聞研究所師生的參與。其中包美國賓州大學格本納(George Gerbner)與臧國仁教授合作之電視與文化研究；新加坡大學、美國東西文化中心文化及傳播研究所與徐佳士及汪琪教授合作之電傳視訊研究計畫等。

（四）學術會議：政大新聞研究所的多位教授，均曾在國際學術

會議上發表論文。民國七十八年新聞研究所在教育部、廣電基金會及資策會等單位資助下舉辦的「亞洲地區資訊化」國際學術研討會，參加人員包括十一個國家二十一位代表，獲得美、亞地區傳播學界的重視。

（五）學術演講：主講者包括該所及他校教授、訪問學人及專家等。如史丹福大學傳播系主任艾伯爾(Elie Able)、希伯來大學凱茲(Elihu Katz)、傅爾布萊特基金會主席與前任史丹福大學傳播系主任尼爾遜(Lyle M. Nelson)、現任史坦福大學傳播系主任查斐(Steven Chaffee)、德州大學傳播系系主任麥考伯(Maxwll McCombs)、哥倫比亞大學教授喻德基、新加坡南洋大學新聞傳播學院院長郭振羽、香港浸會大學傳理學院院長朱立、澳洲皇家墨爾缽技術學院教授謝爾頓(Harsel Sheldon)等，均曾於政大演講。

此外，中國文化大學新聞系在鄭貞銘教授擔任系主任期間也與密蘇里大學新聞學院訂有交換學生的計畫，兩校互派學生至該校留學。現任TVBS的總經理李濤與中視新聞部經理湯健明，即係密大文大交換的研究生。鄭主任卸任後，此項計畫曾一度中斷，直到文大新聞暨傳播學院成立後，藉密大新聞學院院長密爾斯的來訪，兩校才又恢復合作關係。

二、國內部分

（一）學術研討會

民國四十七年五月三日，教育部委託謝然之先生就新聞系課程之改進，舉行了一次小規模的座談會，出席者有當時的高教司司長施建生、曾虛白、馬星野、成舍我與王洪鈞，開啓了我國新聞傳播學術研

究的新頁，當時的研討主題以新聞教育的改革為重點。

這次座談會的經驗，對於新聞教育時間的定位、制度，以及應該透過怎樣的課程安排及內容，才能達成理想等問題有諸多的建樹。但是如何藉著充分的溝通而達成共識才是重點，而這些溝通勢須與新聞教育有關方面，包括教育部、學校內部單位、新聞業者專家們共同戮力，才可達成。

其後數年舉辦學術研討會風氣愈來愈盛，研究主題也愈來愈多元。雖說如此，但研討會舉辦多半是由單一學校或是由單一學校與外界的單位合辦，除非是大型的學術研討會，會有跨校合作情形產生，否則各傳播院所彼此間少有合作辦研討會的機會。

根據《傳播學門人力資源現況分析》（汪琪、臧國仁，1993）所做的研究發現，由一九八八年到一九九二年底為止，共有十四場以新聞傳播為主題的學術研討會。但是由一九九三年到一九九五年的三年當中，研討會舉辦的次數已提升到三十次左右，成長達一倍以上。

這些研討會雖然都是由新聞傳播界主辦，但是性質並不全然一致。有部分（包括新聞局及亞洲協會所贊助的研討會）對象並非學術界人士，而是新聞傳播媒介的從業人員，研討會具有提供實務作業者「在職進修」的性質。也有些研討會以學界、傳播業者及公眾為對象，並不要求主講者提出完整的論文。嚴格來說，這些研討會對於經驗及觀點的交流有其貢獻，但是學術成果的累積卻略有不足。

研討會的性質有別，規模也有相當大的差異。學生雖然不是研討會的主力，但碩士班研究生的參與投入，對於研究的執行也有相當大的助力。而一些碩、博士班學生不但參與研究，更開始發表著作，甚

至舉辦「學生論文發表會」，成果令人刮目相看。在最近幾個研討會中參與人數及經費最多者，是一九九三年政治大學傳播學院所舉辦的「中文傳播研究暨教學研討會」。參加人員除了台灣地區的傳播學者外，還包括了中國大陸、香港、新加坡、日本及美國的華裔學者，會中發表論文數量在一百篇以上。

　　由於研討會需要主辦單位投入大量的人力與財力，一般大專院校並沒有太多的經費可以舉辦研討會，因此幾乎所有的研討會都必須依靠主辦單位自籌經費。既然各大學的經費有限，故而其尋求合作的對象主要是以外界爲主。包括教育部、新聞局、國科會等政府單位、民間基金會及傳播媒介，都曾是新聞傳播研討會的贊助單位。跨校間的合作在人力與與財力的限制下，較少出現。

　　(二)學術刊物

　　自一九六〇年代以來，政治大學新聞系所出版的《新聞學研究》一直是國內傳播學門唯一學期刊。但是自一九九一年起，陸續增加了四種學術性期刊：政治大學廣電系出版的《廣播與電視》、輔仁大學傳播研究所出版的《傳播文化》、政治大學廣告系出版的《廣告學研究》與台灣大學新聞研究所出版《新聞論壇》。

　　另外在非學術類的的期刊發行上，也是相當蓬勃，例如《新聞鏡》除了報導傳播界動態外，還具有傳播教育的功能、《新聞評議》是媒體的體檢師、《傳播研究》報導傳播研究的最新動態、《大眾傳播教育會訊》在維繫各院校之間的聯絡扮演了重要的地位等（可惜目前已停）。而各新聞傳播院校的學生實習報，例如：世新大學的《小世界》、銘傳大學的《銘報》、文化大學的《文化一周》、政治大學的

《大學報》等，亦對於各項的傳播相關事務有很詳盡的報導。這些期刊對於各院校間的合作交流，也都有若干的助益。

國內主要傳播學術期刊出刊方式之比較

	新聞學研究	廣播與電視	傳播文化	廣告學研究	新聞論壇
創刊時間	1967年	1991年7月	1992年4月	1993年1月	1994年春
主辦機構	政大新研所	政大廣電系	輔大大傳所	政大廣告系	台大新研所
出刊間隔	每年兩期	每年兩期（一、七月）	每年兩期（四、十月）	每年兩期（一、七月）	每年兩期
主要內容	新聞傳播理論實務分析方法、評譯書介研究消息	電子媒介相關論文	傳播相關論文包括符號學等領域	廣告、公關相關論文	有關新聞報導趨勢、評論新聞報導探索新聞報導之規範、批評新聞報導之意識型態
審稿方式	自由投稿，由編輯委員會邀人審稿	由編輯委員會邀專人審稿或主動邀稿	自由投稿，由編輯委員邀人審稿	編輯委員會審稿	自由投稿，由所長推薦兩位老師擔任評審
經費來源	學校補助部分	募款	學校輔助部分餘自籌	自籌	台大學術發展基金、學校補助部分
行銷管道	三民書局	三民書局	唐山書局		學術機關贈閱。私人自行洽台大新聞研究所

資料來源：汪琪、臧國仁，1993，頁15

(三)師資的交流

　　由於目前國內的新聞傳播系所增加快速，學生人數大幅上揚，導致新聞傳播專業師資的缺乏。以民國八十六學年度為例，新增的新聞傳播系所包括了政大的「廣告研究所」、中山大學的「傳播管理研究所」、師範大學「大眾傳播研究所」。八十八年度，銘傳大學又新增傳播學院，增加三系。再加上原先即已存在的傳播新聞院校，師資的匱乏可以預見。為了彌補各校不足的師資，師資交流的進行就較為頻繁了。

（四）教師研究計畫的合作

　　根據《成長與發展中的傳播研究：一九九五學門人力資源調查報告》一文中所做問卷調查發現，（汪琪、臧國仁，1995，頁78）目前國內新聞傳播跨校合作的研究比例很高，有七成受訪者表示曾經與他人合作進行研究，而合作的對象中不但包括不同學校，也包括不同領域的研究人員，亦即跨校性合作的研究，不論是和國內或國外，都非常的頻繁。

受訪者進行傳播研究的合作對象

	人數	百分比
同校同領域	33	34.4
同校不同領域	13	13.5
不同校同領域	21	21.9
不同校不同領域	9	9.4
外國同領域	16	16.7
外國不同領域	4	4.1
總數	96	100.0

資料來源：汪琪、臧國仁，1995：頁79

　　以國內傳播學界的規模以及傳播研究與其他學門的密切關聯來看，跨校、跨領域的研究合作似乎是一種趨勢。然而在合作頻密的同時，各校甚至同校的傳播相關科系間，也存著一些競爭或對立的情緒。在缺乏專業團體的因勢利導之下，各校系所自由發展若演變成各立山頭，無疑將阻礙學術成長及進一步合作。

　　(五)資訊的交流

　　找尋資料長久以來是許多研究者的夢魘，而如何能以最少的時間、金錢、人力、物力來獲得最需要的資訊，對於每個研究者而言，都是個重要的議題。目前在資訊的交流上，我們可從兩個方向來看：

　　1.圖書的交換

　　最早在政大在台復校時，美國密蘇里大學、南伊利諾大學新聞學院就曾各以兩百冊參考書捐贈政大新聞系；隨後，美國有關學術團體如亞洲協會等，也以多種新聞著作贈予世界新聞專科學校，這才解決了一部分嚴重的書籍荒。由上可得知，早期的圖書交換是以單向爲主，但目前由於台灣經濟發展的快速，已不須由外界援助，書籍的交換就傾向於雙向交流了。例如：中國文化大學就與政治大學即有交換博碩士論文的計畫。

　　2.資訊網路電子合作的交流

　　自從電腦網路發明以來，人類不僅擴充了資訊的獲得，也增加了更多傳播的可能性，「咫尺天涯」不再是神話，人與人之間的溝通也愈來愈能超越時間和空間的限制。

　　就資訊的取得而言，許多傳播院校的圖書館紛紛進駐到網路系統中，任何人，只要擁有上網的設備，即可輕易的查詢圖書館內藏書、

借還書的情形。以政治大學的社資中心爲例，過去其他院校的學生如要查詢資料，必得千里迢迢的跑到政大去，才能得到想要的資訊，但現在只要在網路上輸入書名、作者、關鍵字等，即可獲知過去數年有關書籍和論文的出處及館藏，甚而是論文大綱。再者，也有許多的傳播學者，利用網路來發表自己的著作，達到資料共享的境界，而對傳播理論的國內、外最新發展，亦可透過網路，窺一全貌，整體而言，網路對於資訊的獲得是相當有利的。

　　其次，各新聞傳播院所的動態消息，亦開始在網路現身。由於網路的使用屬於傳播的行爲，對於訓練新事物敏感度的新聞傳播系所而言，自是無法在網路上缺席。許多新聞院校的簡介紛紛在網路上出現，專屬的新聞實習報也紛紛的上了網路，例如：文化大學新聞系的文化一周電子報、國立政治大學的大學報電子報、美國哥倫比亞大學新聞學院的電子報、密蘇里大學新聞學院的電子報等，這些各大學努力傳播新事物的成果，也爲院校間的合作奠定了良好的基礎。而除了電子報的上網外，E-mail流通、BBS的盛行也取代了過去需要耗費大量時間、金錢的書信往返，成爲院校間的合作和聯繫的最佳橋樑。

　　成立傳播學會的建議，在「一九九五年學門現況及發展研討會」上提出，取得足夠的法定聯署人簽名後，於一九九六年中正式成立。

　　傳播學會除了結合各校、各學派的傳播人才外，一些目前存在的問題，包括資源運用、合作交流等，也在逐步解決。以資源運用而言，學會可以以專業團體名義向外界尋求經費支援，進行基礎研究與文獻資料建檔的工作，或結合其他的學術社團，推動各項傳播事務的進行，同時也可爲各校傳播研究人員以及其他學門研究人員提供更多

交流的機會。

　　但僅僅形式上的成立，顯然並不能保證一切建樹必將水到渠成，且學會的成立與既存的「大眾傳播教育協會」間的功能，是否有重疊之處，亦是值得深思的。因此在未來如何增進校際間的合作聯繫的問題上，唯有將各傳播組織整合，方能得到最有效的解決。

第十二節　媒體在職教育的前景

　　今日各地大學設有新聞、大眾傳播科系者爲數不少，以專業科目教導學生，好爲未來謀職就業做準備。對報業而言，應該很感謝他們提供了具備一般新聞工作知能的通才，不過若想求得整個企業的發展與個人能力的提升，仍須長期不斷的進修與訓練。

　　媒體內容是反應社會的，爲因應日趨多元化的需求，人才的管道不能侷限於新聞科系的畢業生，要兼用有其他專長背景的人士，如政治、經濟、法律、社會、文學、藝術、體育乃至理工、醫學、電腦等系所的畢業生。當然，他們樂意投身新聞界，必有滿腔熱誠，可是專業能力欠缺，仍無法勝任，故需施以相當時日的職前教育，而在正式發聘工作後，還要繼續追蹤輔導，不斷訓練。

　　一般而言，新聞系學生較熟練於新聞寫作、處理，對新聞自由與自律也頗有概念，但對所跑路線學門，儘管過去或有所涉獵，基礎多欠深厚，日後應加強專門學術扎根，而非新聞系學生則以專業訓練爲重點。所以，目前國內各大媒體機構多有在職訓練的實施。以下就聯

合報系、華視等媒體的在職教育略作一敘述：

一、聯合報系的在職教育計畫

聯合報系對新聞人才養成至為重視，因為報業是技術密集、人才密集的行業，何況報系多年來不斷擴張，需才殷切，更是加大步伐，加快速度地培育。如果以一位長期服務的編採人員為例，他從職前、在職乃至晉升為主管之後，報系都會提供他各種不同的訓練，茲分項說明如後：

（一）職前訓練

報系編採單位進用新人多採不定期招考，每次錄取數十至六十餘人不等。新人報到後即開班授課，為期四至七週，每週上課六天，每天八小時。在這種密集課程中，包含了新聞專業及企業文化等類別，訓練特重做實習，兼任教師的編採部門主管們則趁機觀察學員的資質及學習態度，如有任何不合新聞工作者的條件，經集會決議，便予以淘汰。

至於個別進用人才，因大都有相當經驗，專業、專門能力沒什麼問題，只施以短期訓練課程，以認識報系歷史、企業文化及人事章程、工作規則為主。

（二）在職訓練

新進人員經報系訓練主管觀察、晤談，瞭解其意向、能力後，分發到各部門工作，還需經為期四十天的試用，始行發聘。由於新聞內容與作業工具日新月異，編採同仁急需展開長時間的學習歷程，隨時充實自已，才能趕上時代，應付挑戰。

在職訓練包括：

　　1.主管教導：報系向重經驗傳承，也希望主管視教導部屬爲份內責任。而主管通常是選拔專業、專門能力較強的人擔任（當然領導氣質亦是要件），故可利用平日指揮採訪、核閱稿件之便，教導同仁如何把新聞處理得更好、更快、更周詳，並協助解決相關問題。

　　2.參與正規課程：報系總管理處教育中心及各報編輯部根據業務需求及同仁建議，開設若干長期、短期課程及專題演講，同仁可自行報名參加或受主管之命參加，其類別有：

　　專門課程：所謂專門課程是指記者採訪路線的智識或報導議題、事件的內涵。譬如爲因應地方大選，報系希望同仁多瞭解地方特質與選舉運作模式，而開設選舉系列講座。又如，爲因應台灣開放期貨市場而設置了期貨理論與實務研習班。也有針對當時熱門新聞而舉辦的單一議題研討會，如野生動物保育、全民健康保險……等等，都曾邀請學者專家及政府首長前來解釋事件內容，接受諮詢，共同研討。

　　專業課程：所謂專業是指編採人員從事本身工作所需的業務技能倫理。譬如新聞寫作通論、分類採訪寫作、誹謗法律與著作權法、攝影班（分初級、中級、專題三個班）、電腦基礎班、電腦繪圖班、版面構成與圖片處理、標題製作……等，以促進編採職前爲主的課程。

　　語文訓練：爲提升同仁語文能力，該報開辦了英文新聞閱讀、英文寫作、英語會話等工具性課程，均屬長期班次，每期半年到一年，此外還開設各種語文課程。

　　3.個別獎助進修與專題研究：報系訂定獎勵進修辦法，凡符合一定年資、考績條件的同仁，均可申請獎助帶職帶薪進修、留職帶薪進修，範圍包括國內外大學研究所、國外新聞專業訓練中心及企管顧問

中心、職業訓練社團開辦的長短期課程。報系核准後，將酌情補助同仁學雜費、書籍講義費、交通費等。同仁如果對某一專題有興趣，擬行做研究，經核准後，報社也予補助相關費用。

4.國內及海外巡迴採訪、考察：為擴大記者及編輯的視野，報系每年根據業務需要，選派同仁赴台澎金馬或海外各國做專案考察、巡迴採訪，返社後需提出心得報告或特稿報導。

5.鼓勵同仁閱讀進修及組織團體討論。譬如報系某些單位同仁在輔導下組成讀書會，每週、每月要求成員閱讀書籍，定時切磋討論；也有單位指定同仁在會中做專題報告，大家詰難質疑，進行腦力激盪，擴大思考深度。

二、華視的在職訓練計畫

因應目前人力資源的重要性，華視相當重視在職訓練，華視的在職訓練可分為三部分：

（一）一般訓練——由華視訓練中心辦理，課程內容包括電腦、英日語及大眾傳播相關課程研習。使每位同仁均學會操作電腦，提高工作效率，並達成辦公室自動化的目標。另一方面，加強同仁的英日語能力，以促進公司邁向國際化，同時並可吸取國外先進的大眾傳播知識，有效經營媒體運作。

（二）國內訓練——包括新聞研究所新聞傳播學分班、資料分類管理運用及電腦繪圖觀摩研習等，並安排參加文化大學推廣教育中心所開的相關課程，讓員工有在職進修的機會。

在觀摩電腦繪圖研習方面，華視為了提升腦繪圖人員的技能，了解電腦繪圖的應用與發展，常派員至美國觀摩電腦繪圖製作。

（三）國外訓練——為增加員工對電視新科技及新產品的瞭解，增進採購專業知識，吸收西方先進國家之電視新聞及節目製播技巧，常派員到外國知名的傳播媒體參觀，例如美國ABC、CNN等傳播機構。

三、台灣傳播業在職教育之特色

（一）台灣傳播業的在職教育大體而言並不普遍，只有較大、知名度較高的傳播機構才有較完善的在職訓練計畫，一般規模較小的傳播機構多沒有在職訓練的計畫。

（二）台灣傳播業的在職教育，多偏重專業技能的培訓，對於與傳播品質相關的道德教育或媒介批評等課程並不多見。

（三）台灣目前傳播在職教多著重與學界的合作。例如：華視與文大推廣中心合作等。

四、在職教育的改進之道

（一）台灣的傳播學界應更注重在職教育的觀念推廣，並加強對媒體批評的工作，以敦促傳播業者致力改善台灣傳播業的品質。

（二）台灣傳播在職訓練的課程規畫，應加強對於傳播倫理與道德的陶冶與討論。因為有一半左右比例的傳播工作者並非由傳播相關學系畢業，從未受過傳播正統教育訓練，缺乏對傳播道德的再省思。

第十三節　新聞教育榮譽制度的建立

為提高國內新聞傳播水準及加強新聞從業人員的專業知識，國內

政府單位及各大專院校、民間社團紛紛建立榮譽制度，鼓勵及嘉勉優秀新聞從業人員，並提供多項國內外進修機會，以充實專業知識及技能。

為鼓勵與協助國內傳播媒介朝向公正、公平、客觀發展，並發揮媒體應有功能，我國各大學及政府機構相關民間社團紛紛仿傚美國成立新聞傳播在職人員進修或相關獎學金之榮譽制度，希望以補助與鼓勵方式，提供新聞傳播專業人員吸收新資訊與新觀念，及加強從業人員的認同與歸屬感。

以美國為例，有幾種聞名的新聞獎狀、獎學金，大致概述如下：

一、密蘇里新聞學院的榮譽獎狀，於每年五月在該校「新聞週」慶祝會中頒發，給予服務新聞事業有功之報人與校友，我國報人董顯光與馬星野曾獲得該項榮譽獎項。

二、普立茲紀念獎──每年對新聞佳作及對新聞有貢獻並表現出專業精神之相關從業人員給予獎金美金五百元，其獎項分為公共服務獎、社論、新聞報導獎、國內外通訊新聞、通訊、特寫、漫畫及照片等八大項。

三、新聞學會獎學金──新聞學會是各新聞學院的組織，以選拔優秀學生，提升職業道德與服務精神為目標。他們的會務活動不公開，入會儀式尤其莊嚴神祕，每年舉行大會一次，檢討會務及評定優秀作品，頒發獎金，獎勵項目共有八十種。

我國各項新聞獎，其重要者約如下述：

一、廣播電視金鐘獎

廣播電視金鐘獎創立於民國五十四年，由行政院新聞局設置，以

鼓勵廣播電視事業製作優良節目，以闡揚國策、發揚中華文化、增進公共福利為目的。

行政院新聞局由民國五十七年始轉教育部文化局辦理，民國六十四年文化局裁撤後復交回新聞局辦理，獎勵範圍包括廣播電視節目、廣播及電視廣告、廣播及電視相關從業人員等。

獎勵項目包括廣播節目獎、電視節目獎、廣告獎、個人技術獎、學術理論貢獻獎、工程技術獎及特殊貢獻獎等六大項。而得獎人皆獲頒金鐘獎座及獎狀函，餘皆贈獎狀一面。

二、金鼎獎

金鼎獎創設於民國六十五年，由行政院新聞局設置，為鼓勵優良出版事業及出版品，以提升出版品質及精神生活，孕育精緻文化，建立書香社會為宗旨。獎項包括新聞獎、公共服務獎、新聞評論獎、新聞報導獎、專題報導獎、新聞編輯獎、新聞攝影獎、副刊編輯獎、出版資訊獎等。

三、高雄市政府市政新聞金輪獎

高雄市政府為鼓勵新聞事業及其從業人加強對市政建設之報導，反映民意，並提供對市政興革之意見，以促進市政建設進步，於民國七十三年創設市府新聞金輪獎。

凡國內各新聞事業機構之從業人員所撰寫、攝製、編導或主持之新聞報導或評論，其在國內報、雜誌、績效報導或提供具體可行興革意見者，皆可向高雄市新聞局提出申請。該獎項分為：報紙、雜誌、廣播及電視四類。凡獲該獎項優等者，各贈金輪獎座一只及新臺幣六萬元。

　　該獎評審委員由高雄市政府委託新聞教育機構遴聘相關市政與新聞傳播之學者專家五人至九人組成評審委員會評審之。評審工作完成後，作成評審報告，公布入圍作品及得獎人名單，並定期公開贈獎。

　　四、財團法人曾虛白先生新聞獎

　　為鼓勵及表揚對新聞學術及公共服務有卓越貢獻之新聞從業人員，該獎項成立於民國六十四年二月二十七日。該會係由曾教授親自募款籌設，每年頒獎一次遴選對新聞學術及對包括報紙、廣播、電視等媒體公共服務有卓越貢獻之新聞從業人員，評審委員邀請學者及專家擔任。

　　公共服務獎包括報紙、廣播、電視。頒獎標準如下：

　　因新聞報導或新聞評論，而使社會蒙受重大利益者。

　　因新聞報導或新聞評論，而使社會免於重大災難者。

　　因新聞報導或新聞評論，而促成社會之重大變革者。

　　因新聞報導或新聞評論，而革除社會之重大積弊者。

　　新聞事業公共服務獎，每年得設一至四個，每個頒予獎狀獎金新臺幣五萬元，同時頒發榮譽表揚得獎作品之新聞事業。新聞事業公共服務獎，由新聞事業機構之推介，新聞從業人員團體或個人均可提出申請。

　　五、中華民國傑出新聞人員研究獎

　　中華民國新聞評議委員會於民國八十年成立「中華民國傑出新聞人員研究獎」，為鼓勵表現優異之現職新聞從業人員出國考察及研究，以提供國內新聞界參考，並藉此提升新聞人員之專業知識、責任心與自律精神為目的。

　　該項獎項由新評會與中華民國大眾傳播教育協會共同主辦，新聞局獎助。申請者需年滿三十歲以上，大專院校畢業，並在國內登記立案之報紙、廣播電台、電視臺、通訊社或雜誌社等新聞傳播單位任職三年以上；同一單位服務年滿兩年以上之記者、編輯、或工程技術人員等。推薦後再由評議會聘請各新聞專家、學者或社會賢達等七人組成評議委員會進行二次評審及一次口試後，決定選出三至五位傑出人員，送至國外考察三至六個月，每名最高可支領研究金新臺幣五十萬元。

　　六、聯合報系文化基金會新聞教育獎助

　　聯合報系文化基金會為落實報系回饋社會、培育新聞人才、提升國內新聞教育水準與發揚新聞事業之理念所訂定的獎助辦法，每年編列一千萬元經費，獎助的項目包括：王惕吾先生新聞獎座、王惕吾先生新聞科系所獎學金、王惕吾先生傑出新聞著作獎以及贊助新聞教育出國進修和各種新聞方面演講及座談活動。

　　七、財團法人吳舜文新聞獎

　　財團法人吳舜文新聞獎助基金會為協助新聞界，提高報紙及雜誌事業新聞報導及新聞評論之水準，以加強報業對社會之貢獻，特設置「吳舜文新聞獎」。該獎獎勵遵守新聞事業倫理，並對國家社會有重大貢獻，發表於國內日報或晚報上之作品為對象。該獎項目包括：新聞報導獎、新聞評論獎、地方新聞獎、文化專題報導獎、新聞攝影獎、新聞漫畫獎、雜誌新聞報導獎等七項。

　　新聞榮譽制度建立對媒體單位及從業人員有其鼓舞與勉勵的作用，也讓新聞從業人員有歸屬感與榮譽感，並體會新聞工作的神聖

性、重要性，亦督促新聞從業人員及相關單位，能遵守新聞倫理道德與專業，將新聞業視爲是良心的事業，發揮其社會公器的理想。唯國內榮譽制度的建立多仿傚歐美的方式，缺乏融入國內環境需求考量，故針對我國目前榮譽制度的缺失，應作如下之改善：

一、新聞專業制度的建立。新聞是屬公眾輿論的領域，如何秉持公正、公開、客觀的報導新聞，使公眾言論能不偏不倚、呈現眞實，此時記者的專業訓練及新聞事業的專業道德，至爲重要。如何篩選良好的記者，以建立記者的專業性，似可仿傚醫師或律師認證的方式，透過嚴格的考試或訓練後，合格者發以證照。如此既可提升記者的素質，對新聞從業人員而言，也是榮譽的一種展現方式。

二、各新聞相關之政府機關、民間社團、學術單位、企業體應熱心贊助各項新聞傳播獎。雖然目前國內有關新聞傳播獎項看似很多，但就整個傳播環境而言，仍有僧多粥少的趨勢，且得獎者多半以國內三台及兩大報系爲主，一些服務於其他傳媒者，很難獲得相同的榮譽。所以，除了由制度上做改變或調整外，政府機關、民間社團、學術單位、企業體的共同參與，提供更多的鼓勵與資源，並建立嚴格與完整之審核標準，關係至爲重要。

第十四節　新聞傳播教育的社會化

人類生活的周遭都被資訊與媒體包圍著，媒體已成爲我們獲得資訊的重要來源。而在媒體發展多元化下，民眾如何運用自己的判斷

力，選擇其正確的資訊，而不致被錯誤的媒體內容誤導，此時新聞專業知識的充實是必要條件，再加上有些社會大眾其本身對從事新聞傳播事業有興趣，但他們未受過完整新聞傳播教育，而新聞傳播社會化正可提供他們學習的管道。隨著資訊多元及快速的發展，傳播內容的好壞與否，除了傳播者需要負責外，受播者亦需負責。也就是閱聽人要有判斷和辨別的能力，而非一味的接受媒介所傳遞的內容，而加強一般閱聽眾的新聞傳播知識是必要的，如何加強與普及新聞傳播社會化，是當務之急。作者在三十年前即曾提出「傳播知識社會化」的呼籲。

由傳播理論的脈流中，我們可以很清楚地瞭解閱聽人角色的轉換。在傳播萬能論時期，閱聽人如同皮下組織、彈靶般，當傳播者傳遞何種訊息，閱聽人毫無選擇接受其訊息，他們的反應也是傳播者所能測到。但是其後研究發現，閱聽人並非如同他們所想像的，處於被宰制的狀態，閱聽人會根據其個人背景、社會範疇、社會關係，對資訊做選擇性的注意、理解、認知、記憶，所以傳播者在設計訊息時，需考慮其閱聽人的各項因素。隨著自由化與知識、生活水準的提高，閱聽人有更多的管道接觸各式各樣的新知，閱聽人如何在資訊多元化的環境選擇其正確性與客觀性的新聞，而不至於受制於傳播者的圈套。此時，新聞專業訓練與培養能力為重要議題。

我們的周遭斥著各種媒體，在這些媒體也已成為我們生活中獲取資訊最重要的來源，當閱聽人在面臨各項資訊，其判斷力與敏銳力的運用，及瞭解媒體其背後的機制是很重要的，因為這些都會影響我們的判斷。而新聞傳播教育社會化，一方面希望訓練社會大眾自我判斷

與觀察的能力，使其不受媒體或傳播者的影響，而有自己的看法；一方面協助對新聞傳播領域有興趣者或工作者，其本身雖尚未接受相關訓練，但新聞傳播社會化卻可提供他們一條學習的管道。

　　目前我國傳播教育社會化的情形已較前普遍，除了各政府單位（如：新聞局）及民間團體（如：廣電基金會）、學術單位等定期舉辦新聞傳播研討會與座談會外，為拉近人們接近新聞傳播的領域，還不時開闢一些新聞專業課程，但其課程設計和新聞傳播科系仍有差距，主要偏向於技能訓練為主。另外，一些非新聞傳播科系或未成立新聞傳播學院之學校，亦紛紛將新聞傳播列入其通識教育，加強學生處理新聞的能力。而此可見，新聞傳播教育社會化的重要性已成為有識之士的共識。

　　這是一個資訊的時代，但資訊形成的過程未必嚴謹，因此資訊也可能帶給我們「反智慧」，而有資訊氾濫或文化噪音出現，我們真的可從所有資訊中帶來更多知識、遠見和道德嗎？其實未必如此，有時我們可以發現，未經消化吸收的資訊可能只是一堆廢物，甚至只是一種負荷。

　　而新聞教育社會化的重要亦即在此，因為每個國民即是傳播媒體的傳播對象，在傳播發展趨勢功利化與商業化之下，每位閱聽人如何不被商業媒體所汙染，而要保持精神上的健康，這是他們的權利，也是他們有義務要瞭解傳播基本知識的原因，否則受眾將無能力去分辨，去趨利避凶。

　　而若是大眾媒體不斷左右影響受眾，那麼受眾是受益者或是受害者呢？受眾當然是希望媒體能反映其意願，表達其心聲，忠實的報導

社會上所發生的事，公正地評論人們關係密切之事，但大眾媒體若不能作到此地步，只是充滿不公正、不客觀，甚至著重色情暴力金錢的汙染，那麼受眾是否就被媒體誤導或洗腦呢？

傳播教育的社會化，消極方面可經由守望媒介達到公眾控制的功能；積極方面，由於媒介的自律，而達到自我控制的功能，如此雙管齊下，沉默大眾不再沉默，也不再讓權利睡著；媒介也因有此制衡能力而深自警惕。

傳播教育社會化的重要性，在於提升每一受眾的素質，成為一個精緻的傳播消費者不再囫圇吞棗，見到資訊只是接收而沒有吸收。相對的也可以提高新聞媒體的素質，在閱聽人雪亮眼睛的監督下，傳播媒體不得不加強自省與自律。

以英國的媒體教育為例，在一九六○年代，英國就出現了專書，教育民眾關於現代社會當中，報紙。雜誌與電視等等媒介的運作出來與意義，其中最有名的是威廉士(Williams, 1962)把他在牛津從事成人推廣教育的材料匯集改寫成《傳播》，由本書在出版後二十年間再版十餘次（共三個版本與版次）的情況可看出英國民眾對相關課題的關心。緊隨威廉士之後，霍爾與惠尼(Hall & Whannel)先是以高中老師為對象，繼則擴張至一般民眾，討論種種藝文形式透過媒介（尤其是電影與爵士樂）而傳播的意涵。事實上，自一九六○年代以來，關於媒介的教學，在初高中 (Secondary Schools)的「媒介研究」(Media Studies)課程已然展開，並在大學中英語、社會研究與人文學科的課程結構中，取得了重要的地位。

及至一九八○年代，英國較具代表的媒介公民教育教材，是馬丁

曼(Masterman)的《如何進行電視公民教育》(一九八〇)、《如何進行媒介公民教育》(一九八五)、阿法羅等人的《學習媒體：媒體公民教育導讀》，以及哈利等人編著的十小冊總稱為《怎麼樣才能弄懂媒體的意義》。前述書籍已不再以大學生為對象，而是專為中學生撰寫的。

　　至於公民媒體教育的詳細課目內容，政大馮建三教授根據馬士曼的立論，列四個大類目作為切入思考之重點：

　　一、呈現在媒介的百般影像，其根源從何而來？如挖掘更多面、更為具體的運作過程，將是重要課題。

　　二、媒體所援用的的修辭為何？行文的技巧、版面與標題的安排、攝影角度的取捨、燈光的明暗的位置、聲響的緊密與大小、旋律的變奏與高低、敘事的結構……等等都是值得剖析的對象。

　　三、意識形態的問題，歷經了特定的產權結構與修辭原則所造就出來的訊息，是否生產了刻板的意識作用、真實虛偽的標準，可欲不可欲的分界……在在必須深入理解。

　　四、關於閱聽人的研究，內容與傳播者的探討以外，接受訊息的一方如何應對這些訊息？主動、被動、無動於衷的概念能夠有用地幫助我釐清閱聽人處理訊息的社會心理過程嗎？他們與傳播者及內容真的在互動嗎？諸如此類的問題均有待具體地考察才能說真章。

　　新聞傳播教育的社會化，在因應社會中不斷改變的資訊種類與形式。其目的在使閱聽人能夠接近、分析、評估並傳播不同形式的資訊，無論是平面訊息或非平面訊息。

　　一般人對於新聞傳播教育有其刻板印象，認為新聞學本身是一個

很專門的學問。其實新聞學應當是我們一般人日常生活的知識。我們生活在這個資訊爆炸的時代，每天接受新知，而在接受新知的過程中，例如：我們每天看報紙、看電視，其報紙報導方式是否客觀正確，新聞事件背後如何？電視畫面如何傳遞？這些都是和新聞傳播密不可分，也是我們生活中的一部分。所以，讓閱聽大眾更容易接觸新聞傳播，讓一般人皆有判斷及處理新聞的能力，這些都是社會化中所需考慮。

新聞傳播教育社會化將會是未來一大趨勢。各學校亦紛紛成立新聞傳播科系及建立通識教育；各企業體隨著時代走向，也成立新聞室或公關部門，如何有效新聞傳播教育的推展，為新聞傳播貢獻一股心力，設計一套符合社會大眾的內容，將是重要的議題。

就目前而言，傳播教育社會化已漸趨普遍。舉例言之，如文化大學每年開闢新聞傳播學分班，其課程大致可分為傳播研究方法與大眾傳播理論兩種。學員只要修習完畢，該校推廣中心發予學分結業證書，可作為未來報考研究所抵免學分或未來出國留學之用。中華日報近年來由嚴伯和先生主辦的新聞、公關、企畫班相繼舉辦，成效卓著，深受南部地區人士歡迎。該班已連續舉辦四期，結業學員聯繫密切，發揮甚大功能，嚴伯和先生用力甚深。。

又如為因應公關蓬勃發展而辦的淡江大學公關班，是目前最受歡迎的課程，也是全國唯一公關人才專業訓練中心。其課程安排主要以公關知識的養成為主，包括如何提升企業形象、危機管理、如何與媒體接觸等等，並邀請多位實務工作者與學者分享其工作經驗。

在社團方面，如廣電基金會或新聞評議會定期舉辦研討會或安排

傳播技術方面課程，以協助新聞傳播單位訓練新聞傳播人才。其費用多半由政府或媒體補助，學員只需繳交少許的費用，亦可得到完整且一系列的技能訓練。另為鼓勵新聞傳播工作者吸收新知，亦不定期舉辦研討會，發表論文。

又如高雄傳播學院，其成員主要是南部新聞從業人員，包括記者、編輯所組成，他們希望藉由其多年工作經驗，協助有心從事新聞工作者，做一些職前訓練，並分享新聞工作的甘苦談。其課程設計十分多元化，希望滿足社大眾的需求。

就媒介企業集團來說，如聯合報、中國時報、自由時報透過座談會及演講方面，讓有興趣者有更多機會接觸新聞傳播相關資訊。

第十五節　新聞傳播通識課程的規畫

大學教育的功能，不僅在培養一個有謀生技能的「人」，更不僅在培養一個訓練有素的「狗」。所以美國教育者Micheal Allen以實證方法，把各大學的目標區分為兩類：一是發展個別學生的能力和態度；另一在傳遞知識並服務社會。所以大學應發揮教學、研究和社會服務三大功能。

換言之，大學教育不僅在專才教育，更重在博雅的通識教育，這樣才能在兼顧精深與博之間，達成全人教育的理想。

通識教育的理想約可分成下述六點：

一、創造思考之運用；

二、自由心靈之訓練；

三、公民品格之陶冶；

四、社會文化之統整；

五、領袖人才之培養；

六、知識傳授與組織；

非新聞科系推展新聞傳播通識教育的目的在使更多其他科系的學生有新聞傳播的基本理念，以期在大眾傳播的時代成為媒體的受益者，而不要成為媒體的受害者。

就此目標而言，截至民國八十四年為止的資料顯示，國內各大學未設傳播科系卻開有新聞傳播通識課程的，約如下述：

東海大學

在文學院歷史學系日間部開六個傳播課程選修學分：

一年級開：政治傳播學

二年級開：大眾傳播與行政

三年級開：歷史與大眾傳播

東吳大學

大學日間部：

一年級開：新聞英文

二年級開：傳播與政治──媒體

　　　　　傳播與政治──新媒體

三年級開：傳播社會學

　　　　　新聞編輯採訪習作

四年級開：音樂傳播學

音樂與多媒體傳播

新聞日文

大學夜間部

一年級開：新聞英文

三年級開：新聞編輯採訪習作

中原大學

大學部的國際貿易學系（日間部）：

二年級開：大眾傳播專題（二學分的選修）

大學部的企業管理系（夜間部）：

三年級開：整合行銷傳播（三學分）

元智工學院

大學日間部一年級開：資訊傳播科技概論（二學分學年課程）

長榮管理學院

大學日間部企管學系三年級開：大眾傳播導論（三學分下學期課程）

中山大學

大學日間部外國語文學系開：傳播英文（三學分）

企管所亦開：大眾傳播概論

台中師範學院

大學日間部三年級開：大眾傳播

此一發展現正方興未艾。今後如何培養更多師資以達成通識教育
的理想，是新聞傳播教育界的另一項挑戰。

第四單元

附錄

新聞學的發展與新聞教育之改革

謝然之

新聞學範疇之擴展

　　新聞學的英文名詞Journalism有人譯爲「集納主義」，雖是很不妥當，但新聞學的理論確實有集納的意味。在社會科學之中，新聞學是後起之秀，它能否成爲專門的科學，過去曾經一度聚訟紛紜。但由於新聞事業的發展，爲了適應職業教育的需要，新聞學終於成了專門的學問。一方面是它是從日常編採工作的經驗和發行廣告的實際業務裡面，歸納出來的基本原則；另一方面，又從社會科學之中選出政治、經濟等有關學問，再從人文科學中選擇史地語文等有關學問，湊合起來形成新聞學的體系。

　　新聞學最初搬上大學課室的講臺是在一八二九年，美國華盛頓大學校長李將軍(Gen. Robert E. Lee)首創新聞學功課，使有志報業的青年獲得大學的特種教育。他爲了吸引研習新聞的學生，特地設置了五十個獎學金名額，並爲學生安排印刷工作，達到勤工儉學自給自足的目的。不幸李將軍於翌年逝世，新聞課目也就因而擱淺，徒爲時人所嘲笑而已。此後在一八五七至於七九年之間，康奈爾大學對於文科學生傳習印刷術者曾授與新聞學證書，但並未教授任何新聞學的課程。一八七八至八四年，密蘇里大學開始有了兩門新聞學功課，那就是「報學史」與「報學資料」。一八九三年，賓夕法尼亞大學商學院敦聘芝加哥論壇報經濟編輯約翰生(Joseph F. Johnson)教授新聞學，實爲美國其他大學列入正式課程之嚆矢。接著一九〇四年，伊利諾大學在司各脫(Frank W. Scott)主持之下，也制訂了四年的新聞學課程，直到一九〇八年威廉博士在密蘇里大學創設新聞學

院、新聞學系才正式納入大學教育制度。威廉博士參加報界實際工作多年，曾任美國編輯人協會主席，他是最富有理想的報人，在創立密蘇里新聞學院之後，曾周遊歐亞遠東各國，講演世界性的新聞學理，並積極組織國際性的新聞團體，於一九一五年在舊金山召開世界報業大會(The Press Congress of the World)，參加者凡三十四國，我國代表董顯光、許建屏、史家修等六人出席大會。

繼密蘇里新聞學院之後，哥倫比亞大學亦於一九一二年創設普立茲新聞研究院。普立茲是紐約世界日報的創辦人，也是現代報業的怪傑。他從報童做起，努力奮鬥，以至成為世界聞名的報業大王。他有感幼年的貧苦環境沒有受教育的機會，更感於新聞從業員一般缺乏專業教育與特殊訓練，乃毅然捐資二百萬美金，於一九○三年委託哥倫比亞大學籌辦新聞研究院，予大學畢業生有志從事報業者以深造的機會。翌年五月，普立茲又發表一篇論文，題為〈大學新聞學院〉，引起了美國教育界普遍的注意。此後美國各州立大學相繼設立新聞學系，在第一次世界大戰時已有了三十多個。到了如今，據美國《編輯與發行人》一九五四年年鑑所載，全美大專新聞院系的總數，已達九十九個了。

由於新聞教育的普及，新聞學的內容自然日益充實；尤其因為近三十年來新聞事業的發達，新聞學所研究的對象亦隨之拓展。過去新聞學的內容多偏重於報紙的編採原理及廣告發行等技術，現在新聞事業所包含的範圍日漸廣泛，報紙不過是其中之一部分。依據聯合國日內瓦新聞自由會議公約草案所擬訂，所謂新聞事業應該包括廣播、新聞電影、通訊社、新聞資料供應社、無線電及電視廣播等等在

內。這樣一來，新聞學的範疇與過去也就大不相同。過去國內外大學的新聞學課程，大抵以訓練辦報人才爲目的。例如密蘇里新聞學院的課程，所有必修與選修的課目不外乎下列數種：一、新聞學原理及新聞事業史，二、編輯學與編輯實習，三、採訪學與採訪實習，四、廣告學原理與編排實習，五、新聞攝影，六、城市報業管理，七、印刷術，八、國外通訊，九、社評寫作，十、書評，十一、特寫稿作法。至於該院研究部的課程，與上述大學部的內容實際是相類同的，祇是更爲專門一些而已。那些課程之中，包括：一、比較新聞學，二、出版法，三、新聞法規，四、新聞學重要文獻，五、專欄寫作，六、當代採訪問題，七、當代編輯問題，八、社論版研究，九、高級廣告學，十、學校新聞之編輯等。所有這些課程也都是爲了訓練辦報技術和研究報業業務的。

　　但是由於現代新聞事業的發達，辦報不過是其中之一部門，因而新聞學的範疇便擴展到其他新聞事業方面，最普遍的自然關於廣播、電影與電視等原理與技術的研究。而目前新聞學最主要的發展，則是從社會學及政治經濟學擷取有關新聞學的理論，另行建立了一個新的體系，那就是宣傳學(Propaganda)、輿論學(Public Opinion)與大眾傳播學 (Mass Communications)三者所構成的中心理論。這一派的學者原非研究新聞學，他們多是政治經濟社會學及心理學的教授，其領導人物包括：耶魯大學教授拉斯威爾Harold D. Lasswell、新聞自由研究委員會副主席懷特LleweIIyn White、明尼蘇達大學新聞學院院長凱賽Ralph D. Casey及名政論家李普曼Walter Lippmann等。他們認爲新聞學是社會科學之部門，應以研究群眾心理對一切宣傳工作，亦即思想

傳播媒介物之反響，及其所產生之效果，作科學的分析與研究為主
體，而不僅僅以技術訓練或職業教育為滿足。

　　關於宣傳學方面，研究的重點在乎宣傳策略與技巧、心理作戰、
宣傳機構及團體之組織、宣傳反應及效果、各種宣傳工具包括報章、
雜誌、戲院、電影廣播、電視、郵電通訊、印刷出版所、圖書館和博
物館等之配合運用以及思想管制與檢查制度。

　　關於輿論學方面，研究的重點在乎輿論之形成、民意測驗、政府
與公共關係、輿論及群眾心理等。

　　關於大眾傳播學方面，研究的重點是在大眾傳播工具的發展歷
史、思想傳播媒介的控制及運用、大眾傳播工具的內容分析、讀者、
聽眾與觀眾的心理分析，以及國際大眾傳播的研究。

　　如上所述，現在新聞學的研究趨向已不復圍於報紙的編輯、採訪
及經營技術等問題，而是綜合社會、政治、經濟及心理各科學有關新
聞的理論，另行建立了新的體系，成為社會科學裡面的後起之秀了。

新聞教育之改革

　　新聞教育在各國都有了相當悠久的歷史，尤其在美國更是普遍的
發展，然而美國至今仍有人反對新聞教育。持反對論調的人不外兩
派：一派是教育界的科學至上論者，另一派為報界的經驗主義者。前
者如芝加哥大學校長郝金斯(Robert M. Hutchins)便竭力主張大學裡面
不可設置新聞系，他認為新聞教育是職業教育之一種，並非專門科
學。新聞學本身既不成為一完整的理論體系，必須依附於人文科學與
社會科學而勉強拼湊，這樣未免破壞了其他學系的完整，而且直接影

響大學教育制度的本身。另一反對派則來自「行伍出身」的新聞從業員，他們是純粹的經驗者，以為「新聞鼻」是天生的，做新聞記者必須從校對學徒做起，在編輯部掃地抹桌，比在學校課室捧書本更為有益。過去曾有一幅漫畫描寫新聞學校剛畢業的學生到報社去見總編輯求職業，接談之下，問明了學生的經歷，便大為不悅，說是我編了幾十年的報，何嘗進過什麼新聞系！這種輕蔑新聞教育的態度，便是這一類反對論者的寫照。

　　自然，新聞教育本身確是存在著許多缺點，那是無可諱言的事實。我們國內的新聞教育無論質量均未臻健全，過去在大陸時除了政大、燕京、復旦與聖約翰諸大學較著成績之外，其他新聞學校多半設備簡陋，圖書貧乏，師資更是濫竽充數。尤以缺乏實驗報紙，單憑書本講授，固難以訓練採訪編輯寫作，而廣告發行與印刷技能自然根本無從談起。一般國立大學的學生即使國文程度良好，史地知識及外國語文工具卻多半欠缺；教會大學的學生則恰恰相反。而共通的毛病乃缺乏應付實際新聞工作的基本訓練，例如寫作技巧的熟練、時事觀察的判斷能力，以及其他速記、攝影、工廠管理與業務經營等才幹。

　　美國新聞教育的一般缺點是新聞學校多而濫，水準不一，教學內容過於商業化、職業化，失去了新聞事業獨立高尚的精神，忽略了新聞道德與報人品格的砥礪，因此，美國新聞教育界曾竭力設法挽救這種危機，自動起來組織審核甄別的機構，以期提高水準，樹立信用。美國目前有九十九所大專新聞學院和學系（其他新聞專修學校尚有兩百餘個不計在內），但其中經過「美國新聞教育協會」American Council on Education for Journalism審查合格的卻只有四十一所。原來

美國主要新聞教育團體共有三個：第一個是一九一七年組織的「美國新聞院校聯合會」(American Association of School & Departments of Journalism簡稱A. A. S. D. J.)，第二個是它的姊妹團體，叫做「美國新聞教師聯合會」(American Association of Teachers of Journalism)，成立於一九一二年，現在改稱爲Association for Education in Jourmalism（簡稱AEJ），其宗旨以交換教學經驗、召集年會爲主要目的。而「美國新聞院校聯合會」的宗旨則爲考核各新聞院校的課程標準，審查各院校入會資格並通過入會會員。它的標準甚爲嚴格，審核工作亦極認眞。因此，最初審查合格的只有八個院校。以後各院校教學設備陸續改進，至一九四〇年該會會員已增至三十二單位。該會爲了網羅會外對新聞教育有特殊貢獻的人士，復於一九四五年發起組織前述「美國新聞教育協會」(A. C. E. J.)是爲第三個有力團體。這三個團體雖非相互隸屬，卻有密切關聯，實際上第一個是母體，第三個是子體。但目前對新聞教育之改革，最爲活躍者則爲A. C. E. J.，它內部又分了若干委員會，其中一個是合格院校審核委員會。這一委員會與新聞界人士合組了「新聞學合格院校聯合會」 (Association of Accredited School & Departments of Journalism簡稱A. A. S. D. J.)，來實際負責考察及審查各新聞院校的課程標準及一切教育設施的任務。該會所努力的目標是如何改革新聞教育，它所做的工作如下：一、指導學生選擇合格的新聞院校投考肄業。二、通告各報章雜誌、廣播電臺及廣告社關於各新聞院校的教育實況。三、對各新聞院校提供改進意見，以適應社會各界宣傳機構的需要。四、調查各院校畢業生在社會服務之詳情。五、經常派員實地視察各院校的課業並促進不斷之改進。

　　關於新聞教育的改革目標，各國一般趨向均期勉新聞記者成為有思想、有學識又有操守的社會改造者為訓練目標，而不僅僅以培養一個編輯匠或普通的文學工作者為已足，因為訓練編輯及管理技術比較簡易，欲使其駕御技術，而不為技術所駕御則更為繁難。同時，一個報人成功的基礎，除了經驗與操守之外，還是在乎高深的學問。也要多讀歷史、地理、政治與經濟，多讀社會科學與人文科學的書。他要了解當代的社會，而不囿於編輯室的瑣屑事務。

　　美國編輯人協會曾經提出對新聞教育的要求：「我們要求新聞學院產生的人才，要能夠估量這變遷中的新世界，也就是屬於青年們的未來的世界。我們要這些青年能從低級的工作做起，一直升到掌握輿論權威的地位，而能明智地運用這個權力。換言之，當他採訪任何新聞的時候，要心目中時刻準備接受未來指導輿論的任務。每個新聞學校畢業生的腦海中，必須具有總編輯和發行人的指導方針。……」

　　晚近新聞教育改革的實際設施，主要的約有四方面：第一是新聞院校課程內容的整合，除了加強社會科學與人文科學的必修課目外，對於業務之實習、設備之充實，可謂應有盡有了。例如密蘇里大學新聞學院，早有實習的報紙 ——《密蘇里人報》(*Missourian*)，其編輯體例之精嚴與印刷之講究，實遠在紐約若干大報之上。近年來更設置學生實習的廣播電臺「KFRU」與電視站「KXOK」，其事業規模與社會上一般商辦的電臺完全相似，無分軒輊，甚至內容更為完備，人才格外充實，工作也一樣的認真。

　　其次，新聞教育的普及，深入於社會，造成了新聞學的社會化。例如美國一般學校、工商界和機關團體中，均各有自己的出版物，作

爲對外的宣傳；同時又有公共關係負責人(Public relations counsellor)，專門從事對外界連絡活動。這些刊物的編輯與公共關係人皆需受新聞教育，而他們爲求工作的進步，自然要研究新聞學來解決各種實際問題，這是新聞學普及社會的主要原因。

第三，新聞從業人員的補習教育日漸發達，使理論與實踐完全打成了一片。哥倫比亞大學的新聞研究院以招收大學畢業生與新聞從業員爲主旨，教授亦多聘任紐約各大報的著名編輯。該院於戰後又設置「美國新聞研究所」(The American Press Institute)，專門招收新聞從業人員，就各報社業務的性質與類別，分組研究討論與講習。其教育方法十分新穎，將一切新聞理論與技術，針對當前國際政治經濟與社會的實際問題，互相交換意見，以會議方式獲致結論，教授以導師地位爲之顧問與策畫，助成其研究工作。

第四，新聞學術榮譽獎勵制度的建立，對新聞教育的改進大有貢獻。目前世界聞名的幾種獎狀與獎金如下：(一)密蘇里新聞學院的榮譽獎狀，每年五月例於該校「新聞週」慶祝會中頒發，贈與服務新聞事業有功績的報人；(二)普立茲紀念獎金(Pulitzer Prize)，每年對傑出的新聞佳作及服務精神，各給獎金五百元，內分公眾服務、社論、新聞報導、國內外電訊新聞、通訊、特寫、漫畫及照片等八類；(三)新聞學會獎金(Sigma Deltachi Award)，這一美國新聞學會是職業兄弟組織，在各新聞學院均有組織，以選拔優秀學生，提高職業道德與服務精神爲目標。它的會務活動是不公開的，入會儀式尤其莊嚴神秘。但每年舉行大會一次，檢討會務及評定優秀作品，頒發獎金。獎勵的項目共分十八類，即是：(一)新聞研究，(二)一般新聞報導，(三)社

論寫作，(四)廣播新聞寫作，(五)國外通訊，(六)冒險探訪，(七)新聞漫畫，(八)華府通訊，(九)戰地通訊，(十) 特殊的佳作，(十一)廣播與電視報導，(十二)新聞照片，(十三)漫畫，(十四)廣播公眾服務，(十五)電視公眾服務，(十六)雜誌探訪，(十七)雜誌公共服務報導，(十八)報章公眾服務報導。

當前新聞學的主要課題

當前研究新聞學最主要的課題約有四個，即一、新聞自由的本質，二、大眾思想交通及其傳播，三、新聞事業之經營，四、新聞道德之促進。茲分別論述如下：

一、新聞自由的本質：關於新聞自由的原則，各國憲法均有規定，一部分主張直接保障，在憲法內明文規定言論出版自由，不准國會或政府制訂任何足以妨礙言論自由的特別法；一部分主張間接保障，即憲法於尊重言論出版自由之外，對於新聞紙另行制訂某種特別法，如出版法之類，予以若干限制。前者英美屬之，後者乃歐陸及日本各國的體系。新聞自由在原則上是舉世所公認的，問題卻是實際的施行。例如蘇俄的「史達林憲法」第一二五條雖然也規定了言論出版與集會的自由，但是這自由只是俄共少數統治階層所享有，一般民眾從來沒有得到這種權利的。在第二次世界大戰之前，納粹德國和法西斯義大利也曾經宣傳過新聞自由，而實際上任何反對的意見，甚至國際新聞，都是被箝制被封鎖的。大戰爆發之後，民主國家的輿論界都認為要保障和平、避免戰爭，必須徹底保障新聞自由。

為了倡導和研究新聞自由，美國報界首先發起新聞自由運動。一

九四五年春由美國編輯人協會推派麥吉爾(Ralph McGill)偕同該會副
會長福勒斯特(Forrest)及哥倫比亞大學新聞學院院長阿克曼
(Ackerrman)飛往英、法、比、義、希、埃、波斯、土耳其及蘇俄各
國，商談國際新聞自由，並至我國戰時首都重慶訪問。當時提出了四
項原則：(一)新聞採訪自由，(二)新聞傳遞自由，(三)新聞發布自
由，(四)廢除新聞檢查與政府的新聞管制。這些原則後來為聯合國新
聞自由會議所採取。聯合國的世界新聞自由會議於一九四八年三月在
日內瓦舉行，擬訂了三項公約，即：(一)國際新聞採訪及傳遞公約草
案（美國提案），(二)國際新聞錯誤更正公約（法國提案），(三)新聞
自由公約草案（英國提案）。這三項公約草案雖經大會通過，但後來
聯合國文教社經委員會提到聯合國大會討論時，終因各國意見不一，
尤以蘇俄的激烈反對而被擱淺了。

　　然而，新聞自由的研究工作，近年來卻始終在繼續進行，迄未中
止。一九四四年美國時代週刊與大英百科全書兩出版公司共同籌付一
年研究基金，委託芝加哥大學組織了一個新聞自由研究委員會，由該
校校長郝金斯任主席，哈佛大學法學教授徐斐(Zechariah Chafee Jr.)任
副主席，聘請美國各大學名教授擔任調查研究工作，於一九四七年正
式發表一個研究報告，一方面建議政府要充分保障新聞自由，並推及
於廣播電影等新興的新聞事業；另一方面建議新聞界要善盡職責，改
進對讀者之服務，並發揚獨立自由負責之精神，同時更建議社會發展
不以營利為目的之新聞事業，提高新聞教育高水準，加強新聞自由之
研究工作。隨著這一研究報告之後，該會又在芝加哥大學出版了一種
叢書，作為專題研究，其中幾種重要的著作如下：

（一）Z. Chafee: *Government and Mass Csommunications*

（二）Llewellyn White: *People Speaking to Peoples*

（三）Llewellyn White: *The American Radio*

（四）Ruth A. Inglis: *Freedom of Movies*

（五）Milton Stewart: *The American Press and the San Francisco Conference*

（六）W. E. Hocking: *Freedom of the Press*

　　一九四六年四月美國《編輯與發行人》週刊(*Editor & Publisher*)發表了一篇世界新聞自由現況的調查報告書，它是根據美聯社、合眾社與國際社三大通訊社駐各國記者的報告而編成的，將世界各國的新聞自由分成五類：第一類最自由的，以瑞士、荷、比及美國、加拿大為例；第二類自由的，以英、澳、紐等為例；第三類相當自由的，以中、法、義、土、埃等國為例；第四類不很自由的，以西、葡、印、巴、波、芬國為例；第五類極不自由的，則為蘇俄及其附庸國家。

　　一九五二年紐約報界發起組織國際新聞研究社(International Press Institute)，由紐約時報星期刊主編Lester Markal任主席，邀集各國報界代表在巴黎召開大會。翌年並於瑞士蘇黎世成立常設機構，專門研究世界新聞自由問題，並與各國報界交換意見，設置獎學金，贊助學者從事研究工作，這是目前研究新聞自由最具規模的一個研究組織。當然，這一研究工作不是任何一個機構所能獨立完成的。所有的新聞學者及從業報人均有參加研究的必要，並且必須在日常的工作中貢獻其生命與智慧，以爭取新聞自由的發揚光大。

　　二、大眾傳播學(Mass Communications)所研究的是大眾思想交通

的媒介(Media)及其傳播的影響：它所研究的對象實際上包括了報刊、電影、廣播、電視、雜誌、書刊、印刷及圖書館等等在內。至於研究的方式，據拉斯威爾教授的主張可分為五項，即是：(一)分析對大眾思想交通媒介之控制(Control analysis)，(二)大眾思想交通媒介內容之分析(Content analysis)，(三)大眾思想交通媒介工具之分析(Media analysis)，(四)群眾(亦即讀者與聽眾)的分析(Audience analysis)與(五)反響的分析(Effect analysis)。

第一項屬於「管制分析」所欲研究者，最重要的自然是言論出版的自由及其限制，其次是政府的宣傳政策，政黨及民眾團體的各種促進活動。而大眾思想交通媒介本身所具有的若干限制，例如報刊與電臺等獨佔資本之壟斷，受廣告顧客及營業上種種約束，都是需要研究的問題。此外，新聞從業員為了表現服務精神所遵行的共同信條及新聞道德所賦與的良心責任，往往亦自動加以許多限制，這些都是屬於第一項「管制分析」所研究的問題。

第二項屬於「內容分析」所欲研究者，為有關於新聞的性質，及一般報刊的題材與其內容演變的趨勢、廣播與電視的節目內容、電影的劇本故事，以及一般宣傳品的內容等等。

第三項屬於「媒介工具之分析」所欲研究者，為各種宣傳事業之性質及其任務，每種事業無論報紙廣播或電影，皆有其本身發展的歷史，乃至個別新聞事業興衰成敗之因素，皆有其研究的價值。

第四項屬於「群眾的分析」所欲研究者，為一般讀者與聽眾的理解及欣賞能力、年齡與教育程度、經濟條件、購買能力、地域風尚與若干特殊的好惡等等。

第五項屬於「反響的分析」所欲研究者，最主要是輿論形成的過程、輿論測驗和調查；其次是群眾心理的反應、宣傳對群眾行為的影響力、對於群眾引起愛讀和愛聽的因素。關於這方面的研究雖是大部分屬於心理學的範疇，但美國著名社會學者，如哥倫比亞大學社會實問研究所主任賴石飛博士(Dr. P. F. Lazarsfeld)及其教授如梅爾頓博士(Dr. R. R Merton)等卻是專門從社會學的角度來研究新聞學，並且有了許多權威性的著作。

三、新聞事業之經營：新聞事業為維持其獨立自主的地位，為達成其神聖的社會使命，必須講究經營之道。一般新聞從業員多半注重編輯與言論問題，而很少肯研究管理與經營的方針和方法。這是因為新聞事業本身有一個很大的矛盾，就是一方面要盡量為讀者服務，不惜任何犧牲來吸引讀者；而另一方面卻要依賴少數工商資本家出錢登廣告，來維持新聞事業的生存。換言之，一方面要廣大讀者來做自己的群眾，一方面又要拉攏資本家來做自己的後臺。一面要從事文化工作，一面又要貶為商場市儈。因此，新聞事業現行經營方式是妨礙了新聞自由，或者影響其獨立性、完整性？便成了極大的疑問了。一九四六年英國國會為此特地組織了一個調查委員會，對各大報的資本成分及其經濟背景作了詳細的考核，其結論認為英國報業完全操縱在幾個托辣斯手中，如金斯萊報團(Kemsley)擁有二十七家報紙，羅特梅報團（Rothermere)擁有九家，惠士敏報團(Westminster)十四家，哈姆士華報團(Harmsworth)則有四家日報、二十家週刊。在這種情況之下，欲求輿論的公正獨立，顯然是不可能的事。英國國會關於新聞事業的調查報告書，前後整理和辯論達三年之久，於一九四九年七月底

方通過決議，交英政府協同新聞界籌組全國新聞協會，以實施整頓和改良。但迄今並無具體表現，因爲新聞自由既有憲法的保障，而財產所有權更有法律的維護。歐美新聞事業多屬私人企業，便兼有這雙重保護，政府是絕對無法加以干涉的。有人說辦報是名利兼收的事業，這話實並不太過分。對於新聞事業唯一的約束，乃是自由企業的限制。在自由社會內新聞事業與其他工商業一樣，要受到同業的競爭，受到物競天擇的考驗。歐美的報業和電臺，如果不能自給自足自力更生，那絕對不能生存的，如果新聞事業一面要標榜新聞自由，一面卻又向政府要求種種津貼，這就違背了民主社會制度的基本法則，也是不合現代新聞事業的經營原理。

　　一般新聞學者均以管理經營爲一個獨立的領域，而與編輯寫作正相對等，這是正確的。至於現代新聞事業的經營問題，顯然比較過去複雜多了。這裡有著兩大難題：

　　第一，如何應付競爭乃是整個成敗經營的關鍵。新聞事業之中，競爭最激烈的不是報業本身，而是報業與廣播、電視的互相競爭。美國報業從一九三〇年以後，幾乎已完成了兼併工作。在一千二百個城市之中，當地報紙大都已造成了獨佔地位，或者一個公司同時經營著幾個報紙，再沒有什麼劇烈的競爭。目前報業與新聞雜誌以及廣播與電視的競爭雖然到了白熱化的程度，但是今後發展的趨勢，可能是進一步的互相兼併，就是經營報業者同時兼營廣播與電視，造成新聞事業更大的托辣斯。

　　第二，新聞事業的成本不斷增高，發行與廣告的收入不敷開支，乃是各國報業最大的危機。雖然廣播與電視目前正在欣欣向榮的全盛

期，盈利不可勝計，然而報業如果不能維持，必然影響整個的新聞事業。根據美國去年的統計：(一)新聞用紙成本在一九四〇年至五十三年期間，先後上漲了一五〇％。但是報費訂價在同一期內，只增加了三‧六％；(二)報業工資在一九四八年至五三年期間，先後上漲了三三‧四％，雖然同時期的一般物價祗漲了十一％；(三)廣告收入除了全國性的廣告價目增加了十七％以外，其餘本市廣告過去十五年之間，並未上漲。這樣，在人工與紙張雙重增漲的威脅之下，報業終將被迫重新檢討經營的方針。或者減少篇幅，提高報價，或者大量裁員，緊縮開支，此外或者再減少對讀者的服務。雖然，這些都是消極的辦法，未必能挽救根本的危機。

　　四、新聞道德促進：新聞事業之進步，一方面依賴整個社會經濟之發展，與夫物質文明的昌盛，同時更有賴於新聞從業員本身之精神修養及職業道德之砥礪。在近代社會中，任何的職業皆有一定的道德律，以為共同遵守的信條。新聞記者對國家社會所負之職責，比其他自由職業者自更為重大，因而新聞道德比其他職業道德也就更要嚴格。美國報界首先倡導新聞道德者為美國編輯人協會，該會成立於一九二二年，其第一任會長岳斯德(Casper S. Yost)為聖路斯《環球民主報》 *(Globe Democrat)*總編輯，他向大會提出那著名的七條「美國報業道德律」(The A. S. O. E. "Canons of Journalism")遂於一九二二年會正式通過，當時曾經根據此項新聞道德律欲整肅若干同業敗類，其中有《丹佛郵報》*(Denver Post)*之主編龐尼爾斯(F. G. Bonils)因利用報紙敲詐煤油大王Henry Sinclair幾為大會所開除。但會中咸認新聞道德為一精神武器，並非具有法律效力，要在報人能自動遵守，蔚為風

氣。且編輯人協會究非司法機關可比，既無制裁力量，亦無執行機構，結果還是不了了之。

　　美國報業道德共七條：一曰明責任，二曰重自由，三曰守獨立，四曰誠信確實，五曰大公無私，六曰求公允，七曰崇風尚。這些不僅為新聞從業人員應守的金科玉律，尤為每一報紙維持其報格所必需遵循的道德標準。同時密蘇里新聞學院創辦人威廉博士手訂記者信條八則，更進一步提出了記者個人修養與報人對國家社會所負之職責，而他特別著重報人如何對讀者對社會盡最大之服務，他認為服務讀者是報人至高無上的責任。

　　當然新聞道德之提高，絕不能從條文中去下功夫，因為研究信條即使獲有心得，對於實際的新聞事業仍將永無裨益。新聞道德的表現必須報人在處理新聞工作之中能夠把握原則，秉持春秋大義，在經營新聞事業之中能夠堅守立場，正其義而不謀其利。雖然，這些大原則是任何報人都會接受的，可是一旦遭遇現實問題，如何從良心上表現新聞道德，卻最是發人深省的，這裡有兩個問題是值得研究的：

　　第一、辦報要以服務讀者為唯一職責，乃是天經地義。然而所謂讀者的利益，有時與國家民族的利益，不一定完全相符合。舉例言之，若一般讀者不能諒解政府的某項政策，報紙究將為政府立場而辯護，抑將為讀者的呼籲而說話，以博取讀者的歡心。自然，報紙所注重的是最大多數人民的利益，它所應抉擇的方向，似乎並不太難。但是由於現民主政治的運用非常錯綜複雜，社會各階層的利害往往互相矛盾，而政黨與政府的意見亦常對立，再加上報紙本身的經濟背景與人事關係之牽制，於是報人面對著各項政治與經濟的現實問題，就失

去了權衡的標準,更難以堅守新聞道德了。

第二、辦報要以最迅速方式報導最大多數人所最感興趣之新聞,為工作的主要目標。因此,為了最迅速的時間,有時未免報導得不很完全,或者缺乏絕對正確性。這種缺憾雖是新聞界很嚴重的通病,但也還不致影響新聞道德。如果為了迎合讀者的低級趣味,專門製造黃色新聞,以為爭取發行的手段,那是不堪想像的事。紐約時報發行人沙茲伯格(A. H. Sulzberger)於一九五〇年在密蘇里新聞學院講演中,認為報人的職責可有兩種選擇,一種是忠誠地為讀者報導和分析國內外大事要聞,另一種是忽略這些時事,將讀者的興趣吸引到不重要的而富於娛樂性的問題上去。他當然是主張選擇前者的。密蘇里新聞學院前任院長毛特在他的新著《論美國的新聞》*(The News in America)* 一書中,將國內外要聞稱為「硬性新聞」(hard news),而將一般社會新聞稱之為「軟性新聞」(Soft news)。他批評今日美國報章最大失敗是在犧牲了「硬性新聞」的篇幅,而大事刊載「軟性新聞」來討好讀者,使報紙內容失去了應有的平衡。他認為美國報紙這種失敗,一面可說由於讀者的幼稚,同時實應歸於美國報人沒有卓識定見,尤其是缺乏新聞道德的修養。

新聞學重要書目的介紹

各國新聞學著作,歷年所出版的雖不能說汗牛充棟,卻已不下數千種之多。僅就美國《編輯與發行人》年鑑所選列者,也在兩千種左右了。我們研究新聞學,自然不能不注新意聞學的書目,以便瀏覽涉獵。事實上,有關新聞學的書目,也已出版了不少的專著。美國若干

新聞學名教授曾編訂了幾種新聞學必讀書目，讓學生有所遵循，而其中比較完備的則爲左列數種：

一、C. D. Mac Dougall教授在其所著《*Interpretative Reporting*》一書的附錄中，開列著一套新聞學書目，內分八大類，五十目，共約兩百餘種，其分類細目如次：

第一類：美國新聞學，包括一般新聞事業史、個別報刊小史、著名報人傳記及自傳。

第二類：編輯學及採訪學，包括新聞採訪與寫作、新聞寫作示範、編輯標題及拼版、特稿寫作、社論寫作與名作選集、漫畫、新聞攝影、新聞資料。

第三類：報業經營與工務管理，包括發行、廣告、會計、印刷及製版、美術廣告及版面設計、廣告心理學、一般廣告及特種廣告。

第四類：新聞政策及問題，出版法、報紙之影響、新聞道德、新聞自由、新聞檢查、宣傳學、廣播與報業。

第五類：特種報刊，包括小市鎮報刊、農村報刊、工廠行號特刊、工業宗教新聞、黑人報刊、外國語報刊。

第六類：新聞職業專著，新聞職業概論、報界婦女職業、戰地記者、駐國外記者、有關報業之小說詩歌及戲劇。

第七類：各國新聞學，有關英法德及其他各國新聞學著作。

第八類：美國的雜誌，包括一般雜誌的歷史及雜誌界著名人物傳記與自傳、雜誌文章寫作方法、雜誌佳作選、雜誌編輯及經營概論。

二、Bruce L. Smith Harold D. Lasswell及Ralph D. Casey三位名教授合著的《*Propaganda, Communication & Public Opinion*》一書，乃

是一部經過整理並加註解的新聞學書目，內容雖偏重輿論及宣傳學，但對於新聞學的研究，卻最富有參考價值。這三位者之中，凱賽博士實為主體，他曾任明尼蘇達大學新聞學院院長，是美國當代新聞學的權威，與密蘇里新聞學院前任院長毛特博士齊名，兩人均屬著作等身，且曾合著多書。此書於一九三五年初版，嗣於一九四六年增訂，由Princeton University Press出版，內分一百五十個項目，所列書刊及著名論文，目錄共計二五八種，依次編號，每種均有簡短說明並列舉出版經過，使讀者一目了然。這一書目編製的精詳及其索引之完備，誠屬工程浩大，裨益學者匪淺。這裡限於篇幅，不能詳細介紹，有志研究新聞學者允宜隨時翻閱，庶幾可得涉獵新聞學重要著作之門矣。

　　三、Ralph O. Nafriger教授所著《*International News & the Press*》（紐約H. W. Wilcon公司出版），也是一本重要的新聞學書目專著，納教授曾任威斯康辛大學新聞學院院長，此書是他以前在明尼蘇達大學新聞學院執教時，因擔任國際電訊一課，費了數年時間，才辛勤地輯成專書的。全書所錄各新聞學書刊及論文題目凡五千多種，並予簡明的註釋。這本書目共分兩大部門，第一部門側重於國際電訊發展歷史及各國通訊社之組織與活動，同時對各國宣傳機構及新聞檢查出版法方面之著述，亦蒐羅特詳。其次，關於戰時新聞報導及歷次大戰之戰地通訊等著作，亦予採納。第二部門則為各國新聞事業、新聞教育著作之介紹，對於各國報史，其且按年編列要目，並就各新聞政策出版法等之論著，擇要列舉，有助於各國新聞學之研究，誠匪淺鮮。可惜作者僅編目至一九四〇年為止，而最近十五年各國新聞學的重要著述，均未及包羅在內，實為美中不足。

　　四、密蘇里新聞學院出版的新聞叢書之中，有兩本小冊子是專門介紹美國新聞學名著的書目，兩本小冊子的書名均稱爲《*100 Books on American Journalism*》。其中一本是介紹新聞學理論及歷史等專著，偏重於編輯言論及採訪寫作方面，另一本是介紹新聞事業之經營及管理方面的專著，著重於廣告發行與印刷技術等書籍。兩種書目均於一九四四年六月出版，係前任院長毛特博士(Frank L. Mott)所選輯。他不但是美國當代新聞學權威，也是著名的歷史學者，他個人有關新聞學的著作也是最多，而且精深淵博，爲美國報界所一致推崇。這兩種書目每種選輯一百本，爲研習新聞學者所必讀的基本書刊。如能讀完這兩百本書，對於新聞學的研究至少具備了起碼的常識了。

　　五、紐約哥倫比亞大學新聞學院教授艾拉德Roscoe Ellard爲美國《編輯與發行人》年鑑所編的美國新聞學書目選輯（A Selected Biography of American Journalism Subject），乃是最通行的一種書目，而且每年增訂一次，將以往一年之中的重要書目隨時編入，自更爲完備。艾拉德教授所選輯的書目共分爲六大類，二十四個項目，約計一千五百餘種，茲將其分類及目摘錄如左：

　　第一類：美國新聞學（編輯部門）：　（1）Adventure and Reminiscence (2) Agricultural Journalism (3) Analyzing Journalism (4) Art of Writing (5) Biography of Journalists (6) Business Journalism (7) Cartoons and Cartoonists (8) Censorship and Press Freedom (9) Collections: News, Featiures, Columns (10) Copyediting, Headlines, Make up (11) Country Journalism, (12) Critical Writing Background (13）Editorial Collections and Techniques (14) Ethics (15) Featutes Columns

(16) Fiction, Newspaper (17) Foreign Correspondence and Reminiscence (18) Foreign Language Press (19) Handbooks for the Newsroom (20) Histories: General and Specialized (21) Histories of Individuaal Newspapers (22) House Magazines (23) Libel and Copyright (24) Libraries, Newspapers (25) Negro Press (26) Opportunities in Jorunalism (27) Photography (28) Propaganda and Public Relations: Domestic (29) Propaganda: Foreign and Wartime (30) Public Opinion (31) Radio and Television (32) Religious Journalism (33) Reporting and Writing News (34) Women in Journaism.

　　第二類：美國新聞學（參考書籍）：(35) The American Scene (36) Biographpy Important Americans (37) Corporation Economics (38) Economics: Domestic and International (39) Foreign Affairs (40) History (41) Internal Revenue (42) Labor Problems, Social Security and Wage Hour Policies (43) Political Thought (44) Post war Problems (45) Railroads: Economics and Transportation

　　第三類：美國新聞學（廣告部門）：(46) Art and Layout (47) Copy (48) Classified (49) General (50) History and Biography (51) Psychology (52) Special fields

　　第四類：美國新聞學（營業及工務部門）：(53) Accounting (54) Circulation and Promotion (55) Newspaper Making　(56) Printing and Engraving

　　第五類：美國新聞學（雜誌及書刊）：(57) Authorship　(58) Biography (59) Magazine Making

第六類：外國新聞學：(60) British Journalism （(61) Frence Journalism (62) German Journalism (63) Other Courtries

此項書目除了每年增訂一次以外，讀者並可隨時致函艾德拉教授，諮詢關於新聞學出版的種種問題。

以上所述五種書目確是研究新聞學的入門，可是由於國內缺乏新聞學圖書，我們要是能讀到少數幾種，已經很不容易，若一一涉獵，更是不可能的事。但我們對於世界各國新聞學的新著，即使不能窺其全貌，至少也要知道其書名。為了望梅止渴，我們不妨訂閱兩種有關報業與新聞學的專刊，一種即是美國《新聞學季刊》(*Journalism Quarterly*)，報導美國及世界各國報業之進展實況，每期載有幾篇專著，討論新聞學的問題，至於《新聞學季刊》是美國新聞教育協會所主編的學術性專刊，編者尼克森(Raymond B. Nixon)，以前曾任喬治亞大學新聞學教授，去年轉入明尼蘇達大學新聞學院任教。這《新聞學季刊》為美國各新聞學院生最普遍的課外補充讀物，而每年元月所附出的年鑑一巨冊，資料豐富，尤有參考價值，是我們研究新聞學的人不可不讀的。

（轉載自《報學半年刊》第一卷第八期）

新聞教育的今日與明日

曾虛白

　　新聞學在政大成立專系遠在民國二十四年，迄今已有三十二年歷史。那時候政大的前身中央政治學校，先在外交系設「新聞學概論」一課，翌年才正式成立新聞系。

　　抗戰軍興，政校新聞系在播遷中途曾先後在江西牯嶺、湖南芷江開課；民國二十八年，定居重慶南溫泉，改辦新聞事業專修班，繼於民國二十九年創辦新聞專修科，直至民國三十二年始恢復新聞系。同年，政校與美國哥倫比亞大學合作設新聞學院，爲我國最早成立之新聞研究學府。

　　民國三十八年，大陸陷匪，政府遷台，民國四十三年政府決准政大在台灣復校，以先辦四個研究所著手，新聞研究所即爲四者之一。民國四十四年政大恢復大學部，新聞系即爲最先復課五系之一。

　　新聞教育在中國，最先開課於北京大學，遠在民國七年。此後，上海聖約翰大學、廈門大學、北京平民大學、燕京大學、上海南方大學、復旦大學及滬江大學都有新聞系之設。因此，就成立時期的先後論，政大的新聞教育未佔先機，但就其成就與對社會之貢獻論，則可稱一枝獨秀。

　　概括言之，自由中國之傳播事業包括了報紙、雜紙、廣播、電視、通訊社以及政府各部門與工商企業之公共關係業務主管及其他重要職務，由政大同學擔任者十之八九。海外僑胞所辦之各種傳播事業亦爭相羅致政大新聞所系畢業同學，爲其汰舊換新的新血輪；更有若干僑胞在海外創辦傳播機構歷有年數，並建有穩固之經濟基礎，不料轉入今日傳播事業爭奇鬥勝之時代中，不勝同業競爭之壓力，紛紛洽請我新聞所系就畢業同學中推薦人才以充實其幹部者。凡此足證本校

創辦新聞教育，培養新聞人才，以助我國新聞事業的發展，的確有了些收穫。

但，我們倘然再進一步作更深入的檢討，深感這些收穫並沒有達成我們的期待。我們只透過同學們技術訓練的成熟，向新聞界作了發展業務的頁獻。可是，我們新聞教育的重要目標是要使新聞界篤信主義，服膺職業道德，提高我國新聞事業的水準，這一個目標則尚未達成。

「新聞」是專業科學

當然，傳播業是一種新企業，以企業家的眼光看新聞，它是一種商品。推銷商品要揣摩顧客的愛憎，那麼，傳播新聞也不能不迎合讀者與聽眾的胃口。但是，就商品立場來說，精神商品與物質商品顯有差別。物質商品，大眾搶購，必是好的；可是精神商品眾之所好就流於耽樂，含有毒素。因此，新聞是精神商品，傳播事業之為企業與一般企業不同，它負有影響社會健康的責任。

如何使傳播事業完成其企業發展的任務，同時也盡了它健全社會的責任，是新聞教育應該解決的重要課題，直到今天我對這問題還是交不了卷。因此我說，政大的新聞教育雖有了收穫，還沒有達成我們的期待。

新聞是否是一種專門學科，是否可以在大學裡成立一個專門科系，至今先進國家還在聚訟紛紜，莫衷一是。只有美國是堅決主張新聞設系，新聞系現在已遍設各大學，成了大家公認的原則。美國而外，英、德、法、日等國對這問題還猶疑討論之中。

　　反對新聞設系的主要理由，以為新聞記者是一種通才，他需要的是常識和通暢的文筆，這種人才在其他學系裡都可以培養出來，無專設一系的必要。至於編輯、採訪、管理、營業等新聞專業技巧，在傳播機構裡以學徒方式，跟從先進學習，身親業務經驗，比在課室裡聽老師空談、圖書館裡啃死書所得效果為大，更無專設一系的必要。

　　這些理由自亦言之成理，未可厚非。我也主張，倘然新聞學只限於技術的訓練，實無專設一系的必要，可是，倘然我們期待新聞記者於完成其發展企業任務之外，要負起健全社會更重要的責任，那麼新聞之為一種專門學科，自有其不能否定的充分理由。

新時代的新學問

　　傳播事業因科學技能的進步，正在無限度發展之中。它縮短了人類時間空間的距離，使全球幾十億人民有一室中面對交談的便利。而這種「事」與「意」的密切交流，如何影響人群社會，使其型態瞬息萬變，是新時代展開的一種新學問，是我們從事新聞學者要敬謹把握住的研究原則。

　　倘然我們根據這個原則來設計我們政大新聞系所此後的教育方針，我們有許多事情要做。

　　我們不以政大同學在傳播企業中對企業發展有重大貢獻為滿足，我們要政大新聞教育能影響中國傳播事業發生健全社會的作用。

　　傳播事業已成營利的企業，營利必需賺錢，要賺錢就得配合消費者要求，勢必迎合讀者聽眾的心理，降格以求，使傳播內容日趨庸俗；但傳播事業同時也是一種重要文化事業。它的一字褒貶，可以影

響社會心理的從違；它處理新聞的偏重側輕，可以影響社會注意力的集中分散。

　　因此傳播事業因為要對社會負責，絕不應該像一般企業一樣，只注意賺錢，迎合群眾心理而降低它產品的素質。如何保持傳播事業企業賺錢的企圖，同時也達成其促進社會健全進步的任務，是我們從事新聞學者最先要研究的課題。

搭一座凝固人心的橋

　　傳播的正確定名應作「交通」。新聞學是藉「事」與「意」迅速與正確的交通，以求融會貫通，而使人在團體活動中，找得共同態度的一種學問。大至國與國間、政府與人民間，小至一個企業機構、社會團體以及任何人與人的結合，管理者與工作群眾間都要靠傳播這座橋樑來完成其健全的團結。如何使傳播的功能在人群社會中，發揮其最有效的凝固效果，是從事新聞學者應該努力的主要目標。

新聞學者的課題

　　我們要在「事」與「意」透過傳播事業媒介所發生的迅速與繁複的交流中，細按社會變化的脈搏，診斷它變化的是否健全，還是呈現了病態。如有病態，找出它致病的原因與治病的方案；如是健全，找出它的優點，策畫百尺竿頭更進更新的進步。

　　自由與政權經常相互牽制而生均衡作用。統治者懼政權之削減而要限制自由，被統治者恐政權之獨佔而要擴大自由。自由需表達，爭取表達是爭取自由最重要的手段；表達需媒介，傳播事業就是這個媒

介。政權獨佔貽患固多，自由泛濫亦爲紛亂之源。如何使傳播事業享受自由與統治者限制自由二者的對立矛盾中求得健全的均衡，是我們要努力找尋的答案。

傳播事業得充分發表的自由在於形成民意以運用這媒介的便利，可是什麼是眞正的民意，尚有待新聞學者們作更進一步的研究。

眞正民意的形成，尚有待傳播機構的溝通疏導，而傳播機構的溝通疏導，卻也會影響健全民意的正常發展。情感與理智可以影響民意形成，但人群意旨每易因情感的受人激發利用而自損其利益，只有理智的清明，始可以保持群眾利益之完整。如何使廣大群眾透過傳播事業的媒介，經常保持其清明的理智，形成健全的民意，又是新聞學者應該研究的重要課題。

爲了要達成上面列舉的研究目標起見，我們需要了解的對象實在太多了。我們不獨要了解本國的傳播現況，更需了解發展在先或發展在後的其他國家的傳播現況；我們不獨要了解本國和外國現代的傳播狀況，並且要了解本國和外國過去的傳播狀況。

傳播跟社會有密切的關係，我們就得有了解社會的準備；傳播與政治經濟有不能分離的聯繫，我們就得有了解政治經濟的準備；傳播牽涉到法律，我們就得研究法學；傳播關聯到群眾心理，我們就得研究心理學，近代研究，處理資料得正確合理的結論，必以數學爲基礎而予以統計，那麼，我們又得研究統計學。

做個發掘真相的拓荒者

因此，新聞學不獨是一種現代文明必不可少的人文科學，並且是

融合其他學科促成社會進步的一種應用科學。整個社會是新聞學者的實驗室，各種傳播機構是新聞學者的實驗標本。新聞學者的任務是要把這些標本在大社會的實驗室裡經過合理的調整而成「事」意交流的理想媒介，對人類文明作最大的貢獻。因此新聞學的研究者，絕不是坐在圖書室裡啃書本的學者，而是鑽到社會裡，發掘真相，解決問題的拓荒者。

這是作者發展新聞學的抱負，或者可以貢獻給政大作它新聞教育此後發展的一個假定的目標。看著政大新聞教育今日成效的卓著，我相信，在這一個基礎上向前猛進，它在未來的面目，要達成這個目標並不困難。

（轉載自《政大四十年》）

提出一個大的新聞教育理念

王洪鈞

　　一個理想的中國新聞記者，應該是怎樣的風範，我從接觸新聞教育之始，心目中便已略具輪廓。所以我最喜歡中外成功報人的傳記，甚至在大學唸書時代還把我崇拜的偶像留下來，貼在牆上，心嚮往之。雖然如此，我對理想的新聞教育卻沒有很深入的體認。一直到進入新聞教育的領域，初為人師，我才猛省新聞教育的意義。經過幾十年的開採，摸索了無數歲月，方見眼前豁然開朗，原來新聞教育乃至傳播教育，竟是如此美好華麗的殿堂，而且還有許多發展的餘地，可供社會各方面投入更多的心思。

　　簡單的說，我在心靈所受到的衝擊是第一次在政大新聞上課時，面對著許多年輕人探索而期待的目光，幾乎不知所措。我不禁自問：你該怎麼做，才能導引他們成為一個傑出的中國新聞記者？從此，我對新聞教育的內涵，便從膚淺的認知，而一步步走向深入的思考。負責了多年的系務，更經歷了一段時期教育部高等教育的職務，使我更攀升了一個階梯，可以放大視野，對國內整個的新聞教育問題獲得真實的了解。出席過幾次國際性的或與傳播相關的研討會後，識見增多，更使我有了比較的觀念，尤其是中西之別。直到今日，方感到已進入一個新的意境。

四十年來思想發展分為三階段

　　七十九年，我在政大傳播學院落成典禮上接受了校長張京育頒贈給我的紀念退休的獎牌，並在同年的十二月二日傳播學院主辦「傳播邁向二十一世紀」的研討會上發表了一場〈承先啟後四十年〉的專題演講。這篇演講稿承中央日報副總編輯兼副刊主編章益新（梅新）先

生刊於《中央副刊》。他在介紹作者欄中寫道：「王洪鈞先生是九所大專學校新聞科系的老師的『老師』。多年來，他將所知所學傳授給學生，而自學生的回饋，就是他的精神食糧。」這種溢獎，我自然受之有愧：不過，我有緣接觸到近四十年來台灣每一所新聞傳播院校的學生，確是事實。所以在那篇演講中，我曾說：「我篤信孔子『有教無類』的思想，因此，便利了我與新聞院校結緣。」不過，我必須指出，所謂「學生的回饋」不是單指有形的，而是從他們離校後的順逆境遇中，使我觀察甚至反省到長期以來的新聞教育究竟是成功的，還是失敗，進而使我對新聞教育的理念，有了很大的變化。

回憶近四十年從事新聞教育的心路歷程，我的思想大致可分作三個發展階段。第一階段，從四〇年到五〇年代，我的理解限於新聞教育的基礎教育。第二階段，從六〇年到七〇年代，我著重於新聞教育是專業教育。但到目前階段，則確信新聞和傳播教育應是一種全方位的教育，不限於學校時期，更應延至終身；不限於新聞界從業者，也要擴及全民。

初期提出新聞基礎理念四元論

就第一階段而言，我最早發表的一篇文章，題為〈新聞學和新聞教育的新觀念〉，於民國四十年八月刊載於二卷三期《報學》。這篇文章大體上代表了我的基礎思想。其中主要在藉一些具體的事實，強調「新聞學的意義和內涵是生長的、動態的和發展的，正如其他科學一樣。由於新聞事業的範圍不斷擴大，新聞學的內容也隨之伸延。」論及新聞教育，我開頭便說：「新聞教育也有其廣泛而創新的內涵。」

繼而指新聞教育的四項特質，即：一、知識教育，二、技能教育，三、道德教育，四、方法教育。知識教育部分強調：「每個準新聞記者對生長中的各種知識（包括社會科學和人文科學）須有及時而廣泛的了解。這些知識的基礎不能取之於工作環境，應在教育環境中逐漸建立。」技能教育部分強調：「新聞教育中的技能訓練，不僅在教授如何做(know-how)，更應教授為什麼這樣(know-why)。新聞教育不同於職業教育或學徒制度，其技能教育在培養學生學習技能的效率……另方面，則要培養他們學習技能的智慧，以不斷創造改進，獲得高深的發展。」道德教育方面強調：「由於大眾的倚賴和本身的權威，已與新聞教育的影響力媲美神權時代的神和君權時代的君；惟其如此，新聞記者所必需的道德教育也遠超過任何一個平常的人。」又說：「新聞教育的重要內涵之一，即使準備參加新聞事業的人獲得相當的法律和道德觀念，養成他們充沛的正義感和責任心，使道德領導技術，勿使技術為害道德。」關於方法教育部分強調：「所謂方法知識包括客觀的分析方法、邏輯思想方法和獨立的判斷方法，以及迅速閱讀、採集、運用和表達的方法。這勉稱為『四元論』的新聞教育基礎理念，卑之無甚高論，但長期以來卻不斷為人採用，證明所見略同。」

大量新聞教育尤需實務界支援

不過，在民國五十年左右，我對新聞教育的思想不斷拓寬，民國五十年五月十八日，我在《新時代》雜誌所撰〈中國新聞教育的方向〉一文中，曾指出：「大學新聞教育的目的，除了培育人才之外，還要

與新聞界合作，共同提高新聞事業的水準，亦就是新聞事業向社會的
延伸。其主要工作包括兩項，一是建立批評制度，提高新聞事業服務
公共的精神；一是實施在職進修制度，供應新聞發展的知能。」民國
五十年十月，我應邀參加聯合國「東南亞新聞教育研討會」前夕，有
機會對國內新聞教育情境作一番回顧與前瞻，認爲當時台灣新聞教育
的最大問題，在於如何使空前龐大數量的學生共同達到理想的教育水
準問題，也就是「大量的新聞教育問題」。適在同年九月七日，赴美
參加了美國新聞教育協會(Association for Education in Joumalism)在賓
州州立大學舉行的第十次年會，聽了副校長丹尼斯(Lawrence
Dennis)，密西根大學新聞系主任西伯特(Freds S. Siebert)等若干新聞
學者和業者對新聞教育的標準和目標(Standards & Objectives)激昂慷
慨的發言，益使我感到大量教育問題不能解決，新聞教育的標準便無
法達成，新聞教育的目標也無法實現。

　　因此，我在一次新聞業者的集會上便以「大量的新聞教育問題」
提出報告。略稱：以美國新聞教育所訂目標爲例，我國新聞教育在目
前的師資、設備、經費、制度和課程安排而論，恐怕幾年之內無法追
上，但由於全球各地華僑子弟不斷來台接受新聞教育的趨勢，以及國
內青年醉心新聞事業的事實，更爲我們帶來一個極爲嚴重而嚴肅的課
題，即如何施行大量的新聞教育。我以若干美國大學新聞院校的人才
和設備情形，證明我所說的並非危言聳聽，並強調要解決這個問題，
必須新聞事業在各方面給予新聞教育最大的支援。我曾說：「世界上
最值錢的東西，就是用錢所買不到的東西，那就是智慧。要進行大量
新聞教育問題，不是單靠那些人的力量，或多少經費可以解決。我們

必須把這個問題作一番根本的研究，確定我國新聞教育的目標，找出實現這些目標的途徑，再訂出一項五年或十年的長期計畫，全力施行。」

中期專注於提倡新聞專業道德

到了六〇年代和七〇年代，我對新聞教育的理念和關懷，似乎由於對現實的認知，而置重心在新聞教育作為一種專業教育方面，尤其是對專業道德和中國文化精神方面的提倡。

本來早在民國五十四年十二月十七日我以「新聞專業教育之重要」為題在文化大學新聞系講演時，便強調新聞記者必須是一個真理的工作者。有謂：「新聞工作最重要的目的是在於將圍繞於真理四周之雜質及偽裝剷除，使大眾在匆忙、雜亂、粗心、成見及淺薄中獲得其應該得到的事實與真理。」我列舉了好幾項新聞教育必具的要件，大體沒有離開早期題出的「四元論」，卻強調新聞業者的敬業（devotion）精神和奉獻(dedication)精神。我說：新聞工作必須冒險犯難、刻苦耐勞、日以繼夜，尤其是待遇菲薄；因此，必須要有所執著，而不計犧牲。我引用孟子所說：「富貴不能淫、貧賤不能移、威武不能屈」的精神，作為一個新聞記者的理想人格，以期效法。

以引導民智重建道德為新使命

但較為具體的主張，則見之於民國八十年三月十五日在輔仁大學舉辦「報禁開放以來新聞事業的省思與發展」研討會中所作的專題講演。這篇講演的題目是「新的報業應有的新使命感」，主要在強調新

聞記者必須養成一個獨特的專業者所應具有的精神。我強調：西方國家從十七世紀以後，為了維護出版自由，為了保障大眾「知之權利」，確曾表現了一種「吾之不出，其奈蒼生何」的氣概，況爭取言論自由為報人的神聖職責，終而奠定了報業的專業地位。我又說：我國現代報業雖然發展甚遲，但多少報業先賢，本書生報國之旨，不畏強梁，不為利誘，以言論覺天下，也樹立了「中國報人的獨特風範」。我曾提到若干人的名字及其事蹟，包括英國的密爾頓(John Milton)、李伯尼(John Lilburne)、狄佛(Daniel Defoe)、史梯耳(Richard Steele)、和艾迪生 (Joseph Addison)；美國的班乃特(James Bennett)和葛利雷(Horace Greeley)；尤其是我國的早期報人除革命報人外，尚有士人辦報之王韜、梁啓超、狄楚青、乃至抗戰期間之張季鸞。

全方位新聞教育理念大體定型

　　我對新聞教育的思路，經過上述兩個階段的加強、調整與改正，尤其在民國七十七年，國內新聞教育界熱烈慶祝民國七年國立北京大學首次開設「新聞學」課程，而肇新聞教育之始的七十週年，所舉行的多種學術研討活動，迄於現在，不敢說已經成熟，但大體上已經定型。

　　所謂定型，可從兩篇論文中說明。一為民國八十年九月九日至十二日「中華民國第一次新聞暨大眾傳播教育檢討會議」中所提〈八十年的新聞及未來發展〉論文；一為同年十二月十五日〈建立中國化新聞暨傳播教育規畫芻議——提出一個大的新聞教育觀念〉論文。我認為這兩篇論文已勾劃出我的新聞教育思想，已進入目前的第三階段，

即全方位新聞教育的理念。

為符國家需要八大問題待改進

在前一篇論文中，我明確指出：雖然我國新聞教育，寬算與中華民國同庚，迄今規模具備，數量眾多，但就國家需要全盤教育之宏旨觀之，有待檢討及改進之處仍多。我冒昧的提出了八個重要的問題，其要意為：一、當前我國新聞及大眾傳播事業之專業特性猶待發揮；新聞教育之宗旨如何定位，猶待確定；二、我國新聞及傳播教育制度已由過去之專科提升到博士班和新聞學學院，惟各階段之教育，並無一貫性之目標及教育內容。是否任其自由發展，一如美國，抑需有所規畫以免資源及人才之浪費？三、新聞暨傳播教育目前既有之新聞、廣播電視、廣告、公共關係、媒介管理等系別是否足以適合業界的需要，抑應放寬設系種類，培養專業人才？四、新聞暨傳播教育已確定為專業教育，但在教育內容及制度各方面仍受一般教育法令之管理，不能達成專業教育之目的；五、我國新聞暨傳播教育自始迄今，幾全盤師法美國，今日是否應盱衡國家的需要而加以檢討；六、基於中國文化思想之新聞理念，是否應積極加以研究，以平衡「美式」新聞教育之不足，俾確能培養中國之新聞記者；七、應否推行制度化之在職教育，使新聞暨傳播教育成為新聞教育之終身教育；八、期待教育部以更遠大的眼光，確立更有彈性之政策，以期全國十一所新聞暨傳播大專院校在一致之宗旨及目標下，作彈性之發展，以培養各方面之專業人才。

提五點芻議建立終身教育體系

在第二篇論文中，筆者則接承前面所提問題，提出了規畫芻議。其重點包括五項，即：一、確立新聞及傳播教育為培養新聞專業、服務公益及履行社會責任具有獨特性質專業人才之專業教育；二、新聞教育為通識教育，必須藉四年大學基礎教育內涵達成通識教育之最高標準，並謀中國固有之文化思想與現代科技相整合；三、新聞教育為專精教育，新聞及傳播院校應鼓勵設置並充實研究所之教育，培養學生專精知識及獨立判斷能力，並接受監督與評鑑；四、新聞教育為終身教育，新聞暨傳播教育界及業界應合作建立完整之新聞記者終身教育之體系，包括職前教育及在職教育；五、新聞暨傳播教育為公民教育，蓋資訊社會之傳播者與受播者應有互動之倫理，並對傳播效果負有共同責任。如何教育大眾慎選資訊並善加利用，應視為新聞暨傳播教育機構之公民責任。

筆者個人對新聞與傳播教育的理念，經近四十年之探索，於今勉算沒有繳出一張白卷。雖然還難謂之成熟，但此生在世篤信新聞教育之誠懇與堅定，可謂定型。知我罪我，惟待後來者裁判！

（轉載自《我篤信新聞教育》，正中書局出版）

對當前我國大眾傳播教育的
觀察與建言

鄭貞銘

　　大眾傳播教育學府是培植大眾傳播從業人員的主要場所。大眾傳播學術研究是改進大眾傳播事業的必經途徑。爲提高大眾傳播事業的水準，使隨著時代的進步而日新月異；同時，爲建立大眾傳播學術的體系，使其在諸種社會中獲得應有的地位，必須加強推動大眾傳播教育及大眾傳播研究工作；大眾傳播教育成爲大眾傳播業者與大眾傳播教育界人士所共同努力的目標，現已逐漸成爲時代的趨勢。

　　大眾傳播教育的必要，基於大眾傳播事業在民主政治社會中所肩負的重大使命。目前，由於大眾傳播媒介影響力之迅速、普遍與深遠，必須有一批受大過大眾傳播專業教育，而對民主思想具有堅定信念的青年，來從事日增重要的大眾傳播工作。

　　正因爲大眾傳播事業隨著民主政治和工商社會的普及，其影響力不斷的增加，更因爲「煽色腥主義者」的缺乏責任心，危害社會民眾，因此更需要積極推動大眾傳播教育，以培養摯愛眞理的大眾傳播人才，建立社會責任之觀念，更新大眾傳播事業的作風，以善盡新聞記者的職責，爲建設較好之社會而不斷奮鬥。同時，大眾傳播事業的表現必受職業的觀念、原則及方法所支配；因此，更需要大眾傳播教育機構以科學方法研究大眾傳播事業之行爲及影響，以提供更好之作業方法，使大眾傳播事業在民主社會中能充分發揮其功能。換言之，大眾傳播事業之革新，需要專業教育，以培養有責任心及有創造力之新聞傳播者。

批評大眾傳播教育的兩種論調

　　我們審視大眾傳播教育的發展過程，發現社會與大眾傳播的工作

者對大眾傳播教育的重要性，看法不一。持反對大眾傳播教育之論點者，頗有人在。歸而言之，可分為「經驗主義論者」和「科學至上論者」兩種。

「經驗主義論者」認為從事大眾傳播工作者——尤其是新聞記者，無須接受學校的正式大眾傳播教育。他們認為「新聞鼻」是天生的，要做一個記者，主要靠先天特殊的稟賦與資質，後天的培養將屬「徒勞無功」。更有些大眾傳播界人士，引證新聞學校畢業生不能勝任工作的事實，而否定大眾傳播教育的價值。

美國的名記者亨利(Marse Henery)曾說：「一家好的報館就是最優良的新聞學校。」他們認為做新聞記者，必須從報館的校對做起；在編輯部掃地抹桌，比在學校課室捧書本更為有益。華特森(Henry Watterson)也說：「世間只有一所新聞學校，那就是最完善的報館。」

這種社會上的傳統觀念，深植於「行伍出身」的大眾傳播工作者身上。他們對大眾傳播教育的功能迄今仍持懷疑的態度，我們稱這一派人士為大眾傳播界的「經驗主義論者」。

教育界的「科學至上論者」

「科學至上論者」認為大眾傳播學並非專門的科學，而係依附於其他各種人文科學與社會科學，勉強拼湊而成，因為，它無法建立一個健全而完整的理論體系。換言之，它不夠在大學中成立一個科系。

主張這種論點的學者，一般稱之為教育界的「科學至上論者」。著名的教育家——前美國芝加哥大學校長郝金斯(Robert Hutckins)就持有這種想法，他認為新聞教育是「最陰森可怕的教育冒險」。他堅

決認為大眾傳播教育不能列為大學教育的一種，否則，既影響了其他學系的完整，直接影響大學教育制度本身。

我國名歷史學家——前臺灣大學校長傅斯年先生也認為大眾傳播並非專門科學，而係職業教育之一種；因此，當民國四十二年臺北市編輯人協會正式向臺灣大學建議成立新聞系時，傅氏婉拒了這項建議。

我們稱這一派反對大眾傳播教育的人士為教育界的「科學至上論者」。

以客觀的態度分析以上兩種說法，不難發現兩者都是持有成見的片面觀察。

一、對「經驗主義者」論調的批判

所謂「記者是天生」的說法，只是囿於「個人報紙」的老觀念，實際上並不正確。因為大眾傳播教育乃是以有系統的理論與前人的寶貴經驗傳授給學生，使受業者除了解各種智識與技能外，更能加以適當應用。此種有計畫的培養較之於報社當練習生自然更能收到事半功倍的效果。何況，大眾傳播事業愈益發達，大眾傳播人才也愈益需要，在大眾傳播事業日趨專業化的今日，我們不能不依據研究與經驗所得，尋求一條更為正確的道路，讓有志大眾傳播事業的青年減少摸索的痛苦。

新聞記者常被譽為「無冕之王」、「民眾的導師」，可證明其在社會上所負使命之重大。一個健全的新聞記者，學識必須健全淵博，眼光必須敏銳正確，心懷必須公正無私，人格必須光明正大，而後才能負起教育社會責任。從報館學徒出身的新聞記者，容或在技術上精練純熟，但卻無法培養他的遠見識力與對社會大眾所肩負的責任心與道義感。學

校大眾傳播教育除訓練技術之外，更著重在潛移默化中培養學生的精神力量，這股精神力量卻正是促使新聞事業進步的最大動力。

二、對「科學至上論者」論調的批判

任何一種學問初長成時，總是空洞而無內容的，必須經過事業本身的不斷發展和無數專家學者的研究探討，爾後才能逐漸充實，卓然成為一種完整的理論體系；這種事業證之於其他學科，如教育學、法律學、社會學、哲學……等等，莫不皆然。新聞學與傳播理論初建立時，雖然內容不夠嚴謹，但隨著學者專家不斷努力，傳播理論與新聞學內涵已逐漸在擴充之中，並已逐漸發展成一門健全而完整的學科。

德國新聞理論學者卡爾比雪(Carl Bucher)說：「新聞之是否作為正式的科學而獲得獨立之存在，在其必不可缺的必然性之前，實已無論爭之必要。故認新聞學必能與其他科學同時存在，且無遜色。」

由於傳播理論與新聞學是社會科學的一種，而其研究對象又與人類生活、社會活動有關，自然更難與各種社會科學、人文科學斷然隔離；尤其是近年來，心理學、社會學、人類學先後加入傳播研究的範疇，更擴大了大眾傳播學的領域。

大眾傳播教育的任務

大眾傳播教育學府的任務有三：一、培養大眾傳播從業員；二、研究大眾傳播理論；三、促進傳播媒體的進步。茲略釋於后：

一、培養大眾傳播從業員

培養大眾傳播從業人員，最主要的內涵約如下述：

(一)知識教育

由於傳播事業的接觸範圍最爲廣大，因此有志從事此項工作的青年，都必須對生長中的各種知識，有及時而廣泛的了解；這種知識的基礎，必須在教育環境中逐漸建立，而不能求之於工作環境。

大眾傳播知識之由術而學，由雛型而成長，以至整個理論體系的建立，都經過了長時期的發展；這些知識的了解，有賴於在學校從事長時期的教育。

近年來，由於自然科學的發展，已使人類文明生活和觀念發生了劇烈變化，甚至連帶地改變了許多社會科學與人文科學的基本觀念。因此，負有公正報導新聞和客觀解釋新聞的新聞工作者，必須在教育環境中奠定淵博的知識。

知識教育的重點，不外乎社會科學、人文科學與大眾傳播學的專業知識。

(二)技能教育

大眾傳播教育的主要目的之一，在供給新聞界以幹練而技巧純熟的從業人員；因此，對於準備從事大眾傳播工作的學子，必須施以基本的技能教育，以使他們在開始就業時，能有最低限度的作業能力。

但是，大學階段的大眾傳播教育中的技能訓練，並不同於職業教育或學徒制度；因此，大眾傳播教育的技能訓練，主要在培養學生學習技能的效能，所以不僅在教他們怎樣去做(know-how)，更應教他們爲什麼這樣做(know-why)，如此才能收到舉一反三的教育效果。

二、研究大眾傳播理論

由於大眾傳播事業的迅速發展，大眾傳播學術研究工作也日益精深，目前，先進國家在大眾傳播方面的進步是超音速的、是劃時代

的。舊的新聞基本觀念，許多已經落伍，而新的理論、思想與方法，正在日新月異之中。

鑑於世界大眾傳播學術研究的發展趨向，我國大學傳播教育必須順應世界潮流，從事傳播學術的研究。

「以理論指導實務，以實務匡濟理論」，正是大眾傳播教育與大眾傳播事業相輔相成之處。

三、促進傳播媒體的進步

目前，我國大眾傳播事業的表現，仍然未臻理想，大眾傳播教育學府既負促進大眾傳播事業進步的責任，則應站在學術研究的立場，予傳播媒介的種種行為以客觀檢討，並責無旁貸地對現有傳播制度作適當的評量。

我國有關法律雖對傳播媒介之誹謗行為與不負責任之報導訂有懲罰條文，然亦僅是消極性的作法；大眾傳播學府應如何使傳播媒介的政策、內容、宗旨、技術等，臻於至善至美的境地，以提高各傳播媒介的品質，服務社會，這是傳播教育人士責無旁貸的的任務。

檢討傳播媒介，積極的鼓勵勝於消極的指責。因此，大眾傳播學府應樹立起新聞學術的榮譽獎勵制度，予傳播媒體或實務人員接受表揚，是一種至高的榮譽，同時亦可促進傳播媒體的進步。

大眾傳播教育學府的另一努力方向，就是促使大眾傳播教育的普及，深入於社會，造成傳播知識的社會化。

中華民國大眾傳播教育協會對社會舉行一連串有關大眾傳播的演講，邀請專家學者，以通俗的口語，作常識性的解說，目的便是將大眾傳播知識社會化，使一般民眾具有保護自己心靈的能力，不致為不

良傳播媒介所污染，真正達到「開卷有益」、「開機有益」的效果。

對當前我國大眾傳播教育的觀察與建言

我國自中央政府遷台後，由於政治民主，經濟繁榮，教育普及，社會發展，大眾傳播教育亦日趨普遍。就量而言，有關大眾傳播教育單位，已由民國四十年之一系（政戰學校新聞組），增加為今日之三十四單位（其中包括研究所、大學部、夜間部與專科教育），新生人數已由當年之一百人增加為二千五百零五人，增加幾逾二十五倍，但在質上是否能夠同時並進，卻不無疑問。

為推展我國大眾傳播教育朝向理想目標發展，個人謹提出下列幾個看法，以就教各位，並作進一步討論之基礎：

一、觀念上肯定傳播教育的價值

首先，在觀念上，我們要確立大眾傳播教育的地位，肯定大眾傳播教育的價值。這種確立與肯定，並非是盲目的自我標榜，而是經過深思熟慮的結果。

美國密蘇里新聞學院創辦人威廉博士於一九○八年秉持著他對大眾傳播教育的崇高理想與遠大抱負，創辦此一學府，訓練報人，他的高瞻遠矚與不朽精神，指引著大眾傳播教育不斷向前邁進。

美國報業大王普立茲，曾把自己的成功歸功於他的自學與傳統的「經驗學校」對他的栽培，但是他卻認為這不足為訓。他說：「新聞事業是所有職業中最嚴格的職業──「要求最高、最深的知識，和最堅定的品格。」他問：「像負有這麼重要責任的職業，應該完全交付自我教育的人嗎？應該完全交付給批評大眾、指導大眾，而他本身卻

不需要被教導的人嗎？」

吾人只要秉持著此一信念，大眾傳播教育必有其光明遠景。

二、教育與傳播事業的結合

其次，新聞教育與大眾傳播事業的結合，爲大眾傳播教育成敗的關鍵所在，因此雙方面要互信互賴，推誠合作。

在大眾傳播學與大眾傳播事業日益發展的今日，如果單靠技術訓練，固難以提高傳播教育學府的學術地位；但因此而忽視工作研討，卻又不合實際需要；因此，惟有傳播學術與傳播實務發生匡濟作用，使理論以實際爲基礎，使實際以理論爲規範，兩者相互配合，始能產生進步的力量。換言之，如果傳播事業沒有傳播教育做後盾，固不能保持事業的發展和進步，傳播教育不能配合傳播事業，也必難以推行而事倍功半。

此種合作方式，至少可透過下列方式加強。

（一）建立建教合作，輔導學生實習，以發掘人才。

（二）設立獎學金，以鼓勵學習傳播的優秀青年。

（三）畢業生之就業輔導，使青年學以致用，亦使傳播事業不斷吸收人才。

（四）傳播機構委託教育學府從事專題研究，提供解決方法，促進大眾傳播事業。

（五）傳播學府協助傳播從業員在職進修。

三、所、系與專科教育之分工

目前我國大眾傳播教育制度，約可分爲研究所（博士班、碩士班）、大學部、專科部三種制度。

「理論乎？實際乎！」——我國當前的研究所教育，常隨著主持人的更迭而在這兩條路上搖擺不定，如何確定和保持研究所教育的特色，是值得深思的。

個人認為，研究所除培養人才外，更應加強高深學術研究的環境，幫助有工作經驗的新聞記者獲得發展的智能，利用其師資與設備，設立在職人員研究班，作高深的研究，並依其心得作為未來發展本身工作的依據。

其次，研究生的論文，亦應就國家傳播問題的需求，而從事實際問題的探討，以謀求解決之道。

大學部傳播新聞科系則除一般性教育內容外，更應依學生的興趣，鼓勵選修輔系（如政治、經濟、戲劇、農學……等），作較深入的鑽研，以培養專才與通才兼具的傳播人才。

至於以職業訓練為主的專科教育是否有必要，值得深思。

四、課程應配合社會需要，適應時代潮流，適時調整

隨著大眾傳播事業的發展與科技的進步，大眾傳播教育的內容已經日趨充實，而其研究的範疇亦日趨擴大。認識時代、適應時代需要是大眾傳播教育學府應遵循的主要原則。

傳播教育的內容，有些是超時代的，也是歷久彌新的，如專業精神的薰陶、新聞道德的培養；又有些教育內容則要反映時代的需求，例如在傳播理論方面、電腦學的概念、資訊學的概念、大眾傳播媒介自動化的概念、電子資料處理的基本過程等，都是必須新增的內容。

又如研究方法、媒介經營管理，都隨著電腦的應用而增益其重要性。在分秒必爭的企業化經營中，都要從電腦獲得市場資料，以研判

分析，作為經營決策的參考。

　　為了使大眾傳播教育跟隨時代的進步與需要，教育部應信賴專家，保持大眾傳播與新聞科系課程內容的彈性，各系也應有發表意見的機會，以期集思廣益，更求進步。

五、中國本位傳播理論之建立

　　大眾傳播教育不僅負有指導傳播媒體的責任，亦負有培育我國傳播人才的責任，因此，集思廣益，在教學上樹立起一套適合中國國情的傳播理論，是刻不容緩的事；而一套中國化傳播理論教科書的編訂，更是教育界同仁的共同責任。

　　在重利輕義的工商社會，由於價值與價格的混淆，已使大眾媒介為了業績，無形之中便將「有價格」的節目或新聞，視為「有價值」，直接促成了「煽色腥主義」的風行。

　　而我國當今的大眾傳播教育，整體而言，無論講授課程的架構或傳播理論的基礎，絕大部分來自美國。

　　美國是一個自由、商業主義的國家，她的社會特性不同於我國，故她的言論尺度、傳播媒介應用均不同於我國。美國的新聞理論較偏重於「價格」，因此認為「人咬狗才是新聞」，認為凡具有衝突、刺激、競爭、變態的事件，才有新聞「價值」。

　　我國視大眾傳播為文化事業，不僅在追求個人的幸福，亦在追求群體的利潤，因此大眾傳播事業不僅是商業，更是教育事業與文化事業，因此如何建立中國文化本位的大眾傳播理論基礎，是對於教育界同仁的共同考驗。

六、新聞道德與專業精神的培養

　　鑑於大眾傳播媒介所受的批評，大眾傳播教育應注重新聞道德的灌輸，與專業精神的培養，使新一代的新聞從業員皆能對社會肩負一個澄清的責任。

　　大眾傳播事業之進步，除依賴整個社會經濟之繁榮與物質文明的發展外，更有賴於大眾傳播從業員本身精神修養之充實與職業道德之砥礪。因此，大眾傳播教育必須爲即將獻身大眾傳播事業的青年，灌輸相當的法律知識和道德觀念，養成他們充沛的正義感與責任心，眞正培養出一股自由而負責任的大眾傳播事業力量。

　　更由於大眾傳播事業是具有高度社會性的職業，無論其目的是爲傳播或是教育，都必須具極嚴格高尙而多方面職業精神。此種職業精神，謂之專業精神。

　　所謂專業精神，根據美國印地安那大學教授李契的研究應包括下列幾點：

　　（一）每一專業皆要求其所屬會員在從事於專業活動時，必須運用較高級的心態，應用分析、比較、綜合、評價、想像與創造等。

　　（二）專業者須接受相當長時期的專業教育。

　　（三）專業者應訂立會員入會資格，藉在職進修促進會員的知識日新又新，與時俱進。

　　（四）專業者應結成組織，並以高度自治方式提高專業水準，改良服務，促進自律。

　　（五）專業者應以服務社會爲重，謀利營生爲次。

　　（六）專業者應有道德規範，以約束其成員之行爲和操守。

　　（七）專業者應視專業爲終生事業。

此外，大眾傳播的工作者為適應職業的需要，必須具備公正無私的精神、服務社會的精神、興善除惡的精神，才能無負使命。

七、教學方法的革新

由於上述，大眾傳播教育的日益繁重，從事教育工作同仁必須革新教學觀念與方法，始能達成任務，下述幾點可作為改進教學之參考。

（一）培養興趣與嚴格淘汰

當前我國大眾傳播科系的學生，是經由聯招的方式分發進來。在此之前，他們幾乎未曾接觸過傳播理論，也常對傳播事業的本質發生誤解。

因此，大學的大眾傳播教育，首要在培養學生對傳播事業與學術的興趣，這應從合理的課程安排與師長的身教、言教著手。眾所週知，目前大眾傳播課程之安排重複之處甚多，同時教授內容亦未盡善、緊湊，遂導致生學習興趣低落。此外，師長的身教、言教是維持學生興趣的重要關鍵。我們呼籲講授傳播史、新聞學概論的師長，應多培養學生傳播的興趣，講述前輩報人的奮鬥歷程、崇高理想與其犧牲精神，在潛移默化中培養學生的奉獻精神。

繼培養學生興趣之後，應實施嚴格淘汰制度，以維持大眾傳播科系的水準。如發現不適合傳播教育的學生，則應輔導其轉系、轉學。

（二）知識教育與啟發教育並重

大眾傳播事業是發展的，為適應這種行業的特點，除講授一般知識外，供應發展知能乃成為大眾傳播教育的內涵之一。因為大眾傳播事業是一種日新月異的事業，必須兢兢業業，以新的作風、新的方法、新的思想，來引導社會大眾的需要，在服務中竭盡最大功能。

　　因此，大眾傳播教育應對學生傳授方法(Methodoeogy)的知識，使受業學生都能在受教育期間，養成敏捷的思想、獨立的判斷、周密的思考，以能迅速閱讀、採集、運用、表達和分析的能力。此種發展智能之供應，乃能使得每個學生，在正式從事工作之後，能應付並解決實際問題的困難，並不斷從事革新與改進。

　　(三) 課內講授與課外知識並重

　　理想的大眾傳播教育，其方式是活潑的，內容是紮實的。因此，我們除強調課堂內的知識講授外，應同時重視課外的學習。另外，大眾傳播科系應重視作業，強調學習，開列各種人文科學、社會科學書目供學生課外閱讀，同時鼓勵學生經常參加辯論、聽演講、寫作投稿，並將之視為成績的重要部分。

　　美國第三屆總統傑弗遜說：「新聞事業的光輝常照耀人心，新聞事業使每個人都成為有理性、有道德、有社會觀念的人。」大眾傳播活動促進社會進步，歷經十九世紀之民主政治與科學發達，至今益趨明顯。

　　但也正由於大眾新聞事業日新月異，隨時面臨新問題的困擾。因此，大眾傳播教育今後要作大眾傳播事業的後盾，勇敢地、冷靜地肩負起時代的使命，以適應日新月異的需要。

　　所以學者強調，大眾傳播教育不是孤立教育，不是廉價教育，更非時髦教育，它應該是一種以嚴肅心情、莊重態度負起的一種「承先啟後」的使命教育。

（轉載自《大眾傳播教育》，大眾傳播教育協會出版）

資深新聞傳播教育人士專訪

管維中
　　　　　採訪
王澤藍

訪　徐佳士教授

問：您在擔任政治大學新聞學系系主任的職務時，於民國五十九學年度修改原來的課程內容，實施新的課程標準，將新聞專業科目降為總課程的百分之二十五的比例，可否請您說明為何有如此的改變？

答：原先的課程太重技術性的內容了，也過於瑣碎，因此，在新的課程設計時，增加通識科目，因為大學應是一個打基礎的階段，大學應打下廣的基礎，就好像蓋房子一樣，地基打穩了，才能繼續在上面蓋其他的建築，因此，在新的課程設計中，加強語文、社會科學、文學、史學、哲學等類科的份量，因為語文是一種工具，其他的通識科目使能新聞系學生增廣見聞，此外，班級人數有所限制，採取小班制，使教學品質得以提升。

問：傳播科技的發展一日千里，新興媒體也不斷出現，您認為目前的新聞教育內容能否反映這一情況？您認為要如何才能趕上這樣的趨勢？

答：現在新聞傳播院校多分設許多不同的科系，其實，不論分不分系，都應要整合全部的傳播教育，各院、各系之間應可以互相修課。現在傳播媒體之間的界限早已模糊，傳播應視為一種學問、一種專業，應從傳播本身來規畫新聞傳播教育的系統，例如從傳播的特性上來分，可分為說服性的傳播、告知性的傳播以及創意性的傳播，或許從這三種傳播性質來設立科系，就不用擔心媒介如何變遷了。

問：一些受過新聞教育的人士進入實務界工作之後，會覺得在學校所學的和實際情況比較起來有很大的出入，覺得學校裡學的是一套

標準，但實際工作上老闆要求的是另外一套，您認爲這是什麼原因所造成的？

答：這就要談到新聞教育一直以來存在的師資問題了，因爲新聞傳播實務界中經驗豐富的人士不見得具備教育部規定的大學師資聘用標準，因此，實務課程請不到眞正的專家來教課。這也牽涉到所謂新聞傳播專業標準的問題，新聞傳播教育界重視新聞倫理、社會責任，將傳播媒體視爲「公器」，但現實社會中掌握媒體者卻把傳播媒體當成「產品」，重視「可賣性」。仔細觀察台灣的所有傳播媒體，幾乎都是爲了政治、商業、政黨、特權階級、特定的團體或個人的目的而服務，根本上離「媒體是社會公器」這句話的意義相當遙遠。因此，現在的傳播環境及新聞教育的確令人擔憂。

問：近年來台灣的各大媒體在招考人才方面，多希望網羅政治系、經濟系、法律系等人才，並認爲新聞教育界培養出來的人並不能滿足他們的需要，您認爲該如何拉近彼此間的距離？

答：其實，新聞傳播實務界的要求也太多了，因爲新聞傳播學校教育只是在打基礎，而現在新聞傳播教育者普遍缺乏實務經驗，業界應提供學界觀摩的機會，使學術界的老師們能曉得實務界的情況，才能拉近學校與現實新聞傳播環境的落差。此外，記者應成立協會，一個自主性的團體，要有組織，發揮集體的力量。因爲目前存在的「記者公會」其實是老闆的會，而記者必須受到老闆的限制，並不能完全憑自己的判斷來做事，因此，若由記者自行成立一協會或組織，且具有實際的力量，就能保障記者的權益，並眞正發揮媒體是社會公器的社會責任。

問：請問您認為新聞教育在整個教育體系、環境中，應扮演何種角色，或居於何種地位？

答：新聞教育應變成國民教育的一部分，使國民能生活得更健康、更快樂，幫助民眾適應社會生活。現在是一個資訊社會，新聞教育應培養能適應變化迅速的資訊社會、培養具判斷力，且能了解媒體，有能力保護自己的人，並能對媒體表現以批判性的角度來看待。

問：目前大陸地區已較以往開放，請問您對大陸新聞教育的評價如何？您認為海峽兩岸的新聞教育學術交流未來發展的可能性為何？

答：大陸目前實際開放的程度有限，因此在中國特色的社會主義制度之下，新聞教育是受到控制的，而一般人仍無法自由收看衛星傳播的資訊，所以實際上沒有很大的開放。至於兩岸交流方面，台灣學者到大陸訪問時，不能自由地會見大陸的學生，不能太直接地接觸，必須事先經有關單位批准。

問：請問您認為現在新聞傳播科系的學生和民國五十至五十九年期的學生比較起來，有何不同？

答：以前的學生比較知道自己的方向，現在的學生似乎選擇性增加了，反而摸不清方向。以前的學生比較會主動和老師接觸，但現在的學生比較在意別人對他的看法，怕同學誤會他主動和老師接觸是因為想從老師身上獲得一些好處，因此，現在的學生比較不敢和老師接觸，或與老師討論並交換意見。

訪　歐陽醇教授

問：新聞業界招考，常是非新聞科系的學生被錄取，新聞科系的學生不一定佔優勢，這對新聞教育是否是一個打擊？新聞教育應如何加強？業界又應如何培養非本科系畢業的從業人員的新聞素養？

答：過去新聞系學生進入業界工作，通常是經過實習留用、建教合作兩種途徑，但現在幾乎都是招考。過去招考時，有許多非本科系的畢業生被錄取，最近則較多新聞本科系的學生，但值得注意的是，其中以研究所學歷以及留學國外取得碩士學位者較多。新聞界的競爭非常激烈，在這種自由競爭的環境中，自然會吸引非新聞本科系的畢業生，「優勝劣敗」即是新聞界的寫照。新聞系學生考不上，不歸咎於教育，而是端賴學生本身是否努力。許多非本科系畢業的新聞工作人員肯用心，表現也很好。此外，新聞科系的學生，也不一定非從事新聞工作不可，社會上許多機構都需要有新聞教育背景的人才，例如編輯內部刊物等。對這些非本科系畢業的新聞從業人員，媒體應加強在職訓練，例如開設實務課程、資深記者帶著採訪新聞、改新聞稿等，使新進人員能適應環境。媒體一定要有人才，但有了人才也要能留得住，因此，媒體主管應適才適用，才能發揮從業人員的潛力。

問：目前業界多半輕「理論」重「實務」，面對這種情形，新聞教育應做何調整？

答：大學教育不是為社會造就某一團體的人才，也不是為學生的出路而辦，而是人格養成的教育；同樣地，新聞教育也不是為某一個新聞機構培養人才，否則就只是職業技術訓練。

新聞媒體要的是馬上就能跑新聞的工作人員，因此較沒有耐心培養人才，但新聞媒體應該要有胸襟、有耐性培養新聞人才。再者，新聞媒體對新聞科系學生而言，猶如第二個學校，可以檢視在校所學，也可以學到新聞實務。

問：許多新聞科系畢業生就業後，發現現實環境與學校教育的理念有落差，您有何看法？

答：學校環境比現實環境單純的多，因此許多同學投身新聞界後，一時難以適應，挫折感很大。健全的媒體對從業人員的要求也高，如果做了決定，就當作是學習。但是，同學一定要慎選媒體，不能為待遇好就去，有些媒體有其立場及意識型態，也因此會要求從業人員，若是發現不理想，可以申請調職或辭職。這也是為什麼有些人為追求理想，而願意放棄高薪的原因。

問：傳播科技的發展一日千里，現在的新聞教育能否趕上此一趨勢？

答：目前許多新聞媒體已經電腦化，新聞教育課程內容一定要加上這一部分，加強相關訓練。一九八〇年，美國密蘇里學院因應科技資訊的迅速發展，促使新聞媒體面對現實演變的壓力，曾經邀請學者專家組織一個「未來委員會」，研討未來十年新聞傳播的處境與措施，編了一本《一九九〇新聞傳播》，結論是：無論資訊科技發展到何種境界，但運用科技的仍是「人」，因此，提升新聞媒體的品質，人才還是最重要。

此外，在民國八十四年八月六日，政大新聞系慶祝成立六十週年，曾舉辦「報業的未來」研討會，各報總編輯一致認為，未來的新

聞內容只有朝更深度的報導，才能克服競爭的壓力，而這正需要有專業學識、豐富常識、敏捷判斷力的新聞從業員。現在的新聞教育，就是在培養這樣的人才，即是由通才培養到專才，再由專才培養到通才。（歐陽醇教授於八十七年過世，特致悼念之意）。

訪　鄭貞銘教授

問：新聞教育課程設計應注意哪些重點？

答：新聞教育應在綜合性大學來辦，有各種學系，學生可以比較，可以吸收不同知識。然而，這只是一種原則，更重要的是將新聞教育落實，因此，新聞系要有健全的課程設計，以有限的學分，將課程做最佳的分配；此外，師資也相當的重要，甚至同樣的一門課，由不同的老師講授，也會帶給學生不同的啟發，但是貫徹到最後，還是學生本身自己的認知最重要，學生要知道如何去選擇，否則再好的課程精神也無法落實。

現在的學生在人文學科、社會科學素養較差，早期的新聞教育非常注重這兩方面。有人文素養，會關懷人類社會的發展，不會因外在事物動搖自己的理念，才能成為優秀的新聞從業人員。而社會科學就像是一把開門的鑰匙，遇到新聞事件，知道參考哪些資料、請教哪些學者專家。

問：以您從事新聞教育三十多年的經驗來看，現在的新聞教育與過去有何不同？優缺點又為何？

答：過去的新聞教育，老師多注重基礎教育、方法教育，讓學生知道如何思考、選擇、判斷、分析，因此，實務技術所學較弱，但是這也要各種角度來看，新聞教育的重點應著重學生表達能力的培養、社會科學的灌輸、高尚品格的陶冶，因此只專注於新聞技術是值得商權的。即使在技術方面得到進步，但仍與日後真正工作有差距，因為那時仍需要在職的職業教育，在學校所學的還是基礎的教育，因此，

在校時值不值得花太多心力在細節上，是很有爭議的一件事，而過去新聞教育給學生的是「根本」，而非只在細節上。每個學生日後的遭遇都不同，在校如果學的多是「根本」，將來不論是何種工作，都能很快進入狀況，因為已經有根本的訓練，知道如何開「鑰匙」。

另一方面，有許多人發現現在的新聞科系學生基礎訓練不夠，媒體總是希望新進人員能馬上上戰場，沒有耐性培養人才。事實上，只要有潛力，是可以很快進入狀況的。因為業界這種心態，使得學生必須投注心力在技術細節上，而忽略了「根本」，十分可惜。

問：新聞教育的內容應如何改革，才能符合時代需要？

答：新聞教育應有不變的一面，以及應變的一面。不變的一面，例如新聞史、新聞倫理等，這是不管時代如何變遷都不能加以改變的；應變的一面，如傳播科技、傳科科技的法律問題，以及新傳播媒體等。因此，新聞系應每隔三、五年，就當時發展趨勢，調整課程內容。

問：您認為新聞教育在整個教育體系中，應扮演何種角色？

答：新聞傳播教育不只是學校教育，也是公民教育，應擴展至整個社會為範疇。因為今天每個國民都是媒體的傳播對象，在傳播發展趨向功利化及商業化的趨勢下，每個閱聽人應該有權利了解傳播基本知識，以避免被商業媒體污染。此外，新聞事業的進步有賴媒體的自律，但閱聽人的監督也很重要，社會大眾了解媒體、關心媒體，可以產生一種力量，使媒體知道自制。

問：民國五十二年，文大新聞系創辦時的理念為何？

答：中國的新聞教育模式受美國密蘇里新聞學院影響很大，當時

文大新聞系創辦時，也是循此模式。但當時，文大的環境篳路藍縷，相當艱苦，有了模式卻不見得能找師資。由於當時已有政大新聞系，因此文大新聞系必須要有優秀的師資才能有成效，但因爲當時情況艱困，故師資難尋，幸好當時謝然之系主任的聲望，我奉示多方奔走，說服不少好老師前來任教，如《中國郵報》的余夢燕女士、顏伯勤先生、王洪鈞先生、徐佳士先生、劉昌平先生、姚朋先生、馬克任先生、歐陽醇先生等，都對學生有相當的貢獻。

　　問：您對國內各學校新聞科系間的聯繫，有何看法？

　　答：各新聞科系的發展各有獨特處，必須取得密切聯繫，打破門戶之見及本位主義，才能截長補短。新聞教育也應與新聞界保持聯繫，才能避免新聞教育與實際要求脫節。

台灣傳播研究與其學者(一)

李銘祥

徐柏棻

湯文政

前言

　　八〇年代，就傳播理論的發展而言，可說是一個沉澱與轉折的年代。本文嘗試以「八〇年代」作爲一個時間的分界、切入點，並從「歷史社會背景之變化」、「傳播研究取向的轉折」與「研究方法的質變」等三個面向切入，藉以延展出當代傳播理論發展的危機與轉機。

第一部分

　　回顧八〇年代以前，主流傳播效果研究的成果，從媒介萬能論到效果有限論，傳播學曾經一度產生存續的危機，一九七二年McComb與Shaw提出議題設定理論，以及其後德國學者Nolle-Neumann提出「沈默螺旋理論」，效果理論又重返媒介萬能論（翁秀琪，民85；新聞學研究編輯部，民85）。

　　然而傳播學的發展，似乎並非就此一帆風順。自從八〇年代以來，受到人文思潮的影響，傳播學引發了所謂的「學門認同危機」（新聞學研究編輯部，民85），此一爭議從傳播研究方法的爭辯，演進到對傳播理論的批判，一直延續到九〇年代。所以說，八〇年代對傳播研究而言，可以說是一個「沉澱的年代」。

　　爲何傳播研究在此時期會呈現一種反思的態度呢？可能因爲八〇

年代美國正處於保守主義抬頭興盛的時期，當政的雷根總統爲極端保守主義份子，使美國不論在政治、經濟、外交等作爲上趨於保守，以恢復「美國在二次大戰後的世界領導地位」爲宗旨（莊錫昌，民85）。當時青壯的一代，爲二次大戰戰後嬰兒潮，這一代歷經過嬉皮、反戰，主張享樂主義、高度崇尚個人自由，使得美國許多社會問題在七○、八○年代不斷湧現，例如：離婚率的高漲、單親家庭的快速增加等等（Hobsbaw, 1996），使美國年輕的一代開始對過去的行爲反思，類似「恢復傳統家庭價值」、「恢復美國傳統精神」的行動便在此時期被提倡開來了（莊錫昌，民85）。

美國社會的文化狀況，當然也深受這樣氛圍的影響而趨於保守，這當然是政府的政治態度對社會文化的影響和滲透，也是美國民眾在經歷了六○年代末開始的反叛和動盪之後的自然選擇。（莊錫昌，民85）

傳播學界中，不少學者開始反思、批判過去的成就，認爲傳播研究的發展產生了危機。其實不只是傳播學，甚至整個社會科學界，在六○年代之後，都普遍發生危機，而這種危機就是科學理性的危機（新聞學研究編輯部，民85）。Berger 1991在〈*Communication Theories andother Curios*〉一文中也曾提出類似的看法，認爲自六○年代以後的傳播研究者，多半因循過去研究者的腳步，去引用合乎當代的社會科學研究方法來研究傳播，貢獻僅在增加理論與經驗的研究而已。

因此在傳播學努力將自身投往科學陣營，大量應用自然科學的方法與技術的同時，反省的思潮也在此時發酵，再加上歐陸批判思潮的匯入，對傳播研究的重視，促使研究者開始反省、批判傳播理論過去

發展上的問題。

至於爲何過去批判理論未在美國傳播研究中發揮影響力，Hardt（一九九二；轉引自翁秀琪，民85）認爲主要原因爲：

一、美國社會一向缺乏歷史觀，又過度依賴非歷史性的實證研究方法；

二、過度信任知識份子對傳播與文化的看法，把傳播當作是一種新科技來看待，使關懷面僅及於其對個人所可能產生的影響上；

三、無法從美國本土的批判傳統中找尋傳播研究養分；

四、傳播研究者對傳播思想史研究的不重視；

五、批判研究者將傳播理論矮化爲「地點」（site）的研究，缺乏歷史觀，亦忽略了美國本土批判思潮與歐陸新馬及其他學科間的關係，導致孤立而無法發揮影響力。

八〇年代對傳播研究的反思與批判，大致有下列兩個方向：（新聞學研究編輯部，民85）

一、方法論的爭議

美國主流傳播研究在行爲科學的典範籠罩之下，重視如何從因果關係推論的法則理論、社會規範與個人權利乃至系統理論的全面關照。因此傳播理論不但被設定唯一組相互關聯的命題，其中某些命題可以被驗證，更因爲傳播理論的研究者冀望能透過一組相互關聯的簡單命題，來解釋、預測以及控制傳播現象。

Mcleod在對美國傳播研究缺失的一陳述中就曾提到，受到科學方法的影響，美國許多傳播研究者（尤其是量化研究者）將原本複雜的傳播過程，過度簡化爲數字，以便做客觀的分析研究。因此實證論

所呈現的世界觀，僅能使研究者孤立在狹小的範圍內，結合統計方法的運用，以求變項間的直線關係。然而這中間就隱含了一個基本假設，就是「世界是靜態的機械結構」，研究者必須在假設其他條件不變的情況下，把一個動態發展的世界，自然而然地化為了一片死寂的物質世界，然後再從整體中抽取部份出來，設定自變項與依變項，來求其關係。

二、理論上的爭議

傳播理論的發展，主要是受到「功能主義」的支配。因此針對主流研究主要理論上的缺陷並不僅只方法論的問題，還包括：

（一）功能理論解釋不足：「帕森思學派」以功能與平衡為訴求的功能理論，對人類行動缺乏適當的說明，未將人視為具有高度知識力與自主力的行動者，使人在研究中失去其高度影響力。

（二）研究主題偏狹：主流傳播研究把重心放在傳播效果、資訊功能與資訊程序，而忽略了個人意欲、文化認同、歷史重要性以及自由平等，顯然過於偏狹。

（三）缺乏鉅型理論：主流傳播研究迄今在建構鉅型理論以及抽象實證上，均尚未獲致成功（Lang & Lang, 1993）。

（四）新聞學傾向傳播的研究取向之後，並未完整地解釋新聞學的問題。

第二部分

從閱聽人概念的轉變談起

八〇年代，由於經濟崩潰，雷根政府時期的通貨膨脹問題相當嚴重。在一九八三年，美國新電視科技似乎繼續蓬勃發展，大部份的發展是正面的、令人興奮迷人的。但是到了一九八六年發展降到谷底，因為大部分的科技面臨到經濟的現實狀況，情況都不太樂觀（Gross,1990，轉引自唐維敏）。在某項科技普遍廣及大眾時，唯有「財力雄厚的大型企業」，才能倚靠經濟實力，繼續存活下去，因此在當時，科技的存在與否已經不是那麼的重要，因為只有企業生產者和傳布者才有資格說話。（唐維敏，1995）。

從前面我們得知八〇年代的新傳播科技發展正值起步階段，加上社會保守、經濟崩潰，當時進行行政研究有其困難性，加上使用與滿足、涵化研究等在研究方法的瓶頸問題，歐陸學說的引進為此時的傳播研究提供新的研究法，諸如民俗誌法、接收分析都是此時的代表，以下先從閱聽人觀念的改變切入：

研究閱聽人的傳統由來已久，其中主要強調研究閱聽人的主動性、愉悅，但在一九七四年美國傳播學界的主流從「大眾傳播媒介對閱聽人做了什麼，」轉而問「閱聽人到底對大眾傳播媒介」做了什麼（翁秀琪，1992，Chp.9）。為什麼強調閱聽人及其主動性的研究，會在文化生產消費過程日漸資本化、集中化、商品化的背景中，搖身變成顯學？（馮建三，1993，p.6譯者導論）其實關於閱聽人概念的演變可以分為三個階段：（沈文英，1996）

一、一九三五至一九五〇

此時期認為閱聽人是烏合之眾，彼此間缺乏連繫和互動，由於大眾媒介和閱聽人之間缺乏緩衝體，大眾媒介所發出的訊息變向子彈或注射筒一樣，直接射入閱聽人的心中。

二、一九五一至一九六〇

閱聽人和媒介間出現緩衝體，包括閱聽人在接觸媒介前便已存在的個人差異或預存立場，大眾媒介所發出的訊息必須先經過閱聽人所屬的發展社會網絡過濾，才能被閱聽人接受。其中最引人注意的是Bauer（1964）所提出的「頑固的閱聽人」，主張閱聽人會為了解決自己的問題，主動積極的尋找相關資訊及解決方式。

三、一九六一至一九八〇

閱聽人是主動的，主動的意涵（Blumler,1979）是具功利性、意向和選擇性的，並且不輕易受影響。

其實早在四〇年代，就有傳播學者假定閱聽人是主動的，專門研究閱聽人如何使用媒介以及動機為何，例如赫佐格（Herzog,1942）調查人們聽猜謎節目和廣播通俗劇的動機，沙克曼（Suchman,1942）調查民眾聽廣播古典音樂的動機，伍爾夫（Wolfe & Fiske,1949）研究兒童對漫畫的興趣何在，柏勒遜（Berelson,1949）則由讀者無報可讀的心理反應，推論人們平常看報的動機。不過，當時使用與滿足導向並未蔚成潮流，因為社會學和心理學的支持，效果研究形成主流。

可是五〇、六〇年代，社會學領域的「個人差異說」、「社會範疇說」及「社會關係說」引入效果研究後，傳播媒介萬能的幻覺，卻被刺破了（李金銓，1981），而產生「有限效果」說。有限效果論者指出閱聽人具有選擇媒介的能力，但是仍無法解釋閱聽人在選擇某種媒

介、某種媒介內容，甚至某一媒介頻道時，如何採取主動。於是以動機作爲選擇原動力的「使用與滿足」研究提出了解釋。

在媒介與受眾的傳播研究中，從六○年代至今，有所謂的「交換模式」出現，認爲媒介固然對受眾作用，但受眾也有積極主動的能力去選擇、消化、解釋媒介的信息（李金銓，1981）。哈佛大學的社會心理學家Baure在一九六四年提出「頑固的閱聽人」口號，一反過去閱聽人是被動的說法，而認爲閱聽人可以主動尋找資訊。在Katz以及Levy & Windahl（1984）的研究中，也肯定閱聽人是主動地且有目的地使用媒介。McQuail & Gurevitch（1979）提出了三種方法來解釋閱聽人的行爲：（一）功能的角度（function perspective）；（二）結構／文化（structure/culture）及（三）行爲／動機（action/motivation），利用三種不同的角度，來了解閱聽人如何使用媒介。（沈文英，1996）

使用與滿足與接收分析

我們可以歸納使用與滿足在傳播研究領域中最重要的意義是，早期的研究是以傳播媒介爲出發點，研究訊息如何透過媒介傳送給閱聽大眾，此時的閱聽人被認爲是烏合之眾，彼此之間互不往來，只要媒介發出訊息，便可長驅直入閱聽人的心中，使用與滿足的研究取向出現後，研究者以閱聽人需求的角度著眼，從而研究閱聽人在了解自我需求後，主動由媒介中尋找訊息的行爲，從先前被動訊息接收者，變成主動的訊息尋求者。

如果深入探討「使用與滿足理論」，我們發現大部分都是繞著

「期望」這個概念，其實，閱聽人對媒介特質及潛在滿足期望有著主動意涵，他們會依著自己的需求，在眾多媒介中選擇所需予以滿足。Palmgreen和Rayburn（1984）在探討期望、評估、滿足尋求、滿足獲得及媒介暴露程度關聯性時即指出，對媒介特質的期望是影響閱聽人尋求滿足動機時的重要因素，期望也會反過來影響媒介消費行為，進而影響對滿足的認知（Rosengren,1985）。這種反饋現象，使得滿足需求與滿足獲得形成循環性關聯，因此，閱聽人愈常使用某一媒介，其使用動機與滿足類型愈可能趨於一致（Levy & Windahl, 1984）。（沈文英，1996）

　　另一方面，閱聽人也從過去的被動角色，搖身一變成為主動的新聞資訊處理者（Ang, 1990; Biocca,1988，轉引自張文強）。回顧傳播研究歷史，實證研究中的閱聽人與效果研究有著密不可分的關係，興起於八〇年代的接收分析，則改變了歐洲學者不重視閱聽人研究的傳統，使其儼然成為雙方研究的交集（Curran,1990，轉引自張文強）於此同時，閱聽人的概念也產生重大的變化，他們不再被視為一群被動的資訊接收者，而是具有主動性的個體，不過閱聽人並沒有漫無限制的力量，而與文本、情境具有互動關係。而閱聽人研究也從傳統的傳播研究跳出，從文學批評與認知心理學找到適當的研究途徑（張文強，1997）。因為閱聽人與媒介訊息誰的力量比較大，是一個傳播學者關心的問題（Lewis,1991），從七〇年代使用與滿足理論到八〇年代接收分析出現，閱聽人的力量大幅被提升，早期由媒介訊息主宰閱聽人、決定效果的時代已不復存在，研究發現，媒介訊息的力量並不如想像中來的大，閱聽人除了可以主動選擇使用何種媒介外，也具有主

動詮釋文本的力量，不過，這種轉變其實在文學批評與認知心理學中早有蛛絲馬跡可尋（張文強，1997）。就閱聽人主動性的觀點來看，使用與滿足以及接收分析研究強調閱聽人在傳播過程中的重要性，使用與滿足從媒介使用，接收分析從閱讀的角度證明讀者不是被動的，閱聽人的主動性展現在兩個層面上，其一是他們可以主動選擇所要的媒體或資訊，其二是他們具有詮釋媒介資訊的力量（張文強，1997）。不過閱聽人雖具有主動性，但並不等同於他們具有可以抗拒文本，隨意解讀新聞的力量（Morley,1993）。而Fish（1980）更用詮釋社群（Interpretive community）的觀念，說明在眞實生活中，因爲身處不同的社會位置，因爲類似的生活經驗聚集成一個註釋社群，所以他主張閱聽人的詮釋很少是獨一無二的，而是被規範的，但是因爲每個閱聽人所佔有的社會位置不只一個，所以擁有多套詮釋策略，因此早期的接收分析無法發現解讀類型與社會人口變項的關係。（張文強，1997）

回到傳播研究取向來看

從檢討的角度切入，在歷史層面上，「大眾傳播研究」是一個相當廣闊的探索領域，其中已慢慢轉變成某種展現權力的科技或具有控制力的論述，一些耳熟能詳的理論術語，如「操控」、「權力」、「影響」、「效果」，事實上已成爲閱聽人與媒體關係的思考常識，變成負面意義，這是因爲閱聽人的行爲難以觀察，也很難化爲具體的數據，而對支持研究工作的幕後財力來說，閱聽人的行爲也不重要，他們在乎的只是媒體效果，而非文本意義，所以說從收視率、法規、研究來說，其實都是爲了己身利益，替「閱聽眾」創造假象。（唐維敏，

1995）

　　再從行為主義效果研究中，我們可以發現雖然每一個研究不論在方法上，或是在概念上都較前者縝密，但是從刺激——反應模式起，研究的基本概念還是不脫往日理論的影響，帶有濃厚的全能效果論的色彩，過分化約閱聽人行為層面的研究，忽略了對於人的研究。（張錦華，1990）自八○年代之後，用民族誌法來進行閱聽人研究的風潮也開始盛行，這使得閱聽人研究呈現出更豐富多元的風貌，特別是研究電視閱聽人，幾個經典的閱聽人接收分析的研究，都採用了民族誌法，研究者將過去原本研究的地點及對象，從研究室移到了閱聽人家庭的客廳中，對於將過去重視媒介主控環境的傳統路線予以改變，也有其明顯的意義。（Livingstone,1993；轉引自林福岳，1996）再回到批判研究在七○年代開始受到學者普遍的重視，也有部分原因是因為在激烈的社會衝突及媒體角色的爭議中，傳播學者自然難以保持價值中立的實證主義形象（Blumler,1983，轉引自張錦華，1991），逐漸有較多的學者們懷疑是否僅從短期的行為態度層面驗證傳播的效果是學者們的畫地自限，因此從七○年代開始，就有傳播學者重新反省行為主義研究模式，嘗試從不同的研究路徑，有的人將傳播效果的觀念從短期的態度改變擴及到長期的認知塑造層面，有的則企圖從鉅觀的社會結構角度解釋傳播的功能，也有的學者已在英、法等國凝聚而成的批判傳播研究，借用其他典範，用不同的理論和方法，探討傳播相關問題。（張錦華，1991）

　　量化典範到七○年代批判理論引進後開始受到挑戰，到了八○年代，隨著批判理論與方法在傳播領域中的發酵成長，使得量化方法受

到嚴重衝擊，並促使學者反省此一量化實證方法典範獨霸的現象。
（Hardt,1992，轉引自劉駿州，1994）其實在大眾傳播行政研究的取向
中，Katz（1980）形容這段歷史是在「強而有力的媒介」和「強而有
力的閱聽人」這兩極概念間擺盪。從最早將閱聽人視為烏合之眾，到
兩級的傳播的說法中，有選擇性的閱聽人，接著行為主義研究途徑又
看視閱聽人為被動者，可是在「使用與滿足」研究中，閱聽人又成了
主動者，進入八〇年代，採用多義性解讀觀點的學者，又開始認為閱
聽人具有主動及詮釋的特性（Livingstone,1993；轉引自林福岳，
1996）。

　　回到整個傳播領域來看，學者指出，傳播領域其實開始回復當年
十字街口的特性，處於不同理論、方法典範交融的街口。（劉駿州，
1994）因此有學者歸納實證、批判與詮釋三大典範，其取向的差異如
下：（Habermas，1971；黃瑞祺，1986）

知識形式	資訊	解釋	批判
方法論架構	律則性假設的檢證	作品的解釋	自我反省
學科類別	經驗性——分析性的學科	歷史性——詮釋性的學科	批判取向的學科
認知興趣	技術的興趣	實踐的興趣	解放的興趣
取向（關注）	技術性的控制	互為主體的了解	解放、自主、負責
行動類別	工具性的行動	溝通行動	被有系統地扭曲的溝通
生活要素	勞動	語言（互動）	權力（支配）

第三部分

　　八○年代，就人類傳播行為的觀察來說，應該是一個沈澱而變動較少的時期。因為廣播、電視等媒介的發展至此已較趨穩定；而新科技如電腦的網際網路的發展則才剛萌芽，所以不論就國際社會局勢與傳播發展的環境而言，八○年代該是個傳播理論發展的「承平年代」。

　　八○年代在新傳播理論的發現上是繳了白卷，不過在傳播研究的途徑上卻有大的改變──那就是以歐陸人文主義理論為基礎的方法，如語言學、批判理論與文化研究等被美國的傳播學者所採用（註：一九七○年代，英國成了歐美兩大典範的對話地帶，收訊分析研究是個濫觴。一九八三年JQ期刊專題「研究方法的質變」「Ferment in the field」專刊介紹）。這樣的一種改變究竟凸顯了哪些傳播研究一直無法克服的老問題？而兩種學術典範的對話到底有沒有解決這些老問題？還是製造更多的新問題？

　　接下來我嘗試由當代「四個傳播觀點」、「五個傳播效果的研究階段」與「兩個傳播理論學派」等三個面向切入，希望能藉此梳理出八○年代傳播理論在知識脈絡上的轉折與傳承；並進一步釐清與呈此年代傳播理論發展的危機與轉機。

四個傳播觀點

社會科學的觀點（perspective）是有關基本現象的一組連貫的假說或信念。觀點可以幫助我們決定一個現象的有關部分且幫助我們落實到系統上之概念的選擇。

以下討論的四個觀點各自源出不同的學術領域，由於其主要概念不同，故對傳播在何處發生、傳播過程中有那些問題也各有異。此處主要根據費雪（B.A.Fisher）在人際傳播的觀點所提出的再略加修飾增添而成。（李茂政，1992）

一、機械觀點（The Mechanistic Perspective）

源自十九世紀物理學家的哲學觀點。其不只是十九世紀科學思想的產物，二十世紀的科學發展也進入了機械模式。二次大戰後山農與偉佛（C.Shannon and W.Weaver）提出了數學模式。

二、心理學觀點（The Psychological Perspective）

是對機械觀的修正。認為所有的資訊是經由主體個人過濾的，其將傳播重新放在傳播者和受眾的心理過程之內。其主張作為一個傳播者是主動去選擇注意到刺激，並經由獨特的心理結構去詮釋刺激且做出足以刺激其他東西的特定行為。

三、互動論觀點（The Interactionist Perspective）

互動觀是取自象徵互動理論。其與心理學觀最主要的差別是：互動觀將所有人類活動放在社會中，認為整個社會以個人行動為基礎；個人會一如往常的做那些活動是因為他們是社會的份子，個人不能從和他人的互動中孤立山來。根據互動觀，傳播的中心不在通道或概念

過濾的組織上而在角色扮演的過程。

四、語用學觀點（The Pragmatic Perspective）

其將重點放在人們互動時用來影響彼此的傳播模式。其強調傳播不能只看成是單一個體的行為或話語，它是一個系統，且在傳播的時候，每一個體的行動只有和其他個體行動有關聯時才能被瞭解。

五個傳播效果的研究階段

一、早期傳播學研究：新聞客觀性的強調與追求（魔彈論）。

二、有限論：兩級傳播、創新傳布與耶魯研究。

三、中度效果：議題設定與議題建構（建構論）。

四、大效果：涵化理論與沉默螺旋理論。

五、「媒介依賴理論」與「使用與滿足與效果研究的合流」。

兩個傳播理論學派

羅吉斯（E.M.Rogers）將大眾傳播理論簡單分為經驗學派（empirical theorist）和批判學派（critical theorist）二者（Rogers,1986）。

一、經驗學派：通常包括經驗論、功能論和實證論（empiricism、functionalism and positivism）。這派學者們通常將研究重點置於傳播的直接效果，而對於大眾傳播媒介所植基的社會文化背景較少關注。

二、批判學派：批判學派通常包括了結構主義（structuralist）、

政治經濟學（political economy theorist）與文化研究（cultural studies theorist），其較著重大眾傳播理論所植基的社會結構。批判理論學者們認為如果沒有社會理論的話，大眾傳播理論是無法單獨存在的，他們的研究重點多半側重「社會整體處理媒介傳播問題」，視傳播為意識型態的代理人。

而兩學派對「傳播與國家發展」及「傳播新科技」都有不同的看法。不過批判學派點出了「歷史」、「文化」、「權力」等影響或建構傳播現象的重要因素，這是經驗學派長期以來最忽略的。

以兩個問題代替結論

一、八○年代兩種典範的對話是不是又讓傳播研究回到了原點？

二、到底我們台灣的傳播研究在哪裡？它又能為全球傳播研究做出什麼樣的貢獻？

第三部分　台灣傳播研究學者

新聞學知名學者

一、王洪鈞教授

王洪鈞先生，生於民國十一年，天津市人，美國密蘇里大學新聞學院碩士，中央政治學校新聞學院畢業。曾任中央日報特派員、採訪主任、撰述委員、主筆、政治大學教授、新聞系主任、教育部高等教

育司長、教育部文化局長、文化大學新聞暨傳播學院院長、大眾傳播教育協會理事長、行政院文化建設委員會委員、公共電視籌備委員會委員、教育部學術審議委員會委員等。

　　王洪鈞畢生投注心血在新聞工作和新聞教育上，民國八十年間，他以〈迎接我國新聞教育七十週年〉為題，在中央日報上發表文章，文中他提出兩個問題，第一是七十多年前，我國報業先賢為了造就專門人才，促進新聞業發達，冀望新聞大學的設立，如今我新聞事業的領導人所期待於新聞院校者，究竟為何？第二，七十年前報學專家創辦新聞教育，其目的在「訓練較善之新聞記者，以編較善之報章，……養成男女之有品學者，以此職業服務公眾」，如今我國新聞教育從業者所懷抱的理想為何？他提出這兩個問題給從事新聞事業與新聞教育者省思，可謂暮鼓晨鐘。

　　王洪鈞先生認為，部分新聞業者基於工作需要，常感到新聞科系畢業的學生所學不夠專精，寧可吸引學有專長的其他科系畢業生，只需施以若干採寫訓練，即可派上用場。他指出，這種認知上的差距，在於出發點不同，即專門化和專業化的差異，他認為解決之道，應在促進大眾傳播教育與大眾傳播事業的合作，加強院校教學及研究交流，培養有專業道德與知能的大眾傳播人才。

　　王先生也認為要發展未來新聞教育，應分為四點進行：

　　（一）建立中國文化本位之新聞學術。民初設立新聞大學之議中，曾有輸入新文化之旨，過去七十多年來，我國新聞教育內容大都師承歐美，以致若干觀念與我國國情不盡符合，因此他認為應建立具有中國色彩的新聞學教育。

（二）培養專門與專業的新聞人才。未來科技日趨進步，世界事日趨繁雜，大眾對資訊的倚賴也必然加深，必須有專門人才對社會現象做深入報導，並透過新聞教育提升新聞專業道德。

（三）建立新聞教育為終身教育的觀念，現代知識日新月異，新聞事業亦應與時俱進，因此新聞記者自須不斷接受專業教育和訓練，以應付工作的挑戰，記者必須不斷地在職進修。

（四）建立新聞教育為全民教育的觀念。即媒體應逐漸抹去其重商主義色彩，提供夠水準的新聞內容，非僅是令人目眩神迷的聲光刺激，藉此提高銷售率或收視率，並且培養民眾對所接受的傳播內容，具有鑑賞與判別的能力。

曾經擔任過教育部文化局首任也是最後一任局長的王洪鈞，對「文化」二字自有一番深刻體認。他認為文化是除了物質文明之外，最重要的一種價值體系、生活方式乃至行為準則，見之於一個人的言行舉止，甚至愛憎喜惡。

王洪鈞先生於民國八十八年三月在對文化大學新聞研究所的學生演講時說到，當前的新聞事業因為受到科技、政治、經濟和社會變遷等影響，尤其網際網路興起之後，新聞傳播內容變得「無法無天」，令他油然生起一股危機感，他擔心在自由主義和重商主義兩相交絡之下，新聞傳播從此走向劣質化，淪為政治和經濟的附庸，故他一再強調記者的專業思想和專業道德，他並舉民國四十六年他在美國拿到碩士學位，卻毅然回國從事新聞教育為例，表示他「回來了就不消極，消極就不會回來」，顯示他終生獻身我國新聞工作和新聞教育的職志。

二、錢震教授

曾任中央日報副社長、社長，在民國五十五年間，曾代表中央日報，應美國國務院之邀到美國從事訪問，並藉此行了解全美各地大型、中型和小型報紙，考察他們的編輯和經理部門，並訪問各地電視台和無線廣播電台。

錢震除在文大、政大任教外，所著《新聞論》是民國六○年代重要的著作。

三、歐陽醇教授

歐陽醇先生，江西省吉安縣人，民國六年生，中央政治學校留日班第一期畢業，曾任加爾各答印度日報駐印緬戰區特派員、重慶中央日報採訪主任、上海申報駐重慶特派員、台灣新生報記者、新生報高雄分社副總編輯兼採訪主任、徵信新聞報總編輯、自由日報社長等，曾任教於台灣師範大學社教系新聞組、政大新聞系、文化大學新聞系、清華大學中文系。

從上面洋洋灑灑的經歷，可知歐陽醇先生畢生奉獻給新聞界，在他八十歲那年，並且獲頒第一屆「中國傑人獎」，證諸社會對他的肯定。

歐陽醇早年在學校念書時即立下宏願，他「終生不會離開新聞界」，即永遠不會離開新聞工作與新聞教育。由於歐陽醇與王洪鈞、于衡這兩位資深報人交情深厚，三人被譽為新聞界的「三劍客」。民國八十六年十月六日，歐陽醇先生在新聞鏡周刊發行人兼社長任內，因胰臟癌併發敗血症導致肝腎衰竭，病逝於台大醫院，享年八十一歲。觀諸歐陽醇先生一生，畢生獻給新聞工作和新聞教育，可見他始

終不改其志，念茲在茲，朝斯夕斯。

歐陽醇一生均以記者自居，他任職於台灣新聞報時，派到美國採訪行政院長蔣經國赴紐約拜訪新聞，發生黃文雄刺蔣案時，歐陽醇剛好在場，但因當時政治氣氛保守，各報社被關照只能用中央社的稿子，但歐陽醇向報社提出抗議，認為當時他人在現場，而且美國新聞界對此事也已多方報導，為何他的稿子反而不能上？經過他的力爭，報社終於同意刊登，刊出後也未見有關單位採取任何動作。

歐陽醇先生民國八十年在接受自由時報記者採訪時表示，「記者要把工作當成事業，而不只是職業，記者要重視自我的專業性。」誨人無數的歐陽醇，面對學生即將踏出校門，也常以這句話勉勵他們。

在鄭貞銘先生擔任文化大學新聞系主任期間，曾禮聘歐陽醇先生到文大專任教職，成了華岡校園最受歡迎的老師之一。民國七十四年的教師節，歐陽醇先生並在一張便條紙上寫了「每班學生我都喜歡，每班授課我都認真，我的生活中同學便是我的寄託。」其專注教育之精神可以想見。

四、鄭貞銘教授

鄭貞銘，福建省林森縣人，生於民國二十五年，民國四十四年以第一志願考進政大新聞系，之後再從政大新聞研究所畢業，隨即投入新聞教育三十六年，著有《新聞採訪的理論與實際》、《新聞原理》等書。民國八十七年十二月，鄭貞銘在美國紐約大學舉行的全球中文新聞傳媒學術會議中，獲頒「新聞教育終身成就金牌獎」，這項獎項肯定了他三十年來致力於新聞教育、推動國際與兩岸新聞傳播交流的卓越貢獻。

　　在這場全球中文傳媒學術會議中，鄭貞銘並曾應邀就「傳播、傳承、傳統」為題發表演講，他也是該次會議中國內唯一受邀的主講人，其他三名主講人分來自美國、香港及大陸。

　　他曾經說過：「新聞事業是我一生的最愛，新聞研究是我終生不渝的信念，無論理論多麼艱難，無論世局多麼變動，中外報人所給予我的啟示、給予我的信心，已然成為我堅定不移的人格。」

　　基於此，鄭貞銘毅然決然、無怨無悔地投入新聞教育三十多載，更將一生中精華的歲月，都奉獻給國內及兩岸新聞系所的學子。當他教過的學子邁出校門投身於新聞界的大洪鑪後，他也隨著這些學生快樂、憂傷，而他桃李滿天下，目前新聞界不少知名人物，都曾受業於他的門下，而這學生在事業有成後，仍不忘回過頭來，感念浩蕩的師恩。

　　鄭貞銘認為，新聞媒體的天職，是為社會的開明進步不斷奮鬥，由此觀之，邇來新聞媒體一味以銷路或收視率多寡為導向，絕對是不健康的歪風，蓋媒體若以聳動、誇大以及製造不安與騷擾，藉以提高銷路或收視率，則「銷路愈大，罪惡愈深」了，良有以也。

　　因此他認為，要傳播媒體成為清朗的樂音，不成為社會的噪音，更不是部分新聞學者所謂的「社會公害」，則除新聞從業員的自省與惕勵之外，廣大社會的閱聽人不但不可消極無為，更要積極、勇敢地參與，表達意見，做個有為有守、睿智的閱聽人。

　　在鄭貞銘等的奔走下，在國中公民課程中加入大眾傳播一章，以灌輸每一個國民健康的媒介觀，這些呼籲與建議事後都得到適當的反應，目前國中公民與道德的課本中，的確已加上這些章節，鄭貞銘居

功厥偉。

　　鄭貞銘在擔任大眾傳播教育協會副理事長及秘書長與傳播發展協會理事長期間，曾與國父紀念館合辦傳播講座，在全省各地舉辦巡迴演講。他深信傳播社會化是達成社會力監督媒體健全發展的先決條件，唯有民眾醒悟到媒體對社會影響深遠，負起監督與批評的責任，產生對媒體的制衡力量，新聞媒體才不致自我膨脹，成爲社會進步的絆腳石。

　　他指出，現代社會中，大眾傳播猶如體現社會脈動的神經線，如何促使其善盡責任，並防杜流弊，基於這項體認，他認爲「媒體、社會、責任」三者，旨在闡明大眾傳播媒體的責任及應盡的功能，以及規範媒體應有的走向。民國八十八年五月四日，他再獲中國文藝協會頒授「五四文藝獎章」，以肯定他在文學上的耕耘與成就。

五、于衡教授

　　于衡先生，山東省蓬萊縣人，民國十年生，日本法政大學畢業，曾任國立長春大學講師、歷任長春中央日報記者、長春中正日報採訪主任、廣州中正日報特派員、香港時報採訪組副主任、台北公論報記者、聯合報採訪組主任、副總編輯、總編輯、國立政治大學新聞系教授、國立師範大學社教系新聞組教授、台大圖書館系教授，並曾代表教育團體選上增額立委。

　　于衡筆名夏簡，他在立委任內，曾以《烽火十五年》一書榮獲第十一屆國家文藝獎，書中是他將自己從民國三十四年至民國五十年冬期間，從事新聞工作的親身經歷，透過生動的筆觸，評人評事，客觀地記錄下來。

　　于衡先生學養俱佳，人品高潔，因為職業的關係，對政治的體認既深且遠，能說得一口流利的日語，曾著有《滇緬游邊區行》一書。而他大半生縱橫新聞界，在聯合報時以寫〈台北外記〉而馳名，他的文章被譽為可以做為新聞文學的範本。

　　于衡認為，大眾傳播界所負的時代使命是明是非、別善惡，對於那些溫溫吞吞、處事推拖的高官大員，新聞界應予指責，使這些「笑罵由人，好官我自為之」的高官大員知所警惕，對於一些默默耕耘，不怕做多錯、肯冒政治風險的人，也應該給予鼓勵，使他們得到精神報酬，發揮新聞界監督守望的功能。

　　民國四十七年，于衡時任聯合報副總編輯兼採訪主任，當時他在師大社教系新聞組教書，兩年後也到政大新聞系開課，為了培育優秀的新聞從業人員而努力，後來世界新聞專科學校與文化大學新聞系先後成立，他又應成舍我先生及鄭貞銘先生之邀前往兩校授課，輔仁大學大眾傳播系成立後，他又到輔大任教，他在新聞教育上春風化雨，誨人不倦。為了做之親、做之師，他甚至每週看學生的週記，替同學解決困難，了解學生的心理動向。

　　于衡自己統計，他擔任教職二十多年來，已經教過了八千多名學生，學生畢業後遍布在國內各報，看見學生的成就，就是他最大的快慰。而他對學生的教導尚不只於學問的傳達，還包括道德的層次。民國七十二年間，他曾在中央日報發表一篇名為〈留在社會的利息〉一文，指他送走一批畢業生，在臨別贈言時，都會表示做一名堂堂正正的新聞記者，除了薪水和稿費外，不要接受別人一文錢，就像處女保持自己的節操一般。

新聞史知名學者

一、李瞻教授

國立政治大學李瞻教授，於民國五十五年間，寫成了《世界新聞史》一書，全書共分十篇，八十六章。以總論及英、法、德、義、俄等五個歐洲國家爲上卷；美、日、中國及其他一百一十七個國家爲下卷，李教授希望選擇具有代表性的國家爲選樣示範，描繪出世界新聞發展的趨勢，堪稱選樣精確，執簡馭繁。

李瞻也表示，在二十世紀，新聞事業是最引人矚目的一行，但世上對於這個行業創始、發展、現狀以及趨勢有綜合而完整的論敘，仍屬鳳毛麟角，因此他希望透過這本書，使新聞科系學生對新聞業的發展，有一連貫而完整的概念。

他認爲，民國初年時，所謂的新聞事業僅指報業、雜誌與通訊社，但後來興起的廣播與電視事業，則是新聞事業兩個重要的環節，其對政治、文化、經濟及社會的影響，實超越報業之上。這些新聞媒介彼此互動關係爲何？影響如何？趨勢如何？都是他要研究的重點。

李瞻在他這本民國五十五年出版的《世界新聞史》書中，強調他於民國四十七年於國立政治大學新聞系講授世界報業史，並著手《世界新聞史》一書的寫作。至民國五十二年，已完成總論、英國、美國、俄國、德國、日本及中國部分，計六十萬言。同年八月，他由美國在華教育基金會資助下赴美國南伊利諾大學研究，並得到美國國務院協助，至各地新聞事業單位及各著名大學新聞學院實地研究考察，蒐集資料。翌年九月返國後，他在新聞研究所講授美國新聞學、比較

新聞學與大眾傳播，並繼續完成法國與義大利部分。

　　李瞻先生爲研究新聞史，可謂上窮碧落下黃泉，他所寫成的世界新聞史共十篇，八十六章，共一百萬言，分述了英、法、德、義、俄、美、日與我國的新聞事業歷史，而每個國家均包括報紙、雜誌、通訊社、廣播、電視及新聞教育的創始、發展、現狀及趨勢，他並依據聯合國教科文組織一九六四年出版的世界大眾傳播一書，分別列舉世界所有國家或地區人口、文盲、報紙、電台、電視台及白報紙生產的有關數字。

　　李瞻先生曾指出，「戰爭」是當今人類最大的威脅，因此了解國際傳播、熟悉世界新聞史，可以促進國際了解、消除戰爭、維護世界和平。

　　基於此，李瞻曾在民國七十三年間，在國立政治大學寫成了《國際傳播》一書，他認爲美國新聞自由委員會在一九七四年間出版了《民族溝通》一書，說明戰爭的根源在於政府控制新聞媒介，製造誤解；而世界和平的維護，則有賴民族之間自由溝通。

　　他認爲，儘管新聞學者一再強調新聞自由與世界和平的關係，但由於自由報業的激情主義、重商主義、種族偏見與刻板印象等因素，即使報業享有新聞自由，亦很難達成國際了解的目標。

　　舉例而言，世界五大通訊社在國際傳播中佔了重要的角色，尤其西方的美聯社、路透社、法新社、合眾國際社的新聞，更佔了國際新聞百分之八十，其他百分之二十，則爲塔斯社、德通社、義新社、加新社、澳新社、共同社、印度信託社、中東社所發布，而第三世界國家在國際傳播中，可說是毫無發言權。

　　不過這些西方新聞通訊社，選擇新聞的價值標準卻在戰事、政變、犯罪與天災人禍，在這種「最高原則」的指導下，只有第三世界的壞新聞與反常新聞，才夠得上被西方媒體報導的機會。最令第三世界以忍受的是，西方通訊社故意忽視開發中國家的進步與成就，誇大了開發中國家的挫折與失敗，以及捏造新聞、歪曲報導、充滿偏見與破壞開發國家的團結，成為第三世界國家口中所謂的「西方媒體霸權」與「新聞帝國主義」。

二、賴光臨教授

　　賴光臨先生，曾任國立政治大學新聞系教授、政大新聞系主任，曾因著述《中國新聞傳播史》一書，在民國六十九年間獲得曾虛白新聞學術獎。賴光臨先生所著的《中國新聞傳播史》，蒐集有關資料前後達十餘年，書中將中國新聞傳播的歷史做了有系統的分析，並剖析每個階段的時代背景和新聞所發揮的影響。賴光臨並在書中註明任何一個時代的政治與社會變遷，與新聞事業及新聞有著密不可分的關係，該書可供有志於研究中國傳播歷史者參考。

　　賴光臨先生在民國六十九年受中央日報委託執筆寫就《七十年來的中國報業》一書，並應台灣商務印書館之邀，著述《中國近代報人與報業》，還曾與政大潘家慶教授合作，從三民主義的角度寫成《新聞學》一書（古威威，民69）。

　　賴光臨從民國七十二年至七十四年擔任政大新聞系主任期間，增聘了一位專任老師及兩名客座副教授，聘率密度是歷年來最高（蘇妙嫻，民74），當時賴光臨薦聘老師的原則，除了學有專長及豐富實務經驗外，更著重教學熱忱與責任感，當時政大新聞系專任老師十二

位，其中獲高級學位的有四位，是在台復校以來最盛的陣容。

在課程安排方面，賴光臨任內也有大幅度修訂，包括加強必選科目，編採組增列「當前新聞事業問題研究」，新聞英文組增「新聞英文名著選讀」，公廣組增「消費行為調查」，廣電組增「廣播電視工作」等，均屬必修，使學生獲益良多。（蘇妙嫻，民74）

三、程之行

程之行先生，浙江人，民國十四年生，江西省中正大學交史系畢業，國立政治大學新聞研究所碩士，美國密蘇里大學新聞碩士，曾任中國新聞出版社公司總經理、成功大學兼任副教授、台灣新聞報副總編輯、新聞局第四處處長，負責電影事業輔導及中外影片檢查。

程之行先生曾翻譯美國傳播學者施蘭謨所著之《大眾傳播的責任》一書，並被遠流出版公司刊行的「傳播學名著譯叢」列為第一冊，不僅是給予程之行先生的一種肯定，也是標示出一種方向，可次讓人了解到半個世紀以來，持續進行的傳播革命以及傳播學的全貌。而他翻譯施蘭謨這本書，距施蘭謨完成該書時已有三十四個年頭，但書中推介傳播事業「社會責任論」的思想，則是歷久彌新。

程之行對個人隱私權的尊重，也視為新聞界應遵循的規範，他認為人性的尊嚴，包括對自身的尊重及對他人的尊敬，由於法律的保衛力量有時而窮，只有借助於道德力量，使每一侵害者在行動之前能思之再三，任何人如果希望保有個人獨處的自由，首先就要從尊重別人這個自由做起（程之行，民56），他這一番話，值得當前的新聞工作者深思。

在新聞史的耕耘上，除李瞻、賴光臨、程之行外，另有朱虛白、

閻沁恆等，亦多有勞績與貢獻。

研究方法知名學者

一、楊孝濚教授

楊孝濚教授為浙江寧波人，於國立台灣大學農業推廣系畢業之後，前往美國威斯康辛大學攻讀農業傳播碩士以及大眾傳播博士。其曾任國立政治大學新聞所副教授，現為東吳社會系主任兼社會所所長。

楊教授亦有諸多傳播研究方法著作，如：《傳播研究統計》、《社會調查與研究》、《社會研究實務》等書。楊教授認為在目前社會脫序現象頻傳的情況下，必須要建立一套有效的傳播社會問題研究體系，尤其必須培養高級社會研究實務人才，進而規畫有效的社會研究實務體系，而能對解決社會問題、分析社會行為及探討社會脫序現象的成因有其必然的價值。

楊教授認為社會調查研究的主要功能，便是在建構理論與解決問題，由於社會研究基於科學性的研究程序，經過抽樣、資料蒐集、資料分析以及資料研判後，不但能夠從資料內涵作客觀性的推論，並從研究結果中來建構理論。因此，不論是結構功能論、衝突論乃至於象徵互動論，無不從社會研究的過程當中獲得各種資料，並運用多種研究方法以及資料分析法加以研判以驗證理論。透過楊教授深入淺出的內容、簡明易懂的筆觸，使得許多初次接觸的後學者亦能對研究方法有大致性的了解，許多學生最畏懼學習的傳播統計，在閱讀過楊教授的著作後，多能克服對於統計的恐懼。楊教授對於傳播領域的貢獻，

也引導許多後來的研究，使得此領域愈益蓬勃的發展。

二、沈慧聲教授

現職爲中國文化大學新聞研究所所長兼新聞系主任的沈慧聲教授，自中興大學外文系畢業後，即赴美阿肯色大學及猶他大學攻讀新聞學碩士以及傳播學博士。沈教授的專長爲民意調查及研究方法，其本身曾參與多次的選舉民意調查，以藉能在分析影響民調準確性的變項後，充分結合理論與實務，解決長期以來受外界所質疑，理論與實務無法結合的窘境。

沈教授並多次參與國家機構獎勵研究，運用其在民調、研究方法以及傳播學方面的專長，進行若干相關研究，並將多次研究結果發表於相關學術期刊，其中多見許多學術領域的大發現，修正及釐清了許多學術界所存疑的問題，在累積研究結果以及提供後學相關資料方面有極大的貢獻。

沈教授並譯有《人際傳播》一書，其對於閱聽人領域甚有研究，對於傳播新科技的影響也涉入甚深，尤以影響我們日常生活甚鉅的網路媒體，在未來的發展趨勢以及對閱聽人的媒介消費行爲方面，是非常值得許多學者的深入探討的。

沈教授更致力推動全國第五座學生實習電台—華岡廣播電台的誕生，除了提供新聞系同學更多實習的機會外，更希望透過電台的誕生，凝聚全校師生對華岡的認同感，拉近學校師生與華岡地區居民的距離，增進彼此之間的互動，並期望成爲全國最有特色的學生廣播電台。

三、鄭瑞城教授

由國立政治大學傳新聞系畢業，在美國俄亥俄州立大學取得新聞碩士以及傳播學博士，現任教於國立政治大學新聞研究所。鄭瑞城教授有諸多著作，組織傳播則為其專長，許多學者在此領域對其推崇備至，傳播界的大家長徐佳士先生認為其《組織傳播》一書，是既見樹又見林，並讚譽為當時已有的傳播類著作中顯見的成就。

組織傳播是一個重要而且源遠流長的研究領域，不過在當時的發展甚短，著書也不多，而鄭教授的《組織傳播》一書，正是為此新的領域提供了很好的詮釋。《組織傳播》中以系統理論為其架構的基礎，主要是為了處理系統內與系統間的問題，而此書正是圍繞著此架構在建構。

鄭教授將傳播放在組織情境中探討，主要在探討三個概念。首先談到組織與傳播的基本概念；其次是依據系統概念分析組織之人際、團體與總體傳播行為及現象，較偏向於理論層次，主要是以社會文化學派的觀點，解析組織傳播；最後則探討組織中主要的傳播問題、現象及其可能解決的方法，此部分偏向實務層面，多採取功能學派的觀點。

本來理論與實務就是脈絡相連，難以劃分的，因此其著作除了提供莘莘學子研習之外，對於那些研習傳播理論與實務運用以及負責組織管理，常需運用傳播理念的人，更是一大幫助。同時也促使傳播學的領域又向前拓展了一大步。

四、蘇蘅教授

蘇蘅原為國立台灣大學法律系的高材生，在大學畢業後進入了國立政治大學新聞研究攻讀碩士，並赴美國密西根州立大學以及華盛頓

州立大學工讀傳播學碩士以及社會學博士。而蘇教授同時也具有實務
經驗，曾在聯合報擔任者，現任國立政治大學新聞研究所教授。

　　蘇教授在研究方法中以調查法見長，由於其具有實務背景，因此
其致力於跨越學術與實務兩界，我們可在其著作中窺見此特色。在其
著作當中對於調查研究做科學性的探究，其中包括了抽樣方法、問卷
設計、信度與效度的介紹以及實地訪問、郵遞訪問、電話訪問的實施
步驟。另外對於大眾傳播媒介實務的範疇，如對於精確新聞報導和電
視收視率調查也有介紹。

　　對於日漸普及的電腦輔助技術，蘇教授亦有深入的介紹，尤其在
今天電腦輔助技術已成為調查方法中不可或缺的技術，對於這部分的
深入認識是不可或缺的。

　　蘇教授打破了國內以往介紹調查研究法多為社會學家及政治學家
的傳統，而從傳播研究的角度出發，把調查法在傳播方面的運用，做
了非常適當的介紹，並從總體的角度探討調查法的著作，可說是既基
本又完備地介紹的社會科學的調查法，對於傳播界與實務界都是一大
幫助。

五、潘家慶教授

　　潘家慶為湖南芷江人，國立政治大學新聞系畢業，赴美攻讀明尼
蘇達大學新聞及傳播學院，並於史丹佛研究，現任職於政大新聞系、
所。潘教授的傳播關著作非常豐碩，計有《傳播、媒介與社會》、
《傳播與國家發展》、《新聞媒介·社會責任》、《滴水集》等二、三
十本著作，可說是為傳播領域貢獻良多。

　　潘教授對於發展中的傳播媒介有很深的期許，其期望媒體能朝向

出版自由、意見自由以及採訪自由，而不受政府及外力的干涉。在媒介與政治或社會利益相衝突之下，能透過超然的司法程序作最公平的裁決。而媒介的經營最好是由人民來進行，政府的角色則是在訂立明確的遊戲規則，讓所有參與競爭的遊戲者，皆能在公平的市場下進行遊戲。

潘教授認為社會大眾可藉由媒介教育獲取的知識，來選擇媒介的內容，另一方面亦可透過媒介發聲，制衡媒介作為，而峨眉的進用則不受任何的限制並且以公共利益的使用為優先，對於從業人員在傳播及新聞決策過程當中，則力求普遍參與，以奠立從業人員的社會責任觀念。當然，在媒介報導的過程當中，任何個人、團體的真實面貌都有不被扭曲的權利，這更需依靠媒介從業者的自律、自治、自覺的履行社會責任。

潘教授認為就長期的媒介發展而言，開放、可溝通的傳播體系是必須的，或許開放的傳播體系會使社會聲音亂七八糟，但是在一個凡事講求溝通的社會之下，這正是安定社會的基石。在一個不能完全開放的傳播體系之下，訊息不流通的結果是更多的曲解、疑惑及不安。我能體會潘教授對於媒體的期許，希望社會大眾能攜手共同度過這一段混亂期，以其迎接更美好的媒介環境。

六、王石番教授

王石番於國立台灣師範大學畢業之後，先後在省立彰化工職以及省立嘉義女子中學擔任教師，並於民國五十八年進入國立政治大學新聞研究所就讀，且在美國明尼蘇達大學攻讀傳播學碩士及博士，現任職於國立政治大學新聞及廣告所。

　　王教授的專長主要為研究方法，尤其是內容分析法，而其對於內容分析法開始有深入的認識，是由於當時其碩士論文的需要；之後，其遠赴美求取學位，亦是以內容分析法為其論文的研究方法，爾後，其諸多研究亦採用此研究方法，其在內容分析法上所累積的功夫，在國內傳播界中可說是無人能出其右。傳播內容分析法自從Bernard Berelson出版以來，國外在這個領域的著作說是汗牛充棟，但在王教授出版其著作之前，國內則無此研究方法的專書，王教授著作的出版，則使得國內傳播界終於有參考專書。

　　內容分析自從Lasswell的宣傳，及至後來許許多多學者的蓬勃研究下，已有長足的進展，而在王教授的著作中詳細的介紹內容分析法的演進、各家所持的基本觀點、運用的範圍，以致於方法本身都有的闡述與解釋，王教授更在整合各家的觀點之後，融合成個人獨到的見解，並貢獻出個人在台灣所做研究的珍貴結果，以其讓後學有完整的參考文獻。

　　王教授的著作也將國內傳播研究人員帶離仍舊使用早期設計的內容分析法的困境，幫助傳播研究人員在這個領域當中能更上一層樓，進而提升研究的品質，對於初學者而言，亦不失唯一良好的學習範本。

台灣傳播研究與其學者(二)

王淑芳

詹鳳儀

洪聖惠

壹、公共關係

公共關係的發展

公共關係源起於人類的互動，故起源甚早，可以說有人類活動就有公共關係，不過初期的公共關係很零散，是沒有組織、沒有系統的活動。隨著社會不斷成長、經濟日益繁榮、社經活動更加頻繁，民意愈來愈受重視，公共關係存在的形式也從單向企圖影響他人的活動，轉變為兼顧本身利益與群眾福祉的追求；它不僅是人類生活的重要現象，企業乃至國家生存的利器之一，更發展成一門學問，吸引許多學者或業界成功人士投入研究、著述。

儘管公共關係起源甚早，它的定義卻隨著不同階段的演進而有不同的強調重點。早期的公共關係較著重私利，是從個人、企業或機構利益出發而為的勸說、宣傳活動，亦即是單向的報導或說服；之後的發展則使公共關係朝雙向溝通的方向演進，要求兼顧企業與民眾利益，甚至更強調調整企業的行為以符合公共利益。由此可以看出，公共關係的定義與時俱進，功能也不斷轉變，由私利而互利，進而追求公利。Rex F. Harlow便蒐集了各種有關公共關係的定義，並將其中四百多個加以分析歸納，整理出一個普遍被接受的定義：

「公共關係是一種特殊的管理功能，從事協助建立並維持機構與群眾間的雙向溝通、了解、接納及合作。並參與解決公共問題，協助管理階層

促進群眾了解事實真相。對民意有所反應，對管理階層說明並強調本機構對群眾利益所負的責任。協助管理階層隨時因應外界變化，並加以利用，視這種做法為一種早期預警系統，以預測將來發展趨勢，以及利用研究和健康的傳播，作為主要工具。」（張在山，1994）

公共關係知名學者

公共關係所以日益受到重視，不只許多大企業成立專責部門負責公關事務，就連政府部門也不敢輕忽，因而有所謂政府公關，這和傳播事業的蓬勃發展不無關係；而成功的公關活動又和「新聞」密切相關，因此許多知名的新聞學者也跨足公共關係這個領域，他們或從新聞學理的觀點提出精闢見解，或由新聞實務的角度出發，貢獻頗值參考的寶貴建議。

以下將分述幾位與公共關係領域頗有淵源的新聞學者的著述或理念。

一、梁在平、崔寶瑛教授

美國的公共關係起源於民間，我國則是由政府率先提倡，公營事業打頭陣推行。其原由是民國四十二年的行政院檢討會議決議，政府體認建立公共關係的重要，要求行政院各部會指定專人擔任新聞工作，隨時與政府發言人辦公室密切聯繫，以發揮宣傳效果。同年五月一日，交通部在所轄的郵政、電訊、航空、水運、鐵路、公路、港務、氣象和打撈等部門設立公共關係單位，成為我國官方建立公共關係制度的開始。

在此機緣下，梁在平、崔寶瑛兩位先生將當時美國有關公共關係

的最新著作譯成中文介紹到國內，該書即為美國貝遜企業管理學院公共關係學係主任康菲爾（Bertrand R. Canfield）所著之《公共關係的理論與實務》。原著一九五二年出版，譯著則在一九五四年問世。

梁在平、崔寶瑛這本譯著除了闡述公共關係的意義與社會組織各個層面的互動關係，及如何落實、推動良好的公共關係外，最大的特色是每個章節之後都搭配有相關的實際運用個案，可以作為閱讀者的佐證或引用的參考。這樣的編排方式即使以現在的眼光來看，不但不落伍，甚至還稱得上走在前端不落俗套。從美國發展公共關係的時程來看，在五○年代有這樣的成績或許不令人意外，但在民國四○年代的台灣，有這樣格局的公共關係專書引進，絕對是項創舉，而且意義非凡。

在翻譯《公共關係的理論與實務》中，梁在平與崔寶瑛還提出一個有趣的問題，即「publicrelations」該如何翻譯。因為public又可譯為公眾、群眾，將之直譯為「公共關係」似乎不甚妥當，但又找不到更適合、貼切的字眼替代，因此還是譯作公共關係。他們的用心，無非是希望找出易於理解的譯名，最好能涵蓋所有公共關係的真義，以便讀者「望名生義」，由此也可看出這門學問在當時的台灣的確是個新興學科。

此外，兩人在譯作中有關非營利團體公共關係的介紹也特別引人注意。提到美國一些福利、民眾或慈善、宗教團體，也開始運用公共關係制度吸收會員、發展事業、宣揚理念。將我們對公共關係的了解，進一步拉大到與社會團體的關係，這在現在仍然是許多人研究的課題，在當年應該是個嶄新的觀念。

在推廣公共關係上，梁在平、崔寶瑛貢獻了頗多譯著，將當時最新精華的專業知識介紹到國內，梁在平同時也是中國公共關係協會的首任理事長。該協會成立於民國四十五年，並在五十五年通過一項會員守則，相當於道德條款；雖然因缺乏強制力，且國內公關發展未臻成熟，條款難以發揮具體作用，但提出如此卓見，重視業界自律的精神，仍令人感佩。

二、王洪鈞教授

在現代公共關係觀念及制度的行程過程中，經常出現混雜若干不正確的觀念及做法的問題，雖然經過長期嘗試與校正而逐漸定位成形，但一般人對所謂公共關係，仍存有因誤解而產生的錯誤印象。

特別是在台灣，公共關係幾乎與喝酒應酬、講人情拉關係等名詞畫上等號，為正其名釋其義，王洪鈞先生特別以「負面表列」的方式，說明公共關係「不是什麼」，藉以幫助我們了解公共關係到底是什麼。王洪鈞先生在綜合各家所言後，歸納出公共關係至少涵蓋四個層次的運作：它是一種基於社會責任的管理哲學，是一種有效的雙向傳播過程、是一種獨特的管理功能，亦是體現在全體成員身上的職能。他強調：「……公共關係不是民主政治或現代企業的裝飾品，而是服膺公共利益、獲致公眾了解及支持的管理哲學及專業性之努力。公共關係不是單向宣傳，尤非欺騙，而是一種真誠的想法與做法。公共關係不是交際、應酬，更非收買，而是基於道德和理性的溝通、公共關係不是應急措施，而是一種主動而長期的工作。」

如同一般我們所了解，公共關係是一門外來的學問，尤其受近代歐美工業化後益趨繁榮的工商發展影響很大；王洪鈞則從歷史的角度

出發，試圖在古今歷史的傳承中，尋找公共關係發展的脈絡。他指出，從遠古開始的許多政治與文化活動皆與公共關係有關。

依照一般想法，中國傳統的君主制度比較不注重人民意志，甚至有人認為中國社會不適合推展民主政治；王洪鈞則持相反看法，他認為中國自黃帝以降歷經四千餘年，其間雖經朝代更迭、民族龐雜，但始終保持一個文化的主流以及一個整合的社會，其中必然存在某種促進群體關係之重要因素，值得公共關係學者深入研究。他認為就公共關係的原理而言，中國文化傳統中至少有三種特質可資闡釋，分別是民本思想、民意制度與倫理道德。他從過去的典章制度與名家言論著述中尋找佐證，說明中國古代雖無民主政治制度，但進步的民本思想不只是現代民主政治之前導，也是現代公共關係的哲學基礎；各種形式的民意制度，如「管仲相桓公，置嘖室之議，以舉民所惡以為戒。鄭子產置鄉校，以議執政之善否」，又如東漢及宋明兩代的清議制度等，皆足以溝通上下，容納四方，使治者得以博採眾議，民意亦能上達。若說民本觀念及民意制度主要為規範政府與人民之間關係的理念與途徑，我國固有的倫理道德及禮樂教化，則是促進人際關係與社會關係和諧的重要關鍵。

王洪鈞並引用日人水田在其著作《公共關係——說服大眾的方法》所說：「中國人是最了解公共關係的。他們的古訓，修身、齊家、治國、平天下，是由內而外，由己及人的，這正是公共關係的道理」。再次驗證中國古代政治哲學中蘊含的公共關係真意。

從歷史脈絡中搜尋中國政治思想與哲學和公共關係的關係，無關刻意穿鑿附會，更非大中國情結的妄尊自大，應該是對我們的一種啟

發與鼓勵，提醒我們從自己的文化脈絡中，發展出適合現代中國的公共關係理念與運作模式。

另外，值得一提的是，在王洪鈞先生的著作中，將一般公共關係的譯名譯作「公眾關係」，想是對與公眾雙向溝通、爭取公眾支持，以獲致公眾利益的刻意強調。而其這本著作在過去特被選為空中行專的專門用書，對於公共關係的概念在空中教學這樣的媒介中傳佈，應有其特殊的貢獻與地位。

三、鄭貞銘教授

經濟起飛後的台灣，工商業蓬勃發展，社會快速變遷，民眾自主意識日益高漲，經歷曲解、窄化所謂「公關」的尷尬時期之後，「如何做好公共關係」幾乎成為每個企業都要面對的重要課題之一。即便在學術界，公共關係和每個學門的結合也非常普遍，舉凡政治、社會、新聞、傳播等學系，都不難看到類似課程的研討。

談公共關係的學者很多，有的具實務經驗，旁徵博引活靈活現，有的學養俱佳，談來也頭頭是道；鄭貞銘先生是目前少數有豐富新聞界實務經驗與新聞專業素養的學者，在公共關係的領域裡也多所著墨，最別具特色而引人注目的，是他對政府公關與報業公關的重視及強調。他在五南書局所著《公共關係總論》，可稱其在公關方面的代表作。

鄭貞銘所強調的政府公關，正是著眼於此。他強調公關不僅是擴大宣傳，更重要的是分析各種決策及施政利弊，以客觀態度預測各種事情之發展與趨向，進而幫助機構之發展，並能贏得新聞界的信賴。應用在政府公關上亦是如此。所謂民主政治即輿論政治，要爭取選民

的選票支持，必須爭取輿論的信任與支持；因此政府機關應該改變守舊逃避的心態，主動出擊才能充分釋疑。將政策、觀念透過輿論界推銷給人民，而非報喜不報憂，甚至過度保密，引起外界猜疑或捕風捉影，反而造成誤解或引發公信力危機。

將政府發言人制度帶入公共關係的角度思考，可以刺激更多元的表現方式，帶動更靈活的運作模式。更進一步延伸，鄭貞銘也強調「國際公共關係」的重要。尤其以台灣國際處境之艱難，他認為應加強國際公共關係，以積極的宣傳、推動國際友好、爭取國際了解作為外交的輔助，進而增進國家利益。

至於報業與公共關係，以往論者多把報業視為一種媒介，是推動公共關係不可或缺的一項利器，因此多著重於如何利用報紙散發公關訊息、如何吸引報紙等媒體的注意，或如何與報紙等媒體維持良好的互動關係等等，反而忽略了報業本身也是一個企業體，報業要建立口碑、維持在社會大眾心目中的良好形象，公共關係當然是必修的課題之一。

鄭貞銘曾在行政院經建會與執政黨文工會實際執行公關業務，經驗豐富。他認為，傳媒應成立公共關係部門，運用調查、報導、展覽、聯繫等方式，對內溝通企業與員工間的情愫，對外謀取讀者、廣告客戶、同業、股東、政府、各種社會團體以及一般大眾的了解，藉以鞏固經濟基礎，完成服務人群的初衷。

四、羅文坤教授

在競爭日益激烈的現代工商社會，公共關係已成為成功經營企業的必修課題；隨著許多學者的闡釋與引進新的概念，甚至有不少成功

的業界人士也投入公共關係理念的教授傳播，公共關係儼然成為時下相當流行的話題與熱門課程。

　　和過去相較，現今的公共關係帶有更明顯的商業色彩，運用的手法更多元化，和行銷的關係更加密不可分，因此有人說公共關係就是一種行銷傳播，是包含了議題管理與問題（危機）管理的管理過程。但不管與其他領域產生了何種交集，其中心觀念，即強調「公眾利益」的本質是不變的，羅文坤先生曾以「民之所欲，常在我心」為公共關係下註腳，應能提供最好的解釋。

貳、文化傳播

文化與傳播

　　文化使人從「生物的個體」轉成為文明世界當中的「人」，然則傳播便是此過程中的重要因素。藉由傳播，人類得以將生活經驗與知識累積、傳承，長久下來形成文明。文化形塑了人們的人格、價值觀，甚至到社會組織的結構及運作，但是在文化形成之際，亦與傳播行為的模式與傳播系統的演變息息相關。

　　今日社會已是資訊社會Information Society，由於科技的進步，資訊可跨國流通，資訊被視作一種商品，一種可以自由買賣、四處流竄的文化商品。因而，文化與傳播之間的關係更是密不可分。

跨文化傳播

　　所謂的跨文化傳播就是研究不同文化背景下人們的傳播活動，不同地區、國家的人們使用不同的符號、語言、生活習慣、價值觀等各有差異，這些人們的互動因為科技進步、經貿往來、旅遊活動等日益密切，無論直接的人際接觸或是透過大眾傳播的報導，使得彼此互動的機會增加，人的生活愈來愈不可避免與異文化的人發生互動，大夥勢必加入這場遊戲，跨文化傳播日趨重要。

　　在跨文化的研究當中，有四個重要的觀念需要注意，分別是刻板印象、種族優越感、移情能力（empathy）和歸因過程。

　　刻板印象：李普曼在《民意》一書終將此概念帶入社會科學的領域，他認為由於現代社會環境過於繁複，人們為了應付現實狀況，於是發展出一種簡化的認知過程，幫助他認識世界，於是產生刻板印象，然而刻板印象卻往往是以偏蓋全且具有不易改變的特質。傳播工具易於型塑人們的刻板印象，也可以扭轉既有的刻板印象，形象的轉變／形成與當時的政治、社會氣氛如出一轍，以WWII至冷戰期間美國對中國人的刻板印象為例，從「迷信的、陰險狡猾」到「愛好傳統的及對家庭忠實」，人們對他不熟悉的事物，通常總是以刻板印象作為回應的基礎，它深深影響了異文化背景人們之間的互動，當發現存有錯誤的印象時，更要增加溝通，使彼此的關係和諧。

　　種族優越感：這是一種對事物的看法的專有名詞，持有這種想法的人對他所屬的「內團體」為一切事物的中心，以內團體的標準來衡量一切。（註：內團體是指分布在一片土地上的小團體，他們彼此間具

有血親、鄰居、盟友、姻親或商業夥伴的關係。內團體以外的團體即是外團體。）種族優越這種情緒表現以為自身所屬團體的一切都是美好、和諧、優秀的，外團體則是劣等、不值得重視的。然則對事情不同的觀察角度產生不同看法，無論優劣都是用來形容同一團體，這也因為不同團體間存有利害關係。種族優越感的存在常使得族群之間的鴻溝加深，並造成誤會，阻礙和諧的達成，但是經由教育則可以改善此現象，George Murdock認為，國際間可經由互助計畫、旅遊、傳播、溝通的方式促進不同種族、國家、文化之間的了解，以達和平。

移情能力：用George Mead的role-taking來解釋，就是人們能夠設身處地站在他人的立場來思考，但不迷失自我。這種能力的高低影響了人與人之間的關係、社會組織結構及其運行。若國際間的教育重視人們移情能力的訓練，人與人、文化與文化之間將會做出更有效的溝通。

歸因過程：前面提到人們為了便於了解外在環境，以簡化的方式形成刻板印象，在簡化的過程之後，便要予以意義，於是產生了「歸因」的解釋依據。在跨文化傳播的過程當中，主觀因素影響了歸因過程，且人們在對與己相似和與己相異文化背景的解釋上常有著不同的判別標準，在這過程隱藏許多製造衝突的機會。

以上這四個社會或心理的因素影響跨文化傳播至深，而且彼此交互影響，或許沒有絕對的解決之道，但是有學者提醒我們可以藉由教育消弭人與人之間的誤會，增進人類和諧該是傳播的目的之一。

精緻文化與大眾文化

　　從英國文化研究的角度來闡釋文化，我們可發現早期的學者如Hoggart或是Eliot都是以道德、美學的角度來評估文本是否可被稱做文化，此時期被視作文化的不外是歌劇、古典樂等的經典之作。

　　隨著大眾傳播媒體的普及，電視、電影等大眾傳播媒介所傳播的大眾文化，漸漸納入學術界的研究範圍，文化研究不再如同早期只認定具道德內涵的作品才叫做文化，在一般民眾之間流傳的流行文本／文化，對社會影響更為廣泛。

　　即使在國內亦是如此，以中華民國大眾傳播教育協會出版的《文化建設與大眾公共關係媒介》以及行政院文化建設委員會出版一系列《文化公共關係叢書》的內容，我們可以發現：討論大眾文化／流行文化／通俗文化的內容比比皆是。

　　學界之外的政府單位，也關切大眾傳播對文化所造成的影響。分別針對出版、廣播電視、電影事業提出檢討。在出版方面，報紙的發行在解嚴後不論言論內容與報社都趨向多元，新聞媒體亦是監督政府促進民主的第四權，但是表現卻仍不夠理想，在新聞自律、色情暴力、專業意理的表現都有待加強。圖書出版方面應要多增設圖書館及其藏書。有聲出版品方面，國內唱片公司出版的音樂作品總是一窩風的大同小異，這些都有待改善。

　　廣播電視方面的分級作業要落實，特別是電子媒體的影響力大，從業人員的專業修養益加重要，媒體本身要有新聞倫理的堅持。電影方面的問題則一直圍繞著振興國片此一話題，除了予以輔導金的獎勵，似乎還無法發揮功效，輔導金發給不應光審劇本，還得將申請企畫中的資金、發行管道、宣傳行銷等各環節進行評分，並參考申請者

過去的拍片紀錄、票房成績等等，對於國片進行全方位的輔導，否則僅解決資金來源，並無法振興國片。

大眾文化興盛之後，雖然得到學界及政府的重視，但是仍有一些問題受到矚目。像是法蘭克福學派即擔憂大眾文化是用來控制人民意識型態的工具，在資本社會生活異化之後，人們再度對自身進行異化，大眾文化只是提供不具思考、反省作用的規格化、庸俗化文化商品。

美國著名廣電節目主持人愛德華曾經說過：「這個東西（廣播電視）能夠教育，也能啟發，是的，它甚至使我們可以感動。不過，這都是我們人使得它這樣，否則它只是一個盒子。」

文化傳播知名學者

汪琪教授

原在政大任教的汪琪早期著作《文化與傳播》，讓人總把她與文化傳播畫上等號，但是從她其他的著作中，我們可以說她的研究焦點已經轉至電子媒體的研究。她目前在中正電傳研究所開的課有：「比較電訊政策」與「實習課程」，並擔任所長一職，在任教期間多次參與國科會的研究計畫，且榮獲國科會傑出研究獎。

在民國八十七年，汪琪完成國科會研究計畫「媒介全球化與本土文化工業的發展」，並獲得另一份國科會研究計畫「由跨國影視產品特性及本土文化看全球化理論」，預計將在民國八十九年完成。汪琪對文化傳播的研究，逐漸朝向全球化領域的方向發展。

參、新聞文學

新聞文學的定義

新聞文學是日常生活的文學，它具有紀錄、報導、解釋、迅速、宣傳、趣味、知識的特性，它的形式多樣化，如普通的新聞稿寫作、專欄的特寫、嚴正的社論、雋永的方塊文章、外電的翻譯、圖片的穿插、專門性的知識報導、小說散文的刊載等等，形成一種獨立的文學形式，而有別於普通文學。

普通文學是主觀的，著重情感的流露、故事的誇大，且內容可能是虛構的；而新聞文學是客觀的，著重事實的報導，站在搶先的時機上，而為社會服務的工具。普通文學僅限於對其有興趣的部分讀者，影響力是局部的；而新聞文學具有強大的影響力，其內容包羅萬象，受眾亦涵括各階層。

優秀的新聞記者都有可能成為優秀的文學作家；而優秀的文學作家不一定可以成為優秀的新聞記者，此點可作為新聞文學與純文學區分的旁證。

新聞文學源自於報紙，而現今所稱之新聞文學，也以報紙的新聞文體為研究對象。在文字寫作上，沒有一字誇張，平易樸實的筆觸卻有撼人心絃的力量，這些作品便能夠稱得上是新聞文學。新聞文學的提倡是為了提高新聞報導的可讀性，不是無中生有的，必須建立在確

切的眞實性之上。新聞文學的創作絕不可能憑空想像，一涉空想，便成了「高空」，打「高空」是新聞報導的大忌。文字技巧可由訓練進修而得，但本質上的基本認識，必須要有深入的鑽研，於是譁眾取寵也是新聞文學創作上的大忌。

彭歌在《新聞文學》一書中表示，「使新聞成爲文學」，新聞寫作可以分爲三個層次：

第一，是報紙上的新聞。

第二，是新聞雜誌裡的報導。

第三，是用新聞寫作的筆法所寫成的書。

這三種不同的表現，其基本精神是相通的，都是新聞寫作，但彼此間輕重詳略大有出入。報紙上的新聞，自然不可能每一條都是文學，譬如自來水廠宣布明天某幾條街停水，即令托爾斯泰復生，它也不會成爲文學。但有許多情形，是戲劇性極高，人情味極濃的，則應該可以生具有價值的文學作品。

由於時間是報紙的生命線，因此在「倉促成文」的情況下，報紙不能提供很多新聞文學的佳作，相對的，新聞雜誌因一週出版一次，比報紙一天出版好幾版要佔了許多便宜，因此新聞雜誌中特寫式的新聞執筆者比較容易發揮，以報界目前選擇最多的三本美國新聞雜誌：《時代》、《新聞週刊》、《美國新聞與世界報導》爲例，文章水準就非一般報紙或通訊社所能及，用新聞文學觀點來看，用字得體，輕重適度，行文簡潔而又深刻。

新聞文學知名學者

一、姚朋教授

一九二六年生，河北宛平人，筆名彭歌。

彭歌的大半生從事新聞與文藝工作。抗戰時期，他在大後方完成政治大學新聞系課業；一九四九年政府遷台，他又在台北復校的政大攻讀新聞研究所；一九六〇年考取中山獎學金赴美國伊利諾大學深造。回國以後，他在各大學講學。更以曾經主編《新生報》的經驗，使他在中央日報先後擔任主筆及社長等職務。此外，他也曾任中華民國筆會會長、香港時報董事長。曾以長篇小說《落月》獲中華文藝獎、《在天之涯》獲教育部文藝獎、《從香檳來的》中山文藝獎，三三草專欄《成熟的時代》獲第三屆國家文藝獎。

在許多人印象中，彭歌是經常在大報上撰寫專欄的專欄作家。他提倡愛書、看書，他的言論偏重光明、向上與樂觀。他為中國讀者翻譯了許多西洋書籍，最有名的如《天地一沙鷗》和《改變歷史的書》。

彭歌自民國五十七年起開始為聯合報撰寫「三三草專欄」，內容以論書評文為主，偶爾涉及論人議事之作，唯仍不出文化學術的範圍；《雙月樓雜誌》則介紹新知，內容廣泛。

著作等身的彭歌寫過小說、專欄、散文、遊記、評論時事、社論，並翻譯許多膾炙人口的著作，前後總計出版過八十幾本書，誠如作家王藍所言，這位十八般武藝樣樣精通，集作家、新聞人於一身的彭歌，在文學創作上是個「能手」，翻譯上是「高手」，推動文藝與國際文化交流則是「推手」。

彭歌自況「對於小說，一方面抱著一種虔敬的看法，好像對宗

教；另一方面又懷有一份親密的感情，彷彿對妻子親朋。」他的評論集《不談人性何有文學》，提倡「人性」才是文學真正的本質，曾引起鄉土文學論戰的熱烈迴響。

彭歌認為，新聞工作強調客觀公正，求實求新；小說創作則要發揮主觀的情感和想像力。新聞與文學寫作好像是兄妹，彼此很親近，但性格不同。

二、楊乃藩教授

一九一五年生，上海市人，筆名任堅、永亮等，上海大夏大學教育學院畢業，歷任教職、公職及中國時報社長兼總主筆，曾獲嘉新文學獎、曾虛白新聞獎、第一屆吳舜文新聞評論獎及第五屆新聞評論金鼎獎。

楊乃藩自十五歲執筆投稿起，就一直是能寫、勤寫也敢寫。由於學的是教育，任公職，寫作成為「言教」的表達方式，所以他的文字有見解、分析問題能夠入裡。

他的作品以遊記和方塊為主，另有新聞評論。旅行是他作品中相當重要的一部分，他遊蹤所至，觀察、記述各地風土人情、名勝古蹟、文化生態……，將這些經驗一一攬入，情趣盎然。方塊文章側重新聞報導或日常生活見聞，題材廣泛，觀念清新，對社會的剖析時有獨到之處。

楊乃藩先生在中國時報撰寫社論，大多以評斷政府公共政策、行政效率、施政缺失、民生疾苦、社會風氣敗壞、觀念落後等為主，與人民權益福祉密切相關。由他獲得吳舜文新聞獎「新聞評論獎」及金鼎獎之得獎評語即可見一斑：「楊乃藩先生評論範圍涉及甚多公眾所

關切的新聞事件，態度公正、資料正確、見解精闢、行文有力，所提
建議大部分均具可行性。」「切中時弊，態度公正嚴謹，所提建議多
屬具體可行，筆鋒犀利而不失溫柔敦厚。」

三、黃肇珩教授

一九三六年生，福建省福州市人，畢業於台灣師範大學社會教育
系，歷任中央社記者、國內新聞部主任、中華日報發行人兼社長、正
中書局總經理、中華民國圖書出版事業協會理事長、世界女記者與作
者協會中華民國分會理事長、監察委員等職。黃女士在業餘時間先後
在中國文化大學、台灣師範大學及輔仁大學教授新聞採訪寫作、深度
報導等課程，曾兼任文學大師林語堂博士的私人秘書，並協助編輯
《林語堂當代漢英語詞典》，主編《自由談》雜誌十年。

民國五十八年，黃女士由於在中央社服務十年中，對文化教育、
醫學、科學新聞報導的寫作技術，開創了新風格；且將文學融入新聞
特寫，對有卓越貢獻的人和人情味的事，做了生動、深入、真實的撰
寫與報導，為社會帶來良好啟發作用，而當選中華民國第四屆十大傑
出女青年。民國七十五年發表論文〈婦女與台灣新聞事業〉，成為國
內第一篇深入探討婦女參與新聞工作狀況的專文。

黃女士寫作主題主要從大眾生活中擷取真實的人與事，以平實明
確的詞句反映出人生中富有積極啟示性的層面，兼採新聞報導與寫實
文學的特色，其內容遍採自街頭巷尾至國際舞台的形形色色，以人為
經、以事為緯，交織探討生命實質與意義的篇章。而其作品多為報導
文學及傳記文學，如《人籟》、《勵志錄》、《亞洲及太平洋的人文生
活》等皆為報導文學；《當代人物一席話》、《一代人師——蔡元培

傳》等爲傳記文學。

四、高信疆教授

文大新聞系第一屆畢業生，曾擁有「華崗第一美男子」、「華岡十大才子」美譽。他自幼喜歡文學，對哲學、美學等亦多有涉獵，被外界推許爲「紙上風雲第一人」。

高信疆早期致力於鄉土文學，在二十八歲主編中國時報人間副刊期間，力圖創新，造成中國現代副刊的「革命」，培植新秀人才無數，也發掘朱銘等鄉土文學藝術人才，功不可沒。

高信疆也曾受邀在海外的明報系統負責，在北美、香港、馬來西亞等地活躍，備受矚目。他在時報出版公司負責期間，也策畫許多重要出版，如「中國歷代經典寶庫」等，才華縱橫，深受余紀忠先生賞識。

高信疆也曾在文大教授「新聞文學」等課程，近年投身慈善事業，任職於慈濟相關機構，其著述以政治運動相關領域爲主，之後走向宗教方面之傳播相關研究。

高信疆的著作有《證嚴法師靜思語》、《走上街頭一九八七台灣民運批判》等。

肆、科學傳播

何謂科學傳播

一、科學

一般而言，狹義的科學是指：研究探討自然界的現象、物質、人類社會的運動法則或發展規律的問題；廣義來說，凡是有系統、有組織的知識就是科學。上述的兩種定義仍是十分廣泛，幾乎涵蓋有關自然、人文的學問，甚至已將人類的知識一網打盡。若是以此做科學傳播中「科學」的定義，將失去分門別類的用意。於是本組認為Hillier Krieghbaum在《*Science and the Mass Media*》中對科學的界定較為合理、可行。

Krieghbaum認為科學包括基礎研究與非基礎研究，前者如純科學，後者有應用科學或發展、技術、工程、醫藥、公共衛生等。

二、傳播

廣義而言，傳播泛指將資訊、意見、經驗、態度從一個人傳給另一個人。然則本分報告應是探討大眾傳播範疇中的科學傳播。大眾傳播的過程即是經由組織化的個人或傳播組織，公開地將訊息快速傳遞給人數眾多、背景分歧且具匿名性的大眾。

三、科學傳播的內涵

因而，在媒體呈現的內容方面，科學傳播是利用大眾媒介（諸如報紙、雜誌、電視、廣播等）傳播有關科學新聞、科學訊息的知識給大眾，這部分將在後面做較完備的敘述。在學術研究方面，科學傳播研究如何使科學訊息正確、廣泛、深入、快速有效地傳佈，使科學知識普及至一般大眾。

學術研究的探討

一、學術研究的五個面向

（一）科學與媒介：側重兩者的哲學基礎、實際表現及彼此關係（如影響科學傳播效果）的探討。

（二）科學作者（包括科學新聞記者）：探討其背景、訓練、工作表現、對科學之認知等問題。

（三）科學寫作（包括對一般讀者及具科學專業知識的讀者）：嚴格而言應分為通俗科學寫作及技術寫作，探討寫作技巧之磨練與科學知識之表達等。

（四）科學消息的傳播：側重於傳播理論的觀點，探討有效科學消息之流傳，包括消息及來源、傳播通道、傳播媒介、閱聽人以及效果評估等。

（五）科學家：側重在科學家的人文精神、習性、傳播能力（溝通技巧）及科學界的次文化等的瞭解。

二、理論的建構

（一）兩種文化理論

C. P.Sonw於一九五九年提出，他指出人類社會中科學家與非科學家之間毫無溝通，有如兩種不同文化的人類。這兩種人的觀念、意識型態、專業意理各不相同。以科學家和記者為例，前者對科學消息的真實性最為在意，至於可讀性及時宜性可能位於次要地位；記者則對科學消息的判斷以新聞性的有無為優先考量，可能忽略了精確性，這些不同面向的思考，顯示出這兩種職業工作者對科學事件的認知、評斷標準出現基本上的歧見。

（二）涵化理論

　　將來科學訊息視作傳播中教育功能的實踐，強調大眾媒介是閱讀人在現代科技進步快速社會中獲取科技新知的主要管道。其爭論點在於媒介應以教育觀點為重，還是以娛樂訴求來吸引閱聽人。

　　（三）科學家責任論

　　此論點認為科學家在他的研究教學工作之外，有責任提升一般民眾的科學知識。這樣的論點發展出科學傳播現代化、科學普及、科學素養等理論。

　　（四）科學社群理論

　　這種論點分別由Crane及Dunwoody提出。前者認為科學家之間經常藉研討會、論文發表相同的研究興趣造就「隱形學派」；後者發現，由於科學是一個非常專業的領域，科學記者經常存在密集的互動，以「小團體」的方式採訪新聞，小團體內的記者共享消息，並合作採訪新聞，但小團體之外的記者對消息來源等可能就不得其門而路。這種採訪手法，有違新聞學中爭取獨家新聞的企圖。

實物工作的探討

　　我們援用美國政治學家Lasswell對傳播下的定義來分析科學傳播當中每個過程可能碰觸到的人物、問題。Lasswell認為傳播就是：Who says what in which channel to whom with what effect.利用這公式將科技傳播過程分為消息來源、媒介內容、傳播通道、閱聽人、效果五個方面作為分析的依據，下表即為分析的類目。

Who	Source	記者會、科學家
Says what	Message	科學新知
In which channel	Channel	大眾媒體
To whom	Receiver	專業人士、一般大眾
With what effect	Effect	教育／誤導

消息來源

依照聯合報記者韓尚平的觀察，他認為台灣的科學新聞有三個主要來源：其一，記者會；其二，行政機關主導；第三，公關人員主導。從上述的三個消息來源可發現新聞記者的自主性十分低落。

以記者會的新聞來說，記者常被記者會的主辦單位所引導，且疏於主動發掘新聞，若說記者會提供的資料不足、時間過於緊迫或其他狀況，常使一名記者不易掌握科技新聞的重點及意義，因而被迫或情願淪為主辦單位的最佳宣傳利器。

至於政府機關主導的新聞，記者更是政令宣導的最愛，此時記者除了扮演好告知角色，是否在監督政府這方面盡了責任？這類新聞報導中常常只聽到官方單方面的聲音，專家學者卻缺席了。記者應當引用多方消息來源，做平衡報導，也使新聞增加真實、可讀性，善盡媒體促進民主的論壇、監督功能。

公關人員主導的新聞雖然增加了科學新聞的素材，但記者要避免

因而造成的新聞篩選偏頗的惡果，導致某類消息來源成為常客，卻忽略雖不見經傳但十分重大新聞的消息來源。

　　科學家亦是一個重要的消息來源，但是以現今狀況觀之，科學家與記者的互動似乎不足，加上專業的科學知識語彙，造成專家與記者間溝通不易。甚至有些記者的新聞稿是轉譯未經授權的國外期刊，未能親身採訪，這些都是有待改善之處。

媒介內容

　　由於科學知識的專業性，記者本身的科學涵養不夠，就很容易做出錯誤的報導，加上時間壓力、消息來源表達不恰當、編輯的了解不夠，這些都是錯誤報導的原因，這可以透過與科學工作者的溝通來克服。

　　另一種常見的報導是，過分重視科學工作者私事的人情趣味新聞，忽略掉新聞媒體身負的教育功能。報導科學新發現者／得獎者的家庭生活等與科學專業相差十萬八千里的趣事，把新聞重點模糊掉了。

　　美國哥倫比亞大學教授高斯丁說：「必須告訴讀者為什麼要讀這篇文章，有什麼重要性，會如何影響他的生活。」記者處理新聞時除了求證消息的正確性、處理成吸引讀者的報導外，更要以讀者為出發點，來做新聞報導。

　　國內學者李亦園提出建議：學界應將研究結果以更通俗、合理的方法傳播給大眾，然則一則報導不能只有科學從業人員的觀點，要從多方角度（政府、一般人民……）報導新聞，且要加入社會、人文學

科的關懷，擴大報導視野。

傳播通道

　　大眾媒介不外乎電視、報紙、雜誌、廣播，加上電腦網路（姑且不論它是否已被視作大眾媒體）都是民眾獲知科學新知的管道，這些媒體應以自身的特性，報導科學新聞。

閱聽人與效果

　　科學資訊的閱聽人可分為一般受眾以及具專業知識的科學家，其效果就是傳播的教育功能。

科學傳播知名學者

謝瀛春教授

　　謝瀛春博士畢業於政治大學新聞系，隨之繼續就讀政大新聞研究所。之後赴美留學，取得美國伊利諾大學（香檳校區）傳播研究所博士學位，謝教授可說是台灣少有的科學傳播研究學者。曾擔任科學月刊的編輯及總編輯，並曾任教於交通大學傳播科技研究所、東海大學政治系、政戰新聞、台大人類學系，現在專任政治大學傳播學院教授。她的專長在於科學傳播，尤其是注重科學知識的普及，並研究科學技術對人類的影響。在科學傳播的著作有：《台灣科學傳播概況之研究》、《台灣民眾傳播行為》，並翻譯《科學新聞傳播》一書。

　　除了上述的著作之外，謝教授陸陸續續發表許多關於科學傳播的文章及研究，近年來最重要的發表，該屬一九九七年受行政院經濟建

設委員會委託的資訊科技對人文社會的衝擊與影響的報告書，其中謝教授撰寫〈數位媒介對傳播科技的革命性挑戰〉、〈資訊時代的科學傳播〉兩篇。謝教授是國內少數的科學傳播研究學者。

除科學傳播，謝教授分別對新聞學（新聞編輯、採訪寫作、新聞倫理、雜誌編輯寫作）、大眾傳播理論方面有所鑽研。目前在政大新聞授課的課程有：特寫寫作、雜誌編輯、質的研究法、雜誌寫作、現代文選等課程。

在國內科學傳播的領域中，謝瀛春幾乎是唯一學者，即使其他人欲在這個領域繼續做研究，終究得引用謝瀛春的資料，在我們閱讀謝教授著作的過程中發現：所有的資訊重複性極大，或許我們該期待新觀點的出現，或是質疑科學傳播在台灣茁壯的可能性。

台灣傳播研究與其學者(三)

何來美

林建宏

范光描

壹、傳播法規

新聞專業人員應有基本法律知識

新聞記者以往被人稱之爲「無冕王」，其實這句話以目前的社會觀之，實在是貶多於褒，尤其是缺乏新聞專業素養與新聞道德者，若沒有新聞法規的約束，將造成新聞自由的濫用。因此身爲媒體工作者，建立基本的新聞法知識，既可保障新聞當事人權益，亦可避免自己吃上誹謗或侵犯隱私權等官司。

我國的新聞教育雖然亦有新聞法律、道德方面的課程，但早期大都在新聞課程中提及或編於新聞道德章節中，單獨開闢爲單一學科，則是近二十年的事。甚至連美國駐台的亞洲協會（The Asia Foundation）代表柯莉佛，在民國七十九年底的一場比較法學會主辦的餐會中還認爲，我國還缺乏一本專爲新聞工作者編寫的大眾傳播法手冊，因此政大教授翁秀琪、蔡明誠始著手編了本《大眾傳播法手冊》。

這本由政大新聞研究所編印發行的《大眾傳播法手冊》，當時網羅了國內多位新聞與法律學者，針對媒介接近使用權、隱私權、誹謗、智慧財產權、肖像權……等問題，作了重點扼要介紹，成爲新聞科系學生或是新聞從業人員一本實用的新聞法參考書。

這本大眾傳播法手冊，網羅了十一位學者、執業名律師的研究精

華,主題如下:

一、政大法律系教授蔡明誠:我國法律制度與大眾傳播法法源。

二、台大法律系教授林子儀:新聞自由與事前限制。

三、政大新聞研究所教授羅文輝:隱私權。

四、政大新聞系教授漆敬堯:誹謗。

五、政大法律系教授劉宗德:資訊公開。

六、政大法律系教授段重民:新聞自由與公平審判。

七、政大法律系教授法治斌:猥褻新聞自由。

八、執業律師蕭雄琳:著作權。

九、政大新聞系教授陳世敏:新聞自由與接近使用媒介權。

十、尤英夫律師:新聞與出版。

十一、政大新聞研究所教授翁秀琪:工作權與新聞記者之自主性。

新聞、傳播科系分開設大眾傳播法課程

除了大眾傳播法手冊,已被不少新聞從業人員視為主要的新聞法律參考書籍外,近年來我國大眾傳播教育蓬勃發展,也紛紛開設「大眾傳播法」或「大眾傳播與法律」的課程,以灌輸傳播、新聞科系學生基本的法律常識。

除了以上研究新聞、法律的學者,近年來積極從事有關新聞法的專題研究,並常有論述發表者外,還有擁有美國華盛頓大學法學博士的世新大學學務長吳永乾,學者張宗棟、呂光(已逝)、名律師李永然、李念祖等人,他們也在政大、世新、銘傳大學及文化大學新聞研

究所開設有關新聞法專題研究的課程，也提升了新聞、傳播系所學生
的新聞素養。

我國有線電視法於民國八十二年七月，在美國三○一條款的威逼
下完成立法手續，台灣也正式進入有線電視時代，當時的政大廣電系
系主任劉幼琍也針對有線電視合法後的經管理與公共頻道服務等問
題，寫了本《有線電視經營管理與頻道規畫策略》的著作，也是國內
研究有線電視法的處女作。

我國大眾傳播法的內涵

一、大眾傳播法的法源

我國有關大眾傳播法的法源，除了憲法、法律外，還有行政處
分、命令，其中法律部分，包括民法、刑法、著作權法、電影法、廣
播電視法、公平交易法、勞動基準法、少年事件處理法，以及民國八
十二年七月才制定的有線電視法，都算是大眾傳播法的法源。

二、新聞自由的意義與內容

我國憲法第十一條規定：「人民有言論、講學、著作及出版自
由。」美國憲法第一修正案也保障：「國會不得制定任何法律，限制
言論或新聞自由。」都是在保障人民的自由。

憲法為何要保障新聞自由，不少學者更引用美國最高法院大法官
Stewart所提出之第四權理論，作為新聞自由的理論基礎。

第四權理論立論基礎，國家組織愈來愈龐大，行政權愈膨脹。第
四權理論要監督別人（工具性權利），限制多，要自律，不能逾越法
律權限。

三、誹謗與隱私權

隱私權是指隱密私有的權利，有人稱爲寧居權，即個人生活不受干擾之意，是人格權的一種。

我國刑法第三〇一條第三項規定，對於所誹謗之事，能證明其爲眞實者不罰；但涉及私德而與公共利益無關者不在此限。其中所謂「涉及私德而公共利益無關者」，即是指個人的隱私權而言。

四、知的權利與資訊公開

我國隨著報禁的開放、有線電視的合法化，社會大眾的媒介接近使用權已大幅增加，但是因我國還未完成資訊自由法，無法像美、日等先進國家將政府應公開的檔案公開，仍是美中不足，目前仍在努力中。

五、避免內部新聞自由干涉

我國自民國七十七年初報禁開放，民國八十二年七月有線電視法合法化後，我國的媒體經營進入戰國時代，相對地新聞從業人員工作權的保障，也開始引起重視，其中最明顯的是所謂的「新聞室公約」（即企業內部意識型態的新聞干涉問題），因此不少學者提出所有權與經營權分開的主張，即媒體負責人出資，媒體的經營要由學有專精的媒體工作者經營。

六、現代隱私權與古典隱私權

古典或傳統隱私權觀念，雖無個人靜態資料之保護，但偏重在個人身體動態之保護，如侵犯私人住宅。現代隱私權則較偏重個人資訊隱私權的保護。

若進一步分析，古典學派的隱私權是比較消極的權利，有侵犯時

才採取行動，不然就是有侵害之虞者，可請求排除之。現代的資訊隱私權則是積極的請求權，從資料蒐集開始到傳遞、應用、比對、正確性為止，都可以介入。

七、新聞自由與新聞審判

世界各國都禁止新聞媒體對於未決案件擅自發表足以影響審判之意見，否則即處予不同之處罰，在我國是以行政罰，但是在英、美、法系的國家及大陸法系的少數國家，如法國，卻屬於藐視法庭（contempt of court）罪。

實際上，藐視法庭制度之所以存在，其最主要意義，乃是因法律的實施被干擾，而「法律的基本最高性受到挑戰」。

我國採密行主義，自不宜將偵查階段的調查犯罪嫌疑人及蒐集證據之情形予以公開。

未來我國新聞法研究的方向

隨著傳播科技的快速發展，網際網路將是下個世紀最主要的傳播媒介，因為網際網路是無國界，也是虛擬實境的，不但利用網路犯罪的行為已愈來愈嚴重，人的隱私權也愈來愈受到侵犯，因此現代隱私權的觀念，是目前探討隱私權保護的主流。

受媒介所有權愈來愈集中的影響，不但媒體壟斷情況愈來愈嚴重，媒體工作者的工作保障也愈來愈受到挑戰，最近台灣就連續發生多家報社員工權益受損事件，如自立早報、台灣時報員工都面臨此問題。因此未來的大眾傳播法研究，有關「媒介經營權與所有權分開」以及媒體工作者工作權問題，也會愈來愈重視。

　　另外，先進國家如美國、日本早就制定資訊自由法，讓民眾知的權利，由消極的取得到政府應主動積極的提供，以滿足百姓知的權利。以美國來說，因有「資訊自由法案」，使得美國人民的接近使用媒介權更加有保障，反觀我國資訊自由法迄今仍為定案，不僅民眾接近政府資訊的權利缺乏保障，甚至連記者採訪官方新聞都會碰到困擾。

　　因此，為讓社會大眾容易取得政府資訊，進而有權透過媒介發表對公共事務的看法，政府加快步伐制定資訊自由法是有必要的。

貳、媒介批評

媒介批評的概述

　　媒介批評一辭簡單的定義就是「批評大眾傳播媒介」。而為什麼人們會要批評大眾傳播媒介呢？套用麥克魯漢（M.McLuhan）引用「國王的新衣」之一例解釋，即是要找出真實，指陳不合理之處，讓真理、正義等種種價值得以實現。而黃新生教授也指出大眾媒介乃是媒介工作者在組織目標和利益指導下，經過集體創作制式的產品，且也是針對大眾市場所製造的文化貨品，具有組織化與商品化的特性，所以必也具有特定的價值與意識型態。我們不可照單全收，有用的擇而用之，然對人們有害的部分，我們則不可全盤接收。

　　而媒介批評有三個重要的取向（orientation），即是評判（evaluation）、批判（critique）和詮釋（interpretation）三個取向。評

判乃是基於大眾傳播媒界是社會成員主動的創作，固不具有中立客觀的特性，故評判之意在於用人性的觀點審視大眾傳播媒介，指陳大眾傳播媒介所創造的價值與人們生活的關係，為人們指導與解釋生活的意義。而批判的取向乃是立基於馬克思主義（Marxism）的傳統，它是一種對於資本主義的反動。當代資本主義的發展，其思考的邏輯產生向社會各面向擴散的效果，就連大眾傳播媒介皆不能倖免。由資本主義的開展，個人與生產活動、產品、工作同僚和其本生人類的潛能產生異化（alienation），也使個人產生物化（reification）的錯誤意識（false-consciousness）。而大眾傳播媒介亦然，媒介個別工作者在大眾傳播媒介的科層組織下異化，而所製作的大眾傳播媒介的產品並不符合消費者的真實需求，反之，媒介消費者成為文化工業（cultural industry）下毫無反抗能力的祭品。基於此種人道主義的觀點，媒介批評的取向不可或缺，它可以喚起閱聽人的真意識，使閱聽人具有獨立思考、否定的觀點、意識的啟蒙的能力來審視媒介的內容，使媒介為人們服務、為人類所用，而非個人為媒介所控制。最後的詮釋與取向的功用乃在於培養閱聽人由被動的意義解讀者轉化為積極的意義生產者。透過閱聽人積極的詮釋參與，閱聽人不再消極受控制，而是積極且主動與文本製造者爭奪詮釋權。透過此一意義再生產的過程，閱聽人更具有主體的能動性。而此三種取向需落實在理論與方法上，方能達到媒介批評的效果。

至於媒介批評的類別的演變可分三個時期，一九三〇至一九五〇年盛行的哲學批評乃是知識份子根據一己之見對於媒體下價值判斷，卻甚少針對媒體作內容分析，固容易流於空調與爭論。此時期又分三

大派別，即保守菁英派、邀進派和自由多元派。而一九五〇年興起的
報紙批評則偏向批評電視節目，作爲閱聽人消費電視的指南，但是報
紙限於截稿壓力和記者良莠不齊，往往會有深度不足的現象。此外，
報紙有時候在評論時被利用也不自知，守門人的角色非但未擔任好，
反而變成電視節目的廣告代言人。而至一九七〇年代才興起學術批
評，由於對於大眾傳播媒體，尤其是電視進行了文本的分析（text
analysis）和內容情境化的分析（contextual analysis）兩種途徑的研
究，且援用結構主義、馬克思主義、美學、心理學、社會人類學、社
會語言……等種種思潮和學術典範，致使媒介批評與人類文化環境能
緊緊扣合，不致淪爲口號且蘊藏豐沛的內涵。

國內媒介批評的發展

　　國內早年的傳播研究並未涉及媒介批評和批判理論此部分，但是
西方的思潮於一九七〇年開始重視到媒介批評與批判理論，而媒介批
評與傳播批判研究並不特定屬於何種派別，它是由許多不同流派的學
術匯流而成的。而七〇年代對於美國能興起媒介批評是有其社會脈絡
的。由於電視科技的發展與普及和六〇年代普遍盛行社會運動，而媒
體在社會抗爭中無法保持價值中立的原則，逐漸讓學者們深切反省到
實證主義即行爲主義的效果研究是畫地自限的，且歐陸正值承襲馬克
思主義傳統的衝突理論盛行，所以固然有學者拓展實證主義的領域，
展開中度效果的研究，但是也有部分學者把整個典範轉移，捨實證的
立場而就批判的取向，以較左派的理論探討大眾傳播媒介與社會和個
人的關係。

在解嚴後和報禁開放後，人民言論自由、學術發展也自由，外加許多學者從國外回來帶進了媒介批評和批判理論的思潮，使得我國傳播學術圈在媒介批此一領域上日益蓬勃。如民國七十二年成立的輔仁大學大眾傳播研究所其宗旨之一，就是著重批判、思辯與研究能力的培養，以及社會人文素養的養成。故其學術專精媒介批評。而國民國七十一年至八十二年內各學院新聞傳播所的博碩士論文在批判傳播研究方面也由一篇增至七篇。此外各大學也紛紛開授媒介批評這門課，如輔大的李天鐸教授、林靜伶教授；世新的黃新生教授、鍾起惠教授；政大的羅文輝教授、馮建三教授和林芳玫教授；台大張錦華教授……等。由此觀之，媒介批評已成為國內一門日漸興盛的顯學。

媒介批評知名學者

一、張錦華教授

民國四十四年生於台南，畢業於台大外文系，而後由政大新研所碩士班畢業後赴美攻讀艾荷華大學大眾傳播學博士。學成歸國後經歷內政部發言人室公關秘書、淡江大學大傳系副教授、政治大學新聞所兼任副教授，現在任教於台灣大學新聞研究所和政治大學廣播電視學系。張錦華教授就讀博士班時接受布魯勒（Jay Blumler）的啟蒙，開使致力於傳播批判的研究，對於歐陸思潮涉獵甚廣舉凡女性主義、傅柯（M.Foucault）的後結構主義、文化研究和符號學分析皆樣樣精通，可算是傳播學術圈對於傳播歐陸質化研究的批判理論方面的權威。其著術有《傳播批判理論》；媒介文化、意識形態與女性──理論與實例《傳播理論與符號學媒體、權力與女人》。

二、林芳玫教授

台灣大學外文系畢業，再取得美國賓夕法尼亞大學社會學博士。林芳玫教授專門的領域在於社會學、媒體與大眾文化和女性研究。其專精於用女性主義的觀點來作媒介批評，我們可以從她的著述脈絡略窺一二。林芳玫教授的著作有《女性與媒體再現：女性主義與社會建構論的觀點》與其他學者合著的《女性主義理論與流派》等二書。她是一位女權主義的捍衛者，於廢公娼學術研討中，林芳玫教授也表現活躍。

三、鍾起惠教授

鍾起惠教授畢業於政治大學新聞研究所博士班，現在擔任新聞系的講師。其研究專長是電視與觀眾、閱聽眾研究、社會學科研究方法、行銷管理規畫研擬、消費行為研究、廣告效果研究、媒體的計畫、民意研究等。而其媒介批評以新傳播科技和電視為對象居多，且對於批判傳播理論也有很深的研究。其著述有與彭芸教授合著的有線電視與觀眾，和多頻道環境觀眾收視行為之研究等。

四、黃新生教授

在政戰學校新聞研究所歷任所長中，除資深一輩的林大椿教授外，其餘新生代如黃新生、吳奇為、劉建鷗等皆曾深受過近西方新聞傳播的教育與薰陶，在傳播學術研究領域中各領風騷，各有一片天，而又以黃新生為代表。

黃新生教授畢業於政戰學校民國五十八年政治系，先後修得美國東北密蘇里州立大學社會科學碩士、美國西北大學傳播電視學院，於民國八十六年取得博士學位返國，八十七年十月一日正式接任政戰新

研所所長職，並在文大、銘傳等校任教。「博士軍官」的頭銜，對他而言，可說是另一項更重要責任的延伸。

黃新生也曾任華視新聞部經理、華視文化基金會執行長、華視主任祕書等職。他曾任華視公共電視「國際瞭望」製作人。他期望能將分析電視新聞的理論和方法，如文化研究方法、美學研究方法等介紹給國人。接任政戰新研所所長後，依著政戰的教育特性，提出新研所日後方針，希望能朝向「國家發展與傳播」的領域，與學校教育結合起來。黃新生認為，閱聽人除了善用電視媒介、審慎判斷資訊的來源外，閱聽人角色已從過去的「被動」變為「主動」，在此「互動」的傳播時代裡，每一位媒體使用者都應該勇敢地說出自己的意見，不要放棄自己的權利，他在各校教學以教授廣電與大眾文化、節目作業研究、廣電新聞學電視新聞製作為主，其著述以電視媒介相關領域為主，對於政治問題也頗有研究，指導之論文也以電視媒介、媒介批評有關。

媒介批評的展望

由於學術不斷匯流，使得科際之間的分際愈來愈模糊，故媒介批評需以主題和傳播內容為導向而非以領域來劃分。況且傳播研究乃是向別科借光借火而成為一理論知識，所以致力於媒介批評或批判傳播研究需借別人之力於己之力，方能精益求精。二是媒介批評需活用理論而予以實踐，此乃是批判之中心精神所在。三是應用媒介批評或是批判傳播研究於本土需予以「情境化」（contentualization），也就是批評者或研究者需有台灣社會歷史的脈絡史觀，如此才能達到西學為用

的效果，不致淪入外國的理論與本土的歷史產生嚴重斷裂的情況之中。

參、新聞道德歷久彌新

一、李瞻教授

眾所皆知，法律如果說是給一個行爲人外在的規範，使個人遵守而不敢逾矩的話，那麼說道德是用人的良心給予一個人內在的制約，一點也不爲過。法律已經是最低限度的要求，無可退讓；但是道德卻能讓個人免於受法律之懲處，且讓人擁有絕對的尊嚴。同理我們可以得知，新聞也是一樣。新聞法律可以說是限制新聞自由過於濫用的利器，但是新聞自由唯有仰賴新聞道德才能免於法律的干預而獲得眞正的自由。

傳播學者李瞻教授推行台灣新聞道德不遺餘力，他認爲新聞事業欲享有新聞自由，受人尊重與擔負社會責任，都需新聞倫理、新聞道德來扶持。李瞻教授就讀於政大政治系和政大新研所第一屆，爾後又到過美國南伊利諾大學、哥倫比亞大學、史丹佛大學作研究，其經歷包括政大講師、副教授，現任政大新聞系教授，且是中國電視學會理事、行政院文建會委員、新聞評議會顧問、中華民國大眾傳播教育協會常務監事等。

李瞻教授於民國五十八年完成《各國報業自律比較研究》專書，主要介紹社會責任論的概念和各國新評會的演進、新聞道德規範的內

容和其判例以及我國新聞評議會的發展。民國六十一年接受台北市新聞評議會的委託，起草包括「中華民國報業道德範」和「中華民國電視道德規範」，並請閻沁恆先生起草「中華民國廣播道德規範」。此外，李瞻教授又和閻沁恆先生共同撰寫《中華民國報業、電視與廣播道德規範》專書，以說明每項條文的理由及其依據。民國六十三年六月二十九日經台北市新評會通過，而同年九月一日也由中華民國新評會通過實行。民國七十一年十月，三民書局增定《各國報業自律比較研究》易名爲《新聞道德》。

二、馬驥伸教授

馬驥伸教授是國立台灣師範大學教育學系畢業，爾後就讀政大新研所碩士班。其經歷爲教育電視台新聞組長、農工日報採訪主任、中央通訊社編輯部主任、師範大學社會教育系新聞組副教授、聯合報顧問和讀者文摘顧問，中國文化大學新聞暨傳播學院院長與中華民國大眾傳播教育協會理事長等。

馬驥伸教授乃是繼李瞻之後努力推行新聞道德教育最具代表性的人物，馬教授著有《新聞倫理》一書更具有時代的意義。

肆、傳播與社會變遷

由於大眾傳播媒介深入社會各層面，這個領域也就變成了許多學科同感興趣的研究範圍。各學科甚至不同的學者，關心這個領域的出發點有別，因此對於大眾傳播與社會變遷的觀點也往往因人而異。如

果說大眾傳播與社會變遷是大眾傳播學的主要話題，似乎並不過分。
大眾傳播媒介的發展、普及，時間上恰逢第二次世界大戰後世界政
治、經濟、教育大變動時代，大眾傳播與種種的社會變遷現象有什麼
關係，正是許多學者熱中談論的話題。

　　社會變遷是指社會互動與社會關係所構成的社會結構有了改變，
或是地位、角色改變。這些變遷可能發生在個人的生活中，也可能發
生在團體、社會、或全人類生活裡；它可能是行為方面的改變，以可
能是文化和價值體系方面的改變。晚近社會學家把社會變遷視為社會
學的中心話題，而大眾傳播研究也從一開始就和社會變遷結下了不解
之緣。從拉斯威爾早年的宣傳分析開始，到民意、廣告、競選活動、
青少年暴力行為等許多的效果研究，廣義來說，都是研究大眾傳播與
社會變遷的關係。五十多年來的大眾傳播研究，有關媒介如何影響社
會變遷，一直是這個領域的研究主流。

　　對於大眾傳播與社會變遷的觀點，可大致分為三個大架構。第一
個架構的研究者在概念上把大眾傳播媒介視為塑造者或變遷代理者。
傳播媒介能夠隨意把個人或社會塑造成任何形狀，或者拉住不讓它
變。第二個架構把大眾媒介視為反映社會的一面鏡子，分析對象主要
是媒介內容，研究方法以內容分析和歷史分析為主，媒介的作用是間
接、隱晦、長期的。第三個架構的研究特別注重資訊的流通與分配是
否為社會結構而顯現差異的問題，分析的對象是社會階層。

一、陳世敏：媒介的商業化是偶然而非必然

　　政大新聞系畢業、美國明尼蘇達大學新聞傳播博士的陳世敏，並
不強調現代化或媒介如何促成國家發展的的正功能，在他的文章中往

往可以見到他對媒介發展的憂慮。譬如他關切大眾文化所帶來的負面影響、社會結構所帶來更大的知識差距、傳播媒介在成長及分配上的不平均，他也注意媒介使用上的公平性，因此在公益媒體上也有不少著墨。對於他而言，大眾傳播與社會變遷的關係，一方面要看社會對大眾媒介有什麼期望，一方面要看社會本身的結構而定。他認為優先致力於社會理論的研究會比一直在傳播理論中鑽營來得重要。

陳世敏認為，傳播媒體的商業化是偶然而非必然。商業化的傳播教育，充斥著似是而非的說法。陳世敏指出，在基本的傳播技術層面上，大學教育時期僅需一些基本的概念，否則大學教育便會失去學術研究的目的，成為傳播工作機構的「員工訓練所」。所以他認為傳播人才基礎訓練，要由「廣博」著手，因傳播正是人與人之間的交流，而人與人間的互動就是廣泛的文化現象。

陳世敏鼓勵同學以「企管系」為輔系，建立「以企業管理精神來經營大眾傳播事業機構」的新觀念。對大眾傳播教育的看法，他主張學傳播或新聞的人，必須關心「人」與「社會」，來作為表達傳播意念時的基本概念。他指出，現今社會是一個機動性的時代，人們在完成某一階段的教育之後，參與了某一行業，仍應繼續吸取專業知識，否則便會停滯不前。而目前一般新聞從業人員對「在職訓練」沒有普遍性的概念，這絕對有礙我國新聞事業的發展。

二、王洪鈞教授

以倡導培養涵泳中國文化的現代新聞人才，以崇高的使命感來配合國家發展，以悲天憫人的精神服務社會。

王洪鈞形容自己是「有點反骨的人」，爾後觀其言、察其行，其

實他的言論早就具「批判性格」。論及大眾傳播事業，他認為大眾傳播在一些自由國家的發展發生了偏差，尤其是電視，由於過分取悅觀眾，而偏向直接而刺激的通俗娛樂，降低大眾文化的水準。所以他認為電子傳播媒介，尤其是電視，應該屬於發揚文化、齊一心志、變化氣質和影響風氣極有效的媒介。不應被廣告商牽著鼻子走。在氣氛還算保守的年代，王洪鈞就已經提倡電視制度應該公、民營並存的進步思考，他同時批判當時的報紙雜誌在自我封閉，不能充分負起瞭望者的任務。

陸、第二代媒介

鍾蔚文教授

「傳播革命」、「資訊社會」成為時髦的名詞不過是很短的事，新興的傳播科技快速成長，錄影機、有線電視、電傳視訊與直播衛星的重要性與日遽增，隱隱然已經成為報紙、廣播與電視之後的第二代媒介。由於第二代媒介無論在功能與傳輸資訊的速度與數量方面均與第一代媒介不同，所牽涉的層面也廣，以至於原先與社會學、心理學關係較為密切的傳播研究，突然間又多出了經濟學、公共行政、法學、甚至電子與電信科學這些「親戚」，成為一個徹頭徹尾的跨科際的研究領域。

對在台灣受教育的人，要應付科際整合的挑戰不是一件容易的事。但我們已經不可能將自己封閉在一個小小的知識空間裡。有關

「傳播革命」、「資訊社會」的討論相當多，涉及法規、經濟與社會影響，甚至於我們是否應該純粹由科技的角度來檢視「傳播革命」這些重要議題。

　　在鍾蔚文與汪琪的著作中，我們看到第二代媒介學者所關懷的重點，諸如：傳播工具的革命、高畫質電視、數位電視、通信衛星、電傳視訊、廣播視訊、錄影機與影碟的發展、線纜、整合數位服務網路等。學者關切的焦點鎖定在觀察這些發展究竟會帶給我們什麼樣的後果，而這是一個嚴肅卻又還沒有人能回答的問題。

台灣傳播研究與其學者（四）

李沛倫

鍾瑞蘋

蔣邦彥

壹、前言

根據學者研究的資料顯示，自一九六一年至一九九五年間台灣的傳播學研究明顯的有四成是屬於大眾傳播以及閱聽人分析，可見大眾傳播相關領域的研究成果是本土研究的一大重心，而媒介實務以及傳播政策與法規研究，則是另外一個受重視的研究類型（見表一）。須文蔚、陳世敏（一九九六）觀察了國內整個傳播界的研究發展，歸納整理出六大特色：

一、大眾傳播研究是傳播研究學門最受重視的領域，如果合計大眾傳播、閱聽人研究、政治傳播、傳播與國家發展、媒介實務、傳播政策等類目的作品，則研究總和佔總數的七成一。

二、法規與政策、新傳播科技與傳播教育的研究，是三個近年來漸受到研究者重視的類目。法規與政策、新傳播科技這兩個類型的研究，都從過去僅佔五‧二％的狀況，進步到近年來持續維持在一成的研究比例。而教育傳播緩步增加專題研究的成果，在一九九三年至一九九五年這段期間的研究成果佔總比例的一成二。

三、傳播與國家發展的研究成果，逐年遞減，從一九六五年至一九八五年的一二‧○％，驟降到一九八六年至一九九二年的三‧九％，及至一九九三年至一九九五年僅佔二‧二％。

四、以媒介實務為主題的研究，除了一九八六年至一九九二年間較受重視，在前後兩段時期的分析，研究成果均未超過總比例的九％。

　　五、文化間及國際傳播、組織傳播、外國傳播、說服傳播等領域乏人問津，研究成果均在二·〇％以下，人際傳播、宗教傳播、健康傳播等類型不到總數的一％，語藝學的相關研究則完全未出現。

　　六、基礎研究如傳播研究方法，研究成果一直未超過總數的一·五％。媒介哲學一直掛零，對於整個傳播領域的健全發展而言，目前呈現的研究成果分布，不免令人擔憂。

表一　台灣傳播學者專題研究之研究焦點

研究焦點	1961～1985	1986～1992	1993～1995	1991～1995
大眾傳播	32（23.9%）	18（23.1%）	16（17.8%）	66（21.9%）
閱聽人分析	27（20.1%）	15（19.2%）	14（15.6%）	56（18.5%）
媒介實務	5（3.7%）	16（20.5%）	8（8.9%）	29（9.6%）
法規與政策	7（5.2%）	7（9.0%）	10（11.1%）	24（7.9%）
新媒介	7（5.2%）	7（9.0%）	8（8.9%）	22（7.3%）
政治傳播	13（9.7%）	3（3.9%）	5（5.6%）	21（7.0%）
國家發展	16（12.0%）	3（3.9%）	2（2.2%）	21（7.0%）
教育傳播	2（1.5%）	3（3.9%）	11（12.2%）	16（5.3%）
傳播史	6（4.4%）	1（1.2%）	5（5.6%）	12（4.0%）
文化間及國際傳播	3（2.2%）	2（2.6%）	2（2.2%）	7（2.3%）
組織傳播	1（0.8%）	2（2.6%）	3（3.3%）	6（2.0%）
外國傳播	5（3.7%）	0（0.0%）	0（0.0%）	5（1.7%）
研究方法	3（2.2%）	0（0.0%）	1（1.1%）	4（1.3%）
說服傳播	2（1.5%）	1（1.2%）	1（1.1%）	4（1.3%）
傳播理論	---（---%）	---（---%）	3（3.3%）	3（0.9%）
人際傳播	3（2.2%）	0（0.0%）	0（0.0%）	3（0.9%）
宗教傳播	1（0.8%）	0（0.0%）	1（1.1%）	2（0.7%）
健康傳播	1（0.8%）	0（0.0%）	0（0.0%）	1（0.3%）
傳播哲學	0（0.0%）	0（0.0%）	0（0.0%）	0（0.0%）
總計	134（99.9%）＊	78（100.1%）＊	90（100.0%）	302（99.9%）

＊四捨五入誤差

資料來源：須文蔚、陳世敏（1996）

貳、傳播政策

意義

　　早期大眾媒介是國家宣傳的工具，社會是藉傳播活動形成，同時藉著傳播活動而組織，所以社會需要傳播來聚合人群，並修正、了解社會成員的需求，所以傳播在社會過程中成了社會的主角，人們藉傳播建立社會制度，所以大眾傳播媒介是現代社會不可缺少的一個組件，有了健全的社會，國內的傳播政策研究從早期研究，整個國家才能因此受惠。

　　大眾媒介既然可以成為社會的凝聚力，做為一種公共論壇，所以大眾媒介可以形成改變社會的力量，成為國家動員民氣、民力的工具，所以早期大眾媒介做為國家宣傳的工具。

　　國家建設是國家現代的歷程，現代化的結果使國家不斷發展，這種發展有兩種意義，從經濟的觀點來看就是「物質」資源與「人力」資源的開發，也是心理和物質的建設。

　　大眾傳播協助國家發展的功能有五：

　　一、形成一種發展風氣：透過新聞報導擴大人們的視野。

　　二、奠定現代人格基礎：人們根據不同的媒介內容建立自己的價值觀。

　　三、傳授發展所需知識：大眾媒介以社會大學自居，提供國家建

設新知識、新方法，協助不同的人擔任國家建設中不同的角色。

四、協助建設計畫擬定：國家建設必須以民眾利益爲前提，大眾媒介在此基礎下，提供人們與政府對話的機會，調和不同的社會意見。

五、監督建設工作進行：利用大眾媒介的回饋系統，作政府與人民之間的橋樑，並成爲公正的監督者，以利國家計畫的隨時修正。

大眾媒介與國家建設的關係爲：

一、大眾社會：大眾媒介的經營政策及編採政策必須有健全的價值觀，新聞媒介不能完全依讀者興趣及營業政策來寫，必須站在社會利益、國家觀點來塑造閱聽人的新價值典型。

二、大眾文化：經濟發展鼓勵大量消費和生產，大量生產新聞媒介的結果，使得新聞品質降低，因此大眾媒介應主動教育消費者，或讓媒介成爲讀者討論、發表對於國家建設看法的通道。

三、大眾娛樂：電視對兒童及青年的影響很大，因此必須引導大眾媒介於正途，才不致影響人格發展。

大眾媒介與國家發展的關係爲：

一、影響媒介的力量有：「大眾社會」、「民主潮流」和「傳播力量」。

二、媒介功能有：新聞、意見、知識、廣告、娛樂。

三、大眾媒介可以有助國家發展：因爲媒介是國家、經濟、政治、文化下的產物。

國內研究狀況

國內研究傳播政策的學者有潘家慶、蒯光武、張崇仁等。民國七

十六年解嚴之前，研究國家政策與傳播發展的研究大多是把媒介當作是幫助人民與政府溝通的工具，早期研究政治與國家政策的關係，也就是「民主」和「極權」制度，所以從國家發展的途徑與目的來看，民主式的政治發展才能讓一國的民力在開放的方式下各盡其才。

國家發展的關鍵繫於全國人民的知識、態度與價值觀，傳播媒介協助發展的主要任務事先協助人的改變，要協助國家發展，傳播內容的傳播媒介經營方針是否能以公益為先，傳播媒介工作人員是否能先聽閱聽大眾而現代化。所以傳播與國家發展是一種互惠的工作。

因應傳播自由化、國際化的結果，開放外資比例進入台灣媒體行業，所會影響到法規便是：

一、廣播電視法。

二、無線廣播電視法草案。

三、廣播電視法草案。

四、衛星廣播電視法草案。

由於電波是稀有公共財並具有排他性，所以傳播是特許事業，為使充分發揮功效，於是各國便設有管理機構，此相關領域的研究甚多，包括公共電視的存在問題也有許多人在研究，這些都是關於國家政策的研究內容及方向。

早期研究國家政策的方向是研究各國如已開發國家、極權國家、民主國家等國家的傳播政策，以瞭解傳播事業在工業化發展下，經濟及政經力量帶來的衝擊。國家傳播制度的組件：報業、出版業、電影、廣播、電子資訊及電子傳播業，都需以經濟、文化角度檢視，無論在那個國家，政府影響傳播事業時均扮演不同角色，如直接以政策

干預、間接的控制管理、或像美國一樣建立一相對不干預的政策。因此如果想做分析，政府、自治傳播企業與私人傳播企業間的關係，就是傳播系統中一個重要的研究模式，在民國七十五年的《新聞學研究》三十七集中便有許多重要篇幅研究各國傳播的政策制度。

　　我國的新聞傳播跟國家政策相關最密的組織是「新聞局」，國內也有許多與國家政策相關的研究，研究的範圍也很廣，例如：研究大眾媒介與國家社會的關係、研究國家認同與民族認同關係下的政策擬定、研究國家政策上的法規制訂、研究經濟結構與國家關係，並針對媒介的擁有權、經營權和傳播事業結構方面開始，然後移向內容、效果和受眾的研究，以展現資本社會的傳播本質，之後研究第三世界的媒介帝國主義，已開發國家和第三世界的殖民經濟主義的相關問題，也在相關的研究範圍內。

　　由以上觀之，國內的廣播電視政策，應是和英、美、法、德等先進國家同時起步，但是由於因應管理和發展上一直缺少一個全面性的考量，例如：公共電視的設立在國家傳播政策上也是極重要的一項過程，因此如何法規化並建立常設監督機構，便是國家廣播政策重要的考量。尤其到了後期，傳播科技快速進步，電腦成為新興的傳播寵兒之後，國家傳播法規跟不上科技發展的情形便更為嚴重，而國家在促進資訊的自由化、電子化的同時，未來希望成立「亞太媒體中心」的夢想，都將一一被檢視，NII資訊高速公路政策的擬定將台灣帶入一個新紀元，使得台灣的傳播科技發展不落人後，佔有一席之地。

參、傳播商業

媒體經營策略

　　新傳播科技的影響，使得國際社會邁向全球化、資訊化，國際市場開放，商業利益掛率，傳播、電訊、資訊三者結合，成為新興的「資訊傳播業」。一九八八年由於報禁解除，媒體自由化的結果，楊志弘開始研究廣播電台、有線電視、兩岸新聞交流、整合傳播、中國大陸廣電市場、華語電視、大中華傳播圈、大中華電視市場、電訊傳播市場、亞太媒體中心的研究。這些研究都是從商業經營的角度出發，去看各個不同領域的媒體市場，首先從國際媒體市場來看，一九八〇年代以來，國際媒體市場開始出現四個主要發展趨勢：

　　一、解除管制：各國政策放寬媒體經營條件，以增加國際競爭力。

　　二、全球化：透過購併和合作引進新傳播科技技術，使產品和傳輸國際化，例如：時代華納和透納廣的合併。以國內而言，例如：新力公司買下超視。

　　三、融合化：公司以垂直整合發展多元化事業，例如：TVBS及其週刊。

　　四、聚合化：不同產業的結合，例如微軟和NBC合作。國內的通訊業者和電腦產業結合，如力霸東森集團、和信緯來集團。

因此媒體成為「跨產品」、「跨產業」、「跨媒體」合作的時代。

台灣由於解嚴的結果，開放電波頻道，使得台灣執政黨不再由黨政專制唯一電波媒體使用者，不同黨派間的相互合作使得台灣資訊傳播業發展迅速。台灣政府也提出「亞太媒體中心」計畫。

組織傳播

組織傳播的面向：組織傳播勢將傳播放在組織情境中來探討，先從了解組織跟傳播的概念開始，之後再解析組織之人際、團體與總體傳播行為之現象，最後討論組織中重要的傳播問題、現象極可能的解決方法，從理論面關照到實務面，從社會文化學派觀點到功能學派觀點來看組織傳播，兼顧微觀、巨觀層面，從人際傳播、團體傳播、總體傳播三個角度出發。

組織傳播可視為依社會系統、系統外具多層環境，組織傳播這一

媒介效果和組織理論模式比較

	1900—1930	1931—1960	1961—1970	1970齡
媒介效果理論	強而有力	有限	中度	大
組織理論模式	理性／封閉	自然／封閉	合理／開放	自然／開放

行的演變分為三個時期：

一、準備期（一九〇〇至一九四〇年）

二、定型及整合期（一九四〇至一九七〇年）

三、成熟及創新期（一九七〇年之後迄今）

以下就組織傳播的多層環境介紹：

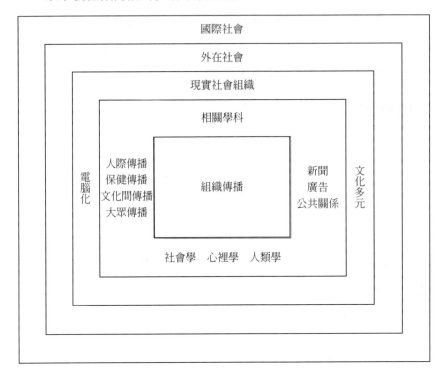

現代媒介經營呈現高度垂直、水平整合特性，並以機械科層形成組織架構，這種組織架構不利於市場運作，所以必須減少商業對新聞的不當干預。

台灣的組織傳播在一九八〇年代和一九九〇年代蓬勃發展，從傳播研究跟傳播教育的角度來看，不宜追隨歐美，應另闢蹊徑，以廣告及公共教育研究為基礎，著重組織的文化間傳播，並以儒道佛為本的研究。

行銷傳播

　　行銷傳播也就是將傳播的重心放在「產品推廣」（promotion）上，產品推廣是行銷學4P中不可或缺的要素，如果只有其中的產品（product）、價格（price）、通路（place）這三P的話，產品是不可能被消費者所知。因此，企業必須有一套健全的推廣策略，將產品的存在及其優點、特性、用途、用法等訊息傳達給消費大眾，因而「傳播」在企業行銷中佔有舉足輕重的地位。行銷傳播大約可分為「告知性的傳播」、「說服性的傳播」兩種，前者不一定要對消費者造成什麼影響，只是一種生活情報；後者便有某種「說服」的目的存在，希冀達成某種程度上的「效果」，以對閱聽人產生行為或態度上的影響，「廣告」、「產品促銷」、「公關活動」三者是最常被使用的手段，「整合行銷傳播」的概念便是由此而生。

　　因此將各種行銷組合以科學方式分析，使每一個行銷變數成為傳播變數，因此行銷傳播在現代企業及工商社會中所扮演的角色日趨重要，從行銷傳播的過程開始，以行為科學為基礎探索，試圖建立模式及理論體系，並提出行銷傳播的原則與策略，以及行銷傳播的效果測定方法，最後從社會責任的角度討論行銷傳播的管理及對社會的影響。

國內研究狀況

　　國內從事商業傳播研究的學者有楊志弘、梁定澎、羅文坤、鄭瑞城等。綜觀國內傳播商業方面的研究可以說是愈來愈昌盛，因為國內經濟快速發展使得關於行銷方面的研究愈來愈多，關照的層面也愈來

愈廣，不管是媒介組織、行銷傳播、商業經營等各項研究課題，都是因應國內的經濟快速發展在傳播研究領域上蓬勃發展，未來資訊化時代也使商業行為更複雜，整合行銷傳播結合媒體和公關及企業，更使得未來的傳播商業行為日趨複雜，相關研究也因應而生。

肆、政治傳播

意義

所謂的政治傳播，是政治與傳播兩個概念的結合，或是兩種理論的結合。傳播是一種訊息交換，是人與人的互動基礎，也是社會組織的根源，而政治是社區中人們的關係，政治活動是發展及使用組織化社會權力的努力，社會互動因此透過傳播成為集體的努力，透過使用組織化的社會全力追求共同的目標，政治就是在權力關係中不斷定義、重新定義人類互動的結果。

彭芸（一九八五）指出，政治與傳播的結合至少有四種不同的形式：一、政治的傳播理論，採取此理論的學者認為傳播並不一定是政治行為，但政治行為一定是傳播行為，因此政治行為系統是一傳播的系統；二、政治傳播的理論，採取此一角度的學者重點在研究政治與傳播交集的部分，但是如何交集，何者交集，則常眾說紛紜；三、傳播的政治理論，採此觀點的學者認為傳播只是現象的一種，政治包含的面向很廣，並非都能由傳播觀點來透視及研究，很多政治的概念與

傳播毫無關係，因此傳播不是萬靈丹，可以解決所有政治上的問題及說明所有政治現象；四、傳播與政治互為影響，此一觀點是傳播與政治為完全不同的領域，相互影響但是各自獨立，人們可以用傳播的角度來研究政治問題，也可以由其他角度來研究政治，同樣地，政治也影響了傳播的活動與過程，是一個彼此互動卻分別獨立運作的模式。

國外的學者最早在宣傳研究及選舉研究中發掘政治傳播領域，政治學者也就傳播現象與政治互動的理論加以探究，但是政治傳播為一個研究範疇則是七〇年代的事，研究政治傳播的途徑有許多種：環境途徑、功能途徑、組織途徑、語言途徑、符號途徑以及系統途徑。語言途徑與符號途徑對研究政治訊息的範疇是相同的，但是環境途徑強調情境因素，功能途徑重視政治傳播的結果，與效果的研究有異曲同工之妙。組織傳播是政治為一組織，因此可以採用組織理論來加以探討。系統學派則是涵蓋面最廣、解釋力最強的一個研究途徑，提供許多研究的架構與概念。

國內研究狀況

國內對於政治傳播學有專精且有系統整理的學者有祝基瀅博士，他認為人民對於政治傳播理論、策略和技巧的認識，可以提高民主層次，加速現代化的步伐，促進世界和平（祝基瀅，1983）。他在一九八三年出版了《政治傳播學》一書，本書中就最基本的政治傳播概念做了介紹，討論到了語言、符號與系統之間的關係，政治說服、民意、人際傳播、政治新聞傳播以及研究方法的課題，可以說是國內專書的先驅，也為國內政治傳播研究開了領域之門。

　　另一位研究政治傳播的學者為彭芸博士，於一九八六年出版了
《政治傳播：理論與實務》一書，除了將政治傳播的概念更為深入討
論介紹之外，一如書名所言，加入了政治傳播的實務研究，舉了八個
台灣地區政治傳播的實例（彭芸，1986）：競選活動中的人際傳播、
「政見」會的種種——兼談發表政治的學問、候選人的形象和政見、
從政治傳播觀點看七十二年選舉、政治廣告的藝術、從選舉看孩童的
政治社會化、從政治傳播觀點看七十四年台灣地方公職人員選舉以及
台北市選民的消息來源。

　　一九九二年，彭芸教授發表了《新聞媒介與政治》一書，本書巨
細靡遺的詳述與政治有關的傳播行為，並且加入了更多的本土研究，
尤其在最後討論美國大眾傳播與政治一章時，將新傳播科技的變項加
入，為傳播科技的發展與政治傳播的互動留下了一個見證。

　　隨著國內政治的解嚴，民主的開放，人民對於政治的參與感提
升，各種選舉結果背後的意涵，往往都是民意的賦與，台灣地區特有
的地緣關係與民族情節等等的變項，都讓政治傳播的研究盛行起來。
再加上愈來愈多的學者學成歸國，對於政治傳播的研究大力地投入，
使得這個領域的成果豐富了起來，相對的也分出了更多的細節，各自
成為一個獨立的研究領域。如民意調查，針對了民意調查的方法、民
意調查數字的意涵、選舉前後民意調查的結果以及媒體對民意的影
響，都是這個領域的研究。國內研究學者有金溥聰、王旭、徐美苓等。

　　政治廣告與競選策略則是另一個分出來的支別，民主政治離不開
選舉，也因此選舉研究也就成為另一個重點。與民意調查不同的是，
民意調查的範圍非僅限於選舉議題，而選舉研究著重於選舉活動的整

個過程，包含了競選策略、政治行銷、政治廣告、政治公關、口語傳播等等，當然民意調查也是其中的一部分。國內此一領域學者另有鄭自隆等。

國內政治傳播研究發表著作及研究專題，依照汪琪、臧國仁（一九九六）統計，自一九九三年至一九九五年共有十三篇著作，五個研究專題，佔研究領域比重的三·三％及一·六％，而傳播類博碩士論文中，則有十四篇，佔總統計的十二·三％（見表二及表三），百分比相當的高。原本偌大的政治傳播學領域，如今分的更細密後，促使更多的學者參與研究，使得政治傳播的領域愈發茁壯。

伍、國際傳播

意義

國際傳播可以定義為「跨越兩個以上國家之文化體系的訊息交流」，而訊息交流則指「透過個人、團體、政府或科技而轉移的資訊及數據」（Mowlana,1986）。國際傳播就是研究國與國之間、文化與文化之間的訊息交流。

根據Mowlana的看法，國際間的訊息交流至少可包括八個層面：

一、印刷媒介：如報章雜誌的交流。

二、廣播媒介：如電台、電視以及衛星直播電視的交流。

三、影音媒介：如電影、錄影帶、錄音帶的交流。

四、衛星通訊：如地球資源探索及電腦資訊的文流。

五、個人事務及商業往來：如郵件、電報、電話的交流。

六、個人進行的人際交流：如旅遊、移民等。

七、教育及文化交流：如會議及體育比賽。

八、外交及政治交流：如有關之政治協商及軍事會議。

假如我們定義國際傳播爲國際間的訊息交流，而「訊息」又廣義的界定爲「事、物與符號三者之間構成之固定關係」，則國際傳播的研究範圍就不應侷限於大眾傳播媒體以及有關新科技帶來的訊息交流，亦應包括人際交流以及其他各方面的訊息交流，對種種的國際傳播現象作出有系統的解釋。

國內研究狀況

由於國際傳播的研究領域涉及了國與國之間的交流、訊息的交換，以及新科技的應用，其中包括了國際宣傳、跨境資訊流通、國民的跨境交流、傳播科技的影響以及各國傳媒制度等。因此，早期國內的首本專著是由對傳播發展極有研究，任教於香港中文大學新聞傳播學系李少南教授於一九九四年所發表，書中詳盡的將國際傳播的定義、影響國際傳播的因素、跨國資訊交流以及現代傳播科技與國際傳播作了一番新的介紹，除了讓吾人能眞正了解國際傳播之意義外，更能了解新傳播科技在國際間交流的功能與發揮的作用，也算是引進了許多新的觀點。

在科技的日新月異之下，傳播科技的進步更帶來了國際傳播新的研究焦點的拓展，彭芸教授在一九九八年出版了《國際傳播新焦點—

—媒介全球化、區域化與本土化》一書，介紹了國際傳播研究的最新理論面向，探討全球化的問題在與媒體、文化間的關係，並介紹了跨國媒體的組織，以了解媒介全球化的狀況。由於我國正努力推動亞太媒體中心計畫，因此，國際傳播的研究新焦點對於我國今後在亞太地區媒體發展的情況有相當的幫助，尤其是科技的應用、系統與組織的整合，更是不可避免。在如此的狀況下，國際的研究也將領域擴大牽涉到傳播科技的發展與全球化、區域化、本土化的傳播政策息息相關。

國內國際傳播研究發表著作及研究專題，依照汪琪、臧國仁（一九九六）統計，包含了文化間傳播，自一九九三年至一九九五年共有十八篇著作、二個研究專題，佔研究領域比重的四·六％及○·六％，而傳播類博碩士論文中則有一篇，佔總統計的○·九％（見表二及表三），可見學者專家對於國際傳播的研究興趣遠較研究生濃厚。

陸、新聞學與傳播學

新聞學早在十九世紀就在學院中有正式的科系，在二十世紀之初，傳播研究和新聞學院之間並沒有密切的關係。到了三○、四○年代之間，才開始在新聞學院中設立傳播研究機構。到五○代，各大學才紛紛設立傳播研究的科系。

台灣在解嚴後，新媒體如雨後春筍般的紛紛成立，為了因應這股人才需求，國內各大學也紛紛成立了新聞或傳播系所（見表四），但

從整理中卻發現，新成立的系所中僅有輔仁將原有的新聞組正式改爲新聞系之外，其他學校成立的均是以「傳播」爲名的系所。

這是一個十分特殊的現象，總歸相關研究認爲，新聞學系是屬於較爲技藝取向的知識，而傳播學方爲研究取向的知識，依照Schramm在六○年代的見解，傳播研究是心理學、經濟學、人類學、法學、社會學、政治學等學門的一部分，而卻是新聞學的主要部分，就在同

表二　發表著作及研究專題主題分類（1993〜1995）

	發表著作		研究專題	
	數量	百分比	數量	百分比
傳播理論	24（3）	6.1	3	1.0
研究方法	3	0.7	1	0.3
政治傳播	13	3.3	5	1.6
傳播法規	14（6）	3.6	7	2.2
國家發展	6	1.5	2	0.6
外國傳播	3	0.7	0	0.0
組織傳播	5	1.3	3	1.0
傳播歷史	6	1.5	5	1.6
新媒介	6	1.5	8（4）	2.6
大眾傳播	43（1）	11.0	11（3）	3.5
教育傳播	31（2）	7.9	11（3）	3.5
宗教傳播	0	0.0	1	0.3
說服傳播	3	0.7	1	0.3
媒介實務	22（4）	5.6	8（4）	2.6
閱聽人分析	14（6）	3.6	14（2）	4.5
文化間及國際傳播	18（5）	4.6	2	0.6
健康傳播	0	0.0	0	0.0
傳播政策	6	1.5	3	1.0
人際傳播	5	1.3	0	0.0

括號中數字表示排名

資料來源：汪琪、臧國仁（1996）

表三　台灣地區傳播類博碩士論文研究主題分類（1993—1995）

	篇數	百分比
組織傳播	7	6.1
政治傳播	14	12.3
宗教傳播	0	0.0
傳播與發展	3	2.6
媒介實務	11	9.6
研究方法	1	0.9
新媒介	4	3.5
傳播政策	0	0.0
傳播歷史	1	0.9
外國傳播	5	4.4
教育傳播	0	0.0
說服傳播	0	0.0
大眾傳播	49	43.0
閱聽人分析	11	9.6
文化間及國際傳播	1	0.9
傳播哲學	5	4.4
傳播法規	2	1.7
人際傳播	0	0.0
總計	114	99.9

資料來源：汪琪、臧國仁（1996）

時，學者們卻也發現就業導向的新聞學與傳播研究者間之是有衝突
的。國外學者們曾費心地將基植於社會科學傳統之內的傳播研究和職
業教育需求的新聞學之間建立關聯，使大學中大多數的傳播研究和新
聞職業教育和平共存了一段時間，但是到了五○年代和六○年代初
期，專業新聞學和傳播研究之間的關係又開始緊張了起來，畢竟兩者
之間在學術的基礎目標上仍有著差異存在（林福岳，1997）。

表四　國內各大學新聞及傳播系所

系所名稱	系所	僅有系	僅有所
傳播			交大、世新
新聞	政大、文化、政戰	世新、銘傳	台大、師大
新聞傳播		輔大	
大眾傳播	淡江	文化、銘傳	輔大
廣電	政大、台藝院	銘傳	
電影		台藝院	
音像紀錄			南藝院
視聽傳播		世新	
影像傳播		輔大、朝陽	
廣告	政大	文化、輔大、銘傳	
公共傳播		世新	
工業關係		大葉	
口語傳播		世新	
傳播管理	銘傳	世新、南華	中山
傳播科技	交大		元智
電訊傳播			中正
資訊傳播	元智	淡江	
平面傳播科技		世新	
印刷（藝術）		文化、台藝院	
圖文傳播教育			師大
視覺傳達設計		大葉	

*其中銘傳大學已於一九九九年七月成立傳播學院，轄有新聞學系、廣告學系、廣播電視
學系，加上原來大眾傳播學系及傳播管理研究所，共四個系一個所。
資料來源：汪琪、臧國仁（1996）

　　縱使傳播研究愈趨發達，卻也因研究的面向和關心的層面不同，
而有許許多多的差異，如將大眾傳播中的傳播管理、視聽傳播、口語
傳播、傳播科技等各自獨立成為一個系，從樂觀的觀點來看，傳播系
譜出現了分歧和多元的認定，固然導因於學者企圖以較符合學科階層
的定義方式，解決傳播學門所面臨的正當危機，並說明傳播學門的多

元發展，已經不足以用單一的研究典範加以界定和圈限（須文蔚、陳世敏，1996）。從另一個觀點來看，在大學經費日漸拮据之下，資源非整合的分散情況，將是未來傳播系所最大的難題。

回歸到新聞與傳播的研究上，由於傳播研究涉及了心理學、經濟學、人類學、法學、社會學、政治學等學科，因此，傾向人文科學的研究，不論在方法論以及研究面向與內容都有很大的彈性以及選擇，研究領域極為寬廣，而新聞研究卻較為狹隘，始終只能圍繞著新聞的處理方式與表現方法來與社會現象作結合和分析探究，但是值得注意的是，新聞研究中是以新聞為主體，來配合社會科學作解釋與闡述，而傳播研究中卻是以社會科學為理論主體，去推論傳播現象的發生原因，邏輯正反相推，各有擅長。

在新聞及傳播教育上，由於各系所依其特定的走向，分別作各具特色的規畫與調整，新聞系所應漸擺脫過去新聞傳播涵括全部傳播而設定教育目標的概念，為新聞專業教育規畫出具有獨自特性的課程與研究方向。（馬驥伸，1993）

依目前的研究方向以及教育單位發展來看，新聞與傳播的各自獨立是未來的趨勢，然而，在教育方面，新聞仍須融入傳播研究的理論與方法，不單單只是技能的訓練，更要加強人文素養的部分，而傳播則除了在研究以及實務的相互配合外，更應與新聞倫理的概念借火，發展出應有的傳播倫理。在研究上，更應相互配合，互相借鏡，傳播研究除了在理論上的鑽研之外，更應該去關心身旁所發生的實際問題，一如新聞所探討的社會議題，為所謂的人文社會學科注入應有的關懷與批判。

柒、教授點將錄

一、徐佳士教授

徐佳士教授於民國三十六年自政大新聞系畢業後，一直執著在新聞工作及新聞教育上，在隨著中央日報遷台後，他除了繼續報社工作外，也花了三年時間前往美國明尼蘇達大學攻讀大眾傳播，回國後便回新聞系兼課。

民國五十六年，徐佳士擔任政大系主任職務，新聞系在他的領軍之下，展現了另一番氣象：他設立了「集中選修」制度，規定學生在新聞系以外的科系中，任選一系選修二十學分的課；為使同學更廣博的充實知識，原本報導校際新聞的學生實習報《學生新聞》，也改成了報導社區消息的《柵美報導》，讓學生的實習觸角伸得更遠。這份可以說是台灣第一份在行政院新聞局內登記有案的社區報，直接影響了以後全省社區報的風起雲湧。

徐佳士教授無論在作研究、寫文章、規畫系務上，也經常比別人多了一份高瞻遠矚的眼光。鄭瑞城教授曾形容他是一個「新觀念的創造者」，今天的傳播學院便是徐佳士十年前的一個「夢想」。這股「求新、求進步」的精神，從他求學階段、在新聞界工作，以至投身新聞教育都一直未曾改變。

徐佳士教授也曾任政大文理學院院長、考試委員、新聞評議會委員等職，在今天中華民國新聞教育界，他是一位受人推崇的元老。

二、楊志弘教授

現任銘傳大學傳播學院的楊志弘教授，是一位有理想、有創意的新聞教育家。他曾在媒體（中國時報）工作一段時間，後投身於銘傳大傳教育的創辦，堅守崗位已近二十年。

一九七七年畢業自東吳大學社會學系，取得法學士資格；一九八〇年畢業自政治大學新聞研究所，並獲得碩士學位；最高學歷是於一九九二年獲得政治大學新聞研究所博士學位。民國八十三年他擔任銘傳管理學院傳播管理研究所所長，八十八年銘傳成立傳播學院，由他出任院長，下轄新聞、廣告、廣電、大傳四系與傳管研究所。

目前除任教於銘傳大學外，他並於其他諸多傳播相關機構擔任職務，例如：中華民國廣告學會常務理事兼活動委員會主任委員、中華民國財團法人公共關係企管諮詢基金會董事、新生代社會福利事業基金會常務董事、中華民國民意調查協會理事、中國新聞學會理事，並曾於一九九〇至一九九三年，連續擔任四屆台北金馬國際影展執行委員會執行委員。

楊志弘的著作有《解剖媒體——媒體觀察者的筆記》、《傳播模式》（與莫季雍合著）、《媒體英雄》（共四冊）、《國王的新衣——不存在的新聞》、《執筆的手》等。

由於楊志弘教授有深厚社會學基礎，他的傳播研究與傳播教學都有新的思考與創新，甚獲好評。

三、彭懷恩教授

世新大學新聞學院院長彭懷恩教授，是一位有深厚政治學理論基礎的新聞學者。他畢業於台大政治系、台大政治學研究所，先後獲得

碩士與博士學位。曾任聯合報「中國論壇」撰述委員、中國時報主
筆、時報雜誌總編輯、社長、銘傳商專副教授、世新大學新聞系系主
任、研究所所長等職。

　　彭懷恩由政治學跨足於傳播領域，並且有豐富的實務經驗，可說
是理論和實務並重。他除在世新大學擔任教授兼新聞傳播學院院長
外，並任中央通訊社董事、中央選舉委員會委員。

　　彭懷恩教授在世新所從事的教學課程有政治學、社會學、當代社
會問題、傳播與社會、政治傳播專題研究等。其著述有《中華民國政
治體系的分析》、《精英民主理論評介》、《比較政治──當代各國政
體導讀》、《朝向高層之路》、《台灣政治變遷四十年》、《台灣發展
的政治經濟分析》、《中國政治文化的轉型》、《中華民國政府與政
治》、《認識台灣政治變遷五十年》、《台灣政治文化的剖析》等。基
本上彭教授是一個理論與實務並重的學者，其對政治學的專精和對社
會學的研究使得傳播領域的學術知識更加豐富。這是他的貢獻。

四、皇甫河旺教授

　　曾任輔大大傳系主任、現任世新大學教務長的皇甫河旺，江蘇
人，政大新聞研究所出身，曾服務中央日報，而後在綜合月刊工作了
四年，再到美國西維基尼亞大學攻讀大眾傳播；回國後再度回綜合月
刊擔任主編，後來受邀於香港中文大學任教。懷抱著對鄉土濃厚的眷
戀，使皇甫河旺擱下執教八年的香港中文大學，毫無遲疑地挑起輔大
大傳系主任的職務。由於旅居香港八年，使不少人誤以為他是港僑，
事實上他一直都是在台灣受教育、長大的。

　　皇甫河旺對於雜誌頗有研究，自然與他服務於綜合月刊，在張任

飛先生指導下工作頗有關係。

他認為「傳播界的責任是領導精緻，提升大家生活的素質」。在傳播實務界對自我要求不夠及訓練不足的情況下，他希望藉由學校教育，提高學生的眼界。其著述以報業研究相關領域為主，對於傳播行為與政治問題也多有研究，在理論方面以傳播與政治及傳播方式為主（如創新傳播），指導之論文多與傳播行為有關。

著作有《報業的一念之間》（正中）、《傳播研究新視角》、《傳播與政治》（與彭懷恩共同主編）等。

五、鄭自隆教授

鄭自隆教授畢業於國立政治大學新聞系、新聞研究所碩士、博士，曾任國立空中大學兼任教授、銘傳大學大眾傳播系兼任教授、中華民國廣告年鑑總編輯、中華傳播學會秘書長等職。

鄭教授的學術專長為政治傳播，特別是在競選廣告及相關文宣活動之研究、分析與評論；所擔任課程有廣告學、傳播研究方法、廣告研究方法、廣告管理、廣告與發行、競選廣告專題研究等。他在政大廣告系所主任任內，有不少創新觀念與作為。

六、彭家發教授

彭家發教授，民國三十五年出生於香港，國立政大新聞系畢業後，赴美國伊利諾大學獲高等教育碩士。

彭教授曾任香港星島日報記者、經濟日報記者、駐香港特派員、投資月刊主編。在政大新聞系任教前，也曾任香港珠海大學新聞系講師、香港信義宗專院傳理系主任等職。

彭教授研究興趣在新聞編採與新聞學研究。他所開課程包括現代

文選、基礎採訪寫作、媒介編採實務、新聞編輯、新聞學、媒介寫作
等。

以所著《傳播研究補白》一書（東大出版）為例，全文共二十三
篇，篇目與內容大部分都是為了應付學生課餘的問題，與學生聊天、
討論後而誕生的。出書動機是作者有感於溯自國內傳播研究勃興以
後，大領域之主體研究所在多有，惟實務之探究反而日漸式微。他認
為，傳播研究應該分工合作，以求殊途同歸，總該有些人就此類題
目，在小丘上植樹，如此對整個傳播研究領域，方有裨益。

七、關尚仁教授

對電子媒體深有研究的關尚仁教授，國立中興大學西洋語文學學
士、美國德州理工大學廣播電視碩士、美國東德州州立大學教育傳播
博士。返國後，先後在銘傳大傳系、淡江教資所、大傳系、政大廣電
系（主任）任教，並在政戰與空大兼任課程。

關尚仁教授的專長領域包括：（一）電子媒介經營、管理之實務
與學術研究；（二）廣播電視新聞與節目之策略、企畫、製播實務與
研究；（三）廣播電視教學節目之設計、製作、運用與評估等實務與
研究。

關教授對於廣電實務的參與也十分熱心，他曾擔任新聞局廣播電
視基本通則起草委員、新聞局廣播電台開放申設第一屆審議委員、新
聞局廣播電台評鑑委員、新聞局廣播電視法修正委員、泛太影視開發
公司亞太媒體園區總顧問（民國八十五年一月起）、桃園有線電視新聞
網總顧問（自民國八十五年十月起）等職。

關教授有關著作包括：《兒童與電視》（民八十四年，遠流出版社）

及《新電台的經營策略》、《台灣地區廣播事業的現況與未來發展》、《在政黨與財團中的有關電視媒體》、《台灣地區廣播電視教育之回顧、現況與前瞻》、《媒介管理的內涵》等論文。

八、趙雅麗教授

淡江大學大傳系教授，美國俄亥俄州傳播所博士班畢業，除淡江外，並任教銘傳大學大傳系、政治大學新聞系。其專長為口頭傳播、組織溝通、人際傳播。發表的論文計有《政治主導下兩岸電視文化交流的迷思》、《大陸衛星節目對兩岸互動的衝擊》、《電腦情境的人際溝通與「人機」互動的省思等》。

趙雅麗教授專精領域為比較微觀的口語傳播、人際傳播和組織傳播。此外，她對新傳播科技亦有濃厚的興趣。從《政治主導下兩岸電視文化交流的迷思》此一篇論文之中，我們可以看出趙教授不但微視的傳播議題專精，而在於鉅視的傳播議題、新傳播科技結合政策性的發展理論、社會學的傳播政治經濟學和系統理論也有所涉獵，而對文化人性的關懷更是豐富。在與劉慧娟所聯合發表的論文《訊傳播科技系統設計：一個結構化理論為主的建構模式》更顯示出趙教授豐沛的知識，她把當代社會學大師季登斯（Anthony Giddens）的結構化理論應用於傳播研究之中。

趙教授一度擔任淡大學傳系系主任，對於教學與研究同時著重。

九、馮建三教授

馮建三教授是政治大學新聞系第四十一期畢業生，同時也是該校新聞研究所碩士班的畢業生。之後赴英國進修，並獲得英國李斯特大學傳播研究中心博士學位。目前任教於國立政治大學新聞系及新聞研

究所。

馮建三教授的研究興趣及專長是：大眾傳播研究的政治經濟學取向、大眾文化概論、資訊科技與世界資本主義經濟體系，他曾翻譯多本此一領域的經典作品，例如遠流傳播館所出版的即有：《電視：科技與文化形式》、《廣告的符碼》、《統理BBC——英國廣播協會的蛻變歷程》、《大眾文化的迷思》、《媒介經濟學》、《電視、觀眾與文化研究》、《美國與直播衛星——國際太空廣電政治學》等書。

馮建三教授寫作甚勤，經常在報章發表論文，卓見甚受重視。他所設開程有：傳播政治經濟學、當代大眾傳播問題、媒介編採實務、現代文選等。

十、林念生教授

現任朝陽科技大學人文社會科學院院長的林念生教授，畢業於美國威斯康大學哲學博士班。民國七十九年任世界新專的校長（也就是現在世新大學的前身）。當時世界新專共分四個學科為印刷攝影科、報業行政科、編輯採訪科、廣播電視科，而林念生教授則任教於廣播電視科和報業行政科。林念生教授的研究志趣在影視研究的議題，爾後他擔任朝陽科技大學人文社會學院院長，並任教於傳播藝術學系。其專長的領域計有廣播、電影、電視、媒體宣傳、媒體法規、影視製作、導演、紀錄片製作、影視編劇等。近年來，林念生教授專力於兩岸學術交流，貢獻頗多。

十一、李天任教授

在印刷傳播上有傑出成就與特殊心得的李天任教授，畢業於中國文化大學印刷系、政治研究所新聞組、美國紐約大學，獲博士學位。

　　李天任教授除在新聞傳播與政治傳播領域有專研外，並有豐富政黨政治與選舉經驗，特別在色彩學及色彩心理學領域更有獨特心得。其譯作有：《大眾媒體研究》(與藍莘合譯、西太圖書出版社發行等書)。

　　李天任教授現任文大新聞傳播學院教授兼文大資訊中心主任，八十八年六月，在紐約榮獲頒紐約大學平面傳播中心「稜鏡獎」中的學術成就獎，同時獲得該獎的有紐約時報總裁羅賓森女士等。

　　頒發獎項的紐約大學教育學院馬柯斯博士與平面傳播中心主任史賓勒博士在致詞時，推崇李天任在色彩學及色彩心理學領域上的研究成果，他認為其研究具體而明確，堪稱出版界的重大突破。

資訊、知識、智慧

鄭貞銘

人的一生，如果有一位摯愛、一個理想、一種追求，那就是人生最大的幸福。三十多年前，當我發現新聞教育這塊沃土，發覺它能兼顧我的「新聞」與「教育」兩項興趣與理想時，我知道此生找到了最愛。

離校門出社會的這三十多年間，無論順逆，不分寒暑，我總堅守在新聞教育的崗位，辛勤耕耘，無怨無悔；而且我堅信，經過風雨的教誨、歲月的磨練，我更能以圓融的心思，面對我的學生，面對教育無窮無盡的職責，無私地與每一位學生相遇，都是一份難得的情緣；我要竭盡所能，把愛心奉獻給每一位有志新聞傳播的青年。

這一本《中外新聞傳播教育》，就是我矢志新聞教育的見證。當民國五十一年，我在政大新聞研究所撰寫《中國大學新聞教育的研究》，完成中華民國第一部有關新聞教育的碩士論文時，我知道已為此生開啓了紀錄。現在，我只是繼續這份理想，希望它更圓滿、更完整、更周全。

被推崇為德國教育之父的洪堡，曾提出和諧發展的觀點。他認為，教育是一個人全面的和諧發展；教育是一個人一輩子都不可能結束的過程；教育是人的最高價值體現。這位柏林大學創辦人的教育理念，深深打動我心，並且也一直成為我的座右銘。

最近我應教育部之職，擔任國立大學教育評鑑，更深刻了這項體驗。

誠然，人不應被作為手段，更不應作為一個機器上的齒輪。哲學家康德說：「人是有自我目的的，他是自主、自律、自覺的，是由他自己來引導內心，是出於自身的理智，並按自身的意識來行動的。」

　　新聞傳播事業是社會的良心，新聞教育所培養的，更是社會的導師，其任重道遠不言而喻。這是一項絕對值得一生追求的目標，我不會放棄這種努力。

　　我的理念是：新聞技術固然可貴，新聞思維與新聞道德更是一位新聞工作者的靈魂。所以在我從事新聞教育期間，絕對是主張人文的思想、科學與藝術的融爲一體。

　　分別創建於一一六七年和一二〇九年的牛津大學和劍橋大學，當時所設的學科包括神學、藝術、醫學、天文與音樂等，其中藝術比重很大。我國莊子在〈天下篇〉裡也提出「判天地之美，析萬物之理。」他把「判美」和「析理」當作一體之兩面。

　　可惜自十六世紀開始，科學進入分析階段，與人文、藝術逐漸分離，科學知識被割裂，人文藝術也就黯然失色，鑽進孤獨的自我世界。

　　新聞工作者絕對要通才中的專才，把科學與人文結合起來，新聞教育的方向也就萬變不離其宗。如果偏失了方向，迷失了正確道路，則支離破碎的結果，乃使媒體成了氾濫的資訊，離知識日遠，離智慧更是十萬八千里了。

　　每個青年都是一個家庭的希望，也是社會前途之所寄，所以從事教育工作者都必須以如臨深淵、如履薄冰的惶恐誠心，爲青年開拓正確的前路。

　　再次感謝我的恩師謝然之教授、楚崧秋教授、王洪鈞教授、徐佳士教授所頒授的推薦序文，他們都是貢獻卓著的新聞教育先驅者，他們的成就彪炳史冊，他們的鼓勵與期勉更值得有志青年的共同勉勵。

我期待志同道合的朋友，一起耕耘，共同努力。

鄭貞銘　於正維軒

民國八十八年五月五日

參考資料

中文書籍部分

　　1.鄭貞銘《中國大學新聞教育之研究》，台北，嘉新文化基金會出版，民國53年。

　　2.林東泰《大眾傳播理論》，台北，師大書苑有限公司出版，民國86年9月。

　　3.徐耀魁主編《西方新聞理論評析》，北京，新華出版社出版，1998年4月。

　　4.徐培汀、裘正義《中國新聞傳播學說史》，重慶，重慶出版社，1994年3月第一版。

　　5.徐佳士《大眾傳播理論》，正中書局出版，民國83年11月第八次印行。

　　6.國立政治大學新聞學系主編《中國大陸新聞傳播研究》，民國84年5月初版。

　　7.鄭貞銘《新聞原理》，台北，五南書局出版，民國84年8月初版。

　　8.郭鎮之《北美傳播研究》，北京，北京廣播學院出版社發行，1997年4月第一版。

　　9.郭鎮之《傳播論稿》，北京，北京廣播學院出版，1997年4月第一版。

　　10.黃旦《新聞傳播學》，杭州，杭州大學出版社出版，1997年9月第二版。

　　11.祝建華、武偉譯《大眾傳播模式》，上海，譯文出版社出版，

1997年8月第一版。

　　12.劉家林編著《中國新聞通史》，武漢，武漢大學出版社，1995年12月第一版。

　　13.張咏〈美蘇新聞教育的引入及其對中國新聞教育的影響〉，北京，中國人民大學碩士論文，1998年3月31日。

　　14.王洪鈞《我篤信新聞教育》，台北，正中書局出版，民國82年9月初版。

　　15.胡太春《中國近代新聞思想史》，山西，教育出版社出版，1997年7月第一版。

　　16.馬星野等著《我與新聞教育》，台北，中華民國大眾傳播教育協會出版，民國72年出版。

　　17.錢震《新聞論》，台北，中華日報出版，民國75年9月出版。

　　18.李茂政《當代新聞學》，台北，正中書局出版，民國76年8月出版。

　　19.曾虛白等著《新聞記者的權利與責任》，台北，中華民國大眾傳播教育協會出版，民國77年6月。

　　20.徐寶璜《新聞學》，北京，中國人民大學出版部，1994年出版。

　　21.趙敏恒《外人在華的新聞事業》，北京，中國太平洋國際學書出版，1932年出版。

　　22.方漢奇、陳業劭主編《中國當代新聞事業史》，北京，新華出版社，1992年出版。

　　23.方漢奇《中國新聞事業通史》二卷，北京，中國人民大學出

版社，1996年出版。

24.丁淦林主編《中國新聞事業史》，武漢，武漢大學出版社，1989年出版。

25.張昆編著《簡明世界新聞通史》，武漢，武漢大學出版社，1994年6月出版。

中文期刊部分

1.復旦大學簡介。

2.李瞻〈新聞教育〉中華民國新聞年鑑，民國80年出版。

3.羅文輝〈大衆傳播核心課程〉、〈大學課程之規則〉。（民國85年6月14日，兩岸及香港新聞實務教育研討會）。

4.裴顯生〈抓好實踐性環節、培養合格新聞人才〉。（同上）

5.陳桂蘭、尹德剛「旦復旦兮、日月光華」，〈穩步發展的復旦大學新聞教育〉。（同上）

6.鄭超然〈中國人民大學新聞教育的特色〉。（同上）

7.鄭保衛〈理實並重、德才兼備——中國新聞學院新聞教育之理念與特色〉。（同上）

8.張大芝〈杭州大學新聞教育觀念之變遷〉。（同上）

9.李壽福〈杭州大學新聞教育歷史、特色及未來發展〉。（同上）

10.程世壽〈發揮交叉優勢、搞好兩個結合——從華中理工大學新聞系的實踐看新聞實務教育〉。（同上）

11.鄭松錕〈廈門大學新聞教育的回顧與前瞻〉。（同上）

12.陳梅靖、關尚仁〈新聞暨傳播所系課程設計〉。（民國85年5月

4日、5日）。

13.李秀珠〈配合新聞傳播科技之發展——輔大大傳系之課程規畫與內容〉。（同上）

14.谷玲玲〈台灣大學新聞研究所新聞實務教育與新傳播科技之結合〉。（同上）

15.沈慧聲〈勇於改變，堅持不變——文化大學新聞學系的課程設計〉。（同上）

16.孟建〈面對高新傳播科技的挑戰、建構新聞傳播學教學體系〉。（同上）

17.張錦華〈台大新聞研究所之創辦理念與規畫〉。（同上）

18.彭懷恩〈世新學院新聞學系的理念與實踐〉。（同上）

19.林靜伶〈輔仁大學大眾傳播學系新聞組之新聞教育理念與設計〉。（同上）

20.張昆〈改革新聞教育、培養優秀人才〉。（同上）

21.黃匡宇〈論新聞攝影教育改革與大攝影觀念的確立〉。（同上）

22.林東泰〈國立台灣師範大學社會教育系新聞組簡介〉。（同上）

23.陳世敏〈大學新聞暨傳播院系評鑑的實際問題〉。（民國86年5月4日、5日）。

24.楚崧秋〈王洪鈞盡瘁中國新聞教育〉。（《跨世風雲》第289頁，民國88年6月出版）。

25.童兵〈傳統新聞模式突破的十年〉。（《新聞學》，1989年第一

期）。

　　26.陳力丹〈我國新聞學的過去、現在和將來〉。（《新聞學》，
1988年第四期）。

　　27.黃旦〈二十世紀中國新聞理論的研究模式〉。（《北廣學
報》，1994年第四期）。

　　28.方漢奇〈十四大以來中國的新聞事業〉。（《鄭州大學學報》，
1994第二期）。

　　29.陳力丹〈新聞學研究的方向〉。（《新聞學》，1988年2月）。

　　30.江琪、臧國仁〈台灣地區傳播研究初探〉。（朱立、陳韜文主
編，《傳播與社會發展》，香港中文大學與傳播學系，1992）。

　　31.胡耀邦〈關於黨的新聞工作〉。（《新聞戰線》第五期，
1985）。

　　32.陳韜文〈香港傳播研究的回顧與前瞻〉。（朱立、陳韜文主
編，《傳播與社會發展》，香港中文大學新聞與傳播學系，1992）。

　　33.劉海貴〈傳播學在中國大陸的歷史改革與走向〉。（朱立、陳
韜文主編，《傳播與社會發展》，香港中文大學新聞與傳播學系，
1992）。

　　34.戴元光〈論傳播學的中國化〉。（蘭州大學新聞系油印稿，
1790）。

　　35.周夫墀〈現代美國新聞教育〉。（新聞學研究燕大新聞系，1932
年編）。

　　36.饒引之〈密蘇里大學之報學院〉，《報學》第一卷第一期，燕
大新聞學書編。

37.張黎〈美國密蘇里新聞學院的教育特色〉。（《新聞戰線》，1987年第二期）。

38.張允若〈新聞教育改革之我見〉。（新聞大學，1989年秋季號）。

39.傅顯明〈蘇聯的新聞教育〉。（《國際新聞學》，1982年第三期）。

英文論著

1.Bond, M. H.,& Lee, P. W. H.（1978）. Face Saving in Chinese Culture: A Discussion and Experimental Study of Hong Kong Students. Hong Kong: Social Research Center. The Chinese University of Hong Kong.

2.Chu, G. C.,& Ju. Y. A.（1992）. The Great Wall in Ruins: Communication and Cultural Change in China. Albany: State University of New York Press.

3.Chu, L. L.（1992）. The Right to Communicate in Chinese Society: Cultural and Political Inhibitions. Paper presented at the Conference on the Right to Communicate. The Chinese University of Hong Kong, 16-19 June.

4.Chu, L. L.（1987）. Ideological and Strategical Predicaments of China's Development Communication. Paper presented at Seminar on Communication and Change: An Agenda for the New age of Communication, July 20 to August 1, Institute of Culture and

Communication, East West Center Honolulu, Hawaii.

　　5.Chu, L. L.（1988）Mass Communication Theory. A Chinese Perspective. In W. Dissaanayake（ed.）, Communication Theory: The Asian Perspective. Singapore: Asian Mass Communication Research and Information Centre.

　　6.Chu, L. L.（1986）. Revolution Becomes Evolution:China's Communication Across 30 Years. Media Development, 1:8-12.

　　7.Chu, L. L.（1985）. Words into Plowshares: Communication of Agricultural Innovations in Communist China. Carbondale, Illinois Unpublished doctoral dissertation at the school of Journalism, Southern Illinois University.

　　8.Dissanayake, W.（ed.）（1988）. Communication Theory: The Asian Perspective. Singapore: Asian Mass Communication Research and Information Centre.

　　9.Herman, E. S.,& Chomsky, N.（1988）. Manufacturing Consent: The Political Economy of the Mass Media. New York:Pantheon.

　　10.Ho, D. Y.（1975）. On the Subject of Face. American Journal of sociology, 81（4）:867-84

　　11.Hursh-Cesar, G.,& Roy, P.（1976）. Third World Surveys: Survey Research in Developing Nations. Columbia, Mo.:South Asia Books.

　　12.Hussain, M. Y.（1986）. Islamization of Communication Theory. Media Issues, 19（1）:6-19

13.McClelland, D. C.（1961）. The Achieving Society. New Jersey: D. Van Nostrand.

14.Pickowicz, P. G.（1974）Cinema and Revolution in China: Some Interpretive Themes. American Behavioral Scientist, 17（3）:328-59

15.Rogers, E. M.（1976）. The Rise and Fall of the Dominant Paradigm. Journal of Communication, 28（1）:2-10

16.Rogers, E. M. & Chen, P. C.（1979）. Diffusion of Health and Birth Planning Innovations in the PRC. In G. I. Lythscott, et al.（eds.）Report of the Rural Health Systems Delegation to the People's Republic of China. Washington, D. C.: National Academy of Sciences, Committee on Scholarly Communication with the People's Republic of China.

17.Schramm, W. L.（1978）. On Exploration. Keynote speech presented at the First Symposium on Chinese Communication Research, The Chinese University of Hong Kong, March 28.

18.Smythe, D. W.（1973）. Mass Communications and Cultural Revolution: The Experience of China. In G. Gerbner, L. P. Gross, & W. H. Melody（eds.）, Communications Technology and Social Policy: Understanding the New "Cultural Revolution". New York；Wiley & Sons.

19.Solomon, R.（1967）. Communications Patterns and the Chinese Revolution. China Quarterly, 32（1）:80-110.

20.Wallerstein, I.（1976）. The Capitalist World-System. New York: Cambridge University Press. Asia, 13（1）:32-36.

21.Ip, Y. H.（1986）. Diplomatic Relations and Coverage of International News: Atomic Bombing and Japan's Invasion of China in Time and Beijing Review. Unpublished bachelor's thesis at the Department of Journalism and Communication, The Chinese University of Hong Kong.

22.Jernow, A. L.（1993）. Don't Force Us to Lie. New York: Committee to Protect Journalists.

23.Journal of Communication. 1983, 33（3）; 1993a, 43（3）; 1993b, 43（3）.（Special review issues on communication research）

24.Kim, S. S.（1987）. The Communication Industries in Modern China: Between Maoism and the Market. Unpublished doctoral thesis at the Mass Communication Research Centre, University of Leicester.

25.Lam, K. W. L.（1988）. The Concern with a Nation's Face: Evidence in the Chinese Press Coverage of Sports. Unpublished master's thesis at the Department of Journalism and Communication' the Chinese University of Hong Kong.

26.Lau, T. Y.（1991）. The Role of the Press as Defined by the Chinese Communist Party Leaders, Journalists and Journalism Educators. 1983-1989. Unpublished doctoral dissertation at the school of Journalism, Michigan State University.

27.Lull, J.（1991）. China Turned On: Television, Reform, and Resistance. London: Routledge.

28.McClelland, D. C.（1963）. Motivational Patterns in Southeast Asia with Special Reference to the Chinese Case. Journal of Social.

29.School of Communication Studies　（lnformation Handbook 1998-1999,Nanyang Technological University, Singapore.）

國家圖書館出版品預行編目資料

中外新聞傳播教育／鄭貞銘主編. --初版--
臺北市：遠流，1999〔民88〕
面； 公分

ISBN 957-32-3756-3（平裝）

1.大眾傳播教育 – 教育 – 論文、講詞等
2.新聞學 – 教育 – 論文、講詞等

890.307   88008847